2,50

Über die Autorin

Juliet E. McKenna liebt seit ihrer Kindheit
Fantasy-Geschichten, von *Pu der Bär* bis zur *Ilias*.
Ihre anhaltende Begeisterung für andere Welten
und ihre Bewohner sorgte auch dafür,
dass sie am St. Hilda's College in Oxford
Klassische Literatur belegte.
Später arbeitete sie im Personalwesen und las
dabei alles, was ihr in die Finger kam,
bis sie begann, selbst zu schreiben.
Nachdem sie ein paar Jahre lang Buchhandel
und Mutterschaft unter einen Hut gebracht hatte,
vereinbart sie nun ihre Arbeit als Schriftstellerin
mit den Bedürfnissen ihrer Familie. Sie lebt mit
ihrem Mann und ihren Kindern
in West Oxfordshire.

**BIBLIOTHEK
DER
PHANTASTISCHEN
LITERATUR**

Herausgegeben von Stefan Bauer

JULIET E. McKENNA

DIE PFLICHT DES KRIEGERS

Roman

Ins Deutsche übertragen
von Irmhild Seeland

BASTEI LÜBBE TASCHENBUCH
Band 28 341

1. Auflage: Dezember 2003

Vollständige Paperbackausgabe

Bastei Lübbe Taschenbücher
ist ein Imprint der
Verlagsgruppe Lübbe

Titel der englischen Originalausgabe:
The Warrior's Bond
© 2001 by Juliet E. McKenna
© für die deutschsprachige Ausgabe 2003 by
Verlagsgruppe Lübbe GmbH & Co. KG,
Bergisch Gladbach
All rights reserved
Lektorat: Alexander Huiskes / Stefan Bauer
Titelillustration: Geoff Taylor
Umschlaggestaltung: QuadroGrafik, Bensberg
Satz: QuadroMedienService, Bensberg
Druck und Verarbeitung:
GGP Media, Pößneck
Printed in Germany
ISBN 3-404-28341-4

Sie finden uns im Internet unter
www.luebbe.de
www.bastei.de

Der Preis dieses Bandes versteht sich einschließlich der gesetzlichen Mehrwertsteuer

*Für Mike und Sue,
die immer für mich da sind.*

Danksagung

Ein weiteres Jahr, ein weiteres Buch, und wie immer, hätte ich es nicht geschafft ohne die Menschen, die wissen, dass ein Freund kein Schmeichler sein darf – und wann jeweils uneingeschränkte Unterstützung, scharfe Kritik, interessante Fakten, seltsame Bücher und witzige Ideen angebracht sind. Mein Dank gilt wie immer Steve, Mike, Sue, Helen, Liz, Lisa, Penny und Rachel und besonders Andy G. für die Inspiration, die er mir an einer entscheidenden Stelle lieferte, indem er eine Gehirnerschütterung erlitt.

Michael S. R. verdient besondere Erwähnung für seine Hilfe bei der immer wieder kniffligen Titelfrage auf unserer U-Bahn-Strecke, und Pete C. tat mir einen besonderen Gefallen durch seine Frage nach dem Armreifen. Mein Dank gilt auch der wirklichen Familie Burquest dafür, dass ich ihren Namen verwenden durfte. Bei der Übersetzung meiner Arbeit ins Niederländische hat Richard H. meine Aufmerksamkeit auf einige Aspekte meines Buches gelenkt, wofür ich ihm ausgesprochen dankbar bin. Dank schulde ich auch all denen, die ich hier nicht namentlich erwähnen kann, die mir jedoch hilfreich einige geradezu bizarre E-mail-Fragen direkt oder indirekt beantworten konnten.

Für ihre beständige Hilfe bei der praktischen Seite eines Lebens als Autorin und Mutter danke ich Sharon, meiner unvergleichlichen Freundin und Nachbarin, und Margaret, die an entscheidenden Punkten zusätzliche Arbeit auf sich nahm. Ernie und Betty sind mir auch weiterhin lebenswichtige

Hilfen, und ich danke Mum und David für die Sommerferien mit den Jungs (und der für mich dadurch kinderfreien Zeit zum Schreiben).

Die Zeit bringt Veränderungen mit sich, und bei meinem Verlag unterstützen mich Simon, Ben und Tamsin höchst professionell, während Tim ein unvergleichlicher Lektor bleibt. Die uneingeschränkte Hilfe von Adrian und seinen Kollegen schätze ich sehr, ebenso wie die Begeisterung vieler Buchhändler und Kritiker, die so wichtige Bindeglieder in der Kette zwischen Autor und Leser sind. Mein Dank gilt endlich auch allen Lesern, die uns wissen lassen, wie sehr sie unsere Arbeit schätzen.

Kapitel 1

Vorwort des Sieurs zur D'Olbriot-Chronik, eigenhändig niedergeschrieben von Messire Guliel zu dieser Wintersonnwende, die das zweite Jahr von Tadriol dem Vorsorglichen beschließt.

Es gibt Jahre, da könnte ich schwören, ich brauche ebenso lange, um diese kurze Zusammenfassung der denkwürdigen Ereignisse zu erstellen, wie all die Schreiber und Archivare, Haushofmeister und Kämmerer brauchen, um ihre Akten und Berichte für die Nachwelt dieses Hauses zu kürzen. Es gab Zeiten, in denen ich mich fragte, ob überhaupt ein künftiger Sieur meine sorgfältig gewählten Worte über wichtige Bündnisse, bedeutende Geburten oder tief betrauerte Todesfälle lesen würde. In den letzten beiden Jahren fürchtete ich, ein künftiger Hüter der Interessen der D'Olbriots könnte meinen Bericht mit der gleichen belustigten Herablassung behandeln, wie auch ich sie empfand, als ich die fantasievolleren Einträge meiner Vorgänger las.

Aber als Mann der Vernunft muss ich akzeptieren, dass ich nichts gegen die Vorurteile oder Ansichten auszurichten vermag, die künftige Leser dieser Annalen hegen mögen. Aus ebendiesem Grunde kann ich nur die überraschenden Ereignisse dieses verflossenen Jahres darstellen und erklären, dass es sich um die ungeschminkte Wahrheit handelt, bei meinem Eid als Sieur dieses Hauses.

Das erste Jahr der Herrschaft unseres neuen Kaisers endete mit der Entdeckung von Inseln, die weit draußen im östlichen Ozean liegen, und von einem Volk bewohnt werden, das Tormalin feind-

lich gesonnen ist und von einer bösartigen Magie unterstützt wird, die so ganz anders ist als konventionelle Zauberei. Diese Menschen der Eisinseln – oder, wie sie sich selbst nennen, die Elietimm – verfolgten einen finsteren Plan, der dazu führte, dass sie verletzliche Mitglieder dieses und anderer Häuser angriffen und ihnen kostbare Erbstücke und Juwelen raubten. Zu Beginn dieses Jahres wurde ich von Planir, dem Erzmagier von Hadrumal, überredet, ihm bei seiner Suche nach der Lösung dieser Rätsel zu helfen, indem ich ihm Ryshad Tathel überließ, der diesem Haus für mehr als zehn Jahre Treue geschworen hat. Ryshad hatte bereits viel getan, um diesen Schurken in ihr entlegenes Nest zu folgen, als er in meinem Namen Gerechtigkeit für ein Opfer unseres Hauses suchte. Ich schloss mich ebenfalls dem Vorschlag des Zauberers an, Ryshad mit einem antiken Schwert auszustatten, welches der Erzmagier mir kürzlich zurückgegeben hatte.

Man möge mir glauben, wenn ich hier und für die Nachwelt erkläre, dass ich keine Ahnung hatte, was diese scheinbar so unschuldige Geste Ryshad abverlangen würde. Aber wie meine Ehre mich bindet, so hätte ich – muss ich gestehen – vielleicht doch ebenso gehandelt, hätte ich gewusst, was ihm widerfahren würde. Meine Pflicht als Sieur dieses Hauses verlangt das weitergehende Wohl aller im Auge zu behalten, selbst wenn es letztlich auf Kosten eines Einzelnen geht.

Diese Elietimm verfolgten Ryshad und die Zauberer, die er eigentlich beschützen sollte, auf der Suche nach dem Schwert, das ich ihm gegeben hatte, sowie nach anderen Artefakten, die sich im Besitz der Magier befanden. Durch üble List gelang es den Elietimm, die Versklavung Ryshads durch die Aldabreshier zu bewerkstelligen, und nur dank seines Einfallsreichtums und seines Mutes konnte er lebend und unversehrt diesen wilden Inseln im Süden entfliehen. Der erste sichere Hafen jenseits dieses Archipels, den er erreichte, war leider die Insel Hadrumal. Dort entschied Planir, dass Ryshads Schwert entscheidendes Wissen in sich berge, das durch alte Hexenkünste in ihm verschlossen sei. Ich behaupte nicht zu verstehen, was das zu bedeuten habe, aber der Erzmagier hatte erfahren, dass diese Klinge und andere Schätze, nach denen die brutalen Elietimm suchten, aus jener angeblich reichen und fruchtbaren Kolonie stammten, die in den letzten Regierungsjahren Nemiths des Letzten von tormalinischen Edelleuten gegründet worden war und danach in den Nebeln des Chaos verloren ging, welches das Alte Reich zum Einsturz brachte.

Bis hierhin kann ich mir euer Staunen ausmalen, unbekannte Leser, aber was das Weitere angeht, fürchte ich, dass ihr meine Worte für unglaubwürdig erachtet. Tut es nicht, ich bitte euch bei allem, was euch heilig sein mag. Es gibt keine anderen Berichte darüber als ebendiesen, den ich wie nachstehend vor dem Fürstenrat in meiner Eigenschaft als Adjuror abgelegt habe.

Die Informationen, die Erzmagier Planir durch seine Magier erhalten hatte, führten ihn und Söldner, die mit D'Olbriots Gold bezahlt wurden, auf D'Olbriots Schiffen zur anderen Seite des Meeres, wo sie die längst begrabenen Ruinen jener verlorenen Kolonie fanden. Noch erstaunlicher ist, dass sie fast tausend jener Menschen entdeckten, die den Ozean in ferner Vergangenheit überquert hatten *und noch immer am Leben waren, sofern man es Leben nennen konnte, da sie in einem verzauberten Schlaf all die Generationen, die inzwischen vergangen waren, verbracht hatten. Endlich wurden Zauberkräfte im Dienste tormalinschen Blutes eingesetzt, um diese Unglücklichen wieder zu beleben.*

Inzwischen ist es klar, dass die Elietimm diese verborgenen Schläfer gesucht hatten, um sie endgültig zu vernichten, entschlossen, dieses weite, grenzenlose Land in Besitz zu nehmen. Als die Elietimm mit Hilfe ihrer schwarzen Künste ihrer drohenden Niederlage gewahr wurden, griffen sie an, und wieder zeichnete sich Ryshad Tathel aus, als der erste Angriff erfolgreich zurückgeschlagen wurde. Zauberische Magie spielte auch eine entscheidende Rolle im Kampf gegen die grausamen Hexereien der Elietimm, also werde ich notgedrungen meine Verbindung mit Planir weiter pflegen. Das berechtigt mich, ihn um Hilfe zu bitten, sollten die Elietimm irgendwelche Hexereien gegen Tormalin vorhaben. Ich unternehme desgleichen Schritte, jede alte Chronik und jedes Archiv dieses Hauses und der Schreine, die unter unserem Schutz stehen, nach Wissen durchforsten zu lassen, das die Geheimnisse der Zauberkunst erklären könnte. Wissen über solche Künste könnte sich in einem künftigen Kampf als lebenswichtig erweisen. Wenn alles andere fehlschlägt, muss man Feuer eben mit Feuer bekämpfen.

Wenn sich dieses Jahr nun dem Ende zuneigt, kann ich – über alle Maßen erleichtert – berichten, dass keine weiteren Schiffe von Norden kamen, die die Küsten zu beiden Seiten des Ozeans überfallen wollten. Der einzige überlebende adlige Patron der ursprünglichen Kolonie ist Temar, Junker D'Alsen-

nin, und dementsprechend arbeiten wir eng mit ihm zusammen. Die Kolonisten versuchen zurzeit, ihr Leben wieder aufzubauen, und sobald die Frühlings-Tagundnachtgleiche das Ende der Winterstürme mit sich bringt, werden wir ihnen alle Hilfe schicken, die D'Olbriot bieten kann. Man wird jedoch abwarten müssen, wie eng unsere beiden Reiche zusammenwachsen können, wenn man bedenkt, dass diese Menschen noch immer so abhängig von religiösen Überzeugungen sind, die wir in unserer Generation längst als Aberglauben abgetan haben. Ich vermute, dass es D'Olbriot zufallen wird, diese Unschuldigen zu einem rationaleren Verständnis der Welt und ihrem Platz darin zu führen.

Ostrins Schrein, Bremilayne,
9. Vorsommer, im dritten Jahr von
Tadriol dem Vorsorglichen, Nachmittag

»Draußen regnet es Bindfäden.« So sagen wir in Zyoutessela, wenn ein Sommergewitter feinen, durchdringenden Regen vom Meer heranfegt. Nieselregen, der an geschützteren Ufern nur als Nebel hängen bleibt, wird hier von erbarmungslosen Winden gepeitscht, dass er auf der Haut prickelt, die Kleidung durchweicht und ein anhaltendes Frösteln zurücklässt, auch noch lange, nachdem die Sonne wieder scheint. Ich machte mir allerdings keine Sorgen, da ich die Launen des Wetters von einer bequemen Unterkunft aus betrachtete, die auf einem Hügel hoch über dem geschäftigen Hafen lag.

»Habt ihr in Hadrumal auch solche Gewitter, Casuel? Vom Soluranischen Meer her müsst ihr doch auch schwere Wetter bekommen.«

Mein Gefährte nahm meine Bemerkung mit einem missmutigen Grunzen zur Kenntnis, während er mit den Fingern einem Kerzenständer zuschnipste. Die Dochte flammten auf, überrascht, so zu Diensten gebeten zu werden, doch der düstere Himmel machte das Zimmer zu dunkel zum Lesen. Heute brütete Casuel über seinem Almanach, einer Gezeitentabelle und einem kürzlich erworbenen Satz Landkarten. Ich nehme an, es war eine Abwechslung zu den alten Büchern, die er die vergangenen beiden Jahreszeiten gewälzt hatte, um von einem Ende Tormalins zum anderen nach Spuren verloren gegangenen Wissens zu suchen und Hinweise aufzuspüren, die vielleicht die Geheimnisse der Vergangenheit enthüllen konnten. Ich bewunderte seine Gelehrsamkeit, aber an seiner Stelle hätte ich diese paar Tage genutzt, um ein wenig Atem zu schöpfen und abzuwarten, ob das Schiff, das wir so sehnsüchtig erwarteten, uns ein paar Antworten geben würde.

Hinter mir klapperte es. Als ich mich umdrehte, sah ich, dass Casuel mein Spielbrett beiseite geschoben hatte. Die Bäume des Waldes waren umgekippt und in die Drosseln und Schildraben gekollert, sodass die kleinen Holzvögel über das verschrammte Brett gerutscht waren. Ich blieb ruhig, ich hatte ohnehin keine besondere Lust, das Spiel zu beenden, und Casuel würde auch aus einer weiteren Niederlage nichts lernen, nach den dreien, die er schon hinter sich hatte. Der Zauberer mochte ja in seinen abstrakten Künsten gelehrt sein, aber er würde niemals eine Partie Rabe gewinnen, ehe er nicht seine Feigheit überwand, die unweigerlich seine verwickelten Pläne behinderte.

Ich spähte in die Düsternis und versuchte, zwischen den Unregelmäßigkeiten im Glas und den Regenfluten, die die Sicht einschränkten, zu unterscheiden. Die dicken grauen Wolken hatten schwarze Streifen und zerrten Regenvorhänge über die weiß gekrönten, graugrünen Wellen. »Ist das ein Segel?«

Casuel warf einen anklagenden Blick auf die Uhr auf dem Kaminsims. »Ich glaube kaum. Die sechste Stunde ist gerade erst vorbei, und wir erwarten sie nicht vor der Abendflut.«

Ich zuckte die Achseln. »Ich nehme an, sie haben nicht damit gerechnet, dass Dastennin sie mit einem Unwetter antreiben würde.« Die dunklere Form in dem aufgewühlten Wasser war zu regelmäßig für einen Schatten oder eine Welle. Dieses flatternde Weiß war zu beständig für vom Wind verwehte

Gischt. War es das Schiff, das wir seit zwei faulen Tagen erwarteten? Ich nahm das Fernrohr, das ich am Morgen erstanden hatte, eins der besten Instrumente, das die geschicktesten Seefahrer der Ostküste zu bieten hatten. Ich öffnete das obere Teil des Fensters und legte den lederbezogenen Zylinder auf das Sims, ohne auf das Papiergeraschel zu achten, das ein heftiger Windstoß hinter mir im Zimmer anrichtete.

»Bei Saedrins Steinen, Ryshad!« Casuel klatschte auf ein paar widerspenstige Dokumente und schimpfte, weil seine Kerzen ausgegangen waren.

Ich beachtete ihn nicht, sondern ließ den Messingring über die unruhige Oberfläche des Meeres wandern. Wo war dieser flüchtige Schatten? Ich schaute mit bloßem Auge nach – da, ich hatte ihn! Kein Küstenschiff, sondern ein Hochseeschiff, mit steilen Flanken, drei Masten und Aufbauten an Bug und Heck.

»Sind von Süden her Schiffe angekündigt?«, fragte ich Casuel und richtete mein Glas sorgfältig aus, um das winzige Bild weiter im Blick zu haben.

Hinter mir raschelten Seiten. »Nein, aus Zyoutessela oder Kalaven wird bis zur Mitte der Jahreszeit nichts erwartet.«

»Sagen das deine Listen?« Ich teilte Casuels Glauben an zu Tinte geronnenen Namen und Daten nicht. Mein Vater war vielleicht nur ein Steinmetz, aber ich hatte viele Seeleute kennen gelernt, als ich in Zyoutessela aufwuchs, einer Stadt auf einer von Dastennin begünstigten Landenge mit Häfen nach Osten und Westen. Dies hier konnte sehr wohl ein Schiff sein, dessen Kapitän eine gewinnträchtige, wenn auch unplanmäßige Reise gewagt hatte. Ich halte Seefahrer für eine seltsame Mischung aus

Kühnheit und Vorsicht, Männer, die besessen jede Kleinigkeit einkalkulieren, die ihnen jenseits des Hafens begegnen könnte, die aber alle Vorsicht in den Wind schießen, um eine unvorhergesehene Gelegenheit beim Schopfe zu packen.

Casuel stellte sich neben mich, einen Stapel von Dokumenten in der Hand. »Es könnte aus Inglis kommen.«

Der metallene Ring, der kalt vor meinem Auge lag, hielt mich davon ab, den Kopf zu schütteln. »Das glaube ich nicht, nicht auf diesem Kurs.« Ich versuchte vergeblich, eine Flagge zu erkennen.

»Was ist?«, fragte Casuel.

Ich pfiff durch die Zähne, während meine Besorgnis um das Schiff wuchs. »Ich glaube, sie haben zu viel Segelfläche.« Die Segel waren stark gerefft, aber selbst das war noch genug, um das Schiff zu einem Spielball für den Wind zu machen. Ich blickte von meinem Fernrohr aufs Meer. Die Möglichkeiten des Kapitäns verschlechterten sich zusehends. Hielt er auf die schützende Umarmung der Hafenmauer zu, hieß das, dass der Sturm die Breitseite des Schiffes treffen konnte, mit Wellen, hoch genug, um das Schiff zu versenken. Drehte er jedoch den Bug in den Wind, riskierte er, von dem sicheren Ankerplatz abgetrieben zu werden. Wenn er sein Heil auf dem offenen Meer suchte, würde er vielleicht das Schiff retten, doch dann hatte er Wind und Gezeiten gegen sich, und der Meeresgott wetzt diese Küste durch Wind und Wasser rasiermesserscharf. Ich konnte sehen, wie die feindseligen Klippen jenseits der Hafenmauer die rollenden Wellen zu ausgefransten Schaumkämmen zerfetzten. »Dastennin sei ihnen gnädig«, murmelte ich.

Casuel reckte sich auf Zehenspitzen, um aus dem

Fenster schauen zu können, während meine paar Fingerbreit zusätzlicher Größe mir diese Mühe ersparten. Eine Regenbö ließ ihn sich ducken und durch die untere Scheibe schauen, nachdem er sich das braune Haar aus den dunklen Augen gestrichen hatte. Ich wischte Tropfen vom Ende meines Fernrohrs und musterte den Himmel. Graue Gewitterwolken schleuderten Regen auf die aufgewühlte See und ließen die Wellenkämme zu Schaum zerstieben. Ich genoss den scharfen Duft nach salziger Seeluft, die der Wind herantrug, aber ich befand mich ja auch sicher an Land.

Der Bugspriet tauchte tief in ein Wellental, riss sich einen Augenblick später wieder hoch, die Decks waren überflutet, das ganze Schiff schien zu erbeben. In meiner Fantasie hörte ich schon die Schreie der panischen Passagiere, die Flüche der bedrängten Besatzung, das Ächzen belasteter Balken, das verräterische Gluckern von Wasser, das durch Ritzen dringt. Helles Leintuch flatterte von den Masten davon wie flüchtende Seevögel. Der Kapitän hatte sich dazu durchgerungen, die Segel zu opfern, doch das Meer bekämpfte ihn jetzt von allen Seiten, drehende Winde und Strömungen verwirrten Ruder und Kiel.

»Werden sie untergehen?«, fragte der Zauberer zögernd.

»Ich weiß es nicht.« Meine Knöchel am Fernrohr waren weiß, in meinem Bauch rumorte es vor Sorge. »Du sagtest, es wäre ein Magier an Bord. Kannst du nicht mit ihm Kontakt aufnehmen und irgendwie mit ihm zusammenarbeiten?«

»Selbst wenn wir davon ausgehen, dass dies das Schiff der Kolonisten ist, gründen sich meine Talente auf das Element der Erde«, sagte Casuel mit seiner üblichen Aufgeblasenheit. »Auf diese Entfernung stehen meine Chancen, die vereinten Kräfte von Luft und Wasser, die ein solches Unwetter erzeugt...« Seine Stimme brach mit aufrichtigem Bedauern ab.

Das vom Sturm herumgeworfene Schiff glitt durch mein Blickfeld, und ich fluchte, als es mir entwischte. Als ich aufsah, stieß ich einen überraschten Schrei aus. »Da ist noch eins.«

Casuel rieb verärgert über das Glas, das durch seinen Atem beschlagen war. »Wo?«

»Zieh eine Linie vom Dach des Fischmarktes bis zum Ende der Hafenmauer.« Ich richtete mein Glas auf das neue Schiff und runzelte die Stirn. »Sie tragen Schönwetterbesegelung.«

»Das kann nicht sein«, widersprach Casuel bestimmt.

»Ich bin der mit dem Fernrohr, Casuel.« Ich zwang mich, einen sanften Ton anzuschlagen. Auch wenn er noch so nervtötend war, ich musste mit dem Zauberer zusammenarbeiten, und das bedeutete zivilisiertes Benehmen meinerseits, auch wenn Casuel sich nicht immer an allgemeine Höflichkeitsregeln hielt.

Doch für müßige Gedanken war später noch Zeit genug. Ich konzentrierte mich auf das zweite Schiff, einen dickbäuchigen Küstensegler, mit dreieckigen Segeln, der plump und behaglich im Wasser lag, wo er eigentlich in den haushohen Wellen um sein Leben hätte kämpfen müssen. Ungeachtet der wütenden Wogen, die ihn auf die Felsen schmettern wollten, rauschte er zielstrebig auf den Hafen zu.

»Oh.« Casuels Tonfall war missbilligend.

»Magie?« Ich brauchte keine mystische Vereinigung mit den Elementen, um zu dieser Erkenntnis zu gelangen, wenn ich mit bloßem Auge sehen konnte, dass das Schiff aller Vernunft und Logik trotzte.

»Ein fortgeschrittener Praktiker«, bestätigte Casuel mit düsterem Neid.

Ich hielt nach einem verräterischen Anzeichen für Magie Ausschau, einem Knistern von blauem Licht oder einer Kugel, die unirdisch strahlend an der Mastspitze hing. Hochseematrosen erzählen von solchen Dingen, sie nennen es das Auge Dastennins. Aber da war nichts zu sehen, vielleicht reichte es diesem unbekannten Zauberer, das Schiff durch das Wasser gleiten zu lassen, unberührt von dem Unwetter.

Ich schaute mich abrupt nach dem ersten Schiff um, das jetzt gefährlich krängte. Es war mindestens eine volle Schiffslänge näher an die brodelnden Klippen geraten, seine Lage noch misslicher. Während wir hilflos zusahen, rollte eine große Welle über das Deck, wodurch die Mitte des Schiffs völlig verschwand und nur die Deckaufbauten aus den unersättlichen Wogen ragten. Wir hielten den Atem an, bis das Schiff sich wieder mühsam an die Oberfläche gekämpft hatte. Doch jetzt hatte es gefährlich Schlagseite, in seinem Bauch musste sich Ladung verschoben haben, und das war der Tod schon vieler Seeleute gewesen.

»Sie brauchen Hilfe.«

Ich konnte wieder leichter atmen, als ich erkannte, dass Casuel Recht hatte. Das kleine Küstenfahrzeug schoss auf die Klippen zu.

»Bei Dasts Zähnen!« Ich machte unwillkürlich einen Schritt zurück, als ein Blitz die Dunkelheit zerriss wie einen Vorhang. Ein schimmernder Speer schoss auf den Mast des kämpfenden Küstenschiffes zu, und ich erwartete, dass das gleißende blauweiße Licht Tauwerk und Sparren in Brand setzte, doch der leuchtende Bogen löste sich von den Wolken, bog sich zu dem tanzenden Schiff und klammerte sich an den Bug. Das Hochseeschiff wurde mit einem sichtbaren Ruck hochgezogen, der Bug schoss herum wie ein Spielzeug, das von übereifrigen Händen gezogen wird. Eine Sekunde lang schien es, als ob Unwetter und See in stummem Erstaunen verharrten. Ich sah gleichermaßen erstaunt zu. Das Hochseeschiff hätte das Küstenfahrzeug anziehen müssen, um sein Verhängnis auf den scharfen Klippen zu teilen, doch die Magie war dem Sog des größeren Schiffes gewachsen. Das kleinere Schiff verlangsamte kaum seine Fahrt in Richtung Hafen, die dreieckigen Segel waren voll gebläht und trotzten dem Wind, der sie hätte zerfetzen müssen.

Casuel langte plötzlich nach meinem Fernrohr, worauf ich es so hastig hochriss, dass ich mir fast selbst ein blaues Auge verpasst hätte. In dem Messingkreis sah ich Gestalten auf den überfluteten Decks des Hochseeschiffes auftauchen, und selbst auf diese Entfernung sprachen ihre Gesten beredt von Verblüffung und Erleichterung. Ein grüngoldener Blitz trotzte dem allumfassenden Grau des Gewitters, als eine Fahne am Großmast gehisst wurde. Die Luchsmaske war nicht mehr als ein gelber Fleck über dem Abzeichen, aber das alte Muster des Wappens der D'Olbriot war für mich deutlich zu erkennen.

Ich schlug Casuel auf die Schulter. »Sie sind es! Lass uns zum Hafen gehen.« Widerstrebende Gefühle überschwemmten mich. Erleichterung über die Rettung der Besatzung und Passagiere verdrängte die dumpfe Erkenntnis, dass alle derzeitigen Ambitionen von Messire um ein Haar mit dem

Schiff gesunken wären. Dann hätte ich alles verloren, hätte mich dem Dienste des Sieurs verpflichtet ohne Hoffnung auf die Belohnung, für die ich meinen Eid auf das Haus erneuert hatte. Jubel überwältigte solche sinnlose Sorge. Das Schiff und seine kostbaren Passagiere waren hier. Jetzt konnte ich mit gutem Gewissen die Interessen meines Patrons verfolgen, während ich gleichzeitig jenen Verpflichtungen nachkommen konnte, die meine Ehre betrafen. Sobald diese Schulden auf beiden Seiten beglichen waren, konnte ich auf zukünftige Unabhängigkeit mit Livak an meiner Seite hoffen. Heiterkeit trug mich bis zur Tür, ehe ich bemerkte, dass Casuel noch immer am Fenster stand, die Arme über der schmalen Brust verschränkt und mit einem so finsteren Stirnrunzeln, dass seine Augenbrauen in den Haaren zu verschwinden drohten.

»Komm schon«, drängte ich. »Vielleicht brauchen sie Hilfe.«

Casuel schnaubte. »Ein Magier, der solche Macht ausüben kann, wird kaum Verwendung für meine Hilfe haben.«

In Tormalin ist man weithin der Überzeugung, Zauberer seien so überheblich, dass sie zu nichts zu gebrauchen sind. Casuel bestätigte das deutlicher als jeder andere Magier, dem ich bislang begegnet war. Ehe der Befehl Messires und Dastennins Laune mich in diese rätselhaften Ereignisse hineingezogen hatten, hatte ich keinen Anlass gehabt, Magier kennen zu lernen. Wie die meisten Menschen, hatte ich die unklare Vorstellung, dass die geheimnisvollen Magiegeborenen durch ihre Studien Weisheit erlangten, wie es in alten Sagen unfehlbar der Fall war. In Wirklichkeit hatte ich seit meiner Zeit auf der Nonnenschule, auf der ich lesen lernte, noch nie einen solchen Kleingeist wie Casuel getroffen. Er sorgte sich ständig darum, was andere von ihm denken könnten, war voller Misstrauen, dass er nie das erhielt, was ihm zustand, und war ein Ausbund kleinlichen Ehrgeizes. Ich stamme aus einer Familie bodenständiger Handwerker und habe ein Leben als Soldat im Dienste eines Adelshauses gewählt, also bin ich an Menschen gewohnt, die geradeheraus sind bis zur Taktlosigkeit und selbstbewusst in dem, was sie tun. Casuel stellte meine Geduld stark auf die Probe.

Aber er ist ein hingebungsvoller Gelehrter, mahnte ich mich selbst, ein Talent, das du für dich nicht in Anspruch nehmen kannst. Genauso wichtig war, dass Casuel in Tormalin geboren und aufgewachsen war und die Hierarchie und Sitten unseres Landes kannte, sodass er zweifellos am besten als Bindeglied zwischen Hadrumal und Toremal geeignet war. Es war nur ein Jammer, dass die Zusammenarbeit mit ihm nicht einfacher war.

»Wir sind hier, um die Kolonisten von Kellarin im Namen des Sieurs und des Erzmagiers zu begrüßen, nicht wahr?« Ich hielt die Tür offen. Ich hatte in den vergangenen Jahreszeiten, in denen ich Casuel auf der Suche nach alten Büchern in noch älteren Bibliotheken durch Tormalin schleppte, gelernt, dass streiten nur dazu führte, dass er sich störrisch gebärdete. Die stumme Voraussetzung seiner Mitarbeit ließ ihn jedoch schon bald seinen Mantel nehmen, wenn er auch leise vor sich hin schimpfte, als er mir folgte.

Ich zog meinen Umhang fester um mich, als wir aus dem ausgezeichneten Gasthaus auf das ausgedehnte Grundstück traten, das Ostrins Schrein umgab. Der böige Wind riss an meiner Kapuze, und ich ließ sie lieber unten als darum zu kämpfen, einen trockenen Kopf zu behalten, wie es Casuel tat. Der Portier am Haupttor trat mit freundlichem Lächeln aus seiner geschützten Nische und öffnete die Seitenpforte für uns. Der Wind schlug die schwere Eichentür hinter uns zu.

Ich nahm Casuel beim Arm und zog ihn aus dem Weg eines Schlittens, der auf glänzenden Metallkufen den Hügel herunterschoss. Wir setzten behutsam unsere Füße auf das glitschige blaue Kopfsteinpflaster, doch die Einheimischen rannten die berüchtigten steilen Straßen von Bremilayne mit der geübten Lässigkeit von Ziegen hinab, die in den Bergen hinter der Stadt lebten. Regen ergoss sich aus den schiefernen Dachrinnen der Häuser, deren Fundamente der Neigung des Hanges trotzten. Die Tür des einen Hauses befand sich oft auf fast der gleichen Höhe wie die Fenster im ersten Stock seines Nachbarn. Die größeren Häuser der Oberstadt machten den voll gestopften, schmutzigen Gassen Platz. Als wir endlich auf dem breiten Kai herauskamen, sammelte sich schon eine Menschenmenge, die aus üblen Hafenspelunken quoll. Hafenarbeiter, die sich das Geld für ihr Bier beim Löschen der neu ankommenden Schiffe verdienen wollten, Gaffer und Huren, die jede Gelegenheit nutzen wollten. Ich bahnte mir einen Weg durch die Schaulustigen, und Casuel schlurfte dicht hinter mir her.

»Dass du mit Magie so was machen kannst, hab ich noch nie gesehen.« Ein Mann sprach über mich hinweg, Ehrfurcht mischte sich mit Unsicherheit.

»Und das wirst du wohl auch nicht mehr, sag ich mal«, stimmte sein Freund erleichtert zu.

»Ich gebe zu, es war wirklich etwas Neues, aber wenn sie gesunken wären, hätten wir das Wrack ausnehmen können.« Ein Dritter betrachtete mit gierigem Blick die schrägen Masten des Hochseeschiffes. »Denk nur an die Ladung, die an Land gespült worden wäre.«

Ich schob mit dem Ellenbogen die Möchtegern-Raubmöwe zur Seite. Da das Schiff immer noch schwer Schlagseite hatte, mühten sich Besatzung und Hafenarbeiter ab, nasse und unwillige Taue um verbeulte Poller zu legen. Ich streifte meine Handschuhe über und setzte mein Gewicht mit ein, um eine Trosse zu halten, die zwei Männer verzweifelt festmachen wollten. »Casuel! Pack mit an, Mann!«

Die doppelköpfigen Poller, die den Kai säumten, glühten plötzlich, und bernsteinfarbenes Licht knisterte in der Luft, was dem Mann neben mir einen Fluch entriss. Überrascht klammerte ich mich selbst an das Tau, ich hatte nicht damit gerechnet, dass Casuel Magie anwandte. Unbewegliches Metall wand und duckte sich unter den Tauen hindurch, schwarze Eisenarme suchten blindlings und schlangen sich dann um die widerspenstigen Hanftaue, ehe sie sich wieder zurückzogen und erneut stramm aufrichteten. Wie ein Fisch am Angelhaken, machte das große Schiff einen Satz und rollte mit einem Ruck hart gegen den Kai, mit einem Krachen, das im ganzen Hafen widerhallte. Das Schiff erbebte von Bug bis Heck mit einem verdächtigen Splittern.

»Schöne Arbeit, Cas!« Ich ließ das Tau fallen und rannte über den Kai, wobei ich das überfüllte Deck musterte. »Temar!« Ein hagerer junger Mann an der Achterkajüte drehte sich auf meinen Ruf hin um und grüßte mich mit einem knappen Winken. »Wir müssen deine Leute von Bord bekommen, so schnell wie möglich.« Das Schiff lag tief und schräg im Wasser, und der Schaden, den Casuel gerade angerichtet hatte, konnte gut vollenden, was das Unwetter begonnen hatte. Die Ladung konnte man vom Grund des Hafenbeckens wieder heraufholen, aber ich wollte nicht nach Toten suchen müssen.

Eine Laufplanke wurde hastig von der Reling des Schiffes ausgelegt, doch ein goldenes Strahlen ließ die Hafenarbeiter, die danach griffen, zurückweichen. Ich drehte mich um und sah, Casuel, der zu dem schwebenden Holz gestikulierte, das Gesicht verzerrt vor Unmut. Unverzüglich öffnete sich ein Pfad zwischen dem Magier und dem Schiff, und die Menge um Casuel herum dünnte merklich aus.

Temar ignorierte die letzten Reste des Zauberlichtes, die von der Laufplanke verblassten, als er zu mir herunterlief. »Ryshad!«

»Ich dachte, wir müssten euch aus den Klippen fischen.« Ich packte seinen Unterarm nach altem Brauch mit dem Griff, den er mir bot, und merkte dabei, dass seine Finger nicht mehr die glatten, weißen eines müßigen Edelmannes waren sondern fast so wettergebräunt und schwielig wie meine eigenen.

Sein Griff um meinen Arm verstärkte sich unwillkürlich, und ich spürte den Druck von Muskeln, die in harter Arbeit gestählt worden waren. »Als uns die letzte Welle traf, war ich mir nicht sicher, ob wir nicht an einem Ufer der Anderwelt wieder auftauchen würden. Dastennin sei Dank, dass wir sicher gelandet sind.« Temar sprach noch immer mit stark alttormalinischem Akzent, aber ich hörte auch modernere Töne heraus, vor allem Lescarisch. Ich sah zum Schiff hoch und erkannte einige jener Söldner, die sich entschlossen hatten, auf der anderen Seite des Ozeans zu bleiben, nachdem die

Expedition im vergangenen Jahr die lang verschollene Kolonie des Alten Reiches entdeckt hatte. Sie brachten die Menschen so schnell sie konnten von Bord.

»Dastennin?« Casuel kam herbei, vor Anstrengung, Temar zu verstehen, die Stirn in Falten gelegt. »Sag ihm, er kann sich bei moderner Zauberkraft bedanken anstatt bei altem Aberglauben.« Casuel war der Spross einer tormalinischen Kaufmannsfamilie und nicht zum ersten Mal hörte ich rationalistische Anklänge in seinen Worten. Die ganze Situation musste ihn gehörig verwirren, dachte ich belustigt, da der Rationalismus die Element-Magie gleichermaßen verschmäht wie die Religion.

»Casuel Devoir, Temar D'Alsennin«, stellte ich sie hastig, wenn auch etwas verspätet vor.

»Junker.« Casuel vollführte eine geschmeidige Verbeugung, die einem kaiserlichen Salon Ehre gemacht hätte. »Euer Kapitän verließ sich wohl auf seine eigenen seefahrerischen Künste? Ich dachte, es wäre allgemein bekannt, dass eine sichere Ozeanüberquerung nur mit magischer Unterstützung gelingen kann.«

»Ganz recht.« Temar verbeugte sich seinerseits in einer Kombination von Ehrerbietung und Herablassung vor dem Zauberer. »Und einer Eurer Kollegen hat eine bewundernswerte Leistung vollbracht, bis er stürzte und sich beide Beine brach.« Der Anflug von Geringschätzung in Temars Blick ließ selbst die mäßige Höflichkeit seiner Worte wie Hohn erscheinen. Er deutete auf eine Gestalt, die von zwei stämmigen Seeleuten über die Laufplanke getragen wurde, die Verletzungen ordentlich mit Leinen und Hölzern geschient.

»Verzeihung?« Casuel schenkte seinem verletzten

Kollegen kaum einen Blick. »Bitte, sprich etwas langsamer.«

Ich beschloss, die Unterhaltung durch einen Themenwechsel zu entschärfen. »Wann hast du dir die Haare geschnitten?«

Temar fuhr sich mit der Hand über die kurzen Stoppeln, wo früher der lange Schopf gewachsen war, prächtiges schwarzes Haar wie mein eigenes, allerdings lang und glatt wie ein Brunnenseil. »Wir in Kel Ar'Ayen müssen jetzt praktisch denken. Mode ist ein Luxus, den wir uns noch nicht leisten können.« Ich freute mich über sein Lächeln, dessen gutmütige Selbstironie die Ernsthaftigkeit seiner eckigen Züge milderte.

»Lass uns nach drüben gehen und dort alles hinter Schloss und Riegel bringen, Temar.« Ich deutete auf das Lagerhaus, das ich ausgekundschaftet hatte, als wir in Bremilayne ankamen. Durchweichte Säcke und zerbeulte Kisten wurden in großen Schlingen auf den Kai gehievt und irgendwie gestapelt, da alle versuchten, das angeschlagene Schiff möglichst schnell leichter zu machen. Mehr als einer der Zuschauer zeigte eine gierige Miene.

»Ich gebe den Männern an Bord Bescheid.« Temar wandte sich ohne weiteres Aufhebens wieder der Laufplanke zu.

»Ich kümmere mich besser um den Magier, wer immer es sein mag«, sagte Casuel hastig, als er beobachtete, wie der verletzte Mann auf eine Trage gehoben wurde.

»Unbedingt.« Wenn Casuel sich mit den magischen Aspekten befasste, konnte ich mich um meine eigenen Dinge kümmern. Als ich das Wappen D'Olbriots auf dem Umhang eines untersetzten Neuankömmlings bei dem Lagerhaus bemerkte, eilte ich hinüber, führte den Mann in den Schutz des hallenden Gebäudes und begann ohne Umschweife:

»Diese Ankunft dürfte das Gesprächsthema in allen Kneipen sein. Wen haben wir also zur Verfügung, um diesen Ort zu sichern, wenn die Hafenratten zum Schnüffeln kommen?« Ich fuhr mir mit den Händen durch die Haare, um die Nässe herauszubekommen, die feuchten Strähnen klebten mir an den Fingern.

»Ich habe zwei Hand voll Neulinge und vier eingeschworene und loyale Männer.« Das graue, drahtige Haar des Mannes ging ohne Unterbrechung in einen Vollbart über, sodass es eine kräftige Nase und vorquellende Augen derart umrahmte, dass er beinahe wie eine Eule wirkte, die aus einem Efeugestrüpp spähte. »Tut mir Leid, dass wir so knapp sind. Wir wären schon vorgestern hier gewesen, hätte nicht ein Pferd gelahmt.«

»Du bist Glannar vom Layne-Tal-Gut, nicht wahr?« Seine volle Stimme mit dem rollenden Klang half mir, ihn einzuordnen, Haushofmeister des abgelegensten aller Güter des Hauses D'Olbriot.

Sein Gesicht verzog sich zu einem freudigen Grinsen. »Da bist du mir gegenüber im Vorteil. Ich erinnere mich zwar, dass du kamst, als wir Ärger bei den Scherschuppen hatten, aber mir fällt dein Name nicht ein.«

»Ryshad.« Ich erwiderte sein Lächeln. »Ryshad Tathel.«

»Hast dich gut fürs Haus geschlagen, wie ich höre«, stellte Glannar mit einem Blick auf den glänzenden Kupferreif an meinem Oberarm fest. Er sprach mit der Selbstsicherheit eines Mannes, der sich seinen eigenen Status schon so lange erworben hatte, dass er seinen Armreif mit den Jahren hatte stumpf werden lassen.

»Ich bin lediglich meinem Eid gefolgt«, sagte ich leichthin. Glannar machte nur Konversation, er versuchte weder mir Geheimnisse zu entlocken noch schlüpfrige Einzelheiten, wie einige andere, seit Halbwahrheiten über meine Abenteuer im Archipel Messires Befehl zur Vertraulichkeit entglitten waren. »Deine Männer sind gut ausgebildet?« Ich hatte selbst genug Zeit damit verbracht, neue Rekruten auszubilden, deren Verstand stumpfer war als der Griff eines Pfluges.

Glannar nickte. »Es sind die Söhne von Arbeitern aus den Bleiminen, alle bis auf einen, sie werden also keinen Unsinn dulden. Das Zeug hier ist bei uns so sicher wie eine Maus in einem Haufen Malz.«

»Gut.« Ich wandte den Kopf, als die großen Türen aufschwangen und eine Reihe nasser und voll beladener Hafenarbeiter einließen. Ich unterdrückte den Impuls, meinen Umhang abzulegen und mich nützlich zu machen. Mir die Hände schmutzig zu machen, wäre weder meinem glänzenden neuen Rang noch Glannars Rang hier zu Lande angemessen. Also sah ich nur zu, wie er die Lehnsleute mit knappen Gesten an die Arbeit schickte. Sie wiederum waren sichtlich eifrig dabei, die Anerkannten zu organisieren, jene Burschen, die neu im Dienste des Hauses waren, auf der untersten Stufe der Leiter und darauf bedacht, sich würdig zu erweisen, um den Eid leisten zu dürfen, der sie an die Interessen D'Olbriots band.

Ich sah den muskulösen Jugendlichen zu, die energisch zu Werke gingen. Ich selbst hatte denselben uralten Eid mit brennender Loyalität geschworen und von ganzem Herzen daran geglaubt, bis die

Ereignisse der vergangenen anderthalb Jahre meinen Glauben bis in die Grundfesten erschüttert hatten. Es war so weit gekommen, dass ich um Haaresbreite mein Schwurgeld zurückgegeben und mein Bündnis an den Namen aufgegeben hätte, im Glauben, dass das Haus mich aufgegeben hatte. Dann war mir eine Belohnung geboten worden, der Rang eines Erwählten als Entschädigung für meine Qualen, und ich hatte sie angenommen, mehr als nur ein wenig unsicher, aber mir meiner anderen Möglichkeiten auch nicht sicher genug, um aufzugeben, was ich schon so lange kannte. Aber ich war auch andere Verpflichtungen eingegangen, wo einst mein Eid keinen Platz für Treue gegenüber anderen gelassen hatte.

Glannars freundliche Befehle klangen zu den Balken hinter mir hinauf, als ich hinausging. Der Regen ließ nach, doch der Himmel war noch immer grau und verdrießlich. Ungefähr so verdrießlich wie Casuel, der in dem kümmerlichen Schutz des Hafenkrans stand und auf den eine hochgewachsene Gestalt in blauem Umhang einredete. Ich ließ einen hoch beladenen Schlitten vorbei, der über das Kopfsteinpflaster knirschte, ehe ich zu ihm hinüber ging.

»Ryshad Tathel, das ist Velindre Ychane, Magierin aus Hadrumal.« Casuel sah aus, als hätte er in eine Zitrone gebissen. »Ihre Affinität liegt in der Luft, wie du zweifellos erraten hast. Sie war diejenige auf dem anderen Schiff.«

»Gnädige Frau.« Ich machte eine tiefe Verbeugung. »Wir stehen tief in Eurer Schuld.« Ich bezweifelte, dass Casuel seinen Dank ausgedrückt hatte, aber das Haus D'Olbriot schuldete dieser Dame ausgesprochen herzlichen Dank, und so oder so war ich sein Stellvertreter hier.

»Ein Glück, dass du da warst«, warf Casuel ein.

»Glück hatte nichts damit zu tun.« Sie machte eine nüchterne Aussage aus Worten, die leicht ebenso gut arrogant oder tadelnd oder beides hätten sein können. »Ich habe während des vergangenen halben Jahres die Luftströmungen um das Kap der Winde herum studiert. Als ich hörte, dass Junker D'Alsennin etwa in der Mitte der Jahreszeit ankommen würde, beschloss ich, uns einen Weg die Küste hinaufzuschaffen. Ich beobachtete sein Schiff per Weitsicht ebenso wie die wahrscheinliche Auswirkung des Unwetters und hielt es für das Beste, dass wir zusammen im Hafen landeten. In Anbetracht von Urlans Unfall war das wohl auch gut so.« Sie richtete ihre Worte direkt an mich, sodass Casuel ungeduldig an den Bändern seines Umhangs zupfte. Ihre Stimme war tief und ein wenig heiser, ebenso selbstbewusst wie ihre Haltung. Trotz ihres mandarkischen Namens sprach sie mit dem Akzent von Hadrumal, ohne dass man ihre Herkunft hätte heraushören können, und so nahm ich an, dass sie auf dieser fernen, abgeschiedenen Insel geboren worden war.

»Möchtest du mit Temar reden? Junker D'Alsennin also?« Damit wurde ein neuer Stein auf ein Brett gesetzt, auf dem das Spiel schon längst im Gange war. Ich sollte mehr über diese unbekannte Dame wissen, ehe ich sie auf die komplexen Belange der Kolonie und des Hauses, dem ich diente, losließ, was immer Casuel auch über die bedingungslose Zusammenarbeit sagen mochte, auf die jeder Magier einen Anspruch hatte.

»Wenn er nichts Dringlicheres zu tun hat.« Velindres Lächeln verlieh ihren beinahe männlichen Zügen plötzlich etwas Weibliches. Niemand würde sie für eine Schönheit halten, aber ihre auffallende Erscheinung zog jeden Blick auf sich, und das würde äußere Anziehungskraft überdauern. Ein paar Strähnen feinen blonden Haares waren dem Gefängnis ihrer Kapuze entkommen, und sie strich sie sich aus den haselnussbraunen Augen, die von hellen Wimpern umrahmt waren. »Du also bist Ryshad«, sinnierte sie. »Ich habe schon viel von dir gehört.«

Ich beschloss, ihre Direktheit zu erwidern. »Von wem?«

»Ursprünglich von Otrick.« Bei ihren Worten schien Traurigkeit die schweren Gewitterwolken über uns noch weiter zu verdüstern. »Später dann von Troanna.«

»Was hast du mit Troanna zu tun?« Casuel trat nervös von einem Fuß auf den anderen vor lauter Angst, ihm könnte etwas entgehen.

»Sie hat mich immer mit allen Neuigkeiten von zu Hause versorgt, Cas«, antwortete Velindre leichthin. »Soll ich ihr ausrichten, dass du dich nach ihr erkundigt hast?«

Casuel blinzelte, aus dem Konzept gebracht. Ich verstand noch immer nicht ganz die formellen und informellen Rangordnungen und Autoritäten der Zauberer von Hadrumal, die schlecht definierten und sich oft überlappenden Funktionen ihres Rates und ihrer Hallen, aber mir war klar, Casuel wollte nicht, dass der ohnehin schon scharfe Verstand Troannas, die als hervorragende Wassermagierin galt, auf seine Kosten noch weiter geschärft würde. Wenn der Wolkenmeister und die Flutmeisterin sie auf dem Laufenden hielten, hatte Velindre mächtige Freunde.

»Wie könnte Junker D'Alsennin von Nutzen sein?«, fragte ich höflich.

33

Velindre lächelte wieder. »Er hat den Ozean überquert und ist mit Strömungen und Winden zu unbekannten Ufern gesegelt, die kein Magier je gespürt hat. Kein Zauberer lässt je die Chance ungenutzt, neues Wissen zu erwerben.«

Was sicherlich stimmt, aber das war so wenig die ganze Geschichte wie ich ein caladhrischer Packesel.

»Ich werde sehen, ob wir dich unterbringen können«, sagte Casuel wichtigtuerisch.

Velindres Blick wurde hart, und ich dachte einen Augenblick, sie würde ihn zurechtweisen, aber ein Neuankömmling ersparte ihm einen Tadel.

»Magier Devoir.« Die Frau machte einen nervösen Knicks, sodass der Saum ihres rosa Kleides im Dreck des Hafenkais landete.

»Allin?« Casuel klang erstaunt und missvergnügt.

»Du kannst ihn ruhig Casuel nennen, wie alle anderen auch«, sagte Velindre trocken. »Wie geht es Urlan?«

Allin sah auf, wurde rot und senkte den Blick wieder auf ihre gefalteten Hände. »Beide Beine sind gebrochen, und der Bootsmann sagt, er hätte Knochensplitter durch die Haut der rechten Wade ragen sehen. Man hat ihn zum Krankenhaus beim Schrein gebracht.« Wo Velindre nur knapp kleiner war als ich, reichte Allin Casuel kaum bis zur Schulter. Selbst wenn man sich den schweren Umhang wegdachte, schätzte ich, dass ihre Gestalt so rundlich sein würde wie ihr schlichtes, stupsnasiges Gesicht. Aber ihre Knopfaugen strahlten vor Intelligenz und Gutmütigkeit, Eigenschaften, die so manchem hübscheren Mädchen fehlten.

»Hast du dich um eine Unterkunft gekümmert?«, fragte ich.

»Der Mann vom Schrein sagte, wir könnten wahrscheinlich auch dort bleiben.« Das Mädchen lugte unter ihren dunklen Wimpern zu mir empor. Ihr Tormalin war fließend, aber unüberhörbar lescarischen Ursprungs.

»Falls es Probleme gibt, setze mich davon in Kenntnis. Wir sind im oberen Gästehaus«, sagte Casuel dienstfertig.

»Wir sehen dich dort zum Abendessen.« Velindre machte mit einem abschließenden Lächeln auf dem Absatz kehrt, und ehe Casuel widersprechen konnte, führten ihre langen Schritte sie außer Hörweite.

»Und wer ist sie nun?«, fragte ich den Zauberer.

Die Empörung wich nur langsam aus seinen gut geschnittenen Zügen. »Velindre ist eine Magierin von gewissem Rang in Hadrumal, aber sie hat immer behauptet, sich lieber auf ihre Studien zu konzentrieren als sich den weiteren Belangen der Zauberei zu widmen.«

Ich überlegte, wogegen der Hohn in seiner Stimme sich eigentlich richtete, aber beschloss, dass seine Vorurteile es nicht lohnten, sie weiter zu verfolgen. »Sie war also nicht in eine der Intrigen eingeweiht, die Planir im letzten Jahr oder so gesponnen hat?«

Casuel warf den Kopf zurück. »Ich glaube kaum, dass Intrige das richtige Wort für die notwendige Sorge ist, mit der Planir Hadrumals Interessen wahrnimmt.«

»Könntest du bitte mit dem Erzmagier Kontakt aufnehmen? Um ihn wissen zu lassen, dass sie hier ist und anscheinend Interesse an der Kolonie hat.« Ich äußerte meine Bitte mit einer Höflichkeit, die dazu dienen sollte, Casuels gesträubtes Gefieder wieder zu glätten.

»Das hatte ich natürlich ohnehin beabsichtigt.« Selbstverständlich hatte Casuel vorgehabt, Planir von Velindre zu berichten. Zu klatschen war eine weitere Mädchenschul-Angewohnheit, die ich bei ihm im vergangenen halben Jahr festgestellt hatte. »Ich frage mich, ob er weiß, dass Troanna Verbindung zu ihr hat.«

»Sollen wir es jetzt tun? Planir weiß vielleicht, warum Velindre hier ist, und er wird bestimmt wissen wollen, was mit Urlan passiert ist.« Ich wollte alle meine Vögel in einer Reihe haben, ehe ich Velindre wieder traf, und hier gab es für mich wenig genug zu tun.

»Ja, ich sollte schauen, was der Erzmagier Neues für uns hat, nicht wahr? Lass uns aus dem Regen gehen.« Diese Vorstellung ließ den Zauberer eifrig hügelan schlurfen, wobei er die Kapuze seines Umhangs fest unter seinem hübschen Kinn zusammenhielt.

Sobald wir wieder in dem Zimmer des Gästehauses waren, das er als Arbeitszimmer bezeichnete, begann Casuel mit seiner Zauberei. Ich hatte ihn in der vergangenen Jahreszeit mehrfach verschiedene Zauber wirken sehen, und seltsamerweise war er am wenigsten unleidlich, wenn er mit seiner Magie arbeitete. Der Zauberer setzte sich an den Tisch, stellte einen stählernen Spiegel und davor eine Kerze auf und entzündete sie mit einem Fingerschnipsen, wobei die Spitzen an seinen Ärmelsäumen flatterten. Er legte die Hände flach auf das Nussbaumholz, die Augen ohne zu blinzeln auf die gespiegelte Kerzenflamme gerichtet.

Ich saß in einer Ecke, zufrieden damit zuzuhören und zu beobachten, das Reden konnte Casuel übernehmen. Planir, der vermutlich die Macht hatte, diese Velindre zu bändigen, sollte ruhig von ihrer Ankunft erfahren, nur für den Fall, dass sie private Zwecke verfolgte, die jenen gefährlich werden konnten, wofür ich arbeitete. Ich hatte zwar keinen Anlass, ihr zu misstrauen, aber auch keinen Grund, ihr zu vertrauen. Ich traute auch Planir nicht besonders, nachdem ich am eigenen Leibe die zauberhafte Rücksichtslosigkeit des Erzmagiers von Hadrumal hatte erleben dürfen, aber seine eigenen Interessen würde er immer verteidigen, und zurzeit marschierten diese im Gleichklang mit den meinen und denen des Hauses D'Olbriot.

Die Kerzenflamme brannte gelb und verdunkelte sich dann zu einem blutigen Orange, was das Spiegelbild trübte. Im Spiegel schimmernd, begann sich ein Funke Magie langsam zu drehen, wie Wasser, das man umrührt. Wo in einer wirbelnden Flüssigkeit vielleicht eine Mulde entstanden wäre, breitete sich ein regelrechtes Loch in der Luft über der metallenen Oberfläche aus, als die Elemente dem geheimnisvollen Einfluss des Magiegeborenen gehorchten. Casuel runzelte die Stirn, das Kinn in äußerster Konzentration vorgeschoben. Nur das Licht, das sich in dem goldenen Ring an einem angespannten Finger spiegelte, verriet kaum merklich eine Bewegung. Trotz der zahlreichen Male, die ich Casuel dies hatte tun sehen, lief mir ein Schauer über den Rücken angesichts solch unerklärlicher Beeinflussung der natürlichen Ordnung.

Ein Abbild erschien in dem Spiegel, Magie spiegelte den Erzmagier, der an einem Tisch in seinem Arbeitszimmer saß. Ich erkannte es aufgrund meines eigenen unfreiwilligen Besuches in Hadrumal, ein Zimmer voll eleganter Möbel und tödlicher Entschlossenheit. Ein Instinkt ließ ihn den dunklen

Kopf heben, und er blickte direkt über die unzähligen Meilen hinweg durch Casuels Zauber, die schmalen Brauen erstaunt gehoben. »Ja?«

»Die Kolonisten sind angekommen«, sagte Casuel schnell. »Sie hatten Schwierigkeiten anzulegen, weil Urlan sich bei einem Sturz verletzt hat.«

»Schlimm?« Planir beugte sich vor, sein Gesicht war angespannt. »Hast du ihn gesehen?«

»Noch nicht, es sind seine Beine, weißt du, man hat ihn ins Krankenhaus gebracht.« Casuel klang wie ein nachlässiger Lehrling, der versuchte, sich vor meinem Vater zu rechtfertigen.

Das kleine Abbild des Erzmagiers im Spiegel nickte abrupt, ehe er eine unmissverständliche Geste der Entlassung machte. »Geh und such ihn selbst auf und dann nimm sofort wieder mit mir Verbindung auf.« Mein Vater hatte auch nie Zeit für Untergebene, die mit einer halb erledigten Aufgabe zu ihm kamen.

Casuel räusperte sich. »Velindre kam mit derselben Flut in Bremilayne an. Es scheint als wolle sie unbedingt mit D'Alsennin sprechen.«

»Wirklich?« Planirs Ton war unverbindlich, doch selbst auf diese Entfernung konnte ich sehen, dass auf seinem hageren Gesicht kein Lächeln lag.

Casuel war verblüfft. »Was soll ich also tun? Was soll ich ihr sagen?«

Ihr ein Lob für die Rettung des angeschlagenen Schiffes auszusprechen, wäre schon mal ein Anfang, dachte ich bei mir.

»Du übernimmst die Vorstellung, die sie sich wünscht.« Planir klang leicht erstaunt darüber, dass Casuel überhaupt fragen musste. »Und du notierst ihre Fragen, wem sie sie stellt, und die Antworten, die sie erhält. Dann berichtest du mir.«

Casuel warf sich sichtbar in die Brust bei der Vorstellung, derartig in das Vertrauen des Erzmagiers gezogen zu werden. Für mich sah es eher danach aus, als würde die Naivität eines Dummkopfes gegen ihn verwendet, als Planirs Mund sich zu dem gnadenlosen Lächeln eines Hais krümmte.

»Will sie befördert werden?«, beharrte Casuel. »Sie sagt immer, dass die Beherrschung ihres Elementes wichtiger ist als ein Rang innerhalb der Hallen oder die Anerkennung des Rates.« Seine Verwirrung war offensichtlich: dass jemand den Status gering schätzen konnte, nach dem er so vergeblich strebte.

Ich hörte Planir mit den Fingern auf die Tischplatte trommeln, was eine für ihn uncharakteristische Anspannung verriet. »Ich habe gehört, sie käme als Kandidatin für die Wolkenmeisterin in Frage«, sagte er leichthin. »Es würde mich interessieren, ob sie Anzeichen erkennen lässt, dass ihr Ehrgeiz in diese Richtung weist. Aber du bringst das Thema nicht selbst zur Sprache, Casuel, hast du mich verstanden?«

»Aber Otrick ist der Wolkenmeister«, meinte Casuel stirnrunzelnd.

»Allerdings«, erwiderte Planir entschieden. »Und das wird er auch bleiben, was immer Troanna auch sagen mag.«

Aber jener alte Zauberer war gefangenen in verhexter Bewusstlosigkeit, niedergeschlagen von ätherischer Bosheit, wie so viele andere im Kampf um Kellarin vergangenen Sommer, was den Triumph trübte, den ich mit Temar, seinen Söldnern und den sie bezahlenden Magiern teilte. Ein Mittel zu finden, diese Unglücklichen wieder zu erwecken, gehörte zu den wichtigsten Zielen unter den Verpflichtungen, die mich veranlassten, weiterhin in den Diensten von Messire D'Olbriot zu stehen. Als einer der führenden Fürsten des Reiches gehörte der Sieur glücklicherweise zu den stärksten Verfechtern bei der Suche nach Erkenntnissen, um den Hexereien der Elietimm zu begegnen. Deswegen hatte ich die erste Hälfte des Jahres damit verbracht, Casuel zu abgelegenen staubigen Bibliotheken zu begleiten, während meine geliebte Livak quer durch das Alte Reich gereist war auf der Suche nach Wissen, das die alten Völker des Waldes und der Berge noch besaßen.

Planirs nächste Worte lenkten mich von der Überlegung ab, wie es ihr wohl ergehen mochte. »Ryshad, einen guten Tag dir.«

Ich konnte nicht verhindern, dass ich erstaunt zusammenzuckte. Ich hatte angenommen, der Zauber würde nicht bis in meine Ecke dringen. »Erzmagier.« Ich schenkte dem bernsteinfarbigen Spiegelbild ein Nicken, rückte aber nicht näher.

»Ich habe vor ein paar Tagen von Usara gehört«, fuhr Planir freundlich fort. »Livak macht sich gut. Sie sind auf dem Weg nach Norden, um herauszufinden, ob die Sagen des Bergvolkes etwas Lehrreiches für uns enthalten.«

»Haben sie im Großen Wald irgendetwas Wichtiges entdeckt?«, fragte Casuel eifrig. Er war sehr beredt gewesen in seiner Verachtung für Livaks Theorie, dass archaische Traditionen unbekannte Weisheiten enthalten könnten, also würde jeder Erfolg ihrerseits ihn zu einem Dummkopf stempeln. Bewaffnet mit einem alten Liederbuch, von dem sie beharrlich behauptete, es enthalte Hinweise auf verloren gegangene Zauberkünste, war Livak aufgebrochen, fest entschlossen zu beweisen, dass er Unrecht hatte.

»Bislang ist nichts Schlüssiges ans Licht gekommen.« Der Erzmagier hob wieder die Hand, und der Schein im Spiegel flammte hell auf. »Wenn es weiter nichts gibt? Ich habe hier viel zu tun, wie du weißt.«

»Grüße Usara von mir, wenn du das nächste Mal von ihm hörst.« Das schimmernde Loch schloss sich und ließ nicht mehr als ein Nachbild zurück, das vor meinen Augen brannte. Ich blinzelte, unsicher, ob Planir mich gehört hatte oder nicht. Wenigstens wusste ich, dass Livak gesund und munter war, und das lag mir sehr am Herzen. Sie war mit Usara zusammen, und ich erinnerte mich daran, dass es nicht die Magie war, der ich misstraute, sondern nur gewissen Magiern. Usara war fähig und aufrichtig, und das wog schwer im Vergleich zu Planirs Verschlagenheit und Casuels Kleinkariertheit.

»Ich sehe besser mal nach, wie es Urlan geht.« Casuel wirkte abwesend. »Und dann gehe ich noch einmal meine Aufzeichnungen durch, um mir über die Fragen an D'Alsennin klar zu werden.« Und um sich die wenigen Fragmente möglicher Erkenntnisse einzuprägen, die er aus Fetzen unbeachteter Pergamente und vor Alter verblichener Bücher zusammengetragen hatte. Er suchte nach etwas, das er beiläufig gegenüber Planir erwähnen konnte, um gegenhalten zu können, falls Livak im Wald oder in den Bergen etwas entdeckte. Sie würde sicherlich ausgiebig über ihn triumphieren, wenn sie Erfolg haben sollte, also konnte ich Casuel deswegen kaum einen Vorwurf machen. Ich unterdrückte meine wiederkehrende Sehnsucht nach ihrer übersprudelnden Gesellschaft, indem ich mich daran erinnerte, dass ich ihrer Reise zugestimmt hatte, also durfte ich mich auch kaum über ihre Abwesenheit beklagen. Und ihre Suche war nur die eine Hälfte des doppelseitigen Planes, der uns hoffentlich eine gemeinsame Zukunft bescheren würde, und Casuel wäre nicht der Einzige, der bei Livaks Rückkehr ihre spitze Zunge zu spüren bekäme, wenn sie feststellte, dass ich meinen Teil nicht erfüllt hatte. Bei dem Gedanken daran musste ich lächeln und nahm meinen feuchten Mantel vom Haken. »Ich sehe mal nach, wie es im Hafen steht.«

Casuel war bereits tief in seine Bücher versunken, so viel also zu seiner Sorge um seinen Zauberkollegen. Ich ließ ihn allein und ging wieder den Berg hinunter zum Hafen. Als ich Glannars Männer müßig vor der verriegelten Lagerhaustür sah, suchte ich nach Temar. Er stand inmitten stämmiger Hafenarbeiter und zählte Geld in die schwielige Pranke des Vorarbeiters.

»Ein angemessener Lohn für den Tag«, stellte ich fest, nachdem ich die tormalinischen Kronen in der schmutzigen Hand des Mannes überschlagen hatte. Der Hafenarbeiter grunzte unverbindlich.

»Aber da das Wetter kaum angemessen war, denke ich mir noch etwas für die Kälte und die Nässe aus.« Temar ließ ein paar Silbermark auf das Gold fallen, und ein widerstrebendes Lächeln verzog die Lippen des Hafenarbeiters und ließ fleckige braune Zähne sehen.

»War ein Vergnügen, mit Euch Geschäfte zu machen, Junker«, nickte er, ehe er das Geld sicher in einem Geldgürtel verstaute und dann seine Leute mit einer Geste auf eine nahe gelegene Taverne heranpfiff.

»Du solltest dir nicht den Ruf einhandeln, dass man es mit dir einfach hat«, warnte ich Temar.

Er zuckte ungerührt die Achseln. »Wenn bekannt ist, dass die Schiffe von Kel Ar'Ayen gut zahlen, werden wir nie Mangel an Leuten haben, um sie zu löschen.« Er nickte zu dem Schiff hin, das Velindre hergebracht hatte. »Und wer ist nun diese Zauberin, der ich mein Leben verdanke? Wie kommt sie genau zum richtigen Zeitpunkt her?«

»Sie heißt Velindre, aber mehr weiß ich auch nicht über sie«, gab ich widerwillig zu. »Sie sagt, sie interessiere sich für die Winde und Strömungen vor der Küste von Kellarin, aber Planir glaubt, sie hat möglicherweise den Ehrgeiz, sich in Hadrumal einen Namen zu machen.«

»Wenn sie auf einen Anteil an der Beute hofft, sollte sie sich am besten hinten in der Reihe derjenigen anstellen, die einen Anspruch auf die Kolonie erheben wollen«, sagte Temar locker.

Ich versuchte abzuschätzen, wie ernst Temar es meinte. Im letzten Jahr war unter den Eingeschworenen und Erwählten oft leichtfertig über D'Olbriots Hoheit über Kellarin geklatscht worden, und ich hatte als Einziger zu bedenken gegeben, dass das Spiel auch ganz anders ausgehen könnte.

»Temar!« Eine dünne Frau schritt über das Pflaster auf uns zu. Ihre Kapuze rutschte von ihrem Haar, das stark von grauen Strähnen durchzogen war. Sorge vertiefte die Altersfalten in ihrem Gesicht. Obwohl der Regen schon fast aufgehört hatte, wischte sie mit unbewussten, wiederholten Gesten über ihr Gesicht, während sie hastig auf Temar einredete. Ihre Sprechweise wies für mich eine zu starke Klangfärbung des Alt-Toremal auf, aber ich erkannte sie als Demoiselle Tor Arrial, eine von Kellarins wenigen anderen überlebenden Edelleuten. Temar nickte und sah mich an. »Avila möchte gern wissen, wo wir schlafen werden. Die meisten der Besatzung und anderen Passagiere verlangen Zimmer in diesen Gasthäusern.«

»Wir haben alles, was ihr braucht, im Schrein von Ostrin bereit.« Ich sprach langsam und mit meinem förmlichsten Akzent. Avila Tor Arrial sah mich scharf an, mit einer rissigen Hand eine Mantelfibel umklammernd, die mit Rubinen und blassrosa Diamanten besetzt war. Nach einer Pause nickte sie, und diese Geste bedurfte keiner Übersetzung, also ging ich voraus, und wir ließen das alte Hafenviertel hinter uns und erreichten bald die regelmäßigeren Straßen rund um Ostrins Mauern.

»Ich dachte, es sollten mehr von euch kommen«, bemerkte ich zu Temar.

Er zuckte die Achseln. »Als es darauf ankam, fanden alle Gründe zu bleiben. Je mehr wir mit den Seeleuten oder mit den Magiern reden, desto mehr müssen wir erkennen, wie sehr sich unsere Welt verändert hat. Wenigstens wissen wir in Kellarin, womit wir es zu tun haben.« Er schwieg, und wir gingen weiter, bis wir vor Ostrins Mauern standen.

»Hier entlang.« Ich winkte Avila durch das Tor, das alle Ankömmlinge in dem steinernen Kreis willkommen hieß. In dem großen kiesbestreuten Innenhof summte es vor Geschäftigkeit, zwei Kutschen entließen eine lärmende Familie, die offenbar ein Schiff nach Norden oder Süden nehmen wollte.

»Vielleicht taten sie recht daran zurückzubleiben«, murmelte Temar mit weit aufgerissenen Augen, als er durch das Tor einen Blick zurück auf die lebhafte Stadt warf. »Es ist alles so anders, nichts ist mehr so, wie ich es in Erinnerung habe.«

»Wir sollten dich zunächst einmal ins Warme bringen«, drängte ich, weil er eine Blässe aufwies, die mir nicht gefiel.

Er folgte mir ohne Widerrede zu dem bequemen Gästehaus hinter Ostrins Hauptschrein. Dienerinnen gewährten die Gastfreundschaft, die das Hauptanliegen des Gottes ist, und boten steifen und durchgefrorenen Reisenden weiche Handtücher an, Krüge mit warmem Wasser und heiße Kräutertränke, während Träger diskret arg mitgenommenes Gepäck in die Schlafzimmer brachten.

»Hier sind Zimmer für dich und die Demoiselle Tor Arrial reserviert.« Ich führte Temar die breite Treppe hinauf, deren hölzerne Paneele glänzten von jahrelangem hingebungsvollem Polieren. »Die Seeleute und Söldner können sich in den Gasthäusern einquartieren, aber Messire dachte, ihr würdet ein bisschen Privatsphäre schätzen.« Die übertriebenen Geschichten der Matrosen und Freibeuter konnten genügend Stoff liefern, um die Gerüchteküche am Köcheln zu halten, es bestand also keine Notwendigkeit, Temar aufdringlicher Neugier auszusetzen.

Als ich die Tür zu dem Zimmer öffnete, das ich für Temar ausgesucht hatte, fiel mir noch etwas anderes ein. »Die Magierin Velindre hat sich für heute Abend bei mir und Casuel zum Essen eingeladen. Warum nimmst du nicht mit Avila das Abendessen im oberen Salon ein?«

Temar blieb auf der Schwelle stehen. Er warf mir einen knappen Blick zu und zuckte die Schultern. »Was immer du für richtig hältst.«

»Hier ist saubere Wäsche, Rasierseife, Rasiermesser.« Ich deutete auf den Waschtisch. »Ich bin nebenan, falls du etwas brauchst.« Ich zögerte, weil ich nicht wusste, ob ich ihm meine Gesellschaft anbieten oder ihm Ruhe gönnen sollte, um seine Gedanken zu sammeln. Schritte hinter mir kündigten ein Dienstmädchen mit einem dampfenden Krug Wasser an, also trat ich beiseite, um sie vorbeizulassen.

»Du willst dich doch bestimmt umziehen.« Temar deutete auf meine durchweichten Lederstiefel. Sein angespanntes Lächeln reichte nicht ganz bis zu den Augen, also nahm ich die Andeutung hin, zog seine Tür zu und ging.

Ein rascher Abstecher in die Küche, die über dem Hof lag, sorgte dafür, dass ich meinen Umhang im Trockenraum lassen konnte, und sobald ich sicher war, dass meine Anordnungen für das Abendessen klar verstanden worden waren, eilte ich zurück zum Gästehaus. Ich fand Casuel und Allin, die in der Haupthalle miteinander stritten. Ihr hochrotes Gesicht machte sie alles andere als anziehend, aber sie hatte die Arme fest entschlossen verschränkt. Casuel, der ein zusammengefaltetes weißes Bündel umklammerte, wirkte mehr verblüfft als verärgert.

Meine Ankunft gab Allin die Gelegenheit zu entkommen. »Ich sehe euch beide beim Abendessen.« Mit einem etwas zu hastigen Knicks entfernte sie sich so schnell, dass ihr Wunsch nach Flucht deutlich zu erkennen war.

»Ich habe sie nur gebeten, mir etwas zu flicken«, sagte Casuel verärgert.

»Ich bin sicher, eins der Mädchen freut sich über die zusätzliche Arbeit«, schlug ich vor. »Es kostet dich nur ein paar Pfennige, und ich nehme nicht an, dass die Wäsche eines Zauberers anders ist als die gewöhnlicher Menschen.«

Die Erkenntnis, dass er hier stand und seine Unterwäsche in den Armen hielt, sodass jeder, der vorbeikam, sie sehen konnte, ließ Casuel die Treppe hinaufhasten. Ich folgte in einem etwas gemächlicheren Tempo, legte dankbar meinen durchweichten Umhang ab und brachte mein Blut mit warmem Wasser und kräftigem Trockenrubbeln wieder zum

Kreisen, ehe ich mich nachdenklich rasierte. Ich musste wissen, was Temar bei diesem Besuch zu erreichen hoffte, und ein Hinweis auf Velindres Absichten wäre auch ganz schön. Ich beschloss, dass es nicht schaden konnte, sie an mein Verhältnis zu D'Olbriot zu erinnern, und zog die eleganten Kleider an, die ich dank meines neuen Status auf Messires Kosten bei den besten Schneidern Toremals anfertigen lassen durfte. Für mich bestand der Preis darin, ein Moosgrün zu tragen, das ich nicht besonders mochte. Ein Klopfen an der Tür ertönte, als ich gerade mein Hemd zuknöpfte. Es war der Vorsteher des Schreins, der wissen wollte, wie lange wir blieben und wie viele Zimmer wir benötigten, also nahm ich wieder einmal meine mehr prosaischen Pflichten wahr.

Ostrins Schrein, Bremilayne, 9. Vorsommer, im dritten Jahr von Tadriol dem Vorsorglichen, Abend

Temar legte sich aufs Bett und verbarg seinen Kopf unter einem daunengefüllten Kissen. Wenn er es fest auf die Ohren drückte, schloss es den Lärm des Gästehauses aus: den Mann, der mit einer gerufenen Frage an seiner Tür vorbeieilte, den Ruf eines anderen nach frischen Handtüchern, das grobe Rumpeln schwerer Lasten, die die hölzerne Treppe hinaufgezerrt wurden. Aber er konnte die Erinnerungen nicht verbannen, die auf ihn einstürmten, die Schmerzen des verletzten Magiers, die verzweifelten Gebete seiner Gefährten, dass Dastennin die See beruhigen möge, dass Larasion die Winde stillen, dass Saedrin sie verschonen möge. Die hässlichen und verzweifelten Flüche der Seeleute hallten in seinen Gedanken wider, das Stöhnen der Schiffsbalken, die aufs Äußerste belastet wurden, das bösartige Knallen von reißenden Tauen und der Schrei eines Menschen, der von dem peitschenartigen Ende getroffen wurde. Nach allem, was sie durchgemacht hatten, nach allem, was sie erduldet hatten, wären er und seine Gefährten beinahe ertrunken, so dicht am Ufer, die Rettung so nahe, alle ihre Hoffnungen und die der Kolonie, die sie zurückgelassen hatten, versunken unter Dastennins Bosheit, um Krabbenfutter zu werden.

Die Zeit verging unmerklich, bis ein lauter Streit aus dem Zimmer über ihm sich in Temars Elend drängte. Er tauchte mit rotem Gesicht unter dem von Tränen und Schmutz verschmierten Kissen auf. Eine schrille Stimme erhob sich empört, was eine grobe

Antwort hervorrief, die durch die Bodendielen dröhnte.

Temar konnte den Sinn nicht ausmachen. Wie sollte er jemals seine kühnen Prahlereien vor Guinalle erfüllen, wenn es seine ganze Konzentration erforderte, nur zu verstehen, was die Leute sagten? Albarn, Brive, all die anderen, sie hatten von diesem verrückten Versuch, jene Welt, die sie verloren hatten, wieder zu besuchen, Abstand genommen, und niemand hatte deswegen schlecht von ihnen gedacht. Warum hatte er nicht dasselbe tun können?

Weil seine Stellung ihm diese Freiheit verwehrte: Temar konnte beinahe Guinalles spitze Antwort hören, obwohl sie praktisch auf der anderen Seite der Welt war. Weil er eine Verpflichtung gegenüber seinem Volk hatte, und der einzige Weg, wie er seine Verpflichtungen erfüllen konnte, in der Überquerung des Ozeans lag und in allem, was er in diesem seltsam veränderten Tormalin finden mochte. Aus welchem Grund auch immer, mit welchen Mitteln auch, Saedrin hatte diese Menschen seiner Obhut übergeben, und wenn er versagte – Temar schauderte. Es gab keine Worte, um sein Versagen zu entschuldigen, wenn er an der Tür der Anderwelt klopfte und Einlass bei dem Gott begehrte, der die Schlüssel verwahrte. Und was würde Guinalle von ihm denken, wenn er sich wie ein ängstliches Kind vor Zauberwesen, die aus den Schatten krochen, die Decke über den Kopf zog?

Temar widmete sich dumpf einer dringend benötigten Waschung, ohne die Annehmlichkeiten des Zimmers wahrzunehmen. Er musste feststellen, dass er kein Rasiermesser halten konnte, denn seine Hände zitterten so stark, dass er den Seifenschaum über den ganzen marmornen Waschtisch verspritzte. Mit finsterem Blick konzentrierte er sich auf das Aufwischen, und der Schrecken, der ihn niederdrückte, verblasste ein wenig, bis ein Klopfen an der Tür sein Herz wieder rasen ließ. »Herein«, gelang es ihm zu sagen, ehe seine Stimme brach.

Die Tür ging auf, und Avila glitt ins Zimmer, ihre hellen Augen lagen tief in ihrem Gesicht, das grau vor Müdigkeit war. »Bist du gut untergebracht?« Es war eine bedeutungslose Frage, erkannte Temar, nichts weiter als ein Vorwand, um zu ihm zu kommen.

»Nach den Entbehrungen von Kel Ar'Ayen?« Er deutete auf die schneeweiße Bettwäsche, den polierten Fußboden und die Vorhänge, die mit Ostrins treuen Hunden bestickt waren. »Ich würde einmal rund um die Uhr schlafen, wenn ich könnte.«

»Ich glaube nicht, dass wir das können.« Avila lächelte mühsam. »Wohnen hier noch andere vom Schiff?«

»Nein.« Temar versuchte, sein Bedauern zu verbergen. Seine Freunde unter den Seeleuten und Söldnern waren zwar nicht viel mehr als flüchtige Bekannte, aber er hätte trotzdem den Abend lieber mit ihnen über einem Krug Bier verbracht, als allein mit Avila zu essen. Diese Reise würde ohnehin schon schwierig genug, ohne dass sie ständig um ihn herum war und ihn kritisierte.

Die große Glocke des Schreins durchbrach unerwartet ihr unbehagliches Schweigen. Beim elften Glockenschlag bemerkte Temar, dass Avilas Augen weiß umrandet waren, ihr angespanntes Gesicht spiegelte seine eigenen tausendfältigen Ängste. Vielleicht musste er ja doch nicht den ganzen Abend damit verbringen, ihre üblichen Sticheleien abzuwehren. Die sonst so selbstbewusste Frau derart niedergedrückt zu sehen, versetzte Temar in unnatürliche gute Laune.

»Wirklich ein Klang wie zu Hause, was bedeuten muss, dass es Essenszeit ist.« Er setzte ein ermutigendes Lächeln auf, doch Avila sah ihn schief an. »Vielleicht etwas Süßes, oder ein Glas Wein, nur um den Magen zu beruhigen?«

»Dein Appetit hat anscheinend nicht gelitten.« Ihr skeptischer Ton war nur ein schwaches Echo ihrer normalen Unverblümtheit.

Temar hielt ihr den Arm hin, und Avila nahm ihn, als sie nach unten gingen. Seine Stiefel dröhnten auf den Dielenbrettern, ganz anders als Avilas weiche Schuhe, und auf der Stelle verließ ihn die flüchtige Zuversicht, die ihm Auftrieb gab. Auf einmal fühlte sich Temar müde bis in die Knochen, und komplizierte Gewissensbisse nagten an ihm, sodass ihm jeder Appetit verging. Aber ein Bursche in etwas, das wohl die Livree des Schreins darstellen sollte, verbeugte sich vor ihnen, als er ihnen mit einem Tablett voll zugedeckter Schüsseln begegnete, und Temar folgte ihm in einen nach Süden gehenden Raum, der mit schlichter Eleganz möbliert war. Wenn die alten Sitten noch galten, waren all das Gaben derjenigen, die dankbar für Ostrins Gastfreundschaft waren, erinnerte sich Temar. Als Avila seinen Arm losließ, ging er zu einem breiten, bodentiefen Fenster, mit Blick auf das Meer. Ein strahlend blauer Himmel, an dem weiße, goldgesäumte Wolken dahinzogen. Offenbar machte die Sonne einiges wieder gut, ehe sie sich hinter die Berge zurückzog, die im Westen einen dunklen Schatten bildeten. Temar schob seine geballten Fäuste in die Hosentaschen, damit sie aufhörten zu zittern, und blickte aufs Meer, das funkelnd und glatt dalag, ohne eine Spur der schäumenden Wut, die um ein Haar ihrer aller Tod gewesen wäre.

»Bitte hier, Demoiselle, Junker.« Der Lakai deckte inzwischen den Tisch. »Wir haben Erbsen mit Lauch und Fenchel, Wels in Zwiebelsauce, Lammbraten mit Rosmarin und Pilze in Wein. Wenn ihr noch etwas braucht, läutet einfach.« Er stellte eine kleine silberne Glocke neben den Platz, den er für Temar deckte und verblüffte ihn mit einem raschen Augenzwinkern, ehe er davonging.

Temars angeschlagene Stimmung erholte sich ein bisschen. Vielleicht waren er und die anderen Menschen von Kel Ar'Ayen doch nicht zu weit entfernt von ihren lang verlorenen Verwandten. Dieser Gedanke brachte ihn zu der Überlegung, wo Ryshad wohl steckte.

»Was meinst du, was die beiden wollen?« Avila ignorierte das Essen, stellte sich zu Temar ans Fenster und blickte auf die Pfade und Rasenflächen des Schreins hinunter. »Ich bin es ausgesprochen leid, dass diese Zauberer uns behandeln wie Zirkustiere.«

Temar sah zwei Frauen aus einem anderen Gästehaus kommen und merkte, dass er Avilas müde Verärgerung teilte. »Wahrscheinlich Neugierige, die wie üblich etwas über Kel Ar'Ayen und sein Schicksal wissen wollen.«

»Diese so genannten Gelehrten können nicht begreifen, dass wir uns ein neues Leben aufbauen müssen, genauso wie damals, als wir zum ersten Mal dort gelandet sind«, sagte Avila spitz.

»Aber sie helfen, die meisten wenigstens«, widersprach Temar, bemüht, gerecht zu sein. »Ohne die Magier von Hadrumal wären wir alle noch immer in dunkler Zaubernacht gefangen.«

»Sollen wir denn diese Schuld für alle Zeiten abtragen?«, schnaubte Avila.

Temar wusste nicht, was er darauf antworten sollte, aber sie wandte sich ab, um sich schweren Rotwein aus einer Kristallkaraffe einzuschenken. »Bitte entschuldige mich bei dem Diener, aber das alles ist zu schwer für meinen Magen«. Sie nahm ein Stück feines weißes Brot aus einem verzierten silbernen Körbchen. »Wir sehen uns morgen früh.«

Temar sah ihr mit einer Mischung aus Erleichterung und Bestürzung nach. Es war nicht so, dass er Avila besonders mochte, da er immer noch überzeugt war, dass sie ihre Hand im Spiel hatte bei Guinalles Zurückweisung seiner Liebe, aber die bissige Demoiselle war der einzige Mensch, den er auf dieser Seite des Ozeans kannte.

Er hob den Deckel von einer der silbernen Schüsseln, aber ihm wurde übel vom würzigen Duft des Lammbratens. Er goss sich etwas Wein ein. Nein, Avila war nicht der einzige Mensch hier, den er kannte. Da war auch noch Ryshad. Würde sich der Eingeschworene als wahrer Freund erweisen, wie es im vergangenen Jahr den Anschein gehabt hatte? Temar nippte an dem ausgezeichneten Jahrgang und versuchte die spöttische Erinnerung an seine selbstbewussten Angebereien vor Guinalle bei ihrer Abfahrt zu verdrängen. Es war seine Pflicht, Kel Ar'-Ayen zu dienen, indem er die zur Sonnenwende in Toremal versammelten Adligen über ihren Bedarf informierte, und diese Pflicht würde er niemand anderem überlassen, hatte er ihr gesagt. Jetzt fragte er sich, was er wohl hier finden würde, wenn er sah, wie beängstigend sich diese eine kleine Stadt verändert hatte.

Er brauchte Ryshads Hilfe, so viel war sicher.

Temar stellte seinen Wein ab und öffnete die Tür zum Salon, aber in dem Augenblick öffnete ein Lakai die Haupteingangstür für die beiden Zaubererdamen, und Temar zögerte und stieß die Tür wieder zu.

»Du schuldest Casuel eine gewisse Dankbarkeit. Er hat deine Affinität erkannt und dich nach Hadrumal gebracht. Das berechtigt ihn allerdings nicht dazu, dich als seine persönliche Dienstmagd zu betrachten.« Velindre klang nach einer ebenbürtigen Partnerin für Avila, wenn sie besonders ätzend war.

Temar lächelte ein wenig, als er die Salontür einen Spalt öffnete und sah, wie der Lakai die beiden Frauen in einen Speiseraum geleitete.

»Die Dame Velindre Ychane und die Dame Allin Mere.« Die höfliche Anrede wirkte ausgesprochen passend, als die größere Zauberin elegant in den Raum schwebte, während Allin ihr mit deutlichen Anzeichen von Unsicherheit auf den Fersen folgte. Temar fühlte reuevoll mit ihr.

»Guten Abend.«

Temar schnalzte verärgert mit der Zunge, als er Ryshads höfliche Begrüßung hörte. Jetzt würde er keine Gelegenheit haben, mit ihm unter vier Augen zu sprechen. Während er überlegte, was er tun sollte, hastete der andere Magier, Casuel Irgendwas, die Treppe herunter, voll schlecht verhohlener Neugier, und strich sich das bodenlange Gewand aus reichem, gelbbraunem Samt glatt, während er in den Speiseraum eilte. Der Dummkopf würde in dem Ding unangenehm ins Schwitzen kommen, dachte Temar ohne Mitleid. Nein, Guinalle tadelte ihn immer für seine vorschnellen Urteile. Temar fuhr sich mit der Hand über das lange Kinn. Wenn Guinalle je ihre Meinung über ihn ändern sollte, musste er mit dieser Reise Erfolg haben. Unbekannte Zauberer, die ihrer eigenen Ziele verfolgten, konnten wie ein Dorn in seinem Schuh sein. Temar ging leise den Flur entlang und lauschte an der Tür des Speisezimmers.

»Kommen die Kolonisten denn nicht?« Das war Velindre. Eine dumme Frage, dachte Temar, aber warum fragen, wenn sie doch deutlich sehen konnte, dass sie nicht da waren?

»Heute Abend nicht.« Ryshad war höflich wie immer. »Nun, welche Interessen hast du an Kellarin?« Höflich, aber geradeheraus, wenn es nötig war. Temar grinste.

»Ein vorübergehendes«, erwiderte die Magierin ziemlich rasch. »Es interessiert mich nur insoweit, als es mit der Bedrohung durch die Elietimm zusammenhängt.«

Temar bekam eine Gänsehaut und hatte das Gefühl, das kalte Schweigen, das den Raum erfüllte, wäre selbst durch die Tür fühlbar.

»Wir haben keinen Grund zu der Annahme, dass sie ihr Ziel aufgegeben haben, Land jenseits ihrer eigenen Inseln zu gewinnen«, fuhr Velindre ungerührt fort.

»Und du hast keine Veranlassung gesehen, Planirs Erlaubnis oder Anweisung einzuholen, ehe du dich in Angelegenheiten einmischst, die bis in die höchsten Kreise, bis zum Kaiser, reichen?«, fragte Casuel bissig.

»Nicht, um nur ein paar allgemeine Nachforschungen anzustellen, nein«, sagte Velindre kühl.

Casuel räusperte sich. »Die Elietimm wurden umfassend zurückgeschlagen, als sie im vergangenen Jahr versuchten, sich Kellarin anzueignen. Es ist ganz klar, dass ihre Ränke in Tormalin vordem Teil ihrer Suche nach der verlorenen Kolonie waren. Sie werden wissen, dass sie unterlegen sind und solche Abenteuer in Zukunft meiden.«

Temar schloss die Augen bei der lebhaften Erinnerung an finstere Räuber der Elietimm, die ihren Traum von einem neuen Leben jenseits des Ozeans zertrümmerten, Freunde und Gönner mordeten und dadurch die gefangenen Überlebenden zwangen, ein an Wahnsinn grenzendes Vertrauen in halb verstandene Zauber zu setzen, weil nur jene ihnen noch Hoffnung auf Zuflucht gaben. Blutige Bilder von Kampfgetümmel zogen am Rande seines geistigen Blickfeldes vorbei, während die Schreie der Ermordeten lautlos in seinen Ohren gellten.

»Wir konnten im Kampf um Kellarin nur bestehen, weil es Temar und mir gelang, ihren Hexer zu töten«, widersprach Ryshad Casuel, und Temar öffnete die Augen. »Glücklicherweise stehen die Elietimm-Truppen derart unter deren Bann, dass sie sich ergeben, sobald ihre Anführer tot sind. Solange ihre Hexer am Leben sind, stellen sie allerdings einen tödlichen Feind dar.«

»Ihre früheren Verbrechen in Tormalin riefen dich zuerst auf den Plan?« Velindre wollte offensichtlich, dass Ryshad ihr bestätigte, was sie bereits in Erfahrung gebracht hatte. Alle Zauberer waren so, überlegte Temar, sie nahmen nie etwas auf Treu und Glauben hin.

»Ein Neffe von Messire D'Olbriot wurde angegriffen, beraubt und für tot liegen gelassen. Ich verfolgte die dafür Verantwortlichen, als ich Darni begegnete, dem Agenten des Erzmagiers, und von seinem Interesse an der Sache erfuhr.« Ryshads Stimme verriet keine Gefühle, aber Temar kannte die Wahrheit der verzweifelten Kämpfe um Leben und Freiheit des Schwertkämpfers, als er für seinen

Herrn Rache nehmen wollte. Er überlegte düster, ob er es je mit Ryshads Selbstbeherrschung aufnehmen konnte.

»Und damals folgte man erstmals den Spuren dieser Leute zu den Inseln weit draußen im Meer«, beeilte sich Casuel das Schweigen zu brechen, das Ryshad hatte entstehen lassen. »Und wir identifizierten zum ersten Mal ihre merkwürdige Magie.«

Und die Männer dieser von Eis umgebenen Inseln waren die Abkömmlinge eben jener Elietimm, die die ersten Kolonisten von Kel Ar'Ayen massakrierten oder sie in den Zauberschlaf zwangen, als das einzige Mittel, sich selbst zu retten. Nach so vielen Generationen in einer Welt aufzuwachen, die sich so weit von der ihnen bekannten entfernt hatte, und immer noch von demselben schlimmen Feind bedroht zu werden, war ein Schrecken, der Poldrions Dämonen würdig war. Temar biss die Zähne zusammen. Gemeinsame Feinde bedeuteten eine gemeinsame Sache, und da die Elietimm bereits Feinde von Fürsten wie D'Olbriot waren, konnten die Kolonisten diesmal mit Hilfe rechnen. Was sich auch sonst in den endlosen Jahren ihres Schlafes verändert hatte, die Grundlagen der Ehre waren davon unberührt.

Velindre sprach wieder, mit harter, leiser Stimme, und Temar musste sich anstrengen, um etwas zu verstehen. »Äthermagie, eine Hexerei, die Magiegeborene nicht begreifen, geschweige denn ausüben können.« Wie die meisten Zauberer, die Temar seit seinem Aufwachen in dieser seltsam veränderten Welt getroffen hatte, empfand Velindre das eindeutig als persönliche Beleidigung ihrer eigenen seltsamen Kräfte. War das der Grund für ihr Hiersein?

»Von der wir inzwischen wissen, dass sie die Magie des Alten Reiches war?« Dieser Beitrag stammte wohl von der jüngeren Frau, Allin.

»Was die Alten Zauberkunst nannten«, bestätigte Ryshad in ermutigendem Ton. »Aber als das Reich ins Chaos fiel, ging fast alles Wissen darüber verloren.«

»Sinnloser Aberglaube, mit dem Priester und Schreine hausieren gehen«, sagte Casuel scharf. »Nicht wert, Magie genannt zu werden.«

Wie konnte es dieser übertrieben gekleidete Dummkopf wagen, über etwas zu urteilen, von dem er weniger als nichts wusste? Zauberkunst hatte ein größeres Reich zusammengehalten als dieses Zeitalter je erleben würde. Temar griff nach der Türklinke, doch Casuel wurde von unerwarteter Seite korrigiert.

»Die Hexerei der Elietimm zerstört den Verstand und verdreht den Willen. Schlimmer noch, Magiegeborene, die ihre eigenen Zauber wirken, sind besonders verletzlich gegenüber Angriffen«, fuhr Velindre ihn an. »Der Wolkenmeister Otrick liegt in einem todesähnlichen Schlaf dank dieses Abschaums. Bis wir ihrer Hexerei etwas entgegenzusetzen haben, sind die Elietimm eine mächtige Bedrohung für die Zauberei, ob sie nun diesen Sommer über das Meer kommen oder erst in einer Generation.«

»Und sie stellen genauso eine Bedrohung für Tormalin dar«, betonte Ryshad in gemäßigtem Ton. »Ich würde keinen Bleipfennig darauf wetten, dass sie nicht in wenigen Jahreszeiten über das Meer kommen. Ich habe die öden Felsen gesehen, die sie ihr Zuhause nennen. Niemand würde dort leben wollen, wenn er eine Wahl hätte. Deswegen schickten Planir und Messire D'Olbriot im vergangenen Jahr eine Expedition aus, um die verlorene Kolonie zu suchen. Wenn sie mehr über Zauberkunst erführen, um damit gegen die Elietimm-Hexereien zu kämpfen, hielten sie das Unternehmen der Risiken für wert.«

Nein, es war keine selbstlose Handlung gewesen, die Unglücklichen zu retten, die in den Schlingen der alten Magie gefangen waren, dachte Temar düster. Er war es leid, von Kel Ar'Ayen immer nur im Zusammenhang mit seiner Nützlichkeit für andere zu hören.

»Die Wiederentdeckung der Kolonie muss doch die Gerüchteküche von den Astmarschen bis zum Kap der Winde in Gang gesetzt haben«, vermutete Allin.

»Hunderte von Menschen verborgen in einer Höhle über zahllose Generationen, die Körper unberührt von Zeit oder Verfall, während ihr innerstes Wesen in einem unbelebten Artefakt verschlossen lag.« Velindres Tonfall war entschieden herausfordernd. »Ich finde es immer noch unglaublich.«

Das reichte jetzt. Temar öffnete die Tür. »Unglaublich oder nicht, ich bin der lebende Beweis dafür, dass es so ist.« Es gibt nur sehr wenige Menschen, vor denen du dein Knie beugen musst, ermahnte er sich, und nahm die selbstsichere Haltung ein, die er als Edelmann in den letzten Tagen des Alten Reiches gelernt hatte.

»Temar, darf ich bekannt machen: Velindre Ychane, Magierin von Hadrumal, und Allin Mere, ebenfalls Zauberin.« Ryshad holte ohne jeden Kommentar einen weiteren Stuhl herbei. »Meine Damen, ich habe die Ehre, euch Junker Temar D'Alsennin vorzustellen.«

»Die Ehre ist ganz meinerseits.« Temar verbeugte sich tief.

»Wein?«, bot Ryshad an. »Wir haben Weißwein von den westlichen Hängen Kalaveres, der ganz gut sein müsste, oder einen Roten aus Sitalca, den ich leider nicht kenne.«

»Weißen, danke.«

Ryshad prostete Temar mit dem Kelch zu, als er ihn hinüberreichte, dann läutete er die kleine Silberglocke. Temar setzte sich.

»Und wie war es?« Velindre fixierte Temar mit gespanntem Gesicht. Sie trug ein schlichtes Gewand aus feiner blauer Wolle mit rundem Ausschnitt, ihr Gesicht wies keine Spuren von Kosmetik auf, und das einzige Schmuckstück war eine Silberkette um den Hals, ohne Anhänger oder Edelsteine. Ihr langes blondes Haar war in ordentliche Zöpfe geflochten, deren Enden von der Sonne fast weiß ausgeblichen waren. Temar schätzte, dass sie etwa eine Hand voll Jahre älter war als Ryshad, vielleicht ein wenig mehr.

»Wie Schlaf, die meiste Zeit, manchmal mit Träumen wie in einem Fieber«, erwiderte Temar mit sanfter Gelassenheit. Er hatte nicht vor, näher auf die turbulenten Visionen über diejenigen einzugehen, die unwissentlich das Schwert geführt hatten, das tief in seinem Innern sein Bewusstsein festhielt.

Velindre wollte das Thema weiterverfolgen, doch ein Mädchen trat mit einem Tablett ein. Ryshad forderte sie mit einer raschen Geste auf, ein weiteres Gedeck für Temar aufzulegen, und alle sahen schweigend zu, wie das Mädchen eine Sauciere neben eine Schüssel mit in Wein und grünem Öl geschmortem Schweinefleisch stellte.

»Aberglaube oder nicht, du kannst denjenigen, die Ostrin dienen, dahin gehend trauen, dass sie ihr Verschwiegenheits-Gelübde halten«, sagte Ryshad mit Nachdruck, als das Mädchen mit unsicherem Blick den Raum verließ.

»Du warst doch in dieser Zauberei gefangen, oder nicht?«, fragte Velindre ihn herausfordernd.

»Dank der Ränke von Erzmagier Planir.« Ryshad lehnte sich in seinem Stuhl zurück und schwenkte den schweren roten Wein in dem gravierten Glas, das er in der Hand hielt. »Er sorgte dafür, dass ich Temars Schwert bekam. Ich träumte von Temar und der Kolonie, wie sie vor so langer Zeit gewesen war. Das gab die letzten Hinweise, um die Höhle zu finden.«

Temar schaffte es, das halbe Lächeln des älteren mit einem Nicken zu erwidern. Die Schrecken des Wahnsinns, den beide erlitten hatten, der Kampf um die eigene Identität und die Herrschaft über Ryshads Körper, als Temar – völlig unbewusst – versucht hatte, aus der Verzauberung auszubrechen: Das ging niemanden etwas an außer ihnen selbst.

Velindre war offensichtlich nicht zufrieden gestellt und wandte sich wieder an Temar. »Wie ich höre, ist ein Eingeweihter der Zauberkunst bei dir?«

»Avila Tor Arrial«, antwortete Temar und beneidete Ryshad um seine Selbstbeherrschung. »Die Demoiselle möchte in Erfahrung bringen, was aus ihrer Familie geworden ist in den Generationen, in denen wir geschlafen haben. Sie möchte auch herausfinden, ob noch etwas von dem Wissen übrig ist, zu dessen Pflege und Mehrung ebendieser Schrein gegründet wurde.« Temar bezweifelte das, jetzt, wo er gesehen hatte, wie sehr es sich hier verändert hatte.

Velindre runzelte die Stirn. »Ich dachte, Guinalle Tor Priminal wäre am meisten in dieser Zauberkunst bewandert?«

»So ist es«, gab Temar zu. »Deswegen gilt auch ihre erste Pflicht weiter der Kolonie, zu deren Unterstützung und Beistand sie ursprünglich den Ozean überquerte.« Die endlosen gefrorenen Jahre hatten das nicht geändert, selbst wenn er eines Tages Guinalles Liebe gewinnen sollte, würde sie nie ihr Pflichtgefühl überwiegen.

»Wir alle haben unsere Pflichten.« Velindre zeigte ein Lächeln von beträchtlichem Charme. »Trotzdem muss ich davon ausgehen, dass sie bei etlichen der Rätsel, die uns plagen, Klarheit bringen könnte.«

»Guinalle arbeitet mit Gelehrten von Col und Vanam zusammen«, betonte Ryshad sanft. »Wenigstens mit denen, die bereit sind, das Meer zu überqueren.«

»Wir finden viel Interessantes in den Archiven der großen Familien Tormalins«, bemerkte Casuel hochmütig, um das Gespräch nicht ganz an sich vorbeilaufen zu lassen. »Meine Kollegen und ich finden täglich neue Aspekte der Äthermagie.«

»Du hattest schon immer einen Hang zu verstaubten Archiven, Cas.« Velindre nickte zum Tisch, als das Mädchen wieder mit einem vollen Tablett erschien. »Lasst uns essen, oder seid ihr nicht hungrig?« Sie bediente sich mit Hühnchenbrust und grünen Kräuterklößchen.

»Noch etwas Wein, Allin?« Ryshad hielt die Karaffe hoch.

»Weißen, bitte, aber nur ein halbes Glas.«

Temar überlegte, ob er die junge Frau mit einer Bemerkung darüber necken sollte, wie zierend solche Enthaltsamkeit sei, schließlich waren sie etwa gleichaltrig, mindestens zehn Jahre jünger als Casuel und Ryshad. Als ihm einfiel, dass sie eine Zauberin war, entschied er sich dagegen. Der Tisch war reichlich gedeckt, und Temar sah, dass die Schüsseln, die er unberührt gelassen hatte, auch hergebracht worden waren. Zu seiner Überraschung merkte er, dass sein Magen zu knurren drohte wie ein streunender Hund. Er reichte Ryshad eine Schüssel mit Hummer in Kräuter-Apfelweinsauce und griff nach der Platte mit gekochtem Schinken und Feigen. Was Velindre vielleicht auch wissen wollte, für den Augenblick schien sie sich damit zu begnügen, und Temar war zufrieden damit zu essen und zuzuhören, als die Magier Neuigkeiten über Leute austauschten, die er nicht kannte. Velindre und Ryshad verglichen ihre Erfahrungen mit den Hafenstädten im Süden Toremals, und Casuel versuchte, Interesse bei seinen Zuhörern für seine Theorien über die politische Situation in Caladhria zu gewinnen.

Allin beteiligte sich nur wenig an der Unterhaltung, und nie ohne zu erröten, aber als die Kellnerinnen den Tisch abräumten, wandte sie sich mit einem scheuen Lächeln an Temar. »Besteht ein großer Unterschied zwischen dieser Mahlzeit und denen – vorher?«

»Eigentlich nicht«, antwortete er mit einiger Überraschung über diese Erkenntnis. »Aber es gibt auch nur begrenzte Möglichkeiten der Zubereitung, und Fleisch, Fisch und Geflügel bleiben gleich.« Eine Kellnerin stellte Porzellanschalen mit Süßigkeiten auf den Tisch, während ein Kellner Karaffen mit Süßwein und Likör brachte.

Allin knabberte an einem Törtchen mit Nüssen und Rosinen. »Du hast einen lescarischen Akzent, weißt du das? Kennst du Leute dort?«

Temar nickte. »Die meisten, die kamen, um letztes Jahr für Kel Ar'Ayen zu kämpfen, stammten aus Lescar. Viele blieben anschließend, um beim Wiederaufbau zu helfen, und sie hoffen, Freunde holen zu können, um ein neues Leben bei uns zu beginnen. Ich habe zweifellos ein paar Wendungen von ihnen übernommen.«

Allin sog so scharf die Luft ein, dass sie sich verschluckte. Temar hielt ihr hastig ihr Glas hin, doch sie schob seine Hand beiseite und versuchte, ihren Hustenanfall zu überwinden. »Söldner!« Sie spie das Wort förmlich aus. »Nähre ein Wolfsjunges an deinem Herd und es wird trotzdem deine Schafe reißen. Du solltest vorsichtiger sein, wem du traust.«

Temar sah Ryshad Hilfe suchend an, gekränkt, dass er Anstoß erregt hatte.

»Deine Familie hat wohl unter den Kämpfen gelitten, nehme ich an?«, fragte Ryshad Allin mitfühlend.

»Wir lebten im Norden von Carluse.« Das Mädchen war rot bis an die Haarwurzeln, brachte aber doch eine heisere Antwort heraus. »Söldner von Sharlac haben alles niedergebrannt, und wir flohen nach Caladhria.«

»Dort habe ich ihr Talent erkannt«, ergriff Casuel das Wort. »Und jetzt ist sie deine Schülerin?« Er sah Velindre mit unverhohlenem Ärger an.

»Verzeih mir«, sagte Temar ernst zu Allin. »Ich weiß nichts über das moderne Lescar. Zu meiner Zeit war es eine friedliche Provinz des Reiches.« Aber er hätte daran denken sollen, dass es zehn Generationen lang oder mehr von Bürgerkriegen geschüttelt worden war. Er sah seine eigenen Gedanken in Ryshads aufmerksamen braunen Augen gespiegelt. Wie sollte Temar seine Stellung unter den Fürsten und an den Höfen Toremals behaupten, wenn er so unwissend bezüglich der Politik innerhalb und außerhalb der geschrumpften Grenzen des Reiches war? Es hatten sich wichtigere Dinge verändert als die Art und Weise, wie die Menschen sprachen oder wie sie ihr Essen würzten.

»Velindre, wirst du also mit uns nach Toremal reisen?«, drängte Casuel. Seine Stimme klang laut in dem unbehaglichen Schweigen. Ryshad reichte Allin schweigend eine Schale mit in Honig getränkten gerösteten Brotstücken, um ihr Zeit zu geben, sich wieder zu fassen.

Velindre neigte den Kopf zu Ryshad. »Ich nehme an, ihr geht zum Sonnwendfest in die Hauptstadt?«

Er nickte, während er kleine Gläser aus einer Karaffe mit hellem Brandy füllte. »Messire D'Olbriot möchte Junker D'Alsennin unbedingt den anderen Häusern des Reiches vorstellen.«

»Ich würde gern mit der Demoiselle Tor Arrial sprechen, ehe ihr aufbrecht«, erklärt Velindre bestimmt. »Ich möchte etwas über Zauberkunst und ihren Gebrauch erfahren. Ihr werdet euch doch erst ein paar Tage Ruhe gönnen?«

Ryshad sah Temar an, der unsicher die Schultern zuckte. »Avila braucht vielleicht ein, zwei Tage, um sich von der Reise zu erholen.«

»Wir werden gewiss noch warten«, erklärte Casuel stirnrunzelnd. »Die Monde stehen nicht günstig für eine Reise! Bald zeigt der kleinere Halb- und der größere Neumond.«

»Ich würde mir die Tage lieber aufsparen, um unterwegs die Pferde ausruhen zu lassen«, wandte Ryshad ein. »Die Sonnenwende wartet nicht auf Saedrin oder sonst wen.«

»Wie reisen wir?«, fragte Temar.

»Zu Pferd«, erklärte Ryshad fest.

»Kutsche«, widersprach Casuel widerspenstig.

»Ich riskiere lieber wund gerittene Stellen als Reisekrankheit, vielen Dank«, sagte Temar leichthin. »Aber Avila denkt vielleicht anders.«

»Also ich beabsichtige jedenfalls zu fahren, auch wenn es sonst niemand will«, fauchte Casuel.

»Ich bin immer dankbar, dass meine Zauberkraft mir solche Entscheidungen erspart«, lächelte Velindre. »Ich werde Urlan sicher nach Hadrumal zurückbringen, Cas, und danach werden wir uns wohl auf dem Fest sehen. Für den Augenblick lassen wir euch bei eurem Wein zurück. Komm, Allin.« Temar beobachtete Velindre, die mit der Haltung einer Edeldame aus jedem beliebigen Zeitalter des Reiches ihren Abgang machte.

Casuel sah ihr gereizt nach. »Ich wollte gerade sagen, dass ich um Hilfe für Urlan bitten wollte. Nur ...«

Ryshad fiel dem Zauberer mit einem boshaften Lächeln ins Wort, während er Temars Glas wieder füllte. »In Toremal tauschen wir anzügliche Geschichten aus, sobald die Damen gegangen sind.«

Temar lachte, und Casuel sog empört die Luft ein. »Wieder etwas, das sich nicht geändert hat, trotz all der Generationen, die ich verpasst habe.«

»Aber es gibt noch viele Dinge, die du wissen musst.« Casuel beugte sich eifrig vor. »Ich habe ein paar vorläufige Notizen gemacht, aber wir müssen gewisse Problembereiche abstecken ...«

»Nicht heute Abend, bitte«, flehte Temar.

»Gib dem Mann doch eine Chance, mal Luft zu holen«, tadelte Ryshad Casuel liebenswürdig.

Temar fühlte sich plötzlich erschöpft. Er stellte mit zittriger Hand sein halb geleertes Glas nieder. »Ich will gern alles von dir lernen, was ich kann, und ich danke dir dafür, aber für den Augenblick möchte ich gute Nacht sagen.«

»Möge Arimelin dir angenehme Träume schicken«, sagte Ryshad.

Temar sah ihn scharf an, fand aber nichts als guten Willen in seinem Gesichtsausdruck. »Dir auch«, stammelte er, ehe er aus dem Raum eilte.

Ostrins Schrein, Bremilayne, 10. Vorsommer, im dritten Jahr von Tadriol dem Vorsorglichen, Vormittag

Da ich es so gewohnt war, jemandem zu wünschen, die Göttin möge ihm erfrischende Träume schicken, waren mir die Worte über die Lippen, ehe mir klar war, was ich da sagte. Temars verblüffter Blick ließ mich innerlich zusammenzucken, und sobald ich Casuel gute Nacht gesagt hatte, stieg ich widerstrebend die kerzenerhellte Treppe des Gästehauses empor. Ich hatte geglaubt, ein knappes Jahr allein in meinem Kopf hätte mich von dem Schrecken kuriert, dass ein anderer in meinen Geist eingedrungen war, doch dem war anscheinend nicht so. Ich überlegte sogar, ob ich mir noch eine Flasche Likör gönnen sollte, um alle Träume zu ertränken, doch ich ermahnte mich streng, dass solche Hilfsmittel sich in meiner Jugend als recht wirkungslos erwiesen hatten. Mir war Temars Gegenwart im Zimmer nebenan unbehaglich bewusst, also lenkte ich mich entschlossen ab, indem ich überlegte, was Livak wohl vorhatte, und lauschte bis tief in die Nacht auf das Läuten der Schreinglocken.

Arimelin musste anderswo beschäftigt gewesen sein. Als ich endlich einschlief, träumte ich weder von meiner rothaarigen Liebsten noch von sonst etwas und erwachte an einem klaren, sonnigen Morgen. Gewaschen, rasiert und angekleidet im Schnellgang, war ich so früh unten, dass ich eine Dienstmagd erschreckte, die die Eingangshalle fegte.

»Im Speisesaal sind wir schon fertig, Herr.« Sie fegte eine Staubwolke durch die offene Tür, die golden schimmernd davonstob. »Ihr könnt Euch einen

Kräutertee machen, oder soll ich Euch etwas aus der Küche holen?«

Ich schüttelte den Kopf. »Ich frühstücke mit den anderen zusammen.«

Auf der Anrichte im Salon standen zarte Porzellantassen und eine Reihe von Gläsern, um deren Hals silberne Schildchen mit den Namen der jeweiligen Kräuter und Gewürze hingen. Ein Kessel stand auf einem kleinen Holzkohlenofen im Kamin und stieß sanfte Dampfwolken zum Schornstein hinauf. Ich suchte gerade nach einem Löffel, als die Tür hinter mir aufging und Temar hereinschaute, der nach einer gut durchschlafenen Nacht schon viel besser aussah.

»Tee?« Ich ließ eine durchlöcherte silberne Kugel an ihrer Kette vom Finger baumeln.

Temar lächelte kurz, aber seine hellen Augen blickten noch immer wachsam. »In Kel Ar'Ayen nehmen wir dafür kleine Stückchen Musselin.«

»Wie die meisten Menschen auf dieser Seite des Ozeans auch.« Ich öffnete die kleine Kugel und löffelte etwas Zitronenmelisse hinein. »Aber vornehme Gäste sind ihren kleinen Luxus gewöhnt.«

Temar gab ein Geräusch von sich, das Zustimmung bedeuten mochte oder auch nicht. Er musterte die Glasgefäße, ehe er sich für rotstielige Minze entschied. »Zu meiner Zeit war dieser Schrein ein Ort, der der Besinnung und dem Studium der Zauberkunst gewidmet war.« Ein breiteres Lächeln erhellte seine ernste Miene. »»Zu meiner Zeit«, das klingt, als wäre ich ein Großvater, der seiner verlorenen Jugend nachtrauert.« Sein Lächeln verblasste. »Na ja, verloren ist sie auf jeden Fall, zusammen mit meinem Großvater und allen anderen, die ich kannte.«

»Aber du hast neue Freunde«, sagte ich aufmunternd. »Und das Haus D'Olbriot wird dich so herzlich aufnehmen wie einen Blutsverwandten.«

Temar starrte aus dem Fenster, sein Tee war vergessen. »Ich wusste, dass alles fort war, dass sie alle fort waren, aber in Kel Ar'Ayen sind die Dinge auch nicht so verändert, nicht im Vergleich zu damals, als wir zum ersten Mal dort landeten. Wir hatten alles verloren, wofür wir gearbeitet hatten, aber wir wussten, als wir flohen, wenn die Elietimm alles zerstörten, dass ...« Seine Stimme brach unsicher ab.

Ich nahm die Kräuterkugel aus seinen widerstandslosen Händen und fügte etwas Bitterwurz hinzu, das Geheimrezept meiner Mutter gegen Niedergeschlagenheit. »Und jetzt, wo du hier bist?« Ich holte den Kessel, goss Wasser in beide Tassen und hoffte, dass uns niemand stören würde.

Temar seufzte und schlang die langen Finger um die tröstliche Wärme der Tasse. »Ich weiß nicht, wo ich bin. Bremilayne war ein Fischerdorf, ein paar Boote, die Krebse auf den Felsen fingen.« Wir beide warfen einen Blick auf die ansehnliche Flotte, die von der nächtlichen Fangfahrt zurückkehrte, während Seevögel innerhalb der mächtigen geschwungenen Hafenmauer kreisten. »Die Adepten fanden hier ihre Zuflucht, weil der Ort so abgelegen war, für keinen anderen von Nutzen oder Interesse. Das hat sich nun gewiss geändert.« Er deutete auf die eindrucksvollen Häuser, die das gleichermaßen beeindruckende Gelände des Schreins umstanden.

»Der Hafen handelt mit ganz Gidesta«, erklärte ich. »Waren aus den Bergen kommen den Fluss herunter nach Inglis und werden von dort hierher verschifft.«

»Um dann über die Berge nach Westen transportiert zu werden?« Temar deutete auf einen schmalen

Spalt in der hoch aufragenden Bergkette. »Selbst der Ausblick hat sich geändert. Wann hat dieser Erdrutsch die alte Route verschlossen?«

Als er darauf zeigte, sah ich eine Senke, wo eine gewaltige Masse an Steinen und Erdreich irgendwann in der Vergangenheit herabgestürzt war. Die Stelle war nicht so ohne weiteres zu entdecken, da Bäume, hoch genug für Schiffsmasten, auf dem Gelände wuchsen. »Nicht zu meinen Lebzeiten und auch nicht seit denen meines Urgroßvaters, würde ich sagen«, gestand ich.

»Vielleicht sollte ich deinen Freund Casuel fragen«, schlug Temar vor, und sein halbes Lächeln machte mir Mut.

»Ich weiß ein bisschen, wie du empfindest«, erinnerte ich ihn.

Temar nippte an seinem Tee und sah mich mit unverhohlener Skepsis an. »Woher?«

»Für mich war das Aldabreshi-Archipel ebenso fremd wie all das hier für dich«, betonte ich. »Dort habe ich mich eingewöhnt. Wir werden eine ganze Weile brauchen, um das Land zu durchqueren, und ich warne dich, dass Casuel fest entschlossen ist, dich alles zu lehren, was du wissen musst und noch einiges darüber hinaus, wette ich. Jedenfalls dauert das Sonnwendfest nur fünf Tage lang, und sobald es vorbei ist, kannst du ein Schiff zurück nach Kellarin nehmen, wann immer du willst.«

Temar setzte plötzlich seine Tasse ab. »Ich habe dich noch nicht um Verzeihung gebeten für meinen Anteil an deiner Versklavung.«

Ich war überrascht. »Du konntest kaum wissen, was passierte, du warst genauso in dem Zauber gefangen wie ich. Geschehen ist geschehen, und wir müssen nach vorne schauen und nicht über

Schnee von gestern grübeln.« Es gelang mir, es ein bisschen scherzhaft darzustellen, und ohnehin machte ich Planir sehr viel mehr dafür verantwortlich als Temar.

Temar musterte mein Gesicht, und ein Teil der Anspannung fiel von ihm ab.

»Und soweit wir das sagen können, waren es die Elietimm, die ihre Klauen in meinen Verstand schlugen, die dich in Relshaz weckten und zur Suche nach den verlorenen Gefährten bewegten«, erinnerte ich ihn. Temars Mitkolonisten hatten geschlafen wie er, ihr verzauberter Geist wurde in scheinbar unschuldigen Gegenständen gefangen gehalten. Direkt nach seinem Erwachen hatte Temars Bewusstsein das meine überwältigt und eine verzweifelte Suche nach einem der Schmuckstücke begonnen, die dafür gesorgt hatten, dass ich in Ketten lag. Da man mich für einen Dieb hielt, wurde ich dazu verurteilt, in die Sklaverei verkauft zu werden, um die Verluste meiner so genannten Opfer wieder gutzumachen. »Dieser Elietimm-Hexer, den wir in Kellarin töteten, war derjenige, der die Aldabreshierin dazu brachte, mich zu kaufen. Er war hinter dem Schwert her, das mich mit dir und den Geheimnissen der Kolonie verband.« Selbst mein Zorn auf die Zauberer machte mich nicht blind gegenüber dem wahren Feind.

»Wohl wahr.« Temars Miene verhärtete sich. »Ich zweifle nicht daran, dass die Elietimm uns wieder angreifen, was Meister Devoir auch sagen mag. Wir brauchen Mittel, um uns zu verteidigen. Ich lehne es ab, mich weiterhin auf den Schutz des Erzmagiers zu verlassen.«

»Was brauchst du also?«, drängte ich.

»Zuerst und vor allen Dingen müssen wir die

Artefakte wiederfinden, um diejenigen aufzuwecken, die immer noch verzaubert sind«, sagte Temar bestimmt. »Einige unserer fähigsten Leute sind uns immer noch verloren.«

»Wie viele schlafen denn noch?« Ich unterdrückte ein Schaudern bei dem Gedanken an die riesige, kalte Höhle, dunkel unter der Last der Felsen, die von der Zeit ebenso unangetastet waren wie die erstarrten Körper, die unter ihnen ruhten.

»Etwas über dreihundert.« Temar klang jetzt selbstsicherer. »Deswegen kam ich auch zur Sonnenwende. Das muss die beste Zeit sein, um die fehlenden Artefakte aufzuspüren, da all die großen Familien in der Hauptstadt zusammenkommen.«

Ich nickte. »Und Kellarin hat Gold, Juwelen, Pelze und was weiß ich noch zum Handeln. Messire D'Olbriot kann dir mit seinen Verbindungen helfen, das Geld zu verdienen, um gute Leute anzuheuern und Werkzeug, Waren und alles, was ihr sonst noch zum Wiederaufbau braucht, zu kaufen. Er sagte, Waren aus Kellarin könnten in weniger als fünf Jahren dem Handel mit Gidesta Konkurrenz machen.«

»Wie viel kann ich in fünf Tagen erreichen?« Temar sah ein wenig entmutigt aus.

»Ich bin ja da und helfe dir«, betonte ich.

»Du bist D'Olbriots Mann. Du wirst mit deinen eigenen Pflichten beschäftigt sein«, wandte er ein, offensichtlich in der Hoffnung, dass ich ihm widersprechen würde.

»Du wirst D'Olbriots Gast sein«, erinnerte ich ihn. »Und ich dein Adjutant, auf Messires direkten Befehl hin.« Was sehr gut war, denn ich hätte ohnehin alles für Temar getan, was in meinen Kräften stand, ob nun mit oder ohne Erlaubnis des Sieurs.

Leise Geräusche aus den Zimmern über uns zeigten an, dass das Gästehaus allmählich erwachte. Ich schnupperte den scharfen Zitronenduft aus meiner abkühlenden Tasse.

»Als wir das letzte Mal miteinander sprachen, warst du nicht so scharf darauf, wieder in die Dienste deines Patrons zurückzukehren«, sagte Temar wachsam. »Du hast davon gesprochen, dich mit deinem Mädchen auf eigene Füße zu stellen. Seid ihr denn nicht mehr zusammen?«

»Livak?« Ich zögerte. »Na ja, ja und nein. Das heißt, eine gemeinsame Zukunft lässt sich leichter wünschen als in die Tat umsetzen.«

»Sie schien mir sehr unabhängig.«

Ich fragte mich, woher wohl Temars Interesse an meinem Liebesleben rührte. Ich hoffte, er erwartete keine guten Ratschläge, wie er aus den Katastrophen seiner eigenen romantischen Beziehung zu Guinalle noch etwas retten konnte. »Unabhängig bis zur Kriminalität manchmal, was ein Weg ist, den ich ganz gewiss nicht beschreiten kann, ebenso wenig, wie sie sich mit einem Leben in einem Landhaus abfinden wird, wo sie ihre Stickereien ausführt, während ich mich um Messire kümmere.«

»Was habt ihr dann vor?« Vielleicht wollte sich Temar auch nur ablenken.

»Wenn ich Messire einen besonderen Dienst erweisen kann ...« Ich brach ab. »Ich habe den Schritt zum Erwählten getan. An der Spitze der Leiter steht der Bewährte. Als solcher würde ich einer Kommission angehören, die ein Landgut für D'Olbriot verwaltet, oder als sein Agent in einer Stadt wie Relshaz arbeiten. Ich würde mich um die Interessen D'Olbriots kümmern, aber nicht mehr auf seinen Wink hin springen müssen. Livak und ich denken, dass wir damit leben könnten.« Wie bei so vielen Plänen, klang er laut ausgesprochen weitaus weniger wahrscheinlich als in der Abgeschiedenheit der eigenen Gedanken.

»Oh.« Temar sah mich verständnislos an. Selbstverständlich bedeuteten die durch Eid gebundenen Traditionen des Dienstes, dem ich mich verpflichtet hatte, für ihn nichts. Das hatte sich alles nach dem Chaos entwickelt, der blutigen Anarchie, die das Alte Reich hatte einstürzen lassen, als Bande der Loyalität nichts mehr galten, da die Fürsten der großen Häuser sich gegen den untauglichen Kaiser wandten, der sie alle ruiniert hatte. Die befohlene Treue der Lehnsmänner gegenüber ihren Lehnsherrn, die Temar gekannt hatte, war für mich so fremd wie dieses neue Bremilayne für ihn.

»Und wie soll dieser besondere Dienst aussehen?«, fragte Temar herausfordernd.

Ich grinste. »Dir dabei zu helfen, Kellarin auf den Weg in eine ruhmreiche und einträgliche Zukunft zu führen, zum gegenseitigen Vorteil der Häuser D'Olbriot und D'Alsennin, vielleicht?«

Temar grinste, jedoch ohne Humor. »Wenn dieser Elietimm-Abschaum es zulässt.«

»Messire lässt nach Zaubern suchen, die man gegen die Elietimm einsetzen kann, um Kellarin und Tormalin zu verteidigen.«

Temar sah mich hoffnungsfroh an. »Wie das?«

»Livak reist im Namen des Sieurs und macht Jagd auf Ätherwissen unter den alten Völkern des Waldes und der Berge«, erklärte ich. Casuel mochte ja Livaks Theorie über ihr altes Liederbuch verhöhnt haben, doch der Sieur hielt es für lohnend, etwas Geld hineinzustecken.

»Saedrin gebe es«, murmelte Temar, und ich nickte

heftig zustimmend. Nachdem der größte Teil eines Jahres vergangen war, ohne dass eins ihrer schwarzen Segel am Horizont aufgetaucht war, war ich ganz sicher, dass der Sommer neuerliche Angriffe der Elietimm bringen würde. Ein kleiner Trost für Livaks Abwesenheit war das Wissen, dass sie so weit von jedem Kampf entfernt war wie nur möglich. Wenn sie etwas Lohnendes finden würde, wäre das ebenfalls ein besonderer Dienst, der zu unseren Gunsten wiegen würde, wenn die Zeit kam, Messire um meine Freiheit zu bitten.

Eilige Schritte knirschten draußen auf dem Kies, und ein rasches Hämmern an der Tür ließ einen Lakai aus dem Keller heraufeilen.

Temar und ich blickten einander verblüfft an, als Glannar hereinstürmte, mit einem Gesicht wie Donnerwetter. »Das Lagerhaus wurde ausgeraubt!«

»Setz dich.« Ich drückte ihn auf einen Stuhl, mir gefiel seine rote Farbe unter dem Bart nicht.

»Nein«, winkte mich Glannar atemlos beiseite. »Ich brauche den Junker D'Alsennin.« Er sah Temar unsicher an.

»Sofort.« Temar ging zur Tür.

»Wollt ihr denn gar nicht wissen, was passiert ist?« Glannar sah zwischen Temar und mir hin und her.

»Das werden wir selbst sehen.« Temar war schon aus dem Zimmer, und ich eilte mit Glannar zum Tor des Schreines.

»Ein bisschen langsamer, denke ich«, sagte ich ruhig, als wir auf die Straße kamen. »Sonst haben wir gleich die ungeteilte Aufmerksamkeit aller.«

Temar, zu meiner Rechten, warf mir einen scharfen Blick zu, während Glannar zu meiner Linken wild und finster blickte, aber beide mäßigten ihre Schritte ein wenig.

Die Stadt war noch immer still, ein paar Frauen schrubbten die Stufen zur Haustür, ein paar Männer gingen unbekannten Aufgaben in der morgendlichen Kühle nach. Schiefer und Kopfsteinpflaster schimmerten blau und silbern in der Sonne, als ob sie das funkelnde Meer nachahmten. Am Hafen ging es schon geschäftig zu, man hatte alle Hände voll zu tun, um die Fangflotte zu entladen, während Raubvögel krächzend die Rufe der arbeitenden Frauen und Männer übertönten.

Wir ließen alles außer dem Lagerhaus unbeachtet, wo zwei von Glannars Eingeschworenen Wache standen, mit gezogenen Schwertern und zusammengebissenen Zähnen wegen ihrer Demütigung. Drinnen versuchten die Anerkannten, das Durcheinander aufzuräumen, das aus den ordentlichen Stapeln des vergangenen Tages geworden war, während zwei andere Eingeschworene eine Leiter unter ein offenes Oberlicht stellten, durch das strahlender Sonnenschein hereinfiel, wo eigentlich sicheres Halbdunkel hätte herrschen sollen. An einer Hintertür war der Riegel beiseite geworfen worden.

»Keine Frage, wie die Hafenratten in deinen Malzhaufen gelangt sind«, meinte ich zu Glannar.

»Bewegt euch, ehe ich die Peitsche hole!«, knurrte dieser drei der Anerkannten an, die ihre Arbeit unterbrochen hatten, um uns anzustarren. Einer sah wütend genug aus, um Glannar eine Antwort zu geben, die er bedauern würde, doch der zweite senkte beschämt den Blick, während der dritte und jüngste unmännlichen Tränen nahe war. Er tat recht daran, sich Sorgen zu machen, die Arbeit dieser Nacht hatte seine Chancen auf einen Eid geradewegs den Abort hinuntergespült.

Hatten wir hier aufrechte Wachhunde, oder hatte Glannar den Bock zum Gärtner gemacht? So etwas passiert leider immer wieder, sogar in hervorragend geführten Kasernen – jemand wird bestochen, wegzusehen, sich taub und blind zu stellen, was die Ehre aller befleckt, die auf dieses Haus eingeschworen sind. »Wann ist es passiert?«

»Irgendwann zwischen Mitternacht und dem sechsten Läuten«, antwortete Glannar gepresst. »Ich weiß, die Anerkannten sind noch grün hinter den Ohren, aber ich war sicher, dass die Eingeschworenen schon reif waren.« Er wollte sich näher darüber auslassen, aber ich gebot ihm mit erhobener Hand Einhalt. »Ich werde sehen, was sie selbst zu sagen haben.«

Die neu Anerkannten und Möchtegerneingeschworenen waren mit zerstreuten Ballen und zerbrochenen Truhen beschäftigt. Felle, die fest in Öltuch und Leinen eingenäht waren, um die Seereise zu überstehen, waren über den Fußboden verstreut, Staub machte die glänzenden Pelze stumpf.

»Also, was ist passiert?«, wollte ich von einem Burschen wissen, der nur halbherzig die Felle aufsammelte.

»Wir hatten die Wache ab Mitternacht«, begann er, ohne mich anzusehen. »Als wir ankamen, war der Schaden schon passiert.«

»Aber wir waren auch erst knapp vor dem sechsten Läuten hier.« Der Zweite hatte wenigstens so viel Verstand zu begreifen, dass nur Ehrlichkeit ihre Situation verbessern konnte.

Ich beherrschte meinen Zorn für den Augenblick. »Warum?«

»Es war nicht unsere Schuld«, begann der Erste und suchte nach einer Ausrede.

»Wir sind losgezogen, um uns eine stille Taverne zu suchen«, sagte sein Kumpel düster.

»Wir wollten ja nichts Böses«, protestierte ein Dritter, um seinen Kameraden zur Seite zu stehen.

»Und was hat euch daran gehindert, auf die Glockenschläge zu achten?«, fragte ich barsch.

Die jungen Männer tauschten einen dümmlichen Blick. »Wir sind in ein Spiel Rabe hineingeraten«, sagte der Neuankömmling. »In mehr als eins.«

»Ein Fremder, der immer verlor, lud euch zu einer kleinen Wette ein und zeigte dann plötzlich ein gewisses Talent für das Spiel?«, riet ich. »Ihr habt gespielt in der Hoffnung, eure Verluste wieder wettzumachen?«

»Nein«, sagte der Zweite mit verächtlichem Zorn. »Es war Rasicot, der auf Tor Bezaemar eingeschworen ist.« Er sah Glannar an, der widerwillig zustimmend knurrte.

»Alle Eingeschworenen und Erwählten hier bei uns mischen sich frei untereinander, Erwählter Tathel. Da nicht allzu viele von uns zu einem Namen gehören, helfen wir einander aus.«

Ich schüttelte den Kopf. »Also habt ihr einfach die Zeit vergessen?«

»Wir kamen sofort her, als wir es bemerkten«, protestierte einer unglücklich. »Und haben die frühere Wache ins Bett geschickt.«

»Wo waren sie denn, als ihr kamt?«, fragte ich. »Haben sie geschlafen?«

»Nein«, sagte einer empört. »Wir bewachten die Vorderseite, genau wie wir sollten.«

»Während die Diebe von hinten kamen«, betonte ich. »Wie konnte euch das entgehen?«

Schuldbewusste Blicke wurden unter gesenkten Augen ausgetauscht. »Nun?«, hakte ich nach.

»Danel war hinten«, sagte der Erste, der eingestanden hatte, zur Frühwache zu gehören. »Er hat eins überbekommen, das ihn geradewegs in die Schatten schickte.«

»Sie zogen ihn hier rein und fesselten ihn«, warf einer von hinten ein.

»Hat denn jemand von euch nach ihm gesucht?«, wollte ich wissen.

»Wir«, sagte ein anderer junger Mann. »Aber als wir ihn nicht finden konnten, haben wir angenommen, er sei mit Brel gegangen.«

»Wer ist Brel?«

»Brel und Krim, ältere Eingeschworene, sind beide losgezogen, um die zweite Wache zu suchen.« Der Junge nickte zu den beiden, die noch immer mit der Leiter kämpften.

»Dann wollen wir mal abwarten, was sie zu sagen haben.« Mit einem Blick, der meine volle Verachtung zeigte, ließ ich die jungen Burschen stehen und ging zu dem Oberlicht hinüber, während Glannar neben mir feurige Beschimpfungen über Brels Herkunft und sexuelle Vorlieben ausstieß. Die beiden Eingeschworenen seufzten wie ein Mann.

»Was ist passiert?«, wollte ich wissen.

»Es war nach Mitternacht und die Ablösung war nicht gekommen«, begann der eine, mit Stiernacken, krummer Nase und fehlendem Eckzahn. »Wir wussten, dass unsere Jungs allmählich die Nerven verloren.«

»Also gingen wir nachsehen«, stimmte sein Kollege ihm zu, ein drahtiger Typ mit Zügen, die irgendwie zu klein für sein Gesicht wirkten, und engstehenden Augen über einer spitzen Nase.

»Alle beide?«

»Es hat früher schon mal Ärger gegeben, zwischen unseren Leuten und den Hafenarbeitern«, sagte der ältere streitlustig. »Ich wollte jemanden dabeihaben, der mir den Rücken freihält.«

»Du hast einfach zu viel übrig für eine Prügelei, Krim«, fauchte Glannar.

»Deswegen wollte ich ihn ja auch nicht allein gehen lassen!« In dem Protest des Dünnen schwang selbstzufrieden Wahrheit mit.

Ich hob die Hand, um Krims Empörung im Keim zu ersticken. »Und wo war nun die Ablösung? Wo die Jungs waren, weiß ich mittlerweile, aber wo waren die Eingeschworenen?«

»Torren sagte, sie wollten sich am Ende der Seilerbahn treffen, Ardig sagte, vor dem Krämerladen«, fauchte Glannar. »Sie waren beide spät dran, und jeder dachte, der andere hätte die Jungs zusammengetrieben und wäre weiter gegangen. Scheint, als ob keiner von beiden es besonders eilig gehabt hätte.«

»Habt ihr einen von ihnen gefunden?«, wollte ich von den zwei Eingeschworenen wissen, die vor mir standen.

»Nur Ardig«, brummelte Krim. »Inzwischen war aber Mitternacht schon vorüber.«

»Torren schleicht immer um eine hübsche kleine Schlampe oben in der Raufengasse herum, wenn er in der Stadt ist«, sagte Brel. »Vermutlich war er dort, um in einer kalten Nacht in ihrem warmen Herd zu stochern.«

»Und was habt ihr vorgefunden, als ihr zurückkamt?«, fuhr ich auf.

Krim grinste höhnisch. »Torrens Jungs saßen draußen vor der Tür, zu nichts zu gebrauchen, und die Rückseite stand weiter offen als die Beine einer Hure.«

»Keiner von euch hatte genug Grips, um sich

Sorgen darüber zu machen, wohin der Bursche verschwunden war, der die Hintertür überwachen sollte«, erinnerte ich ihn. »Torren soll sich für seinen Mist verantworten und du für deinen. Bringt das hier in Ordnung und schaut, ob ihr eine Spur findet. Glannar, komm mit an die frische Luft.« Ich wollte der stickigen Atmosphäre entkommen, in der gegenseitige Beschuldigungen und Rechtfertigungen schwer in der Luft hingen.

Glannar ging mit mir zur Tür. Er war rot im Gesicht, und Verlegenheit wetteiferte mit der Wut auf seine Leute. »Schön, du musst es mir nicht sagen. Dieser Karren hat alle vier Räder verloren, ganz und gar. Ich werde ihnen bis zur Sonnenwende in den Hintern treten, weil sie mich nicht benachrichtigt haben, als die Ablösung nicht erschien. Aber um gerecht zu sein, Raeponin sei mein Zeuge, ich hätte nie gedacht, dass es einen Diebstahl geben würde, nicht wo wir für alle sichtbar Wachen aufgestellt hatten. Bremilayne kann ein ganz schön heißes Pflaster sein, das kann ich dir sagen, aber es ist trotzdem ein kleiner Ort. Es gibt hier zu viele Handelsinteressen, als dass Diebstahl im großen Stil durchgehen würde. Wenn ein Lagerhaus beraubt wird, drehen sämtliche Eingeschworenen und Erwählten jeden Stein in der Stadt um. Wir schnappen die Mistkerle, und sie werden ausgepeitscht, als Abschreckung für andere, die vielleicht mit dem Gedanken spielen, auch mal ihr Glück zu versuchen. Wenn sie die Ware allerdings nicht mehr haben und gegen ihr Leben eintauschen können, heißt es Galgen oder Planke.« Er schwieg, ihm waren nicht nur die Worte ausgegangen, sondern auch die Puste.

»Dreht jeden Stein um und seht nach, was darunter hervorkriecht«, sagte ich knapp. Aber ich war ebenso ärgerlich auf mich selbst wie auf Glannar. Ich hätte erkennen müssen, dass ein angelaufener Armring ein schlechtes Zeichen ist; man muss die Fähigkeiten, die er verbürgt, ebenso polieren wie das Kupfer.

»Ryshad!« Ich drehte mich um und sah Temar, der mir mit einem Pergament zuwinkte.

Ich ließ Glannar ohne ein weiteres Wort stehen. »Was ist das?« Ich schob mit dem Fuß einen Holzsplitter hin und her.

»Wir haben vor allem Holz mitgebracht, das es nur in Kel Ar'Ayen gibt«, erklärte Temar. Wir betrachteten beide die Klafter Holz, die unberührt mit Seilen verschnürt waren. »Aber unsere Schreiner haben Musterstücke angefertigt, um zu zeigen, wie man es bearbeiten kann.« Er reichte mir eine winzige Schublade, die in meine Handfläche passte. Ein zackiger Kratzer verunstaltete die glatt gewachste Front. »Diese Stücke wurden alle durcheinander geworfen. Ich schätze, dass sie die Kiste aufgebrochen haben in der Annahme, es sei etwas Wertvolles drin.«

Ich blickte durch den zersplitterten Deckel der groben Holzkiste und sah Miniaturausgaben von Gegenständen und Möbelstücken, wie die, die Messires Handwerker anfertigen, um des Sieurs Zustimmung einzuholen, wenn ein Wohnsitz neu ausgestattet werden musste. »Fehlen welche?«

Temar zuckte die Achseln. »Ich glaube nicht. Ein paar Pelze sind allerdings weg, die kleinen, die besten.«

Ich bückte mich, um ein zerrissenes Stück Pergament aufzuheben. »Was ist das?«

»Notizen von unseren Kunsthandwerkern.« Temar runzelte die Stirn. »Nichts Wichtiges, aber alles ist entsiegelt.«

»Diebe, die mehr auf Informationen als Wertgegenstände aus sind?«, grübelte ich.

»Alles Wertvolle ist weg«, grollte Temar. »Wir hatten etwas Kupfer, aber das ist nicht aufzufinden.«

»Wir alle wuchsen mit den Geschichten über die verlorene Kolonie von Nemith dem Letzten auf.« Ich sah ihn an. »Gold und Juwelen. Gab es dort welche?«

Temar lächelte grimmig. »Die sind noch immer sicher in meinem persönlichen Gepäck im Schrein.«

»Zusammen mit Landkarten oder Tafeln, die Kellarins Geheimnisse verraten könnten?«, vermutete ich, erleichtert, dass er nickte. »Aber wer hier eingebrochen ist, konnte das nicht wissen.«

»Also waren es einfach nur Gelegenheitsdiebe, die ihren Vorteil nutzten?«, überlegte Temar laut.

Ich seufzte und nickte zur Tür. »Ich nehme nicht an, dass die Kneipen hier unten Tee servieren, aber ich gebe dir ein Bier aus, wenn du so früh schon eins magst.«

Temar schüttelte den Kopf, als wir hinaus in den Sonnenschein gingen und beide dankbar die kalte frische Luft einsogen, während wir über den Kai gingen, um uns auf einen Stapel Holz zu setzen.

»Glannars Männer haben eine traurige Geschichte von Gedankenlosigkeit, die sich zu Pech gesellt und das auf Dummheit trifft, zu erzählen.« Ich fuhr mir gereizt mit den Händen durch die Haare. »Es könnten natürlich wirklich ein paar flinke Jungs gewesen sein, die die Gelegenheit beim Schopfe packten, klar. Ein Schiff aus unbekannten Landen, durch Zauberei praktisch von den Klippen gerissen, die ganze Stadt kannte die Geschichte bestimmt schon gestern vor dem Abendbrot, und ein paar waren vielleicht neugierig auf das, was ihr da ausgeladen habt.«

»So neugierig, dass sie jeden Fetzen Pergament untersucht haben?« Temar wollte genauso gern eine unschuldige Erklärung finden wie ich, war aber gegenüber dunkleren Andeutungen ebenso empfänglich.

»Es gibt viele Seeleute, die gern etwas über die Strömungen und Winde zwischen hier und Kellarin erfahren möchten«, überlegte ich. »Manche mögen tollkühn genug sein, die Überfahrt auch ohne Magie zu wagen, wenn genug dabei herausspringt.«

Eine unwillkommene Stimme grüßte uns mit einem erstickten Ruf.

»Was ging hier vor?«, schnaufte Casuel, als er bei uns ankam. Er war ungekämmt, und seine Schuhe hatten verschiedene Schnallen.

»Ein Teil der Ladung aus Kellarin wurde gestohlen«, sagte ich ohne Umschweife, in der Hoffnung, seine überhastete Ankunft bliebe unbemerkt.

»Von wem?«, fragte er empört.

»Das wissen wir noch nicht«, erwiderte ich ruhig.

»Warum sucht ihr dann nicht nach ihnen!« Casuel blickte sich im Hafen um, als ob er ein paar langsame Schurken suchte, die sich in gestohlene Pelze gewickelt hatten.

Ich wandte mich wieder Temar zu. »Vielleicht waren es auch Piraten. Sie interessieren sich bestimmt dafür, was aus Kellarin kommt und wie es im Vergleich zu Waren aus Inglis ist.«

»Und sie interessieren sich bestimmt für Karten«, stimmte Temar zu.

»Diebe oder Piraten, was macht den Unterschied?« Casuel verschränkte die Arme vor der Brust und sah uns finster an.

»Otrick hat Velindre doch mit Informationen versorgt, oder nicht?« Ich machte einen Schritt näher auf Casuel zu und setzte meine Größe ein, um ihn zu zwingen, einen Schritt zurückzuweichen. »Die Piraten entlang der Küste mochten Otrick alle gut leiden, nicht wahr? Wenn Velindre ähnliche Freunde hat, ist ihr vielleicht etwas herausgerutscht?«

»Unmöglich«, fauchte Casuel beleidigt.

»Nach ihrem Verhalten gestern Abend glaube ich kaum, dass die Dame so nachlässig wäre«, sagte Temar vorsichtig.

»Unwahrscheinlich«, gab ich zu. Aber nicht unmöglich, und auf jeden Fall hatte diese Vorstellung Casuel so abgelenkt, dass er uns nicht mehr unterbrach.

»Aber was, wenn es weder das eine noch das andere war?«, fragte ich Temar.

»Elietimm?« Er nickte mit düsterer Miene. »Wenn Menschen Absprachen, Pläne und Zeit vergessen, könnte das bedeuten, dass Zauberkunst am Werke ist.«

»Was?« Casuel blickte entsetzt zwischen Temar und mir hin und her. »Es deutet doch nichts auf Elietimm hin, oder?«

»Nein, aber auch nicht auf das Gegenteil, bisher zumindest.« Ich stieß einen gereizten Seufzer aus. »Aber wie, bei allem, was heilig ist, sollen wir das herausfinden? Könnte Demoiselle Tor Arrial feststellen, ob diese Männer verhext waren?«

»Ich fürchte, nein.« Temar sah nachdenklich drein. »Aber sie kann Ausschau halten, ob jemand hier Zauberkunst ausübt.«

Ich starrte das Lagerhaus an. »Kupfer ist Kupfer, und geschmolzen könnte es irgendwoher stammen, also glaube ich nicht, dass wir es wiedersehen werden. Aber Pelze sind zu leicht zu erkennen, um das Risiko einzugehen, sie hier zu verkaufen, wenn unsere Diebe genügend Verstand haben.«

»Also verschiffen sie sie mit Waren, die auf ehrlichem Wege gekauft und bezahlt wurden?«, vermutete Temar.

»Organisiert eine Suche!«, kreischte Casuel. »Es gibt nur eine Straße, die aus dem Ort führt, also könnte man alles aufhalten, was über Land geht. Gibt es denn keine Ketten, um den Hafen für Piraten zu schließen? Legt sie vor und kehrt dann jedes einzelne Schiff um!«

»Auf wessen Befehl?«, fragte ich sanft. »Planirs? Er mag ja Erzmagier sein, aber er hat hier keinerlei Befehlsgewalt, nicht über Bürger von Tormalin, wenn keinerlei Beweis gegen sie vorliegt.«

»Ist denn das Wort von Messire D'Olbriot nicht genug, auch in Vollmacht?«, fragte Temar zögernd.

»Nein, nicht für eine allgemeine Untersuchung.« Ich versuchte, mich an das Wenige zu erinnern, was ich über das Recht des Alten Reiches wusste. »Die Macht eines Fürsten über seine eigenen Untertanen und Besitztümer ist noch immer absolut, aber weiter reicht sie nicht. Häuser, die auf gutem Fuß mit D'Olbriot stehen, würden mit uns zusammenarbeiten, aber die anderen würden es ablehnen, ob sie nun etwas zu verbergen hätten oder nicht. Selbstständige Händler und Kunsthandwerker werden kaum ihre Unabhängigkeit gefährden, indem sie dem Einfluss D'Olbriots dermaßen nachgeben. Wenn wir Zwang anwenden, werden sie jedes Gericht bis hinauf zum Kaiser anrufen.«

Temar sah verwirrt drein. »Leben denn viele Menschen außerhalb der Sicherheit eines Lehnsverhältnisses?«

»Als Folge des Chaos hat sich vieles verändert«, sagte Casuel gewichtig. »Die Selbstständigkeit einer ausreichenden Zahl von Geschäftsmännern stellt eine wichtige Kontrolle über den Einfluss der Fürsten dar.«

»Casuels Vater ist ein Pfefferhändler«, erklärte ich. »Jedenfalls, selbst wenn jemand offiziell an einen Namen gebunden ist, so sind die Bande möglicherweise nicht stärker als ein Band, das auf einem Pergament klebt.«

»Aber wer schützt ihre Interessen?« Temar wirkte ernstlich besorgt.

»Der Kaiser und die Gerichtsbarkeit, natürlich.« Ich unterbrach, als Casuel Luft holte, um zwanzig Generationen von Präzedenzfällen und Sitte zu erklären. »Der beste Weg um sicherzugehen, dass kein Elietimm in den Schatten herumkriecht, ist diese gestohlenen Waren zu finden. Ich wende mich an die paar Leute, die ich hier kenne und werde sehen, ob der Name D'Olbriot genügend Kraft hat, um wenigstens die wahrscheinlichsten Plätze durchsuchen zu lassen. Temar, geh zurück und frühstücke, dann sieh zu, ob Avila einen Hauch von Äthermagie aufspüren kann. Casuel.« Ich schenkte ihm ein herzliches Lächeln. »Geh und frage Velindre, ob sie irgendwelche Verbindungen unter den Freihändlern hat.« Ich hob die Stimme über seinen wütenden Widerspruch. »Ich glaube nicht, dass sie irgendetwas mit der Sache zu tun hat, aber Freihändler sind die wahrscheinlichste Adresse, denen ungewöhnliche Waren zum halben Markt-wert angeboten werden. Vielleicht finden wir auf diese Weise eine Spur. Wenn sie sich weigert zu helfen, sollten wir das Planir vielleicht mitteilen.«

Casuels Empörung legte sich, während Temar zugleich ein Lächeln unterdrückte, das ihm die Mundwinkel nach oben ziehen wollte.

»Federn!«, sagte der Magier plötzlich.

»Natürlich!« Ich schnippte mit den Fingern. »Warum ist mir das nicht eingefallen?«

»Ich nehme nicht an, dass deine Dame viel Zeit für die Glanzlichter der Mode hat«, grinste Casuel.

Ich ließ den Spott unbeantwortet, da ich sah, dass Temar uns beide ansah, als hätten wir den Verstand verloren.

»Federn in leuchtenden Farben sind, ach ich weiß nicht, das Wievielfache ihres Gewichtes in Gold wert«, erklärte ich.

»Keine Dame würde auch nur im Traum daran denken, ohne einen Fächer aus Federn auszugehen, die sorgfältig auf ihr Kleid abgestimmt oder in den Farben ihres Hauses gehalten sind«, warf Casuel ein. »Und dann gibt es noch Kombinationen, die bedeuten ...«

»Falls jemand glaubte, ihr hättet exotische Federn mitgebracht, die es nur in Kellarin gibt, dann wäre das sicher einen Einbruch wert.« Sosehr es mir missfiel, Casuel ein Lob auszusprechen, seine Idee machte einen simplen Diebstahl viel wahrscheinlicher.

»Ich muss Guinalle sagen, dass sie Jäger mit ein paar Netzen ausschicken soll«, sagte Temar mit wohlerzogener Belustigung. »Seltsam, dass keiner von den Söldnern oder den Magiern das erwähnt hat.«

»Nun, Söldner schwitzen einfach nur, und ich glaube, auch Zauberer haben nicht viel Sinn für modische Raffinessen.« Ich nickte Casuel mit scheinbarer Höflichkeit zu, doch den Magier zu ärgern, brachte uns nicht weiter. »Ich treffe euch heute Mittag im Schrein, dann sehen wir, was wir herausgefunden haben. Wenn es einen Hinweis darauf gibt, dass etwas Ernsteres dahinter steckt als

Diebstahl, dann brechen wir nach Toremal auf, wo wir den Namen und die Männer haben, um uns zu unterstützen.«

»Und wenn wir auf der Straße überfallen werden?«, meckerte Casuel.

»Dann zeigst du uns ein bisschen Magie, Meister Magier«, lächelte Temar.

Kapitel 2

Anhang zur D'Olbriot-Chronik, Wintersonnwende am Ende des ersten Jahres von Tadriol dem Sparsamen, niedergeschrieben von Junker Fidaer, Kastellan des Tailebret-Gutes.

Die Sonnwendfeiern haben eine gewisse Entspannung von der Enthaltsamkeit mit sich gebracht, die uns unmittelbar nach der Wahl des neuen Kaisers auferlegt wurde, sehr zur Erleichterung der Händler in ganz Toremal. Aber all die Gewänder und der Putz, der unsere Damen schmückt, muss dieses Jahr mit harter Münze bezahlt werden, jetzt, wo die Kaufleute die kaiserliche Erlaubnis haben, selbst den vornehmsten Häusern unbegrenzte Kredite zu verweigern. Nun, Tadriols Beschränkungen mögen zwar bei albernen Mädchen unbeliebt sein, die besessen sind von modischem Wettbewerb, sowie bei Junkern, die gern eine elegante Figur abgeben, aber ich schreibe dies, nachdem ich meinen Jahresbericht dem Sieur meines Namens mit dem besten Abschluss seit Jahren vorgelegt habe. Mit Messires Zustimmung plane ich, diese Mittel vor allem zu nutzen, um die Lehnsmänner zu unterstützen, die bei der kürzlichen Überschwemmung um Nymet gelitten haben, und danach zur Erweiterung derjenigen unserer Unternehmungen, die von langfristigen Investitionen profitieren werden.

Der Sieur bestand darauf, dass alle Zweige des Hauses D'Olbriot die Kürzungen, auf die Tor Tadriol drängte, früher als die meisten beachteten. Daher trafen uns die erhöhten Geldsteuern auf unsere Schatzkammern nicht allzu sehr. Es ist ebenfalls ein Trost zu sehen, wie Tor Tadriols Sparsam-

keit nicht unter dem fadenscheinigen Vorwand kaiserlichen Bedarfes seine eigenen Truhen füllt. In diesem Winter war der Kaiser außergewöhnlich großzügig gegenüber dem Volk, auch ohne ungebührlich schlechtes Wetter, und Tadriol nutzte die Zusammenkunft des Fürstenrates, um zu verkünden, dass das kaiserliche Almosen zur Sommersonnenwende eine ansehnliche Gabe für die wahrhaft Bedürftigen sein werde anstelle einer Silbermünze für die bedeutenden Personen der Schreinbruderschaften und Handwerksgilden.

Was mich persönlich anbetrifft, so bin ich froh darüber, dass ich nicht über die Rückkehr zu den kostspieligen, erstickenden Zeremonien berichten muss, die der letzte Name, der den Thron zierte, so liebte. Die Versammlung der Fürsten war eine kurze Angelegenheit, der Stab des Adjurors ordnungsgemäß zerbrochen nach einer denkbar kurzen Ansprache des Kaisers, in der er Sieur Tor Sylarre für seine langjährigen, treuen Dienste für Tor Bezaemar dankte. Sieur Den Thasnet wiederholte diese Gefühlsseligkeiten in blumiger Sprache, bis er einen Blick des Kaisers auffing und seine Beredsamkeit abstellte. Tadriol verfügt vielleicht nicht über die Gabe, sich Freunde zu machen, die die Junker von Tor Bezaemar so auszeichnet, aber der Mann ist unbestreitbar eine Autorität in einer Debatte.

Mein Sieur D'Olbriot schlug Messire Tor Kanselin für das jetzt freie Amt vor, und sobald Den Murivance und Den Gennael ihn mit offener Begeisterung unterstützten, stimmten die anderen Häuser auch entsprechend, angeführt von Den Janaquel. Tor Priminale enthielt sich, aber das ist nicht weiter bemerkenswert, eingedenk seiner intensiven Bindungen an Tor Bezaemar. Die Sieurs

Tor Sauzet und Den Ferrand bestätigten anschließend ihre designierten Nachfolger vor dem Fürstenrat. Jeder ist ein jüngerer Sohn, aber beide können sich auf lange Freundschaft mit dem neu erhobenen Tadriol berufen, außerdem ist unsere neue Kaiserin schließlich eine geborene Tor Sauzet.

Die Heiratsaussichten für die Damen, die sich Tor Tadriol nennen dürfen, wurden durch die Thronbesteigung ihres Namens verständlicherweise verbessert. Hier zwischen diesen Seiten wage ich die Überlegung, ob dieser Überschuss an Töchtern vielleicht Messire und den Sieur Den Murivance beeinflusst haben mag, als Den Tadriol diesen besonderen Spross als Kandidaten für den kaiserlichen Thron vorschlug. Ein Bündnis durch Heirat ist schließlich die schnellste Möglichkeit für eine neue Dynastie, ihre Stellung bei den hervorragendsten Häusern zu sichern. Während ich dies hier schreibe, sitzt meine Frau auf der anderen Seite der Bibliothek und studiert den Stammbaum Tor Tadriols in der Hoffnung, einen jüngeren Sohn oder eine Tochter zu finden, die für eine Hochzeit mit uns in Frage käme, solange die Nebenlinien dieses Hauses sich noch daran erinnern, dass wir erst vor kurzem noch auf gleicher Rangstufe standen. Ich hoffe, ich kann nächstes Jahr auf diesen Seiten über einen Erfolg berichten.

Auf dem Ball zum Ende des Festes wurde die Verlobung der ältesten legitimen Tochter des Kaisers mit einer Hauptlinie von Tor Kanselin verkündet, und ich denke, dass alle fünf jüngeren Demoiselles sich praktisch die Füße wund tanzten, so begehrt waren sie. Die illegitimen Mädchen werden von den oberen Rängen der Kaufleute ebenso umworben, was Junker Den Muret zu dem takt-

losen Scherz veranlasste, Tadriols Begeisterung dafür, seinen Samen vor der Ehe zu verbreiten, sei Teil eines lang gehegten Planes gewesen, sich das Wohlwollen der Allgemeinheit zu sichern. Nach meiner Erfahrung brauchen junge Männer keine Ermunterung für solches Treiben, und obwohl ein solch üppiger Strauß von Nebenkindern ungewöhnlich ist, ist so etwas doch keineswegs unerhört. Wichtiger noch, es gibt keinen Hinweis darauf, dass Tadriol seinen Schwur seit seiner Ehe gebrochen hätte, während wir inzwischen offen die skandalöse Lasterhaftigkeit des verstorbenen Bezaemar verurteilen.

Während wir darauf warten, dass morgen das neue Jahr beginnt, stelle ich fest, dass ich voller Optimismus bin. Tor Tadriol ist ein junger Mann mit offenem Geist und von beträchtlicher Intelligenz, der auch über die Grenzen seines Hauses hinauszublicken vermag, mit einem scharfen Blick für die weiteren Interessen Tormalins. Nach fast einer Generation der Herrschaft dieses Bezaemar, genannt der Großzügige, dessen Freigebigkeit sich doch so oft auf die Mitglieder seines eigenen Freundeskreises beschränkte, bin ich zuversichtlich, dass wir Nebenlinien im Laufe der nächsten Jahre von allen möglichen neuen Gelegenheiten profitieren werden. Die erste wird sein, unsere Rolle bei der Entscheidung zu spielen, welchen Beinamen wir unserem neuen Kaiser verleihen. Ich habe die feste Absicht dafür zu sorgen, dass auch wir kleineren Stimmen gehört werden.

Im Archiv des Hauses D'Olbriot, Sommersonnwendfest, erster Tag, Morgen

Ich war als Junge schon nicht allzu scharf auf Schule, und einem anderen dabei zuzusehen, wie er die Namen der Kaiser lernte, war ausgesprochen langweilig. Ich unterdrückte ein Gähnen und lehnte mich in meinem Stuhl zurück, um zu dem langgestreckten Tonnengewölbe hoch über uns hinaufzustarren. Der Luchs und der Zickzackstreifen des D'Olbriot-Wappens wiederholten sich am oberen Rand der Wand immer wieder, dazwischen die Insignien jener Familien, die im Laufe der Jahre mit dem Haus durch Heirat verbunden waren; um sie zu identifizieren, musste ich die Augen zusammenkneifen. Als Casuel sich unter Pergamenten in den Bibliotheken ganz Tormalins vergraben hatte, konnte ich die Zeit wenigstens mit anderen Erwählten vertrödeln, sobald ich Nachrichten vom Sieur dem entsprechenden Junker überbracht hatte, der das jeweilige Gut leitete. Offiziell beriet ich meine Kollegen bei ihren Ausbildungsprogrammen, doch in der Praxis verbrachten wir meist mehr Zeit damit, Geschichten über Kämpfe auszutauschen, die ganze Zeit verhätschelt von Haushältern und Haushofmeistern, die mein neuer Status beeindruckte. Das war alles in allem eine angenehme Abwechslung von meinen Tagen als Eingeschworener, als man von mir stets erwartet hatte, mich an allen Pflichten zu beteiligen, die zu meinem Rang gehörten.

Ich musste schließlich doch gähnen, und ein mit Büchern beladener Schreiber warf mir im Vorübergehen einen gleichgültigen Blick zu. Wir saßen etwa im ersten Drittel einer langen Reihe gleicher Tische, die sich von einer großen Doppeltür bis zur anderen zog. Sie war gesäumt von zahllosen Bücherregalen an den Wänden. Die dunklen Lederrücken der dicht gedrängten Bände wurden hier und da durch ein goldenes Aufblitzen belebt, wenn ein Sonnenstrahl, der durch die schmalen Fenster fiel, uns daran erinnerte, dass es draußen heller Vormittag war. An den wenigen Metern, auf denen keine Regale an den Wänden standen, befanden sich Nischen mit Statuen und ein paar unbeachtete Raritäten in polierten Glaskästen.

»Hast du es geschafft?«, fragte Casuel knapp.

»Ich denke schon.« Temar fuhr vorsichtig mit dem Finger über ein Pergament.

»Dann sag sie auf, bitte sehr«, befahl der Magier.

Ich versuchte, interessiert auszusehen. Temar musste über solche Dinge Bescheid wissen, wenn er sich selbst und seine Gastgeber nicht blamieren wollte, und das erste gesellschaftliche Ereignis des Festes sollte heute Nachmittag stattfinden. Als Casuel darauf bestanden hatte, Temars Lektionen zu wiederholen, mussten wir widerstrebend eingestehen, dass es eine vernünftige Idee war.

Temar schloss pflichtbewusst die Augen und runzelte die Stirn. »Modrical der Grausame, Modrical der Abscheuliche –« Er brach ab. »Wie in Saedrins Namen konnten die Fürsten einen solchen Titel für ihren Kaiser wählen? Nemith den Tollkühnen zu nennen galt seinerzeit als der schlimmste Schlag ins Gesicht, der dem Fürstenrat für ihn einfallen wollte! Was muss denn dann dieser zweite Modrical angerichtet haben?«

Auf einen finsteren Blick von Casuel hin klappte ich den Mund wieder zu. »Niemand weiß das mit Gewissheit«, sagte der Zauberer spitz. »Das Chaos tobte damals. Alles was ich weiß, ist, dass er bei den

Sommersonnwendfeiern in seinem zweiten Regierungsjahr einem Anschlag zum Opfer fiel, als man ihn als Abscheulichen ausrief.«

»Vermutlich posthum?« Temar öffnete die Augen und grinste mich an.

»Und wer wurde gewählt, um seine Stelle einzunehmen?«, fragte Casuel.

»Kanselin«, seufzte Temar. »Kanselin der Drollige?«

»Kanselin der Fromme, danach Kanselin der Drollige«, berichtigte der Magier.

»Es folgten Kanselin der Waghalsige, Kanselin der Derbe, Kanselin der Zuversichtliche und schließlich Kanselin der Halsstarrige, dem vermutlich das Talent seines Vaters und seiner Onkel fehlte«, schlug Temar vor.

»Wenn du Zeit gefunden hast, diese Ära zu studieren, wirst du feststellen, dass es viel komplizierter ist.« Casuel widerstand sichtlich dem Impuls, das näher zu erläutern. »Und das nächste Haus, das den Thron bestieg?«

»Decabral«, sagte Temar leise.

Casuel nahm dem jüngeren Mann das Pergament aus den Händen. »Und der Erste erhielt welchen Beinamen?«

»Decabral der Eifrige. Dann der Geduldige, der Nervöse«, lächelte Temar. »Der Virtuose, der Gnadenlose, von dem sich die Häuser nach ein paar Jahren trennten, und zum Schluss der Barmherzige. Aber frag mich um Himmels willen nicht, wer wessen Bruder, Sohn oder Vetter war.«

»Die richtige Reihenfolge ist ausreichend.« Casuel gab sich Mühe, aufmunternd zu klingen.

»Als Nächster Sauzet, der Würdige und der Stille.« Temar zählte die Namen an den Fingern ab. »Sie wurden von den kaiserlichen Kissen geschubst durch Perinal den Kühnen, der seinerseits von Leoril dem Weisen gestürzt wurde.«

»Ich sehe keinen Grund für Übermut«, bemerkte Casuel. »Weiter.«

»Leoril der Einfaltspinsel.« Temar warf mir einen Blick zu, aber die Frage erstarb ihm auf den Lippen, als er Casuels saure Miene sah. »Leoril der Beredte, Leoril der Leutselige. Dann Aleonne der Tapfere.« Er schwieg.

»Genannt der Tapfere, als die lescarischen Kriege einen solchen Höhepunkt erreichten, dass sie über unsere westliche Grenze schwappten«, half ich. »Also brauchten wir Aleonne den...?«

»Schon gut.« Temar holte tief Luft. »Aleonne der Trotzige, der Entschlossene und dann Aleonne der Ritterliche.«

»Später musst du auch über die Ereignisse im Einzelnen Bescheid wissen.« Casuel suchte in den Büchern, die ordentlich vor ihm aufgestapelt waren, wobei er einen missbilligenden Blick auf das Durcheinander neben Temars Ellbogen warf. »Die Annalen von Tor Bezaemar. Lies so viel du kannst, und pass gut darauf auf, es ist meine eigene Kopie, und solche Sachen sind teuer.«

Temar wendete den kostbaren Band in der Hand. »Ich dachte, Inshol der Schroffe folgte dem letzten Aleonne.«

»Richtig.« Ich nickte Temar beifällig zu.

Sobald wir Bremilayne hinter uns gelassen hatten und ein paar Tage ohne Zwischenfälle gereist waren, hatten Casuels Befürchtungen nachgelassen, dass er tatsächlich gezwungen sein würde, Magie anzuwenden. Dann hatte er sich der Aufgabe gewidmet, Temar alles zu lehren, das er möglicherweise für einen Besuch in Toremal wissen musste und genauso viel, das er wahrscheinlich nie brauchen konnte. Ich war beeindruckt von der Menge, die er schon gelernt hatte. Nach langen Tagen im Sattel auf unserer scheinbar endlosen Reise durch das Hochland wäre ein Lehrer wie Casuel das Letzte gewesen, was ich mir gewünscht hätte, da seine wenig einnehmende Art durch die Meilen, die er in einer rumpelnden Kutsche mit Avila Tor Arrial verbrachte, sich noch verschlimmerte. Temar und ich waren bei unseren Pferden geblieben.

»Und als er starb, heiratete seine Witwe den Sieur Den Bezaemar, den man kennt als ...?« Der Zauberer war nicht bereit aufzugeben.

»Bezaemar der Bescheidene«, sagte Temar nach einer Pause. »Sein Sohn war Bezaemar der Fuchs, der wie Inventar gewirkt haben muss, nachdem er fast fünfzig Jahre lang geherrscht hat. Sein Enkel war Bezaemar der Großzügige, anschließend wollten die Fürsten jemanden, der weniger freigebig mit ihrem Geld war, und wählten Tadriol den Sparsamen. Er war zwar sparsam, aber nicht allzu gesund, also folgte ihm bald sein Bruder als Tadriol der Unerschütterliche. Er trat nach ein paar Jahren zurück, doch der Fürstenrat wählte den falschen Neffen, weil Tadriol der Unermüdliche schon nach weniger als einem Jahr tot umfiel. Mit seinem Bruder dem Klugen hatten sie mehr Glück, er regierte elf Jahre lang und hatte bereits viele Kinder, darunter auch euren derzeitigen Kaiser Tadriol, seinen dritten Sohn, der im letzten Jahr den Beinamen der Vorsorgliche erhielt!«

Temar grinste Casuel an.

»Die Thronfolge ist korrekt, aber bitte behalte deine scherzhaften Bemerkungen für dich.« Casuel warf mir einen ungehaltenen Blick zu. »Ich nehme an, das ist deine Auslegung?«

»Wir mussten ja beim Reiten über irgendwas reden«, erwiderte ich achselzuckend. Wir hatten die Zeit genutzt, um die Lektionen des vergangenen Tages zu wiederholen und um über Familie, Freunde, das Leben in Kellarin und Tormalin zu reden.

Da Casuel in der Kutsche auf seiner Würde saß, hatten wir unsere vorsichtige Freundschaft erneuert und dabei nebenbei auch die auffälligsten Altertümlichkeiten in Temars Ausdrucksweise ausgebügelt.

»Nun, ich hoffe, du hast dir auch die Insignien der kaiserlichen Häuser gemerkt, wie ich es dir aufgegeben hatte, Temar.« Casuel griff über den Tisch nach einer Rolle von Pergamenten, die von einer roten Schleife zusammengehalten wurden. »Du musst auch das hier studieren. Ich habe den Archivar um eine Kopie gebeten, aber er sagt, die Schreiber seien alle zu beschäftigt wegen der Gerichtssitzungen, also musst du dir deine eigene machen.« Er reichte Papier und ein Stück Holzkohle in einem silbernen Halter herüber.

Temar betrachtete verständnislos die eng geschriebenen Kolonnen von Namen und Zahlen, die von einem kleinen Wappensymbol gekrönt waren. »Was ist das?«

»Das Grundsteuerregister vom Vorjahr.« Casuel starrte Temar an.

»Im Alten Reich gab es so etwas nicht«, erinnerte ich den Zauberer. »Jedes Haus und jeder Name zahlt eine jährliche Steuer an die kaiserliche Schatzkammer, entsprechend der Landsitze und Besitztümer«, erklärte ich Temar. »Das alte System der

Erhebung für besondere Zwecke wurde schon vor Generationen abgeschafft.«

Temar schüttelte den Kopf. »Es wundert mich nur, dass der Schatten meines Großvaters nicht aus der Anderwelt kam und mich mit einem Tritt weckte angesichts einer solchen Beleidigung der fürstlichen Privilegien.«

Er stand abrupt auf und stieß den Tisch mit seinen Dokumenten, Rechtsbüchern, ledergebundenen Bänden und zusammengefalteten Schriften in versiegelten Bändern von sich. Er drehte sich langsam auf dem Absatz um und blickte finster auf die Stapel gerollter Pergamente, die Regale mit gebundenen Büchern, die flachen Kästen mit den Landkarten, Diagrammen, Berichten und Plänen. Das einzige Geräusch war das leise Rascheln von Papier, unterbrochen von dem gedämpften Knarren der Leitern, die in den Schienen glitten, die an jedem Regal befestigt waren. Jeder Tag musste ihm einen neuen Schock versetzen, der ihn daran erinnerte, wie sehr sich das Leben auf dieser Seite des Ozeans verändert hatte, dachte ich.

»Setz dich«, zischte Casuel, als neugierige Köpfe von den regalgesäumten Nischen auf den Galerien zu uns herunterspähten. Goldene Sonnenstrahlen fielen durch die hohen Fenster und verwandelten sich durch die Alchemie von gefärbtem Glas in rot und blau, grün und braun, undeutliche Juwelen auf den braunen Teppichen.

Temar schüttelte den Kopf, während er langsam wieder Platz nahm. »Mein Großvater konnte alle wichtigen Schriftstücke und Abgabenlisten in einer einzigen verschlossenen Schublade aufbewahren. Zugegeben, sie war so lang wie ein Mann und eine Armeslänge tief, aber ...«

»Denk doch mal, wie viel Zeit inzwischen vergangen ist«, unterbrach Casuel ihn. »Dieses Archiv enthält Berichte über fünfundzwanzig Generationen, von denen jede fünfundzwanzig Jahre zählt.«

»Ich gebe zu, dass ich in vielem unwissend bin, Magus D'Evoir, aber ich kenne die Dauer einer Generation«, sagte Temar beißend.

Ich verbarg ein Lächeln hinter meiner Hand, als Casuel blass wurde. Temars unbewusst aristokratische Ausdrucksweise erinnerte den Magier verspätet an ihren jeweiligen Rang.

»Ich meinte nur ...«, begann Casuel hastig, »ach, egal. Nach dem Chaos wurden Dokumente viel wichtiger. Im Alten Reich wusste jeder, welchem Haus welche Ländereien gehörten, wer wem Dienste schuldete. Schließlich waren die Dinge lange Zeit unverändert geblieben. Aber als die Herrschaft des Rechtes wieder eingeführt wurde, erhoben rivalisierende Fürsten Anspruch auf Land und Besitz, und ein schriftlicher Beweis für einen Anspruch war unbezahlbar.« Casuel klopfte scharf auf die Steuerrolle. »Bitte befass dich damit, zumindest mit den ersten zwei oder drei Blättern. Die Namen sind in der Reihenfolge der geleisteten Steuern aufgeführt, die Wohlhabendsten lassen sich also gut erkennen. Die ersten fünfzig oder so sind die Häuser, die du wahrscheinlich besuchen oder treffen wirst, aber es kann nicht schaden, wenn du die ersten paar hundert zumindest gelesen hast.«

Temar fuhr mit dem Daumen über die ungebundene Seite des Stapels Pergamente. »In den Tagen meines Großvaters hätten alle Sieurs aller Häuser zusammen reichlich Platz an diesen Tischen gehabt.«

»Ich möchte dir raten, dich lieber im heutigen

Toremal zurechtzufinden als zu beklagen, was vergangen ist.« Casuel schob trotzig sein Kinn vor, als ich ihm einen eisigen Blick zuwarf.

Temar beugte sich über die eng beschriebene Liste. »Ich sehe nicht ein, warum wir hier drinnen keine Tinte haben sollen«, murmelte er, als er seine Notizen verschmierte.

»Weil die Archivare es verboten haben, und zwar zu Recht. Wer weiß, was dabei für ein Unglück oder Schabernack geschehen kann.« Ich merkte, dass Casuel beim Sprechen auf den Boden vor seinen Füßen blickte. Das hatte er heute schon ein paarmal getan. »Das richtige Dokument kann eine Familie vereinen oder entzweien.«

»Die Hälfte der Namen, die ich kenne, sind verschwunden, und viele von diesen bedeuten gar nichts«, sagte Temar endlich und rieb sich den Nacken. »Wo sind Tor Correl, Den Parisot? Was ist mit Den Muret? Wer in Saedrins Namen sind D'Estabel, Den Haurient oder Den Viorel?«

»Viele Häuser wurden im Chaos ruiniert.« Casuel konnte sich einen weiteren Blick auf den Fußboden neben seinem Stuhl nicht verkneifen, und ich rutschte ein bisschen, um zu sehen, was er dort hatte. »Es ist praktisch noch nie vorgekommen, dass ein Name des modernen Reiches in der männlichen Linie ausgestorben ist, aber als der Krieg das Reich schüttelte, gab es viele Verluste. Neue Adelstitel wurde später verliehen oder einfach angenommen.«

»Nemith muss sich für vieles verantworten«, fauchte Temar. »Poldrion möge Dämonen schicken, die ihn in Tränenflüssen ertränken sollen.«

»Natürlich – du kanntest ihn ja.« Casuel blinzelte. »Verzeih mir, für uns ist das lediglich Geschichte.«

Als er sich vorbeugte, rutschte ein lederner Beutel, der an seinem Stuhl gelehnt hatte, flach zu Boden, ohne dass der schmeichelnde Magier es bemerkte.

»Ich kannte ihn, soweit ein Abkömmling eines kleineren Hauses etwas mit einem Kaiser zu tun hatte«, sagte Temar grimmig. »Genügend, um zu wissen, dass er ein herumhurender Trunkenbold war, der das Gold der Häuser, mit dem Truppen zur Verteidigung des Imperiums entlohnt werden sollten, für Ausschweifungen und die Bereicherung seiner Günstlinge verschwendete.«

»Bei allem, was recht ist, Nemiths Torheit war nicht das einzige Übel, welches das Reich plagte«, entgegnete der Zauberer.

»Das ist wahr, möge Raeponin mir verzeihen.« Temar seufzte und langte über den Tisch nach einem weiteren von Casuels Büchern. »Dieser Minrinel erwähnt in seinen so genannten *Informationen* noch nicht einmal die Krustenpocken.« Temar verzog das Gesicht zu einer bekümmerten Grimasse. »Drei andere Söhne des Hauses Nemith hätten zum Kaiser gewählt werden können, wenn sie nicht schon Asche in ihren Urnen gewesen wären, noch ehe ihr Großvater, der Seefahrer, seinen letzten Atemzug getan hatte.«

Ich sah von meinem Versuch auf, den Riemen von Casuels Beutel mit den Zehen zu erwischen, während der Zauberer eifrig Notizen an den Rand seiner Papiere kritzelte. »Weißt du, was im Fürstenrat passierte, als der kaiserliche Thron verwaist war? Warum haben sie eine solch katastrophale Entscheidung getroffen?«

»Ich habe keine Ahnung.« Temars Blick war verschleiert vor erinnerter Trauer. »Ich war noch minderjährig, und mein Großvater war nicht dabei, er war zu beschäftigt mit den Angelegenheiten des Hauses und der Lehnsleute. Die Krustenpocken töteten alle Männer in der Generation meines Vaters und auch meine Brüder und Schwestern.« Temar beugte sich plötzlich über die Steuerrolle und kritzelte wild. Ich schloss die Augen in einem Nachhall meines eigenen erlebten Kummers, den Tod meiner einzigen Schwester.

»Allerdings.« Casuel verschränkte unsicher die Finger. »Es tut mir Leid, ich wollte dich nicht verstören. Aber alle Tränen dieser Welt machen ein angeknackstes Ei nicht wieder heil, wie meine Mutter immer zu sagen pflegte.« Er errötete leicht.

»Wie mächtig ist eigentlich D'Olbriot?«, fragte mich Temar plötzlich. Die knappe Frage hallte in der Stille wider.

»Bitte sprich leiser«, bat Casuel gedämpft.

Ich deutete auf die Liste, die vor Temar lag. »Bei dieser letzten Steuererhebung wurde geschätzt, dass Messire D'Olbriot rund ein Zwanzigstel von Tormalins Einkünften und Handelsverkehr kontrolliert.«

»Noch sieben oder acht andere Familien dazu, und diese Namen verfügen über knapp die Hälfte der Gesamteinkünfte des Reiches?« Temar schürzte die Lippen.

»Das ist der Grund, weshalb du die angemessenen Umgangsformen lernen musst«, sagte Casuel ernst.

»Das Leben war zwar gänzlich anders vor eurem Chaos, Magus D'Evoir, aber auch uns hat man ein Minimum an Manieren gelehrt«, sagte Temar eisig.

Auch ich wollte Casuel mit seiner herablassenden Art nicht ungeschoren davonkommen lassen. »Nach allem, was diese Gelehrten, die mit dem Erzmagier arbeiten, gesagt haben, haben die letzten

Tage des Alten Reiches wahrscheinlich mehr mit unserer heutigen Zeit gemeinsam als mit irgendeiner Zeit dazwischen.«

»Warum bist du in solchen Dingen so bewandert, Casuel?«, fragte Temar unerwartet. »Die Magier, die nach Kel Ar'Ayen kommen, hätten schon Mühe, die Provinzen des Reiches aufzuzählen, ganz zu schweigen von den kaiserlichen Namen. Sie verbringen ihre gesamte Zeit mit dem Studium ihres Elementes und halten Hadrumal für den Nabel der Welt.«

»Meine Familie hat ein besonderes Interesse an diesen Angelegenheiten«, stammelte Casuel mit untypischer Nervosität. Er schaute zu seinem Rucksack, doch ich hatte es geschafft, ihn mir zu angeln.

Ich grinste den Zauberer an, als ich den Überschlag öffnete und ein gefaltetes Bündel Pergamente herausholte, das mit einem ausgeblichenen Band zusammengehalten wurde. »Was ist das denn alles?«

»Das Haus D'Alsennin war nicht das einzige, das im Chaos untergegangen ist.« Casuel schnappte sich die Dokumente. »Du nennst mich D'Evoir, Junker, aber das ist eigentlich keine Ehre, die mir zusteht, jedenfalls noch nicht.« Er warf mir einen empörten Blick zu, ehe er die Bänder löste und das oberste Pergament ausbreitete, damit Temar es sehen konnte. »Der letzte D'Evoir, der historisch verbürgt ist, war Gouverneur von Lescar. Er wurde im letzten Jahr der Herrschaft von Nemith dem Letzten ermordet, aber darüber hinaus kann ich nichts über ihn herausfinden, nicht einmal, ob er eine Familie oder Söhne hatte. Es ist mir gelungen, meine eigene Familie neunzehn Generationen weit zurückzuverfolgen, aber die Hinweise auf die Zeit davor sind spärlich und widersprüchlich. Wenn ich noch einen anderen D'Evoir aus dem Alten Reich auftreiben könnte, könnte ich vielleicht ein paar Fäden finden, mit denen ich meine Familie wieder mit dem Namen verknüpfen könnte.« Der Magier klappte den Mund zu, doch nicht, ehe wir ein deutliches Flehen in seiner Stimme gehört hatten.

Temar zog die fein geschwungenen Brauen hoch. »Wenn der Name verschwunden ist, der Besitz des Hauses in alle vier Winde zerstreut und die Lehnsbindungen zerbrochen, gibt es keine zu beachtenden Verpflichtungen mehr und schon gar nicht das Geld dafür.«

»Das ist keine Frage des Wohlstandes, sondern des Ranges«, sagte Casuel steif. »Es würde meiner Familie viel bedeuten, vor allem meiner Mutter, wenn wir eine Verbindung herstellen könnten. Dann könnten wir die Farben von D'Evoir tragen und das Hauswappen übernehmen.«

»Ich verstehe.« Temar setzte eine einstudiert ausdruckslose Miene auf. Ich schluckte meine Meinung über so kleinbürgerlichen Ehrgeiz hinunter. Also glaubte der Zauberer sich von vornehmer Herkunft, nicht wahr? Ich fragte mich, ob seinem Vater, dem Kaufmann, der Titel ausreichende Entschädigung dafür wäre, dass Casuels Snobismus seine Familie ins Grundsteuerregister brachte.

Leise Schritte ließen uns alle herumfahren, und Casuel stopfte hastig seine Pergamente unter ein dickes Buch, das uralte Fingerspuren trug. »Nicht dass es wirklich wichtig wäre. Kein Grund, es gegenüber Messire D'Olbriot oder seinem Neffen zu erwähnen.«

Ich war bereits auf den Füßen, als Junker Camarl D'Olbriot sich von der südlichen Tür her näherte.

Ich verbeugte mich, und Camarls Erwiderung von der Taille an wurde sowohl von seinem eng geschnittenen Mantel als auch seiner beginnenden Beleibtheit behindert. Sein dunkles Haar war zu einem sorgfältig arrangierten Wuschelkopf gebürstet, doch Augen und Mund zeigten eine Entschlossenheit, die nicht zu der modischen Erscheinung passen wollte.

»Was macht der Unterricht, D'Alsennin?«, fragte er gut gelaunt.

»Er ist ein sehr eifriger Schüler«, lächelte Casuel einschmeichelnd.

Temar zuckte mit den Schultern. »Es gibt noch immer viel zu lernen.«

»Wir können nicht erwarten, dass Ihr die verschlungenen Wege des modernen Reiches beherrscht, nach kaum einer halben Jahreszeit des Studiums in Gasthäusern an der Hochstraße.« Camarl grinste plötzlich. »Macht Euch keine Sorgen, bei den meisten gesellschaftlichen Anlässen werdet Ihr bei mir sein, und ansonsten übernimmt Ryshad Eure Begleitung.«

»Planir hat mich gebeten, mich zur Verfügung zu halten«, unterbrach Casuel hoffnungsvoll. »Um meine Hilfe anzubieten.«

»Ach wirklich.« Camarl nickte dem Zauberer gnädig zu. »Aber ich bitte Euch um Verzeihung, Temar, wir stören Euch. Ich wollte eigentlich mit Ryshad sprechen.« Camarl führte mich gewandt zu einer von Büchern gesäumten Nische. »Kann er sich in Gesellschaft behaupten, ohne sich komplett zum Narren zu machen?«, fragte der Edelmann geradeheraus und wandte Casuels kaum verhohlener Neugier den Rücken zu.

»Ich glaube schon«, antwortete ich langsam. »Und

wie Ihr schon sagt, entweder Ihr oder ich werden bei ihm sein, um etwaige Schwierigkeiten auszubügeln.«

Camarl blickte nachdenklich drein. »Wir haben dringendere Sorgen als Temar davon abzuhalten, durch eine unüberlegte Bemerkung ins Fettnäpfchen zu treten. Kellarin verfügt möglicherweise über grenzenlose Rohstoffe.« Sein liebenswürdiges Gesicht verhärtete sich. »Und viele Leute wollen, dass Temar Herrn So-und-so Rechte über dies oder das gewährt. Einer will eine Exklusivlizenz für dieses oder jenes, während seine Konkurrenten übereinander herfallen, um ein angeblich besseres Angebot zu machen. Temar ist ein kluger Kopf und hat seine Verantwortung im letzten Jahr sehr gut erfüllt, aber der Sieur und ich, wir machen uns wirklich Sorgen, dass er gerupft und verspeist wird, ohne es überhaupt zu merken. Dann geht er mit nichts weiter als einem Staubwedel nach Hause.«

Ich lächelte kurz. »Ihr wollt also nicht, dass er von Anfragen überwältigt wird?«

»Wir hatten Einladungen von der Hälfte aller Häuser in der Stadt. Das Fest dauert nur fünf Tage, und jede Gastgeberin will mit Temar ihre Feier schmücken«, nickte Camarl. »Sorge dafür, dass er keine Einladung annimmt, ohne sich vorher mit mir abzusprechen. Saedrin allein weiß, was man von ihm verlangt, und er hat gewiss ein bisschen Ruhe verdient, nach all den Härten der Wildnis.« Camarl wirkte ein wenig besorgt. »Am sichersten für alle wäre es, wenn er innerhalb der Kreise unseres Hauses bliebe. Der Sieur kann all das Hin und Her erledigen, um den Handel mit Kellarin zu ordnen, dann braucht Temar nur noch sein Siegel unter fertige Vereinbarungen zu setzen.«

Ich nickte langsam. »Der Sieur wird das Beste für D'Alsennins Leute herausholen.« Wenn Temar sich selbst durch eine völlig verständliche Unkenntnis festnagelte, würde das niemandem dienlich sein. »Jedenfalls gilt Temars Hauptaugenmerk der Wiederauffindung der Artefakte, die nötig sind, um den Rest der Kolonisten wiederzubeleben. Ich nehme an, er wird die Verhandlungen gerne Messire überlassen.«

Camarl schnitt eine Grimasse. »Ich schätze, er kann die Leute über ihre Erbstücke ausfragen, ohne allzu sehr ins Fettnäpfchen zu treten, aber gib Acht, dass er nicht lästig wird. Für solche Sachen ist auch nach dem Fest noch reichlich Zeit.«

»Allerdings«, sagte ich gleichmütig.

»Ich wusste, dass ich mich auf dich verlassen kann. Oh, und ich habe noch die hier für dich.« Camarl reichte mir drei sauber gefaltete und versiegelte Briefe.

»Meinen Dank«, sagte ich etwas erstaunt. Es war nicht Aufgabe des designierten Sieurs, Botendienste zu leisten.

»Ich brauchte eine Ausrede, um herzukommen«, grinste Camarl achselzuckend. »Es besteht kein Grund, unser übriges Gespräch zu erwähnen.« Er wandte sich ab, verbeugte sich vor Temar und winkte Casuel kurz zu. »Wenn Ihr mich entschuldigen wollt, Junker, Magus.«

Temar knurrte geistesabwesend, versunken in die Steuerliste. Casuel sah Junker D'Olbriot nach, eher er seine Aufmerksamkeit wieder Temars Notizen zuwandte. Er schnalzte ärgerlich mit der Zunge. »Die Wahrscheinlichkeit, einem Sprössling von Den Cascadet zu begegnen, ist so gering, dass es geradezu lachhaft ist.«

»Wieso?«, wollte Temar wissen.

»Das sind doch Niemands!« Casuel suchte nach einer besseren Antwort, als Temar ihn ungerührt ansah. »Sie werden das Fest damit verbringen, die lautesten Glocken in Moretayne zu läuten, aber hier würden sie nur ein winziges Klingeln verursachen.«

»Es handelt sich um eine Provinzfamilie, die im Tiefland in der Nähe von Lequesine Vieh züchtet«, warf ich ein.

»Zwei Künstler dieses Namens liegen ohne Bewusstsein in Kel Ar'Ayen.« Temar presste die Lippen zusammen. »Die Artefakte, die sie wiederbeleben können, wurden vielleicht an die Familie zurückgegeben. Ich muss den Sieur oder seinen designierten Nachfolger sprechen.« Er fuhr mit einem kohleschwarzen Finger über die Steuerliste. »Ich werde nicht zulassen, dass die, die ihr Leben meinen Händen anvertrauten, auch nur einen Tag länger in dieser erdrückenden Zauberei verbringen als unbedingt notwendig.«

»Saedrin lasse es so geschehen«, sagte ich inbrünstig.

»Seid bitte vorsichtig.« Casuel rieb behutsam mit einem Taschentuch an einem Schmutzfleck herum. »Das ist ja alles gut und schön, Junker, aber du wirst kaum die Zeit haben, jede fünftrangige Familie in der Stadt aufzusuchen, und niemand wird Zeit erübrigen, um deinetwegen sein Archiv zu durchkämmen. Jeder Schreiber ist vollauf mit den Vorbereitungen für die Gerichtstage beschäftigt.« Er deutete auf einen schlicht gekleideten Mann, der die Leiter zu einem Regal hinaufkletterte, das mit Kassetten voll gestapelt war.

Temar sah mich an. »Wie viel Zeit nehmen diese Gerichtstage denn in Anspruch?«

Ich verzog das Gesicht. »Streng genommen sollen die Fälle, die zur Sonnenwende verhandelt werden, vor der nächsten Tag-und-Nacht-Gleiche abgeschlossen sein, sonst werden Bußgelder fällig. Nur wenige Häuser entgehen solchem Tadel.«

»Es wird fast Vorherbst sein, ehe jemand dir Zeit für deine Anfragen widmen kann«, sagte Casuel mit einiger Genugtuung.

»Das stimmt wohl, soweit es die Archive angeht, aber ich könnte schon mal anfangen, wenn ihr heute Nachmittag bei dem Empfang seid«, sagte ich langsam. »Wenn du mir sagst, nach was du suchst und welche Familien diese Stücke haben könnten, könnte ich zumindest die Häuser hier in Toremal aufsuchen und sehen, ob jemand etwas weiß.« Selbst ein kleiner Schritt in Richtung der Rettung dieser Unglücklichen aus ihrem verzauberten Zustand, der mich beinahe umgebracht hätte, hieße meine Zeit sinnvoller zu nutzen als mit all den anderen Eingeschworenen, die die Wichtigkeit ihres Lehnsherrn betonen sollten, in einem Torhaus Däumchen zu drehen.

»Ich glaube kaum, dass man dich einladen wird, in jedem beliebigen Haus herumzuschnüffeln, Ryshad«, protestierte Casuel. »Können wir uns jetzt bitte der vorliegenden Angelegenheit zuwenden?«

Ich ignorierte den Magier, während Temar fleißig auf einem frischen Blatt Papier schrieb. »Wir suchen vor allem nach Schmuckstücken oder kleinen Ziergegenständen.«

»Und wohlerzogene Demoiselles lassen dir freie Hand an ihren Schmuckkästchen?«, spottete Casuel.

»Nein«, gab ich zu. »Aber ich kann doch Kammerdiener oder Zofen nach Erbstücken befragen, oder nicht?«

»Du bist derjenige, der eine Auspeitschung riskiert.« Casuel nahm Temar das Papier weg und klatschte es vor mir auf den Tisch. »Können wir uns jetzt endlich den Steuerlisten widmen? Wir haben ohnehin nur noch herzlich wenig Zeit.«

Temar und ich wechselten einen reuigen Blick, und er beugte sich wieder über seine Notizen. Ich steckte Temars Liste in mein Wams und blätterte die Briefe durch, die Junker D'Olbriot mir gebracht hatte. Ich erkannte die Handschrift auf den ersten Blick: mein ältester Bruder Mistal, einer jener Anwälte, die ihr Brot damit verdienten, noch bis zum Vorabend des nächsten Festes Prozesse zwischen den Häusern zu führen. Er wollte mich auf ein Glas Wein treffen und bat mich, den Brief umgehend zurückzuschicken und ihm mitzuteilen, wo und wann heute Abend. Ich lächelte kurz, aber ich hatte nicht die Absicht, meine Zeit mit seinen begeisterten Schilderungen über eine Liebschaft oder einen anderen saftigen Skandal zu verschwenden, den er jüngst ausgegraben hatte. Der nächste Brief war zerknittert und wies Schweiß- und Staubflecken auf, war einfach an Ryshad Tathel, Haus D'Olbriot, gerichtet und mit ungeübter Hand geschrieben. Ich brach das Wachssiegel und entzifferte eine spinnenartige Schrift, die aussah, als wäre sie mit Sirup und einem stumpfen Hölzchen geschrieben worden.

»Temar.«

»Was gibt es?« Er sah auf.

»Das ist von Glannar.« Ich hatte den Mann auf seinen Armring schwören lassen, dass er mir schreiben und berichten würde, was er herausgefunden hatte. »Sie haben kein Stück der gestohlenen Waren wieder gefunden und immer noch nicht die Spur eines Verdächtigen.«

»Eine Spur von den Elietimm?«, fragte Casuel.

Ich schüttelte den Kopf. »Überhaupt kein Anzeichen von Fremden.«

»Das ist noch kein Beweis«, fuhr Casuel auf. »Sie benutzen Zauberkunst, um sich zu verbergen.«

»Du kannst noch so viele Gespenster sehen, wenn du nur lange genug in eine dunkle Ecke starrst«, gab ich zurück, »aber trotzdem sind es nur Schatten von den Lampen.«

Temar sah von Casuel zu mir. »Und was sagt uns das also?«

»Dass wir auch nicht mehr wissen als bei der Abreise aus Bremilayne.«

Ich machte mir nicht die Mühe, meine Verärgerung zu verbergen. Ich wollte weder die Elietimm noch Gespenster verantwortlich machen, nicht ohne Beweise, aber es hätte mich sehr beruhigt zu wissen, dass der Diebstahl doch nur von Hafenratten begangen worden war, die sich einen fetten Brocken einverleibten.

Temar wandte sich wieder seiner Liste zu, und Casuel begann in seinen Büchern zu blättern, markierte einzelne Stellen mit Papierschnipseln und stapelte die Bände dann vor Temar. »Das hier sind wichtige Ereignisse in den Annalen der führenden Familien, über die du Bescheid wissen musst.«

Ich öffnete meinen dritten Brief: schweres Papier, sorgfältig in eleganter Handschrift adressiert in schrägen lescarischen Buchstaben, in gleichmäßigen Zeilen und leicht nach einem Parfüm duftend, das meiner Erinnerung nach teuer war. »Würdest du mich bitte entschuldigen, Junker D'Alsennin?«, bat ich förmlich. »Es scheint, ich muss etwas erledigen.«

»Was denn?«, fragte Casuel.

Ich zögerte, da ich lieber nicht Temars Hoffnung

wecken wollte, ehe ich wusste, ob diese Idee sich ausgezahlt hatte. »Eine Dame, die ich kenne, ist zu Besuch in der Stadt.«

Casuel schniefte vor Missbilligung, doch Temar lachte. »Kann ich mitkommen?«

»Diesmal nicht.« Ich zwinkerte ihm zu.

»Nun, du kannst kaum all diese Sachen für mich lesen, also besuch diese Dame unbedingt.« Temar zuckte nicht ganz überzeugend mit den Schultern.

»Ich werde mal sehen, was ich mit deiner Liste anfangen kann.« Temars Miene erhellte sich bei dem Gedanken, also überließ ich ihn seinen Studien und Casuel seiner Missbilligung.

Sobald ich draußen war, sah ich nach links und rechts über die Straße, ehe ich unter dem breiten Vordach heraustrat, das die Stufen zum Gebäude schützte. Das D'Olbriot-Archiv ist in einem der vielen ererbten Häuser der Familie untergebracht, die über die ganze Stadt verstreut sind. Obgleich die Adligen schon lange die Unterstadt den Händlern und hier in der Gegend auch üblerem Volk überlassen haben, hatte man das Archiv hier belassen. Sein Inhalt ist einfach zu unhandlich, um in eine angenehmere Umgebung gebracht zu werden, und auch wenn die vergilbten Pergamente für Advokaten mit ihren endlosen Beratungen recht wertvoll sind, hält man sie hier für sicher genug aufbewahrt. Diebe bevorzugen echtes Gold, das sich leichter ausgeben lässt, und die Schreiber bekommen Hilfe von Wachleuten, die kräftig genug sind, um mutwillige Zerstörung oder Brandstiftung abzuschrecken. Ich warf einem alten Mann, der zwei struppige Marionetten so geschickt tanzen ließ, dass sie fast lebendig wirkten, zwei Kupferstücke zu. Er war schon seit Jahren da und machte den

Archivar immer auf jeden aufmerksam, der eine Bedrohung für seine Kostbarkeiten darstellte.

Die dicht gedrängten Häuser ringsum hatte man schon vor längerer Zeit in erbärmliche Wohnunterkünfte aufgeteilt, in denen sich jetzt vier oder fünf Familien unter einem Dach zusammendrängten, das in besseren Zeiten nur einen Haushalt geschützt hatte. Die gelben Steine mit den abbröckelnden Ecken waren verunziert von Wasser- und Schmutzflecken, weil aus den schmalen Fenstern unter den altmodisch steilen Giebeln die Eimer ausgekippt wurden. Hier und dort ragten verzierte Erker aus den Eitelkeiten der kleinen Türmchen hervor, die in den Tagen von Tor Inshol so beliebt gewesen waren, deren konische Mützen aus ockerfarbenen Schindeln jedoch heute zerbrochen und geflickt waren.

Ein mageres Mädchen stolperte aus einer nahen Gasse, der Blick aus ihren grünen Augen war leer. Ich konnte den ekelhaft süßlichen Schweiß des Tahn, von dem sie abhängig war, über die ganze Straße hinweg riechen. Ich ignorierte ihre ausgestreckte Hand und eilte weiter, eine Hand vor Mund und Nase gepresst, als ich an einem toten Hund vorbeikam, an dem sich nichts mehr regte außer zahlreichen Maden. Obwohl die Sonne inzwischen hoch stand, herrschten hier Schatten vor, die durch die hohen, drei- und vierstöckigen Gebäude geworfen wurden, und ich blieb wachsam, ob jemand in den Schatten lauerte, der hoffte, eine Börse klauen zu können und mit deren Inhalt das Laster zu bezahlen, das ihn in den Klauen hatte.

Ich wollte zu der höher ansteigenden Landzunge, die die nördliche Seite der Bucht von Toremal bildet. Als ich das erste Mal in die Stadt kam, kaum älter als Temar und stolz auf meinen neuen Status als Eingeschworener, war das kein Stadtteil, in den D'Olbriots Leute zu weniger als zu dritt gegangen wären, ob nun bei Tageslicht oder nicht. Jeder Name, der in dieser Gegend Besitz hatte, rechnete die Mieten, die er vielleicht erzielen konnte, gegen das Blut auf, das es ihn kosten würde, und den meisten war das Ganze keinen Pfifferling mehr wert. Dann hatte sich ein neuer Sturm in Lescars endlosen Kriegen erhoben, und Ebbe und Flut der Schlachten spülte frisches Treibgut an Tormalins Ufer. Dies war der einzige Ort, an dem die mittellosen Unglückseligen Fuß fassen konnten, und hier klammerten sie sich fest, entschlossen, sich nicht noch einmal den Boden unter den Füßen wegziehen zu lassen. Es ist einfach, die Lescari zu verabscheuen, sich über ihr zähes Beharren auf Ansprüche und Gegenansprüche lustig zu machen, über ihre Besessenheit von Landbesitz und Rache, aber man kann auch nicht leugnen, dass ihre Zielstrebigkeit ihnen manchmal auch zugute kommt.

Ich marschierte durch Straßen, in denen zerbrochene Fensterläden mit neuem Holz repariert worden waren und in frischen Farben leuchteten. Die Kinder waren vielleicht schmutzig vom Spielen im Dreck, aber sie hatten den Tag mit sauberen, wenn auch geflickten Kleidern und liebevoll gekämmten Haaren begonnen. Das Klappern und Quietschen von Webstühlen drang aus hoch gelegenen, offen stehenden Fenstern, und Frauen saßen plaudernd auf Balkonen, spannen emsig und hielten dabei ihre Sprösslinge im Auge. Die Lescari mochten zwar hier ohne einen Pfennig angekommen sein, aber sie hatten geschickte Hände und Verstand. Heutzutage schmückten Nordbucht-Wandbehänge mehr als die

Hälfte der vornehmen Wohnhäuser in der Oberstadt.

Ich zog den parfümierten Brief aus der Tasche und merkte, dass ich einmal falsch abgebogen war. Ich machte kehrt und fand die schmale Steintreppe. Ich zählte die Türen entlang der schmutzigen Wände und fand die, die ich suchte, gekennzeichnet durch einen Tontopf mit leuchtend roten Schwertlilien. Ich klopfte und überlegte, wie lange dieser Farbklecks halten mochte, ehe irgendein Betrunkener die Blumen die Treppe hinuntertrat, entweder versehentlich oder einfach nur, um zu sehen, wie weit sie kollern würden.

Die Tür öffnete sich kaum eine Handbreit, und ich sah dahinter eine Gestalt in den Schatten. »Ja?«

»Ryshad Tathel.« Ich hielt den Brief hoch. »Für die Dame Alaric.«

Die Tür wurde geschlossen, um den Keil, der sie sperrte, wegzuschieben. Dann öffnete sie sich und gab einen schlaksigen jungen Mann frei, dessen nervöse Energie seine Hände in ständige Bewegung versetzte. Er war allerdings kein Grünschnabel mehr, sondern fast so groß wie ich und mit breiten Schultern, die von künftiger Stärke sprachen. Er wischte sich den Schweiß von der Stirn, ehe er sich mit der Hand über den Bart fuhr, den so viele Lescari schätzen. Seine Hakennase und die weit auseinander stehenden Augen erinnerten mich an die Jahreszeiten, die ich in Messires Auftrag an der Grenze zu Parnilesse verbracht hatte. Ich hatte dort einen Freund gewonnen, Aiten, dessen Tod eine schwärende Wunde war, die ich geschworen hatte, an den Elietimm zu rächen.

»Hier entlang«, sagte der Bursche knapp. Tormalin war ebenso seine Muttersprache wie meine, also musste ein früherer Zusammenstoß mit einer von Lescars wiederkehrenden Katastrophen seine unglücklichen Vorfahren hierher verschlagen haben.

Ich folgte ihm die unbelegten und durch ein winziges Oberlicht nur unzureichend erhellten Stufen hinauf. Die Dame, die ich besuchen wollte, hatte die gesamte erste Etage gemietet. Ein zurückhaltendes Mädchen in teurem Seidenkleid saß auf dem Treppenabsatz und erhob sich, um mich zu begrüßen.

»Ich lasse meine Herrin wissen, dass Ihr da seid.« Ihr Akzent wies unverkennbar auf Relshaz hin und war in Tormalin nur selten zu hören, trotz des ausgiebigen Handels, der über die sanften Wasser des Golfes hinweggetrieben wird, der die beiden großen Städte voneinander trennt.

Sie verschwand, und der Bursche klapperte lautstark die Stufen hinunter zu seinem Verschlag. Ich fuhr nachdenklich mit dem Finger über die floralen Intarsien eines Tisches, auf dem das Mädchen seine Näherei hatte liegen lassen. Dieses Stück würde auch die Schlafzimmer einer jeden Ehefrau des Hauses D'Olbriot zieren.

»Meine Herrin heißt Euch willkommen.« Das Mädchen führte mich in das Vorderzimmer. Ich machte eine Verbeugung, die einer kaiserlichen Hoheit angemessen gewesen wäre.

»Einen guten Tag Euch, Herr Tathel.« Die Frau saß auf einem reich bestickten Sofa und wies mit der Hand auf die ebenso kostbaren Kissen einer makellos polierten Sitzbank.

Ich unterdrückte den Impuls, meine Stiefel auf Straßenschmutz zu untersuchen. »Dame Alaric.«

Sie lächelte spröde, während das Mädchen mit

einem Tablett zurückkehrte, auf dem ein Kristallkrug und flötenförmige Kelche standen, in deren gläserne Stiele weiße Spiralen eingearbeitet waren. Meine Gastgeberin musterte mich unverblümt, als das Mädchen uns beiden Wasser einschenkte, wie es in Lescar der Brauch ist, also erwiderte ich das Kompliment.

Es gibt viele Frauen, die auf zwanzig Schritt Entfernung vollkommen aussehen, doch weniger als die Hälfte sehen auch noch auf zehn Schritt so aus, wenn die Täuschungen von Puder und Schminke, Haarschnitt und Kleidung sich verraten. Hier saß eine der ganz seltenen Schönheiten, eine Frau, die auch dann noch makellos war, wenn man ihr nahe genug käme, um den Duft auf ihrem anmutigen Hals zu kosten. Ihre komplizierte Frisur, aus der sich auch nicht ein Härchen löste, hatte das tiefe Kastanienbraun eines Rennpferdes. Ihre leicht gepuderte Haut schimmerte wie zartestes Porzellan, sie hatte eine hohe Stirn und eine elegante Nase über Lippen von der Farbe und samtigen Weichheit von Rosenblüten. Ihre Augen waren von einem tiefen Blauviolett wie das nächtliche Meer und dunkel und weise vor Erfahrung, eins der wenigen Dinge, die ihr Alter erahnen ließen. Ich schätzte sie älter als mich, aber ich hätte nicht sagen können, ob um zwei Jahre oder zehn, und diese Vorstellung machte ihren Reiz gleichzeitig verlockender und einschüchternder. Sie lächelte mich langsam an, als das Mädchen das Zimmer verließ, und die Hitze, die ich im Nacken aufsteigen spürte, hatte nichts mit dem Wetter zu tun.

»Du kannst mich Charoleia nennen«, sagte sie und hob ihr Glas zu einem kurzen Gruß.

»Danke.« Ich hob mein Glas, trank aber nicht. Ein

Mann mochte sich vielleicht wünschen, in den Tiefen dieser unvergleichlichen Augen zu ertrinken, aber ich wollte nicht riskieren, Wasser aus einem Brunnen im Nordviertel zu trinken. »So nenne ich dich in Gedanken schon«, gestand ich. »Livak hat mir von deinen verschiedenen Namen auf Reisen erzählt, aber ich glaube nicht, dass ich sie noch alle weiß.« Ich hätte mir nie träumen lassen, dass ich etwas mit einer Frau zu tun haben würde, von der mir Livak erzählt hatte, dass sie in jedem Land in eine andere Verkleidung schlüpfte und in wieder andere, wenn sie einen ihrer komplizierten Pläne schmiedete, um Dummköpfe um ihr Gold zu erleichtern.

»Das ist egal. Und du kannst das ruhig trinken.« Ihr Lächeln wurde breiter und brachte ein entzückendes Grübchen auf einer Wange zum Vorschein. »Ich schicke den Jungen jeden Morgen los, um Wasser von den Den-Bradile-Quellen zu kaufen. Du brauchst das Fest nicht meinetwegen auf einem stillen Örtchen zu verbringen.«

Ich nahm einen Schluck. Das Wasser war kühl und klar, um es frisch zu halten, war eine schwarze Feige hineingeschnippelt worden. »Ich hoffe, du hattest eine angenehme Reise?« Ich war mir nicht ganz sicher, wie ich auf den Zweck meines Besuches zu sprechen kommen sollte. Charoleia gehörte zu den vielen Freunden, die Livak überall im Alten Reich hatte, und die alle außerhalb von Gesetz und Sitte lebten. Ich hatte ein paar von ihnen kennen gelernt und fand die meisten schäbig, offen bis zur Unverschämtheit und völlig gedankenlos, was die Folgen ihres Handelns betraf. Aber Charoleia war eine Dame, die auch einen kaiserlichen Arm schmücken würde.

»Die Reise verlief ereignislos.« Sie stellte ihr Glas ab und glättete den Rock ihres blasslavendelfarbenen Gewandes. Zarter Musselin war der Hitze angemessen, doch vielen Frauen stand er überhaupt nicht. An Charoleia unterstrich der zarte Stoff die sinnlichen Kurven ihrer Gestalt wie er sie gleichzeitig verschwimmen ließ. »Wie geht es dem jungen D'Alsennin? Wie ich höre, hattet ihr Ärger in Bremilayne?« Ihre klangvolle Stimme war ebenso schön wie ihr Gesicht, aber ich konnte weder eine besondere Stadt noch ein Land heraushören.

»Ein paar Waren wurden gestohlen, aber wir wissen nicht, wer dahinter steckt«, sagte ich offen. »Könntest du uns helfen, es herauszufinden?«

Charoleia zog eine graziös geschwungene Augenbraue hoch. »Wie kommst du denn darauf?«

Ich lehnte mich in die Kissen zurück und sah ihr fest in die Augen. »Livak sagt, du verfügst über ein Netz von Verbindungen in jeder Stadt zwischen dem Ozean und dem Großen Wald.« Livak hatte auch unumwunden die Intelligenz dieser Frau bewundert, und meine Liebste gehört nicht zu den Leuten, die mit Lob freigebig sind. »Ich nehme an, du erfährst Neuigkeiten auch von Stellen, an denen Leute des Sieurs nicht willkommen sind.«

Das bezaubernde Grübchen erschien wieder. »Ich erwarte für meine Mühen bezahlt zu werden.«

Ich nickte. »Das ist nur gerecht.«

Charoleia erhob sich voller Anmut und ging zu einem massiven Schrank, der in einer Ecke stand. Sie schloss ihn mit einem Schlüssel auf, der an einem Kettchen um ihr Handgelenk hing. »Und die Kuriergebühren hierfür müssten noch beglichen werden.« Sie zog ein kleines hölzernes Kistchen hervor und öffnete es, um mir einen verbeulten kupfernen Armring zu zeigen. Sie also hatte ihn.

Nur in der Form ähnlich dem meinen, war dieser in den letzten Tagen des Alten Reiches gefertigt worden, hatte das Meer am Arm eines immer noch schlafenden Gefährten von Temar überquert und hatte irgendwie wieder den Weg in den Ausstellungsraum eines Händlers in Relshaz gefunden. Als die Hexerei der Elietimm meinen erwachenden Geist überwältigt hatte, war Temars schlafendes Bewusstsein erwacht und hatte sich auf die Suche nach diesem alten Stück gemacht, denn wer auch immer darin gefangen war, rief mit einer Stimme, die nur er hören konnte.

»Wie hoch sind deine Gebühren üblicherweise?« Ich verbarg meine Gefühle hinter einer ausdruckslosen Miene. Ehrlich gesagt, waren sie eine Mischung aus Genugtuung und Besorgnis.

Charoleia lächelte mit katzenhafter Anmut. »Wie viel ist dir dieses Schmuckstück wert?«

Ich schürzte die Lippen. Was wäre ein gerechter Preis, sowohl für mich als auch für sie? Ein so eleganter Lebensstil war nicht billig, und ich hatte noch persönliche Mittel, an die ich gehen konnte, ehe ich mich an Messires Schatztruhen wenden musste, aber zu jedem Spiel gehören Regeln. »Sein Wert ist nicht sosehr in Geld zu messen.«

»Nein«, stimmte sie zu. »Es ist sehr viel wichtiger.« Sie ließ den Ring an ihrem perfekt manikürten Zeigefinger kreiseln. »Dies hält das Wesen eines Mannes im Banne von Zaubern, die Generationen alt sind.«

»Wenn es der richtige ist.« Ich habe beim Rabenspiel schon von scheinbar aussichtslosen Positionen aus gewonnen.

»Es ist das richtige Stück«, versicherte sie. »Ich habe von Livak jede Einzelheit erfahren, als sie zum Äquinoktium durch Relshaz kam.«

»Ich will es hoffen.« Ich hob abwehrend die Hand, als sie ihn mir hinhielt. Ich hatte nicht vor, das Ding zu berühren.

»Also, was ist es dir wert?«, wiederholte sie leise.

»Wie lautet dein Preis?«, entgegnete ich.

Sie ließ sich Zeit, um den Armring in die mitgenommene Kiste zu legen, ehe sie sich an den Schrank lehnte, das Gesicht strahlend vor Schalk. »Eine Karte für den Kaiserball am fünften Tage des Festes.«

Ich blinzelte. »Du verlangst nicht viel! Die Hälfte der Demoiselles in der Stadt würden dafür ihre kleinen Schwestern verkaufen.«

»Das ist mein Preis.« Charoleia legte eine Hand auf das Kästchen und lächelte süß. »Ich bin sicher, Junker Camarl wäre gern behilflich.«

»Möchtest du vorgestellt werden?« Ich hatte erwartet, um Gold zu schachern, aber das hier erwischte mich auf dem falschen Fuß. »Unter welchem Namen?«

»Dame Alaric reicht«, sagte sie achselzuckend. »Verarmt und verwaist in den Kämpfen zwischen Triolle und Marlier, will sie sich hier ein neues Leben aufbauen, man weiß ja, wie es so geht.« Jetzt war ihr Akzent ein makelloses Westlescari.

»Was rechtfertigt eine Einladung zu einer kaiserlichen Gesellschaft?«, fragte ich leicht verzweifelt.

»Ist denn ihre beispiellose Schönheit nicht Grund genug?«, fragte sie mit großen Augen. »Außerdem, vielleicht besitzt sie ein Familiengeheimnis, eine Schlüsselinformation, die die kaiserlichen Bemühungen unterstützen könnten, den Krieg einzudämmen, der sich zwischen Carluse und Triolle zusammenbraut?«

»Und, hast du?«, fragte ich.

»Was meinst du wohl?«, strahlten mich ihre Grübchen an.

»Ich glaube, du hast einen Plan, bei dem einige Gänse stark gerupft werden«, erklärte ich unumwunden. »Wenn nur die Hälfte von dem stimmt, was Livak erzählt hat, bist du am ersten Tag des Nachsommers verschwunden und hinterlässt eine Spur von leeren Truhen und zerbrochenen Träumen quer durch die Stadt. Das ist deine Angelegenheit, möge Dastennin allen Narren beistehen, aber ich habe nicht die Absicht, dein Prügelknabe zu werden. Ich wäre der Erste, nach dem die Stadtwache sucht, falls man gesehen hat, wie ich dich D'Olbriot vorstelle.«

Charoleias Lachen klang überraschend herzlich, ein Lachen aus voller Kehle mit einem sinnlichen Unterton. »Ich sehe, du hast etwas mit Livak gemeinsam. Aber du tust recht daran, deine Flanken zu schützen.« Sie senkte ihre vollen Wimpern einen Augenblick. Ich ließ ihr Zeit und trank mein Wasser.

»Ich habe kein Spielchen vor, Halcarion sei mein Zeuge. Ich bin hier, um zu spekulieren.« Sie setzte sich wieder auf das Sofa und ordnete ihre Röcke züchtig um marmorweiße Knöchel über seidenen Pantoffeln. »Dein Junker D'Alsennin, seine uralte Kolonie, dieses neue Land jenseits des Meeres, ist *das* Gesprächsthema in Relshaz, Col und jeder anderen Stadt zwischen Toremal und Solura. Zurzeit befinden sich alle Runen in der Luft, und ich will sehen, wie sie fallen. Die Hälfte der Söldnerkommandeure in Lescar arbeiten mit unterbesetzten Truppen, weil jeder dritte Söldner um Carif herumhängt, um ein

Schiff zu den angeblichen Reichtümern der letzten Torheit von Nemith dem Letzten zu bekommen.«

Mehr wollte sie nicht sagen, wie ich erkannte, während ich ihr zusah, wie sie ihr Wasser trank. »Also wartest du darauf, wie das Spiel läuft?« Livak hatte mir erzählt, dass dieser Frau Informationen mehr wert waren als Gold.

Charoleia nickte. »Alle wichtigen Spielsteine werden bei dem Kaiserball auf dem Brett sein. Ich will mit eigenen Augen sehen, welche Züge sie machen.«

»Ich werde sehen, was sich machen lässt«, sagte ich langsam. »Ich kann nichts versprechen, aber – Dastennin sei mein Zeuge – ich werde es versuchen.«

»Livak sagt, dein Wort ist ehern.« Charoleia lächelte liebenswürdig.

»Wie ging es ihr, als du sie gesehen hast?« Allen Reizen Charoleias zum Trotz, war es eine gemeinsame Zukunft mit Livak, die ich mit meinem Spiel gewinnen wollte, ermahnte ich mich streng.

»Es ging ihr gut«, nickte Charoleia. »Sie war müde von der Ozeanüberquerung, aber sie hatte noch nie Seebeine. Sie haben sich ein paar Tage ausgeruht und dann die Große Weststraße nach Solura eingeschlagen.«

Ich beneidete Livak nicht um diese Reise, quer durch die alten Provinzen. Ich runzelte die Stirn. »Usara sagte, sie wären auf dem Weg nach Col.«

Charoleia zuckte die Achseln. »Livak sagt, sie wollte Ausschau nach Sorgrad und 'Gren halten. Ich wusste, dass sie zur Tag-und-Nacht-Gleiche in Selerima sein würden.«

Ich unterdrückte meine Bedenken. Livak hatte mir herzlich wenig über dieses besondere Paar langjähriger Freunde erzählt, und zwar vermutlich weil sie wusste, dass ich nicht mit ihnen einverstanden wäre. Wenn Livak stahl, anstatt die Röcke zu heben, um ihren Lebensunterhalt zu verdienen – das war etwas, mit dem ich inzwischen leben konnte. Aber diese Brüder hatten keine solche Rechtfertigung, und als Livak und ich um das Leben Temars und der Kolonisten gekämpft hatten, hatten sie dem Herzog von Draximal die Kriegskasse geraubt, soviel ich wusste.

Charoleia musterte mich interessiert, und ich machte eine ausdruckslose Miene. »Weißt du, ob sie sie gefunden hat?« Wenn ja, dann könnte Livak ohne weiteres auf uraltes Wissen stoßen, das uns das Geld einbrachte, um uns auf einen gemeinsamen Weg zu begeben. Andererseits, wenn sie ihr früheres, betrügerisches Zigeunerleben mit alten Kumpanen wieder aufnahm, führte sie das vielleicht vom Wege ab.

»Ich habe nichts gehört«, antwortete Charoleia mit einem Achselzucken.

Ich musste gehen und Casuels gesträubtes Gefieder glätten, dachte ich verärgert. Ich brauchte einen Zauberer, um Verbindung zu Usara aufzunehmen und ein paar Neuigkeiten zu erfahren.

»Nimmst du den Armring mit?« Charoleia deutete mit dem Kinn auf das verbeulte Kistchen.

Ich zögerte wie ein Hund, der einen Knochen im Herd sieht, sich aber schon einmal die Schnauze verbrannt hat.

»Verschlossen in der Kiste müsste es eigentlich ziemlich sicher sein«, sagte Charoleia leise. »Aber ich schicke Eadit mit dir, um es zu tragen, wenn dir das lieber ist. Livak hat mir erzählt, dass du durch Hexereien, die um solche Gegenstände gewoben waren, gegen deinen Willen benutzt wurdest.«

Ich sperrte mich gegen ihr Mitgefühl. ›Gegen meinen Willen benutzt‹ beschrieb nicht einmal in Ansätzen, wie es war, wehrlos im eigenen Kopf gefangen zu sein, während eine andere Intelligenz meinen Körper zu ihren eigenen Zwecken benutzte. Mein Magen drehte sich schon bei der Erinnerung um.

»Nein. Ich nehme es.« Ich nahm ihr das verfluchte Ding ab, meine Hände waren glitschig vom Schweiß auf dem abgenutzten Holz. Nichts geschah. Kein frustriertes Bewusstsein kam und kratzte an meinem gesunden Verstand, keine verzweifelte Stimme heulte in den dunkelsten Kammern meines Kopfes, und ich stieß unwillkürlich einen Seufzer der Erleichterung aus. »Dann werde ich mich verabschieden, und ich werde deine Einladung zum Ball nicht vergessen.«

Charoleia läutete mit einem silbernen Glöckchen und ich merkte, dass sie fast so erleichtert war wie ich. Das war verständlich, sie wollte sicherlich nicht, dass ein Bewaffneter in ihrem eleganten Salon den Verstand verlor. »Komm ruhig wieder. Du bist stets willkommen.«

Das Mädchen öffnete die Tür, und ich fragte mich, wie viel sie von ihrem Posten hinter der Tür gehört hatte. Ihr ernstes Gesicht verriet nichts, als sie mich zur Haustür führte, wo der Bursche, der den Wachhund spielte, müßig sein Schwert polierte.

Ich klemmte mir das Kästchen unter den Arm und trat hinaus in die Hitze des Tages, die ihrem Höhepunkt entgegenging. Die Sonne stand hoch am wolkenlosen Himmel, ihre Glut wurde von frisch weiß verputzten Wänden zurückgestrahlt, die zwischen den alten Steinen leuchteten. Bald stand mir der Schweiß auf der Stirn und durchnässte mein

Hemd. Ich nahm die Ringstraße, die die flache Senke der Unterstadt umschließt. Ich passte auf, dass ich nicht auf einen gebrochenen Pflaster- oder Kantstein trat, um nicht unversehens einem schweren Fuhrwerk oder einem Handkarren in den Weg zu stolpern. Ich eilte an vornehmen Kaufmannshäusern vorbei und durch die Höfe ehrgeiziger Händler, ohne auf Steigungen oder Gefälle der Hügel zu achten, die die Bucht umringen, um auf dem schnellsten Weg zurück zur D'Olbriot-Residenz zu gelangen.

Gepflasterte Straßen zweigten von der plattenbelegten Hochstraße ab und führten ins höhere Gelände, wo die Adelshäuser während des Friedens der Leoril-Regierung auf der Suche nach sauberem Wasser und frischer Luft neu gebaut hatten. Ein Brunnenhaus stand an der Ecke, wo die Straße zur D'Olbriot-Residenz auf die Hochstraße traf. Der neben der Straße fließende Bach funkelte in kurzer Freiheit zwischen dem Brunnen hinter der D'Olbriot-Residenz und dem Brunnenhaus, der ihn in die unzähligen Kanäle und Siele leitete, die die Unterstadt versorgten, und ein Grund mehr für die Pächter von D'Olbriot waren, ihre Miete pünktlich zu zahlen. Aber der Sieur unterhält immer noch öffentliche Brunnen für die Armen, und einer davon stand hier, eine achtseitige Säule, die hoch über mir aufragte, jede Seite von einem Gott oder einer Göttin in einer Nische über einem Becken gekrönt.

Ich tauchte dankbar meine Hände in das klare Wasser und spritzte es mir über Kopf und Gesicht und spürte, wie die Hitze von mir wich. Ich trank in tiefen Zügen, dann blickte ich zu dem blaumarmornen Abbild von Dastennin empor, der ungerührt unter seiner Krone aus Seetang saß, während er

Wasser aus einer riesigen Muschel goss, wobei sich hinter ihm Gewitterwolken auftürmten. Du hast D'Alsennins Leben in Bremilayne verschont, Herr des Meeres, dachte ich impulsiv. Lass ihn etwas damit anfangen. Hilf uns, die Menschen zu erlösen, die noch immer in dieser Höhle schlafen. Sich an die Götter zu wenden, schien zu einer Geschichte von Zauberei aus mythischer Zeit zu passen.

»Wenn du fertig bist, Freund ...« Ein Stallknecht in der Livree von Den Haurient wartete, das Pferd, das er am Zügel führte, soff aus dem Trog für durstige Tiere.

»Natürlich.« Ich ging etwas langsamer zur Residenz. Die übliche drückende Stille hing über dem schmal zulaufenden Parkgelände, das sich an die unteren Ausläufer der Hügel schmiegte, und winzige schwarze Fliegen tanzten in wirbelnden Haufen unter fedrigen Blättern. Doch die Schatten spendenden Bäume boten willkommene Atempause von der Hitze, und als ich die Kuppe des Hügels erreichte, erfrischte ein leichter Wind die Luft. Eine gut gepflegte Straße wand sich zwischen den ausgedehnten Grundstücken der Oberstadt hindurch, schließlich dürfen zerbrochene Pflastersteine die Angehörigen der ältesten Adelsfamilien nicht ins Stolpern bringen – Den Haurient, Tor Kanselin, Den Lashayre, Tor Bezaemar. Ich ging an hohen Mauern vorbei, die ausgedehnte Gärten schützten, die wiederum großzügige Wohnsitze umgaben. In der Nähe drängten sich die einfachen Dienstbotenunterkünfte. Zu dieser Tageszeit herrschte nur wenig Verkehr, ein einziger Karren, der schon beinahe außer Sicht war, auf seinem Weg zu einem Adelshaus, das erst vor wenigen Generationen erbaut worden war, um dem zunehmenden Druck der Unterstadt zu entfliehen.

Als ich mich meinem Zuhause näherte, sah ich Wachposten langsam über die Brustwehr marschieren. Die Wachtürme, die in den unsicheren Tagen unter T'Aleonne angebaut worden waren, waren voll besetzt, und von jeder Brüstung flatterte das Wappen D'Olbriots. Für das Fest wurde jeglicher traditionelle Prunk aufgeboten, um jeden Besucher daran zu erinnern, mit welchem Adelshaus er es zu tun hatte und um weit entfernten Familienmitgliedern Stolz auf ihren Namen einzuflößen.

»Ryshad!« Der Mann im Torhaus grüßte mich. Er war ein untersetzter, kahl geschorener Krieger mit einer vielfach gebrochenen Nase. Er hatte mich im Ringen ausgebildet, als ich in D'Olbriots Dienste getreten war.

»Olas!« Ich winkte zum Gruß, blieb aber nicht stehen oder wandte mich der Treppe zu meinem neuen Zimmer zu. Ein gehobener Rang gewährte Privatsphäre, und das bedeutete, ich schlief im Torhaus anstelle der Kaserne, die eine Ecke des Geländes ausfüllte. Wenngleich ich auch festgestellt hatte, dass Privatsphäre einen sauren Nachgeschmack haben konnte. Jetzt, wo so viele Mitglieder der D'Olbriot-Familie zum Fest kamen, hatte mich der Lärm des Tores, das bis spät in die Nacht auf- und zuging, viel mehr gestört als die vertrauten Geräusche des Wachwechsels um Mitternacht in der Kaserne. Trotzdem, wenn ich Glück hatte, waren die meisten Familienangehörigen inzwischen eingetroffen.

Ich wandte mich auf dem kiesbestreuten Pfad scharf nach rechts und eilte auf das hohe Haus zu, das genau im Herzen des präzise angelegten Musters aus Hecken und Blumenrabatten stand. Temar musste zu diesem Empfang, und ich wollte ihm vorher noch von einem kleinen Fortschritt in Richtung auf unser gemeinsames Ziel berichten. Danach dürfte mir noch eine knappe halbe Stunde im Schatten für eine Mahlzeit und mehr als ein großes, kühles Getränk bleiben, ehe ich versuchen konnte, mehr über die Familiennamen auf seiner Liste in Erfahrung zu bringen.

Nachdem ich die großartigen Empfangsräume hinter mir gelassen hatte, wo – dem Klang nach – die Damen des Hauses eine halbe Jahreszeit Klatsch und Tratsch nachholten, passierte ich Lakaien, die beladen mit Tabletts voller Erfrischungen von den unteren Etagen heraufkamen. Ich eilte die erste Treppe hinauf, die zu den privaten Salons des Sieurs und der Junker der Familie führten. Sie waren ebenso eifrig am Schwatzen wie die Damen, offene Türen gaben den Blick auf ältere Männer frei, die in ernste Gespräche vertieft waren, Söhne und Neffen lauschten aufmerksam, Neuigkeiten und Versprechungen für spätere Diskussionen wurden auf allen Seiten ausgetauscht.

Ich ging unter zahlreichen Verbeugungen durch die Flure und erreichte das zweite Geschoss, wo die Flure schmaler wurden, die Teppiche weicher und die aufwändigen Wandbilder einfach verputzten Wänden wichen, die sparsam mit Blättern und Girlanden bemalt waren, um die kunstvollen Wandbehänge zu ergänzen. Gastdiener waren mit Truhen und Koffern beschäftigt, einige hängten gelassen Kleider auf und legten Lieblingsstücke zurecht, während andere aufgeregt auf die Suche nach einer fehlenden Kiste gingen. Die hier wohnenden Zimmermädchen und Lakaien gingen unbeirrt ihrer Arbeit nach mit Armen voll lavendelduftender Wäsche und Vasen voller Blumen, um Zimmer für unerwartete Gäste zurechtzumachen, die ihre Meinung geändert und die Einladung des Sieurs doch noch im letzten Augenblick angenommen hatten.

Ich wandte mich in einen Nebenflur und sah einen Pagen auf einem Stuhl vor einer Tür am Ende sitzen. Er sprang auf, aber ich bedeutete ihm wieder zu seinen Leseübungen zurückzukehren. Er würde noch lange genug auf den Beinen sein müssen, auch ohne dass ich auf angemessener Ehrerbietung bestand. Außerdem konnte ich sehr gut allein an eine Tür klopfen. »Ich möchte Junker D'Alsennin besuchen.«

»Komm rein.« Temar antwortete sofort auf mein Klopfen, und ich öffnete die Tür. Der Sieur hatte erlassen, dass Temar mit kaiserlicher Höflichkeit zu behandeln war, und das gewährte auch die besten, kühlsten verfügbaren Zimmer. Fenster, die vergrößert worden waren, als diese nach Norden gehende Fassade erneuert worden war, ließen viel Licht ins Zimmer, und Temar stand an einem der Fenster, die Arme über seinem verknitterten Hemd energisch verschränkt, mit einem entschieden rebellischen Gesichtsausdruck.

»Einen guten Tag Euch, Erwählter Tathel.« Demoiselle Tor Arrial saß auf einem vergoldeten, mit Damast bespannten Stuhl, passend zu den Vorhängen des altmodischen Bettes, das die eine Hälfte des Zimmers einnahm.

»Demoiselle.« Ich verbeugte mich tief, in Gedanken an ihre kaiserliche Herkunft.

Ihr raues Lachen ließ mich aufschauen. »Ich bin nicht in der Stimmung für Schmeichelei durch einen Titel, der besser zu dem Schwarm von Mädchen passt, die hier alles durcheinander bringen. Avila genügt.«

»Wie Ihr wollt«, sagte ich vorsichtig. Unterwegs

war solche Zwanglosigkeit durchaus zulässig, aber ich hatte nicht die Absicht, sie unter Messires Augen bei ihrem Vornamen zu nennen. »Habt Ihr Euch von der Reise erholt?« Am vergangenen Tag hatte sie ausgesehen, als wäre sie bereit für ihren Scheiterhaufen, jeder Tag ihres Alters war ihr anzusehen.

»Ich bin fast wiederhergestellt«, versicherte sie. »Ein guter Nachtschlaf wirkt seinen eigenen Zauber.«

»Ryshad, ich sollte dich heute Nachmittag doch besser begleiten«, wandte sich Temar an mich. »Es ist meine Verantwortung, und mein Name wird unseren Anfragen Gewicht verleihen.«

»Und wie das, wenn niemand dein Gesicht kennt?«, fragte Avila eisig. »Du musst die Würde deines Hauses vor diesen erst spät Geadelten behaupten, ehe du das Recht beanspruchen kannst, für Kel Ar'Ayen zu sprechen. Und das bedeutet, die üblichen Höflichkeiten auszutauschen, wie sie das Fest immer schon verlangt hat.«

»Ich war noch nie gut in solchen Dingen«, wandte der junge Mann ein.

»Weil du dir nie Mühe gegeben hast und weil immer dein Großvater da war, der diese Pflichten für dich übernommen hat. Jetzt kannst du dich den Verpflichtungen deiner gesellschaftlichen Stellung nicht mehr entziehen«, sagte Avila herausfordernd.

»Dich bekannt zu machen, wird dir sicherlich den Weg ebnen, Temar«, mischte ich mich ein. Messire D'Olbriot würde mir kaum danken, wenn Temar heute Nachmittag nicht erscheinen würde. »Und ich habe bereits den Anfang gemacht, um die Artefakte aufzuspüren.« Ich legte das Kästchen auf die Marmorplatte eines Tisches und öffnete es widerstrebend, sodass der Armring darin zum Vorschein kam.

Temar streckte eifrig eine Hand danach aus, zog sie aber dann zurück.

»Was ist das?«, fragte Avila mit einem neugierigen Blick auf uns beide.

Wie ein Mann sahen Temar und ich zu einem in seiner Scheide steckenden Schwert, das auf einem Walnussschränkchen an der Tür zum Schlafzimmer lag. Zauberkunst hatte Temars innerstes Wesen neun kaiserliche Dynastien lang in diesem Schwert eingesperrt. Nein, er war ebenso wenig bereit, ein Artefakt anzurühren, das einen gleichermaßen gefangenen Geist enthielt, wie ich.

»Lasst mich.« Avila kam um den Armring zu nehmen und drehte ihn herum, um eine Gravur zu untersuchen, dunkle Linien, die vor Alter in dem angelaufenen Metall verschwommen waren. »Ancel hat dieses Abzeichen gemacht, als er und Letica heirateten.«

»Mätresse Den Rannion, damals«, wisperte Temar mir hastig zu. »Ihre Schwester, weißt du.«

Ich nickte. Ich hatte es mir ohnehin zur Aufgabe gemacht, all die lang verstorbenen Kolonisten zu kennen, aber ich schien auch Temars eigene Erinnerungen in meinem Hinterkopf zu haben, die mir solche Antworten lieferten. Ich war mir nicht sicher, ob mir das gefiel, aber es war zweifellos nützlich.

»Dies hier gehört Jaes, dem Torhüter. Er half Letica dabei, ihren Kräutergarten zu pflanzen.« Avila fuhr mit einem runzligen Finger über den eingravierten Seeadlerkopf, und für einen Augenblick glitzerten Tränen in ihren hellen Augen.

»Noch einer, den wir aus der Dunkelheit retten können«, sagte Temar heiser.

»Wir können uns heute Nachmittag aufteilen«,

schlug ich vor. »Ich nehme deine Liste und versuche mit Dienern, Soldaten und so weiter zu sprechen. Du machst dich mit den Adligen bekannt und bezauberst ein paar in Frage kommende Demoiselles.«

Er fuhr sich mit der Hand durch die schwarzen Haare, sodass sie unordentlich zu Berge standen.

»Wer bewahrt das hier sicher auf?« Avila legte den Armring zurück in das Kästchen und sah uns an.

Ich hob abwehrend die Hände. »Ich kann es nirgendwo aufbewahren.«

»Aber hier drin kann es auch nicht bleiben«, sagte Temar hastig.

Avila warf uns beiden einen finsteren Blick zu, während sie steif auf die Füße kam. »Ihr Möchtegernkrieger könnt wirklich ausgesprochen hasenherzig sein. Also schön, ich nehme es mit in mein Zimmer. Temar, zieh dich für den Firlefanz heute Nachmittag um.«

Ich öffnete die Tür, um ihrem Blick zu entgehen, verriet mich jedoch beinahe, als ich das Gesicht sah, das Temar hinter ihrem Rücken zog. Ich grinste ihn an. »Nach dem Abendessen werden wir ja sehen, wer heute die meisten Fortschritte gemacht hat.«

Die D'Olbriot-Residenz, Sommersonnwendfest, erster Tag, früher Nachmittag

Temar blickte Avila und Ryshad bedauernd hinterher, bis er bemerkte, dass der Page ihn hoffnungsvoll ansah. »Ich brauche frische Kleider, und ich muss noch zu meinem Gepäck«, sagte er geradeheraus. »An wen muss ich mich da wenden?«

»Ich hole Meister Dederic«, sagte der Junge hastig, und ehe Temar noch etwas sagen konnte, verschwand er in Richtung der Hintertreppe.

Temar schaute wieder aus dem Fenster, von dem aus man das verschlungene Muster aus Hecken und Rabatten sehen konnte, die diesen gewaltigen Wohnsitz einrahmten. Auf dem Gelände des bescheidenen Landsitzes seines Großvaters hatte Damwild und Vieh gegrast, nützliche Tiere, keine leere Zurschaustellung.

Ein leises Klopfen an der Tür brachte ihn in die Gegenwart zurück. »Herein.«

»Einen guten Tag Euch, Junker.« Ein adretter Mann trat mit einer selbstsicheren Verbeugung ein.

»Verzeiht mir, aber ich glaube, wir sind uns noch nicht begegnet …«, begann Temar entschuldigend.

»Ich bin Dederic, der Familienschneider.« Der Mann klatschte in die Hände, und zwei livrierte Lakaien eilten herein, die Arme voller Gewänder. Ein zögernder Bursche mit einem nadelgespickten Band ums Handgelenk folgte, eine Truhe mit zwei Henkeln an sich gedrückt. In diesem Haus muss es mehr Diener als Mäuse geben, dachte Temar. Wahrscheinlich gab es sogar einen Diener, dessen Aufgabe es war, Mäuse zu jagen, und wieder einen anderen für die Stallratten.

»Schick den Pagen nach heißem Wasser. Der Junker wird eine Rasur wünschen.« Dederic entließ einen der Lakaien, ehe er ein Stück geknoteten Seidenfaden aus einer Tasche zog. »Ich habe für Euch über Nacht ein paar neue Kleider gefertigt. Ich habe die Maße nach Euren alten Kleidern genommen, also sitzen sie vielleicht nicht ganz so, wie wir es wünschen, aber wenn ich jetzt Maß nehmen kann, können wir die notwendigen Änderungen bis heute Abend vornehmen.«

Der Lehrling mit den Nadeln holte eine kleine Tafel aus seinem Koffer, und beide Schneider blickten Temar erwartungsvoll an.

Er hörte auf, sich mit der Hand übers Kinn zu fahren, um selbst festzustellen, ob er sich rasieren musste und blieb still stehen, während Dederic um ihn herumhuschte. »Zwei Finger weniger im Rücken. Wenn Ihr bitte die Arme einmal hochnehmen wolltet – danke. Eine halbe Handspanne zu lang im Ärmel, Larasion hilf. Die Füße ein wenig weiter auseinander – danke.«

Der Mann nahm unverschämt intime Maße, und Temar wollte gerade fragen, was in Talagrins Namen Dederic glaubte, was er da tue, als er merkte, wie eng die Hosen saßen, die die anderen trugen. Er schluckte seine barsche Frage herunter.

»Heute Nachmittag zum Empfang bei Tor Kanselin?« Dederic zog eine feine schwarze Augenbraue hoch.

»Ja? Ich meine: ja«, nickte Temar fest. »Wer genau wird anwesend sein, wisst Ihr das?«, fragte er vorsichtig.

»Nur die jüngeren Adligen aus den besseren Familien, vor allem von den Seitenlinien, die hier zum Fest zu Besuch sind«, sagte Dederic und maß unter beifälligem Gemurmel die Breite von Temars Schultern. »Es ist die Gelegenheit, sich auf den neuesten Stand des Klatsches zu bringen, während die Sieurs mit den Gerichtsterminen beschäftigt sind.«

Das klang nicht allzu übel, dachte Temar und verdrängte entschlossen aufkeimende Nervosität. »Was würdet Ihr mir raten, was ich tragen soll?« Er wollte sich unter keinen Umständen durch seine Aufmachung in Verlegenheit bringen.

Dederic fuhr sich nachdenklich mit der Hand über seine exakt pomadisierten Locken. »Vielleicht den zinngrauen? Wo ist Euer Diener?«

Temar blinzelte. »Camarls Diener hat sich um mich gekümmert, als ich ankam. Ich habe keinen eigenen Diener.« Und die Mühe, die er hatte, Camarls Diener davon zu überzeugen, dass er keine Hilfe beim Waschen brauchte, hatte Temar vollends von der Idee abgebracht, einen eigenen zu haben.

»Ich werde Euch dieses eine Mal helfen.« Federics Nasenflügel bebten ein wenig. »Sprecht mit dem Haushofmeister über einen Diener und lasst Euch nicht damit abspeisen, dass alle zu beschäftigt sind, sodass Ihr Euch einen mit einem geringeren Junker teilen müsstet.«

Einer der allgegenwärtigen Pagen kam mit einem dampfenden Wasserkrug. »Ich kann mich selbst rasieren«, erklärte Temar hastig.

»Wenn Ihr unbedingt wollt.« Dederic warf seinem Lehrling einen finsteren Blick zu, der mit dem Pagen ein Grinsen austauschte. »Huke, leg Wäsche und den grauen Rock bereit und geh wieder zu den Näherinnen.«

Temar schloss mit einem Seufzer der Erleichterung die Tür zum Ankleidezimmer vor den un-

unterbrochenen Anweisungen des Mannes. Er zog das Hemd über den Kopf und goss angenehm warmes Wasser aus dem Krug. Er schäumte sein Gesicht ein und betrachtete sein Bild in dem Spiegel des geschnitzten Waschtisches aus Kirschbaumholz. Das Gesicht im Glas wirkte unentschlossen, hohläugig, und Temar reckte das Kinn unter dem weichen Schaum der duftenden Seife. Erinnere dich an die unvergleichliche Höflichkeit echten Hoflebens, ermahnte er sich still, vergiss die lockere Kameradschaft von Kel Ar'Ayen. Er betrachtete noch einmal sein Spiegelbild. Man hatte ihm oft gesagt, er hätte die gleichen Augen wie sein Großvater, nicht wahr? Temar rasierte sich mit entschiedenen, doch vorsichtigen Strichen der meisterhaft geschärften Klinge und dachte an den strengen alten Mann. Das war das Beispiel, das er vor sich sehen sollte. Keiner dieser heutigen Sieurs hätte es mit seinem Großvater aufnehmen können.

»Kann ich helfen?« Dederic spähte durch die Tür.

»Danke, nein.« Konnten diese Adligen denn gar nichts allein tun? Temar unterdrückte seine Gereiztheit, wischte sich noch einmal mit einem weichen weißen Handtuch übers Gesicht und dachte an seinen Großvater, der wenig für Menschen übrig gehabt hatte, die ihre Diener unnötig tadelten. Er ignorierte die duftenden Salben, die auf dem Waschtisch aufgereiht waren und ging zurück ins Schlafzimmer. »Also, was soll ich anziehen?« Er betrachtete zweifelnd die eng geschnittenen Hosen und einen langen Mantel, die auf dem Bett bereitlagen.

»Euer Hemd, Junker.« Der Schneider hielt das Stück hoch, und Temar fuhr hinein. »Oh nein, nicht so.« Dederic hob abwehrend die Hände, als Temar grob an den feinen Spitzen am Kragen zupfte.

»Camarls Hemden haben schlichte Kragen.« Temar versuchte seine Abneigung gegenüber dem gestärkten Leinen zu verbergen, das ihn am Kinn kratzte.

»Für den Alltag.« Dederic glättete den Stoff mit geschickten Fingern. »Für ein Fest bevorzugen wir ein wenig mehr Eleganz.«

Mehr Idiotie als Eleganz, dachte Temar bei sich, als er die Manschetten zuknöpfte, wobei ihm die Spitzen in die Quere kamen, die ihm über das Handgelenk fielen. »Wenigstens die Strümpfe haben sich nicht sehr verändert.« Er setzte sich aufs Bett und rollte perlweiße gestrickte Seide über einen Fuß, bis er merkte, dass die Strümpfe eine Handbreit kürzer waren als er erwartet hatte und keine Bänder hatten, außerdem hatte seine Unterhose keine Knöpfe, an denen er sie hätte festbinden können.

Dederic lächelte kurz. »Die Knöpfe am Knie halten die Strümpfe, so.«

Temar zog die Hosen an und stopfte sein Hemd irgendwie hinein, ehe er sich mit dem fremdartigen Verschluss an der Seite abmühte.

»Bitte, Junker, gestattet.« Dederic sah so gequält aus, dass Temar ihn widerstrebend das Hemd ordentlich um seine Taille glätten ließ, ehe er die fein gewebte Wolle geschickt feststeckte. Temar schnitt eine Grimasse über die ungewohnt knapp sitzenden Kleidungsstücke.

»Und jetzt der Mantel.« Dederic hielt ihn stolz hoch, hellgraue Wolle, gefüttert mit rauchgrau geflammter Seide, die an den umgeschlagenen Manschetten sowie an den Vorderteilen, die für mehr Bewegungsfreiheit mit Knöpfen zurückgeschlagen waren, zum Vorschein kamen. Temar stellte erleichtert fest, dass er nicht so schwer war, wie er befürchtet hatte, aber er fühlte sich sofort unbehaglich eingezwängt unter den Armen und in den Schultern.

Dederic nahm die Gelegenheit wahr, um die Spitzen an Temars Manschetten zu ordnen sowie den Spitzenkragen des Hemdes in dem steifen, hoch aufgestellten Mantelkragen. »Sehr elegant, Junker.«

Temar brachte ein mühsames Lächeln zu Stande und drehte sich zu einem hohen Spiegel in einem blattvergoldeten überladenen Rahmen. Er ballte unsichtbar unter den absurden Spitzen die Fäuste. Die Kolonisten von Kel Ar'Ayen hatten praktische Hemden und funktionelle Wämser getragen, vernünftige Hosen aus Leder oder kräftigem Stoff, Kleider, die sich nur wenig von denen der Söldner unterschieden, die sie gerettet hatten. Wenn sich die Frauenkleider in Schnitt, Länge oder Ausschnittform verändert haben sollten im Laufe der Generationen, so hatte das Temar wenig interessiert.

Sich selbst so gekleidet zu sehen brachte ihm wieder einmal deutlich zum Bewusstsein, wie weit er sich von seiner eigenen Zeit entfernt hatte. Angst schnürte ihm so den Magen zu, dass er halb erwartete, im Spiegel sehen zu können, wie er sich wand. Er bewegte die Arme, kein Wunder, dass diese Ärmel so einengten, so wie sie an den Rumpf des Kleidungsstückes festgenäht waren anstatt mit Bändern daran befestigt zu sein, wie es Temar gewohnt war. Temar hätte sich am liebsten diese albernen Kleider vom Leib gerissen, sich in dem lächerlichen Bett verkrochen und sich diese absurde Zudecke über den Kopf gezogen, bis all diese kriecherischen Diener und dieses ganze unverständliche Fest weg und vorbei waren.

»Für heute Nachmittag wird ein Hausschuh genügen«, fuhr Dederic fort. »Aber der Schuster wird Euch Stiefel anmessen, sobald es Euch recht ist.«

»Ich habe Stiefel«, sagte Temar kurz angebunden und drehte sich zu dem Stuhl, unter den er sie getreten hatte. Aber Dederic kniete bereits mit etwas vor ihm, was aussah wie ein Mädchenschuh. Temar seufzte und schob widerstrebend einen Fuß in das weiche graue, vorn eckig zugeschnittene Leder.

»Ich habe schlichte Schnallen oder ...«

»Schlichte«, unterbrach ihn Temar.

Dederic suchte in der Schachtel nach einer unverzierten silbernen Schließe. Während der Schneider um seine Füße herumrutschte, warf Temar seinem Spiegelbild wütende Blicke zu. Er konnte zurück nach Kel Ar'Ayen gehen, oder nicht? Aber was wollte er sagen, wenn er dort war? Was für eine Ausrede hatte er, wo doch jeder darauf vertraute, dass er die Artefakte mit nach Hause brachte, die ihre Liebsten wieder ins Leben und ans Licht riefen? Ryshad hatte Recht. Der Erwählte konnte mit Dienern und Soldaten reden, aber es war Temars Pflicht, sich mit dem Adel abzugeben.

»Habt Ihr keinen Schmuck?«, fragte Dederic klagend, als er aufstand. »Etwas mit Eurem eigenen Wappen drauf?«

»Nur das hier.« Temar hob die Hand, an dem er den Siegelring seines Vaters trug, den ein Saphir schmückte.

Dederic blickte zweifelnd drein. »Das ist nicht ganz die richtige Farbe zu dem Mantel. Vielleicht ein paar Diamanten?«

Natürlich, Camarl trug immer Ringe und Anstecknadeln, Halsbänder oder Ketten. Egal. Temar wollte nicht protzen wie ein Pfau, der seine Federn sträubt. Der Ring seines Vaters genügte. »Ich sehe keinen Bedarf für mehr.«

»Dann vielleicht ein wenig Pomade?« Dederic hielt Temar eine Bürste hin.

»Nein, trotzdem vielen Dank.« Temar fuhr sich mit den Borsten durch die Haare und warf Dederic einen warnenden Blick zu, der gerade nach einem Duftwässerchen greifen wollte. »Das reicht jetzt.«

»Ich werde nachsehen, ob Junker Camarl bereit ist«, bot der Schneider an und zog sich mit einem aufgesetzten Lächeln unter Verbeugungen zurück.

Temar untersuchte nachdenklich sein Schwert, als Camarl einige Zeit später munter ins Zimmer trat. »Oh, wir tragen keine Waffen bei einem gesellschaftlichen Ereignis, nicht drinnen.«

»In diesen Kleidern könnte ohnehin niemand kämpfen.« Wenigstens schmeichelten die körpernahen Schnitte seiner schmalen Gestalt mehr als der untersetzten Camarls, dachte Temar. Er schob den glitzernden Stahl zurück in die Scheide.

»Ihr seht sehr chic aus.« Camarl führte Temar auf den Korridor. »Obwohl der Nachmittag ganz ungezwungen sein wird, einfach eine Gelegenheit für Euch, ein paar Leute kennen zu lernen, ehe das richtige Geschäft des Festes beginnt ...« Camarl brach ab und schnalzte mit der Zunge.

»Was?« Temar warf einen Seitenblick auf den anderen und bemerkte, dass er juwelenbesetzte Spangen trug, die die Ärmelaufschläge seines bernsteinfarbenen Mantels hielten, dazu Ringe auf jedem Finger, die unter den Spitzen an seinen Handgelenken funkelten.

»Ich wollte gerade sagen, dass Ihr die Familienzugehörigkeit der Leute an ihren Abzeichen erkennen könnt, aber ich glaube kaum, dass das geht.«

Temar runzelte die Stirn. »Wir haben – wir hatten Insignien, für Siegel und Kriegsfahnen, aber nachdem, was Meister Devoir sagte, ist Euer Umgang mit Abzeichen viel komplizierter. Aber er hat sein Bestes getan, um mir die wichtigsten einzubläuen.«

»Ich wollte Euch eigentlich fragen, wie das D'Alsennin-Emblem aussehen würde«, sagte Camarl mit einer Grimasse. »Die Leute werden danach fragen. Der Archivar hat seine Schreiber auf die Suche geschickt, aber es ist nichts überliefert, nicht als solches. Förmliche Insignien wurden meistens nach dem Chaos angenommen, und Eure Familie ...«

»War damals ausgestorben«, beendete Temar traurig den Satz.

»Genau.« Camarl hüstelte, um sein Unbehagen zu verbergen, und ein Weilchen wanderten sie schweigend hinunter zu den geschäftigen unteren Stockwerken. Camarl lächelte Temar an, als sie die letzten Stufen hinuntergingen. »Doch selbst im Alten Reich bevorzugten die meisten Familien doch irgendein Thema für ihr Wappen?«

»D'Alsennin benutzte meistens Blätter.« Temar schloss die Augen, in Kindheitserinnerungen an die silberne Spange, mit der sein Vater das lange Haar zusammengefasst hatte, eins der wenigen Dinge, die Temar von ihm als Erinnerung hatte. Aber diesen Schatz hatte er sicher bei Guinalle verwahrt.

»Blätter sind gewiss traditionell, aber Ihr müsst Euch für etwas Unverwechselbares entscheiden.« Camarls Hand glitt zu der emaillierten Luchsmaske, die seinen Hemdkragen hielt. »Es wäre sicherlich eine gute Idee, wenn Ihr Euch um ein eigenes Wappen bewerben würdet. Das wäre eine ideale Gelegenheit, Euch dem Kaiser vorzustellen.«

Temar blieb auf der untersten Stufe stehen, um

drei kichernde Mädchen vorbeitrippeln zu lassen. »Wie das?«

»Jede Gewährung eines Wappens muss vom Kaiser genehmigt werden.« Camarl hob die Stimme, um das aufgeregte Schwatzen zu übertönen. »Nun, das ist die Formalität. Wichtig ist, dass unser Archivar sich vergewissert, dass jedes neue Emblem eindeutig ist, damit es nicht mit einem anderen verwechselt werden kann.« Er hob die Hand, und zwei junge Junker blieben stehen, um ihm und Temar den Vortritt in dem überfüllten Gang zu lassen.

»Wir haben uns einfach unsere Zeichen ausgesucht«, brummte Temar, als sie in die Sonne hinaustraten. »Kein Kaiser hatte in solchen Dingen etwas zu sagen.«

»Das Leben war in früheren Zeiten vielleicht freier.« Camarl blieb stehen und sah Temar nachdenklich an. »Aber nach dem Chaos, als die Zeit zum Wiederaufbau kam, gaben die Familien Freiheiten auf für Schutzmaßnahmen, an die sich alle halten würden. Deshalb bestimmt der Kaiser über Dinge wie Abzeichen, da er geschworen hat, sie durchzusetzen.«

Temar suchte nach einer Antwort, als ein neuer Gedanke Camarl ablenkte. »Wo ist Ryshad? Er sollte bei Euch sein.« Er sah sich mit wachsendem Missvergnügen in dem überfüllten Torhaus um.

»Ich bat ihn, etwas für mich zu erledigen.« Temar begegnete Camarls Stirnrunzeln mit einem herausfordernden Blick. »Ich habe doch das Recht dazu, oder? Ihm kleine Aufgaben zu übertragen?«

Camarl seufzte. »Wir haben reichlich Diener für solche Sachen. Ryshad muss wirklich begreifen, dass ein Erwählter einen ganz anderen Status hat als ein einfacher Eingeschworener.«

Temar folgte Camarl ehrerbietig durch die Menge, die im Torhaus wartete, als eine ganze Prozession kleiner Kutschen und Einspänner von den Ställen an der Rückseite des Palastes gebracht wurden. »Gehen denn alle zu Tor Kanselins Empfang?« Er lächelte ein junges Mädchen an, das vor unterdrückter Aufregung ganz blass war.

»Oh, nein.« Camarl schnippte mit den Fingern, und der nächste Einspänner kam schneidig vor ihnen zum Stehen. »Der erste Tag des Festes ist sehr ungezwungen. Meist besuchen die Leute alte Freunde oder Verwandte in anderen Häusern.«

Er drängte Temar in die offene Kutsche, und sie fuhren über die Hochstraße. Temar blickte den Hügel hinunter und versuchte festzustellen, wo genau die D'Olbriot-Residenz lag, verglichen mit dem, wie er Toremal in Erinnerung hatte. Bislang hatte er nichts von der ummauerten Stadt gesehen, die er gekannt hatte, da er im Dunklen angekommen war und dann durch scheinbar endlose, überfüllte Straßen in der Kutsche gerumpelt war, die sie zum Archiv gebracht hatte. Er hatte nichts gesehen, das er wiedererkannte und fand es sehr unangenehm sich nicht orientieren zu können. Aber die Bäume versperrten die Sicht auf das Gelände, das zur Bucht hin abfiel, und so betrachtete Temar interessiert einen Gebäudekomplex innerhalb eines alten Walles mit Graben, der neben der kantigen Mauer der Residenz fehl am Platze wirkte. »Was ist das?«

Camarl lächelte. »Dienstbotenhäuser, Werkstätten, solche Sachen.«

Temar erkannte ein zartes, silbernes Glockenspiel mit traditionellen Glocken. »Ihr habt dort einen Schrein?«

»Poldrion geweiht«, nickte Camarl geistesabwesend. »Seit Generationen eine D'Olbriot-Priesterschaft. Der Sieur bewilligte sie einem meiner Vettern zur Wintersonnwende, glaube ich.«

So viel also zu der Einhaltung geheiligter Vorschriften, die der Gott von dem Vorstand eines Hauses erwartete, dachte Temar empört.

Ihre Kutsche hielt, als ein mit frisch geschnittenen Steinblöcken beladener Wagen über eine kleine Brücke über den Bach rumpelte. Temar drehte sich um und sah, dass er auf ein Haus zuhielt, das erst als Gerüst hinter dem Schreingelände zu erkennen war.

»Hier sind wir.« Camarl sprang leichtfüßig aus der Kutsche.

»Schon?« Temar hätte die Pferde für eine solche Strecke nicht bemüht.

Lakaien in Bronze und Beige geleiteten sie durch das Torhaus. »Wie Ihr seht, hat der verstorbene Sieur Tor Kanselin im Rationalen Stil gebaut«, erklärte Camarl Temar gedämpft.

Temar schaffte es gerade noch, nicht auf den Stufen zu dem Kiesweg zu stolpern, als er das Gebäude vor sich sah. Auch wenn an die D'Olbriot-Residenz eindeutig einige Flügel später angebaut worden waren, hatte Temar das neue Gebäude gefallen, in seiner einnehmenden Mischung aus alt und neu. Es war offenkundig, dass Tor Kanselin einen derartigen Kompromiss verachtet hatte. Eine eckige, gleichförmig Front, durchbrochen von regelmäßigen Fenstern, die von Stockwerk zu Stockwerk nach oben immer kleiner wurden, bis zu kleinen Dachkammern, halb verborgen von den Ziergiebeln, die die Mauer krönten. Jede Linie war gerade, jeder Winkel exakt, die hellen Steine verziert mit genau parallel gemeißelten Linien, die streng geometrische Muster einrahmten. Diese Winkel wiederholten sich in den scharf abgegrenzten Kieswegen und den Hecken des Gartens, aus dem möglicherweise ungebärdige Blumen verbannt und in dem stattdessen Muster aus farbigen Kieseln verlegt waren. Wo Bäume gestattet waren, waren sie zu strengen Formen beschnitten, aus denen nicht ein Zweiglein herausragte.

»Was haltet Ihr davon?«, fragte Camarl kichernd.

»Es ist für meine Augen ziemlich verblüffend«, sagte Temar vorsichtig.

»Es ist ein gutes Beispiel Rationaler Architektur«, bemerkte Camarl, »für meinen Geschmack allerdings etwas zu streng. Aber der alte Sieur war einer der Ersten, also ist es eins der reinsten Beispiele, die Ihr finden könnt. Heutzutage ist der Stil etwas weicher, abgerundeter.«

Er lächelte einem wartenden Lakai zu, als sie zu der Tür gingen, die sich genau in der Mitte der Vorderfront befand. »Schönes Fest, Geran. Nein, mach dir keine Mühe. Ich kenne den Weg.«

Während der Gefolgsmann sich noch tief verbeugte, bog Camarl unverzüglich in einen langen Gang ein, der zur Rückseite des Hauses führte. Falsche Säulen aus poliertem, goldfarbenem Stein waren in den weißen Verputz der Wände eingelassen und stützten einen verschlungenen Fries, der oberhalb der Türrahmen verlief und sich mit der Verzierung der getäfelten Decke verband. »Das sieht etwas lebendiger aus«, meinte Temar.

»Ja, der Rationale Stil ist ja ganz schön, aber man muss doch die Herkunft erkennen können, meint Ihr nicht?« Camarl klang belustigt. »Passt auf, rutscht nicht aus.«

Der spiegelglatte Marmorboden erwischte Temar unvorbereitet, als er versuchte, die mythischen Gestalten in den verschlungenen Mustern zu erkennen.

»Als wir noch Kinder waren, holten wir uns einen Teppichvorleger und rutschten hier lang, wenn wir unseren Kindermädchen entwischen konnten«, grinste Camarl und deutete auf die weiße Fläche mit den gefleckten goldbraunen Linien.

Temar lachte, aber er dachte bei sich, dass der kostbare Porzellannippes, der auf zierlichen Tischchen herumstand, bei tobenden Kindern stark gefährdet gewesen sein musste. In den Gängen seiner Jugend hatten solche Risiken nicht bestanden: Dort wurden schlicht vertäfelte Wände nur durch streng blickende Statuen auf Sockeln aufgelockert, die nur drei Mann gemeinsam verrücken konnten. Fahnen hingen von dunklen Hammerbalken, und einfache Seidenvorhänge rahmten die hohen Fenster nur ein, um Zugluft von den eisengefassten Schlagläden abzuhalten. Aber ihm gefiel die Vorstellung, dass der gesetzte Camarl hier für Verwüstung gesorgt hatte.

Eine blumengemusterte Schale auf einem Beistelltischchen erregte seine Aufmerksamkeit. Arimelin saß Träume webend in ihrer Laube, und die Bäume erinnerten Temar an das Flechtmuster, das auf seinem Schwert eingraviert war, das Geschenk seines Großvaters, ehe er nach Kel Ar'Ayen aufbrach. Die Klinge war für den Onkel gefertigt worden, der eigentlich der nächste Sieur D'Alsennin hätte werden sollen, ehe die Krustenpocken ihrer aller Leben zerstörten.

»Steineiche«, sagte Temar plötzlich. »Könnte ich die Steineiche als mein Abzeichen nehmen?«

Camarl ließ abwesend seine Knöchel knacken.

»Mir fällt kein Haus ein, das sie benutzt, jedenfalls keins von Bedeutung. Die Archivare müssen die niedrigeren Familien prüfen, aber wir könnten einwenden, dass D'Alsennin zuerst da war.«

Ob ihm das wohl helfen würde, sich auf gleiche Stufe mit diesen Adligen zu stellen, die ständig ihren Prunk zur Schau stellten, fragte sich Temar. Zur Zeit seines Großvaters war ein solches Gehabe nie nötig gewesen, Gesicht und Name genügten, um ihm die Achtung von Gleichgestellten wie Untergebenen einzutragen.

»Da sind wir.« Camarl nickte dem wartenden Lakai zu, als sie das Ende des Ganges erreichten. Die Blätter und Blumen des Stuckfrieses umrahmten einen wunderbar lebensechten Schwan, der die Flügel trotzig spreizte und den Hals gebogen hatte, sodass der Kopf direkt über dem Türsturz war, als wolle er auf jeden einhacken, der unter ihm hindurchging. Temar lachte.

»Nur um die Leute daran zu erinnern, mit wem sie es zu tun haben«, lächelte Camarl.

Der Lakai riss mit langjähriger Übung die Flügeltür auf, und Camarl schritt lässig hindurch, Temar etwas steifer an seiner Seite.

»Den ganzen Nachmittag über werden Leute kommen, um anschließend etwas anderes zu unternehmen«, murmelte Camarl. »Wir wollen hier nur Konversation treiben und nicht über Geschäfte reden, also lasst Euch von niemandem dazu drängen, über den Handel mit der Kolonie zu reden.«

Temar fragte sich, wie er das wohl anstellen sollte, ohne jemanden zu beleidigen, aber er folgte Camarl gehorsam durch den gewaltigen Raum. Die hohe Decke hier war wieder ein Triumph der Stukkateure, Bündel und Girlanden rahmten Blumen, Knoten,

Tiere und Vögel ein, zu stilisiert und zu fantastisch, um etwas anderes darzustellen als Familienzeichen, entschied Temar. Die schlichten Wände dienten im Gegensatz dazu nur als Hintergrund für eine beeindruckende Ausstellung von Bildern in vergoldeten Rahmen. Verglaste Türen in tiefen Erkern in den drei Außenwänden führten auf Terrassen, und Temar erhaschte einen flüchtigen Blick auf verlockendes Grün.

Die innere, südliche Wand hatte Erker, ähnlich denen der Türen, ausgestattet mit intimen Sitzrunden, deren Stühle mit täuschend schlichtem Silberbrokat gepolstert waren. In Kaminen aus sauber geschnittenem weißem Marmor standen riesige Blumenarrangements mit Lilien, während auf Kirschbaumtischchen Schalen mit goldenen Rosen die Luft mit ihrem Duft erfüllten.

Zwei junge Damen besetzten eine dieser Nischen, hübsch und rosa, aber angemessen schicklich in langweiligen Seidengewändern in Honiggold und Jasmingelb. Um den Hals trugen sie Ketten mit Diamanten und Perlen.

»Demoiselles.« Camarls dunkle Augen wurden warm vor Zuneigung. »Darf ich Euch bekannt machen mit Temar, dem Junker D'Alsennin. Temar, ich habe die Ehre, Euch die älteren Demoiselles Tor Kanselin, Resialle und Irianne, vorzustellen, zwei meiner engsten Freundinnen.«

Beide machten einen eleganten Knicks, erst vor Temar, dann vor Camarl. »Ihr seid schrecklich früh dran«, sagte die in dem honigfarbenen Kleid. Sie hatte haselnussbraune Augen, die die kräftigen Züge ihres Gesichts abmilderten.

»Lady Channis ist auch gerade erst angekommen. Sie besucht deine Mutter«, piepste ihre jüngere

Schwester, die hellbraunen Augen unverwandt auf Camarl gerichtet.

Resialle, die ältere, trat an Temar vorbei auf die leere Galerie. »Lasst uns ein Stück gehen, ehe es zu voll wird. Ihr wollt Euch doch gewiss die Bilder ansehen.«

Temar verstand den Wink, der so deutlich war wie ein Tritt vors Schienbein. »Demoiselle.«

Sie führte ihn rasch außer Sichtweite Camarls und ihrer Schwester, ihre Seidenschuhe raschelten auf den gewebten Schilfmatten. »Dies ist der Sieur Tor Kanselin, der Onkel von Inshil dem Kurzen«, erklärte sie munter und deutete auf das Porträt eines Mannes mit schütterem Haar, der das Kinn auf die Brust gelegt und die Arme verschränkt hatte und düster in einem schwarzen Gewand wirkte, das sich kaum von dem Hintergrund aus Gewitterwolken abhob.

»Ich finde, er sieht aus, als ob er halb schliefe«, sagte Temar kritisch.

»Das ist eine Pose ernster Nachdenklichkeit, glaube ich. In einer Zeit der Ungewissheit half der Anschein von Weisheit dabei, Vertrauen zu dem Familiennamen zu erhalten.«

Resialle warf Temar hinter vorgehaltener Hand einen verstohlenen Blick zu. Sie richtete einen dezent mit Juwelen besetzten Kamm, der einen langen Spitzenschleier auf ihrem hoch aufgetürmten schwarzen Haar festhielt, ehe sie die Hände züchtig vor ihrer schlanken Taille faltete, um die sie eine schwere goldene Kette trug, an der eine Duftkugel und ein Fächer hingen.

Temar blinzelte sie an. »Ihr müsst hier nicht die Lehrerin spielen, nur um Eurer Schwester und Camarl ein bisschen Zweisamkeit zu verschaffen.«

Resialle sah ein wenig beschämt drein. »Er sagte, Ihr wärt nicht dumm.«

»Feste waren schon immer eine beliebte Zeit für Hochzeitspläne.« Temar lächelte und blickte ihr entschieden in die Augen, anstatt seinen Blick zu dem tiefen Ausschnitt ihres Kleides sinken zu lassen. Er gestattete sich jedoch einen kurzen Blick auf ihr Dekolleté, in dem ein juwelenbesetzter Schwan mit einer einzigen, herrlichen Perle an goldenen und weiß emaillierten Ketten hing, die von einer Diamantschließe zusammengehalten wurden.

»Oh, das ist schon zum Äquinoktium abgemacht worden, aber sie sind mehr als einfach nur ein Paar.« Resialle nahm ihren Fächer und glättete die makellosen weißen Federn, die in einem goldenen Griff mit feurigen Achaten zusammenliefen. »Iriannne hat Camarl schon angebetet, als wir noch nicht einmal unsere Haare aufsteckten oder längere Röcke trugen.«

»Seit er mit ihr durch die Flure geschlittert ist?«, versuchte es Temar aufs Geratewohl.

Resialle lachte. »Er hat Euch davon erzählt? Ja, und seine Süßigkeiten mit ihr teilte und sie über entflogene Lieblingsvögel tröstete – und gnadenlos mit ihrer hoffnungslosen Singerei aufzog.«

»Und wann soll die Hochzeit stattfinden?«, fragte Temar beiläufig.

»Mutter schmiedet zweifellos schon Pläne, aber sie wird sie bis zur allerletzten Minute für sich behalten«, antwortete Resialle achselzuckend.

Temar war verblüfft. »Warum?«

Resialle legte den Kopf schief. »Wir wollen natürlich nicht, dass Leute kommen und behaupten, eine Hochzeit verlange eine Geldspende von der Familie. Es kann ein kleines Vermögen kosten zu verhindern, dass ein solcher Unsinn sich zu einem Aufstand entwickelt.«

Also feierte der Adel eine Hochzeit nicht mehr, indem er seine treuen Gefolgsleute mit Festessen und Geschenken belohnte. Temar versuchte, seine Verachtung zu verbergen, indem er sich zu den Flügeltüren umdrehte, die sich jetzt öffneten und eine Hand voll üppig gekleideter junger Männer und Frauen einließen.

Resialle legte ihm eine Hand auf den Arm. »Ihr könntet bei Camarl einen Hinweis fallen lassen, wisst Ihr, dass Irianne eine erwachsene Frau ist. Sie droht, sich von Meister Gerlach malen zu lassen, wenn er sie nicht endlich küsst.«

Ihr Lachen, halb empört, halb bewundernd, machte Temar deutlich, dass sie eine Antwort erwartete. Leider hatte er keine Ahnung welche. »Und welche Erkenntnis würde ihm das bringen?«

»Ihr kennt Gerlachs Arbeiten nicht?« Resialles Wangenrot vertiefte sich. »Ach, natürlich nicht.« Sie führte Temar zu der am weitesten zurückliegenden Nische der Galerie. »Das ist eins seiner Bilder, unsere Mutter, gemalt als Halcarion, du weißt schon, im allegorischen Stil.«

Temar klappte der Unterkiefer weg. Er wusste nicht, was schockierender war, dass eine Frau so unfromm sein konnte, sich selbst als Göttin porträtieren zu lassen oder dass sie es in so durchscheinendem Stoff tun konnte, der nachlässig auf einer Schulter zusammengehalten wurde und eine Brust praktisch nackt ließ, die zudem vom Künstler in allen Einzelheiten liebevoll dargestellt wurde.

»Es ist sehr gut, findest du nicht?«, meinte Resialle bewundernd. »Aber Mutter würde einen Anfall nach dem anderen bekommen, wenn Irianne so etwas vorschlagen sollte, ehe sie verheiratet ist.«

Wie sollte er um Himmels willen der Mätresse Tor Kanselin gegenübertreten, ohne vor Verlegenheit zu sterben? Temar wandte sich hastig ab, um nach einem vertrauteren Anblick zu suchen, und ging rasch und dankbar auf eine Reihe kleinerer Bilder zu, die dicht beieinander an der gegenüberliegenden Wand hingen. »Das ist mehr der Stil, den ich in Erinnerung habe«, sagte er undeutlich.

Resialle rümpfte die Nase über die steifen, förmlichen Gestalten. »Diese Art halten wir für sehr altmodisch.« Ihr Versuch, sich darüber lustig zu machen, war ebenso platt wie die Gesichter auf den alten Porträts. »Aber es gibt nicht viele Familien, die noch Porträts aus der Zeit vor dem Chaos haben, deswegen lassen wir sie hängen.«

Ein unbehagliches Schweigen hing in der Luft, bis ein Diener es mit einer dröhnenden Ankündigung brach. »Junker Firon Den Thasnet und Demoiselle Dria Tor Sylarre.«

Resialle warf einen kurzen Blick auf das Mädchen, das mit unverhohlener Neugier zurückstarrte.

Temar fand, dass er es nicht mit zwei von diesen Mädchen aufnehmen konnte und begann eilig ein Gespräch, um einer Vorstellung zuvorzukommen. »Und wie kommen wir von diesen hier dorthin?« Temar deutete vage in die Richtung des skandalösen Bildes.

Resialle gelang ein unsicheres Lächeln. »Der Geschmack verändert sich natürlich mit der Zeit. Diese alten Stile, die Figuren vor einem einfachen Hintergrund zu malen, sollten Persönlichkeit und Macht vermitteln, nicht wahr? Bei dieser altmodischen Haltung geht es vor allem um Stärke.« Sie gab eindeutig etwas wieder, das ihr ein Lehrer eingetrichtert hatte.

Temar zuckte die Achseln. »Kann schon sein.« Er hatte sich noch nie Gedanken darüber gemacht, aber es hatte auch nie etwas anderes zum Betrachten gegeben.

Resialle wanderte über den Gang zu ein paar kleineren Leinwänden. »Diese hier stammen aus der Zeit kurz nach dem Chaos.« Ihr Tonfall wurde lebhafter. »Das ist der Sieur D'Olbriot, dessen Kusine die Ehefrau von Kanselin dem Frommen war. Es ist die alte Pose, aber sieh mal die Landkarte zu seinen Füßen. Das ist Toremal, auf das die Sonne scheint, um Hoffnung und Erneuerung zu symbolisieren, während die verlorenen Provinzen immer noch im Schatten liegen.«

Temar betrachtete die schicksalsschwere Dunkelheit hinter der ersten Gestalt, durchbrochen nur von einem einzigen Lichtstrahl, der die Wolken golden säumte. »Ich sehe es«, sagte er höflich.

Resialles Lächeln verriet ihre Erleichterung. »Selbst wenn der Hintergrund noch immer schlicht ist, wirken die Menschen langsam natürlicher.« Sie gingen langsam durch den ganzen Raum und betrachteten die Porträts, die zunehmend aus anderen Blickwinkeln oder von der Seite her dargestellt waren, einige hatten die Augen vom Künstler abgewandt, die Kleider waren mit weichem Realismus gemalt.

»Später wurde auch wichtig, was sie in der Hand halten«, erklärte Resialle, als sie vor einem hohläugigen Mann mit gegabeltem, grauen Bart und einer merkwürdigen Kapuze am wallenden Mantel stehen blieben.

Temar betrachtete gehorsam den mit silbernen

Bändern beschlagenen Stab in den Händen des alten Mannes. »Und das heißt ...?«

Resialle wirkte leicht bestürzt. »Das ist der Stab des Adjurors.«

»Ja, natürlich.« Temar hoffte, dass er wenigstens halbwegs überzeugend klang. Er musste daran denken, Camarl zu fragen, was in Saedrins Namen das war. Nein, er würde Ryshad fragen. Er sah zu dem längst verstorbenen alten Mann auf und überlegte, dass man an den Urgroßvater dieses ernsten Alten noch nicht einmal gedacht hatte, als Temar selbst Toremal verlassen hatte.

Resialle zog sich hinter unverbindliche Bemerkungen zurück, während sie langsam weitergingen, und Temar wagte es nicht, selbst Bemerkungen zu machen.

Ein Lakai brachte Kristallgläser mit prickelndem Wein, was beiden wenigstens eine Ausrede für ihr Schweigen gab. Inzwischen kamen immer mehr Leute an, die meisten ungefähr in Resialles Alter, aber Temar bemerkte auch ein paar ältere Damen, deren Seidengewänder mit Spitzen vom Hals bis zum Saum überladen waren. Resialle warf sehnsüchtige Blicke zu ihren Freunden, deshalb starrte Temar die Bilder an, um ihrem Blick nicht zu begegnen. So hatte sich vernünftige Kleidung zu dieser albernen Ausstaffierung entwickelt, dachte er, als er die immer länger werdenden Wämser sah, die allmählich zu bodenlangen Mänteln wurden. Wenigstens war er nicht geweckt worden, als besonders lächerliche Auswüchse Mode waren, stellte er fest, mit offenem Mund einen aufgeblasenen Edelmann anstarrend, der einen Mantel mit Puffärmeln trug und dessen Hemd durch Schlitze im Stoff hervorschaute, zusammengehalten von juwelenbesetzten Spangen. Und wenn die Hosen für Temars Geschmack auch heute zu eng geschnitten waren, so war das immer noch besser als der beutelige und verzierte Stil, der irgendeine frühere Generation geplagt hatte.

»Tiadar, eine Tor Kanselin, die vor neun Generationen in die D'Olbriot-Familie eingeheiratet hat.« Resialle klang allmählich gelangweilt. Temar studierte das Gemälde und versuchte verzweifelt, etwas Kluges darüber zu sagen. »Dieser Schmuck!« Er starrte den Schwan an, der an dem tiefen Ausschnitt der gemalten Dame steckte, getreulich in allen Einzelheiten abgebildet. »Das ist derselbe, den Ihr tragt, nicht wahr?«

»Oh ja«, antwortete Resialle und strich mit einer selbstgefälligen Geste darüber. »Er kam in der übernächsten Generation mit einer Tochter zurück in unsere Familie. Seit der Modrical-Ära war es ein Erbstück der Tor Kanselins. Es ist auf allen Porträts zu sehen.«

»Werden viele Schmuckstücke so weitergegeben? Ist es den Leuten wichtig, sich mit ihnen malen zu lassen?« Temar beugte sich vor, um den Schwan zu mustern, rief sich aber gerade noch rechtzeitig zur Ordnung.

»Ja«, antwortete Resialle langsam. »Die erst spät in den Adelsstand Erhobenen kaufen Dinge und lassen sie dann neu fassen, aber anständige Familien haben einen vernünftigen Sinn für Tradition.«

Temar verblüffte sie mit einem strahlenden Lächeln. »Die meisten derjenigen, die noch in Kel Ar'Ayen schlafen, vertrauten sich ihren geliebtesten Juwelen an, Ringen und Medaillons. Vahil, mein Freund Vahil Den Rannion, brachte sie der Familie zurück, die ihnen die Erlaubnis gab zu gehen«, erklärte er. »Glaubt Ihr, wir könnten sie in einem der Familienbilder finden?«

Resialle sah ihn verwirrt an. »Ich wüsste nicht ...«

»Hallo, Ressy. Erfüllst wohl deine Pflicht an Camarls armen Verwandten, was?« Ein pickeliger junger Mann in schreiendem Purpur mit silbern eingefasster Spitze tauchte an Temars Seite auf. »Du musst vorsichtig sein. Blutegel sind verflixt schwer loszuwerden.«

»Junker D'Alsennin, darf ich Euch mit Firon den Thasnet bekannt machen«, sagte Resialle ohne Begeisterung.

Den Thasnet lächelte mit seltsam geschlossenem Mund, was auf Mundgeruch schließen ließ. »Weiße Federn, nicht wahr, Ressy? Aber dein Sieur wollte ja Tayvens Antrag nicht mit unserem designierten Sieur besprechen, er sagte, du wärest Angeboten gegenüber nicht offen.«

»Wenn du mich nur beleidigen willst, solltest du besser gehen«, fauchte Resialle.

»Wir werden Euch wohl um jedes Mädchen mit einem weißen Fächer herumschnüffeln sehen, was, D'Alsennin?« Den Thasnet sprach so laut, dass sich mehrere Leute nach ihnen umdrehten und einige mit erregten Gesichtern näher kamen. »Es ist ja ganz schön, wenn man versucht, das Familienvermögen mit einer guten Partie wiederherzustellen, aber Ihr braucht mehr als einen alten Namen, wenn Ihr hier mithalten wollt. Habt Ihr überhaupt Besitz auf dieser Seite des Ozeans?« Er grinste Temar höhnisch an und ließ dabei abstoßend fleckige Zähne sehen.

»Natürlich, dein Bruder steht vor Gericht, nicht wahr?« Ein Neuankömmling direkt hinter Resialle unterbrach den jungen Mann. »Also bist du auf Ehre verpflichtet, das lauteste Arschloch weit und breit zu sein, wenn er selbst schon nicht anwesend sein kann.« Er neigte vor Temar den Kopf. »Maren Den Murivance, zu Euren Diensten.«

»Der Anspruch ist unberechtigt, und das weißt du auch«, gab Den Thasnet wütend zurück. »Das war die Siedlung unserer Mutter. Den Fisce will sie nur zurück, weil wir die Mieten verdoppelt haben.«

»Indem ihr umgebaut und an erst kürzlich hergezogene Händler vermietet habt, die mehr Geld als Herkunft vorweisen können«, entgegnete Den Murivance. »Vielleicht macht sich Den Fisce Sorgen über die Mieter, die auf der Straße sitzen, weil ihr deren Häuser niedergerissen habt.«

Temar hielt den Mund und fragte sich, wer diese Familien waren, was sie für Streit miteinander hatten und ob er versuchen sollte, das herauszubekommen oder nicht. Ein Mädchen am Rande der Gruppe kicherte hinter einem Fächer, dessen Farbspiel von Schwarz zu zartgrau reichte, und Den Thasnet errötete unansehnlich. »Wenigstens muss ich nicht bei Bessergestellten um milde Gaben betteln. Ihr habt den alten D'Olbriot mit Eurem Unsinn ziemlich zum Narren gemacht, nicht wahr?«

Er reckte streitlustig die Faust in Richtung Temar, der merkte, dass alle Umstehenden gespannt auf seine Reaktion warteten. Er überlegte, ob wohl die Nähte seines eng sitzenden Mantels platzen würden, wenn er dem Flegel einen Kinnhaken verpasste.

»Glaubt mir, Freund«, er legte ironischen Nachdruck auf das Wort, »mit dem Wohlstand Kel Ar'Ayens im Rücken brauche ich von niemandem milde Gaben.« Er lächelte Den Thasnet gewinnend an, doch sein Herz klopfte. Würde jemand diese Prahlerei herausfordern?

161

»Sicherlich hast du doch von der Kolonie Nemiths des Letzten gehört?«, flötete Resialle.

»Das bezweifle ich«, mischte sich Den Murivance ein. »Firon ist in Geschichte ebenso unbedarft wie an gutem Benehmen.«

»Ist er wirklich so reich, wie er behauptet?«, keuchte das Mädchen, das hinter seinem Fächer gekichert hatte.

Saedrin schütze mich vor schlauen Ideen, dachte Temar niedergeschlagen, als er feststellte, dass aller Augen auf ihn gerichtet waren.

»Das ist eine nicht gerade erbauliche Vorführung Eurer guten Erziehung.« Die ganze Gruppe fuhr zusammen wie Kinder, die beim Unfug erwischt wurden, und teilte sich vor Temar, um eine stämmige Frau, die ihre mittleren Jahre schon hinter sich hatte, durchzulassen. Ihr rosafarbenes Kleid mit dem grauen Spitzenüberwurf war kostspieliger, als es der scheinbar schlichte Schnitt vermuten ließ. Doch an ihrem schweren Halsband, ihren Armbändern und Ringen war nichts Schlichtes, und ihre nussbraunen Augen strahlten wie ihre Diamanten, das rundliche, freundliche Gesicht war vor Missbilligung verzogen. »Wann wirst du aufhören, billige Spötteleien von dir zu geben, nur um zu zeigen, wie schlau du bist, Maren? Und was dich angeht, Firon, wenn du schon deinen Kuhstallgelüsten nachgehen willst, dann solltest du gefälligst auch dort bleiben, bis die Nachwirkungen abgeklungen sind.« Den Thasnet fuhr sich unwillkürlich mit der Hand an den Mund.

»Temar, Junker D'Alsennin, darf ich bekannt machen: Dirindal, Witwe von Tor Bezaemar«, sagte Resialle nervös.

»Junker, ich habe schon viel von Euch gehört.«

Sie schob ihren Arm durch Temars und führte ihn unerbittlich von der Gruppe fort. »Waren sie sehr kindisch?« Ihre Stimme war mitfühlend, doch laut genug, dass die beschämte Gruppe sie hören konnte.

»Sie kennen einander alle und ich sie nicht. Da ist es unvermeidlich, dass sich peinliche Situationen ergeben.«

Temar merkte, dass er immer noch im Zentrum der Aufmerksamkeit stand.

Die Witwe lächelte ihn an. »Ihr habt Euch über Firon früh genug ein Urteil bilden können. Er kaut natürlich Thassin, was das bisschen Verstand, mit dem er geboren wurde, noch zusätzlich verwirrt und ihm ein völlig ungerechtfertigtes Selbstbewusstsein verleiht. Man kann einen Esel mit Gold beladen, aber er frisst trotzdem Disteln, nicht wahr?«

Temar lachte. »Mein Großvater hat auch immer solche Sachen gesagt!«

Die Witwe tätschelte ihm tröstend den Arm. »Zweifellos hat sich sehr vieles verändert in all der Zeit, die Ihr geschlafen habt, aber einige Wahrheiten bleiben bestehen.« Sie sah über Temars Schulter und nickte jemandem zu, den er nicht sehen konnte. Einen Augenblick später erklangen drei Doppelflöten am anderen Ende des lang gestreckten Raumes, und die neugierigen Köpfe wandten sich ihnen zu. »Gehen wir ein bisschen an die frische Luft.«

Sie führte Temar auf eine glatt gepflasterte Terrasse, auf der sorgfältig gestutzte Bäumchen in eleganten Kübeln zwei Pärchen beschatteten, die gerade so weit auseinander saßen, dass sie sich nicht wirklich umarmten. »Wir folgen dem Lauf der Sonne von Terrasse zu Terrasse«, erklärte die Witwe

Temar mit absichtlich lauter Stimme. »Diese nach Norden gelegene ist für den Nachmittag, die nach Westen für den Vormittag, die im Osten für den Abend. Auf diese Weise haben wir immer Schatten, eine sehr vernünftiger Regelung. Zediael, Tayha, ein schönes Fest.« Sie lächelte dem ersten Paar wohlwollend zu, das rasch nach drinnen verschwand, auf dem Fuße gefolgt von dem anderen Paar.

»Setzt Euch, mein Lieber.« Die Witwe stopfte sich mit einem Seufzer des Wohlbehagens ein Kissen in den Rücken. »Meine Knöchel schwellen an, wenn ich in dieser Hitze zu lange stehen muss.« Sie winkte einen Lakai herbei, der eifrig aus der Tür spähte. »Wir können hier in aller Ruhe ein Glas Wein trinken und uns dabei ein bisschen kennen lernen.«

Temar hockte sich auf die Kante einer Bank. »Ihr seid mir gegenüber im Vorteil, gnädige Frau.«

»Nennt mich Dirindal, mein Junge«, drängte sie. »Ah, hier ist die Demoiselle Tor Arrial. Avila, meine Liebe, setzt Euch zu uns!«

Temar war nicht sicher, ob er erleichtert sein sollte, Avila auf die Terrasse treten zu sehen oder nicht, aber er merkte, dass er grinste, als sie die Schleppe ihres Überwurfs an einem Tisch vorbeimanövrierte. Cremefarbene Spitze über taubengrauem Satin ließ darauf schließen, dass Avila eine Zofe gefunden hatte, die über die Farben der Tor-Kanselin-Galerie gut informiert war.

Temar verbeugte sich. »Ihr seht höchst elegant aus, Demoiselle.«

»Ich muss die Jahresarbeit einer Spitzenklöpplerin am Leibe tragen.« Avila setzte sich neben die Witwe. »Aber wenigstens bin ich damit bedeckt. Ich würde wie ein gerupftes Hühnchen aussehen mit einem Ausschnitt, wie ihn diese Mädchen tragen.«

»Deswegen haben wir Matronen die Mode ja so gemacht«, kicherte Dirindal. Sie strich sich mit der Hand über das unauffällig drapierte Dekolleté, an dem eine kleine Amsel die Spitze sicher in ihren gelben Krallen hielt. »Nun, meine Liebe, hat Lady Channis Euch den Leuten vorgestellt, die Ihr kennen lernen wolltet?«

»Allerdings.« Avila lächelte mit unverhohlener Freude. »Ich hatte ein höchst interessantes Gespräch mit der derzeitigen Mätresse Tor Arrial.«

»Hat sie Euch ihren Bruder vorgestellt?« Dirindal zwinkerte. »Junker Den Harkeil ist ein ziemlicher Charmeur, hütet Euch also vor seinen Schmeicheleien.«

»Camarl sagte, dass Tor Arrial eins der Häuser war, die das Chaos überlebt haben.« Temar war sich nicht sicher, ob er wollte, dass Avila einen ganz neuen Familienzweig für sich fand, und er so allein dastand wie immer.

»Wir sind abgestiegen, Temar«, erklärte Avila ohne sichtliches Bedauern. »Tor Arrial ist kaum mehr als ein Kleinerer Name in der Gegend von Zyoutessela, aber der Sieur hat für das Fest hier ein Haus gemietet. Er hat mich für morgen Abend zum Essen eingeladen und sagt, er wird auch den designierten Nachfolger von Den Domesin einladen.«

»Auch ein Kleiner Name, aber von gutem Ruf«, sagte Dirindal verständnisvoll. »Ihr habt einen Sohn von Den Domesin drüben in Kellarin, glaube ich?«

»Albarn.« Avila nickte. »Aber er beschloss zu bleiben und bei der Ernte zu helfen.«

»Nun, ich nehme an, er wollte nicht herkommen und all die Veränderungen sehen, die ihn an alles erinnern, das er verloren hat«, meinte Dirindal klug. »Und ich nehme auch nicht an, dass es für einen von Euch einfacher ist. Falls Ihr wissen wollt, wer wer ist und wofür er steht, zögert nicht, mich zu fragen. Das ist zweifellos einer der Gründe, weshalb ich heute hier eingeladen wurde. Ich bin heutzutage für gewöhnlich recht faul.« Sie blickte von Temar zu Avila und wieder zurück. »Und ich nehme auch nicht an, dass Ihr den ganzen Weg hierher gekommen seid, nur um ein fröhliches Fest zu genießen.«

Temar und Avila tauschten einen Blick. »Das ist sehr freundlich von Euch, Dame Tor Bezaemar ...«, begann Temar.

»Dirindal, mein Lieber«, tadelte sie ihn sanft. »Wir sind schließlich verwandt, also kann ich das wohl gestatten.«

Temar war erstaunt. »Verwandt?«

Dirindal lächelte erfreut. »Aber natürlich, mein Junge. Meine Großmutter väterlicherseits war eine geborene Tor Alder.«

Temar starrte sie an, verzweifelt bemüht, einen Sinn in ihren Worten zu finden. »Meine Mutter? Sie heiratete Rian Tor Alder, nicht lange bevor wir Segel setzten ...« Seine Stimme brach.

»Oh, jetzt habe ich Euch aufgeregt.« Dirindal nahm seine Hand zwischen ihre weichen beringten Hände und hielt sie fest. »Wie gedankenlos von mir. Es tut mir so Leid, mein Lieber.« Sie schnippte mit den Fingern, und ein Lakai mit einem Glas erschien an Temars Seite.

Ein tiefer Schluck Wein half ihm, seine Fassung wieder zu gewinnen. »Das heißt also eine Verbindung durch Heirat im wievielten Grade?«

»Eine Blutsverwandtschaft, mein Lieber«, versicherte Dirindal. »Deine Mutter schenkte Rian Tor Alder zwei Söhne. Sie wurde schließlich schon sehr jung Witwe.«

Temar verschluckte sich an seinem Wein. »Ich hatte ja keine Ahnung!«

»Nun, ich nehme an, der junge Camarl hatte noch keine Gelegenheit, solche Dinge mit Euch zu besprechen. Aber es stimmt, Ihr habt viele Verbindungen, die Ihr verfolgen könnt, wenn Ihr mit solchen Dummköpfen wie Firon abrechnen wollt.«

»Hast du etwa Streit gehabt, Temar?«, fragte Avila mit strengem Unterton.

»Ich habe nicht angefangen«, gab er zurück.

»Einer von Den Thasnets Söhnen hat sich ausgesprochen ekelhaft benommen«, verteidigte Dirindal Temar.

»Sagte, ich wäre nur hier, um um Almosen zu betteln oder von D'Olbriots Besitz zu stehlen«, sagte Temar grimmig. »Und niemand hat ihm widersprochen.«

Dirindal blickte ihn an, mit hellwachen Augen in dem rundlichen Gesicht. »Ihr habt unzweifelhaft einen legalen Anspruch auf die Mitgift Eurer Mutter, selbst nach all dieser Zeit. Tor Alder wäre bei seiner Ehre verpflichtet, sie Euch zu gewähren, und das wiederum brächte Euch unleugbar in einen gewissen Stand, verliehe Euch Unabhängigkeit von D'Olbriot. Aber unabhängig davon weiß jeder, dass Firon ein Idiot ist.«

»Aber wir müssen tatsächlich etwas betteln gehen«, sagte Avila mit dem ersten Anflug von Verlegenheit, den Temar je bei ihr gesehen hatte. »Es gibt Wertstücke, die wir aufspüren müssen, wenn wir je die verbliebenen Schläfer von Kel Ar'Ayen wieder zu sich bringen wollen.«

Temar erklärte so knapp wie er konnte, während die Augen der Witwe rund vor Erstaunen wurden.

»Vahil, der spätere Sieur Den Rannion, er hat all

das zurückgebracht?« Dirindal nickte langsam. »Ja, als Erbstücke wären solche Gegenstände nur umso wertvoller.«

Und diese modernen Adligen sehen für sich keine höhere Pflicht als ihre Truhen von Gold zu bewahren, dachte Temar missmutig.

»Wie können wir solche Dinge erbitten, ohne Anstoß zu erregen?«, fragte Avila zögernd. »Wenn man es so auffasst, dass wir unziemliche Ansinnen stellen ...«

»Ihr müsst sicherlich sehr diskret vorgehen.« Die Witwe sah nachdenklich drein. »Wärt Ihr bereit, angemessene Entschädigungen zu leisten?«

Avila schnitt Temar eine Grimasse. »Kel Ar'Ayen ist ein reiches Land, aber mehr an natürlichen Reichtümern als an geprägtem Metall.«

»Camarl wird dieses Fest ohnehin damit verbringen, die besten Erlöse für Eure Waren zu erzielen«, ermutigte Dirindal sie. »Das wird schon bald genug Geld einbringen. Zuerst müssen wir die Gegenstände finden, die Ihr sucht. Ihr wollt ja keine Anfrage riskieren, ehe Ihr nicht sicher seid, wo ein Stück sich befindet.«

Temar setzte sich kerzengerade auf. »Ich habe eine Idee dazu. Ererbte Schmuckstücke sind oft auf Porträts abgebildet, Avila.«

Dirindal nickte. »Allerdings.«

»Wenn wir Familien aufsuchen, von denen wir glauben, dass sie Artefakte besitzen, könnten wir sie auf den Gemälden wiederfinden«, erklärte Temar. Die Unsicherheit in Avilas Augen wich langsam.

»Wir wollen mal sehen, welche Einladungen Ihr und ich in den nächsten paar Tagen zusammen annehmen können, meine Liebe.« Dirindal tätschelte Avilas Knie. »In meinem Alter kenne ich schließlich jeden. Niemand wird sich etwas dabei denken, wenn ich Euch in der Galerie eines Hauses herumführe, um Euch die Verbindungen zwischen den Namen im Laufe der Generationen zu erläutern, die Ihr verpasst habt.« Sie hob einen Zeigefinger. »Am besten wenden wir uns an Channis. Sie kann jeden beschwatzen, eine Einladung auszusprechen, der nicht gerade eine geschlossene Veranstaltung gibt.«

Sie erhob sich leicht keuchend, und Temar bot ihr hastig seinen Arm. Dirindal winkte ihn mit einem Lächeln beiseite. »Nicht nötig, mein Lieber.« Sie schritt raschelnd vor ihnen aus, die kleinen Füße in den hochhackigen Schuhen klapperten auf der Terrasse.

»Wer ist diese Lady Channis?«, zischte Temar und legte Avila eine Hand auf den Arm. »Camarl hat sie auch erwähnt, aber ich habe noch nicht herausgefunden, welchen Stand sie hat.«

»Sie ist die Geliebte des Sieurs.« Avilas hohe Wangenknochen erröteten. »Aber das ist nicht dasselbe wie in unseren Tagen. Sie ist eine Den Veneta im Rang einer Witwe aus eigenem Recht. Sie und der Sieur heiraten aus Erbschaftsgründen nicht, aber sie sind seit Jahren ein anerkanntes Paar. Sie hat ihre eigene Wohnung in der D'Olbriot-Residenz und fungiert in solchen Dingen als Gastgeberin. Mach dich nicht zum Narren, wenn du ihr vorgestellt wirst.«

»Und das ist kein Skandal, der die Toten in ihren Urnen rotieren lässt?«, japste Temar. »Und hast du das Gemälde der Mätresse Tor Kanselin gesehen?«

»Und noch ein paar andere, die genauso schockierend waren.« Avila fixierte Temar mit einem stählernen Blick. »Wir müssen die Gegebenheiten dieser neuen Ordnung so hinnehmen, wie wir sie vorfinden, mein Junge. Dich zu weigern, eine Wahrheit anzuerkennen, auf die du mit der Nase gestoßen wirst, hat dich schon immer behindert.«

Sie schüttelte seine Hand ab, und Temar sah ihr mit wachsender Gereiztheit nach. Er wollte ihr schon folgen, um zu seiner eigenen Befriedigung dieses Gespräch zu beenden, als er die Witwe Tor Bezaemar im Original jenes skandalösen Kleides auf dem Gemälde sah, eine statuengleichen Frau, deren schillerndes Spitzenüberkleid an den Schultern zurückgeschlagen war. Die goldene Seide ihres Gewandes bedeckte kaum die milchweißen, üppigen Brüste, die aber unter Unmengen von Opalen kaum zu sehen waren. Ihr dunkles Haar war mit juwelenbesetzten Kämmen hochgesteckt, das Gesicht kunstvoll durch Kosmetik betont, mit blutrot geschminkten Lippen. Dirindal stellte ihr gerade Avila vor, die gewiss aussah wie die arme Verwandte neben der Reichen und der Schönen, dachte Temar mit gewisser Genugtuung. Aber sie war nur kurzfristig. Wenn Avila sich in das Netz aus Klatsch und Zusammenhalt einwob, das Frauen jeder Altersstufe pflegten, würde sie diejenige sein, die im Triumph nach Kel Ar'Ayen zurückkehrte. Wie sollte Temar dann noch Guinalle beeindrucken?

Die Musik endete mit einem Tusch, und ringsum flammten wieder gedämpfte Gespräche auf. Temar merkte, dass er im Mittelpunkt der verstohlenen Aufmerksamkeit von mehr als einer Gruppe kichernder Mädchen stand und reckte trotzig das Kinn.

Eine junge Dame, kühner als ihre Gefährtinnen, kam näher, und als sie Temars Blick auffing, machte sie einen tiefen Knicks, sodass ihr kirschrotes Kleid auf dem gewebten Fußbodenbelag raschelte. »Die

Musiker sind sehr gut, findet Ihr nicht auch, Junker?«

»Wirklich sehr erfreulich«, lächelte er sie hoffnungsvoll an.

»Bevorzugt Ihr den traditionellen Stil oder eher die Rationalen Komponisten?«, fragte sie harmlos, doch die Augen hinter ihrem Fächer aus frivolen, dunkelroten Federn funkelten schalkhaft.

»Ich verstehe von beiden Richtungen nichts, Demoiselle, und deswegen kann ich mir kein Urteil erlauben.« Was für ein Spielchen sie auch im Sinn hatte, Temar war jedenfalls nicht willens, es mitzuspielen.

Das Mädchen sah enttäuscht aus und warf den Kopf in einstudierter Gleichgültigkeit nach hinten. »Ist auch egal.« Sie drehte Temar abschließend den Rücken zu und ging zu ihren Freundinnen zurück, ohne Temars Verbeugung zu sehen.

Er biss die Zähne zusammen, als er leisen Spott in den Mienen der Mädchen las. Er hatte wohl kaum Zeit für Musikunterricht gehabt, nicht bei dem, was er alles sonst noch in diesen knapp fünf Tagen lernen sollte. Waren denn gar keine bekannten Gesichter im Raum? Kannte er vielleicht jemanden hier, der ihm helfen konnte, etwas zu erreichen, was sich mit Avilas zweifellosen Erfolgen messen konnte?

Während er sich umsah, löste sich in einer weit entfernten Ecke gerade für einen Augenblick ein Mädchenknoten auf, und Temar war überrascht, ein bekanntes Gesicht zu sehen. Er brauchte einen Augenblick, um es einzusortieren: das kleine Zaubermädchen aus Bremilayne, Allin hieß sie. Er runzelte die Stirn. Sie stand mit dem Rücken zur Wand, während die anderen Mädchen sich um sich scharten, in ihren Gesichtern stand eindeutig Gehässigkeit. Temar fürchtete, dass die kleine Magierin den Tränen nahe war, denn ihr Gesicht war rot, und ihre Hände strichen über ihr Kleid, von dem selbst er erkennen konnte, dass es hoffnungslos unmodern war. Er schob sich durch den vollen Saal und erreichte sein Ziel, ohne ungebührlich Aufmerksamkeit zu erregen.

»Wir waren sehr überrascht, Euch hier zu sehen«, sagte eines der Mädchen gerade zuckersüß.

»Aber Ihr habt doch wohl nicht ernsthaft geglaubt, in diesem Kleid unbemerkt zu bleiben«, sagte ein anderes, ohne sich die geringste Mühe zu geben, ihre Bosheit zu verschleiern.

»Ich weiß ja nicht, wie solche Sachen in Lescar gemacht werden«, begann ein anderes, und der Verachtung in ihrer Stimme nach hatte sie auch gewiss nicht den Wunsch, es zu erfahren. »Aber hier ist es allgemein üblich, dass Zauberer sich brav aus den Angelegenheiten der Namen heraushalten.«

»Mein Vater hofft nur, dass D'Olbriot das Euresgleichen auch wirklich klar gemacht hat«, setzte diejenige hinzu, die Allins Kleid kritisiert hatte.

»Kein Haus würde auch nur im Traum daran denken, sich in die Affären von Hadrumal einzumischen«, warf die Erste ein.

»Verehrte Magierin!« Temar legte so viel Freude in seinen Gruß wie er nur konnte. »Wie schön, Euch wieder zu sehen.«

Er machte eine tiefe Verbeugung, und Allin brachte einen knappen Knicks zuwege. »Junker D'Alsennin.« Ihre Stimme war fester als er erwartet hatte, und er merkte, dass es mehr Ärger als Erregung war, was ihr rundliches Gesicht gerötet hatte.

»Noch jemand, der nicht begreift, wann er unerwünscht ist«, murmelte ein Mädchen hinter einem kanariengelben Fächer. Eine plötzliche Pause in den Gesprächen ringsum sorgte dafür, dass ihre Worte klar vernehmbar waren.

Temar neigte vor ihr den Kopf. »Ihr seid gewiss Demoiselle Den Thasnet?« Ein Kleeblatt aus Silber und Emaille blühte in ihrem sommersprossigen Ausschnitt, genau so eins, wie es der widerwärtige Firon getragen hatte. »Ich erkenne den Stil Eures Hauses.«

»Ihr solltet vorsichtig mit diesem Fächer sein, Demoiselle«, bemerkte Allin. »Ihr wollt doch nicht Farbe auf Euer Kleid bekommen.«

Zufrieden, dass die jungen Frauen leicht bestürzt wirkten, wenn er auch keine Ahnung hatte warum, beschloss Temar zu gehen, ehe jemand eine Stichelei auf ihn losließ, gegen die er nicht gewappnet war. »Allin, sollen wir ein bisschen frische Luft schnappen?«

»Danke, Junker. Es ist wirklich sehr schwül hier drin.« Allin nahm seinen Arm, und Temar führte sie auf die nächste Terrasse hinaus. Es stellte sich heraus, dass sie nach Westen ging, also im Augenblick nur wenig Schatten bot, aber die Sonne hatte ihre größte Hitze schon verausgabt.

Allin fächelte sich mit einer Hand Luft zu. »Ich wünschte, ich würde nicht so leicht erröten«, sagte sie mürrisch.

Temar wusste nicht, was er darauf sagen sollte. »Ihr dürft Euch über sie nicht aufregen.«

»Das tue ich auch nicht«, fauchte Allin.

Temar sah sich um. »Was habt Ihr mit der Bemerkung über den Fächer des Mädchens gemeint?«, fragte er nach einer unbehaglichen Pause.

Allin biss sich auf die Lippe. »Ihr wisst doch, was für ein Theater die Mädchen machen, um die besten

Federn zu bekommen und dass ihre Fächer durch die Farben heimliche Botschaften übermitteln?«

Temar wusste es nicht, nickte aber trotzdem.

»Nun, keine von ihnen würde zugeben, dass sie alte Federn gefärbt hat, um die benötigten Farben zu erhalten, anstelle neue von den teuersten Händlern zu kaufen«, erklärte Allin verächtlich.

Er musste wirklich herausfinden, ob es auf Kel Ar'Ayen Vögel mit lukrativen Federn gab, dachte Temar bei sich. »Ich verstehe. Aber was führt Euch heute überhaupt hierher?«

»Ich bin mit Velindre hier«, antwortete Allin in etwas gemäßigterem Ton. »Sie ist da drüben.«

Er folgte Allins Geste und sah die gertenschlanke Zauberin, elegant in schlichter hellblauer Seide, tief in ein Gespräch mit Avila und der Witwe Tor Bezaemar versunken. »Was macht sie da?«

Er hatte eher laut gedacht als eine Frage gestellt, aber Allin antwortete ihm trotzdem. »Wir fragen uns, was die anderen Häuser von D'Olbriots Verbindung mit dem Erzmagier halten.« Sie seufzte. »Ich nehme an, Ihr habt es gehört.«

»Das waren doch nur ein paar alberne Gänse.« Temar zuckte die Achseln.

Allin schüttelte den Kopf. »Sie plappern die Vorurteile nach, die sie zu Hause hören, und wenn man daraus etwas schließen darf, dann ist die Verbindung des Sieurs zu Hadrumal seinem Ruf zurzeit nicht gerade zuträglich.«

»Wie ist Hadrumal?« Temars Neugier gewann die Oberhand.

»Es neigt dazu, sich als Nabel der Welt zu betrachten und auf alle anderen herabzusehen«, sagte Allin bissig. »So ähnlich wie hier.«

Temar wusste nicht, was er darauf sagen sollte,

also spähte er unsicher zu einem Vogel hinauf, der auf einem Geländer um einen Teich hockte. Musik, Gelächter und lebhafte Gespräche der munteren Gesellschaft drangen auf die Terrasse hinaus, und Temar fühlte sich plötzlich sehr einsam.

»Ich bin wahrscheinlich ziemlich ungerecht«, sagte Allin nach einer Weile. »Ich bin neue Orte und neue Menschen so leid, und so weit von zu Hause und meiner Familie weg zu sein.«

Temar warf ihr einen Blick zu. »Das geht mir genauso.«

Allin lächelte kurz. »Und keiner von uns kann zurück. Die Magiegeborenheit trennt mich von meinen Leuten ebenso gewiss wie die zahllosen Generationen Euch von Euren Wurzeln abgeschnitten haben.«

Schweigen senkte sich schwer über sie als drinnen eine neue Melodie angestimmt wurde.

»Aber wir müssen einfach weitermachen, nicht wahr?«, sagte Allin ermunternd. »Was für Fortschritte habt Ihr bislang gemacht?«

Temar bot ihr seinen Arm. »Ich entwickele gerade ein Interesse für die Kunst. Ich werde Euch etwas zeigen.«

Die Tor-Kanselin-Residenz, Sommersonnwendfest, erster Tag, später Nachmittag

Casuel blieb zögernd auf der Schwelle stehen. »Nicht nötig, mich vorzustellen.«

»Werdet Ihr erwartet?« Der Türlakai sah ihn unsicher an. »Herr?«, setzte er hinzu.

Der Zauberer sträubte sein Gefieder. »Mein Name ist Devoir, mein Titel Magus. Ich unterstütze den Sieur D'Olbriot in Angelegenheiten von höchster Wichtigkeit für das Reich. Es sind Leute hier, die ich sprechen muss.« Er spähte den langen Gang entlang auf der Suche nach Velindre. Wie hatte sie es geschafft, sich in eine solche Gesellschaft einzuschmeicheln? Er war wirklich spät dran, aber er hatte kaum Zeit gehabt, sich für ein solches Haus schicklich zu kleiden. Velindre hätte wenigstens so viel Höflichkeit zeigen können, ihn wissen zu lassen, wo sie war, anstatt ihm einfach eine beiläufige Nachricht zu schicken, dass sie in Toremal eingetroffen war. Wenn er die Adresse ihrer Unterkunft nicht von dem Burschen hätte in Erfahrung bringen können, wenn er nicht dorthin gegangen wäre und von der Wirtin verlangt hätte, dass sie ihm sagte, was Velindre vorhatte, hätte er nie herausgefunden, dass sie hier war.

Der Lakai sah ihn interessiert an. »Seid Ihr mit Amalin Devoir verwandt?«

Casuel reckte sich empört. »Er hat die Ehre, mit mir verwandt zu sein. Kann ich eintreten?«

Der Türlakai gab mit einer tiefen Verbeugung den Weg frei. Casuel sah ihn misstrauisch an. War der Bursche nur einfach etwas zu kriecherisch oder lag in seiner Geste etwa Sarkasmus? Er entschied, dass es des Nachdenkens nicht wert sei und eilte in den großen Saal, wobei er im Vorbeigehen ein Glas mit strohfarbenem Wein von dem Tablett eines Dieners nahm.

Er nippte daran, während er auf die Terrasse hinausging. Nein, hier war Velindre nicht. Der ausgezeichnete Jahrgang zauberte ein Lächeln auf Casuels Gesicht. Vielleicht sollte er sich ein wenig Zeit für sich selbst gönnen, jetzt, wo das Fest begonnen hatte. Er hatte schließlich seit dem Jahreswechsel unablässig gearbeitet. Ein paar Tag gesellschaftlicher Umgang mit gebildeten und einflussreichen Leuten war nicht mehr, als er verdiente. Er schob sich durch die versammelten Adligen, peinlich darauf bedacht, vor jedem zu dienern, der in seine Richtung sah, und wartete höflich, bis jeder, der ihm im Wege stand, beiseite trat.

Temar war in ein Gespräch mit einem jungen Mann vertieft, der ein paar Jahre älter war als er, ein gut aussehender Mann in Mantel und Hosen aus rauer Seide, so schwarz wie Rauchschwalben, die sich an jedem Glied der schweren Kette, die um seine Schultern lag, wiederfanden. »Ja, das ist ein Erbstück, verdammt schwer natürlich, aber man muss diese Dinger eben für Feiertage abstauben.«

»Ich könnte schwören, dass der ehemalige Den Bezaemar zu meiner Zeit eine Wasseramsel als Abzeichen trug«, sagte Temar gerade nachdenklich.

»Im Laufe der Generationen ändern sich solche Dinge zweifellos. Ein kleiner schwarzer Vogel sieht schließlich fast so aus wie der andere.« Junker Tor Bezaemar teilte seine Aufmerksamkeit zwischen Temar und dem Rest des Saales mit geübter Leichtigkeit. »Ich glaube, da möchte Euch jemand sprechen, D'Alsennin.«

»Casuel!« Temar drehte sich um und begrüßte den Magier mit einer Herzlichkeit, die in dieser Gesellschaft etwas unkultiviert war. »Oh, Verzeihung, darf ich Euch mit Junker Kreve Tor Bezaemar bekannt machen? Ich habe die Ehre, Euch Casuel Devoir, Magus von Hadrumal, vorzustellen.«

»Wir sind geehrt«, sagte Kreve höflich. »Ich kann mich nicht erinnern, wann auf einem Festempfang das letzte Mal gleich drei Zauberer anwesend waren.«

»Guten Tag«, sagte Casuel steif. »Hallo, Allin.«

»Ich bin mit Velindre hier.« Das Mädchen wurde rot, was ihr nur recht geschah. Was bildete sie sich denn ein, hier Höhergestellte in ihrem schlecht geschnittenen Kleid nachzuäffen?

»Wenn Ihr mich entschuldigen wollt«, verbeugte sich Kreve Tor Bezaemar geschmeidig. »Ich muss noch mit anderen sprechen.«

Casuel verbeugte sich zu seinem davoneilenden Rücken, ehe er sich an Allin wandte. »Und was hat Velindre mit Tor Kanselin zu schaffen?«, verlangte er zu wissen. Er schaute sich erneut um. Wie konnte eine so schlaksige, unansehnliche Frau unter so vielen eleganten Damen nur so schwer zu finden sein?

Allin lächelte Casuel zuckersüß an. »Sie ist hier auf persönliche Einladung der Mätresse. Sie haben sich bei einem Federhändler kennen gelernt.«

»Ganz zufällig?« Casuels sarkastischer Ton machte deutlich, was er dachte.

»Wohl kaum«, antwortete Allin achselzuckend. »Velindre hat dafür gesorgt, mit ihr ins Gespräch zu kommen.«

»Weiß Planir, was sie treibt?«, fuhr Casuel auf.

»Das musst du sie schon selbst fragen«, sagte Allin munter. »Sie unterhält sich gerade mit der älteren

Demoiselle Den Veneta, aber ich bin sicher, sie wird dir einen Augenblick schenken.«

»Meine Zeit ist zu knapp bemessen, als dass ich darauf warten könnte, bis es Velindre gefällt«, sagte Casuel mürrisch. »Richte ihr aus, sie soll mich später aufsuchen und es mir erklären.«

»Weshalb seid Ihr denn hergekommen?«, fragte Temar fröhlich. »Doch nicht nur, um allen Euren neuen Haarschnitt zu zeigen.«

Casuel hob unwillkürlich die Hand an sein drahtiges braunes Haar, das sehr ähnlich dem Camarls geschnitten und gekämmt war. »Als Planirs Gesandter bei D'Olbriot ist es selbstverständlich meine Pflicht, Hadrumal gegenüber dem Adel während des Festes zu vertreten.«

Temar lachte so laut und herzhaft, dass einige neugierige Köpfe sich zu ihnen umwandten. So viel also zu altem adligem Benehmen, dachte Casuel ärgerlich. Merkte der Junge denn nicht, dass er der Würde Kellarins ebenso schadete wie Allin der Hadrumals in diesem altmodischen Kleid? Wie sollte die Zauberei jemals die ihr zustehende Anerkennung in Toremal finden, wenn sie es nicht einmal fertig brachten, sich anständig anzuziehen?

Allin sah zur anderen Seite des Saales hinüber. »Entschuldigt mich, Velindre will mit mir reden.«

Casuel beobachtete den engen Kreis spitzenbedeckter Schultern in der Nische, der sich für das Mädchen öffnete, ehe er sich wieder vor den neugierigen Blicken einiger weniger Leute schloss. »Worüber reden sie bloß?«, fragte der Magier frustriert.

Temar zögerte.

»Wisst Ihr etwas?« Casuel kniff die Augen zusammen. »Was ist los? Mir etwas vorzuenthalten, könnte ernsthafte Folgen haben, Junker. Ich glaube nicht, dass Euch klar ist ...«

»Ich glaube, sie reden über die Verlobung von irgendwem«, sagte Temar.

»Etwa Eure?«, keuchte Casuel. Das wäre etwas, was er Planir berichten könnte. Aber wenn der Erzmagier es missbilligte? Er zuckte bei dem Gedanken zusammen, unwillkommene Nachrichten zu übermitteln.

»Nein«, sagte Temar verächtlich. Seine Miene wurde reuevoll. »Ich glaube kaum, dass diese Demoiselles sich mit mir abgeben würden, nicht um alles Gold in Kel Ar'Ayen, nicht solange ich nichts über ihre Moden und Vorlieben weiß.«

»Solche Dinge hätte ich Euch lehren können«, schniefte Casuel. »Aber mir erschien es wichtiger, Euch zumindest die Grundlagen der Geschichte zu vermitteln, die Ihr verschlafen habt.«

»Wohl wahr«, gab Temar zu. »Ich muss mich bei Euch für meine Unaufmerksamkeit entschuldigen.« Er winkte Casuels hastige Abwehr beiseite. »Aber wie es scheint, ist die Reihenfolge der Kaiser und die Abzeichen der Häuser nur der Anfang von dem, was ich wissen muss. Könnt Ihr mir diese Sache mit den Federn und den Fächern erklären?«

»Aber ja«, versicherte Casuel. »Meine Schwestern ...«

Temar lächelte. »Gut. Lasst uns zurück zur D'Olbriot-Residenz gehen, dann können wir es zusammen durchgehen.«

Casuel war vor Bestürzung der Unterkiefer heruntergeklappt, und er machte den Mund hastig wieder zu. »Aber ich bin gerade erst angekommen.«

Temar sah Casuel unverwandt an. »Solange Ihr kein Mittel habt, um Euch gewaltsam einen Weg durch diese Mauer zu bahnen, werdet Ihr kaum herausfinden, worüber sich Velindre unterhält.« Er deutete auf den intimen Kreis in dem Alkoven. »Aber ich habe Allin gebeten, mich heute Abend zu besuchen, damit wir zusammen essen können oder so. Wenn Ihr mir mit meinen Studien helft, könnt Ihr dabei ja versuchen, etwas aus ihr herauszubekommen.«

»Ihr wollt sie doch nicht noch ermutigen?«, sagte Casuel scharf. »Sie hat in Hadrumal nichts zu sagen, und hier ist sie völlig ohne Belang. Falls Velindre ein bisschen Verstand hätte, hätte sie das Mädchen nie mitgebracht. Allein schon dieser Lescari-Akzent ...«

Er sah, dass Temar nicht einmal die Höflichkeit besaß, ihm zuzuhören. »Wir wollen uns verabschieden.«

Casuel fragte sich, wie Temars Gesichtsausdruck so herzlich wirken konnte, während seine hellen Augen kalt wie Eis blieben. »Aber ich bin doch gerade erst gekommen.«

»Ich bin schon seit dem sechsten Tagesläuten hier«, sagte Temar kurz angebunden. »Und das hat gereicht, damit diese Mädchen mich behandeln konnten, als ob die Hälfte meiner Knöpfe fehlten und diese eleganten Junker taktvoll darauf hinweisen konnten, dass ich hier eigentlich nichts zu suchen habe, solange meine Taschen leer sind.«

»Schon gut«, sagte Casuel. »Wo ist Junker Camarl?« Er würde Temar schon Verstand beibringen, dachte der Zauberer.

»Lernt die jüngere Tochter des Hauses draußen im Garten besser kennen«, lächelte Temar dünn. »Ihn zu stören wäre wohl kaum taktvoll.«

»Wir können nicht ohne ihn gehen«, widersprach Casuel unsicher.

»Alle versichern mir ständig, wie zwanglos diese

Zusammenkunft ist«, beharrte Temar. »Wir werden uns von Resialle verabschieden, und sie kann dann Camarl informieren. Kommt, Herr D'Evoir.«

»Nennt mich nicht so«, zischte Casuel drängend. »Es ist nicht passend.«

»Was ist nicht passend?«, fragte eine unwillkommene Stimme. »Dass ein an den Strand gespülter Bettler sich Rang und Titel anmaßt oder dass D'Olbriot den Ort mit Zauberern verpestet?«

»Und wer seid Ihr, wenn ich fragen darf?«, wandte sich Casuel empört um. »Ach, Den Thasnet, wie ich sehe.« Er versuchte einen etwas milderen Ton anzuschlagen. »Ich denke, Ihr missversteht die Natur der Magie ...«

»Junker«, unterbrach ihn Temar. »Macht, was meine Rockschöße tun.« Er packte den Zauberer mit einem stählernen Griff am Ellbogen und führte ihn mit Gewalt davon.

»Was habt Ihr damit gemeint?«, fragte Casuel verwirrt.

»Wäre Euch lieber gewesen, ich hätte ihm rundheraus gesagt, er soll mich am Arsch lecken?« Temar ließ Casuels Arm los und warf einen Blick zurück auf Firon, der die Stirn runzelte vor Anstrengung, Temars Beleidigung zu verstehen. »Und ich mache nicht den Speichellecker für einen Idioten, der sich morgens mit Thassin benebelt und nachmittags mit Wein weitermacht. Ich wette, sein Kopf fällt ab, wenn er das nächste Mal aufs Klo geht.«

»Wir verabschieden uns lieber.« Casuel schauderte bei der Vorstellung, dass eine so rüde Ausdrucksweise mitgehört wurde, sodass er Temar bei Planir oder D'Olbriot entschuldigen musste. »Und ich glaube, Ihr verbringt zu viel Zeit mit dem Erwählten Tathel, wenn das Eure Vorstellung von Höflichkeit ist.«

Casuel bleib stehen, um einen stämmigen jungen Mann vorbeizulassen, und eilte dann hinter Temar her. Wie sollte der Junge bloß anständige Manieren lernen, wenn er nie zuhörte, dachte der Magier verärgert.

»Demoiselle.« Temar verbeugte sich tief vor der älteren Tochter des Namens. »Ich danke Euch für einen höchst angenehmen Nachmittag und bedaure unendlich, dass mich meine Pflichten abberufen.«

Natürlich erkannte Casuel Resialle Tor Kanselin. Er hatte mehrere Tage des Frühlingsäquinoktiums damit verbracht, vor den Häusern herumzuspazieren, die der D'Olbriot-Residenz am nächsten lagen. Der Zauberer machte eine ehrerbietige Verbeugung vor dem hübschen Mädchen. Es war ihm nicht wirklich gelungen, mit jemandem von Rang und Namen ins Gespräch zu kommen, aber es würde schon noch gelingen, wenn er in den nächsten paar Tagen Temars Führer wäre. »Casuel Devoir, meine Dame, Magus von Hadrumal.«

Sie nickte höflich. »Dann seid Ihr Temars Tutor, nehme ich an?«

Casuel lächelte. »Eigentlich mehr ein Freund.«

Resialle verzog reizend den Mund, und Casuel strich mit einer gewissen Genugtuung seine Robe glatt. Hier hatte er gewiss Eindruck gemacht, und wenn sich Temar nur an D'Evoirs aus seinen Tagen erinnern konnte, bekäme Casuel den Rang, der ihm das Recht verlieh, an solchen Gesellschaften teilzunehmen, nicht nur weil er mit D'Olbriot in Verbindung stand. Diese Federngeschichte konnte warten, bis er die Erinnerung des Burschen nach wichtigeren Dingen durchforstet hatte.

»Bitte grüßt Eure Mutter und die Witwe Tor Bezaemar von mir«, sagte Temar. »Und lasst Junker

D'Olbriot wissen, dass ich nach Hause gegangen bin.«

Draußen in dem kühlen Marmorgang eilte Casuel hinter Temar her. »Ihr habt die Witwe Tor Bezaemar getroffen? Ich hoffe, Ihr wart höflich!«

»Sie war die netteste Person hier«, sagte Temar nachdrücklich. »Und sie und Avila sehen aus, als wären sie Freundinnen.«

»Das ist eine gute Neuigkeit«, sagte Casuel zufrieden.

»Wieso?« Temar sah ihn an. »Ich meine, der Titel Witwe bedeutet doch auch heute noch, dass sie die Witwe des verstorbenen Sieurs ist, aber hat sie dadurch eine besondere Stellung?«

»Ihr müsst wirklich die Annalen studieren, die ich Euch geliehen habe«, sagte Casuel ernst. »Sie ist die Witwe des verstorbenen Sieurs, der der Bruder von Bezaemar dem Großzügigen war. Wenn der Fürstenrat nicht für Den Tadriol gestimmt hätte, hätte sie den kaiserlichen Thron geziert. Niemand in Toremal hat bessere Verbindungen.«

Temar lächelte. »Also haben wir einen nützlichen Verbündeten gewonnen.«

Als sie hinaustraten, blickte Casuel beifällig auf die methodische Anlage von Gärten und Haus. »Mein Vater hat auch im modernen Stil neu aufgebaut«, bemerkte er. »Wir haben natürlich viel weniger Platz, aber die Wirkung ist beinahe dieselbe.«

Der Bursche hörte schon wieder nicht zu, dachte der Magus verärgert, als er sah, dass Temar neugierig zu dem anschwellenden Lärm jenseits des Torhauses hinüberspähte. »Was ist denn da los?«, fragte er Casuel.

»Das sind Bettler und Hausierer, die hoffen, den Adligen ein bisschen Geld abschwatzen zu können.« Der Zauberer zog Temar unter dem breiten Bogen zur Seite, als die Torhüter das Tor für eine Kutsche öffneten. »Das Gesindel strömt zur Festzeit immer in Scharen aus der Unterstadt herbei.«

»Ich habe aber kein Geld dabei«, sagte Temar bedauernd. »Ihr?«

»Nicht für solches Pack«, gab Casuel zurück.

Temar spähte durch die verriegelten und beschlagenen Doppeltüren und sah Menschen, die sich auf der breiten Straße davor drängten. Livrierte Diener machten Platz für einen untersetzten Junker und seine Dame, damit sie in ihrer Kutsche abfahren konnten, und Temar sah zwei magere Mädchen, die die Menge mit einem Paar arg mitgenommener hölzerner Marionetten unterhielten und mit geschickten Händen die hölzernen Glieder bewegten. »Kommt weiter.«

»Wir schicken nach der D'Olbriot-Kutsche, wenn ich bitten darf«, sagte Casuel indigniert.

Temar hob die Augenbrauen. »Wir stehen uns hier die Beine in den Bauch, während ein Junge zu den D'Olbriot-Ställen läuft, und dann warten wir noch drauf, dass die Kutsche bereitgemacht wird und herkommt? In der Zeit sind wir zu Fuß längst da.«

»Personen von Rang gehen auf öffentlichen Straßen nicht zu Fuß«, erklärte Casuel ernsthaft.

»Wie mir heute Nachmittag gleich mehrere Leute erklärt haben, ist mein Rang noch keineswegs gesichert«, sagte Temar sarkastisch. »Und ich würde mich gern etwas bewegen.« Er nickte dem Eingeschworenen am Tor zu, der Casuel recht zweifelnd ansah.

»Dann halten wir uns wenigstens möglichst weg vom Dreck.« Er führte Temar in den willkommenen

Schatten der Bäume, die die Straße säumten, und warf einem abgerissenen Taugenichts, der Temar eine schmutzige Hand entgegenstreckte, einen finsteren Blick zu. Weiße und gelbe Blüten an den Schlingpflanzen, die sich in die Bäume rankten, erfüllten die Luft mit ihrem Duft, doch Casuels Nase zuckte noch immer, den Gestank von Armut fürchtend. »Was tut Ihr da?«, rief er, als Temar etwas von einem zerzausten Kind in Lumpen entgegennahm.

Temar studierte den Fetzen Papier. »Was ist ein Seiltänzer?«

»Irgendein alberner Marktschreier, der Leib und Leben riskiert, um die Ungebildeten zu unterhalten.« Casuel versuchte Temar den Handzettel zu entwinden.

»Bewundert exotische Tiere im Vaile-Hof! Vögel des Archipels und eine große Seeschlange von den Aldabreshi-Inseln«, entzifferte Temar den schlecht gedruckten Text, der dicht gedrängt vielerlei Vergnügen versprach. »Dazu gibt es noch Marionetten-Theater, einen Wettbewerb im Weintrinken, Gaukler und starke Männer, steht hier. Wie ich sehe, veranstalten die Häuser noch immer viel Unterhaltung für ihre Lehnsleute.«

»Das hat nicht das Geringste mit dem Adel zu tun.« Casuel schob den Arm eines Mädchens weg, das Temar ein Stück Holz in die Hand drücken wollte, auf das etwas mit Kerzenruß gestempelt war. »Der Pöbel vergnügt sich damit, sich gegenseitig mit solchem Kram das Geld aus der Tasche zu ziehen.«

Temar hatte trotzdem eins genommen. »Ein unfehlbares Hilfsmittel gegen frische Wunden, gelbe Augen, geistige Verwirrung und Pips. Was ist Pips?«

Casuel errötete bis an die Haarwurzeln. »Etwas,

das man kaum bekommen kann, wenn man sich von Bordellen fern hält.«

»Eine Tinktur, nach den neuesten Erkenntnissen der Rationalen Prinzipien gebraut, die die Auswirkungen der sommerlichen Hitze durch wirksame Transpiration bekämpft.« Temar stieß einen spöttischen Pfiff aus, als er die Liste der Wirkstoffe las. »Im Gegensatz zu dem wenig wirksamen Schweiß, den wir auch ohne dessen Hilfe zu Stande bringen.«

Casuel winkte einem Straßenkehrer, als sie eine sandige Gasse erreichten, die von der Großen Allee weg zum Hintereingang der Tor-Kanselin-Residenz führte. »Ihr könnt Euer Geld auch genauso gut in den Rinnstein werfen.«

Der schmutzige Junge fegte den Abfall auf der Straße mit seinem zerrupften Besen beiseite, und sie überquerten die Straße, vorneweg der Magier mit einer Miene, die jeden hoffnungsvollen Bettler, der sich näher wagte, verscheuchen musste.

»Casuel!« Der Zauberer wandte den Kopf auf Temars empörten Ruf hin.

»Was ist denn nun schon wieder?«

»Es ist doch bestimmt üblich, den Jungen zu entlohnen?« Temar wartete neben dem jammervollen Knaben, der seinen Besenstiel mit Ärmchen umklammerte, die kaum dicker waren als dieser.

»Natürlich.« Casuel fummelte in der Innentasche seiner Hosen nach ein paar Pfennigen. »Hier.«

Die mitleiderregende Miene des Kindes verwandelte sich rasch in Verachtung, und er spie auf Casuels auf Hochglanz polierte Stiefel, ehe er in der Menge verschwand.

Casuel hob entrüstet die Faust, doch Temars erstaunte Miene ließ ihn einhalten. »Ach, lasst uns endlich nach Hause gehen.«

Die Menschen drängten sich dicht an dicht auf dem gepflasterten Straßenstreifen, der an den zusammengeduckten Häusern vorbeiführte, die Tor Kanselin dienten. Karren bahnten sich entschlossen einen Weg in der späten Nachmittagssonne, deren Kutscher Verwünschungen ausstießen, als eine Hand voll Gaukler aus einer Gasse zwischen zwei hohen Lagerhäusern stürmte, doch die müden Pferde trotteten einfach weiter, ungerührt von dem Lärm ringsum.

»Sind das Schauspieler?«, fragte Temar erfreut. »Die Söldner sprechen in den höchsten Tönen von ihnen.«

»Das überrascht mich nicht, schließlich sind es die Lescari, denen wir es zu verdanken haben, dass sie hier sind.« Casuel blickte die zerlumpten Gestalten mit ihren angeschlagenen hölzernen Masken, die den oberen Teil des Gesichtes verdeckten, finster an. »Die besseren Truppen können ganz unterhaltsam sein, wenn man nichts Besseres gewohnt ist, aber Ihr wollt sicher lieber anständige tormalinische Marionetten sehen, die kunstvoll geführt werden.« Er blickte von dem Versuch zu erkennen, in welche weiche Unannehmlichkeit er gerade getreten war, auf. »Temar? Junker D'Alsennin?«

Stumpfe Gesichter begegneten Casuels suchendem Blick, einige leicht fragend, die meisten wandten sich jedoch uninteressiert wieder den Improvisationen der Schauspieler zu.

»D'Alsennin!«, brüllte Casuel. Seine Stimme krächzte vor Staub, und ein Anflug von Panik machte sich in ihm breit.

Plötzlich wurde es neben einer Veranda, die von einem der größeren Häuser des Viertels vorsprang, unruhig. Ein leises, schockiertes und erstauntes Murmeln breitete sich unter dem schrillen Lärm der Menge aus.

»Schickt nach Tor Kanselin!«, schrie jemand dicht bei den Säulen, die von fantastischen steinernen Blättern gekrönt wurden, auf denen eine flache Steinplatte ruhte. Zu der einzelnen Stimme gesellten sich bald mehrere, und eine verwirrte Menschentraube brachte Casuel um ein Haar zu Fall. Er kämpfte um sein Gleichgewicht, das war nicht der richtige Augenblick, um in irgendeine Unruhe verstrickt zu werden, und wo zum Kuckuck steckte Temar? Vor Ärger presste Casuel die Lippen zusammen. Wenn der dumme Junge losgegangen war, um sich ein flüchtiges Vergnügen zu gönnen, das ihm ein tintenfingriger Zettelverteiler angeboten hatte, dann – vornehme Geburt hin oder her – würde er ihm ...

Die Empörung des Magiers verwandelte sich übergangslos in Entsetzen, als sich die Menge vor der Veranda teilte. Eine hingestreckte Gestalt lag unter dem schützenden Arm eines Türhüters. Der Mann trug einen zinngrauen Mantel, der dunkel vor Staub war. Als die Gestalt für einen Augenblick den Kopf hob, erkannte er, dass es Temar war! Unmittelbar nach dieser entsetzlichen Erkenntnis sah Casuel einen verdächtigen Fleck, der sich auf dem Rücken des jungen Mannes ausbreitete. »Hier, lasst mich durch, lasst mich vorbei!«

Die meisten der Umstehenden folgten den Schauspielern, die ihre Instrumente und ihre Requisiten zusammengepackt hatten, als sie sahen, dass ein größeres Drama ihnen die Schau stahl. Wer nur zuschauen wollte, war nur zu gern bereit, einem anderen den Vortritt bei diesem Unglücksfall zu lassen, doch der Türhüter starrte Casuel nur mit wildem Blick an. »Seid Ihr ein Apotheker? Ein Arzt?«

»Was?« Casuel sah ihn an. »Nein, ich bin Zauberer und ...«

Doch der Türhüter beugte sich über Temar, der totenbleich im Schatten lag. Mit Erleichterung sah Casuel, dass seine Augen offen waren, und er kniete hastig neben ihm nieder. »Was ist passiert? Seid Ihr gestolpert?« Er versuchte Temars Murmeln zu verstehen, dessen altertümlicher Akzent jetzt sehr stark war.

»Ich habe mich verletzt.« Sein Blick war orientierungslos und vage. Casuel sah entsetzt eine große Prellung an Temars Schläfe, eine fingerdicke Schwellung von der Farbe einer reifen Pflaume. Schockiert erkannte er, dass die brutalen Umrisse den Formen an der Basis der Säule entsprachen.

»Ganz still, mein Junge«, wies ihn der Türhüter an, dessen derbes Gesicht besorgt wirkte.

»Was ist passiert?«, fragte Casuel.

»Ich habe mich verletzt«, wiederholte Temar verwirrt. »Wie habe ich mich verletzt?«

»Temar, was ist passiert?«

»Ich habe mich verletzt.«

»Könnt ihr mich hören?« Casuel griff nach Temars Schulter, um ihn durch Schütteln zu sich zu bringen, riss aber die Hand vor dem Blut zurück, das den ausgestreckten Ärmel durchtränkte. Woher kam das denn nur?

»Ist jemand zu Tor Kanselins Hauptmann unterwegs?«, brüllte der Türhüter und blickte Casuel unter buschigen schwarzen Augenbrauen her finster an, die in starkem Kontrast zu seinem kahl rasierten Schädel standen.

»Wir müssen ihn zu D'Olbriots Arzt bringen.«

Casuel schnippte vor Temars herumwandernden Augen mit den Fingern. »Temar, antwortet mir, was ist passiert?«

»Es tut weh«, murmelte der junge Mann wieder. »Wie habe ich mich verletzt?«

»Niemand bewegt ihn«, grollte der Türhüter. »Bleib ganz ruhig liegen, mein Junge.«

Casuel fummelte nervös unter seinem Hemd nach dem D'Olbriot-Amulett, das er als höfliche Geste gegenüber dem Namen trug. »Ich habe das Recht, darauf zu bestehen.«

»Niemand bewegt den Jungen, ehe der Arzt von Tor Kanselin es sagt.« Der stämmige Mann sah Casuel scharf an, während er Temar in stummer Beruhigung sanft den Kopf tätschelte. »Ich werde mich vor meinem Sieur nicht dafür rechtfertigen zugelassen zu haben, dass Ihr ihn durch falsche Behandlung umbringt, wer immer Ihr auch seid.«

»Ihn umbringen?« Casuel setzte sich bestürzt auf die Fersen.

»In seinem Rücken steckt ein Messer, Idiot!« Der Türhüter bewegte seinen schützenden Arm etwas.

Casuel sah den Dolch, dessen schlichter Griff leicht zitterte und das Licht einfing, als Temar flach atmete. »Wir sollten etwas auf die Wunde drücken, damit es aufhört zu bluten.« Kalter Schweiß brach Casuel aus, und ihm war sterbensübel. Er machte die Augen fest zu und versuchte, die Übelkeit und das Entsetzen, das ihn zu überwältigen drohte, zu verdrängen.

Der Türhüter sah den Zauberer verwirrt an. »Alles in Ordnung?«

Casuel schämte sich, dass er zitterte wie ein sprachloses Tier. Wer hatte das getan? Ein Abschaum aus der Gosse, darauf aus, Höhergestellte zu berauben, mit tückischen Messern nach Geld gierend, das sie sich nicht wie ehrbare Leute verdienen wollten. Das musste es doch sein, oder? Kein Grund, etwas Finstereres zu fürchten.

Das rhythmische Stampfen schwerer Stiefel lenkte den dankbaren Magier von den erschreckenden Möglichkeiten ab, die ihm ungebeten in den Sinn kamen. Casuel kam auf die Füße. »Geht bei Seite! Macht Platz!«

»Jetzt wollen wir mal sehen, wieso Ihr das zu Eurer Angelegenheit macht, was?« Der Griff des Türhüters um Casuels Arm war wie der Biss eines Wachhundes, und er brauchte die Muskeln seiner breiten Schultern kaum anzuspannen, um den hilflosen Magier unbeweglich auf der Stelle zu halten.

Casuels empörte Proteste blieben ungehört, als zehn Männer in der Livree Tor Kanselins die Menge mit Stäben zurückdrängte, die sie quer vor sich hielten, sodass sie einen festen Ring aus eisenbeschlagenem Eichenholz bildeten, und die Schwanen-Medaillons an ihrem Hals bewiesen ihr fragloses Recht, so zu handeln. Der Hauptmann schritt zur Veranda, unnachgiebig in metallverstärktem Leder. »Was ist hier vorgefallen?« Er blickte aus einer Höhe herab, die Casuel weit überragte, und hatte schwarzes Haar über einem lebhaften, pockennarbigen Gesicht sowie aufmerksame dunkelbraune Augen.

»Ich dachte, der Bursche wäre nur gestolpert«, erklärte der Türhüter. »Dann sah ich das Messer in seinem Rücken.«

»So wie die Beule aussieht, hat jemand versucht, ihm an der Säule den Schädel einzuschlagen.« Der Hauptmann kniete nieder, um Temar zu untersuchen, dessen wiederholtes Murmeln zu leisem Flüstern abgeebbt war. Seine Augen blickten leer.

»Fass den Dolch nicht an!«, winselte Casuel, als der Erwählte ein Messer zog und vorsichtig den Rücken von Temars Mantel aufschnitt. Er klappte entsetzt den Mund zu, weil er vor Schock mädchenhaft gekreischt hatte.

»Wer ist denn das?« Der Sergeant warf dem Türhüter einen Blick zu.

»Behauptet, er wäre ein Zauberer.« Der Türhüter schüttelte Casuel mit unbewusstem Nachdruck. »Scheint den Burschen zu kennen.«

»In welcher Beziehung steht er zu dir?« Der Sergeant schnitt behutsam Temars Hemd auseinander, sodass man die dunkelroten Flecken sehen konnte und die Blutlache, die sich in seinem Rücken gebildet hatte.

Casuel schluckte hart an seiner Übelkeit. »Er ist – mein Schüler. Ich bin Casuel Devoir, Magus von Hadrumal.« Er fragte sich, warum das so unzulänglich klang.

Der Sergeant spähte unter die Falten aus Leinen und Wolle, die von dem Messer festgehalten wurden. »Also ist dieser Bursche hier auch ein Zauberer?«

Casuel versuchte die Hand des Türhüters abzuschütteln, doch ohne Erfolg. »Er heißt Temar D'Alsennin und ist Gast von Messire D'Olbriot, kürzlich angereist von Kellarin.« Seine empörten Worte trugen durch die gespannte Stille bis zu den Zuschauern, was ein aufgeregtes Murmeln auslöste.

Der Sergeant sah Casuel scharf an, ehe er aufstand. »Jeder, der etwas Nützliches zu sagen hat, soll seinen Namen angeben«, rief er in die Menge.

»Sonst macht euch auf den Weg, ehe ich euch zur Rechenschaft ziehe, weil ihr die Straße Tor Kanselins versperrt.«

Diese unmissverständliche Erklärung sorgte dafür, dass die Leute sich unverzüglich davonmachten und auseinander liefen, als eine zweite Abteilung Bewaffneter mit einer schulterhoch getragenen Sänfte ankam. Ein zart gebauter Mann mit einer grauen Löwenmähne folgte. Sein von tiefen Falten durchzogenes Gesicht war vor Alter schlaff, aber seine braungefleckten Hände waren geschickt, als er niederkniete und den blutigen Stoff auf Temars Rücken zurückschlug.

»Ihr müsst die Blutung stoppen!«, drängte Casuel.

Der Arzt beachtete ihn nicht. »Bist du noch bei uns, mein Junge?« Nach einer oberflächlichen Untersuchung der Wunde schien er sich mehr Sorgen um die Beule an Temars Schläfe zu machen, die immer noch anschwoll.

»Ich habe mich verletzt. Wie habe ich mich bloß verletzt?«

»Bringt ihn in die Kaserne, und zwar so schnell wie möglich«, befahl der Arzt knapp. Casuel protestierte schwächlich, als vier muskelbepackte Männer Temar hochoben und ihn sanft in die gepolsterte Sänfte legten. Trotz ihrer Umsicht stieß Temar einen Schmerzensschrei aus, der in abgehacktes Schluchzen überging. Der Arzt befestigte zur Sicherheit einen Riemen um ihn, ehe er die Vorhänge schloss und den Männern zunickte, ihre Tragestangen aufzunehmen.

Heiße Wut ließ Casuels Blick verschwimmen. »Wo bringt ihr ihn hin? Ich will, dass er zur D'Olbriot-Residenz gebracht wird, und zwar sofort, verstanden? Er ist Gast von Messire D'Olbriot, dem

Sieur selbst! Ich will, dass er unverzüglich informiert wird, und ich will eure Namen. Euer Sieur wird von dieser Sache hören, das schwöre ich.«

Der Zauberer eilte hinter der Sänfte her, unablässig in vergeblicher Wut vor sich hinschimpfend.

D'Olbriot-Brunnenstraße, Sommersonnwendfest, erster Tag, Abend

Ich habe noch so einiges gut nach den zwölf oder mehr Jahren, die ich in Messires Diensten verbracht habe. Die meisten Aufgaben in den letzten Jahren haben mich von Toremal weggeführt, doch es gibt immer noch Leute, die mir einen Gefallen oder kleine Summen schuldig sind. Dieses Geld einzusetzen, um Temars Leute auszulösen, schien mir die beste Verwendung dafür, die ich finden konnte, und als ich an dem Brunnenhaus vorbeikam, wärmte mich die Zufriedenheit über die Arbeit dieses Nachmittags ebenso wie die sinkende Sonne meinen Rücken. Da war dieser Erwählte von Den Cotise, mit dem ich jahrelang trainiert hatte, wir hatten eine hervorragende Flasche Wein im *Lackaffen* zusammen getrunken. Interessiert an dem Rätsel, hatte er mich einer kichernden Unterzofe der Demoiselles Tor Sylarre vorgestellt. Sobald wir herausgefunden hatten, welche Frauen von Den Rannion und Den Domesin über die Generationen nach Tor Sylarre eingeheiratet hatten, schätzten wir, dass die Schmuckkästchen dieser Familie mindestens zwanzig Artefakte bargen.

Ich hatte noch an tausend anderen Stellen Nachrichten hinterlassen, die vielleicht nützliche Antworten erbringen würden, und ich hatte eine Reihe beiläufiger Bemerkungen, denen ich außerdem nachgehen musste, und so überlegte ich, ob ich an diesem Abend ausgehen oder bis zum Morgen warten sollte, während ich den langen Aufstieg zur Residenz in Angriff nahm. Ein Schneider, der D'Olbriot Dank schuldete, seit eine Truppe von uns Eingeschworenen ein paar Tagediebe daran gehindert hatte, sein Atelier auszurauben, hatte mich einem älteren Diener vorgestellt, der in Den Murets Diensten aufgewachsen war. Dieser Name war längst in Vergessenheit geraten, doch die Töchter dieses Hauses hatten sich gut verheiratet, und mit Hilfe der Auftragsbücher des Schneiders und dem Gedächtnis des Dieners fanden wir heraus, in welche Familien. Besser noch, der Diener stand jetzt in den Diensten des frisch nominierten Sieurs Den Turquand und wies auf mehrere kluge Heiraten hin, die dem Aufstieg dieses Namens dienlich gewesen waren. Er schätzte, dass der junge Sieur sich nur zu gern bei D'Olbriot und Kellarin beliebt machen würde um den Preis einiger Antiquitäten.

Unter den berankten Bäumen lag die Straße im Schatten, was eher bedrückend als kühlend wirkte, die Luft war schwül. Ich sah auf, konnte aber keine Anzeichen eines nahenden Gewitters am dunkel werdenden Himmel erkennen. Ich ging schneller, konnte aber das Gefühl drohenden Unheils nicht abschütteln.

Es ist ja ganz schön, wenn Livak mich damit aufzieht, dass ich mich für alles und jedes verantwortlich fühle, dachte ich, aber bei Dasts Zähnen, ich bin praktisch der Einzige auf dieser Seite des Ozeans, der so etwas wie Familie für Temar bedeutet. Vielleicht hätte ich in der Nähe bleiben sollen, falls ihn etwas verwirrte oder aufregte. Schließlich war er noch neu in der Stadt, und es gibt immer ein paar junge Adlige, denen nach heimlicher Überzeugung von uns Kriegern eine tüchtige Tracht Prügel in einem Hinterhof bei Nacht nur gut tun würde.

Ein regelrechter Schreck durchfuhr mich, als ich die Unruhe vor dem D'Olbriot-Torhaus sah. Wächter, die müßig mit ihren Armbrüsten herumgespielt hatten, um vorbeigehende Dienerinnen zu beeindrucken, standen jetzt mit strengem Blick wachsam da. Die große Reisekutsche der älteren Damen des Hauses wurde von den Ställen herbeigeführt, umringt von einer ganzen Abteilung Eingeschworener mit gezogenen Schwertern. Als ich auf sie zulief, zog ich selbst mein Schwert und bahnte mir mit den Ellbogen einen Weg durch die Menge, als ich ein bekanntes Gesicht sah. »Stoll! Was geht hier vor?«

Stolley war schon viel länger eingeschworen als ich und schon seit ein paar Jahren Erwählter. Einer von Messires besten Soldaten, ein muskelbepackter Schläger, dessen Ohren noch immer abstanden wie Windmühlenflügel, trotz der Strafen, die sie sich im Laufe der Jahre eingehandelt hatten.

»Rysh, da rüber!« Er stieß einen gaffenden Landstreicher beiseite und erhobene Schwerter gewährten mir Einlass in den stählernen Kreis. Ich schwang mich auf das Trittbrett der Kutsche, als die Pferde auf einen Pfiff hin lostrabten.

»Dein Junge ist niedergestochen worden«, sagte Stolley knapp, der mit dem Rest der Truppe neben der Kutsche herlief.

»D'Alsennin?« Ich sah ihn ungläubig an. »Bei Tor Kanselins Empfang?«

»Keine Ahnung.« Stolley zuckte mit seinen massigen Schultern unter der Panzerung. »Niedergestochen und braucht einen möglichst sanften Heimtransport, mehr wissen wir nicht.«

»Wie schlimm?«, fragte ich, während mir Angst die Kehle zuschnürte.

»Den Gerüchten nach steht er auf der Schwelle zur Anderwelt«, grollte Stolley. »Aber das würde es auch heißen, wenn er sich nur die Knie aufgeschürft hätte.«

Sobald die Kutsche den kiesbestreuten Innenhof Tor Kanselins erreicht hatte, sprang ich ab. Innerhalb der Mauern war es ruhiger, aber trotzdem knisterte die Luft von unterdrückter Neugier, kleine Grüppchen von Dienern mit großen Augen stellten hinter vorgehaltener Hand Vermutungen an.

Ich steckte mein Schwert ein und ging weiter, nicht bereit, neues Wasser auf die Gerüchtemühle zu gießen, ehe ich nicht ein paar Tatsachen in Erfahrung gebracht hatte. Ein Wachmann winkte mich nach einem Blick auf das D'Olbriot-Abzeichen an meiner Armspange in die Residenz, und ich sah mich in der geräumigen Halle nach jemandem um, der mir erklären konnte, was passiert war. Der Beste, den ich fand, war Casuel, der verloren auf einem Stuhl saß, Samtmantel und Hemdrüschen in Unordnung, das drahtige braune Haar hing ihm strähnig ins Gesicht.

Er sprang auf, sobald er mich erblickte, er hatte Ringe unter den Augen vor Angst. »Was ist mit dem Jungen passiert?« Die schreckliche Ungewissheit ließ sein Gesicht länger wirken als die wichtigtuerische Miene, die sein schwächliches Kinn normalerweise straffte.

»Das möchte ich von dir wissen.« Ich versuchte, meinen Ärger im Zaum zu halten.

»Es war nicht meine Schuld«, stammelte Casuel. »Der Dummkopf bestand darauf, zu Fuß zurückzugehen. Er wollte nicht auf eine Kutsche warten. Er wollte nicht in meiner Nähe bleiben ...«

Das scharfe Klappern von Damenschuhen ließ mich zu der Marmortreppe herumfahren. Ich überließ Casuel seinen fruchtlosen Rechtfertigungsversuchen und eilte der Demoiselle Tor Arrial mit einer flüchtigen Verbeugung entgegen. »Wie geht es ihm?«

»Temar?« Avila versuchte es mit ihrem gewohnt knappen Auftreten, war aber nicht mit dem Herzen dabei. »Morgen früh wird er mit Gewissheit einen schmerzenden Kopf und eine wunde Schulter haben, aber nach einem oder zwei Tagen Bettruhe wird er ziemlich wiederhergestellt sein.« Ich bot ihr meinen Arm, und sie stützte sich schwer auf mich.

»Ich dachte, er wäre tot.« Casuel kämpfte um eine weitere Antwort. Die Erleichterung auf seinem Gesicht hätte fast komisch wirken können, wenn die ganze Angelegenheit nicht so ernst gewesen wäre. Dann gaben die Knie des Magiers nach, und er sank linkisch auf seinen Stuhl.

»Es heißt, er wurde niedergestochen?«, fragte ich so behutsam ich konnte.

Avila rieb sich das Gesicht mit einer Hand, die unwillkürlich zitterte. »Talagrin sei Dank, die Klinge rutschte ab. Sie traf das Schulterblatt.«

»Ich warte die ganze Zeit darauf, dass man mir die Höflichkeit erweist, mich zu informieren.« Casuel brachte es fertig, gleichzeitig unglücklich und beleidigt zu wirken.

Ich hatte nicht vor, Zeit damit zu verschwenden, Casuels eingebildeten Kummer zu lindern. Jeder, der auch nur einen Funken Verstand hatte, hätte sich selbst auf die Suche nach Informationen gemacht.

»Die Kopfwunde machte mir die meisten Sorgen«, fuhr Avila fort, »doch der Hausarzt hat erklärt, sie sei nicht allzu ernst.«

Ein Mann mit ernstem Gesicht und Hemdsärmeln kam die Treppe herunter, wobei er sich die Manschetten zuknöpfte, die rostrote Flecken aufwiesen.

»Erwählter Ryshad Tathel«, stellte ich mich höflich vor. »Wie geht es Junker D'Alsennin?«

»Ich habe auf dem Übungsgelände schon Schlimmeres gesehen«, schnaufte der Arzt. »Man hat ihm geradewegs den Verstand ausgeprügelt, aber das geht vorbei, und die Stichwunde sieht schlimmer aus als sie ist.«

Ich nickte verstehend, die Erleichterung schnürte mir die Kehle zu.

Avila nickte. »Ein bisschen Blut geht einen langen Weg.«

»Die Demoiselle hier sagt, ihrer Meinung nach hat er sich nicht den Schädel gebrochen«, fuhr der Arzt mit einem leicht misstrauischen Blick auf Avila fort. Mir fiel erleichtert ein, dass Heilen ein wesentlicher Teil der Zauberkunst war.

»Wenn er auf die Kutsche gewartet hätte, wären wir ohne Zwischenfall nach Hause gekommen«, protestierte Casuel verstockt.

»Ihr wart bei ihm?« Der Arzt musterte den Zauberer mit einem Blick so scharf wie seine Skalpelle. »Der Bewiesene Triss wird mit Euch sprechen wollen.«

»Es war nicht meine Schuld«, sagte Casuel hastig. »Warum muss er mit mir sprechen?«

Der Arzt beachtete ihn nicht, sondern wandte sich an mich. »Bring ihn zur Kaserne, ja? Junker Camarl hat ausrichten lassen, du sollst mit dem Hauptmann der Kohorte sprechen.«

Da ich merkte, dass ich wieder sprechen konnte, sah ich Avila an. »Ich stehe zu Eurer Verfügung, wenn Ihr in die D'Olbriot-Residenz zurückkehren möchtet, Demoiselle.«

»Geh schon«, sagte sie etwas müde. »Ich bleibe bei der Mätresse und Lady Channis.«

»Komm, Casuel.« Ich packte den sichtlich widerstrebenden Zauberer am Ellbogen und schob ihn weiter.

»Ich wünschte, die Leute würden damit aufhören«, explodierte er und schüttelte meine Hand in einem plötzlichen Wutausbruch ab.

Ich packte ihn wieder und führte ihn aus der Residenz, dass seine Füße kaum den Boden berührten. »Hör auf, dich zu benehmen, als ob dich nicht interessierte, was hier vor sich geht!«, fuhr ich ihn an. »Du wirst den Wachen erzählen, was du gesehen hast, dann bekommen wir vielleicht eine Vorstellung davon, wer das getan hat. Ich will es nämlich wissen, auch wenn du es nicht willst!«

Casuels Einwände vergingen unter meinem wütenden Blick, doch er hielt sich protestierend steif, während ich ihn zu der Kaserne auf der anderen Seite des Geländes geleitete.

»Setzt euch in die Laube«, antwortete der Wachmann, nachdem ich ihm den Grund unseres Hierseins erklärt hatte. »Ich lasse den Bewiesenen Triss holen.«

Ich nickte und machte auf dem Absatz kehrt, Casuel eilte mir hinterher, ärgerlich vor sich hinmurmelnd. Zum Glück für ihn waren ihm die Schimpfwörter ausgegangen, als wir eine weinberankte Laube erreichten, die einem Ring von Sitzbänken Schatten spendete. Damit war mein guter Ruf gesichert, denn ich hätte nicht viel mehr von seinem Unsinn anhören können, ohne ihm den Mund mit meiner Faust zu stopfen.

Der Abend rückte heran, und kühle dunkle Blätter hüllten den Hof in feuchten, grünen Duft. Ich saß still, schloss die Augen und zwang mich, langsam und gleichmäßig zu atmen, obgleich das Blut in meinem Kopf pulste. Der Lärm von den Stallungen und von der Menge auf der Straße jenseits der Mauer bot einen starken Gegensatz zu der Stille in der leeren Laube.

Aber sie war nicht von Dauer. Casuel fing wieder an zu reden. »Ich will, dass ein Läufer zu D'Olbriot geschickt wird, zum Sieur selbst. Ryshad, ich will Papier und Tinte, hörst du mich? Und Siegelwachs, auf der Stelle. Nein, warte, Junker Camarl muss doch noch hier sein? Ja, das ist es. Ich muss ihn sehen. Nein, du musst ihn fragen, ob er mich empfangen will. Ryshad? Hörst du mir überhaupt zu? Junker Camarl wird für mich bürgen, oder? Aber was wird der Sieur denken? Warum musste der dumme Junge den Namen D'Olbriot in so einen unnötigen Tumult ziehen?«

Gerade als ich beschloss, mich besser auf meine Hände zu setzen, hörte ich Stiefel in gemessenem Schritt auf dem Kies knirschen.

»Einen guten Abend euch.« Ein narbengesichtiger Mann mit stark zurückweichendem Haar trat in die Laube. Sein Gesicht war ausdruckslos, als er sich vor dem Zauberer verbeugte und mich mit einem knappen Nicken begrüßte. »Ich bin Oram Triss, Bewiesener von Tor Kanselin und durch des Kaisers Gnaden Hauptmann der Hauskohorte.«

Ich hoffte, Casuel wusste genug, um zu erkennen, dass er Tor Kanselins höchstrangigen Soldaten vor sich hatte, den Mann, der dem Kaiser unterstand, falls die Kohorten jemals zu einem Krieg für Tormalin gerufen wurden. Seinem erstickten Murmeln nach zu urteilen, wusste er es.

»Raman Zelet, Erwählter«, fuhr Triss fort und stellte

seinen Begleiter vor. Der hochgewachsene Mann war tief gebräunt, und ich sah, dass um seine Fingernägel herum Lederöl tief in die Haut eingedrungen war, als er ein Lacktablett auf einen breiten Steintrog stellte, der mit leuchtenden Sommerblumen bepflanzt war. Er schenkte wortlos aus einem beschlagenen Krug Wasser ein, und Triss reichte Casuel ein grünliches Glas. Der Zauberer trank in hastigen Schlucken, seine Hand zitterte so, dass er sich mit den kalten Tropfen das Hemd befleckte.

Der Bewiesene lächelte Casuel beruhigend an. »Darf ich Euren Namen erfahren?«

»Ein schönes Fest Euch.« Casuel räusperte sich mit glaubhafter Lässigkeit. »Ich bin Casuel Devoir, Magus von Hadrumal, zurzeit Gesandter des Erzmagiers Planir des Schwarzen bei Messire Guliel D'Olbriot, Sieur des gleichnamigen Hauses.« Er wischte sich die Tropfen vom Hemd, verschüttete aber noch mehr Wasser, als er sein Glas wieder auf das Tablett stellte.

Zelet hob eine Augenbraue, während er mir das Willkommenswasser reichte. »Ihr seid ein Zauberer.«

Casuel hob trotzig sein Kinn bei dem leisen Widerwillen, der sich auf dem Gesicht des anderen zeigte. »Und ein rationaler Mann aus guter Familie mit viel Disziplin.«

Triss verschränkte die langen Finger. »Also, was ist geschehen?«

»Ich habe wirklich keine Ahnung«, beteuerte Casuel. »Wir wurden in der Menge getrennt. Ich habe ihm immer wieder eingeschärft, er solle dicht bei mir bleiben …« Er griff nach seinem Glas und trank noch einen Schluck. »Dann sah ich den Tumult bei der Veranda. Als ich mich durch die

Menge geschoben hatte, sah ich, dass Temar niedergestochen worden war.« Er wandte sich an den ausdruckslosen Zelet. »Das habt Ihr selbst gesehen.«

»Der Türhüter schätzt, dass jemand mit voller Absicht den Kopf des Jungen gegen die Steinsäule geschmettert hat«, sagte Zelet zu Triss.

Der Bewiesene fuhr nachdenklich mit dem Finger über eine feine Narbe unter seinem Wangenknochen. »Wenn das ein Taschendieb war, der die Nerven verlor und ein Messer benutzte, wäre das eine einfache Geschichte. In einem solchen Fall benachrichtigen wir alle Kasernen, und mit Raeponins Hilfe knüpft jemand den Hund am nächsten Galgen auf, ehe er sein Messer noch einmal benutzen kann.« Er wandte sich an mich. »Aber wer würde dem Jungen das Hirn zerschmettern wollen? Falls es sich um einen privaten Streit handelte, irgendeinen persönlichen Groll, dann wäre es D'Olbriots Recht und Pflicht, sich darum zu kümmern. Tor Kanselin sollte sich da nicht einmischen.«

»Warum sollte ein Taschendieb ihn niederstechen?« Zelets dunkle Augen bohrten sich in Casuel. »In dieser Menge hätte er dem Burschen sein Geld abnehmen und verschwinden können, ehe man auch nur Luft holen kann. Warum ihm den Schädel einschlagen? Wisst Ihr nicht doch mehr, als Ihr sagt, Meister Zauberer?«

»Dein Gefährte wirkt jedenfalls ziemlich verängstigt«, bemerkte Triss zu mir.

»Der Anblick von Blut macht mich krank.« Casuels Blick schoss zwischen den beiden Männern hin und her, was ihn wieselhafter wirken ließ als je zuvor. »Ich bin ein Magier und Gelehrter, kein Schwertkämpfer.«

Was sollte ich jetzt am besten tun? »Es ist gut

möglich, dass ein Feind, der dem Sieur D'Olbriot bereits bekannt ist, D'Alsennin angegriffen hat«, sagte ich langsam.

»Wer?«, fragte Zelet.

»Blonde Männer, etwas unter Durchschnittsgröße, Feinde des Reiches von jenseits des Meeres«, begann ich.

»Dann waren die es, die D'Alsennins Waren in Bremilayne gestohlen haben? Warum hast du mich nicht gewarnt? Das sind doch Mörder, gnadenlose, böse ...«, platzte Casuel heraus, ehe ich ihn mit einem bösen Blick zum Schweigen bringen konnte.

»Männer mit strohfarbenem Haar?« Zelets dunkle Augen musterten mich. »Also Bergbewohner?«

»Eigentlich nicht, obwohl sie vielleicht einst gemeinsames Blut hatten«, antwortete ich langsam. »Sie nennen sich selbst Elietimm, Männer aus dem Eis. Sie leben auf Inseln, die weit draußen im Nordmeer liegen, und sie haben das Ziel, sich zu verbessern, indem sie die Kolonisten aus Kellarin vertreiben oder sich vielleicht sogar Land in Dalasor aneignen.«

»Was sollte es ihnen nutzen, Junker D'Alsennin umzubringen?« Der Bewiesene Triss war nicht bereit, seine Männer loszuschicken, ehe er völlig überzeugt war, dass sie auf der richtigen Spur waren.

»Er ist derjenige, der einem Führer Kellarins am nächsten kommt.« Ich hatte auch schon darüber nachgedacht. »An der ursprünglichen Seereise nahmen nur sehr wenige Adlige teil, nur D'Alsennin, Den Fellaemion und Den Rannion.« Ich wollte die Sache nicht unnötig verkomplizieren, indem ich Guinalle und Avila erwähnte. Beide waren von edler Geburt, wurden aber vor allem wegen ihrer

Zauberkünste geschätzt. »Den Fellaemion und Den Rannion wurden getötet, also blieb als Einziger von Rang nur noch D'Alsennin, um mit den Namen auf dieser Seite des Ozeans zu verhandeln.«

»Was passiert, wenn beim nächsten Mal das Messer ins Herz trifft?«, fragte Zelet mit offener Neugier.

Ich zuckte die Achseln. »Ich weiß es nicht, und wahrscheinlich auch sonst niemand. Aber die Elietimm werden jede Verwirrung zu ihrem Vorteil ausnutzen, Dastennin möge sie ertränken.«

»Aber du kannst nicht sicher beweisen, ob das hier die Elietimm waren«, erinnerte der Bewiesene Triss mich.

»Wer sonst sollte es gewesen sein?«, rief Casuel. »Sie benutzen dauernd Messer und lauern in Ecken, um Unschuldige blutend in den Dreck zu schicken.« Als der Magier unbewusst seinen Bauch hielt, fiel mir ein, dass er eine lebhafte, gekrümmte Narbe auf der weichen blassen Haut trug, Andenken an einen Angriff der Elietimm, die ihn für tot hatten liegen lassen. Vielleicht sollte ich mehr Mitgefühl für seine Panik haben.

»Hat jemand etwas Ungewöhnliches beobachtet?«, fragte ich.

Zelet quittierte meine Enttäuschung mit einem Kopfschütteln. »Die Straßen waren so voll wie ein Viehmarkt.«

»Natürlich hat niemand etwas gesehen! Die Elietimm täuschen und verwirren durch Hexerei.« Casuel wandte sich an mich mit der Wut des Schwächlings, die aus Angst entspringt. »Du hättest sie in Bremilayne verfolgen müssen, als du die Gelegenheit hattest! Sie sind entkommen! Sie sind uns gefolgt! Bei Saedrins Steinen, das Messer im Rücken hätte auch ich abbekommen können!«

Er wedelte nachdrücklich mit dem Arm, sodass das Tablett klirrend zu Boden ging, wo Krug und Gläser zu glitzernden Scherben zerbrachen und das Wasser sich dunkel auf dem hellen Kies ausbreitete. Zelet grunzte missmutig und kniete nieder, um die Scherben aufzulesen.

»Gestattet«, sagte Casuel gepresst. Er schnippte mit den Fingern, und smaragdgrünes Licht funkelte in jedem Tropfen Wasser. Das zerbrochene Glas glühte entlang der Kanten golden auf, und die Bruchstücke glitten lautlos zusammen und fügten sich in ihre ursprünglichen Stellen ein. Wieder heil, richtete sich der Krug auf, als eine Spur Zauberlicht so gleißend glühte, dass es den Augen wehtat, ehe es sich in nichts auflöste. Das verschüttete Wasser sammelte sich um den Boden des Kruges und rollte sich zu einem glitzernden Zopf zusammen, der sich um den bauchigen Krug nach oben wand, bis es sich selbst über dem Ausguss wieder einschenkte, in einer aquamarinblauen Spirale wirbelnd, mit Blasen aus grünem Feuer, die auf der Oberfläche funkelten. Casuel hob ein frisch repariertes Glas vom Boden auf, füllte es mit überraschend ruhiger Hand neu und prostete den beiden uniformierten Männern zu. »Vielleicht trägt die Realität meiner Magie dazu bei, dass ihr die Möglichkeit von Hexereien der Elietimm ernster nehmt.«

Triss und Zelet blickten den Magier unverwandt an, ohne zu blinzeln.

»Wir sehen uns in der D'Olbriot-Residenz, Erwählter Tathel.« Tief errötend stand Casuel auf. »Ich erwarte deinen vollständigen Bericht, da ich die Pflicht habe, den Erzmagier zu informieren.«

Triss nickte Zelet zu. »Holt Meister Devoir eine Kutsche. Falls da draußen Messerstecher unterwegs sind, will ich nicht, dass noch ein zweiter Gast von D'Olbriot während meiner Wache niedergestochen wird.«

Ich stand ebenfalls auf, in der Erwartung entlassen zu werden, doch der Bewiesene Triss bedeutete mir, mich wieder zu setzen, als Zelet Casuel davongeleitete. »Ich erwarte nicht, dass du vertrauliche Informationen preisgibst, aber es sind jede Menge Gerüchte im Umlauf, über diese angebliche Kolonie, aus der D'Alsennin stammt. Sollen wir wirklich glauben, dass Zauberei diese Menschen über zahllose Generationen hinweg in einem Bannschlaf hielt, nachdem irgendeine unheilige Magie ihre Hoffnungen in Nemiths Tagen zerschlagen hatte? Aber es steht außer Frage, dass der Erzmagier sich im vergangenen Jahr dafür interessiert hat, und D'Olbriot hat seitdem Magier wie deinen Freund da zu seinen Vertrauten gemacht. Nun bin ich ein praktisch veranlagter Mensch, ich glaube nicht ein Zehntel von dem, was ich höre, aber es lässt sich nicht leugnen, dass Magie tatsächlich existiert. Ich jage Diebe und Banditen von einem Ende des Reiches zum anderen, aber ich schicke meine Männer nicht in ein heraufbeschworenes Feuer, das einem ehrlichen Mann das Fleisch von den Knochen sengt. Wenn D'Olbriot das will, muss er sich vor seinen Eidgebundenen verantworten.«

»Die Elietimm verfügen über eine ganz eigene Magie.« Ich wählte meine Worte sorgfältig, in der Annahme, ›praktisch‹ beschriebe wahrscheinlich ebenso Triss' Philosohpie wie seinen Charakter. »Es geht nicht um Feuer und Blitz, sondern darum, dass sie deinen Verstand beeinflussen. Aber weise Frauen unter den Kolonisten können es mit ihnen aufnehmen, eine ist mit D'Alsennin hier, die

Demoiselle Tor Arrial. Sie hat ihre Kräfte eingesetzt, um seine Wunden zu heilen.« Falls Avila zu Demonstrationszwecken Krankheiten kurieren und Verletzungen heilen konnte, umso eher konnten wir Männer wie Triss davon überzeugen, dass Zauberkunst keine dunkle Hexerei war, die man fürchten oder verbieten musste. Ich sah ihm in die Augen. »Falls es Elietimm waren, die dies getan haben, können wir sowohl Magier als auch Zauberkunst benutzen, um ihnen die Zähne zu ziehen, ohne dass einer von euren oder D'Olbriots Leuten seinen Hals riskiert.«

»Wenn sie überhaupt in der Stadt sind«, meinte Triss.

»Erinnerst du dich an Junker Robel D'Olbriot, der im vorletzten Jahr angegriffen wurde?«, fragte ich langsam. »Das war das Werk dieser Hurensöhne von Elietimm.«

Triss blickte mich finster an. »Wie ich hörte, haben sie ihn nicht mal sauber getötet.«

»Sie ließen ihn blind und hilflos wie ein neugeborenes Kind liegen.« Zorn verschärfte meinen Ton. »Das war ihr erster Angriff gegen den Namen, und sie haben sich seitdem unsere Feindschaft dreimal verdient. Der Sieur D'Olbriot würde sich sonst nicht mit Zauberern abgeben.«

»D'Alsennin hatte keine Geldbörse dabei«, überlegte Triss. »Das Messer könnte auch Rache dafür gewesen sein, dass er kein Geld hatte.«

»Ich gebe der ganzen Kohorte Wein aus, wenn du einen Taschendieb findest, der das Blut dieses Jungen an seinen Ärmeln hat«, versicherte ich.

»Dann bluten deine Taschen aus«, warnte mich Triss grinsend.

»Das Geld wäre gut angelegt«, erwiderte ich.

»Natürlich könnte es Zufall sein, das weiß ich auch. Schließlich sind es die Festtage, in der Unterstadt gibt es immer Ärger, und es wäre nicht das erste Mal, dass sich der Abschaum weiter nach oben wagt.« Und bei Casuels Pech, wie würde meine Mutter sagen: Selbst wenn es Suppe regnen sollte, ihn würde garantiert eine Schale treffen. »Gibt das Messer irgendwelche Hinweise?«

Triss zog mit einem verstohlenen Lächeln ein Messer aus seinem Gürtel.

»Bist du heute Zelet etwas schuldig oder zahlt er heute Abend für den Wein?« Ich drehte das billige Messer in der Hand und verspürte ein merkwürdiges Prickeln beim Anblick der dunklen Linien von Temars Blut auf dem Griff.

»Ich sagte, du würdest es sehen wollen«, gab Triss zu. »Zelet wollte nicht wetten.«

»Lass mich raten, die Hälfte der Festtagshöker verkauft solche Messer?« Wenn das eine Geschichte wäre, dachte ich bedauernd, wäre die Klinge einzigartig und würde den Messerstecher identifizieren, ein unbeteiligter Zuschauer würde sich hilfreich erinnern, es bei ihm gesehen zu haben. Aber das Leben ist nie so direkt.

»Drei von fünf Hausierern.« Triss zuckte die Achseln. »Ich nehme an, wir könnten den Hinterhofschmied ausfindig machen, der diese Dinger in rauen Mengen herstellt, aber das würde uns nicht weiterbringen.«

»Natürlich«, sagte ich leichthin und reichte das nutzlose Messer zurück.

»Ich benachrichtige dich, wenn ich etwas höre, aber ehrlich gesagt, ich bezweifle, dass es etwas Neues gibt.« Triss schürzte die Lippen.

»Ich auch.« Ich nickte.

»Halt trotzdem Augen und Ohren offen. Lass mich wissen, wenn du etwas in Erfahrung bringst.« Der Bewiesene Triss stand auf, und ich folgte ihm aus der kleinen Laube. »Wir werden den Hund schnappen, sobald wir eine Spur haben, denn ich nehme es sehr persönlich, wenn ein Gast meines Sieurs hier nicht in Sicherheit herumlaufen kann.«

»Ich auch.«

Eine Bewegung vor der Residenz erregte meine Aufmerksamkeit, und ich sah, wie eine mit einer Decke verhüllte Trage sanft die Stufen hinuntergetragen wurde. »Gestattest du, dass ich mich entferne, Bewiesener Triss?«, bat ich förmlich.

Triss nickte und wandte sich dem Torhaus zu. Avila ging neben der Trage her und winkte mich heran. »Auf die andere Seite bitte, Ryshad.«

Ich half die Last ruhig zu halten, als die Diener Tor Kanselins und D'Olbriots den bewusstlosen Temar in die geräumige Kutsche hoben. Sein Gesicht war aschfahl, und ich sah eine starke Prellung am Rand des Verbandes, der um seine Schläfe gebunden war.

Ich wandte mich an Avila. »Wird er wieder gesund?«, fragte ich, beunruhigt über seine Reglosigkeit.

»Er schläft tief in den Schatten, dank Arimelins Zauberkunst«, sagte Avila gelassen. »Das wird viel dazu beitragen, ihn wiederherzustellen. Tor Kanselins Arzt kennt seine Kräuter recht gut, also habe ich alles, was ich für die Nacht brauche.«

»Du wirst bei ihm bleiben?« Ich hatte schon überlegt, ob ich das tun sollte, Kopfverletzungen können sich schnell übel verschlimmern.

Avila nickte. »Dann kannst du herausfinden, wer das getan hat«, befahl sie streng.

»Casuel ist überzeugt, dass es die Elietimm waren«, sagte ich, ohne den Blick von Temar zu wenden.

»Nur weil der Herr Magier ein Zehntel Gelehrter und neun Zehntel Dummkopf ist, heißt das nicht notwendigerweise, dass er immer Unrecht hat«, meinte Avila scharf.

»Das stimmt wohl.« Und wenn der Zauberer Recht hatte, würde er nicht zulassen, dass ich oder ein anderer auf dieser Seite der Anderwelt das jemals vergaß.

»Ryshad!« Ich drehte mich um und sah Junker Camarl oben auf den Stufen stehen. Er beorderte mich mit einem Fingerschnipsen zu sich.

»Junker«, verbeugte ich mich.

»Wo warst du, Ryshad?«, fragte er ohne Einleitung.

Ich zögerte. »Temar bat mich, ein paar Nachforschungen über die Häuser anzustellen, die diese Artefakte haben könnten, die er sucht. Wir dachten, es würde Zeit sparen, wenn ich damit schon anfinge, während sie auf dem Empfang waren.«

»D'Olbriot hat deinen Eid, Ryshad, nicht D'Alsennin.« In Camarls Stimme lag eine gewisse Schärfe. »Dein Platz war an seiner Seite.«

»Er hätte hier sicher sein sollen. Tor Kanselins Männer sind ebenso gut wie unsere eigenen«, sagte ich, ehe ich merkte, dass ich genau wie Casuel klang, wenn er nach einer Ausrede suchte. Ich hielt den Mund.

»Da draußen war er wohl kaum sicher, oder?«, fuhr Junker Camarl mich an.

»Nein«, gab ich mit aufrichtigem Bedauern zu. »Ich bitte um Vergebung, Junker. Es war ein Fehler.«

»Du bist nicht der Einzige, der sich etwas vorzuwerfen hat, Ryshad. Ich hätte nicht so viel Zeit damit verbringen sollen, mir Iriannes Pläne für ihr

Hochzeitskleid anzuhören.« Camarl seufzte, und seine Miene entspannte sich etwas. »Und Temar muss die Würde seines heutigen Ranges begreifen, er kann nicht einfach zu Fuß herumlaufen wie der jüngere Sohn einer Nebenlinie. Er hätte eine Kutsche nehmen oder zumindest um eine angemessene Begleitung bitten sollen.« Er hob tadelnd den Zeigefinger. »Und du musst deine Pflichten als Erwählter besser begreifen. Ich weiß, dass du gewohnt bist, selbstständig zu handeln, wenn der Sieur dich auf eine Aufgabe tief in irgendeine gottverlassene Provinz schickt, aber das hier ist Toremal. Du schickst Eingeschworene auf einen Gang, fünf auf einmal, wenn es nötig ist, und wenn sie dir Nachrichten bringen, kommst du zu mir mit dem, was ich wissen muss. Du bist jetzt ein hoch gestellter Diener, du musst lernen, auch so zu handeln.«

»Junker.« Ich wartete einen Augenblick, ehe ich wieder sprach und dabei versuchte, den schmalen Grat zwischen pflichtschuldigem Respekt und der Erklärung, die mir meinen eigenen Weg offen ließ, zu finden. »Aber wir haben keine Eingeschworenen, die irgendetwas über die Elietimm wissen. Sicher ist doch die vordringlichste Aufgabe nun, in der Stadt nach einer Spur von ihnen zu suchen? Ich bin der Einzige, den Ihr für diese Aufgabe habt.«

Camarl sah mich aus schmalen Augen an. »Das dürfte wohl stimmen. Aber wenn du auch nur einen Hauch von ihnen findest, kommst du zurück und rüttelst die ganze Kaserne auf, verstanden?«

»Ich werde es mit keinem Elietimm aufnehmen, ohne eine volle Kohorte im Rücken, bei Aitens Eid«, versprach ich.

Camarl lächelte traurig. »Diese Lektion hast du

auf die harte Tour lernen müssen, nicht wahr? Aiten war ein guter Mann, zu gut, um ihn an diese Schweinehunde zu verlieren, und dasselbe gilt auch für dich, Ryshad. Sei vorsichtig.«

»Das werde ich«, versicherte ich. »Soll ich Bericht erstatten, sobald ich zurück bin?«

»Egal um welche Uhrzeit«, bekräftigte Camarl. »Weck mich, wenn es sein muss.«

»Pass auf deinen Rücken auf«, rief Stolley, als ich auf meinem Weg durch das Torhaus an ihm vorbeikam. Ich winkte ihm zu und fiel in einen leichten Trab, ohne auf den Protest meiner müden Füße zu achten. Falls jemand in der Unterstadt eine Antwort hatte, würde ich sie notfalls mit dem Schwert aufspießen.

Kapitel 3

Vorwort zur Chronik des Hauses vorgelegt von Sieur Loedain D'Olbriot. Wintersonnwende im 50. Jahr von Bezaemar dem Listenreichen.

Nur wenigen Sieurs dieses Hauses war es vergönnt, von einem Kaiser zu berichten, der zwei volle Generationen lang den Thron innehatte, aber ich habe diese Ehre. Wenn ich mir nun unsere kaiserliche Thronfolge anschaue, begreife ich, dass wir während der letzten paar Generationen in der Tat mit mehr langlebigen Herrschern gesegnet waren als zu jeder anderen Zeit seit dem Chaos. Die Welt unterscheidet sich heute sehr von der zu den Tagen Decabrals, als der Eifrige, der Nervöse und der Gnadenreiche alle durch das Schwert starben. Ich frage mich, ob Bezaemar der Listenreiche es Aleonne dem Ritterlichen gleichtun wird, der sechsundfünfzig Jahre regierte. Gewiss ist er getreulich dem Beispiel dieses klugen Mannes gefolgt, indem er auf Diplomatie setzte, um uns Frieden zu verschaffen, anstatt auf Kriegsführung, die uns so oft unserer Ressourcen an Geld und jungen Männern beraubt hat.

So wie es Tormalin geht, so ergeht es natürlich auch D'Olbriot. Wie steht Tormalin am Ende eines so folgenschweren Jahres? Ich kann ohne Zögern erklären, dass Eintracht sich durch die traditionellen Gebiete unseres Alten Reiches zieht. Wir werden wieder als natürliche Führer aller Länder betrachtet, die von den Bergen, dem Wald und dem Meer begrenzt werden. Sogar das ferne Königreich Solura beugt sich unserer Überlegenheit. Die Kultur Tormalins reicht wieder bis vor die Tore Selerimas.

Unsere Mode wird selbst auf den Straßen von Col getragen, und Erkenntnisse der alten Gelehrsamkeit Vanams bereichern unsere Bibliotheken und stellen vieles wieder her, was im Chaos verloren ging. Mit akkreditierten Botschaftern in jedem Herzogtum Lescars und als geehrte Beobachter im caladhrischen Parlament sind wir nicht länger dem Risiko ausgesetzt, dass unbemerkter Ärger zu unerwarteten Angriffen hochkocht. Das Gold, das früher gebraucht wurde, um die Kohorten und Galeeren zu bemannen, die die Grenzen und Küsten bewachten, bereichert nun unsere Häuser mit Gemälden und Skulpturen, Keramiken und Möbeln. So wie der Wohlstand des Adels unsere Handwerker ernährt, so tragen unsere Händler ihre Waren immer weiter über die friedlichen Hochstraßen, selbst bis zum Großen Wald und darüber hinaus. Lange Jahreszeiten geduldiger Verhandlungen haben dazu geführt, dass der Archipel nicht mehr eine Quelle der Furcht und Gefahr darstellt, sondern einen bereitwilligen Lieferanten von Baumwollstoffen für die Armen und Seidenstoffen für die Wohlhabenden.

Seit zeremonielle Wettkämpfe bewaffnete Wettstreite ersetzt haben, darf sich D'Olbriot zu Recht zur ersten Reihe des Adels zählen. Die feinen Unterschiede des Rangs werden immer sorgfältiger festgeschrieben, um Besucher aus untergeordneteren Ländern zu leiten, und der Ruf D'Olbriots wächst von Jahr zu Jahr. Ich habe die Lehnsherrschaft D'Olbriots über unsere eigenen Lehen hinaus auf die kleinerer Häuser erweitert, deren Entfernung von Toremal oder Mangel an Ressourcen sie auf die hinteren Ränge verbannen. Unsere Töchter werden eifrig umworben, und unsere Söhne werden mit hoffnungsvoller Höflichkeit empfangen, wo immer sie einer Dame ihre Aufwartung machen. Die Ländereien und Unternehmungen D'Olbriots florieren von der Astmarsch bis zum Kap der Winde und unsere Lehnsleute profitieren täglich von der gestärkten Stellung, die wir für alle gesichert haben, die diesem Namen verpflichtet sind.

Warum jubele ich dennoch nicht? Liegt es lediglich daran, dass ich zu alt bin, zu niedergedrückt von meiner Last? Ich bin tatsächlich erschöpft und lasse dieses Dokument daher von meiner Entscheidung berichten, an diesem Jahresende zurückzutreten und meinen designierten Nachfolger, meinen Großneffen Chajere zu bitten, den Eid des Sieurs abzulegen. Aber Weisheit ist ein Segen des Alters, und vielleicht ist es so, dass ich klarer sehe, wenn auch meine äußere Sehfähigkeit inzwischen umwölkt ist. Als Bezaemar die Langjährigkeit seiner Herrschaft mit verschwenderischem Pomp feierte, sahen nur herzlich wenige Bürgerliche das Fest und nicht allzu viele Adlige, zu dessen Freude er doch angeblich regiert. Selbst Junker meines eigenen Namens werden endlos in Vorzimmern aufgehalten, wo sie ermüdende Spielchen der Rangfolge über sich ergehen lassen müssen, ehe sie vor den Kaiser gelassen werden. Bezaemar war stets bekannt für seine Intelligenz, aber wie kann selbst der weiseste aller Menschen vernünftige Entscheidungen treffen, wenn er sämtliche Informationen von einem so kleinen und beschränkten Kreis von Beratern erhält? Es erinnert mich an einen Teich, friedlich und still und daher schön anzusehen, aber nach einer Weile fängt es an, faulig nach Verfall zu riechen. Besteht für Tormalin nicht vielleicht auch die Gefahr eines solchen Stillstandes, nachdem so lange Zeit nichts geschehen ist, was uns aufrüttelt?

Vielleicht bin ich unnötig pessimistisch. Die kürzlichen Feierlichkeiten haben natürlich neuerliche Spekulationen darüber ausgelöst, wer Bezaemar dem Listenreichen nachfolgen könnte, und diese alten Sieurs, die ihn unterstützen, werden schon bald ihrerseits von jüngeren Männern abgelöst werden, die sich für ihr Haus auszeichnen wollen. Der Enkel von Tor Bezaemar, der am häufigsten genannt wird, ist ein lebhafter, gutmütiger Bursche, bekannt und wohlgelitten bei allen, die in dieser Frage wählen werden, und mit einem großen Freundeskreis unter den jungen Junkern unserer Häuser. Wenn ich so lange am Leben bleibe, bete ich, dass ich noch sehe, wie ein solcher Mann mit frischer Lebenskraft den Mantel des Kaisers anlegt.

Torhaus der D'Olbriot-Residenz, Sommersonnwendfest, zweiter Tag, Vormittag

Ich erwachte in einem jener Augenblicke, in dem die Sorgen noch nicht ihr Haupt erhoben haben und man sein bequemes Bett, die frischen Laken und die Verheißung eines neuen Tages genießen kann. Einzig Livak fehlte, die sich eng an mich schmiegte und von meinem Kuss erwachte. Diese Vorstellung dauerte so lange, wie ich brauchte, um das Laken zurückzuschlagen – mehr verlangen diese schwülen Sommernächte nicht. Gewaschen, rasiert und aus dem Torhaus hinaus, ehe die Morgensonne auch nur eine Haaresbreite weiter über die Dächer gestiegen war, fand ich den Tag draußen noch kühl. Die Hecken, die die Gehwege säumten, warfen noch lange Schatten und glitzerten vor Tau, als ich zu den Kasernen hastete, um zu sehen, ob sich etwas Neues ergeben hatte, während ich schlief.

Stolley lümmelte auf einer Bank vor der Kasernentür herum. »Morgen, Rysh, ich habe ein paar Nachrichten für dich.«

»Danke.« Ich nahm zwei Briefe von Stolley entgegen. »Hat sich diese Nacht noch irgendwas ereignet, das ich wissen müsste?«

»Die Maitresse Tor Kanselin hat eine Schüssel mit Beeren aus ihrem privaten Gewächshaus geschickt.« Stolley zuckte die Achseln. »Ein Bursche von Tor Bezaemar kam und bot uns die Hilfe des Leibarztes ihres Sieurs an. Sirnis Den Viorel schickte ihm heute Morgen ein Teekästchen.«

»Sonst noch was?«, drängte ich.

Stolley saugte Luft durch die Lücke, die er seit einem Faustkampf hatte, der ihn drei Zähne gekostet hatte. »Erwartest du etwa einen grollenden Grobian mit nagelbeschlagener Keule, der um eine Privataudienz bittet?«

»Oder eine geheimnisvolle Schönheit, die behauptet, eine alte Freundin zu sein, vielleicht einen vom Pech verfolgten Musiker, der fleht vorspielen zu dürfen?« Ich nickte spöttisch. All diese Typen und noch mehr wurden jedes Jahr aus der Versenkung geholt, um uns während der Festtage bei Puppentheatern das Geld aus der Tasche zu ziehen. »Und was ist mit dem liebenswerten alten Mann, der einfach nur ehrlich eine Partie Rabe spielen möchte? Ich könnte ein paar Kronen als Gewinn gut gebrauchen.«

»Geh nicht in der Kaserne auf Suche«, warnte mich Stolley. »Man hat alle Neuen vor dir gewarnt.«

»Spielverderber.« Also hatte Stolley nichts Ungewöhnliches bemerkt.

»Hast du letzte Nacht irgendeine Spur gefunden?« Stolley war genauso scharf darauf wie ich und jeder andere in der Kaserne, herauszufinden, wer Temar niedergestochen hatte und ihn baumeln zu sehen.

»Nichts, und ich habe mit jedem Hauptmann zwischen den Bergen und dem Meer gesprochen.« Ich schüttelte den Kopf. »Ich gehe jetzt am besten erst mal frühstücken und frage dann noch mal bei ihnen nach.«

»Für die höher gestellten Soldaten in der unteren Halle«, erinnerte mich Stoll und deutete mit dem Kinn auf das Haupthaus.

Ich stöhnte. »Warum müssen Serviermädchen morgens immer so verdammt schrill reden?« Aber ich ging zum Haupthaus hinüber, eingedenk Junker Camarls Tadel. Ein Hausdiener, den ich flüchtig kannte, fegte vor der Tür, als ich die Stufen hochstieg.

»Ryshad, guten Morgen!«

»Dir auch, Dass.« Ich hatte keine Lust auf einen Schwatz, also nahm ich die Hintertreppe zu der weiß verputzten unteren Halle, einem lang gestreckten Raum im Untergeschoss mit Fenstern hoch oben in der Wand, um Tageslicht hereinzulassen. Schwere, zerkratzte Tische und Bänke ohne Rückenlehnen waren überfüllt mit Zofen, Zimmermädchen, Kammerdienern und Lakaien, die alle gleichzeitig redeten und versuchten sich verständlich zu machen, indem sie lauter als ihre Nachbarn sprachen. Das Geschnatter hallte von den Wänden wider und dröhnte mir in den Ohren. Ich klopfte an die Essensausgabe, die sich zwischen zwei massiven Säulen befand, die einst das Gewölbe einer D'Olbriot-Residenz mitgetragen hatten, die schon vor Generationen erbaut und längst wieder abgerissen worden war.

»Was kann ich dir bringen?« Ein sommersprossiges Mädchen schob sich eine kastanienbraune Strähne hinters Ohr und wischte sich die Hände an einer gestärkten Schürze ab.

»Brot, Schinken, was noch an Obst da ist und einen Tee mit viel weißem Kandis«, bat ich lächelnd.

»Etwas um dich wachzuhalten?«, kicherte sie, als sie mein Mahl aus den Schüsseln und Körben zusammenstellte.

»Die fünfte Nachtglocke läutete, als ich heute Nacht zurückkam«, gestand ich.

»Hoffentlich war sie es wert«, neckte sie mich und wirkte plötzlich älter als ihre Jahre.

»Und dir auch schöne Festtage«, gab ich zurück.

Sie lachte. »Sobald ich meinen Dienst für heute beendet und meine Tanzschuhe geholt habe.«

Ich nippte an meinem Tee, verzog den Mund, weil

er so bitter war, und suchte mir einen Platz ganz am Ende eines Tisches. Ein paar der Zimmermädchen und Diener warfen mir einen Blick zu, doch ihr Interesse galt mehr dem Klatsch mit den Gastdienern. Ich kannte die meisten Gesichter, auch wenn ich die Namen nicht wusste, und die wenigen Neulinge wurden sichtlich von hier lebenden Dienern begleitet. Messires Haushofmeister hatte nicht die Absicht, den gut geölten Haushalt durch einen Diener stören zu lassen, der nicht wusste, wo er heißes Wasser bekam oder wo er die Wäscherei finden konnte.

Der erste Brief war wieder von Mistal, der wissen wollte, wo ich gestern abgeblieben war, also ließ ich ihn unbeachtet und widmete mich stattdessen dem köstlichen luftgetrockneten Schinken und dem feinen, weißen Brot, das noch warm war. Auf dem zweiten war einfach ungelenk mein Vorname hingekritzelt. Ich brach den unförmigen Wachsflecken ohne Siegel auf und entfaltete das einzelne Blatt, während ich eine saftige, reife Pflaume verspeiste.

»Was in Dasts Namen ist denn das?« Ich war so verblüfft, dass ich laut sprach.

»Wie bitte?« Das Mädchen neben mir unterbrach sein Gespräch über die Mode im Süden mit einem Mädchen aus Lequesine. »Wolltest du etwas, Ryshad?«

»Nein, entschuldige, aber trotzdem schöne Festtage, Mernis.« Ich lächelte sie mit dem ganzen Charme an, den ich aufbringen konnte, nach dem Schock, zusätzlich zu der langen Nacht. »Weißt du, ob die Frühstückstabletts schon nach oben gebracht wurden?«

»Die Hallendiener nahmen sie gerade in Empfang, als ich herunterkam«, nickte Mernis. »Du sollst doch auf den jungen D'Alsennin aufpassen, nicht wahr? Nach dem was ich gehört habe, ist dir das gestern nicht besonders gut gelungen.« Sie wollte mich nicht beleidigen, sondern war einfach nur neugierig, aber ich wollte nichts sagen, worüber sie mit ihren Freunden in- und außerhalb des Hauses tratschen konnte.

»Ist er wach, weißt du das?« Ich wischte mir die klebrigen Hände an einer ordentlich gefalteten Serviette ab, ehe ich die Briefe in mein Wams steckte.

»Ich sah wie Demoiselle Tor Arrial zu ihm hineinging«, meldete sich ein Bursche ein Stück weiter unten am Tisch. Soweit ich mich erinnerte, war er der Schneiderlehrling.

»Vielen Dank.« Jedermann an diesem Ende des langen Tisches war nun ganz gespannte Aufmerksamkeit, also schenkte ich ihnen allen ein einnehmendes Lächeln und verschwand über die Hintertreppe zu den oberen Geschossen. Ich nahm immer zwei Stufen auf einmal. Auf den polierten Eichendielen lag nur ein schmaler, gewebter Läufer, die verputzten Wände waren einfach gelb gestrichen. Heute Morgen stand vor Temars Tür kein Page, sondern ein neu Eingeschworener, der sich durch diese Aufgabe so geschmeichelt fühlte, dass er nicht entgangenen Festtagsfreuden hinterherjammerte.

»Verd.« Ich nickte grüßend. »Hat jemand nach D'Alsennin gefragt?«

»Ein paar der Mädchen«, sagte er achselzuckend. »Die finden immer eine Ausrede, um zu bummeln.«

»Oder zu flirten.« Ich grinste. »Falls jemand hier herumschnüffelt, mach kein Theater, aber ich würde gern die Namen erfahren.«

Verds vorquellende Augen blickten gerissen. »Und was soll ich ihnen sagen?«

»Schüttel einfach nur den Kopf und mach ein zweifelndes Gesicht«, schlug ich vor. »Versuch festzustellen, ob sie das für gute oder schlechte Nachrichten halten.«

Ich klopfte, und als ein gedämpftes ›Herein‹ ertönte, öffnete ich die mit einem Riegel versehene Tür. Temar saß aufrecht in dem riesigen Bett von altmodischer Aufmachung, aber noch immer sehr eindrucksvoll. Es hatte Bettvorhänge aus scharlachrotem und elfenbeinfarbenem Damast sowie Schnitzereien an den vier Pfosten und dem Kopfteil. Temar hatte eine Reihe von Kissen im Rücken und wirkte verlegen, ein Tablett mit den Resten eines guten Frühstücks auf den Knien.

»Wann kann ich mich anziehen?«, fragte er mit einer frustrierten Grimasse. In seinem rüschenverzierten Nachthemd sah er etwas albern aus.

»Wenn ich erkläre, dass du dazu in der Lage bist.« Diese schroffe Antwort kam von Demoiselle Tor Arrial, die am Fenster saß. An diesem Morgen hatte sie ihr Haar in ein filigranes Silbernetz gehüllt, was ihrem strengen malvenfarbenen Kleid einen Hauch von Eleganz verlieh.

»Ryshad, sag ihnen, sie sollen mich aufstehen lassen«, flehte Temar. Ich bemerkte, dass die schreckliche Schwellung zurückgegangen war. Nur einige dunkle Flecken unter dem einen Auge waren noch zu sehen.

»Wie geht es ihm?«, wandte ich mich an Avila. Der Heilungsprozess war ihr Werk, also konnte sie es am besten beurteilen.

»Recht gut«, gab sie nach einer Pause zu.

»Darf ich also aufstehen?«, fragte Temar.

»Du hast für meinen Seelenfrieden entschieden zu viel Blut verloren«, sagte Avila abweisend. »Du darfst dich mindestens noch einen ganzen Tag lang nicht anstrengen.«

»Aufzustehen ist wohl kaum anstrengend«, wandte der junge Mannn ein. »Und ich kann nicht die halben Festtage hier verbringen. In wenigen Tagen verlassen die führenden Namen die Stadt, um sich auf ihre Landsitze zurückzuziehen, wo das Wasser sauberer und die Luft frischer ist. Ich muss Leute treffen!«

»Wenn du es heute übertreibst, riskierst du, dass du weitere drei Tage lang flachliegst.« Avila begegnete Temars Blick mit ebenbürtiger Stärke. »Wie soll uns das dabei helfen, die verlorenen Artefakte wiederzufinden?«

»Talagrins Hast ist Poldrions Beute.« Temar und Avila sahen mich verständnislos an. »Eile mit Weile? Ach, egal. Solange du im Bett liegst, fühlst du dich vielleicht wohl, Temar, aber die Heilung einer Kopfverletzung lässt sich nicht beschleunigen. Ich habe genug Novizen gesehen, die im Ring bewusstlos zu Boden gingen, um das beurteilen zu können. Was ist mit deiner Wunde? Du musst diesen Schnitt doch bei jedem Atemzug spüren?«

»Avila heilte ihn mit Zauberkunst«, sagte Temar verächtlich. »Sie hat gerade die Fäden gezogen.«

»Oh.« Viel mehr fiel mir dazu nicht ein.

»Aber meine Kräfte wären vergeudet, wenn du dir noch ein Messer einfängst«, sagte Avila schnippisch. »Konntest du letzte Nacht einen Angreifer aufspüren, Ryshad?«

»Keinen Einzigen.« Ich schüttelte den Kopf. »Jeder Eingeschworene, ob von D'Olbriot oder einem anderen Namen, der in unserer Schuld steht, wird sich an der Jagd beteiligen, aber bis wir eine Spur haben, solltest du wirklich die Residenz nicht verlassen, Temar, auf jeden Fall nicht heute.«

»Hast du irgendeinen Hinweis auf Elietimm in der Stadt gefunden?«, fragte Avila.

»Nichts. Und Dastennin sei mein Zeuge, ich habe gründlich gesucht. Hast du gespürt, ob ein anderer Zauberkunst anwendete?«

»Keine Spur«, erwiderte sie. »Aber ich werde meine Suche fortsetzen.«

Temar sah missmutig drein, als ob er etwas sagen wollte, doch unter Avilas stählernem Blick verkniff er es sich.

Ich zog einen Brief aus meinem Wams. »Die schlechte Nachricht des heutigen Tages ist, dass jemand als Nächstes mir ein Messer in den Leib rammen will. Wer immer dahinter steckt, Temar ist nicht ihr einziges Ziel.«

Avila erholte sich zuerst von ihrer Überraschung. »Erklär das näher.«

»Dies hier ist eine Herausforderung.« Ich entfaltete den anonymen Zettel, den ich erhalten hatte und las die krakelige Verkündigung laut vor: »Allen Männern, die ordentlich eingeschworen in den Diensten eines Fürsten von Toremal stehen, sei hiermit verkündet, dass Ryshad Tathel, kürzlich eingeschworen auf D'Olbriot und frisch erwählt, um diesen Namen zu ehren, bereit ist, seine Vortrefflichkeit mit Schwert, Stab und Dolch unter Beweis zu stellen. Wie es der Brauch ist, wird er sich jedem in förmlichem Zweikampf stellen, um die Mittagsstunde des Sonnwendtages auf dem Übungsgelände der D'Olbriot-Kohorte.« Ich faltete den Zettel sorgfältig wieder entlang der Knickstellen. »Alles ordentlich der Form genügend, wie ihr seht. Das einzige Problem ist, dass ich nicht zum Duell aufgefordert habe.«

»Es tut mir Leid, aber ich verstehe nicht«, sagte Avila gereizt.

»In euren Tagen war es ungewöhnlich, eine Kohorte aufzustellen, nicht wahr? Die Lehnsmänner wurden für besondere Notfälle zum Dienst gerufen?« Beide nickten langsam. »Nun, während des Chaos brauchte der Adel stehende Truppen, um seine Leute und seinen Besitz zu verteidigen. Damals wurden die ersten Männer eingeschworen, als Soldaten eines Hauses. Am Ende der Kanselin-Ära hatte sich die formale Struktur, wie wir sie heute kennen, entwickelt. Anerkannte Männer sind der untere Rang, sie tragen die Livree des Hauses, und wenn sie sich als vertrauenswürdig erweisen, bietet ihnen der Sieur seinen Eid, und sie schwören wiederum auf ihn. Eingeschworene Männer tragen das Amulett, um diese beiden Eide zu symbolisieren. Diejenigen, die sich auszeichnen, können zum Erwählten aufsteigen und dann zum Erwiesenen als oberste Stufe, das sind einige wenige, die vom Sieur und seinem designierten Nachfolger besonders hoch geschätzt werden.«

»Und diese Herausforderung?« Avila deutete auf den Brief.

Ich sah ihn an. »Heutzutage ist der Bedarf an Kriegern nicht mehr so groß, aber Eingeschworene dienen als Leibwächter, wenn die Adligen reisen. Jedes Haus stellt abwechselnd die Kohorte zur Verfügung, um im Namen des Kaisers den Frieden in Toremal aufrechtzuerhalten, Jahreszeit um Jahreszeit und Festtag um Festtag, also müssen wir alle auch im Kampf fit sein. Nur eine Hand voll Häuser unterhält noch eigene Schwertschulen.« Ich zählte die Namen an den Fingern ab. »D'Olbriot, Tor Kanselin, Den Haurient, Tor Bezaemar und D'Istrac, aber sie nehmen alle auch Männer aus anderen Häusern auf und bilden sie aus.

Wenn ein Anerkannter dahin kommt, seinen Eid abzulegen, muss er beweisen, dass er ein guter Kämpfer ist, also fordert er in Briefen wie diesem, die er an die Tür jeder Schwertschule heftet und an den Waffenmeister jedes Hauses schickt, Gegner heraus. Er muss gegen jeden kämpfen, der erscheint – das heißt, gegen jeden Eingeschworenen, nicht gegen Raufbolde von der Straße – sonst verwirkt er die Ehre, einen Eid angeboten zu bekommen.«

»Eine Probe auf Ausdauer ebenso wie auf Fähigkeit.« Temar sah interessiert aus. »Und du sollst das auch machen?«

»Ein Eingeschworener, der zu einem Erwählten aufsteigt oder ein Erwählter zu einem Erwiesenen hat immer eine Herausforderung ausgesprochen. Diejenigen, die den Rang bereits innehatten, stellten dann seine Beförderungswürdigkeit auf die Probe.« Ich rieb mir mit der Hand über das Kinn. »Aber heutzutage kommt das nur noch selten vor, nur wenn eine Schwertschule am Ende der Prüfungskämpfe noch zusätzliche Schaukämpfe veranstalten will, oder um einen bekannten Schwertkämpfer zu ehren.« Ich schüttelte den Kopf. »Und außerdem habe ich die Herausforderung nicht abgegeben. Aber jetzt, da sie heraus ist, bin ich bei meiner Ehre verpflichtet, gegen jeden anzutreten, der sie annimmt und auftaucht.«

»Und was will derjenige, der dafür verantwortlich ist, damit erreichen?«, überlegte Avila.

»Abgesehen davon Ryshad zu töten, wenn er die Chance dazu erhält«, bemerkte Temar mit einem schwachen Grinsen.

Ich lächelte ihn freudlos an. »Diese Chance bekommt er nicht, aber mich im Sand zu demütigen würde D'Olbriot sehr in Verlegenheit bringen.« Ebenso wie der Angriff auf Temar den Namen gedemütigt hatte.

»Wenn diese Herausforderung nichts mit dir zu tun hat, warum willst du dann das Risiko eingehen?«, wandte Avila ein.

»Es ist eine Frage der Ehre«, antwortete Temar rasch.

Ich war froh, dass er das gesagt hatte. »Ich gehe heute Vormittag zur Schwertschule und werde ein bisschen schwitzen. Es ist eine Jahreszeit oder mehr her, seit ich ordentlich trainiert habe. Und wenn ich da bin, kann ich gleich ein paar Fragen stellen.«

»Dann mache ich am besten mit der Arbeit weiter, mit der du gestern angefangen hast.« Temar warf seine Decke beiseite, wobei er beinahe sein Frühstückstablett umwarf.

Ich sah meine eigenen Zweifel in den Augen der Demoiselle. »Du solltest heute wirklich im Haus bleiben. Bis wir mehr wissen, können wir kein Risiko mit dir eingehen.«

»Du brauchst noch mindestens einen Tag Ruhe, mein Junge«, erklärte Avila mit einem besänftigenden Blick. »Falls jemand wirklich deinen Tod wünscht, wird man niemanden zum ehrlichen Zweikampf schicken, sondern wieder jemanden, der mit einem Messer in den Schatten lauert. Was soll ich denn Guinalle sagen, wenn ich ihr nur noch deine Asche in einer Urne mitbringen kann?«

Ich blickte auf meine Stiefel. Das war ein Tiefschlag von Avila und spielte mit den hoffnungslosen Gefühlen des Jungen für Guinalle. Ich wusste zufällig, dass sie viel mit Usara zusammen war, einem Schüler und Freund des Erzmagiers. Seine

Gelehrsamkeit und sein Intellekt waren heutzutage weit mehr nach ihrem Geschmack als Temars Überschwänglichkeit. Was mich daran erinnerte – ich musste immer noch Casuel bitten, seine Magie einzusetzen, um mit Usara Kontakt aufzunehmen und herauszufinden, was Livak vorhatte. Ich konnte mich des Verdachts nicht erwehren, dass diese Brüder, die sie so schätzte, sie wieder vom rechten Wege abbringen würden.

»Was soll ich denn dann tun?«, fragte Temar beleidigt.

Ich konzentrierte mich hastig auf die vorliegenden Dinge. »In der Bibliothek hier müssen nützliche Berichte stehen. Nicht so viele wie im Archiv, aber der persönliche Schreiber des Sieurs wird dir gerne helfen. Messire wird den ganzen Tag im kaiserlichen Palast sein.«

Temar sah noch immer aufmüpfig aus.

»Zumindest kannst du dich anziehen«, sagte ich grinsend.

»Ich bin heute Morgen zu Tee und Plauderei mit Lady Channis und Dirindal Tor Bezaemar eingeladen«, verkündete Avila mit einem entschlossenen Glitzern in den Augen. »Wir können beim Mittagessen vergleichen, was wir herausgefunden haben.«

Temar sank auf seine Kissen. »Ich denke schon.«

»Bitte entschuldigt mich.« Ich zog mich mit einer Verbeugung zurück und bekam einen Pagen zu fassen, der Karaffen mit Brunnenwasser zu den Schlafzimmern auf diesem Korridor brachte. »Weißt du, ob Junker Camarl schon aufgestanden ist?«

Der Knabe schüttelte den Kopf. »Er ist noch im Bett, Herr, und hat noch nicht einmal nach heißem Wasser oder Tee geschickt.«

Was bedeutete, dass Camarls treu ergebener

Kammerdiener nicht zulassen würde, dass man ihn störte. Es überraschte mich nicht, denn als ich vergangene Nacht Camarl über meine mangelnden Fortschritte Bericht erstattet hatte, war es weit nach Mitternacht gewesen, und der Junker hatte noch immer in der Bibliothek gearbeitet, umgeben von Pergamenten und Hauptbüchern. Ich ging also besser los und versuchte festzustellen, ob jemand in der Schwertschule Licht auf diese gefälschte Herausforderung werfen konnte, entschied ich. Dann konnte ich Camarl mehr als nur eine halbe Geschichte berichten.

Ich ging zum Torhaus, wo ich dafür sorgte, dass Stolley auf keinen Fall ohne Camarls ausdrückliche Erlaubnis Temar hinausließ und zweitens den Jungen mit einem Ring von Schwertern umgab. Ein schwerer Wagen, der das D'Olbriot-Wappen an den Seiten trug, holperte vorbei, als ich auf die Straße trat, und ich schwang mich hinten auf und nickte dem bekümmerten Kutscher zu.

»Erwählter jetzt, nicht wahr?« Er warf einen flüchtigen Blick auf meine Armspange und spie auf die Straße. »Du solltest es besser wissen, als eine Fahrt mit mir zu schnorren.«

»Was macht das schon, dieses eine Mal?«, protestierte ich grinsend. »Das macht doch jeder, oder?«

»Jeder Eingeschworene, vielleicht.« Er wandte sich zu seinem Gespann aus kräftigen Maultieren zu und schnalzte mit der Zunge.

Ich ließ müßig die Beine baumeln, während der Karren um die lang gezogene Kurve der Hochstraße rumpelte, kaum schneller als Schrittgeschwindigkeit, aber ich wollte meine Kraft für die Anstrengungen aufsparen, die ein Vormittag in der Schwertschule D'Olbriots verhieß. Die Maultiere brauchten keine Aufforderung, um die letzte Biegung zu dem Gewimmel von Lagerhäusern, Krämerläden und verschiedensten Höfen zu nehmen, in denen alles und jedes verkauft wird, das von den Städten und Gütern des Reiches stammt oder in den geräumigen Galeeren übers Meer kommt, die die Küsten von Ensaimin und darüber hinaus befahren. Als der Kutscher mehrmals hielt, um seinen Karren mit Säcken und Fässern für D'Olbriots Festlichkeiten zu füllen, sprang ich ab und winkte ihm ein Dankeschön zu.

Es war nicht weit bis zur Schwertschule, einer Ansammlung von behelfsmäßigen Gebäuden, die von einem verblichenen Zaun umgeben waren. Es ist ein alter Scherz, dass die Kornsäcke unseres Sieurs besser untergebracht sind als die Männer, die seine Scheunen verteidigen. Aber in diesen einfachen Unterkünften wird der Mut und die Einsatzfreude der Anerkannten auf die Probe gestellt, neuere Gebäude oben bei der Residenz belohnen die auf den Namen Eingeschworenen mit bequemerer Logis. Ich ging durch den verwitterten und lückenhaften Zaun, mehr ein Symbol als eine wirkliche Hürde. Falls jemand dumm genug war zu glauben, hier gäbe es etwas, das sich zu stehlen lohnte, stünde er bald fünfzig Schwertern auf beiden Seiten gegenüber, um seinen Fehler zu erklären.

Aber das sandige Gelände war heute leer. Wer normalerweise seine Tage hier übend und schwitzend verbrachte, war entweder bei den Namen zu Dienst, die sie anerkannt hatten oder sie nutzten alle Vergnügungen, die die Festtage zu bieten hatten. Wer sich sinnlos betrank, würde es früh genug bedauern, wenn der erste Tag des Nachsommers ihn wieder auf dem Übungsgelände sah.

Ich eilte auf das schlichte, kreisförmige Gebäude zu, das das Gelände überragte, grobe Holzwände auf einem hüfthohen Fundament aus Stein, mit einem Schindeldach, das doppelt mannshoch war. Die breiten Türen standen offen, um jeden Lufthauch hereinzulassen, der die sommerliche Hitze erträglicher machte, wenn auch nur für einen Moment. Im Halbdunkel blinzelnd ging ich hinein, dankbar für den Schatten, wenn auch die größte Hitze des Tages erst noch kommen würde.

Ein Stoß ließ mich vorwärts taumeln, sodass ich kaum auf den Füßen blieb. Ich fing an zu laufen, teils um nicht zu fallen, teils um von dem wegzukommen, der hinter mir war. Ich wirbelte herum, zog mit einer einzigen Bewegung mein Schwert und schwang es, falls jemand einen zweiten Schlag versuchen sollte.

Meine Klinge traf klirrend auf die des Mannes, der mich angriff. Mein Schwert glitt an seinem herab, und mein Handschutz verhakte sich mit seinem. Unsere Blicke trafen sich, auf gleicher Höhe. Ich stieß meinen Angreifer mit einem plötzlichen Ruck von mir, bereit für den nächsten Zug.

Die Spitze seines Schwertes war nur eine knappe Hand breit von meiner entfernt. Er bewegte sich mit unerwarteter Wut, glänzender Stahl zuckte nieder, um mir den Schädel wie eine Melone zu spalten. Aber ich wartete ja nicht einfach ab. Sobald seine Schultern sich spannten, zog ich mein Schwert hoch, mit einem Schritt nach links, der mich außer Gefahr brachte. Ich schlug meine Klinge auf seine und drängte sie beiseite, während mein Schwert gleichzeitig zu seinem Gesicht hochfuhr und drohte, ihm die Kehle bis zum Rückgrat aufzuschlitzen. Er trat zurück, leichtfüßig im Gleichgewicht, hob sein

Schwert erst um sich zu schützen, dann ließ er es in einem Bogen auf meinen Oberkörper schwingen. Ich duckte mich und hätte um ein Haar meine Schwertspitze in seinem Bauch gehabt, aber er wechselte blitzartig zu einer Abwärtsbewegung. Wieder trafen unsere Schwerter aufeinander, wir legten unsere ganze Kraft mit angespannten Muskeln in die Klingen.

»Na, wir war sie, deine aldabreshische Hure?« Er versuchte, mir ins Gesicht zu spucken, aber sein Mund war zu trocken.

»Besser als deine Mutter je war.« Ich blinzelte mir den Schweiß aus den Augen. »Du wirst langsam alt, Fyle.«

»Ich bin erst dann alt, wenn du tot bist«, höhnte er. »Darauf kannst du deine Knochen verwetten.«

»Als ich das zum ersten Mal hörte, habe ich so gelacht, dass ich aus der Wiege fiel.« Ich schüttelte den Kopf. »Seitdem du ein Welpe warst, sind schon viele Hunde gestorben, Fyle.«

Wir trennten uns und umkreisten einander langsam. Ich sah ihm in die Augen und fand dort unerbittliche Entschlossenheit. In der Sekunde, in der er sein Schwert hochriss, trat ich auf ihn zu, machte eine Drehung im Handgelenk und stieß mein Schwert unter seine Arme und durch die kurzen Ärmel seines Hemdes. Als er zusammenzuckte, zurückwich, sich fing und seinen Abwärtshieb fortsetzte, alles in einem Atemzug, sprang ich zurück, drehte mich und brachte einen Hieb von hinten an, der ihm den Kopf hätte abschlagen können.

Ich ließ das Schwert sanft auf seinem muskulösen Nacken ruhen, zwischen grau gesprenkeltem, kurz geschnittenem Haar und dem schweißdurchtränkten Kragen. »Gibst du auf?«

Er ließ sein Schwert sinken, aber nur, damit er sich die empfindliche Haut über den Ellbogen reiben konnte. »Das hat verdammt wehgetan, Rysh.«

»Gut genug?«, drängte ich und drehte mein Gesicht vergebens, um einen kühlen Lufthauch zu erhaschen, doch die Luft war heiß und schwül.

Fyle nickte und lockerte die breiten Schultern in einer vertrauten Geste. »Recht gut, solange nicht jemand unerwartet auftaucht, um die Herausforderung anzunehmen.«

»Also hast du davon gehört.« Ich steckte mein Schwert ein und hob Fyles auf, um es ihm mit einer respektvollen Verbeugung zurückzugeben. »Irgendeine Ahnung, wer daran Interesse haben könnte?«

»Dich ein, zwei Haken tiefer zu hängen?« Sein Lachen dröhnte bis zu den grob gezimmerten Deckenbalken. »Sie werden Schlange stehen!«

»Jemand im Besonderen?« Ich wischte mir mit dem Ärmel den Schweiß vom Gesicht.

Fyle hielt inne, das Hemd am Hals offen, die Hosen geflickt und voller Schweißflecken. Er war mehr als eine halbe Generation älter als ich, seine Brusthaare, die sich in den Schnüren des Hemdes verfangen hatten, wurden grau, aber er hatte noch immer eindrucksvolle Muskeln. »Es waren Männer von D'Istrac, mit denen ihr aneinander geraten seid, du und Aiten.«

Ich setzte mich auf eine Holzbank, um einen Stiefel neu zu schnüren, sah aber bei seinen Worten auf. »Welchen Kampf meinst du?«

»Na, waren es denn so viele?« Aus seiner Stimme tropfte Sarkasmus.

»So viele nicht«, widersprach ich. »Und wir haben auch nicht immer angefangen.«

»Aber diesen mit D'Istracs Männern hast du angefangen.« Fyle schüttelte den Kopf über mich. »Als du lauthals getönt hast, dass Männer, die zu Erwählten und Erwiesenen aufsteigen, bei einer Herausforderung teilnehmen sollen, genauso wie alle anderen, wie es immer gewesen war. Es würde das Metall des Amuletts beschmutzen, war es nicht so?«

»Aber das war vor zehn Jahren«, sagte ich langsam.

»Schon vergessen?« Fyle lachte. »Wenn du bei Ebbe Mist ins Meer wirfst, kommt der Gestank mit der nächsten Flut wieder, das weißt du doch.«

»Darf man denn nicht mal dummes Zeug reden, wenn man jung, betrunken und dumm ist?«, flehte ich, streifte mein Wams ab und hängte es auf einen Haken.

»Doch, natürlich«, versicherte Fyle. »Aber wenn du älter, klüger und nüchtern bist, musst du für deine Fehler einstehen.« Er sah mich streng an, der schmale Spalt zwischen seinen Augenbrauen verschwand. »Das habe ich gedacht, als ich diese Herausforderung angeschlagen sah. Wenn du zu mir gekommen wärst, um meine Erlaubnis einzuholen, hätte ich dir gesagt, du sollst es vergessen und dir einfach genug Wein kaufen, um die Beleidigung zu ertränken, wenn sie dir so zu schaffen macht.«

»Aber es ist nicht meine Herausforderung«, erklärte ich. »Deswegen bin ich ja zu dir gekommen. Wer könnte sie in meinem Namen ausgegeben haben?«

»Keine Ahnung«, sagte Fyle gedämpft, weil er sich das Gesicht mit einem rauen Handtuch abrubbelte.

»Was ist mit den anderen Vorstehern der Schwertschulen?«, beharrte ich. »Vielleicht kam jemand zu ihnen wegen einer Erlaubnis?«

»Nein, und ich habe herumgefragt und hätte jeden einen Kopf kürzer gemacht, der sich anmaßte, eine Erlaubnis für eine D'Olbriot-Herausforderung zu gewähren.« Fyle schüttelte den Kopf.

Ich brachte ein reuevolles Lächeln zu Stande. »Also wird D'Istrac jeden Mann schicken, den das Haus aufbringen kann, was?«

»Alle, die nichts dagegen haben, sich eine blutige Nase zu holen oder genäht werden zu müssen, als Abwechslung zu ihrer Hurerei während der Festtage.« Fyle schob seine bloßen Füße in weiche Schuhe. »Du hast ein Gesicht wie das südliche Ende eines nach Norden gehenden Mulis! Es ist nicht böse gemeint, Ryshad, aber du hast dich gut gemacht, hast in den letzten Jahren das Ohr unseres Sieurs gehabt, bist auf Raeponin weiß was für eine Mission geschickt worden. Du bist Erwählter geworden, während die anderen, mit denen du die Ausbildung hattest, noch immer in der Kaserne ihre Stiefel blank polieren, und je höher eine Katze klettert, desto mehr Leute wollen sie in den Schwanz kneifen.« Er schlug mir auf die Schulter. »Ich hole uns was, womit wir den Staub aus der Kehle spülen können, und dann kannst du mir alles über diese aldabreshische Frau erzählen. Ich wollte schon immer die ganze Geschichte hören.«

Fyle ging zur offenen Tür und pfiff. Ein eifriger Bursche tauchte auf. In jeder Schwertschule hängen ein paar herum, die zuschauen, lernen und hoffen, eines Tages auch anerkannt zu werden. Fyle gab dem Jungen eine Münze, und er rannte davon, um Wein aus einem der nahe gelegenen Lokale zu holen, die ihr Geld mit dem Durst der Schwertkämpfer verdienen.

Junge Männer, die auf leeren Magen zu tief ins

Glas schauen, reden dummes Zeug. War es so einfach? Fielen meine eigenen törichten Sprüche auf mich zurück? Dast sei mein Zeuge, ich hatte diesen längst vergangenen Streit völlig vergessen. Ich konnte mich nicht einmal genau erinnern, wo oder wann ich das alte Gesetz der Schwertschulen angeführt hatte, berauscht von der Tatkraft der Jugend und nicht zu wenig Wein. Es gefiel mir gar nicht, dem Sieur oder Camarl davon erzählen zu müssen und zuzugeben, dass diese Herausforderung kein Komplott war, um das Haus oder D'Alsennin um einen geschätzten Verteidiger zu bringen, sondern nur einfach Dreck, der mir aus den Tagen anhing, als ich noch zu dumm war, um nicht meine eigene Schwelle zu besudeln.

Wer hätte sich sonst noch an diesen Abend erinnern können? Wem wäre es nach all dieser Zeit noch wichtig genug, mich zu Fall zu bringen? Und warum gerade jetzt? Ich war in den letzten Jahren oft von Toremal weg gewesen, aber es hatte andere Sonnwendfeiern gegeben, wenn jemand unbedingt diese Rechnung mit einem Spielchen hätte begleichen wollen.

Aiten hätte gelacht, dachte ich düster. Wenn er hier gewesen wäre, hätte ich ihn als Ersten im Verdacht gehabt, die Herausforderung ausgegeben zu haben. Er hätte es für einen tollen Streich gehalten und dann jede freie Minute mit mir geübt, sodass ich am Ende des Tages als Sieger hätte aus dem Ring gehen können. Aber er war seit fast zwei Jahren tot. Gestorben durch Livaks Hand, doch verschuldet hatten seinen Tod die grausamen Elietimm. Ich wusste, dass sie sich noch immer Gedanken über die schreckliche Entscheidung machte, die sie hatte treffen müssen, nämlich meinen Freund zu töten, um mein und ihr Leben zu retten, als ihm durch böse Hexerei sein Verstand genommen worden war. Ich hoffte nur, dass die Entfernung zwischen uns sie nicht daran zweifeln ließ, dass ich ihr nie einen Vorwurf daraus gemacht habe.

Fyle kam mit ledernen Humpen in einer Hand und einer schwarzen Karaffe in der anderen zurück. »Wir trinken auf deinen Erfolg morgen, ja?«

»Da ist hoffentlich viel Wasser drin«, sagte ich und nahm einen Schluck. Aiten war tot, Livak war nicht da, und ich musste mich um das Hier und Jetzt kümmern. Jemand hatte die Herausforderung ausgegeben, und ich musste mich ihr stellen. Wenn ich damit Schulden beglich, die in meiner dummen Jugend aufgelaufen waren, dann war es eben so. Falls jemand vorhatte, mich blutend im Sand liegen zu lassen, würde ich dafür sorgen, dass er derjenige war, der einen Arzt brauchte. Dann würde ich in Erfahrung bringen, wessen Geld sein Schwert gekauft hatte entgegen aller Grundsätze unserer eidgebundenen Tradition.

»Das gute Zeug heben wir morgen«, versprach Fyle, als er meine Miene beim Trinken sah. »Wenn du die Köter weggejagt hast, die nach deinen Fersen schnappen wollen.«

»Meinst du, ich schaffe es?« Wenn er es nicht glaubte, würde Fyle es mir gleich sagen.

»Du kannst es mit jedem Eingeschworenen aufnehmen, den ich in den letzten fünf Jahren hier hatte«, sagte er langsam. »Du bist noch jung für einen Erwählten, also wirst du Männern gegenüberstehen, die mehr Erfahrung haben als du, aber die andere Seite der Medaille ist eben, dass sie auch älter und langsamer sind.« Er lächelte mich an, die Falten um seine dunklen Augen verstärkten sich.

»Du warst ziemlich großmäulig, aber du hast nie etwas gesagt, das wir Schwertschulmeister untereinander bei einer Flasche nicht auch vor uns hinmurmeln. Zu viele Erwählte und Bewiesene polieren ihre Armspange und lassen darüber ihr Schwert verrosten.«

Wie Glannar, dachte ich streng. »Dann wirst du also auf mich setzen?«

»Du weißt, dass ich nicht wette.« Fyle schüttelte den Kopf. »Ich gehe nur Risiken ein, die ich nicht vermeiden kann, wie jeder gute Soldat.«

Wir beide tranken durstig.

»Ich hätte gedacht, du hättest noch ein paar Tricks im Ärmel«, bemerkte Fyle, als er unsere Humpen mit dem verdünnten Wein wieder füllte. »Hast du denn auf diesen gottverdammten Inseln im Süden gar nichts gelernt?«

»Du willst es nicht dabei belassen, oder?«, lachte ich.

»Einer von uns wird von diesen nichtsnutzigen Relshazern in die Sklaverei verkauft, zum Archipel verschleppt, wo selbst ehrliche Händler sagen, dass für je zwei Männer, die die Aldabreshier umbringen, drei andere von Krankheiten hingerafft werden. Er kämpft sich mit Zauberern im Rücken frei und taucht dann auf der anderen Seite des Ozeans auf und findet Nemiths des Letzten verschollene Kolonie, unberührt von der Zeit?« Fyle sah mich spöttisch ungläubig an. »Du glaubst doch nicht ernsthaft, dass ich das schlucke, oder? Was ist wirklich passiert?«

Ich stieß einen langen Seufzer aus, während ich überlegte, wie ich ihm am besten antwortete. »Ich wurde in Relshaz nach einem Missverständnis mit einem Händler verhaftet.«

»Und sie behaupten ein Gesetzbuch wie unseres zu haben«, höhnte Fyle.

Ich zuckte die Achseln. Ich konnte kaum behaupten, der Hänter wäre unvernünftig gewesen, als er etwas dagegen hatte, dass Temar meine Hände und meinen Verstand übernahm, um diesen elenden Armring zu stehlen. »Raeponin muss weggeschaut haben. Irgendein Schabernack hat die Waagschale gesenkt, und so wurde ich von einem Kriegsherrn der Elietimm gekauft, der nach einem persönlichen Sklaven für seine jüngste Frau suchte.« Die Gehässigkeit der Elietimm hatte dahinter gesteckt, aber das wollte ich Fyle nicht erklären. »Ich tat eine Jahreszeit oder so meine Pflicht bei ihr, dann sprang ich auf ein Schiff nach Norden, als sich die Gelegenheit bot.« Eine Gelegenheit, die mir von dem Kriegsherrn geboten wurde, da ich ihm den Gefallen erwiesen hatte, ihm den Verrat einer seiner anderen Frauen zur Kenntnis zu bringen, einer boshaften, dummen Hexe, die diese verdammten Elietimm zum Narren hielt. »Auf einem Schiff nach Hadrumal geriet ich an den Erzmagier und seine Suche nach Kellarin.« Ich zuckte wieder die Achseln. »Anschließend habe ich mich nur um die Interessen des Sieurs gekümmert.« Und dabei entdeckt, dass er mich ohne Bedenken zum größeren Wohl des Namens opfern würde.

Fyle lehnte sich gegen einen Umhang, der an einem Haken hing. »Und was für eine Art Dienst verlangt die Frau eines Kriegsherrn?« So wie er das Wort betonte, meinte er es auf Hinterhofart.

Ich lachte. »Ach, du hast die Geschichten gehört, Fyle.« Genau wie ich und jeder andere Mann in Tormalin. Der Archipel wurde beherrscht von bösen Wilden, die ihre Frauen gemeinschaftlich benutzten, und ihre Lust auf Blut und anderes in grausamen und ausschweifenden Orgien stillten. Schlecht kopierte Flugschriften mit grellen Bildern kursierten regelmäßig in den Schwertschulen, und wer lesen konnte, unterhielt seine Kameraden mit den prickelnden Einzelheiten. Als einmal ein besonders unappetitliches Exemplar bei einer Inspektion des Schulvorstehers zu Tage kam, hatte Fyles Vorgänger jeden Fetzen Papier in der Kaserne ins Feuer geworfen.

»Nun?«, fragte Fyle. »Komm schon! Die Hälfte der Jungs hier erwarteten, dich in einem Sommergewitter tot angespült zu sehen, und der Rest dachte, du wärst um zwei Eier leichter, falls wir dich je wieder lebend zu Gesicht bekämen!«

»Glücklicherweise sind Eunuchen in unserer Generation aus der Mode gekommen.«

Fyle lachte, weil er das für einen Scherz hielt. Ich beugte mich zu ihm und sagte leise: »Fyle, du hast noch nicht einmal die Hälfte gehört.«

»Meister Vorsteher?« Ein Ruf von der Tür bewahrte mich vor weiteren Fragen. Es war der Hausmeister, mit einer dicken Kladde unter dem Arm.

»Die Pflicht ruft.« Fyle stöhnte. »Aber ich werde die Wahrheit schon noch aus dir herauskitzeln, Rysh, und wenn ich mich dafür betrinken müsste.« Er deutete nachdrücklich mit dem Finger auf mich.

»Du kannst den Branntwein kaufen, um morgen meinen Erfolg zu feiern«, schlug ich vor.

Fyle lachte. »Ja, Hausmeister, was kann ich für dich tun?«

Ich ging aus der anderen Tür und spähte in den hellen Sonnenschein. Ein paar Jungs saßen auf der Erde und spielten eine Partie Runen mit einem ziemlich mitgenommenen hölzernen Satz, den irgendein

Soldat weggeworfen hatte. Ich spiele lieber Weißer Rabe, ich hatte nie viel Glück mit den Runen, anders als Livak. Aber sie schmiedet ja ihr Glück auch selbst, wenn es nötig ist. Ich ging an den langgestreckten Baracken mit den niedrigen Dächern entlang, in denen schmale Fenster nur wenig Licht auf die dicht gedrängten Pritschen fallen ließen. Der Schrein befand sich am anderen Ende des Schulgeländes, ein kleines rundes Gebäude aus demselben hellen Sandstein, mit ockerfarbenen, von Flechten bewachsenen Schindeln auf einem altmodischen, konischen Dach.

Ich ging hinein und nieste, der in der Luft hängende alte Weihrauch tat seine gewohnte Wirkung. Das alte Standbild von Ostrin hatte eine frische Festtagsgirlande um den Hals, und die Schale vor dem Sockel war mit der Asche von mehr als einem Räucherstäbchen gefüllt, das erst kürzlich beim Gebet verbrannt worden war. Fyle nahm seine Pflichten als nomineller Priester ernster als Serlal, der während meiner ersten Ausbildungszeit Schwertmeister gewesen war. Er hatte den Schrein Staub und Spinnweben überlassen, die aus dem jugendlichen Ostrin einen alten Graubart machten, der in der einen Hand seinen Holunderstab und einen Krug in der anderen hatte.

Ich sah zu der Statue auf, die aus einem glatten, weichen grauen Stein gearbeitet war, dessen Namen ich nie hatte herausfinden können, sehr zur Belustigung meines Vaters. Ostrin hat viele Aspekte, die ihn Kämpfern sympathisch machten. Legenden berichten, dass er treue Diener belohnt und sogar selbst zu den Waffen greift, um pflichtgetreue Anhänger zu verteidigen, die von den Unwürdigen misshandelt werden. Wenn der Griff zu den Waffen zu

Blutvergießen führt, können wir um die Heilkraft des Gottes bitten. Heutzutage würde ich wahrscheinlich eher sehen, was Zauberkunst für mich ausrichten konnte, dachte ich beiläufig.

Ich nahm ein Räucherstäbchen, Stahl und Feuerstein aus der Schublade im Sockel und zündete ein Opfer in Gedenken an Aiten an. Ich hatte es nicht geschafft, seinen Leichnam zurückzubringen, damit er auf dem Scheiterhaufen hinter diesem kleinen Schrein verbrannt werden konnte. Ich war noch nicht einmal mit seiner Asche zurückgekehrt, die in einem fernen Feuer gereinigt war und sicher in einer Urne lag, um sich zu den engen Reihen zu gesellen, die die gebogenen Mauern säumten, stumme Erinnerung an all die Männer, die im Dienst D'Olbriots gestorben waren und jetzt ihr Dasein in der Anderwelt genossen. Ich hatte nicht einmal sein Schwert oder seinen Dolch mitgebracht, damit die Klinge in einer der staubigen Truhen hinter dem Altar liegen konnte. Aber ich hatte sein Amulett, eingenäht in meinen Schwertgürtel, das Zeichen für den Ernst unseres Eides. Ich würde es hier zur Ruhe betten, entschied ich, wenn ich angemessene Rache genommen hatte, eines Tages, irgendwie, wenn ich einen Blutpreis gewonnen hatte mit allen Zinsen, die ich aus einem wertlosen Elietimm pressen konnte. Ostrin, Dastennin und jeder andere Gott, der zuhören mochte, konnten meine Zeugen sein, die Elietimm würden nicht ihre Hand an Kellarin legen, nicht, solange ich noch atmete.

Würde sich Ostrin um Laio Shek, die Frau des Kriegsherrn, kümmern? Ich lächelte. Was hielten die Götter von Menschen, die sie nie anerkannt hatten? Aber Laio hatte sich um mich gekümmert, ihren seltsamen Gebräuchen entsprechend. Nein, Fyle hatte noch nicht die Hälfte vom Leben im Archipel gehört. Ich konnte nicht für jeden Kriegsherrn sprechen, aber Shek Kul war keineswegs bloß ein Barbar. Ein schlauer Mann, der einen schwierigen Weg in einer gefährlichen Welt voller wechselnder Bündnisse und bewaffneter Stillhalteabkommen ging. Er war unvorstellbarer Grausamkeit fähig, ich hatte das gesehen, als er seine untreue Frau hinrichtete, aber nach den Sternen des Archipels war das Gerechtigkeit gewesen. Seine anderen Frauen waren auch nicht nur reine Schmuckstücke für seine Gelüste und Abartigkeiten, sondern intelligente Frauen, die mehr Handel und Personal managten als die Sieurs so mancher kleinerer Häuser.

Aber der Versuch, die versammelten Schwertkämpfer Tormalins davon zu überzeugen, dass alles, woran sie je geglaubt hatten, falsch war, wäre genauso fruchtlos gewesen wie Dastennin inmitten eines Sturms herauszufordern. Fyle und ein paar andere mochten vielleicht zuhören, wenn ich ihnen ein paar neue Wahrheiten erzählte, zusammen mit einer bereinigten Geschichte, die bestätigte, dass der Ruf des Archipels an erotischer Meisterschaft nicht übertrieben war. Die Frauen der Aldabreshi nahmen gewiss viele Männer außer ihren Ehemännern mit ins Bett, aber das war ihre freie Entscheidung, nicht das Diktat brutaler Herren. Doch ich wollte die Erinnerung an meinen intimen Umgang mit Laio nicht dadurch beschmutzen, dass ich jede Einzelheit gierigen Blicken entblößte.

Ich lächelte. Das nächste Mal, wenn ich meine Mutter zu Halcarions Schrein begleitete, an ihren Einkaufstagen zum Markt, um die Urne meiner Schwester Kitria zu polieren, würde ich noch ein

Stück Weihrauch entzünden, in der Hoffnung, dass die Mondjungfer huldvoll auf die kleine Laio blickte.

Ich runzelte die Stirn. Ich musste meine Zunge hüten, wenn Fyle mich mit weißem Brandy abfüllte. Laio hatte mich mit ausreichend Gold auf den Weg geschickt, um mir ein ordentliches Grundstück in der Oberstadt zu kaufen. Um ehrlich zu sein, war ich mir noch immer nicht sicher, ob sie das als Bezahlung für geleistete Dienste gemeint hatte.

Genug davon, ich hatte Wichtigeres zu tun, als meine Zeit mit müßigen Tagträumereien zu vergeuden. Ich drehte den blauen Rauchfahnen den Rücken zu und ging rasch zurück zur Schwertschule, weil mir einfiel, dass ich mein Wams an der Tür hatte hängen lassen.

Als ich eintrat, sah ich, wie jemand meine Taschen durchwühlte. Ich überraschte ihn und hatte ihn am Boden liegen, ehe er auch nur Luft holen konnte. »Zum Dieb geworden, was?«

»Geh runter, Rysh!« Mein Bruder Mistal spuckte einen Mund voll Staub aus.

»Verdienst mit dem Gesetz wohl nicht genug und kommst jetzt, um meine Taschen auszurauben?« Ich hielt ihm die Arme auf dem Rücken und kniete auf ihm. »Steh auf. Eine verweichlichte Bande, ihr Advokaten.«

Er zappelte erfolglos. »Lass mich aufstehen und sag das noch mal, du Bastard.«

»Dafür hättest du jetzt wirklich Prügel verdient, die Ehre unserer Mutter zu besudeln.« Ich ließ ihn los und stand auf, bereit für seinen nächsten Zug.

Doch er machte keinen, sondern klopfte sich den hellen Sand von seinem stumpfgrauen Anwaltsumhang und wedelte mit zwei zerknitterten Blättern.

»Bin ich Dreck, dass du auf meine Briefe nicht antwortest?«

Ich staunte über seinen Zorn. »Ich war beschäftigt, Mistal. Du weißt, wie es bei den Festtagen zugeht. Ich habe keine Zeit, mit dir Schauspielerinnen und Tänzerinnen zu bewundern.«

»Es geht hier nicht um gottverdammte Tänzerinnen!« Mistal hielt mir den Brief unter die Nase. »Und in dem hier auch nicht. Ich musste dich sehen!«

»Reg dich ab.« Meine Freude darüber, meinen Bruder zu sehen, verebbte rasch. »Das nächste Mal schreibe ich eine Antwort, wenn das Wachs auf deinem Brief noch heiß ist, einverstanden? Dastennin möge dir helfen, wenn du nichts anderes willst als mir einen Lockenkopf zu zeigen, der mit den Wimpern klimpert.«

Mistal machte den Mund auf, klappte ihn dann aber dümmlich grinsend wieder zu. »Einverstanden. Aber das hier ist ernst, Rysh.«

Mir wurde allmählich klar, dass er in der Patsche sitzen musste, wenn er das Gericht tagsüber verließ. Falls Mistal sich nur auf dem Fest mit mir vergnügen wollte, hätte er gewartet, bis der zehnte Glockenschlag alle Arbeit ruhen ließ.

»Nicht hier.« Eine Schwertschule ist kein Platz für ein vertrauliches Gespräch.

»Dann lass uns auf der Seilerbahn ein bisschen frische Luft schnappen.« Mistal suchte in seiner Tasche nach einem Kaublatt. Ich lehnte dankend ab.

Die Schwertschule ist nicht weit von den Hafenanlagen entfernt, und wir nahmen eine Abkürzung durch eine Gasse voller Bordelle, die gute Geschäfte mit Seefahrern und Kriegern machten. Die Kombination solcher Berufe barg allerdings durchaus Gefahren, Stolley hatte irgendwo hier ein paar Zähne verloren.

»Was hast du hier unten zu suchen?«, fragte Mistal. »Solltest du nicht um deinen Sieur herumscharwenzeln, statt mit deinen Freunden zu trainieren?«

Ich lächelte freudlos. »Jemand hielt es für einen guten Scherz, eine Herausforderung in meinem Namen herauszugeben. Wenn man bedenkt, dass dem jungen D'Alsennin gestern beinahe der Schädel eingeschlagen worden wäre wie ein rohes Ei, glauben wir, dass jemand darauf aus ist, ihre Wände mit D'Olbriots Köpfen zu schmücken.«

Mistal sah mich scharf an, ehe er mit finsterem Blick überlegte.

Wir kamen auf einen breiten Kai, an dem ein paar Galeeren vertäut lagen, deren Decks jedoch bis auf einen einzelnen Wachgänger leer waren. Alle Waren waren schon vor ein paar Tagen gelöscht worden, rechtzeitig für die Festtagsbummler. Dieser Abschnitt des Hafens gehörte D'Olbriot, Poller und Lagerschuppen auf einem langen Stück vor uns trugen das Zeichen des Luchses. Einige Huren genossen eine kurze Atempause auf den gepflasterten Gehwegen, wo viel Platz war zum Schlendern, während die Seiler mit allen anderen unterwegs waren, um ihre Festtage zu genießen. Am ersten Tag des Nachsommers würden sie wieder da sein, Hanf zwischen Rahmen und Pfosten spannen und hin und her wandern, während sie die Griffe drehten, mit denen sie Garn zu Seilen drillten, die stark genug waren, um die breiten Galeeren sicher in dieser weiten Ankerbucht zu halten, ebenso wie Seile für kleinere Aufgaben. Aber im Augenblick hatten wir genug Platz zum Gehen und Reden, ohne dass man uns belauschen konnte.

Mistal betrachtete mit Interesse eine bezaubernde kleine Schlampe mit unwahrscheinlich roten Zöpfen. Sie erwiderte seinen Blick unter angemalten Wimpern hervor. Er sieht gut aus, ungefähr so groß wie ich und mit meinen Farben, aber mit den feineren Zügen unserer Mutter, wohingegen ich das markante Kinn unseres Vaters geerbt hatte. Aber sein Aussehen war für die Hure weniger interessant als seine Kleidung, Advokaten sind bekannt für ihre schweren Börsen. Ich stieß Mistal an. »Wolltest du mir etwas von Belang sagen? Oder willst du nur unter ihre Röcke?«

»Sie kann warten.« Er fasste die Aufschläge seiner Robe auf eine Art an, die Advokaten schon in ihrer ersten Jahreszeit am Gericht zu lernen scheinen. »Es geht um diese Kolonie von dir, in die auch D'Olbriot verwickelt ist. Es gibt Leute, die schauen sehr begehrlich über das Meer.«

»Lescarische Söldner«, nickte ich. »Ich habe diese Gerüchte auch gehört.«

»Lescarische Söldner?« Mistal sah mich ungläubig an. »Die können doch Schafsköttel nicht von Rosinen unterscheiden. Rysh, dein Sieur wird morgen in ein wahres Gewitter aus Strafanzeigen geraten, und ich glaube, er hat nicht die geringste Ahnung davon.«

Ich blieb ruckartig stehen. »Wer bringt eine Anklage vor?«

»Tor Priminale zum Beispiel.« Mistal zählte an den Fingern ab. »Dann Den Rannion. Sie erheben Ansprüche auf diese Kellarin-Kolonie aus ererbten Rechten.«

»Wie das?« Wir gingen weiter.

»Als die Häuser, die ursprünglich die Kolonie unterstützten. Sie beanspruchen einen Anteil an dem Land, den Bodenschätzen, dem Holz, den Tieren. Von allem, was bereits in Münze umgesetzt wurde, verlangen sie einen Pfennig pro Mark und zwar umgehend.«

»Können sie das denn?«, fragte ich.

»Sie können gute Gründe anführen«, antwortete Mistal grimmig. »Ich weiß nicht, wie stark sie sind, aber trotzdem, das wird deinen Sieur in Pergament ersticken lassen bis zur Wintersonnwende.«

»Woher weißt du das alles?« Advokaten sind durch Eide gebunden, die sie genauso hochhalten wie wir Schwertkämpfer, Eide des Stillschweigens und des guten Glaubens, auf Raeponin abgelegt und untermauert mit schrecklichen Strafen, wenn die Achtung vor dem Gott der Gerechtigkeit sie nicht ehrlich bleiben lässt.

»Ich wurde gebeten, einen Vortrag über diese Frage zu halten«, erwiderte Mistal verächtlich. »Zusammen mit jedem anderen Anwalt, der je einen Besitzrechtsfall ausgefochten hat. Nicht, weil sie meine Meinung hören wollten, sondern um sicherzustellen, dass ich D'Olbriot wegen anderer Verpflichtungen abweisen müsste, falls er mich engagieren wollte.« Er lachte ohne Humor. »Nicht, dass ein Name wie D'Olbriot jemals in den Buden nach einem Vertreter suchen würde, wo kleine Anwälte wie ich ihr Gewerbe treiben.«

»Aber wer immer auch dahinter steckt, wollte kein Kaninchenloch mehr ungeprüft lassen, ehe er seine Frettchen hineinschickt.« Allmählich verstand ich die Geschichte. »Tor Priminale erhebt Klage? Aber die Demoiselle Guinalle ist noch am Leben, drüben in Kellarin. Wenn der Name hier überhaupt Rechte hat, dann hat sie Anspruch darauf. Den Fellaemion war ihr Onkel, und ich bin sicher, er wird seinen

Anteil an sie vermacht haben.« Darüber musste ich Temar befragen.

»Wer sagt denn, dass sie es wirklich ist?«, fragte Mistal. »Wer sagt denn, dass sie noch immer bei Verstand ist, nachdem sie Saedrin weiß wie lange unter einem bösen Fluch gestanden hat? Ich wette meine Robe gegen Mutters Flickenkorb, dass irgendjemand solche Argumente aufbringt, um ihre Ansprüche abzuwehren.«

»D'Olbriot kann jede Menge Zeugen aufbieten, die für ihren Verstand bürgen können«, sagte ich.

»Zeugen von D'Olbriot?«, wandte Mistal ein. »Jemand, der neutral ist? Zauberer vielleicht? Oder Söldner?«

»Dann müsste sie selbst erscheinen, nicht wahr?« sagte ich langsam. »In einem Gericht stehen, das sie noch nie gesehen hat, Gesetzen unterworfen, von denen sie nichts weiß, mit Fragen bedrängt, die sie nur mühsam versteht. Falls sie antwortet, wird ihr antiker Akzent schon dafür sorgen, dass sie sich anhört, als wäre sie nicht ganz beisammen.«

»Auch wenn sich herausstellt, dass sie zurechnungsfähig ist«, räumte Mistal ein, »so würde sie doch dafür den Nachsommer und beide Hälften des Herbstes vor Gericht stehen müssen.«

»Wenn sie eine von den nur zwei Menschen mit wirklicher Autorität in Kellarin ist. Wie sollen sie denn ohne sie zurechtkommen? Es tut mir Leid.« Ich schüttelte den Kopf. »Ich hätte zu dir kommen sollen.«

»Ich hätte mich deutlicher ausdrücken müssen«, sagte Mistal bedauernd. »Aber ich wagte nicht, das schriftlich festzuhalten.« Er sah sich um, aber es war niemand in Hörweite. Selbst die hübsche kleine Hure hatte eine andere Unterhaltung gefunden.

»Ich halte deinen Namen da raus, wenn ich dem Sieur davon berichte«, versprach ich ernst. Falls ein Wort davon bekannt würde, würde niemand jemals wieder Mistal vertrauen, und das wäre das Ende der juristischen Karriere, die er schon seit so vielen Jahren verfolgte.

»Da ist noch mehr.« Mistal seufzte. »Selbst wenn Gerichtliche Eide zugelassen wären, das ist auch nur Rauschen im Wind. Falls Tor Priminiale oder Den Rannion auch nur eine Anhörung bekommen, wird Den Muret zum Herbstäquinoktium Anklage erheben und Den Domesin wahrscheinlich auch.«

Ich starrte ihn mit offenem Mund an. »Beide?«

Er nickte entschieden. »Und du sagst, deine Demoiselle Tor Priminale ist so wichtig für Kellarin? Ich nehme an, Junker D'Alsennin ist ebenso bedeutend?«

»Temar?« Wieder blieb ich mit einem Ruck stehen.

»Tor Alder verlangt vor Gericht, dass der Name D'Alsennin gelöscht wird«, sagte Mistal rundheraus. »Anscheinend hat die Mutter deines Temar in den letzten Tagen des Alten Reiches einen Tor Alder geheiratet. Sie schenkte ihm zwei Söhne, und als der alte Sieur D'Alsennin starb, hinterließ er die Reste seines Besitzes jener Tor-Alder-Linie, im Glauben, dass Temar oder seine Söhne nie zurückkämen.«

»Alles unterschrieben und versiegelt und generationenlang verschlossen in einer Schatulle?« Ich musste bei der Ironie fast lachen.

»Du weißt, wie diese alten Häuser sind«, nickte Mistal. »Sie heben jedes beschriebene Fetzchen Papier seit den Tagen Correls des Mächtigen auf. Tor Alder hat den Titel auf einige der besten Ländereien rund um Ast und ein ordentliches Stück Land auf der Südseite dahinter.«

Ich blickte über die weite Bucht von Toremal, das glitzernde Meer, hier und da von weißem Schaum gekrönt. Die Küste verlief in einem Bogen von der Landzunge im Norden bis zu den weitläufigen sandigen Gebieten im Süden und hieß Schiffe mit ausgebreiteten Armen in ihrer Sicherheit willkommen. Ich hatte keine Ahnung, was Land da drüben in Temars Zeit wert gewesen war, aber heute konnten die Mieten wahrscheinlich eine Flotte von Schiffen und alles, was er darauf laden konnte, finanzieren, um Kellarin anzulaufen.

»Wie können sie einen Namen als ausgestorben erklären?«, fragte ich. »Temar lebt doch noch.«

»Nur knapp, nach dem was ich gestern in den Teehäusern hörte«, betonte Mistal. »Und selbst wenn ihn dunkle Zauberei vom Rande des Todes zurückholen könnte ...«

»Bei Saedrins Steinen!«, protestierte ich.

»Das sagen sie nun mal«, beharrte Mistal. »Jedenfalls, selbst wenn er am Leben ist und noch alle im Oberstübchen beisammen hat, gibt es nur den einen, einen Junker, keinen Sieur, kein Abzeichen, kein gar nichts, soweit es die Gesetze angeht, die nach dem Chaos beschlossen wurden.«

»Sonst noch was?« Ich hoffte, dass Mistal den Kopf schüttelte.

Er lächelte. »Nur dass Den Thasnet argumentiert, dass die D'Olbriot-Landsteuer in Zukunft auf ganz Kellarin geschätzt werden sollte, da dieses Haus das einzige ist, das von all diesen Rohstoffen profitiert.«

»Sie können auch ein Seil raufpissen«, rutschte es mir heraus.

»Möglicherweise ein verhandelbarer Fall.« Mistal

nahm eine anwaltliche Pose auf dem sauber gefegten Kopfsteinpflaster an. »Die Söhne dieses Hauses verspritzen ihr Erbe über ihre Stiefel, seit sie aufrecht genug stehen können, um ihre Schniedel zu halten, Ehrenwertes Gericht.«

Ich lachte kurz. »Verdammt, Mistal, das ist ernst.«

»Allerdings«, gab er zu und ließ seine graue Robe wieder auf die Schultern fallen. »Und schlau, denn wenn Den Thasnets Argument abgewiesen wird, stärkt das nur Tor Priminale und den Rest.«

»Und wenn Den Thasnet aufrechterhalten wird?« Gab es irgendeine gesetzliche Möglichkeit, der offenkundigen Schlussfolgerung zu begegnen?

»Dann hat D'Olbriot die Wahl, entweder das Haus zu ruinieren, um die Steuern zu bezahlen oder Tor Priminale und all die anderen seinerseits zu verklagen.« Mistal bestätigte meine schlimmsten Befürchtungen.

Wir hatten inzwischen das andere Ende des Kais erreicht, wo eine Ansammlung kleiner Boote hoch und trocken vor der Flut lag. Wir machten kehrt und gingen schweigend und in Gedanken versunken nebeneinander her.

»›Schlau‹ und ›Den Thasnet‹ sind Worte, die man nicht allzu oft im gleichen Atemzug sagt«, meinte ich nach langer Pause.

»Allerdings nicht.« Mistal blickte auf seine Hände und drehte an dem Ring, der ein Symbol für seinen Eid auf die kaiserliche Justiz war. »Sie sind nur Marionetten in diesem Spiel, das könnte ich beschwören.«

»Aber wer zieht an den Fäden?«, fragte ich wütend. »Das stinkt ja schimmer als alter Fisch.«

»Deswegen wollte ich dich ja warnen«, sagte Mistal düster. »Mein Eid soll die schützen, die in gutem Glauben handeln und nicht jemanden, der das Gesetz als Deckmantel für seine bösen Taten benutzt.«

»Wie lange weißt du schon davon?«, fragte ich.

»Man bat mich, am Vorabend des Festes meine Meinung abzugeben«, antwortete Mistal. »Das machte mich misstrauisch. Es ist ausgeschlossen, dass jemand in einer solchen Zeit ein gewinnbringendes Argument auftun könnte. Es musste eine Taktik sein, um die Spur eines anderen zu verwischen.«

»Aber jemand ist bereit, gutes Geld dafür zu bezahlen«, sagte ich mit Nachdruck. »Wenn du sagst, jeder Schreiber und jeder Advokat hat denselben Vorschuss bekommen, dann macht das einen ganzen Sack Gold aus, den jemand ausgibt.«

»Und es stört ihn nicht, wenn es bekannt wird, nicht in diesem Stadium«, bemerkte Mistal. »Sie sind sich sehr sicher, was heißt, dass jemand Archivare und Advokaten schon seit einer geraumen Weile daran arbeiten lässt.«

»Anwälte werden ihre Schweigepflicht nicht brechen, aber wohin gehen Archivare und Schreiber, um sich den Bibliotheksstaub aus der Kehle zu spülen?«, überlegte ich.

»Wer hat Sieur Tor Priminale die Idee einer Klageschrift in den Kopf gesetzt?«, fragte Mistal. »Und Den Rannion, Den Domesin und Den Muret, und auch noch allen gleichzeitig? Ein aufgeweckter Schreiber, der die Idee hat, das könnte ich glauben. Zwei? Vielleicht in eng verbündeten Häusern, aber das letzte Mal, dass Tor Priminale und Den Rannion zusammengearbeitet haben, muss in deiner verflixten Kolonie gewesen sein. Vier Namen, die alle gleichzeitig vor Gericht gehen, jeder Schreiber in der Stadt wird losgejagt, um in den Archiven herumzuwühlen und jeder Advokat verpflichtet? Du brauchst deine Spielerin, um dir die Chance auszurechnen, dass das alles Zufall ist.«

Mistals abschätzige Erwähnung Livaks versetzte mir einen Stich. Ich hatte erwartet, dass unsere Brüder Hansey und Ridner gegen sie waren, aber ich hatte gehofft, Mistal würde sie mögen. Ich sah ihn an. »Du sagst, das alles würde bekannt werden?«

»Dass D'Olbriot morgen bis zu den Hüften in Pferdemist steckt? Du weißt, wie diese Stadt ist, Rysh.« Mistal zuckte die Achseln. »Irgendein Schreiber, ein Bote eines Anwaltes wird finden, dass dies ein zu fetter Brocken ist, um ihn für sich zu behalten.«

»Bei Dasts Zähnen«, fluchte ich. »Ich schulde dir dafür etwas, Mistal, und der Sieur auch. Sehe ich dich morgen bei Gericht?«

Er zögerte. »Ich kann mich mit meinem Bruder sehen lassen, aber nur, wenn du allein bist. Wer auch immer hinter der Sache steckt, wird keine Sekunde zögern, mich des Vertrauensbruchs zu bezichtigen, wenn man mich ohne guten Grund mit einem Vertreter D'Olbriots reden sieht.«

Ich nickte. »Dann kannst du dich wieder in sicherere Gefilde begeben. Ich kann dich nicht in deiner schönen sauberen Robe hier allein lassen, damit dich ein vorbeikommender Wegelagerer niederschlägt.«

»Vergiss nicht, wer hier der ältere ist«, warnte mich Mistal.

»Vergiss nicht, was Mutter sagte, als sie das letzte Mal ein Heilmittel gegen Pips in deiner schmutzigen Bettwäsche fand. Ich lasse dich nicht in die Nähe all dieser Bordelle.«

Wir neckten uns noch den ganzen Weg, bis Mistal

abbog und sich auf den Rückweg zu dem Kaninchenbau aus bröckelndem Stein und wurmzerfressenem Holz machte, der die kaiserlichen Gerichtshöfe darstellt. Ich winkte einer Mietkutsche und befahl dem Kutscher, mich so schnell zurück zur D'Olbriot-Residenz zu bringen, wie er konnte.

Die Bibliothek, D'Olbriot-Residenz, Sommersonnwendfest, zweiter Tag, Mittag

»Und hier finden wir vielleicht etwas Interessantes, Junker.« Ein eifriger junger Mann legte noch einen Stapel staubiger Pergament vor Temar.

»Danke, Meister Kuse.« Temar brachte es fertig, dankbar zu klingen.

»Nennt mich Dolsan«, bat der Jüngling, während er aufmerksam durch den Stapel blätterte.

»Dann musst du mich Temar nennen«, sagte er nachdrücklich. »Junker D'Alsennin ist viel zu förmlich.«

»Der Sieur liebt Förmlichkeiten.« Der Schreiber wischte sich eine Spinnwebe vom Wams. »Und wo wir gerade dabei sind, solltet Ihr nicht inzwischen Sieur D'Alsennin sein?«

Temar lehnte sich in seinem Armsessel zurück. »Sollte ich?«

Dolsan fuhr fort, Dokumente zu sortieren. »Ihr seid der älteste Mann dieses Namens, also seid Ihr berechtigt, Euch selbst vorzuschlagen, da kein anderer da ist.«

Temar lachte kläglich. »Soweit es mich betrifft, wird mein Großvater immer der Sieur bleiben.«

»Aber was alle anderen anbetrifft?«, fragte Dolsan mit schief gelegtem Kopf.

»Was hat das mit allen anderen zu tun?«, fragte Temar.

Dolsan hob die Hände, um Temars Ärger zu besänftigen. »Es ist äußerst ungewöhnlich, dass ein Name sich auf einen einzigen Träger reduziert. Wir haben versucht, in den Archiven einen ähnlichen Fall zu finden.«

»Wir?«, hakte Temar nach.

»Der Sieur und ich«, erklärte Dolsan. »Und Schreiber von anderen Häusern haben nebenher darüber geredet. Wir treffen uns bei Gericht, in den Archiven und so weiter, und manchmal trinken wir zusammen nach einem langen Tag ein paar Flaschen Wein.«

Die Gespräche in diesem Kreis mussten geisttötend langweilig sein, dachte Temar. Aber vielleicht auch nicht. »Hast du Freunde in anderen Häusern, die uns vielleicht helfen könnten, die Leute auf meiner Liste aufzuspüren?«

»Bestimmt«, nickte Dolsan. »Aber es wird einfacher sein, wenn wir die Zeit und den Namen festlegen können, der für uns interessant ist.«

»Natürlich.« Temar beugte sich über das zerknitterte und verstaubte Pergament, das er gerade studiert hatte, und Dolsan blätterte brüchige Seiten um, die er aus einer staubigen Schublade gezogen hatte. Das leise Rascheln war das einzige Geräusch, das in dem eleganten Raum zu hören war. Die Wände waren vom Boden bis zur Decke mit Bücherregalen voll gestellt, nur die üppig bestickten Vorhänge vor den hohen Fenstern milderten die umfassende Ernsthaftigkeit der dicken Lederbände. Ein schwerer grün-goldener Teppich lag unter einem großen Tisch, der spiegelblank poliert war, umstanden von schicken Stühlen mit Kissen in den Farben D'Olbriots. Einige Stehlampen standen bereit, um Licht zu spenden, falls nötig. Ein Kamin aus schwarzem Marmor mit einem goldgerahmten Spiegel über dem Kaminsims beanspruchte das einzige Stück Wand, das nicht von Büchern eingenommen war, anstelle von Flammen leuchteten frische Sommerblumen auf dem Rost. Das einzig Unstimmige in dem geschmackvollen Raum war der Stapel dunkler, staubiger Dokumentenkästen, die jedem im Weg standen.

»Hier haben wir vielleicht etwas«, sagte Temar nach einer Weile. »Dieses Verzeichnis der Juwelen der Mätresse Odalie erwähnt eine Silberbrosche mit einem Malachit. Sie erhielt ihn als Erbstück von einer Tante Tor Priminale, die kinderlos starb. Wir vermissen eine solche Brosche, und die Frau, der sie gehörte, stammte aus einer Familie, die Den Fellaemion zu Dienst verpflichtet war.«

»Die während des Chaos in der Familie Tor Priminale aufging«, stimmte Dolsan zu. »Die Tatsache, dass Ihr die alte Schrift lesen könnt, macht es viel einfacher, wisst Ihr.« Er griff nach einem großen Bogen Pergament, der mit zierlicher Schrift bedeckt war. »Hier haben wir es, Heiraten unter Kanselin dem Ulkigen. Odalie hatte vier Töchter, von denen zwei innerhalb des Namens heirateten, eine nach D'Istrac und die jüngste ins Haus Den Breval.«

Temar sah auf. »Kennst du jemanden, der bei einem dieser Namen dient?«

Dolsan stützte die Ellbogen auf und verbarg das Gesicht in den Händen. »Ich kenne ein paar Schreiber, die für D'Istrac arbeiten, aber Den Breval ist ein Haus im Norden, ihr Archiv befindet sich in Ast. Ich weiß, dass sich Den Breval vor einigen Jahren in einem Streit über Weiderechte verteidigen musste. Sie hatten dafür Hilfe aus Toremal angeheuert, und ich könnte jemanden auftreiben, der etwas weiß, zumindest wo Kopien von den Geschäftsberichten Den Brevals zu finden sind. Namen von weiter weg bewahren oft Dinge in den Archiven befreundeter Häuser in Toremal auf.«

»Ryshad hatte Recht als er sagte, du wärst der

richtige Mann für diesen Job.« Temar schüttelte den Kopf. Ob er wohl je all diese Namen und ihre Beziehungen zueinander auseinander halten konnte? Es war bestimmt schön und gut, wenn man solche Dinge mit der Muttermilch einsog, aber diese Flut an Informationen auf einmal drohte ihn zu ertränken. »Aber ich gebe zu, ich erwartete einen ernsten alten Mann mit langem, grauem Bart.«

Dolsan lächelte und wandte sich wieder seinen alten Listen zu. »Das klingt nach meinem Großvater.«

»Er war ein Schreiber? Du hast seinen Beruf gewählt?« Temar nickte, das wäre ein natürlicher Weg.

Dolsan sah auf. »Oh nein, aber er hatte den Bart. Er war Flickschuster, und mein Vater auch. Aber wir sind Lehnsleute von D'Olbriot, und das bedeutet, die Chance auf eine bessere Schulausbildung als die meisten zu haben. Meine Lehrer sagten, ich hätte ein Talent für Wörter und empfahlen mich dem Archivar des Sieurs.«

»Macht dir deine Arbeit Spaß?«, fragte Temar neugierig.

»Sehr sogar«, lachte Dolsan. »Und alles ist besser als sich den ganzen Tag lang den Daumen mit einer Ledernadel zu zerstechen.«

»Du musst die Gelehrten kennen lernen, die wir in Kel Ar'Ayen haben.« Sie besaßen auch diese bizarre, intensive Entschlossenheit, verblassten Pergamenten und Berichten die Wahrheit abzuringen, dachte Temar.

»Vielleicht, eines Tages«, sagte Dolsan höflich.

Beide wandten die Köpfe, als es an der Tür klopfte. »Herein«, rief Dolsan, als ihm klar wurde, dass Temar nicht antworten würde.

»Einen guten Tag Euch, Junker, Meister

Schreiber.« Allin glitt in den Raum und schloss die Tür hinter sich. »Ich bin auf der Suche nach Demoiselle Tor Arrial.«

»Avila?« Temar schüttelte den Kopf. »Sie ist mit Lady Channis ausgegangen.«

»Oh.« Allin wirkte unsicher. »Oh je.«

»Was wolltest du von ihr?« Temar packte diese willkommene Ablenkung von den Dokumenten beim Schopfe.

»Es war nichts«, antwortete Allin nicht recht überzeugend. »Lasst euch von mir nicht stören.«

Die Torhausglocke schlug fünfmal zu Mittag, und Dolsan stieß einen erleichterten Seufzer aus. »Meine Dame, ich glaube, wir haben uns eine Pause verdient, also unterbrecht Ihr uns nicht.« Er stand auf. »Wenn Ihr mich entschuldigen wollt, Junker, gehe ich etwas essen. Wann soll ich zurück sein?«

»Lass dir Zeit, genieße eine ordentliche Mahlzeit und ein bisschen frische Luft.« Temar wandte sich an Allin. »Darf ich dich in die Obere Halle begleiten?«

»Oh, nein, danke, das ist wirklich nicht ...«, stammelte Allin.

Temar sah, dass ihre Wangen rosarot angelaufen waren. »Dolsan, würdest du uns einen kleinen Gefallen tun?«

Der Schreiber blieb auf der Schwelle stehen. »Junker?«

»Könntest du bitte in der Küche Bescheid geben? Wir essen hier, nichts Aufwändiges.« Temar wandte sich mit einem Lächeln an Allin. »Ich bin wohl auch kaum in der Stimmung für Förmlichkeiten.«

Dolsan zögerte. »Aber Speisen und Getränke kommen nicht in die Nähe der Pergamente?«

»Selbstverständlich nicht.« Die Tür schloss sich

hinter dem Schreiber, und Temar begann Pergamente entlang der staubigen Falten zusammenzulegen. »Bitte, nimm doch Platz. Also, warum suchtest du Demoiselle Tor Arrial?«

Allin nahm einen Stuhl, griff nach einem Knäuel ausgeblichenen Bandes und begann, die Dokumente zu ordentlichen Bündeln zu schnüren. »Ach, nichts Wichtiges.« Sie errötete, als sie sah, dass Temar die Augenbrauen hochzog. »Na ja, Velindre hat das jedenfalls gesagt.«

»Darf ich das vielleicht beurteilen?« Temar verstand nicht, dass Allin sich ständig von anderen sagen ließ, was sie tun oder nicht tun sollte.

Allin fummelte in ihrer Rocktasche herum. »Velindre ist zu den Festtagen hergekommen, um herauszufinden, was die Tormaliner heutzutage über Magie denken.« Sie entfaltete ein grobes Papier. »Also haben wir Handzettel gesammelt, um zu sehen, ob Zauberer Geld mit magischen Darbietungen verdienen.«

Temar las die Druckschrift laut vor. »»Saedrin verschließt die Tür zur Anderwelt für die Sterblichen, doch einige wenige Begünstigte dürfen am Schlüsselloch lauschen. Poldrion verlangt von den Sterblichen den Fährlohn, den er für angemessen hält, doch er bringt unentgeltlich Visionen über den Fluss des Todes zurück. Viele Fragen können jene beantworten, die den richtigen Blick dafür haben. Sucht nach euren Antworten bei Madame Maedura in der *Silbernen Fessel*, jeden Festtag ab Sonnenuntergang. Die Zahlung für geleistete Dienste hat in tormalinischen Münzen zu erfolgen.‹ Am Ende fällt der Stil ein bisschen ab, findest du nicht.« Er sah Allin an. »Glaubst du, es handelt sich um eine magische Scharade?«

Allin rutschte unbehaglich auf ihrem Stuhl hin und her. »Velindre glaubt, dass es sich um Betrügereien handelt, um leichtgläubigen Lescari das Geld aus der Tasche zu ziehen.«

»Wieso Lescari?«, fragte Temar verblüfft.

Allin seufzte. »Zu versuchen, einen Blick auf die Anderwelt zu erhaschen, ist etwas, das in Lescar ziemlich verbreitet ist. Jedermann hat Freunde verloren, Familien zerbrechen, Söhne ziehen in den Kampf und kehren nicht zurück. Die Leute probieren alle möglichen Wahrsagungen aus, um herauszufinden, was mit geliebten Menschen passiert ist, Runenlegen, soluranische Vorhersagen, aldabreshische Omen.«

»Das verwirrt mich.« Temar fuhr sich mit der Hand über die Haare. »Was hat das alles mit Demoiselle Tor Arrial zu tun?«

»Ich habe überlegt, ob es vielleicht Äthermagie sein könnte, wenn es keine Elementarmagie ist.« Das mollige Mädchen reckte das Kinn, was ihrem rundlichen Gesicht einen Anflug von Entschlossenheit verlieh. »Ich habe überlegt, ob die Demoiselle vielleicht mit mir kommen könnte?« Allin sah Temar hoffnungsvoll an.

Er wollte nicht die schneidende Antwort vorwegnehmen, die sie wahrscheinlich erhalten würde. »Wird Velindre dich denn nicht begleiten?«

»Sie hat eine Verabredung zum Essen«, sagte Allin bedauernd. »Tormalinische Magier feiern während der Festtage ebenso wie alle anderen, und sie möchte einige Zauberer über den Status der Magie hier zu Lande befragen.«

Temar wurde plötzlich abgelenkt. »Was machen Zauberer denn in Tormalin?«

Allin sah ihn leicht erstaunt an. »Sie verdienen

sich ihr Brot, wie überall sonst auch. Diejenigen mit Feuerbindung helfen bei Metallverarbeitung und beim Gießen, wer Verbindung mit Wasser hat, findet Arbeit bei Schiffsbauern oder ähnlichem. Aber es gibt noch immer ein unterschwelliges Misstrauen gegenüber Zauberern in Tormalin, also bekommen sie immer nur für kurze Zeit Arbeit, meist für ein bestimmtes Projekt.«

»Die Magier in Kel Ar'Ayen sind nicht gerade übereifrig darin, solche weltlichen Aufgaben mit ihrer Magie zu unterstützen. Sie tun immer so, als ob sie uns einen großen Gefallen täten.« Temar schüttelte den Kopf. »Aber warum werden Magier auf dieser Seite des Ozeans so misstrauisch beäugt?«

»Nach dem Chaos?« Allin sah ihn verblüfft an. »Hat dir das denn niemand erzählt?«

Temar lächelte sie bittend an. »Wir haben in Kel Ar'Ayen im Allgemeinen zu viel mit den Alltagsdingen zu tun, als dass wir Zeit für müßige Unterhaltungen hätten.«

»Oh.« Allin sah sich einen Augenblick um, bis sie offenbar zu einer Entscheidung gelangt war. »Ich nehme an, dass es die Zauberei nicht gerade im günstigsten Licht erscheinen lässt, deswegen hat es wahrscheinlich niemand erwähnt. Ein Teil der Kriegsführung während des Chaos erhielt Unterstützung durch Elementarmagie. Feuer und Wasser, Blitze, alles wurde auf den Schlachtfeldern eingesetzt. Auch gegen die Feldlager wurde Magie verwendet, Armeen fanden sich in Sümpfen wieder, wo sie vorher durch Weideland geritten waren, und solche Dinge.«

»Also hatten Häuser, die von Magiern unterstützt wurden, einen deutlichen Vorteil«, nickte Temar interessiert.

Allin schnitt ein Gesicht. »Magie ist kurzfristig gesehen ein mächtiger Verbündeter, aber langfristig nicht so entscheidend. Du kannst zwar eine Armee mit Flammenwalzen von einem Schlachtfeld vertreiben, aber die Magie hilft dir nicht, das Land zu halten, das du erobert hast. Ein einziger Sprücheklopfer verausgabt sich schnell, Wolkenmeister Otrick achtet darauf, dass jeder Zauberlehrling das begreift. Jedenfalls gab es nie sehr viele Magier, die bereit waren, ihre Talente für den Krieg einzusetzen, und sobald andere Häuser damit anfingen, jeden Magiegeborenen zu verbannen – oder Schlimmeres –, gab es noch weniger. Doch die Vorurteile gegen die Magie halten sich in Tormalin noch immer.«

»Doch die Zauberkunst hielt das Reich zusammen.« Temar runzelte die Stirn. »Adepten der Äthermagie waren hoch angesehen. Es war allgemein anerkannt, dass ihre Arbeit dem größeren Gemeinwohl diente.«

»Und die Magie verschwand, und alles stürzte ins Chaos?« Allin hob die Augenbrauen. »Was glaubst du wohl, wem sie dafür die Schuld gaben?«

»Wenn es stimmt, was Guinalle sagt, hatten sie auch jedes Recht dazu.« Temar biss sich auf die Lippe. »Wie es scheint, haben die Kämpfe der Kel-Ar'Ayen-Adepten gegen das alte Volk der Elietimm irgendwie die Grundfesten des ätherischen Gebäudes erschüttert, auf dem die Zauberkunst basiert.«

»Ich hörte, wie einige Gelehrte aus Vanam, die Hadrumal besuchten, auch in dieser Richtung argumentierten«, nickte Allin. »Die Zauberei hat einige wirklich schreckliche Dinge angerichtet, ehe Trydek die Magiegeborenen unter seine Herrschaft brachte, und diese Geschichten werden noch immer erzählt und zweifellos mit jeder Wiederholung übertriebener. Es ist kein Wunder, dass die meisten Menschen glauben, Magie ist Magie, und das ist verdächtig, gleich welcher Art oder welchen Ursprungs. Es gibt nur herzlich wenige Menschen außerhalb von Hadrumal, die von Äthermagie und ihrer Rolle im Alten Reich überhaupt wissen. Die Welt hat sich weiter gedreht als du glaubst.«

»Mehr als ich glauben darf, wie es scheint«, sagte Temar leichthin, doch seine Augen funkelten zornig.

Allin blickte auf ihre Hände. »Vielleicht hätte ich lieber nichts sagen sollen.«

»Ich werde es niemandem erzählen.« Temar sah Allin nachdenklich an. »Die Zauberer, die ich kenne, wollen fast alle nur in Hadrumal leben und ihren Studien nachgehen. Du bist ganz anders.«

Allin zögerte. »Gelehrsamkeit ist wichtig. Velindre verbringt ihr Leben damit, das Werk der Winde zu ergründen, was mit Luft passiert, wenn sie von Feuer erwärmt wird oder sich über Wasser abkühlt. Je mehr sie versteht, desto präziser kann ihre Magie sein, desto exakter kann sie das Element beherrschen, dem sie verbunden ist. Es braucht nicht viel mehr als Instinkt, um einen Sturm auszulösen, wenn man magiegeboren ist, aber die Luft zu nutzen, um das Fieber eines kranken Kindes zu senken, um ein Wort über tausend Meilen zu tragen, das verlangt ein tiefes Verständnis, das nur intensives Studium hervorbringen kann. Das ist der einzige Grund dafür, dass es Hadrumal gibt.«

»Aber solche Studien sind nichts für dich?«, riet Temar.

Allin errötete. »Ich möchte genug lernen, damit meine Magie nützlich ist, aber ich bin keine Gelehrte.«

»Was willst du dann mit deiner nützlichen Zauberkraft anstellen?«, fragte Temar leicht neckend.

»Ich würde gerne nach Hause gehen, aber in Lescar wird Magie noch misstrauischer beäugt als woanders.« Allins Augen glitzerten feucht. »Jeder Herzog hat Angst, ein anderer würde einen Zauberer anstellen, um an seiner Seite zu kämpfen.«

»Was zumindest all diese furchtbaren Kriege zu einem Ende bringen könnte«, sagte Temar knapp. Er wartete einen Augenblick, bis sich das Mädchen wieder gefasst hatte. »Verzeih mir. Also, wenn du nicht nach Hause gehen kannst, was möchtest du dann tun?«

»Es gibt Lescari in allen Ländern, die du als Reich kanntest, vor allem in Caladhrien und Tormalin.« Allin betrachtete das Papier, das auf dem Tisch lag. »Einige kommen sehr gut allein zurecht, lassen sich nieder und werden reich, aber andere haben schwer zu kämpfen. Es muss doch einen Weg geben, um seine Zauberkraft so einzusetzen, dass man sich bei den Wohlhabenden seinen Lebensunterhalt verdient und so den Schwachen helfen kann, sich zu verbessern.«

Temar studierte jetzt selbst den Handzettel, die Stille im Raum war fast greifbar.

»Aber Velindre mag es nicht, wenn du dich mit anderen Lescari abgibst?« Er reckte das Kinn.

»Oh, nein«, widersprach Allin verwirrt. »Sie meint einfach nur, dass diese Idee es nicht wert ist, verfolgt zu werden, und sie hat zu viel anderes zu tun.«

Temar blickte wieder auf den Handzettel und schnalzte mit der Zunge. »Dahinter könnte Zauberkunst stecken, angewandt, um Gedanken zu lesen, Menschen zu sagen, was sie hören wollen. Man müsste das mal feststellen.«

»Wer immer so etwas macht, hat vielleicht eine Möglichkeit, Menschen zu finden, vielleicht sogar

Menschen, die in einem verzauberten Artefakt schlafen«, schlug Allin vorsichtig vor.

Temar sah das Mädchen forschend an. »Gibt es denn keine Menschen, die du finden möchtest?«

Allin verschränkte die Hände vor sich. »Ich habe mehr Glück als die meisten«, sagte sie entschieden. »Ich weiß, wo meine Eltern sind, meine Brüder und Schwestern. Als die Kämpfe endlich auch uns erreichten, konnten wir wenigstens zusammenbleiben. Aber ich hatte Onkel, Tanten, Vettern in Carluse und Umgebung. Sie wurden in alle vier Winde zerstreut, als unser neuer Herzog beschloss, dass er jetzt an der Reihe wäre, den lescarischen Thron zu beanspruchen und Seine Gnaden Sharlac ihn besiegte.« Sie räusperte sich, sagte jedoch nichts mehr.

Temar fühlte einen Stich bei dem Gedanken an seine eigene Familie, die für ihn schon lange hinter Saedrins Tür verloren war. »Was, wenn diese Person wirklich Verbindung mit den Toten aufnehmen kann?«, überlegte er laut. »Was, wenn ich mit Vahil sprechen könnte? Mit Elsire?« Was, wenn er mit seiner Mutter, seinem Großvater sprechen, sie noch einmal um Rat fragen könnte?

»Vahil war der Sieur Den Rannion, der aus der Kolonie zurückkam?« Allin beugte sich vor.

Temar legte die langfingrigen Hände flach auf den Tisch, damit sie aufhörten zu zittern. »Was wenn ich ihn fragen könnte, wohin die Artefakte geschickt wurden, wer die Stücke bekam, die uns fehlen? Um diese Geheimnisse den Archiven zu entringen, bräuchte eine Armee von Schreibern einen ganzen Jahreskreislauf. Was, wenn Vahil uns diese Arbeit ersparen könnte?«

»Dann wirst du mit der Demoiselle sprechen?«

Allin legte ohne nachzudenken ihre Hand auf die Temars.

»Wir brauchen sie nicht.« Temar drückte Allins Finger aufmunternd. »Du sagtest, du wärst nicht gelehrt. Nun, das bin ich auch nicht, aber ich habe genug über Zauberkunst gelernt um zu erkennen, wenn jemand sie im selben Raum benutzt. Ich komme mit dir. Falls wir etwas von Vorteil erfahren, haben wir gemeinsam das Vergnügen, Velindre sagen zu können, dass sie sich geirrt hat. Falls sich herausstellt, dass wir in einem Ziegenstall nach Schafwolle suchen, braucht es niemand zu erfahren.« Er zögerte. »Außer vielleicht Ryshad, er kommt am besten mit uns. Wir treffen uns bei Sonnenuntergang am Torhaus, dann können wir alle zusammen gehen.«

Als Allin nickte, ging die Tür auf. Ein neugieriger Lakai trat zur Seite, um zwei Dienstmädchen mit Tabletts ins Zimmer zu lassen. Allin wurde tiefrot und entzog Temar ihre Hand.

Temar warf den Mädchen einen Blick in einer recht gelungenen Nachahmung der Unnahbarkeit zu, die er bei diesen heutigen Adligen so aufreizend fand. Alle drei Diener hielten die Augen gesenkt, doch als die Tür sich hinter ihnen schloss, hörte Temar deutlich ein Kichern und gedämpftes Murmeln. Beides verstummte schlagartig auf eine knappe Frage einer bekannten Stimme hin.

»Meister Devoir«, grüßte Temar Casuel höflich, als der Zauberer neugierig den Kopf durch die Tür steckte. »Wir wollten gerade etwas essen.«

»Allin? Was machst du denn hier?« Casuel kam herein, mit zwei großen Bücherstapeln, die mit Lederriemen zusammengeschnürt und in Tücher gewickelt waren, um die Einbände zu schützen.

»Junker D'Alsennin soll heute doch keinen Besuch bekommen.«

»Oh, du wurdest verletzt, nicht wahr?« Allins Augen wurden groß vor Besorgnis. »Geht es dir gut? Aber ich habe vom Tor aus angefragt und die Erlaubnis des Sieurs eingeholt.«

»Dank der Zauberkunst der Demoiselle bin ich vollständig geheilt.« Temar lächelte sie an. »Also, Casuel, was habt Ihr da?«

»Noch mehr Hinweise für deine Suche, falls du sie herausfiltern kannst«, sagte der Magier hochmütig.

»Velindre sagte, du müsstest Zugang zu Informationen haben wie kein anderer«, sagte Allin unerwartet.

Casuel lächelte etwas unsicher, als er begann, die Bücher auszupacken. »Es gibt nur wenige Zauberer in Tormalin in diesen rationalen Zeiten und noch weniger, die gleichzeitig Antiquare sind.«

»Sie hat über deinen Bruder gesprochen.« Allin sah ihn unschuldig an. »Velindre sagt, er hört bestimmt alle Neuigkeiten und Meinungen.«

Casuels Lächeln wurde gequält. »Ich glaube kaum, dass er etwas Nützliches beizutragen hat.«

Temar blickte von Allin zu Casuel und verbarg sorgfältig sein Lächeln. »Verzeiht, aber ich wusste gar nicht, dass Ihr einen Bruder habt, Casuel.«

»Amalin Devoir ist ein berühmter Musiker, ein recht begabter und innovativer Komponist«, erklärte Allin bewundernd. »Seine Werke werden überall in Lescar und Caladhrien gespielt.«

»Noch ein begabtes Mitglied Eurer Familie.« Temar lächelte, als Casuel verärgert den Kopf senkte. »Sicherlich könnte es doch nicht schaden zu sehen, ob er uns helfen kann?«

»Ich könnte ihn natürlich aufsuchen, denke ich«, sagte der Zauberer widerstrebend. »Aber ich glaube, wir finden in diesen Büchern viel mehr. Also, wenn du uns entschuldigen willst, Allin, wir haben Wichtiges zu tun.«

»Allin bleibt zum Essen«, sagte Temar entschieden. Er wandte das Gesicht ab und konnte Allin so zuzwinkern, dass Casuel es nicht sah. Sie biss sich auf die Lippe, um ein Lächeln zu unterdrücken, ihre Wangen waren rosa, als sie sich hastig in ein Pergament vertiefte.

Junker Camarls Arbeitszimmer, D'Olbriot-Residenz, Sommersonnwendfest, zweiter Tag, Nachmittag

»Ich bin gleich hergekommen, um Euch zu warnen«, schloss ich meinen Bericht über Mistals Neuigkeiten. Ich hielt die Hände auf dem Rücken verschränkt, die Füße eine Handspanne auseinander. Die gelassene Haltung widersprach meiner inneren Erregung, meinem Verlangen, loszumaschieren und Gerüchte und Verdacht in Grund und Boden zu stampfen.

Camarl saß am Fenster, auf dem Tischchen neben ihm stapelten sich Briefe. Er drehte langsam einen geschnitzten Brieföffner aus Elfenbein in den Händen. »Das sind allerdings schlechte Nachrichten, genau wie diese Sache, dass jemand in deinem Namen eine Herausforderung gestellt hat. Du hättest mir heute Morgen davon erzählen sollen, ehe du zur Schwertschule gingst.« Er sah mich an und hob den Brieföffner, obwohl ich keine Anstalten machte, etwas zu sagen. »Ich werde mich nicht mit dir herumstreiten. Erwählt oder nicht, Ryshad, du musst mich auf dem Laufenden halten. Gibt es noch etwas Neues, etwas über den Angriff auf D'Alsennin?«

Ich seufzte. »Gestern Abend bin ich durch alle Kasernen gezogen, in denen ich Freunde habe, durch alle Kohorten, in denen ich Dienst getan habe, habe jeden Wachmann ausgefragt, der für die Festtage angeheuert wurde. Falls einer von ihnen etwas weiß oder auch nur vermutet, hätte er es mir inzwischen gesagt. Ich wette mein Eidgeld darauf, dass keine Elietimm in der Stadt sind, aber mehr als das kann ich nicht beschwören. Es gibt noch ein paar Leute, mit denen ich reden muss, aber ich glaube nicht, dass sie mir etwas anderes sagen können.«

»Du kannst einen der Eingeschworenen aus der Kaserne schicken, um Botschaften zu überbringen oder einzuholen. Ich brauche deine Hilfe, um an anderen Orten nach Antworten zu suchen.« Camarl lächelte, um seinen Worten den Tadel zu nehmen. »Ich werde heute Nachmittag zu einer Sitzung meiner Kunstgesellschaft gehen.« Camarl deutete auf die zurückhaltende Eleganz seiner schlichten Kleidung. Seine Hand wurde von einem einzelnen emaillierten Reif mit dem D'Olbriot-Luchs geschmückt. »Dort treffe ich Männer aller Rangstufen, und ich werde eine Menge Klatsch über D'Alsennin, Kellarin und alles andere hören, aber jeder kennt meinen Namen, also werden die meisten ihre Zungen im Zaum halten. Ich finde, du solltest mit mir kommen, Ryshad. Niemand kennt dich, also schnappst du vielleicht ein paar unbedachte Äußerungen auf.«

»Falls ich die richtigen Fragen stelle«, stimmte ich langsam zu. Es wäre nicht das erste Mal, dass ich zum Wohle des Hauses Augen und Ohren offen hielt. Heutzutage gehörte viel mehr zu den Aufgaben eines Eingeschworenen als nur ein Schwert zu schwingen. »Aber seid Ihr sicher, dass man mich nicht erkennt?« Ich hatte schließlich einige Jahre in Toremal gedient, ehe der Sieur mich auf verschiedene Missionen zu den ausgedehnten Ländereien D'Olbriots schickte.

»Niemand sieht einem Eingeschworenen ins Gesicht«, sagte Camarl gedankenlos. »Du warst einfach ein namenloses Gesicht in Livree.«

»Bin ich denn richtig angezogen?« Ich trug einfache Hosen und ein unauffälliges Wams aus gutem

Stoff und gut geschnitten, allerdings nichts Besonderes.

»Recht passend für einen Steinmetz aus Zyoutessela, findest du nicht?«, sagte Camarl mit einem beifälligen Lächeln. »Es werden auch andere Kunsthandwerker da sein, ebenso wie Händler und Edelleute. Das ist einer der Gründe, warum ich dabei bin: um Bekanntschaften auch außerhalb meines Ranges zu machen.«

»Was hält denn der Sieur davon?«, fragte ich.

Camarl rümpfte die Nase. »Er stimmt mir zu, dass es eine bedauerliche Notwendigkeit unserer Zeit ist.«

Ich lachte, weil ich den trockenen Humor des Sieurs aus diesen Worten heraushörte.

»Ich habe noch Briefe zu beantworten.« Camarl nickte seinem persönlichen Schreiber zu, der geduldig in einer Ecke des Zimmers wartete. »Ich sehe dich in Kürze am Torhaus, Ryshad. Hol dir etwas zu essen, wenn du willst.«

Die untere Halle war jetzt voller Küchenmädchen und -jungen in verblichenen Kleidern und Hemden, die durch viele Wäschen ihre Form verloren hatten. Sie schwatzten müßig miteinander und genossen eine Atempause, ehe sie sich wieder an die unzähligen Vorbereitungen für eine Reihe privater Abendessen in den kleineren Salons und das zeremonielle Bankett machten, das der Sieur an diesem Abend geben würde. Lady Channis achtete immer darauf, dass keine förmlichen Mittagessen für die Tage geplant waren, an denen das Haus abends eine Einladung gab. Die Spüljungen und die Gemüseschäler warfen neidische Blicke auf die Köche, der Rang eines jeden war an seinen Händen zu erkennen. Die niedersten Dienstboten aus der Spülküche waren bis zu den Handgelenken scharlachrot, die obersten Pastetenköche und der Küchenmeister konnten sich ein wenig Spitze an den Manschetten leisten und peinlich manikürte Fingernägel.

Ich nahm mir Brot und Käse von den Platten auf einem Tisch und ging zum Torhaus, wo ich bestimmt von Stoll ein Glas Wein bekommen konnte. Wir mussten nur kurz warten, bis Camarls persönliche Kutsche kam, und der Junker folgte bald darauf.

Der Pferdeknecht sprang herab und schwang sich auf das hintere Trittbrett, als der Junker die Zügel übernahm. Während Camarl uns geübt in die Unterstadt fuhr, drehte ich mich zu dem Stallknecht hinter mir um. Er starrte geradeaus, das Gesicht so unbewegt wie die geschnitzten Luchsmasken auf der Seitenverkleidung, und er wollte mir nicht in die Augen sehen. Ich musste mich wirklich allmählich daran gewöhnen, zu denen zu gehören, die bedient wurden, und nicht mehr zu denen, die dienten.

Die Sonne schien, und der leichte Wind, der vom fernen Hafen herüberwehte, trug einen schwachen Salzgeruch heran, als Camarl von der Ringstraße in die Hauptstraße abbog, die quer durch die Unterstadt zur Bucht führt. Die alten Mauern von Toremal tauchten bald zwischen den Dächern auf, einst mächtige Bastionen, aber inzwischen eingepfercht zwischen Gebäuden, die fast ebenso hoch waren. Camarl zügelte sein Pferd, als wir unter dem stämmigen Bogen des Frühlingstores hindurchfuhren und in den von der Sonne vergoldeten Herrenweg kamen. Große Herrenhäuser waren in den unsicheren Tagen früherer Generationen dicht gedrängt innerhalb der alten Stadtmauern gebaut worden, und die Namen hatten eifersüchtig über ihre

Privilegien gewacht. Heute standen die schmiedeeisernen Tore mit den Familienwappen in vergoldeter Bronze, hoch über den Köpfen der Menge, offen, doch noch immer zählte der Rang. Nur solche, die ein echtes Amulett mit anerkannten Insignien trugen, durften die breite, gut gepflasterte Straße benutzen, die direkt zum Meer führte. Ich sah eine Frau, die mit einem bändergeschmückten Korb auf den Armen versuchte an dem Wachposten vorbeizugelangen und musste lächeln, als sie zurückgewiesen wurde, um den längeren Weg durch das Gewirr kleinerer Straßen zu nehmen, das sich jenseits der Mauern erstreckte. Wir durften nach einem knappen Nicken des wachhabenden Den-Janaquel-Mannes passieren, dessen Lanzenspitze auf dem genagelten Stiefel ruhte.

»Kennst du jemanden, der auf Den Janaquel eingeschworen ist?«, fragte Camarl, während er das Pferd auf der verhältnismäßig leeren Straße in Trab fallen ließ. »Sie stellen die Pflichtkohorte für die Festtage, also werden sie mehr Neuigkeiten hören als jeder andere.«

»Ich hatte nie etwas mit dem Haus zu tun, aber ich werde sehen, ob ich mich durch die Schwertschule vorstellen lassen kann.« Stoll kannte wahrscheinlich jemanden, und wenn nicht er, dann Fyle. Fyle kannte jeden.

Aus langer Gewohnheit bemerkte ich die Veränderungen an den Gebäuden, die den Herrenweg säumten. Was einst ein Herrenhaus der Den Bradile gewesen war, wurde gerade mit neuem hellem Marmor verkleidet, klare, rationale Linien ersetzten die Schnörkel eines früheren Zeitalters. Die Hand voll Läden, die sich jetzt die Fassade teilten, bekamen breite neue Fenster mit tiefen

Fensterbänken, um eleganten Krimskrams für die Damen besser ausstellen zu können, kostspielige Federn und teure Spitzen. Ein Stück weiter hatte eine Schneiderin, deren Lehnsherr Den Thasnet gewesen war, schon bevor ich nach Toremal kam, ihren Laden aufgegeben, in dem sich jetzt ein hoffnungsvoller neuer Schneider niedergelassen hatte, der dem Namen Dienst schuldete. Seine Front war leuchtend bunt dekoriert, um sowohl ständige Einwohner als auch diejenigen anzulocken, die auf ihrer jährlichen Reise zu diesem Nabel der Eleganz die neueste Mode erstehen wollten.

Das hier war nicht Bremilayne, wo ich nur wenig Ortskenntnisse hatte und wenig Kontakte. Hier musste ich nicht irgendwelchen Hinterwäldlergerüchten nachjagen, auf einer fruchtlosen Suche nach Elietimm, die sich nach Dalasor schlichen, um zu rauben und zu morden. Wer auch immer Temar angegriffen hatte, hatte mein Terrain betreten. Sie mussten Spuren hinterlassen haben. Irgendjemand würde die Fährte aufnehmen, früher oder später.

»Da sind wir schon.« Camarls Worte rissen mich aus meinen Gedanken. Wir befanden uns vor einem Teehaus, das in einem Flügel einer längst vergessenen Residenz lag. Jetzt schmückte es sich mit einem leuchtend bunten Schild, das allen verkündete, dass Meister Lediard die feinsten Aromen und Gewürze feilbot sowie luxuriöse Räumlichkeiten, in denen sie genossen werden konnten.

Camarl reichte seinem Pferdeknecht die Zügel. »Hol mich beim achten Glockenläuten ab.« Er drückte dem Mann nachlässig eine Silbermark in die Hand, doch ich konnte nur ein Lächeln bieten, und so eilte ich dem Junker hinterher. Ich ziehe im

Allgemeinen Wein einem Tee vor, doch in dieser Umgebung hätte ich mich daran gewöhnen können. Dies war kein vergeblicher Versuch, eine schlecht gehende Kneipe auf der sozialen Leiter hinaufzuschubsen, indem man heißes Wasser und alte Kräuter servierte anstelle von Bier.

Bequeme Sessel umringten stabile Tische, die gerade so weit auseinander standen, dass man die Gespräche am Nachbartisch nicht hören konnte. Auf den meisten Tischen lagen Pergamente, dicke Wälzer und Zählrahmen, da Tee schon immer bei Geschäftsleuten beliebt war, die mehr als die Kosten für eine Flasche einbüßen würden, wenn sie sich von Wein ihren Verstand vernebeln ließen. Einige beugten sich allein über ihre Dokumente, andere saßen zu zweit oder dritt zusammen und unterhielten sich, andere entspannten sich mit den neuesten Flugblättern, von denen ganze Stapel an der Tür lagen. Über ein friesverziertes Paneel daneben liefen zahlreiche Lederbänder im Zickzack, hinter die Briefe geklemmt waren. Ein junger Bursche holte gefaltete und versiegelte Bögen aus einer Kiste darunter. Der Adel hat zwar die kaiserliche Post, um seine Briefe zu transportieren, doch der Mittelstand muss sich auf diese eher informellen Arrangements mit Tee- und Gasthäusern verlassen.

In der Nähe wurde lebhaft diskutiert, als Camarl ein Mädchen in verwaschenem blauen Kleid mit einem Tablett vorbeiließ, auf dem kleine Schalen mit Gewürzen standen.

»Ich nehme ein Fünftel der Ladung gegen deine Deckung, wenn das Schiff verloren geht.«

»Zu Toremal- oder Relshaz-Wert?«

»Relshaz-Wert zum besten Äquinoktiumspreis.«

»Und wenn sie durch schlechtes Wetter Verspätung haben? In der Zwischenzeit könnten die Preise sinken.«

»Das ist dein Risiko, Freund. Mein Risiko ist, dass das Schiff sinkt.«

Der Mann neben uns wählte ein paar Elfenbeinstückchen von einem flachen Tablett auf seinem Tisch. Er reichte sie einem Mädchen, das sie zu einer scharfäugigen Frau hinter einer langen Theke brachte.

»Wir sind oben«, sagte Camarl über die Schulter.

Als ich ihm folgte, sah ich, wie die Frau die gewünschten Kräuter aus einer Vielzahl von Dosen auf den Regalen in ihrem Rücken löffelte. Während das Mädchen die Teezutaten zu ihrem wartenden Kunden brachte, kam ein weiteres mit Tassen, Teebällen und einem Krug mit dampfendem Wasser, das sorgfältig vom anderen Ende des Raumes geholt wurde, wo ein Mann mit rotem Gesicht sich um eine Reihe von Kesseln auf einem riesigen Ofen kümmerte, der gierig die Kohlen verschlang, die ein aschebestäubter Junge in sein offenes Maul schaufelte.

Ich folgte dem Junker nach oben und stellte fest, dass das ganze erste Stockwerk des Gebäudes aus einem einzigen Raum bestand. Tische und Stühle entlang der Wände wurden von lebhaften Gästen fast völlig ignoriert, die alle gleichzeitig in der Mitte des Raumes redeten. Einfache Mäntel, Alltagswämser und praktische Stiefel machten die Kleiderordnung aus, wenn auch ein kundiges Auge sehen konnte, dass Camarls Kleider besser geschnitten und aus besserem Stoff waren.

»D'Olbriot!« Ein stämmiger Mann in ockerfarbenem Mantel, dessen Knöpfe arg strapaziert wurden, winkte Camarl zu.

»Schöne Festtage, Meister Sistrin«, erwiderte er fröhlich.

»Wollen wir's hoffen.« Sistrin stemmte die Hände in die Hüften und deutete mit dem Kinn auf einen jüngeren Mann, der die Brosche eines kleineren Hauses am Wams trug. »Was würde D'Olbriot davon halten, wenn ein paar von uns Händlern mit eigenen Mitteln unsere eigene Akademie gründen würden?«

»Schulen zu stiften, war immer die Ehre und Pflicht des Adels«, sagte der junge Mann höflich. Es gelang mir, das Abzeichen zuzuordnen, eine Nebenlinie von Den Hefeken.

»Aber wir haben mehr Söhne, die auf einen Platz warten, als die etablierten Schulen anbieten können«, bemerkte ein dritter Mann, der mit dem Akzent der Kaufmannsklasse sprach. »Lesen und rechnen lernen in einer Mädchenschule mag vielleicht für unsere Väter und Vorväter genug gewesen sein, aber die Zeiten haben sich geändert.«

»Wenn wir eine Schule gründen, haben wir auch Mitspracherecht beim Lehrstoff.« Sistrin stieß nachdrücklich Den Hefeken den Finger vor die Brust. »Rhetorik und Präzedenzfälle im Fürstenrat und welches Haus welche Priesterschaft hält, sind für meinen Jungen nicht besonders von Nutzen. Er braucht Mathematik, Geografie, er muss wissen, wie man einen Vertrag aufsetzt und welche Gesetze dafür gelten. Und wenn wir schon dabei sind, wir haben auch Töchter, denen es gut täte, wenn sie mehr lernten als nähen oder ein Spinett zu spielen.«

»Bei den ganzen Bergwerksinteressen von D'Olbriot könnte man wirklich Schlimmeres anstellen, als den Junkern ein bisschen Naturwissenschaft beizubringen«, schnaubte der dritte Mann.

»Da gebe ich dir ganz Recht, Palbere«, nickte Camarl. »Unsere Lehrer tun genau das seit Jahresanfang, unterstützt von ein paar Neuzugängen aus Hadrumal.«

»Zauberer?« Sistrin lachte herzhaft. »Das wären dann eher unnatürliche Wissenschaften, oder?«

Lag da nicht eine ungewöhnliche Missbilligung bei der Erwähnung von Zauberern in der Luft? Den Hefekens Gesicht war wohlerzogen ausdruckslos, aber Palbere blickte finster drein.

Camarl fuhr ungerührt fort. »Ich würde es vorziehen, wenn meine Vettern ihre Lektionen gemeinsam mit deinen Neffen lernen würden, Sistrin, anstatt Schulen zu haben, die nach Rang oder Beruf getrennt sind. Sie würden ein bisschen von deinem Glasgeschäft mitbekommen, und geteiltes Wissen ist immer der Weg zu gemeinsamem Wohlstand.«

Palbere nippte an seinem dampfenden Tee. »Wenn wir gerade von Wegen reden, stimmt es, dass D'Olbriot vorhat, einen Kanal graben zu lassen, um die Schleife des Nyme um Feverad herum abzuschneiden? Wollt ihr dafür Zauberer holen anstatt ehrliche Arbeiter?«

»Die Kaufleute von Feverad haben zuerst über den Plan gestritten«, sagte Camarl vorsichtig. »Sie schlugen vor, dass D'Olbriot das Projekt unterstützt, und eine solche Aufgabe lässt sich mit magischer Hilfe erheblich schneller und sicherer erledigen.«

»Und wenn das gebaut wird, schmälert Ihr unseren Gewinn?«, fragte Den Hefeken betont neutral.

»Sofern gebaut wird. In diesem Fall sind wir doch sicherlich berechtigt, unsere Auslagen wieder hereinzuholen?« Camarl sah alle reihum an. »Natürlich würden diese Kosten erheblich sinken, wenn wir Zauberer beschäftigten.«

Sistrin holte Luft, um zu widersprechen, doch Camarl hob entschuldigend die Hand. »Verzeiht mir, meine Herren, ich habe heute einen Gast dabei. Darf ich bekannt machen: Ryshad Tathel, Steinmetz aus Zyoutessela.«

Ein paar in der Nähe Stehende blickten kurz von ihren Gesprächen auf, um sich meinen Namen zu merken, und ich lächelte so huldvoll, wie ich nur konnte.

»Wollt Ihr bei der Gesellschaft für ihn bürgen?«, fragte Sistrin streitlustig.

»Wenn er will«, lächelte Camarl, ehe er mich höflich davonzog.

»Der lässt einen über seine Meinung aber nicht im Unklaren«, meinte ich leise.

»Was ihn sehr nützlich macht, denn was er ausspricht, denken zehn andere insgeheim«, stimmte Camarl zu. »Und er ist gewöhnlich der Erste, der einen Skandal wittert, während Palbere eine Nase fürs Geschäft hat, die ihresgleichen sucht.«

»Findet hier überhaupt etwas statt, das auch nur im Entferntesten mit Kunst zu tun hat?«, grinste ich.

»Da drüben.« Camarl blieb ständig stehen, um Leute zu begrüßen, doch schließlich waren wir am anderen Ende des Raumes angelangt, wo Tische im besseren Licht unter den Fenstern mit Büchern voller Kupferstiche sowie einzelne Zeichnungen oder bemalte Blätter lagen. »Schlafzimmerkunst ist da drüben«, deutete Camarl lächelnd, »direkt neben den Satiren und Schmähschriften. Wir sind stolz darauf, eine vorurteilsfreie Gesellschaft zu sein.«

Sowohl die künstlerische Ausführung als auch die Vorbilder wären zweifellos eine beträchtliche Verbesserung zu den schmuddligen Holzschnitten, die in den Kasernen kursierten, doch beides interessierte mich nicht, wenn ich nur die Augen zu schließen und an Livak zu denken brauchte. Ich nahm ein kleines Portfolio zur Hand. »Steppenpflanzen in Dalasor?« Ich schlug das Buch auf und sah eine wunderbar detailgetreue Abbildung eines gelben Heidekrauts.

»Ein paar unserer Mitglieder sind Naturphilosophen«, nickte Camaral. »Und als Steinmetz interessieren dich vielleicht die architektonischen Zeichnungen da drüben.«

»Junker, dürfte ich um ein Wort bitten?« Ein älterer Mann mit langem Gesicht, deprimierten Hängebacken und herabgezogenen Mundwinkeln tauchte neben Camaral auf. »Gewiss, Meister Ganalt.«

Ich bemerkte, dass der alte Mann das Silberblatt einer Schreinbruderschaft am Kragen trug, etwas, was man heutzutage nicht mehr allzu oft zu sehen bekommt.

»Es geht um den Talagrin-Schrein an der Solland-Straße«, begann Ganalt nach einem zögernden Blick zu mir. »Er liegt auf Den-Bradile-Grund, und die Priesterschaft liegt natürlich in dieser Familie, aber die dortigen Menschen waren immer dem Jäger treu ...« Der alte Mann brach ab.

»Gibt es ein Problem?«, half Camaral.

»Es gibt Gerüchte, dass Den Bradile daraus eine private Urnengruft machen will, sogar die Urnen entfernen, die bereits dort bestattet sind, es sei denn, sie gehörten irgendwie zum Namen.« Er fuhr sich unbewusst über das silberne Eschenblatt, Symbol für den Herrn des Waldes. »Wir könnten unsere Mittel nehmen, um einen anderen Schrein zu bauen, aber wir sind verpflichtet, den Armen zu helfen ...« Er brach mit einem weiteren zweifelnden Blick auf mich ab.

»Entschuldigt mich, Junker, ich würde mir gern einige der Pläne ansehen, die Ihr erwähntet.« Ich deutete so gut es bei dem knappen Platz ging eine Verbeugung an und schlüpfte an zwei Männern vorbei, die über eine lebhafte Satire kicherten. Die architektonischen Zeichnungen umfassten auch eine Reihe von Entwürfen für Irrgärten, die in den letzten Jahren zunehmend in Mode gekommen waren, und ich betrachtete sie mit Interesse.

»Der Trick besteht darin, die angemessene mathematische Komplexität mit den Grundsätzen des Rationalismus zu vereinbaren«, sagte jemand und stellte sich neben mich.

»Und Sträucher zu finden, die schnell genug wachsen, um einen Irrgarten zu bilden, ehe das wieder aus der Mode kommt?«, schlug ich vor.

»Stimmt«, pflichtete er mir bei. »Deswegen besteht die diesjährige Neuerung darin, Muster aus Ziegelsteinen zwischen niedrigen Wällen auszulegen. Ich glaube, ein Gärtner von Den Haurient hat das vorgeschlagen, doch die Rationalisten werden behaupten, der Grund wäre, dass man die Logik des Ganzen besser würdigen könnte, wenn man das Gesamtgebilde sehen kann.«

Ich lachte und nahm eine interessante Perspektive von neuen Veränderungen an einer alten Häuserfront zur Hand.

»Wie ich höre, bist du Steinmetz?«, fragte mein neuer Bekannter. »Aus dem Süden?«

»Zyoutessela«, sagte ich in ebenso beiläufigem Ton wie er.

»Gibt es dort viel Arbeit?«, fragte er interessiert.

»Die Stadt ist dreimal so groß wie zur Zeit meines Großvaters«, nickte ich. »Er hat sich von Baustelle zu Baustelle gearbeitet mit kaum mehr als seinem

Handwerkszeug und felsenfester Entschlossenheit, sich hochzuarbeiten. Als er starb, hinterließ er meinem Vater ein ordentliches Werksgelände, und jetzt arbeiten meine Brüder und ich an drei Baustellen gleichzeitig.«

»Man sagt, ein guter Steinblock klingt wie eine Glocke«, bemerkte mein neuer Bekannter mit eingeübter Lässigkeit.

»Wenn man ihn richtig trifft, und guter Stein hat einen scharfen Geruch, wie verfaulte Eier.« Hansey und Ridner konnten herzlich gern all die Gerüche, den Staub, den Lärm und die Kopfschmerzen haben, die zu dem Handwerk gehörten.

»Redvar Harl, Zimmermannmeister.« Er verbeugte sich, und ich erwiderte die Höflichkeit. »Ich sah dich mit Junker Camarl kommen? Seid ihr Lehnsleute von D'Olbriot?«

Er interessierte sich sehr für einen völlig Fremden wie mich, aber ich glaubte nicht, dass er mich in einem Raum voller Zeugen niederstechen wollte. »Ja.«

»Im Süden muss es viele Möglichkeiten geben, wo doch D'Olbriot diese Kolonie in Übersee fördert«, überlegte mein neuer Freund.

»Es bietet einige reizvolle Möglichkeiten«, sagte ich in neutralem Ton.

Mein Gefährte starrte aus dem Fenster. »D'Olbriot wird für seine Lehnsleute nur das Beste wollen, aber wenn das Land wirklich so groß ist wie die Gerüchte behaupten, täte Junker Camarl vielleicht gut daran, in größerem Maßstab zu denken.«

Ich nickte ermutigend.

»Ich stamme aus Solland. Ich nehme an, du hast von den Kämpfen in Parnilesse gehört, nach dem Tod des alten Herzogs?«

Es war nicht schwer, meinen nächsten Schritt bei diesem Tanz zu sehen. »Im Süden hören wir nicht gerade viel von den Dingen, die an den Grenzen vor sich gehen.«

»D'Olbriot besitzt Ländereien in der Umgebung von Solland, also weiß der Sieur bestimmt über die Landfrage in Lescar Bescheid.« Meister Harl sah mich gespannt an. »Die Lescaris klammern sich immer noch an ihr dummes System, dass alles Land dem Erstgeborenen zufällt. Die vermehren sich dann wie die Karnickel, die in ihren Hügeln hausen, und die vergeblich jammernden jüngeren Söhne bleiben landlos und suchen Streit. Poldrion weiß, wie viel Kummer erspart bliebe, wenn man diese überzähligen Sprösslinge über das Meer schicken könnte, um aus eigenen Kräften in einem neuen Land zu etwas zu kommen.«

»Eine interessante Idee«, sagte ich langsam. »Es würde mich interessieren, was Junker Camarl darüber denkt.« Ich konnte mir Temars Reaktion vorstellen.

Meister Harls Blick wanderte zu einem Punkt hinter meiner Schulter. »Entschuldige, da ist jemand, dem ich schöne Festtage wünschen muss.«

Ich drehte mich um, um zu sehen, wen er meinte, doch Camarl trat mir in den Weg, mit einer sorgfältig aufgesetzten belustigten Miene. »Na, Ryshad, was sagst du dazu?«

Er reichte mir ein steifes Blatt Papier mit einer handkolorierten Satire. Eine Hochzeitskutsche wurde durch die Straßen von Toremal gezogen, von dem D'Olbriot-Luchs auf der einen und dem Tor-Tadriol-Bullen auf der anderen Seite. Das war nicht das kräftige Tier des kaiserlichen Wappens, sondern ein kränkliches Kalb mit dümmlicher Miene und komisch geflecktem Fell. Der hochbeinige Luchs überragte es um eine Haupteslänge, sah mit lebhaftem Blick auf es herab und hatte die Zähne in einem hungrigen Lächeln entblößt. Der Kaiser selbst saß in der Kutsche, kein außergewöhnliches Porträt, aber gut erkennbar. Ich tippte auf das Gesicht des Mädchens an seiner Seite, einer zeitlosen Schönheit mit unwahrscheinlich großem Busen. »Ist das jemand, den ich kennen sollte?«

»Niemand Besonderes.« Camarl schüttelte den Kopf, sein aufgesetztes Lächeln erreichte noch immer nicht die Augen. »Aber ich habe eine ganze Hand voll Kusinen guter Abstammung und passenden Alters, die eine gute Partie für Tadriol wären. Die meisten sind natürlich für die Festtage hier.«

Ich betrachtete einen Kapriolen machenden Narren im Vordergrund, der Hände voll Feuer und Blitz in die Luft warf und damit ein paar Drosseln betäubte. Die Zuschauer waren nur angedeutet, doch ein paar gekonnte Striche vermittelten ihre Verachtung, ihren Spott und ihre Unzufriedenheit. »Könnte das Casuel sein?«

Jetzt wurde das Lächeln des Junkers breiter und erreichte seine Augen. »Er wäre darüber wohl kaum geschmeichelt. Aber nur wenige Leute kennen ihn, und die finden ihn harmlos bis geradezu langweilig. Das ist einer der Gründe, weshalb wir mit ihm als Planirs Verbindungsmann einverstanden waren, niemand kann ihn ernsthaft als Bedrohung empfinden.«

»Wer das auch gezeichnet hat, hat offenbar eine Abneigung gegen Magie.« Ich deutete auf eine Kapuzengestalt in dunklem Gewand, die sich von hinten an die Kutsche anschlich, vor diesem geheimnisvollen Schatten wichen die Leute zurück.

»Soll das wohl Planir der Schwarze sein, was meint Ihr?«

»Der Name ist ein Geschenk für Witzezeichner, nicht wahr?«, murmelte Camarl gereizt.

»Ein Scherz für Lehrlinge, wie ich höre«, erklärte ich, »weil er doch der Sohn eines Kohlenarbeiters ist.«

»Wir alle müssen Scherze hinnehmen, nicht wahr?« Camarls Augen waren wieder kalt und berechnend. »Warum findest du nicht heraus, was andere von dem Scherz halten?«

Ich betrachtete das Blatt in meiner Hand genau. »Dieser Künstler wird finanziell unterstützt.« Ich suchte nach einer Signatur, konnte jedoch keine finden.

»Ein ungewöhnlich zurückhaltender Satiriker, das ist mal was Neues.« Camarl war eindeutig auf derselben Spur wie ich. »Warum versuche ich nicht jemanden zu finden, der mich in seine Richtung drehen kann? Schließlich verdient ein solches Talent Ermutigung.«

»Ich würde sagen, er hat bereits einen adligen Patron«, bemerkte ich.

»Ziemlich sicher«, pflichtete Camarl mir bei. »Und vielleicht ist er bereit zu sagen, um wen es sich handelt, als Gegenleistung dafür, in unserem Auftrag und mit unserem Gold einen ähnlichen Spaß auf dessen Kosten zu schaffen.«

Mehrere Leute wandten sich bei den Worten des Junkers neugierig nach uns um. Ein Adelsstreit zwischen zwei großen Häusern würde die Festtage mit Sicherheit beleben, mit skurrilen Bildern, über die man für ein paar Kupferstücke kichern konnte und mit verstohlenen Hinweisen auf einen saftigen Skandal, der die normalerweise fade Kost der Flugschriften würzte.

Ich würde den Drucker auftreiben, beschloss ich. Es bestand keine Hoffnung, die Verteilung solcher Blätter zu stoppen: Da Bücher so teuer waren, brauchten Drucker mit Familie jedes Kupferstück, das sie anderen für ein Blatt mit Klatsch und Tratsch oder schmuddligen Bildern aus der Tasche ziehen konnten. Doch für ein paar Kronen konnte ich vielleicht Hinweise auf den Ursprung dieses Blattes finden.

»Mal sehen, was ich herausbekomme«, sagte ich leise. Ich hatte nicht vor, die Elietimm zu vergessen, doch ich schätzte, dass wir jetzt ernsthaftere Sorgen hatten, Feinde, die näher waren, Feinde, die wussten, wie man ein eidgebundenes Ritual, die Gerichtshöfe und das blühende soziale Netzwerk der Stadt gegen uns einsetzte. Und sie waren sich auch nicht zu fein für ein Messer im Rücken, erinnerte ich mich.

»Hast du das gesehen?« Ich tippte einem Fremden freundschaftlich auf den Arm, stellte mich vor, und wir kicherten gemeinsam über die Satire. Er gab eine nicht gerade feinsinnige Schilderung der jüngsten Ausschweifungen der jüngeren Junker Den Thasnet zum Besten, was seinen Kameraden, einen Leinenhändler, dazu veranlasste, mich davor zu warnen, für dieses Haus zu arbeiten, weil es eine bekannt schlechte Zahlungsmoral hatte.

Nachdem ich mich durch die versammelte Gesellschaft gearbeitet und mehr Tee getrunken hatte, als ich normalerweise in einem Jahr zu mir nehme, war ich auf dem neuesten Stand, was Skandale, Ränke, Geburten, Todesfälle und Hochzeiten von den höchsten bis zu den niedrigsten Häusern anging. Ich beteiligte mich auch an zahlreichen Gesprächen, in denen der Adel kaum einmal erwähnt wurde, eine ungewohnte Erinnerung an das Leben, das ich geführt hatte, ehe ich mich auf D'Olbriot eingeschworen hatte, als der Name nur ein gesichtsloses Mietbüro und ein vages Versprechen von Hilfe war, sollte meiner Familie je ein Unglück zustoßen. Es war eine interessante Art, den Nachmittag zu verbringen, aber was ich nicht hörte, war etwas besonders Boshaftes über D'Olbriot, D'Alsennin oder Kellarin. Es gab eine Reihe von Vermutungen, aber die meisten dieser soliden Geschäftsmänner diskutierten lieber über die möglichen Vorteile und Risiken eines neuen Handelspartners jenseits des Meeres.

Junker Camarl gab mir von der anderen Seite des Raumes her ein Zeichen, und ich entschuldigte mich bei einem Apotheker, der ein starkes, wenn auch völlig fehlinformiertes Interesse an Zauberkunst zeigte.

»Ich muss gehen, ich werde bei Den Haurient zu einer Diskussion und anschließendem Abendessen erwartet.« Camarl sah ein wenig verärgert aus. »Ich muss zurück und mich umziehen.«

»Ich habe nichts von Bedeutung erfahren«, sagte ich bedauernd.

Er stieß langsam die Luft aus. »Bleib noch ein Weilchen. Vielleicht sagt der eine oder andere etwas, wenn ich nicht anwesend bin.«

»Ich halte die Ohren auf«, versprach ich.

Doch der Junker war nicht der Einzige, der noch zum Essen verabredet war, und sein Aufbruch war das Zeichen für viele, sich zu verabschieden. Der entschlossene Kern, der blieb, zog sich Stühle zu kameradschaftlichen Runden zusammen und bestellte bei den diensteifrigen Mädchen von Meister Lediard lieber Wein als Tee.

Ich würde mich verdächtig machen, wenn ich versuchte, mich in eine dieser engen Gruppen langjähriger Freunde zu drängen, entschied ich. Sie wussten vielleicht nicht, dass ich einer der Erwählten von D'Olbriot war, aber sie wussten zumindest, dass ich ein Lehnsmann des Hauses war. Die lässige Atmosphäre, in der jemand vielleicht zufällig oder absichtlich einen Hinweis fallen ließ, hatte sich verflüchtigt.

Ich verabschiedete mich kurz von meinen neuen Bekannten und ging. Draußen überlegte ich, was ich als Nächstes tun sollte, während Pärchen Arm in Arm vorbeischlenderten, jetzt, da die die Hitze des Tages nachgelassen hatte. Die Reichen und Eleganten kamen heraus, um sich gegenseitig in ihrem Feststaat zu bewundern.

Ich konnte zurückgehen und im Torhaus darauf warten, Camarl zu sagen, dass ich nichts Neues erfahren hatte, dachte ich, oder ich konnte mit meiner Zeit auch etwas Vernünftigeres anfangen. Es war ja sehr schön, wenn der Junker mir sagte, ich solle Eingeschworene und Anerkannte für meine Botengänge nutzen, aber ich konnte kaum erwarten, dass sie all die Verwicklungen von Temars Suche nach seinen verlorenen Artefakten erklärten, oder? Ich hatte selbst genug Mühe, diese Geschichte überzeugend vorzutragen, und ich war dabei gewesen.

Ich fällte eine Entscheidung und ging über den Herrenweg. Müßiggänger strömten mit ihren Krügen und Bechern voll Wein und Bier aus den Wirtshäusern, also trat ich auf die Straße. Es herrschte kaum Verkehr, und – Armspange oder nicht – die meisten Leute hier erwarteten, dass ich ihnen Platz machte. Ich ging ins Herz der Altstadt. Hier kreuzte der Herrenweg den Oberweg, die alte Straße, die parallel zur Küste verlief und Toremal durch die Tore verließ, die die Hochstraßen nach Norden und Süden bewachten. Ein Springbrunnen stand in der Mitte des großen Platzes der Kreuzung, Saedrin schaute nach Osten, Poldrion nach Westen und Raeponin mit ausgestreckten Händen nach Norden und Süden, die Augen zum Himmel erhoben. Vor Jahren war dies angeblich ein Schrein, der von einem längst verstorbenen Kaiser in den Tagen vor dem Chaos gestiftet worden war, doch jetzt war es nur ein einladendes Plätzchen mit kühlem Wasser und ein beliebter Treffpunkt. Offene Kutschen fuhren langsam, um die Festtagsgewänder zur Schau zu stellen.

Der *Lackaffe* war eines der größeren Gasthäuser am Rande dieses Platzes und beherrschte die Nordostecke. Der neunte Glockenschlag klang von zahlreichen Glockentürmen, und ich schob mich durch die aufgekratzten jungen Leute, die rücksichtslos die Türen blockierten. Das trug mir ein paar böse Blicke ein, doch niemand war kühn oder betrunken genug, um es mit mir aufzunehmen. Ein Blick auf meine Armspange genügte, damit die meisten mir Platz machten.

»Banch!«, brüllte ich über den Lärm der Gäste und versuchte, die Aufmerksamkeit eines Kellners oder den Schürzenzipfel eines Schankmädchens zu erhaschen. »Banch!«

Der untersetzte Zapfer, der mit langjähriger Erfahrung gelassen den Tumult betrachtete, wandte den Kopf. Er winkte mir mit seiner schaufelgroßen Pranke, und ich schob mich zur Theke durch. »Ryshad!« Er reichte mir einen großen Krug Bier und steckte das Silberstück in die Tasche der Schürze, die er unter seinem Bauch von Fassgröße festgebunden hatte.

»Hast du Yane gesehen? Eingeschworener auf Den Cotise? Ich war gestern mit ihm hier.« Ich lehnte mich auf das zerkratzte und feuchte Holz und senkte meine Stimme zu einem gedämpften Bellen. Yane hatte heute Abend wieder Dienst, ab dem ersten Nachtläuten, aber er hatte gesagt, er würde hier seine Liebste treffen, und deren Herrin entließ sie meist beim letzten Tagesläuten. Sie war Zofe bei Tor Sylarrre und fand die ganze Geschichte von Temars Suche überaus romantisch.

»Hinten raus mit Ezinna.« Wut verdunkelte Banchs pockennarbiges Mondgesicht, und er riss die Thekenklappe hoch, stürmte heraus und packte ein paar Burschen an den Kragen ihrer teuren Mäntel. Ich weiß nicht, wie die Leute das schafften, aber alle traten beiseite, als er die beiden Missetäter auf die Straße warf. Einer wollte widersprechen, also überließ ich es Banch, ihm seinen Fehltritt zu erklären und schlüpfte durch eine Hintertür.

Obwohl hier Töpfe klapperten, Messer und Hackebeile auf Holz einhieben und der Hund, der in seiner Tretmühle den Bratspieß drehte, laut jaulte, war es in der Küche ruhiger als im Schankraum. Ein paar Mädchen hatten alle Hände voll zu tun, und wenn sie eine Pause von mehr als einem Atemzug einlegten, trug ihnen das nur neue Anordnungen von der kräftigen Frau ein, die ihr Reich löffelschwingend regierte.

»Schneidet mehr Brot und dann begießt das Fleisch, bevor es austrocknet!« Ezinna knuffte ein verkniffen blickendes junges Mädchen leicht am Ohr, um ihre Befehle zu unterstreichen. Ich trat hastig beiseite, als das linkische Mädchen aufheulte, weil es sich die Finger an der Kelle verbrannt hatte, die unter dem Fleisch lag, und heißes Fett verspritzte.

»Wo ist Yane?«, fragte ich Ezinna.

Sie steckte sich eine Strähne ihres rabenschwarz gefärbten Haares hinter ein Ohr. Die übrigen Haare hatte sie mit einem getupften Tuch zusammengebunden, das einst gelb gewesen sein mochte, passend zu ihrem verblichenen Kleid. An den Wurzeln zeigte sich grau. »In der Spülküche.« Ezinnas gewohnheitsmäßiges Lächeln schwand.

»Was ist passiert?«, fragte ich stirnrunzelnd.

»Es handelt sich um Credilla.« Ezinna schüttelte resigniert den Kopf. »Geh weiter, du stehst im Weg. Hast du schon gegessen?« Ezinna schnappte ein knuspriges Stück Brot aus dem Korb eines vorbeieilenden Mädchens und wickelte es um eine dicke Scheibe Rinderbraten. Sie schubste mich davon, ehe sie dem unglücklichen Brotmädchen vorhielt, wie viel Brot sie zu servieren hatte, falls das Gasthaus nicht an den Bäckerrechnungen zu Grunde gehen sollte.

Schmutziges Geschirr stapelte sich in der Spülküche und wartete auf zwei kleine Mädchen, die auf Kisten vor zwei tiefen steinernen Becken standen. Keins der beiden arbeitete sonderlich schnell, mit runden Augen in den runden Gesichtern starrten sie mit offenem Mund Credilla an, die in Yanes Schulter schluchzte.

»Credie, Mäuschen, Credie.« Er sah mich über ihren Kopf hinweg an mit einer Mischung aus Erleichterung und unterdrückter Wut.

»Was ist passiert?«

Credillas Schluchzer gingen in ein Wimmern über, und sie drehte sich um, das kastanienbraune Haar hing ihr ins Gesicht. Es konnte die hässliche Prellung nicht verbergen, die ihr Gesicht entstellte, eine große purpurschwarze Beule auf einer Wange.

Das eine Auge war halb zugeschwollen, Blut verkrustete um eine Platzwunde, die wie von einem Ring gerissen wirkte.

»Was ist passiert?«, wiederholte ich und reichte Brot und Fleisch einem Spülmädchen, das es hoffnungsvoll beäugte.

»Demoiselle Lida Tor Sylarre.« Yane schaffte es sich zu beherrschen, aber er sah noch immer aus, als würde er gerne jemandem eine reinhauen und sah mich offenbar als mögliches Ziel. »Die Mätresse kam kurz nach Mittag völlig außer sich herein, befahl allen Töchtern ihre Truhen umzudrehen und prüfte jedes Kästchen anhand von Listen und Erbscheinen.« Er schüttelte verblüfft den Kopf. »Die Mätresse nahm verschiedene Stücke an sich und erklärte Lida, sie solle die Klappe halten, als sie einwendete, dass sie für ihr Kleid heute Abend ein Halsband brauche.«

»Sie war furchtbar wütend«, sagte Credilla mit zitternder Stimme. »Ich habe wirklich nichts Schlimmes gesagt.«

»Aber du hast die Stücke erkannt, die die Mätresse an sich nahm?«, vermutete ich.

»Demoiselle Lida sah, dass ich überrascht war.« Credilla klammerte sich an Yanes tränennasses Wams. »Sie wollte wissen warum. Ich habe nur gesagt, dass ich einen D'Olbriot-Mann kennen gelernt habe, der sich für alten Schmuck interessiert, aber Lida sagte, es müsse mehr dahinter stecken, weil ihre Mutter so außer sich war. Als ich ihr nichts sagen konnte, schlug sie mich.«

Yane legte schützend die Arme um sie, als die Erinnerung sie erneut in Tränen ausbrechen ließ. »Du musst den Kopf senken, wenn sich ein Sturm zusammenbraut, Credie, das weißt du doch.«

Ich nickte. Freiwillig Wissen preiszugeben ist für einen Dienstboten nie klug, es führt nur zu Fragen und danach zu Fragen, woher man die Antworten hat.

»Es tut mir Leid, dass ich dich da hineingezogen hab, mein Blümchen. Kannst du zurückgehen?« Falls Tor Sylarre sie hinauswarf, musste ich eine andere Stelle für sie finden. Allerdings nicht bei D'Olbriot, das würde nur den Verdacht bestätigen, den Tor Sylarre vielleicht hegte.

Credilla nickte und tupfte mit einem feuchten Tuch ihre zerschlagene Wange ab. »Die Mätresse würde Lida bis zum Ende der Festtage in ihrem Schlafzimmer einschließen, wenn sie wüsste, was sie getan hat. Sie hat mir drei Goldmark gegeben, damit ich den Mund halte und sagte, ich müsste bei den Näherinnen arbeiten, bis mein Gesicht wieder in Ordnung ist.«

»Das ist wenigstens etwas.« Ich verkniff mir Verwünschungen, die die kleinen Mädchen nicht hören sollten.

»Worum geht es überhaupt, Ryshad?« Yane sah auf, wobei er weiter Credilla das Haar aus dem tränenüberströmten Gesicht strich.

»Haltet euch beide bedeckt«, riet ich. »Es braut sich etwas zusammen, aber ich weiß noch nicht, wo das Unwetter zuschlagen wird.« Ich zögerte, als ich mich zum Gehen wandte. »Zauberkunst, die Heilmagie aus Kellarin, könnte was für deine Prellung tun.« Demoiselle Avila konnte sicher wiederholen, was sie auch für Temar getan hatte.

Yane schüttelte den Kopf. »Das Beste, was du für uns tun kannst, ist uns in Ruhe zu lassen.« Er meinte es nicht unfreundlich, und er hatte leider wahrscheinlich sogar Recht.

Die Sonne ging mit gewohnter Schnelligkeit unter, als ich den *Lackaffen* verließ, das verblassende Gold des Himmels verdunkelte sich zu tiefem Blau über den Hügeln. Der Herrenweg war hell durch die erleuchteten Fenster, Händler kehrten in ihre Wohnungen über den Läden zurück, um ihren Feierabend zu genießen, jetzt, wo in den oberen Stockwerken der Gast- und Teehäuser in privatem Rahmen weitergefeiert wurde. Fackelträger hatten bereits ihre Laternen entzündet und an Stangen gehängt, um für ein paar Kupferstücke den Leuten den Weg zu weisen.

Hinter dem Frühlingstor winkte ich eine Mietkutsche heran und dachte über Credillas unerwartetes Leid nach. Also hatte Tor Sylarre irgendwie Wind von Temars Suche nach diesen alten Juwelen und Schätzen bekommen, die vielleicht sein Volk wiederbeleben konnten, und die Mätresse war darüber nicht gerade glücklich. Bedeutete das, dass der Name irgendwie in diese Verschwörungen gegen D'Olbriot verwickelt war? Es war schließlich ein altes Haus, dessen Wurzeln weit zurück ins Alte Reich gingen. Ich runzelte die Stirn. War Demoiselle Avila nicht mit einem längst verstorbenen Sprössling dieses Namens verlobt gewesen, einem Burschen, der an den Krustenpocken gestorben war? Hatte Tor Sylarre etwas mit Kellarins erster Kolonie zu tun?

Die Kutsche bog in die ansteigende Straße ein, die zur Rückseite der Residenz führte. Temar würde mir einige meiner Fragen beantworten können, aber ich tippte dem Fahrer mit einer neuen Bitte auf die Schulter.

»Den Haurient, so schnell wie möglich, mein Freund.«

Ich berichtete besser Junker Camarl von dieser neuen Entwicklung, ehe ich etwas anderes unternahm. Vielleicht saß er an der Tafel jemandem von Tor Sylarre gegenüber oder konnte in einer sonst unverfänglichen Bemerkung eine Bedeutung erkennen, wenn er vorgewarnt war. Temar konnte schließlich warten.

Torhaus der D'Olbriot-Residenz, Sommersonnwendfest, zweiter Tag, Abend

Temar trommelte ungeduldig mit den Fingern gegen seine Schwertscheide.

»Wo steckt denn nun Ryshad?«, fragte Allin aus den tarnenden Schatten der Hecke.

»Ich hatte fest damit gerechnet, dass er um diese Zeit zurück ist.« Als er sich eingestehen musste, dass Ryshad auch nicht bei der letzten Fuhre am Tor war, trat er einen Schritt zurück.

Allin zog die Schultern unter ihrem leichten Umhang hoch. »Vielleicht sollten wir es einfach vergessen.«

»Du wolltest doch gehen«, sagte Temar entschieden. »Vielleicht ist es nichts, aber falls doch, so habe ich heute wenigstens etwas erreicht.«

»Ist es denn klug ohne Ryshad zu gehen?«, fragte Allin kläglich. »Es ist nicht allzu weit. Ich kenne den Weg, wenn du laufen kannst.«

Temar sah sie leicht entrüstet an. »Meine liebe Zauberdame, ich konnte in einer Stunde von den Quellen bis zum Meer laufen, als ich das letzte Mal in Toremal war.«

»Aber du bist verwundet«, stammelte Allin.

»Ich bin völlig wiederhergestellt, und ich gehöre gewiss nicht zu diesen neuen Junkern, die nicht einmal über die Straße gehen, um sich nicht ihre Schuhe schmutzig zu machen.« Temar ignoriere entschlossen das leise Ziehen seiner Narbe im Rücken und den Schmerz, der hinter seinen Augen lauerte. »Wir müssen nur ungesehen hier herauskommen. Wir können dieses kleine Abenteuer kaum für uns behalten, wenn wir eine Kutsche rufen, und der Torhüter heute Nachmittag sagte, er hätte Befehl, mich nicht ohne Begleitung hinauszulassen.«

»Ungesehen?« Allin biss sich nervös auf die Lippen. »Das könnte ich machen.«

»Kennst du eine Hinterpforte?« Temar warf einen Blick an der Residenz vorbei zu den Ställen.

»Nein, aber ich könnte dich verbergen«, schlug Allin vor.

Temar sah sie an. »Mit deiner Magie, meinst du?«

»Velindre sagt mir dauernd, ich müsse lernen, auch mal die Initiative zu ergreifen.« Allins zittrige Stimme strafte ihre kühnen Worte Lügen.

»Ist das sicher?« Temar schüttelte den Kopf. »Verzeih mir, ich wollte dich nicht beleidigen.« Er verdrängte entschlossen die kalte Angst, sich auf irgendeine Form von Zauberei einzulassen.

»Ich würde nicht einmal im Traum daran denken, wenn es das nicht wäre«, sagte Allin hastig.

Stille umgab sie, nur schwach drang der Lärm von Torhaus und Residenz mit der frischen Abendluft heran.

»Dann wirke deine Magie, um alles in der Welt«, sagte Temar abrupt. Er holte tief Luft, als Allin ihre sanften Hände fest um einen schwachen Funken unirdischen blauen Lichtes schloss, einen Ausdruck äußerster Konzentration auf dem runden Gesicht.

Magie ist eine praktische Kunst, ermahnte Temar sich, ein bewährtes Mittel, um den Stoff der Schöpfung zu manipulieren, von Generationen von Zauberern studiert und beschrieben. Casuel hatte ihm alles darüber erzählt. Temar musste es nicht verstehen, es war ausreichend, wenn die Zauberer dies taten. Es ist kein Hexenwerk, dachte er und biss die Zähne zusammen. Es ist keine Hexerei, die im

Kopf eines Menschen entfacht wird und seinen Willen lähmt und ihn widerstandslos macht.

»Fertig«, keuchte Allin.

Temar öffnete die Augen. »Sieht alles genauso aus«, sagte er, weil ihm nichts Besseres einfiel.

»Was ist mit deinen Händen?«, kicherte Allin.

Temar hob eine Hand und sah nur den schwachen Umriss seiner Finger. Er blickte an sich herunter, und der Rest seines Körpers war nicht mehr als ein schwacher Anklang in der zunehmenden Dunkelheit. Er packte hastig seinen Schwertgriff, erleichtert, dass dieser so hart und beruhigend war wie immer. Er merkte, dass Allin ihm gerade in die Augen sah. »Du kannst mich trotzdem sehen?« Es wäre nicht leicht, durch das Torhaus zu schleichen, wenn er nicht mehr als ein zauberischer Schatten wäre.

»Du siehst für mich aus wie ein Schatten, und für jeden anderen Magier auch, fürchte ich, aber niemand, der nicht magiegeboren ist, wird irgendetwas sehen.« Allin sah ein wenig niedergeschlagen aus. »Besser kann ich es nicht.«

Temar nickte fest. »Es ist ein Wunder, verehrte Zauberdame.«

Allin senkte den Kopf, um ein erfreutes Lächeln zu verbergen. »Halte dich dicht hinter mir. Hoffentlich stolpern wir nicht über Casuel.«

Temar lachte. »Er ist ausgegangen, um sich selbst auf eine Magierversammlung einzuladen. Ich glaube, er ist dorthin gegangen, wo Velindre ist.«

»Still«, brachte ihn Allin zum Schweigen, als sie auf den freien Platz vor dem Torhaus traten.

Temar kaute auf seiner Wange herum und passte seine Schritte sorgfältig denen Allins an, vor allem als sie die Pflastersteine erreichten, auf denen seine schweren Stiefel mehr Lärm machten als ihre weichen Schuhe.

»Guten Abend, meine Dame«, rief der Sergeant, der in seinem Häuschen eine Flugschrift las.

Verdattert blieb Allin stehen. Temar prallte prompt gegen sie. Allin schaffte es, einen Aufschrei zu unterdrücken, doch als sie sich bewegte, hielt ihr Mantel sie fest. Temar merkte, dass er auf dem Saum stand und hob hastig seinen Fuß.

»Schöne Festtage, meine Dame«, sagte einer der Anerkannten, die die Nebenpforte bewachten. Temar fand seine verschmitzte Anzüglichkeit leicht beleidigend.

Allin nickte den beiden jungen Männern knapp zu. Temar hielt sich dicht hinter ihr, hielt den Atem an und Arme und Ellbogen eng am Körper, um nicht jemanden zu stoßen.

Als er durch das Tor trat, blieb sein Schwert an dem Holz hängen und zerrte ihn herum. Temar brauchte einen Augenblick, um es auf seiner Hüfte zu balancieren und bekam ein kurzes Gespräch aus dem Inneren des Hauses mit.

»Hat doch den jungen D'Alsennin besucht, oder?«
»Was hat er bloß an diesem Kloß gefunden? Er kann sich die Damen doch aussuchen.«
»Zum Heiraten vielleicht, aber was ist mit einem kleinen Festspaß? Ich wette, eine Zauberein hat keine kalten Hände für deinen Taktstock.«

Temar lief hastig hinter Allin her, seine Wangen brannten genauso tiefrot wie sie es gewöhnlich war.

Sie war stehen geblieben, und betrachtete vage eine Kutsche, die um eine Ecke bog. »Alles in Ordnung?«, flüsterte sie.

»Ja.« Temar erkannte dankbar, dass die Unsichtbarkeit auch seine Verlegenheit verbarg.

»Du bleibst besser hinter mir«, murmelte sie, während sie langsam den langen Hang zum Brunnenhaus hinunterging.

Temar gehorchte und passte auf, dass er nicht wieder auf Allins Umhang trat. Wenigstens waren nur sehr wenige Menschen unterwegs, und die meisten sahen aus wie livrierte Dienstboten, die sich um ihre eigenen Angelegenheiten kümmerten. Das letzte Tageslicht schwand allmählich, und in der Dunkelheit unter den Bäumen hatte Temar trotz aller Anstrengungen Mühe, seine eigenen Füße zu erkennen.

Temar blieb stehen, rieb sich die Augen, holte tief Luft und eilte dann hinter Allin her.

Am Brunnenhaus bog sie nach Nordwesten ab über die Ringstraße. Kutschen fuhren an ihnen vorüber, doch zu Fuß war kaum jemand unterwegs. Allin ging weiter, ohne auf die herablassenden Blicke aus den Kutschen zu achten, bis sie endlich in eine belebte Durchgangsstraße einbog. Die Luft kühlte sich langsam ab, doch die steinernen Häuser ringsum warfen die Hitze des Tages ebenso zurück wie den fröhlichen Lärm der Menge.

Temar musste sich anstrengen, hinter Allin zu bleiben. Sie kamen nur noch schwer voran, Temar blickte bei jedem zweiten Schritt nach unten und suchte nach seinen Füßen, die nicht deutlicher waren als Rauchfahnen. Der kleinere Mond stieg über die Dächer, sein goldener Kreis war fast voll und hatte noch keine Konkurrenz von der schmalen Sichel seines größeren Bruders. Doch Temar hatte keine Zeit für solche Schönheiten wie den Mondschein, der zarte Schatten durch jene verschleierte Dunkelheit warf, die er selbst war. In seinem Hinterkopf protestierte etwas noch lauter als seine Augen, dass das, was er sah, unmöglich stimmen konnte.

Er packte Allins Ellbogen und steuerte sie unaufhaltsam in eine lärmige Gasse. »Du musst die Magie aufheben, sonst wird mir schlecht.« Er schluckte mühsam, weil ihm die Übelkeit in die Kehle stieg.

Allin spreizte unverzüglich ihre Hände in einer entschiedenen Geste. Saphirblaues Licht kam und ging am Rande von Temars Blickfeld wie eine juwelenbesetzte Erinnerung an den Tag, und er konnte seine Hände wieder sehen. »Ich danke dir«, sagte er von ganzem Herzen.

»Wenn ihr fertig seid, geht weiter, ja?« Ein Mann ungefähr in Temars Alter trat ungeduldig von einem Fuß auf den anderen am Eingang der Gasse, eine etwas ältere Frau im Arm, deren Augen zynisch aus dem angemalten Gesicht blickten.

»Haben sie etwas gesehen?«, flüsterte Allin.

»Es gibt nichts, was ich noch nicht gesehen hätte, Schätzchen«, sagte die Frau mit einem heiseren Kichern.

Temar holte gekränkt Luft, unsicher, wie er darauf reagieren sollte. Allin kicherte und schob ihren Arm in seinen. »Wir sind fast da.«

Die Straße gabelte sich vor einem alten Schrein, und Allin führte Temar eine Allee aus Zitronenbäumen hinauf, die einen feucht-fruchtigen Duft verströmten. Zusammengewürfelte Gebäude drängten sich um eine Reihe hoher, schmaler Häuser mit stolzen Giebeln, die auf die sechsseitigen Schornsteine der niedrigeren Behausungen mit ihren schmalen bleiverglasten Fenstern und den unebenen Dachfirsten hinuntersahen.

»Es müsste da unten sein«, meinte Allin unsicher. Helle Lichter lockten am Grund einer Einmündung, zu kurz für eine Straße, zu breit für eine Gasse. Lebhaftes Geplauder mit unverkennbar lescarischem Akzent scholl aus einem offenen Fenster.

»Ja, sieh mal.« Allin deutete erleichtert auf das große halbkreisförmige Schloss, das an einer stabilen Kette über der Tür hing. Das war alles, was das Haus von seinen Nachbarn unterschied, die alle unregelmäßige Fenster unter ungepflegten Schindeldächern sowie Eichenbalken hatten, die aus unerfindlichen Gründen in die Wände eingelassen waren, die vor Alter und Vernachlässigung zu zerfallen drohten.

Temar zog seinen Arm dicht an den Körper, um Allin mit seiner Größe abzuschirmen. »Ich habe noch nicht besonders viel Zeit in Tavernen verbracht«, sagte er vorsichtig. Jedenfalls nicht auf dieser Seite des Ozeans, nicht seit ich aus der Zauberei erwacht bin, verbesserte er sich im Stillen. Lärmende Abende vor so langer Zeit, an denen er mit Vahil herumzog, sorglos und unbekümmert, zählten heute nicht mehr.

Aber sie wären nie zu einem so schlichten Haus gegangen, das sich kaum von dem Wohnhaus unterschied, das es einst gewesen war. Zwei Fässer mit Bier standen auf einer aufgebockten Tischplatte in einem Wohnzimmer, das mit abgelegten Möbeln von Leuten ausgestattet war, die herzlich wenig ihr Eigen genannt haben konnten. Temar konnte weder Zapfer noch Schankmädchen sehen, nur eine behäbige Matrone, die einen steten Strom von Krügen füllte, die Männer und Frauen in schlichten, abgetragenen Kleidern zu ihr brachten, die entweder in der Nähe saßen oder im hinteren Teil des Raumes verschwanden.

Vier neue Gäste drängten sich an Temar und Allin

vorbei, die auf der Schwelle zögerten. Zwei der jungen Männer begrüßten die Hausherrin auf lescarisch mit tormalinischem Akzent und nahmen sich Krüge aus einem Regal neben einer Tür für ihr Bier, während die beiden anderen sich Gläser und eine grünliche Flasche mit flachem Boden holten und dafür Silber- und Kupfermünzen in eine offene Schachtel warfen. Eine alte Frau, die am Tisch saß und langsam einen Saum nähte, nickte zahnlos.

»Kann ich euch helfen?« Die Frau, die das Bier zapfte, sah zu Allin hinüber, höflich aber kühl. Ihre verschluckten Silben erinnerten an die Söldner, die Temar in Kel Ar'Ayen gekannt hatte.

Allin suchte unter ihrem Umhang nach dem Handzettel. »Ich suche die Dame Maedura?« Ihr Akzent war stärker, als Temar es je bei ihr gehört hatte. Die Frau nickte gleichgültig. »Hinten raus.«

Allin lächelte unsicher. »Können wir sie sehen?«

Die Frau sah Temar ohne Neugier an. »Wie ihr wollt, Mädel.«

»Komm«, ermutigte er Allin und tat sein Bestes, um so zu klingen wie die lescarischen Söldner, die er zu Hause gekannt hatte. Er grub ein paar Münzen aus der Börse, die er am Gürtel hatte und deutete auf eine smaragdgrüne Flasche mit dunklem Wein. »Wie viel?«

Die alte Frau kicherte und ließ dabei eine babyrosa Zunge sehen, dann sagte sie etwas, das Temar nicht verstand. Allin hielt ihr ein Silberstück aus ihrer eigenen Tasche entgegen und sprach dabei hastig auf lescarisch auf sie ein.

»Sie sagte, wir sollten hier warten, bis wir an der Reihe wären«, sagte sie ärgerlich zu Temar.

Er nahm eine Flasche und zwei dickwandige Gläser mit unebenem Rand. »Was habe ich denn getan?« Er war es gewohnt, mit den unerklärlichen Rätseln weiblicher Missbilligung von Guinalle und Avila zu kämpfen, aber er hatte geglaubt, mit Allin noch einmal von vorne anzufangen.

»Du wolltest ihr ungefähr zehnmal so viel geben, wie der Wein wert ist.« Ein leichtes Lächeln zog ihre Mundwinkel nach oben. »Ich sagte ihr, du hättest gedacht, sie würde auch das Geld für die Seherin entgegennehmen.«

Menschen warteten auf Stühlen unter einem offenen Fenster und an einer Tür, die zu einem kleinen Hof führte. Eine zweite Tür, die zu einem offenbar später geplanten Anbau Zugang gewährte, war fest verschlossen, wenn auch schwache Gesprächsfetzen zu der erwartungsvollen Menge durchdrangen. Jeder sah Allin und Temar an, einige neugierig, andere abweisend, aber alle mit der unausgesprochenen Entschlossenheit, ihren Platz in der Schlange zu behaupten.

»Wir haben wohl noch etwas Zeit.« Temar klimperte geistesabwesend mit den Münzen in seiner Hand.

»Lass das«, tadelte Allin ihn. »Hat dir denn niemand gesagt, was man mit einer Reichskrone alles kaufen kann?« Sie ging zu zwei wackligen Stühlen an einem kleinen Tisch mit matter, blank gescheuerter Platte.

»Nein.« Temar betrachtete die dicke weißgoldene Münze. »Camarl hat mir erst heute eine Börse gegeben. Mir fiel ein, was auf dem Handzettel stand, also habe ich gefragt.«

»Hat er dich gefragt, wofür du es wolltest?« Allin sah aus wie ein ertapptes Kind.

Temar grinste. »Ich sagte, weil Tor Kanselins Arzt meinte, ich hätte das Messer gestern wahrscheinlich nur aus Rache dafür abgekriegt, dass ich nichts Stehlenswertes dabeihatte.«

Allin runzelte die Stirn. »Benutzt ihr denn in Kellarin kein Geld?«

»Gelegentlich Kupfer- und Silberstücke, aber die Söldner haben die meisten Münzen mitgebracht, deshalb stammen sie aus verschiedenen Orten.« Temar setzte die Gläser ab und überlegte, wie er wohl den Korken aus der Flasche bekommen sollte. »Sie scheinen die Münzen ohnehin nur fürs Spielen zu verwenden. Wir wickeln unsere Geschäfte untereinander meist durch Tauschhandel ab: die Arbeit an der Scheune des einen gegen einen Teil seines Getreides, ein halbes Schaf für ein Rinderviertel und so weiter.«

Allin nahm ein kleines Messer aus ihrer Tasche und schabte damit den Wachsverschluss der Weinflasche ab. »Camarl hält eine Alte Reichskrone zweifellos für eine unbedeutende Summe, aber hier würden drei davon eine ganze Familie eine Woche lang ernähren und noch genug Reste übrig lassen, um ein Schwein zu mästen.« Sie zog den Korken mit der Messerspitze aus der Flasche. »Lass Ryshad oder sonst wen diese Kronen in gewöhnliche Münzen umtauschen, wenn du nicht willst, dass alle auf deine Börse lauern.«

»Was unterscheidet Kronen denn von gewöhnlichen Münzen?« Temar nahm Allin die Flasche ab und goss jedem ein Glas ein.

»Ich begreife allmählich, weshalb du nicht allein ausgehen sollst.« Allin kniff die Augen zusammen. »Münzen aus dem Alten Reich sind für den Adel, sie bestehen aus reinerem Metall als alles, was heute geprägt wird, da es weniger davon gibt. Gewöhnliche Münzen sind das Geld der gewöhnlichen

Bürger, das die verschiedenen Städte und Mächte für sich selbst prägen.«

Temar schwieg einen Augenblick. Es gab immer noch so viel, das er nicht wusste. »Warum sollte mir Camarl Geld aus dem Alten Reich geben?«

»Er kam garantiert nicht auf den Gedanken, du könntest es an Orten wie diesem hier ausgeben.« Allin war unbesorgt. »Und du bist von Adel, nicht wahr? Wenn man es bekommen kann, ist es das beste Geld, das es gibt.«

»Vier Kupferstücke ergeben aber noch immer ein Bronzestück?« Temar suchte Bestätigung. »Zehn Bronzepfennige ein Silberstück und vier davon ergeben eine Silbermark?«

Allin schüttelte den Kopf. »Niemand hat seit dem Chaos Bronzepfennige benutzt. Zehn Kupferstücke gehen auf einen Silberpfennig, und wenn sechs Silbermark eine Goldkrone ergeben, hört es auf. Nur das Alte Reich verwendete Goldmark.« Sie lächelte freudlos. »Nimm auf keinen Fall lescarische Markstücke an. Wenn einer der Herzöge eine Truhe voll Münzen prägen lässt, gibt er so viel Blei hinein, dass man damit das Dach der Markthalle decken könnte.«

Sie hielt inne, als eine junge Frau mit einem Baby auf der Hüfte aus der Tür trat. Ihre Miene war halb hoffnungsfroh, halb verwirrt. Das leise Murmeln erstarb, und aller Augen wandten sich dem Mädchen zu. Nur ein hereineilender alter Mann in geflickten handgewebten Kleidern, dessen schwere Stiefel auf dem Dielenboden lärmten, schaute nicht hin. Das Mädchen reckte das Kinn, schob das Kind sicher in seinen Schal und schritt hinaus.

»Sie sieht aus, als hätte sie für ihr Geld etwas bekommen«, meinte Temar leise.

»Ich glaube, sie weiß noch nicht so recht, was sie da bekommen hat.« Allin trank ihren Wein. Einen Augenblick lang hing drückendes Schweigen zwischen ihnen.

Temar kostete nachdenklich den Wein. »Das ist weit entfernt von ...«

Ein Schrei aus dem Raum der Seherin brachte ihn zum Schweigen, ein heiseres Schluchzen wurde hastig unterdrückt. Der alte Mann stolperte heraus, eine zitternde Hand bedeckte die Augen, mit der anderen tastete er blindlings vor sich hin. Vier der Wartenden spangen auf die Füße, eine untersetzte Frau in praktischem Braun tröstete ihn resolut mit schnellen, unverständlichen Worten. Ein hagerer Mann mit einem leeren Ärmel am Mantel legte dem Alten seinen Arm um die bebenden Schultern, während ein hübsches Mädchen mit gehetztem Blick eine ältere Frau in Schwarz stützte, deren Gesicht so weiß geworden war wie ihre schäbige Spitzenhaube. Nach ein paar brüsken Worten der kräftigen Dame ging die Familie hinaus, mühsam ihre Würde wahrend.

Jeder mied den Blick des anderen, als ein ängstlicher junger Mann langsam durch die Tür ging.

»Was sollen wir dieser Seherin sagen, wer immer sie auch ist?« Allin wandte sich fragend an Temar.

»Hast du ein paar Fragen, auf die du bereits die Antwort kennst?«, fragte Temar nachdenklich zurück.

»Ich könnte sie nach jemandem fragen, der noch lebt.« Allin nickte zögernd. »Wenn sie das richtig hinbekommt, soll ich dann nach jemandem fragen, von dem ich weiß, dass er tot ist?«

Temar sah sie besorgt an. »Macht dir das zu schaffen?«

Allin senkte den Blick, die Hände im Schoß verschränkt. »Wir sollten es lieber herausfinden, nachdem wir den ganzen Weg hergekommen sind.«

Neuankömlinge sorgten dafür, dass Allin hastig zu einem der freien Plätze ging, um ihren Platz in der Schlange zu behaupten. Von beiden Seiten eingepfercht, tauschten sie stumme Blicke über ihren Gläsern. Die zweite Nachtglocke läutete, als der untersetzte Mann, der vor ihnen dran war, herauskam, das Gesicht dunkel vor sturer Empörung.

Allin stand auf und strich ihr Kleid glatt. »Dann wollen wir mal sehen, was es zu sehen gibt.«

Weil er nicht wusste, wohin damit, packte Temar die Weinflasche und folgte der Magierin in einen kahlen Raum. Sie sahen nur eine eisenbeschlagene Truhe auf einem stabilen Tisch, der mitten auf einem Flickenteppich stand, und zwei Frauen, die auf Hockern dahinter saßen. Talgkerzen in Haltern beleuchteten feuchte, fleckige Wände, die qualmenden Flammen flackerten kurz, um die Balkendecke noch mehr zu verrußen.

Allin grüßte höflich, und die ältere Frau stand auf. Ihr weißes Haar war unter einem hellblauen Tuch kaum zu sehen, und sie trug einen langen, formlosen Rock und ein ärmelloses Mieder aus demselben Material, das über einer lockeren Leinenbluse geschnürt war. Niemand in Tormalin zog sich so an, wenn auch Temar einige der Söldnerfrauen in Kel Ar'Ayen in solcher Kleidung gesehen hatte. Poldrions Berührung hatte das Haar dieser Frau vorzeitig weiß werden lassen, entschied er. Ihr straffes Gesicht ließ vermuten, dass sie erst mittleren Alters war, aber die Falten, die sich in ihre Stirn gegraben hatten, deuteten darauf hin, dass diese Jahre hart gewesen waren.

»Frau Maedura.« Allin deutete auf Temar. »Mein Gefährte, Natyr.«

»Alle, die Antworten suchen, sind willkommen«, sagte die Frau in leidlichem Tormalin. Ihre klugen Augen ließen überraschenderweise die harte Berechnung vermissen, die Temar von einer Betrügerin erwartet hatte. Auch sie hatten die Farbe eines vom Regen rein gewaschenen Himmels, und er stellte fest, wie selten er seit seiner Ankunft hier jemanden gesehen hatte, in dessen Augen das Licht schien.

»Eure Fragen?«, forderte Frau Maedura sie auf.

»Natürlich«, sagte Allin nervös.

Temar betrachtete die jüngere Frau, die schweigend neben Frau Maedura saß. Sie hatte dieselben hellen Augen, doch ihre waren so leer wie ein Sommermittag und blickten unverwandt auf die Wand hinter Temar. Sie trug ein weiches, grünes Gewebe, der Rock fleckig von verschüttetem Essen, und ihr spärliches stumpfes Haar war kurz geschnitten wie mit der Heckenschere. Die Schnürung ihres Mieders verlief ungleichmäßig über eine reife Figur, doch ihr Gesicht besaß die faltenlose Leere eines Kindes.

»Meine Tochter war als Säugling zwischen den Reichen des Lebens gefangen«, sagte Maedura ohne Gefühlsregung. »Lennardas Geist wandert in den Schatten, aber von Zeit zu Zeit begegnet sie jenen, die den Fluss mit Poldrion überqueren. Wenn Saedrin die Tür öffnet, um sie in die Anderwelt einzulassen, erhascht sie einen Blick darauf, was dahinter liegt, und hört ein paar Fetzen verlorener Stimmen.« Trotz ihrer einstudierten Worte fühlte Temar, dass sie ehrlich glaubte, was sie sagte.

Maedura gab Allin eine Hand voll dreiseitiger Knochen und winkte sie auf den einzigen Hocker gegenüber der Truhe. »Leg deine Geburtszeichen auf den Deckel.« Allin suchte in den Knochen, bis sie schließlich drei einzelne Runen herauszog.

Temar trat einen Schritt näher und erkannte den Hirsch, den Besen und den Berg. »Du ziehst drei einzelne Knochen?«

Allin schoss ihm einen durchdringenden, tadelnden Blick zu. »Aber dein Vater hat doch bestimmt auf die tormalinische Art beharrt, nicht wahr, nur den einen Knochen?« Sie wandte sich an Maedura und sprach in raschem, lässigem Lescari auf sie ein. Temar hätte lieber gewusst, was über ihn gesagt wurde, doch welches Garn Allin da auch spann, das Misstrauen, das in Maeduras Augen aufflackerte, verblasste zu gespannter Aufmerksamkeit.

Allin wandte sich wieder an Temar. »Deine Großmutter bevorzugte die Runen, oder? Sie schwor darauf, dass es eine Kunst war, sie zu werfen.«

Temar nickte hastig. Er hielt sich das Weinglas vor das Gesicht, um seine Lippen zu verbergen und begann lautlos einen der wenigen Zauber zu murmeln, die Guinalle ihm hatte eintrichtern können. Falls hier Zauberkunst am Werke war, würde sie in seinen Ohren unverkennbar hallen. Er zwang sich zur Konzentration trotz der leichten Übelkeit, die seinen Kopfschmerz verschlimmerte und gestand sich widerwillig ein, dass er doch nicht so wiederhergestellt war, wie er geprahlt hatte.

»Stell deine Frage«, befahl Maedura.

»Wo ist mein Vetter Chel?«, fragte Allin abrupt. Temar konnte sehen, wie ihre Ohren rot wurden.

Maedura nahm die Hand ihrer Tochter und legte sie auf die Runen. Für einen Augenblick huschte Abneigung über Lennardas leeres Gesicht, dann sackten ihre Schultern herab, ihr Kopf sank nach vorn und ließ eine schorfige und wunde Kopfhaut sehen. Temar verlor beinahe den Rhythmus des Zaubers, den er versuchte, als er erkannte, dass jemand dem Mädchen büschelweise die Haare ausgerissen hatte.

»Ich sehe einen Fluss.« Lennarda richtete sich ruckartig kerzengerade auf, sodass Allin vor Schreck einen unterdrückten Schrei ausstieß. Temars Finger krampften sich um den Flaschenhals.

»Ich sehe einen Fluss, der sich über eine Ebene schlängelt.« Die Stimme des Mädchens war tief, fest und sicher. »Ein großer Fluss mit breiter Mündung ins Meer. Das Wasser ist braun und bringt Gutes aus dem Hochland mit. Dann wird dies fruchtbarer Boden sein. Es gibt Marschen, Salzwiesen voller weißer Vögel. Vögel, die ich noch nie gesehen habe, aber wir sollten versuchen, ein paar von ihnen zu schießen, um zu sehen, ob man sie essen kann. Seht, da hinten ist ein guter Landeplatz, offenes Gras oberhalb der Flutlinie. Wir können am Ufer einen Anlegesteg bauen. Es gibt auch genug Holz für Häuser, schöne Baumgruppen.«

Lennarda brach abrupt ab, wich vor dem Kasten zurück und verschränkte ungelenk die Arme vor der Brust. Sie kauerte sich zusammen und wiegte sich vor und zurück, wobei sie zusammenhanglos wimmerte.

Allin wandte sich zu Temar, ihre Miene eine beredte Mischung aus Verlegenheit und Enttäuschung. »Sollen wir gehen?«

»Eure Bezahlung?« Frau Maedura hielt die Hände ihrer Tochter fest, die sich zu kraftlosen Klauen krümmten.

»Euer Honorar?«, sagte Allin eisig. Sie stand auf und zog ihren Umhang um sich.

»Wie viel dir die Information auch wert ist.« Maedura stand auf, während Lennarda wieder in ihre leere Reglosigkeit verfiel.

»Nicht sehr viel, um die Wahrheit zu sagen.« Allin holte entschlossen Luft.

»Nein, warte«, mischte sich Temar ein. Hinter seinen Augen pulsierte das Blut. »Allin, frag noch mal, nach irgendwem.«

Allin sah ihn zweifelnd an, und Maedura legte schützend die Hand auf die gleichgültige Schulter ihrer Tochter. Temar hielt eine von den tormalinischen Reichskronen hoch. »Meine Zahlung im Voraus.«

»Wenn es deine Frage ist, musst du deine Runen auslegen«, sagte Maedura leicht verwirrt.

»Hier.« Temar schob den einzelnen Knochen hin, der den Lachs, das Schilf und das Meer zeigte. »Ich wurde unter dem größeren Mond geboren, macht das einen Unterschied?«

Maedura schüttelte den Kopf und schob die Hand ihrer Tochter mit ihren abgekauten, gesplitterten Fingernägeln auf die Rune zu. Temar zog hastig seine Hand weg. Ihm grauste bei der Vorstellung, die Unglückliche zu berühren.

»Ich suche ein kleines Mädchen.« Er räusperte sich und bemühte sich um eine feste Stimme. »Ein kleines Mädchen in einem gelben Kleid mit roten Blumen am Saum. Ich weiß nicht, wie sie heißt, aber sie hat einen älteren Bruder und eine Schwester. Sie schlafen alle zusammen in einen braunen Umhang gewickelt.« Seine Kehle war zugeschnürt, und er konnte nicht weitersprechen.

Lennardas leise, unverständliche Geräusche des Unbehagens brachen ruckartig ab, als sie vornübersank. Obwohl er vorgewarnt war, fuhr Temar zusammen, als Lennarda sich plötzlich wieder aufrichtete. Allin umklammerte seinen Arm, und er griff nach ihr, dankbar, dass ihre Hand seine Finger wärmte, die plötzlich eiskalt waren.

»Wo bin ich?« Dieses Mal war Lennardas Stimme hell und fragend. Sie sah sich um, die Hände in einer Parodie der Kindlichkeit an die Wangen gelegt. »Wo bin ich? Es ist ganz dunkel. Wo bin ich? Mama?«

Als sie ihr eifriges, suchendes Gesicht zu ihm hob, setzte Temars Herz einen Schlag aus. Eine Sekunde lang schimmerten Lennardas leere Augen in einem lebhaften Grasgrün im Kerzenschein. »Kannst du mich hören? Mama? Ist jetzt alles gut?«

Nach einem Augenblick völliger Stille begann Lenanarda mit einem abscheulichen Wehklagen, ihr leeres Gesicht verzog sich, sie wiegte sich wieder vor und zurück, doch diesmal schneller, mit wachsender Heftigkeit. Ihre Hände krümmten sich zu Klauen, und sie begann an ihren Haaren zu reißen.

»Schsch.« Maedura versuchte, ihr Kind in die Arme zu nehmen und wehrte mit einiger Mühe die kratzenden Fingernägel ab.

»Lass uns einfach gehen.« Allin zupfte an Temars Arm.

Er zögerte. »Wie viele Fragen kann ich für dieses Gold stellen?«, fragte er heiser.

In Maeduras Gesicht malte sich ein Aufruhr aus Verzweiflung und Selbsthass. »So viele wie du brauchst, was denkst du denn? Aber nur heute Abend.«

»Ich werde draußen sein«, sagte Temar in einem plötzlichen Entschluss. »Wenn du mit den anderen fertig bist, reden wir weiter.« Er zog Allin so schnell aus dem Raum, dass sie beinahe über ihn stolperte.

Ohne auf die verstohlene Neugier der wartenden Leute zu achten, marschierte Temar rasch in den vorderen Raum. »Habt ihr Schnaps? Starken Likör?«, fragte er die Schankfrau kurz angebunden.

»Weißen Branntwein, wenn es geht.« Allin schob Temar zu der Sitzecke am Kamin. Seine Knie gaben nach, als er auf die niedrige Bank sank, und so wartete er, während Allin eine schwarze Flasche und zwei kleine Gläser brachte, die aus dem Schrank hinter der alten Frau stammten. Die wässrigen alten Augen betrachteten die beiden voller Interesse.

»Worum ging es da eigentlich?«, fragte Allin und reichte Temar ein randvolles Glas. »Äthermagie?«

Temar schüttete den farblosen Alkohol auf einen Satz hinunter und rang nach Luft, als der Schnaps ihn aus seiner Betäubung riss. »Nicht hier drin«, sagte er heiser. »Keine von beiden hat eine Ahnung von Zaubern.«

»Das Mädchen sieht nicht aus als hätte es überhaupt von irgendwas Ahnung«, bemerkte Allin voll Mitgefühl und nippte vorsichtig an ihrem Glas.

»Es sei denn, sie erhascht ein Echo von einem anderen Verstand«, sagte Temar langsam.

Allin sah ihn verwirrt an. »Aber sie wusste überhaupt nichts von Chel. Ich weiß mit Sicherheit, dass er gesund und munter ist und Lederwaren von Dalasor nach Duryea verkauft. Ich bekam von seiner Mutter zum Äquinoktium einen Brief, und viel weiter weg vom Meer kann man kaum sein.«

»Was sie sah, war Kel Ar'Ayen.« Temar beugte sich gespannt vor.

»Ein großer Fluss, eine ausgedehnte, leere Ebene? Könnte das nicht, ach, ich weiß nicht, irgendwo zwischen Inglis und Bremilayne sein?«, fragte Allin zweifelnd. »Und Chel könnte auf Reisen gegangen sein.«

»Was sie sah, was sie dachte, war das, was wir alle dachten, als wir in Kel Ar'Ayen landeten.« Temar legte mit Nachdruck seine Hand auf Allins, ohne es zu merken. »Ich erinnere mich, wie ich den Fluss ansah und überlegte, ob das Land wohl fruchtbar sei, wie ich den besten Platz aussuchte, um zu bauen und die Bäume sah, aus denen wir bauen konnten. Glaub mir, Allin, um Saedrins willen!«

»Aber woher weiß diese Unglückliche das?« Sie entwand ihm ihre Hand und bewegte mit leichter Grimasse die Finger. »Könnte es etwas mit den Runen zu tun haben? Sucht Ryshads Freundin Livak nicht nach einer ätherischen Tradition, die in der alten Runenkunde im Großen Wald verborgen ist?«

Temar schüttelte gereizt den Kopf und bedauerte das unverzüglich, als ein Schmerz durch seine Schläfen schoss. »Hier wird keine Zauberkunst gewirkt. So viel kann ich mit den mir bekannten Zaubern feststellen.« Er sah zu Allin auf. »Ich würde alles Gold, das Camarl entbehren kann, dafür geben, um in diese Kiste zu schauen.«

»Sie haben ein Artefakt?« Allin nickte langsam. »Und dieses unglückliche Kind ist irgendwie damit verbunden, wie Ryshad und dein Schwert?«

»Mehr als eins«, sagte Temar mit wachsender Gewissheit. »Diese zweite Stimme, das war ein Mädchen, und ich habe gesehen, wie Guinalle es unter den Zauberbann legte. Ich sah die grünen Augen des Kindes, Augen des nördlichen Hügellandes, ich sah sie reflektiert im Gesicht der Schwachsinnigen.«

Allin runzelte die Stirn. »Woher hat diese Frau eine Truhe voller Artefakte aus Kellarin?«

»Können solche Fragen nicht warten?«, fragte

Temar ungeduldig. »Wir müssen diese Truhe sicherstellen!«

»Wie?«, entgegnete Allin. »Ob nun Betrug oder Schwachsinn, diese Maskerade ist für sie der einzige Weg, ihren Lebensunterhalt zu verdienen. Zumindest die Frau muss wissen, dass die Truhe für die angeblichen Kräfte des Mädchens entscheidend wichtig ist. Sie wird sie dir kaum überlassen.«

Temar kaute an seiner Lippe. »Und wenn wir ihr das Gewicht der Truhe in Gold bieten?«

Allin lachte verblüfft auf. »Meinst du das ernst?«

»Völlig.« Temar sprach leise, mit entschlossener Miene. »Ich würde das auch bezahlen, wenn ich nur einen Einzigen aus seiner Verzauberung erlösen könnte. Ich würde es wieder und wieder zahlen, um jeden einzelnen Schläfer wieder zu sich zu bringen.«

Allin nippte mit einem Schaudern an ihrem Branntwein. »Dann sind die Gerüchte über das Gold von Kellarin also wahr, stimmt's?«

»Vorläufig kann Camarl mir das Geld vorstrecken«, sagte Temar mit einer Zuversicht, die er nicht ganz so empfand. »Jenseits des Meeres liegen Reichtümer, die gehoben werden können, und dann können wir es ihm zurückzahlen. Vielleicht sollte ich auch diese Ansprüche verfolgen, von denen die Witwe Tor Bezaemar gesprochen hat«, fügte er nachdenklich hinzu. Dann hätte ich zumindest die Mittel noch andere Artefakte zu kaufen, die wir vielleicht finden.«

»Erst müssen wir in diese Kiste schauen und sichergehen, dass wirklich Artefakte drin sind.« Allin drehte sich um, um zu dem Hinterzimmer und dem dahinter liegenden Anbau zu schauen. »Dann müssen wir heute Abend noch einen Handel mit der Frau abschließen. Sonst macht sie sich aus dem

Staub, mit Truhe und allem. Ich würde nur zu gern wissen, wie diese Verbindung zu einem Artefakt funktioniert.«

Jetzt war es an Temar zu lachen. »Musst du immer alle Antworten haben?«

»Erstens bin ich eine Lescari und zweitens eine Magierin.« Allin lächelte leicht schuldbewusst. »Beides heißt, dass man nie etwas auf guten Glauben hinnimmt. Du stellst alle Fragen, die dir einfallen und gehst erst weiter, wenn du auch alle Antworten hast.«

Temar ließ seinen Blick durch den Raum schweifen, der noch immer voller hoffnungsvoller Kunden war. »Wie ist das eigentlich, magiegeboren zu sein? Kein Zauberer, den ich je getroffen habe, hat Zeit, darüber zu reden.«

»Wir werden auch angehalten, es nicht zu tun, nicht, wenn wir einmal in Hadrumal waren.« Allin errötete leicht. »Ich sagte doch, es gibt viel Misstrauen.«

Temar schüttelte den Kopf. »Zugegeben, es ist Zauberei einer anderen Art, aber ich bin mit Ätherzaubern aufgewachsen. Schon gut«, verbesserte er sich hastig, »die vielleicht nicht gerade tagtäglich benutzt wurden, aber jeder wusste, dass es Zauberkunst gab, zum Heilen und Wahrsagen, um dringende Nachrichten quer durch die Provinzen zu schicken. Also, wie ist es, magiegeboren zu sein?«

»Ach, ich weiß nicht, wie ich es erklären soll.« Sie wurde tiefrosa. »Stell dir vor, jemand hat Öl auf Wasser gegossen, aber du wärst der Einzige, der den Regenbogen sehen kann, wenn das Licht darauf fällt. Stell dir vor, du hörst ein Gegenstück zur Musik, gegenüber dem jeder andere taub ist. Du berührst etwas, und du spürst das Element darin, so wie du die Schwingungen eines Tisches fühlst, wenn eine Uhr schlägt. Du kannst es spüren, du kannst fühlen, wie es die Dinge ringsum beeinflusst. Dann stellst du fest, dass du es verändern kannst, du kannst diesen Regenbogen heller oder dunkler tönen, du kannst diesen Ton dämpfen oder doppelt so laut klingen lassen.« Allins Gesicht war so lebhaft, wie Temar es noch nie gesehen hatte.

Das Schlagen der äußeren Tür durchbrach die Ruhe des Raumes.

»Wo versteckt sich diese Betrügerin?« Ein dicklicher Mann in tormalinischer Alltagskleidung marschierte mitten in den Raum. »Eine Seherin, was? Ich werde die Schlampe lehren, einem ehrlichen Mädchen gutes Geld abzuknöpfen!« Er starrte jeden wütend an.

»Na? Was heißt hier Betrug?« Ein jüngerer Mann, dessen Aussprache unverkennbar durch Alkohol verschwommen war, kam in die Taverne. Er zerrte ein widerstrebendes Mädchen hinter sich her und hielt sie fest am Arm gepackt. Er runzelte die Stirn, was ihm bei seinen schrägen schwarzen Augenbrauen etwas Raubtierhaftes verlieh.

»Lass mich los! Das geht dich gar nichts an!«

Der zweite Mann schüttelte das Mädchen heftig. »Halt die Klappe, dummes Stück.« Sie versuchte sich am Türrahmen festzuhalten, doch er schlug ihre Hand mit einer Verwünschung beiseite. Noch mehr Männer scharten sich um die Tür, einige gespannt und empört, während andere durch Gehässigkeit oder müßige Neugier getrieben wurden. Viele hatten noch ihre Weinflaschen in der Hand.

Temar erkannte das Mädchen wieder, das sie vorhin mit dem Kind gesehen hatten.

»Meine Herren, das hier ist ein ruhiges Haus.« Die

Frau hinter den Bierfässern hielt vorsichtshalber Abstand von dem dicklichen Mann. »Wir wollen keinen Ärger.«

»Aber du bekommst Ärger, wenn du eine Betrügerin hier arbeiten lässt«, fauchte der Mann und machte einen Schritt nach vorn, um die Frau mit seiner großen, schwieligen Hand zurückzustoßen. »Wo ist diese Seherin?«

»Das ist eine Beleidigung für jedes rationale Denken«, piepste jemand aus dem Hintergrund. Ein dumpfes, zustimmendes Murmeln erhob sich.

»Aberglauben, Falschheit. Die Dummheit eines törichten Mädchens ausnutzen.« Der Mann unterstrich jede Anschuldigung mit einem neuerlichen Schubs, sodass die Frau hart gegen ihre Fässer gedrängt wurde. »Ihr Geld zu nehmen und ihr zu sagen, sie soll Saedrin weiß wohin gehen und einem nutzlosen lescarischen Kesselflicker hinterherlaufen, von dem wir glaubten, ihn endlich los zu sein?«

»Und wie los«, keuchte der jüngere Mann, der noch immer mit dem Mädchen kämpfte, das mit tränenverzerrtem Gesicht versuchte, ihn zu treten. »Bis sie einen dicken Bauch bekam. Hat seine Eisen in ihrem Feuer erhitzt, was, du Hure?«

»Ich habe ihn geliebt«, schrie das Mädchen in hilfloser Wut.

Als der Mann sie wieder heftig schüttelte, stolperte sie über einen Stuhl. Sie streckte die freie Hand aus, um sich festzuhalten, erwischte dabei aber einen Krug Bier. Mit einer raschen Bewegung zertrümmerte sie ihn auf dem Kopf ihres Peinigers.

Das Klirren des splitternden Steinguts wirkte wie eine Kriegsfanfare auf den Pöbel draußen. Männer stürmten durch die Tür und stießen Tische und Stühle um.

»Ihr Lescari seid alle gleich, alles Betrüger!«

»Nie versucht ihr es mit ehrlicher Arbeit, wenn ihr etwas stehlen könnt!«

»Macht's euch doch selbst, ihr Pisser!« Ein Mann, der ruhig über seinem Bier gesessen hatte, stand auf. Andere machten sich bereit, aufgestauter Groll brach sich Bahn.

»Rationale Männer haben die Pflicht gegen schändlichen Aberglauben zu kämpfen«, blökte scheinheilig eine Stimme aus dem Hintergrund.

»Rationalisten haben eine weiche Birne«, rief eine wütende lescarische Stimme unter johlendem Beifall.

»Weich wie Scheiße und doppelt so widerlich«, rief jemand aus dem Hinterzimmer.

Temar hatte Mühe, den raschen Akzent des modernen Tormalin und den scharfen lescarischen Akzent zu verstehen, aber die Stimmung gegenseitiger Feindseligkeit verlangte keine Erklärung. Er merkte, dass Allin sich an seinen Arm klammerte und vor Angst zitterte. Bei dem zunehmenden Gerangel an der Außentür und aufgebrachten Lescari, die aus dem Innenraum hinausdrängten, war es nicht einfach, sich durch die Menschenmenge zu schieben. Temar zog Allin dicht hinter sich und hielt sie fest bei der Hand.

»Gibt es einen Weg durch den Hof hinaus, was meinst du?«, fragte sie nervös.

Temar kämpfte sich mit Ellbogen und Stiefeln zum Hinterzimmer durch, ohne auf den Protest der wenigen zu achten, die noch immer saßen. »Von der Dame wird es heute Abend keine Antworten mehr geben«, erklärte er ihnen, während er Allin in den Anbau schob.

Er betrachtete zweifelnd die Tür. Es erforderte

nicht viel, um diese dünne Schicht aus einzelnen, verzogenen Brettern zu zertrümmern. Aus dem vorderen Raum der Taverne hörten sie das erste Splittern von Möbelstücken, einen erschreckten Ausruf und einen Schmerzensschrei. Temar zog das Verschlussband durch den Ring und verknotete es so fest er konnte.

»Was geht hier vor?« Frau Maedura war weiß und verängstigt, versuchte aber trotzdem, Lennarda zu beruhigen, die sich auf ihrem Hocker hin und her wiegte und dabei wimmerte wie ein verletztes Tier.

»Ihr hattet heute Abend ein Mädchen als Kundin, mit einem Kind«, erklärte Allin knapp. »Was immer du ihr gesagt hast, es hat ihre Verwandten auf die Palme gebracht.«

Maedura breitete hilflos die Hände aus. »Es ist nur das, was Lennarda sieht und hört, Echos aus der Anderwelt.«

»Du glaubst das wirklich, nicht wahr?« Temar blieb auf dem Weg zum Fenster stehen. Maedura starrte ihn verwirrt an.

»Das ist jetzt egal«, fauchte Allin. Ihre Stimme klang vor Besorgnis gepresst. Ein wütender Schrei übertönte den wachsenden Tumult jenseits der Tür und ließ Lennarda vor Angst jammern.

»Wir helfen euch hier herauszukommen.« Temar ging zur Tür in der anderen Ecke des Raumes, aber als er sie öffnete, kam nur ein großer Wandschrank zum Vorschein, der zwei Schritte breit und nicht ganz so tief war. Er fuhr herum, als etwas Schweres gegen die bemalten Planken der Tür krachte. Der Lärm draußen klang nun wie ein ausgewachsener Aufruhr. Temar zog sein Schwert und überlegte mit zunehmendem Unbehagen, was er jetzt tun sollte.

Lennarda begann zu kreischen, mit weit aufgerissenen Augen starrte sie auf den silbernen Stahl. Sie wich in die Zimmerecke zurück und griff nach ihrem zerrupften Haar.

»Steck die Klinge weg, du Idiot!« Maedura liefen die Tränen über die Wangen. »Sie glaubt, du willst ihr etwas tun.«

»In den Schrank, ihr alle – und die Kiste auch«, befahl Allin plötzlich. Sie versuchte die schwere Truhe vom Tisch zu heben.

Temar trat vor und nahm den anderen Seilgriff. »Bring sie rein«, schrie Allin Maedura an, die mit der panischen Lennarda kämpfte. Sobald er Allin und die Truhe im Schrank hatte, zerrte er die völlig aufgelöste Schwachsinnige zum Schrank. Maedura folgte, fast ebenso hysterisch wie ihre Tochter.

Als die Tür zum Anbau splitternd nachgab, zog Temar die Schranktür zu und stemmte sich gegen den Rahmen. Kaum ein Lichtschimmer drang durch die Ritzen rund um die Tür herein, und Temar fühlte, wie ihm die Brust eng wurde. Wurde die Dunkelheit tiefer, drückte sie ihn nieder, drohte sie ihm jedes Gefühl zu nehmen, wie schon einmal.

»Du wolltest, dass wir hier drin sind, Allin«, keuchte er. »Und jetzt?«

»Jetzt das.« Sie legte die Hände über einem leuchtend roten Blitz zusammen, der sich sekundenschnell zu blauen Flammen veränderte, die wie ein seidener Schleier um die vier Menschen herumtanzten. Maedura hatte den Mund in stummem Entsetzen aufgerissen, doch zu Temars unbeschreiblicher Erleichterung hörte Lennarda mit ihrem jämmerlichen Geschrei auf. Das unglückliche Mädchen streckte einen abgekauten Finger aus, um das Leuchten zu berühren, doch das Licht wich ihrer tastenden Hand aus.

Krachend wurde der Tisch im Raum umgeworfen, gefolgt von den Hockern. »So schnell du kannst, Allin.« Temar mühte sich, die Tür zuzuhalten, als jemand von außen dagegen stieß.

Allin holte tief Luft. Rasch wurde das blaue Licht immer intensiver und strahlte von den weiß verputzten Wänden zurück. Maedura und Lennarda verblassten vor Temars erstaunten Augen zu nichts. Alles verblasste, verschwand in dem strahlenden Gleißen der Macht. Hitze umhüllte ihn, die trockene Wärme eines Brennofens. Das Licht zuckte auf, und er musste die Augen schließen, doch das Strahlen drang weiter hindurch und zeichnete Muster seiner Blutgefäße auf seine Augenlider. Sein Gesicht begann unter der sengenden Wildheit der Hitze zu brennen, und gerade als Temar dachte, er könne es keinen Augenblick länger aushalten, wurde das Licht genauso schnell schwächer, wie es entstanden war. Er schauderte und musste husten, weil es beißend nach verbrannter Wolle roch.

»Was um ...«

Temar öffnete die Augen, als Ryshad sich an seine Manieren erinnerte und hinunterschluckte, was ihm an Soldatenflüchen auf den Lippen gelegen hatte.

»Hallo Ryshad.« Temar konnte nicht anders als idiotisch zu grinsen. Durch Allins Magie waren sie in die D'Olbriot-Bibliothek, direkt ins Herz der Residenz, gekommen. Die Truhe kühlte langsam neben seinen Füßen ab, hatte aber einen schwarzen Fleck in den kostbaren Teppich gesengt. Ryshad saß mit dem Sieur D'Olbriot am Tisch, vor sich eine Reihe von Papieren, ein Messer in der einen und einen halb zugeschnittenen Federkiel in der anderen. Der Sieur lehnte sich mit fragender Miene in seinem Stuhl zurück.

»Kompliment, verehrte Magierin!« Temar wandte sich mit einer tiefen Verbeugung zu Allin um und konnte nicht aufhören zu lachen.

»Was im Namen all dessen, was heilig ist, hast du da getan, Mädchen?« Casuel stand auf der anderen Seite des Kamins, ein offenes Buch in der Hand. Seine wüste Frage übertönte Allins nervöses Kichern und Temar sah, wie die ganze Freude über ihren Erfolg schlagartig aus ihrem Gesicht wich.

»Wie kannst du es wagen, so hier einzudringen – und wie kannst du nur so töricht sein, ohne Anleitung zu versuchen, Menschen an einen anderen Ort zu versetzen?« Casuel schritt näher. »Raeponin allein weiß, was dich vor deiner Torheit gerettet hat. Das wird Planir zu hören bekommen, mein Mädchen! Sieht so die Obhut aus, die Velindre ihren Schülern zuteil werden lässt?«

Temar hätte den Zauberer am liebsten geschlagen. »Allin hat sich heute Abend ausgezeichnet, indem sie mich zu einer lebenswichtigen Sammlung verlorener Kel-Ar'Ayen-Artefakte geführt hat.« Temar hielt einen Augenblick inne, um ein Stoßgebet zu Saedrin zu schicken, dass die Truhe tatsächlich irgendetwas von echtem Wert enthielt. »Bitte setzt den Erzmagier davon in Kenntnis, mit meinen aufrichtigsten Empfehlungen.« Wenigstens hatte er die Genugtuung zu sehen, dass seine Worte den Magier trafen wie Hiebe. »Als aufgebrachte Rationalisten das Haus angriffen, hat sie uns alle sicher hergebracht.«

»Darf ich fragen, wer eure Gefährten sind?« Während Casuel in Verwirrung versank, beugte sich Sieur D'Olbriot vor und schob einen Zählrahmen zur einen, ein Tintenfass zur anderen Seite. Dolsan Kuse stand abwartend neben ihm und umklammerte eine versiegelte Rolle Pergament.

»Ich bitte um Verzeihung, Messire.« Temar verbeugte sich tief. »Verzeiht unser Eindringen, es war eine Angelegenheit von gewisser Dringlichkeit.«

»Zweifellos«, sagte der Sieur trocken. Seine blassen Augen blickten listig aus seinem runden Gesicht. »Meine verehrte Magierin, wir werden uns wieder sehen. Ein unerwartetes Vergnügen, in jeder Hinsicht.« Elegant trotz schlichter Alltagskleidung lächelte er Allin an, die einen eleganteren Knicks zu Stande brachte, als Temar ihr zugetraut hätte.

»Ihr seht gut aus, Messire«, erwiderte sie höflich.

D'Olbriot fuhr sich mit der Hand über das zurückweichende graue Haar. »Für einen dicken alten Mann, mein Kind.«

»Ach, das seid Ihr doch wirklich nicht, Messire«, schmeichelte Casuel.

D'Olbriot beachtete ihn nicht. »Und wer sind diese anderen beiden?«

»Frau Maedura und ihre Tochter, eine Schwachsinnige.« Temar warf hastig einen Blick über seine Schulter, doch Lennarda schien in den schützenden Armen ihrer Mutter in eine Art Starre gefallen zu sein. Maedura war wie erstarrt vor Angst. »Sie hatten Artefakte aus Kel Ar'Ayen in Besitz, ohne es zu wissen«, setzte Temar eilig hinzu. »Wir mussten sie retten, sonst wären sie zusammengeschlagen worden.«

Der Sieur D'Olbriot hob eine Hand. »Ohne Frage eine komplizierte Geschichte. Erzählt sie morgen, D'Alsennin.« Er schnippte mit den Fingern, und sofort zog Dolsan an einem Glockenseil, das neben dem Kamin hing. »Ryshad«, fuhr der Sieur fort. »Kümmere dich darum, dass diese Damen bequem untergebracht werden, dann mag Temar dir seine Geschichte erzählen. Berichte mir, ehe ich mich zurückziehe.«

Ryshad war sofort auf den Beinen und scheuchte alle zur Tür. Maedura machte eine schwache Bewegung zu ihrer Truhe, doch Ryshad schüttelte den Kopf. »Sie ist hier ganz sicher aufgehoben.«

Casuel legte die Hand darauf und zischte vor unerwartetem Schmerz. »Du musst härter daran arbeiten, deine elementare Verbindung zu beherrschen«, sagte er gehässig zu Allin. Er sprach undeutlich, weil er an seinen verbrannten Fingern saugte. »In deiner Arbeit ist viel zu viel Feuer. Wer hat dir das überhaupt beigebracht? Velindre?«

»Und Kalion«, gab Allin erregt zurück. »Ich bin sicher, der Herdmeister wird sich freuen, von deiner Kritik an seiner Technik zu hören.«

»Das reicht.« Ryshad drängte sie alle in einen kleinen abgelegenen Raum gegenüber der Bibliothek, in dem ein Page hastig die Lampen anzündete. »Der Sieur bittet darum, dass die Demoiselle Tor Arrial hierher zu uns kommt«, wies Ryshad den Pagen an. »Nun, Temar, erkläre dich.«

»Allin und Velindre sind zu den Festtagen hergekommen, um zu sehen, was Toremal von Magie hält.« Temar sprach rasch, ohne auf Casuels misstrauischen Blick zu achten. »Sie suchten nach Spuren von Magie in Unterhaltungsdarbietungen, und Allin stieß auf diese Frau.« Er deutete auf die noch immer verschreckte Maedura. »Sie behauptete, ein Mittel zu haben, um Verbindung zur Anderwelt aufzunehmen und Nachrichten von den Toten zu empfangen.« Temar zögerte. Inzwischen klang das lächerlich unwahrscheinlich. »Wir überlegten zuerst, ob es sich dabei irgendwie um Zauberkunst handeln könnte, und ich weiß, dass ihr euch für verloren gegangenes Wissen interessiert. Außerdem dachte ich, wenn es stimmte, hätte ich vielleicht ein

Mittel, um Kontakt mit Vahil, dem früheren Junker Den Rannion, aufzunehmen.«

»Ich erinnere mich an ihn«, sagte Ryshad leise. Seine Augen wirkten in dem goldenen Lampenschein dunkel.

Die Erinnerung daran, wie Ryshad sein Leben in durch Zauberkunst hervorgerufenen Träumen geteilt hatte, brachte Temar aus dem Konzept. »Es war keine Zauberei im Spiel«, sagte er schlicht. »Aber sie haben diese Truhe, und ich schwöre bei Poldrions Dämonen, dass Artefakte darin sind. Das zurückgebliebene Mädchen hört Echos der Schläfer.«

»Woher habt ihr die Truhe?«, verlangte Ryshad ernst zu wissen.

Maedura drückte Lennarda an sich. »Aus einem Maewelin-Schrein, auf einer Insel im Drax. Die Göttin sieht freundlich auf die Einfältigen herab. Die Priesterinnen, sie sagten, es war ein Wunder, als mein Mädchen sprach. Sie hatte früher noch nie ein Wort gesagt, nicht ein einziges.«

»Und ihr habt deren Freundlichkeit damit vergolten, dass ihr die Truhe gestohlen habt?«, höhnte Casuel.

»Söldner haben von Draximal aus immer wieder Dalasor überfallen«, sagte Maedura bitter. »Sie plünderten den Schrein und alles andere im Umkreis von vielen Meilen. Lennarda wollte sich nicht von der Truhe trennen, nicht von ihren Stimmen, und so musste ich sie mitnehmen.«

»Niemand verlangt von dir, dich zu rechtfertigen«, sagte Temar mit einem finsteren Blick auf Casuel.

Maedura beachtete ihn nicht, ihre Angst und ihre Wut richteten sich gegen Casuel. »Hätten wir denn bleiben sollen, um vergewaltigt und ermordet zu werden? Wenn die Göttin durch mein armes Kind sprechen will, wer bin ich dann, es ihr zu verweigern? Maewelin war eine Mutter, sie würde es mir niemals verübeln, dass ich Geld verdienen muss, um Brot zu kaufen. Wir haben nie mehr genommen, als die Leute geben wollten. Wir haben nie betrogen oder gelogen oder ...« Sie brach in ein trockenes, zorniges Schluchzen aus, woraufhin Lennarda anfing zu wimmern.

Temar sah Ryshad hilflos an, der in die Hände klatschte. »Cas, du bringst Allin nach Hause. Komm schon, Mädchen, wir werden diesen Knoten lösen.« Der Schwertkämpfer lächelte Allin freundlich an, ehe er sich mit einem strengen Blick an Casuel wandte.

»Ach, na gut.« Der Magier stapfte verärgert zur Tür. »Wir rufen eine Kutsche, ja? Ich denke, das ist in deiner Gesellschaft sicherer.«

Temar nahm Allins Arm, als sie zahm Casuel folgte. »Ich stehe tief in deiner Schuld, verehrte Magierin.«

Sie brachte ein schwaches Lächeln zu Stande, ehe Casuel sie drängend rief.

Ryshad winkte zwei zweifelnde Dienstmädchen herbei, die in der Halle warteten. »Bringt die beiden hier für die Nacht in einem der Giebelzimmer unter. Sie sind Gäste, aber sie dürfen die Residenz nicht ohne meine Zustimmung verlassen, habt ihr verstanden? Setzt Hauptmann Stolley davon in Kenntnis.«

»Was soll das alles?« Temar drehte sich um und sah Avila, die die Ärmel ihres eleganten Kleides aufrollte, als sie in der Biegung des Korridors erschien. Er hob seine Stimme über das Wehklagen der beiden Frauen, die sich nun verzweifelt aneinander klammerten. »Sie hatten Artefakte ...«

Avila schnaubte. »Ein andermal, Freund.« Sie legte sanft eine Hand auf Maeduras Taschentuch. »Komm mit mir. Ich kann deinen Kummer lindern.«

Als Maedura verwundert aufsah, nahm Avila Lennardas Hand mit unwiderstehlicher Sanftheit. Mit einem hoheitsvollen Blick hieß sie die Dienstmädchen folgen und leitete alle aus dem Vorzimmer, und Temar schloss dankbar die Tür vor der leiser werdenden Unruhe.

»Erinnere mich daran, wenn ich das nächste Mal Avilas Hochmut unerträglich finde, ja?«, bat er Ryshad leichthin.

Seine gute Laune sank unter dem strengen Blick Ryshads. »Wenn ich auch nur den leisesten Verdacht habe, dass du wieder vorhast, dich allein davonzumachen, nach einer solchen Sache, werde ich dich eigenhändig an deine Bettpfosten ketten. Haben wir uns verstanden?«

Temar wappnete sich. »Ich wollte ja deine Hilfe. Ich wartete so lange ich konnte am Tor auf dich. Du bist nicht zurückgekommen, und es war zu wichtig, um es nicht zu beachten.«

»Nein, das war es nicht«, sagte Ryshad rundheraus. »Nicht zu dem Zeitpunkt, als du noch keine Ahnung hattest, ob es sich nicht nur um Hirngespinste handelte.«

»Es ist der zweite Tag des Festes, und ich habe noch nichts erreicht«, gab Temar zurück. »Ich bin auch bereit, Mondschein in Gläser zu füllen, wenn eine Chance besteht, dabei auf Gold zu stoßen. Jedenfalls ist mir ja nichts passiert.«

»Dank der kleinen Allin«, betonte Ryshad.

Temar öffnete den Mund, um das abzustreiten, ließ es aber doch lieber bleiben. »Dank Allin«, gab er steif zu.

»Mir wäre es trotzdem lieber, du hättest einen Schwertkämpfer im Rücken.« Ein widerstrebendes Lächeln durchbrach endlich Ryshads Ernst. »Zweifellos bist du unter dem größeren Mond geboren, mein Freund. Halcarion poliert gewiss dein Glück immer schön auf Hochglanz.«

Temar grinste. »Wie die Söldner sagen, wer am längsten spielt, gewinnt am meisten. Sollen wir einen Blick in die Truhe werfen?«

»Wir werden den Sieur nicht stören, nicht, wenn wir nicht seine scharfe Zunge zu spüren bekommen wollen«, lehnte Ryshad nachdrücklich ab. »Wir müssen es morgen früh einrichten, und der Vormittag wird geschäftig genug verlaufen, glaub mir. Jemand stellt D'Olbriot und D'Alsennin ganz neu aufs Spielbrett, und wenn du nicht Hemd und Hose verlieren willst, musst du alles über die anderen Züge wissen, die heute gespielt wurden.«

Kapitel 4

Vorwort zur D'Olbriot-Chronik, niedergelegt auf Geheiß der Mätresse Sancaerise, Wintersonnwende im 9. Jahr von Aleonne dem Kühnen.

Es ist meine Aufgabe, über das vergangene Jahr zu berichten, in Abwesenheit meines geliebten Gatten, Sieur Epinal, und seines designierten Nachfolgers, seinem Bruder Junker Ustin, den im Kampf davongetragene Verwundungen aufs Lager warfen. Es ist meine traurige Pflicht zu berichten, dass die Ärzte inzwischen kaum mehr Hoffnung auf seine Genesung haben. Im Namen aller Frauen des Hauses flehe ich Drianon an, über unsere Söhne und Enkelsöhne, unsere Brüder und Neffen zu wachen, wenn sie zu den Waffen greifen, um die Lescari von unseren Grenzen zu vertreiben, wenn nun ein neues Jahr des Kampfes seinen Anfang nimmt.

Niemand würde dem Erlass des Kaisers widersprechen wollen, dass alle Männer unter Waffen während der Festtage in ihren Lagern bleiben sollen. Aleonne hat seinen Beinamen der Kühne wirklich redlich verdient und sich wieder und wieder das Vertrauen derer erworben, die in ihm den militärischen Führer sahen, den Tormalin so verzweifelt brauchte. Nach den verräterischen Angriffen von Parnilesse während des Herbstäquinoktiums, trotz des vereinbarten Waffenstillstandes, verliefen die Feierlichkeiten zur Wintersonnwende in Toremal entsprechend gedämpft. Ich bin froh, dass ich eine solche Abscheulichkeit noch nicht zu berichten habe, und der kaiserliche Depeschendienst bringt regelmäßig Nachrichten von der Front, sodass wir nicht über Ungewissheit zu klagen haben.

Das gemeinsame Ziel, das uns in diesen dunklen Tagen eint, sorgt eigentümlicherweise dafür, dass wir hier die Festtage in gewisser Harmonie verleben. Wenn auch die vergröbernde Wirkung des Soldatentums in jüngerer Zeit dem Hof einen eher maskulinen und oftmals geradezu ungehobelten Anstrich verliehen hat, so waren wir Damen doch angenehm überrascht, die Vorherrschaft zu haben, wo so viele Männer fort sind, um bei den Kohorten zu dienen. Es gelang uns, mit den friedvollen Zerstreuungen der Musik und des Tanzes unsere Lebensgeister ein wenig zu heben.

Wenn wir uns zu dieser Zeit an Poldrions Fürsorge um die Toten erinnern, wollen wir dafür dankbar sein, dass D'Olbriot und mein Stammhaus, Den Murivance, so vergleichsweise geringe Verluste hinnehmen mussten im Gegensatz zu anderen Häusern. Die zweifache Plage von Krieg und Lagerfieber hat Den Parisot so stark dezimiert, dass sich der Name vielleicht nie wieder davon erholt. Auf der anderen Seite der Waagschale haben wir nun zwei neue Häuser, in den Adelsstand erhoben von Aleonne dem Kühnen eingedenk ihrer Leistungen im Felde und bekräftigt durch alle Sieurs, die noch zum Fürstenrat zusammentreten können.

Der einzige Sieur, der sich gegen diese Vorschläge aussprach, war Tor Correl, aber das war zu erwarten, und niemand schenkte seinen Schmähreden gegen den Kaiser die geringste Beachtung. Ich gestehe, selbst erstaunt gewesen zu sein, dass der törichte alte Mann solchen Hass hegt und die Männer des Namens nichts tun, um ihn gewaltsam zum Abdanken zu zwingen. Es ist schon zehn volle Jahre her, seit sein fehlgeschlagener Versuch, sich mit Waffengewalt des Thrones zu bemächtigen, so gründlich niedergeschlagen wurde. Die wiederholten Ansprüche dieses Sieurs auf Vorherrschaft, die einzig auf den militärischen Fähigkeiten seiner Vorfahren in legendären Zeiten beruhen, geben den Namen einfach nur der Lächerlichkeit preis. Ein bereits derart angeschlagenes Haus, das selbst seines Rechtes enthoben ist, Männer unter Waffen auszubilden, kann sich weitere Schäden nicht erlauben.

Ich habe der neuen Mätresse Den Viorel und dem Sieur Den Haurient meine Aufwartung gemacht und finde beide ihres Ranges und ihrer Privilegien würdig. In all der uns umgebenden Dunkelheit wollen wir Trost finden in der Weise, wie strahlender Mut neue Namen hervorbringt. Wir wollen hoffen, dass der Glaube des Kaisers daran militärische Verdienste zu belohnen, durch rasche Siege auch einen Aufstieg aus niedersten Rängen rechtfertigt, und das Ende dieses schwärenden Krieges ermöglicht.

Ich finde es erstaunlich, dass die finanziellen Berichte des Hauses eine weit gesündere Lage zeigen, als ich vermutet hätte. Während der Krieg mit Lescar unsere Verbindungen nach Dalasor und Gidesta völlig abgeschnitten hat, befahren unsere Galeonen weiterhin ihre Routen zu den blühenden Häfen von Relshaz und von dort nach Caladhria. Aldabreshische Piraten, von denen jedermann erwartet hatte, dass sie ihre Aktivitäten verstärken, haben sich stattdessen darauf verlegt, mit allen und jeden, die an den Kämpfen beteiligt sind, zu handeln, vermutlich weil das größeren Gewinn bei geringerem Risiko verspricht. Dieser westliche Handel erweist sich als entscheidend, um einen

Markt für die verarbeiteten Waren und Metalle von unseren Lehen aufrechtzuerhalten, wodurch wir in der Lage sind, die notwendigen Dinge für die Kriegsführung anzuschaffen, die wir nicht selbst herstellen können. Ich finde die Erklärung meines Haushofmeisters ironisch, dass unsere Bergarbeiter und Handwerker als Folge der verstärkten Nachfrage durch diesen andauernden Streit beträchtliche Fortschritte in Technik und Fertigkeiten erreichen. Vielleicht sollten wir das auch Raeponins Sinn für Gerechtigkeit zuschreiben.

Ich wurde in diesem Vorfrühling von meinem zehnten Kind entbunden, unserem sechsten Sohn. Da er jetzt beginnt zu laufen, mache ich mir Gedanken darüber, welchen Namen ich ihm geben soll und frage mich, ob sein Vater zu Hause sein wird, um dieser Feier zu seinen ersten Schritten beizuwohnen. Vielleicht sollte ich ihn Ustin nennen, in Erinnerung an den Onkel, den er nie kennen lernen wird und der sein Leben bei der Verteidigung von uns Frauen und unserer unschuldigen Kinder gab. Möge Saedrin geben, dass der Frieden wieder eingezogen sein wird, ehe noch mehr meiner Kinder das Alter erreichen, wie die Älteren zu den Waffen zu greifen.

Torhaus der D'Olbriot-Residenz, Sommersonnwendfest, dritter Tag, Vormittag

Ich erwachte vom Tschilpen der Spatzen auf den Dächern. Mein erster halb klarer Gedanke war Bedauern um vergangene Festtage. Großzügigere Dienstpläne zur Sonnenwende schufen normalerweise Gelegenheit, länger als üblich im Bett zu bleiben. Doch ich konnte nicht mehr einschlafen, nicht, wenn diese Truhe mit Kellarin-Artefakten wartete. Ich wusch und rasierte mich, was mir half, einen klaren Kopf zu bekommen, und sobald ich draußen war, tat die kühle Luft ihr Übriges. Gärtnerjungen schleppten Eimer voll Wasser an mir vorbei, schweigende Dienstmädchen staubten die Eingangshalle der Residenz ab, ein Diener mit verquollenen Augen richtete ein paar Festgirlanden.

»Ryshad!« Das Zischen von einem oberen Treppenabsatz ließ mich innehalten, und Temar sprang leichtfüßig die Treppe herunter.

»Auf dem Weg zur Bibliothek?«, fragte ich.

»Allerdings.« Temar schritt durch das Haus, ohne auf die verstohlen neugierigen Diener zu achten, die an ihm vorbeiglitten, ein unauffälliges Mädchen mit einem Arm voll frischer Blumen, ein Diener in kurzen Hemdsärmeln mit einem Stapel gebügelter Wäsche. »Arimelin sei gesegnet, endlich haben wir etwas erreicht!«

Ich wartete, bis wir im Flur zur Bibliothek ankamen und niemand in Hörweite war. »Ich meinte, was ich letzte Nacht sagte, Temar.« Er sah mich an, als ich ihm warnend eine Hand auf den Arm legte. »Wenn du noch einmal ohne mich ausgehst, schleppe ich dich hinter die Ställe und prügele dir ein bisschen Verstand ein, Junker oder nicht! Es ist alles noch mal gut gegangen, aber das spielt keine Rolle, du darfst deinen Hals nicht riskieren! Du bist jetzt nicht mehr nur für dich allein verantwortlich. Was wird mit Kellarin, wenn Guinalle alles stehen und liegen lassen und herkommen muss, weil du dich in irgendeiner Gasse hast aufspießen lassen? Ich behaupte ja nicht, dass du nicht hättest gehen sollen, aber du hättest unter keinen Umständen allein gehen dürfen.« Ich hatte in der Nacht noch lange wach gelegen, geplagt von der Vorstellung, was dem Jungen und dem Magier-Mädchen alles hätte passieren können.

An diesem Morgen hatte Temar wenigstens den Anstand, ein wenig beschämt dreinzusehen. »Ich verstehe ja deine Besorgnis.«

Ich nickte. »Tu es einfach nicht wieder.« Aber ich war schließlich eingeschlafen, als mir einfiel, dass Temar wahrscheinlich im Lescari-Viertel genauso in Sicherheit gewesen war, wo niemand seinen Namen oder sein Gesicht kannte, wie in Häusern, wo Dastennin allein wusste, welche Bosheit hinter den Wandbehängen lauerte. Nicht, dass ich ihm das sagen würde.

Wir erreichten die Bibliothek, und Temar rüttelte gereizter an der Tür als eigentlich nötig. »Abgeschlossen, verdammt!«

Ich klopfte vorsichtig an das polierte Holz. »Messire? Dolsan?«

»Ryshad?« Ich hörte Demoiselle Avilas festen Schritt. »Und Temar?«

»Natürlich«, antwortete er barsch.

Der Schlüssel drehte sich knirschend. »Ihr habt es heute Morgen wohl gemächlich angehen lassen, wie?« Ein leises Lachen funkelte in ihren Augen, als sie die Tür öffnete.

»Ich hätte wissen müssen, dass du nicht mal abwarten würdest, bis der Tau verdunstet ist«, gab Temar zurück.

Ich folgte ihm hinein, und wir beide betrachteten ziemlich nervös die Truhe, die offen auf dem Tisch stand. Gold, Silber, Email und Juwelen glitzerten und funkelten auf einem Stück Leinen.

Avila gab ein nichts sagendes Schnalzen von sich. »Da ihr schon hier seid, könnt ihr auch helfen.« Sie reichte jedem von uns eine Kopie der Liste der Artefakte, die die wartende Bevölkerung von Kellarin so sehnsüchtig suchte.

Temar und ich wechselten einen unsicheren Blick.

»Nun macht schon. Ihr braucht ja nichts anzufassen.« Avila nahm einen auffälligen Ring zur Hand, zwei kupferne Hände, die einen eckigen Kristall hielten. An diesem Morgen trug sie ein schlichtes braunes Kleid, hatte das Haar geflochten und zu einem Knoten geschlungen und sah so einer Dame aus dem Nähkränzchen meiner Mutter ähnlicher als einer Edeldame.

»Könnt Ihr mir sagen, welches Stück eine Verzauberung trägt, Demoiselle?« Ich verschränkte die Hände auf dem Rücken, als ich mich über die ausgebreiteten Schätze beugte.

»Leider nein.« Avila klang eher verärgert als bedauernd.« »Dafür bräuchten wir Guinalle.«

Temar wollte etwas sagen, brach aber unter Avilas finsterem Blick ab.

Mein Blick fiel auf eine elegante Duftkugel. Geformt wie eine runde, zusammengebundene Börse, war das Gold auf beiden Seiten um einen Kreis kleiner Blüten weggeschnitten, blau emaillierte Blütenblätter, die nach all den Generationen nichts von ihrem Glanz verloren hatten, wenn auch das Parfum längst verflogen war. Ich suchte auf der Liste, auf der noch immer fünf spurlos verschwundene Artefakte standen, nach einem mit einer positiven Anmerkung. Temars Magen knurrte, es war das einzige Geräusch, das die Stille durchbrach.

»Da stehen Brot und Früchte«, nickte Avila geistesabweisend zu einem Beistelltisch.

»Darf ich Euch etwas bringen, Demoiselle?«, bot ich höflich an.

»Danke, nein. Also Temar, was hast du mit der Frau und ihrem Kind vor?« Avila fragte das in jenem irreführenden weiblichen Tonfall, der so lange entspannt klingt, bis einem die falsche Antwort die Decke auf den Kopf fallen lässt.

»Wir werden sie entschädigen«, antwortete Temar vorsichtig.

Avila griff nach einer Feder, die auf einem Tintenfass lag. »Willst du ihr eine schwere Börse geben und sie dann davonschicken?«

Temar zögerte. Wenn er zustimmte, war das gewiss die falsche Antwort, aber er suchte verzweifelt nach der richtigen. Ich hielt den Blick fest auf meine Liste gerichtet.

»Du übernimmst keine Verantwortung für ihr Schicksal?« Avila notierte etwas mit einem entschlossenen Federstrich.

»Vielleicht könnte man für die Mutter eine Arbeit in der Residenz finden?«, versuchte es Temar. »Eine untergeordnete Aufgabe?«

Ich sah auf und begegnete seinem hoffnungsvollen Blick. »Der Haushofmeister hat bestimmt kein Interesse«, sagte ich langsam.

»Und wenn der Sieur es ihm nahe legt, als eine gute Tat?«, schlug Temar in einem flehenden Tonfall vor.

»Das wird Messire nicht tun«, erklärte ich zögernd. »Der Haushofmeister verdient seinen Lohn und seine Nebeneinkünfte damit, dass er jede Verantwortung für das Personal übernimmt, und die andere Seite der Medaille ist, dass sich der Sieur nicht darin einmischt.«

Avila schnaubte. »In einem ordentlich geführten Haus kennen der Herr und die Herrin all ihre Bediensteten mit Namen und Familie und behandeln sie angemessen.«

Da ich aus ihren harten Worten einen Widerhall ihres Verlustes heraushörte, schwieg ich. Ich fand die Duftkugel und hakte sie mit einem verrückten Gefühl von Erfolg auf meiner Liste ab. Noch einer, der aus der Kälte der Verzauberung erweckt werden konnte, Meister Aglet, ein Zimmermann, der Liste nach.

Temar nahm mir den Federkiel ab und tauchte ihn in die Tinte, um selbst eine Notiz zu machen, dabei begegneten sich unsere Blicke kurz. »Reines Glück oder nicht, du hast allein mit dieser Beute deine Reise zu einem Erfolg gemacht«, bemerkte ich.

»Lasst Maewelin, was ihres ist«, dämpfte uns Avila. »Die Göttin hat sich gewiss dieser verborgenen Geister angenommen, genauso wie sie Samen und Knospen in den dunklen Tagen des Winters im Schlafe hält.«

»Was erklären würde, wie diese Stücke in ihren Schrein kamen«, nickte Temar nachdenklich.

Er war ohne Frage überzeugt, aber nur wenige Menschen, die ich kenne, verschwenden an Maewelin mehr als einen flüchtigen Gedanken, wenn der Nachwinter zu Ende geht. Der Hunger in den kargen Tagen nach der Wintersonnwende veranlasst manche, sich alle Möglichkeiten durch ein Opfer an das Winterweib zu erhalten, doch selbst dann ist es ein Kult, der sich meist auf Witwen und alte Jungfern beschränkt. Das erinnerte mich an etwas.

»Der Maewelin-Schrein in Zyoutessela ist eine Zuflucht für Frauen ohne Familie oder Freunde. Ich weiß, dass die Witwe Tor Bezaemar für alle möglichen Schreine spendet, Demoiselle. Ihr könntet sie fragen, ob es eine wohltätige Schwesternschaft in Toremal gibt, die die Frau und ihre Tochter vielleicht aufnehmen würde.«

Avilas ernste Miene erhellte sich ein wenig. »Das werde ich tun.«

»Ich habe eins«, sagte Temar mit einer Erleichterung, die ebenso sehr meiner Antwort auf die Frage nach Maedura galt wie dem Auffinden eines Artefaktes. Er deutete auf einen Ring, bescheidener Türkis, in silberne Blütenblätter gefasst. Ein nicht gerade kostbares Stück in jedem Zeitalter, aber aus irgendeinem Grund wusste ich ohne Zweifel, dass er aus Liebe geschenkt worden und mit inniger Zuneigung bewahrt worden war.

»Die Frau mit den drei Kindern.« Ich schauderte bei der plötzlichen Erinnerung an eine kleine Gruppe, die noch immer in der riesigen Höhle in Kellarin verloren war. Die bekümmerten Zauberer hatten nicht zwei Kinder aufwecken wollen, um ihnen zu sagen, dass ihre Schwester und ihre Mutter noch nicht wiederbelebt werden konnten.

»Der Junge hatte meinen Gürtel mit der Schnalle, die du von den Elietimm zurückgeholt hast.« Als sich unsere Blicke trafen, sah ich den Jungen durch Temars Erinnerung, mit großen Augen, aber fest entschlossen, nicht seine Angst zu zeigen, wie er sich an die Schnalle von Temars Gürtel klammerte und an das Versprechen, dass alles wieder gut werden würde.

»Das war für das jüngste Kind«, sagte Avila heiser und hielt eine winzige emaillierte Blume hoch, die auf einem vor Alter dunklen geflochtenen Seidenband befestigt war.

»Dann können wir sie alle aufwecken.« Temars Stimme klang belegt vor Gefühlsaufwallung.

Avila blickte auf die bunte Sammlung von Kostbarkeiten und Tand hinunter. »Aber so viele der Männer waren an Messer oder Dolche gebunden«, sagte sie leise. »Wo sind die?«

Ich hatte plötzlich einen Einfall und schalt mich einen Dummkopf. »Waffen hätte man in Schwertschul-Schreine gelegt! Ich verwette meinen Eid darauf!«

Ich hätte es näher erklärt, wenn nicht Messires Schreiber eingetreten wäre.

»Oh.« Er blieb überrascht in der Tür stehen.

»Hast du etwas zu sagen, junger Mann?«, fragte Avila mit der ganzen Selbstsicherheit ihres Ranges.

»Sicher wollt Ihr Euch alle fertig machen, um vor dem kaiserlichen Gerichtshof zu erscheinen, meine Dame.« Dolsan verbeugte sich respektvoll, doch es war nicht zu übersehen, was er meinte, als er Temars zerknittertes Hemd und Avilas schlichtes Kleid musterte.

»Zu meiner Zeit galt unter Personen von hoher Geburt das Wesen mehr als das Aussehen«, sagte Avila mit strengem Blick.

»In der heutigen Zeit, meine Dame, sind Aussehen und Wesen oft mehr oder weniger dasselbe.« Der Dienst für den Sieur ließ Dolsan diese Herausforderung erwidern. »Erwählter Tathel, Junker Camarls Diener sucht Euch.«

Ich entschuldigte mich rasch bei Avila und Temar und eilte nach oben. Der Junker war noch in Hemd und alten Hosen, und suchte in seinem eigenen Schmuck nach einem passenden Stück für einen öffentlichen Auftritt. »Du warst weder im Torhaus noch in der Kaserne, Ryshad. Wie soll mein Diener dich finden, wenn du nicht hinterlässt, wo du dich aufhältst?«

»Ich war in der Bibliothek«, entschuldigte ich mich. »Diese Truhe scheint viele der Stücke zu enthalten, denen Temar auf der Spur ist.«

»Ein Glück.« Camarls Miene blieb unversöhnlich. »Das könnte auch alles sein, was D'Alsennin bei diesen Festtagen erreicht.« Er legte einen breiten Kragen aus goldenen, verschlungenen Kettengliedern beiseite und warf mir einen Brief zu.

»Wie ich höre, seid Ihr an dem Erwerb gewisser Erbstücke meines Hauses interessiert«, las ich. »Gewisse andere Personen haben ebenfalls zum Ausdruck gebracht, dass sie diese Stücke zu erwerben wünschen. Dementsprechend beabsichtige ich, drei unabhängige Juweliere damit zu beauftragen, die fraglichen Stücke zu begutachten. Wenn ich ihren Wert habe feststellen lassen, dürft Ihr ein Gebot abgeben. Von Messire Den Turquand, diktiert in seiner Residenz in Toremal, Sommersonnwendfest.«

»Sein Diener muss die Tinte beim Laufen trockengewedelt haben«, murmelte Camarl. »Was hältst du davon, Ryshad?«

»Den Turquand hat Wind vom Wert der Kellarin-Artefakte bekommen«, sagte ich langsam. »Und er wird zweifellos an den Meistbietenden verkaufen. Einige der Namen, die vor Gericht einen Streit mit D'Olbriot austragen wollen, werden nur zu glücklich sein, den dreifachen Wert zu bezahlen, um sie als

Verhandlungsmittel zu benutzen.« Ich konnte meinen Ärger nicht verbergen. »Aber hier geht es um Menschenleben! Geiselnahme gehört in die Zeit des Chaos!«

»Wie hat er davon Wind bekommen?«, fragte Camarl.

Ich sah ihm in die Augen. »Ich habe verschiedene Bekannte gefragt, ob ihre Herren oder Herrinnen Erbstücke besitzen, die aus der Zeit des Verlustes von Kellarin stammen könnten.«

»Vielleicht wäre es klüger gewesen, das erst mit mir oder dem Sieur zu besprechen«, sagte Camarl beißend. »Dienstboten tratschen und erzählen ihren Herren alles brühwarm weiter, Ryshad.«

»Tut mir Leid. Ich bin es gewohnt, im Dienste des Namens nach meinem eigenen Urteil zu handeln.« Ich setzte eine leidlich glaubwürdig bedauernde Miene auf. Dass all die Demoiselles und Junker untereinander genauso eifrig klatschen und Camarl alle möglichen wertvollen Informationenen von seinem eigenen Diener erhielt, gehörte nicht hierher.

»Das hat einfach keinen Vorrang.« Camarl knüllte den Brief zusammen und warf ihn in den leeren Kamin. »Diese Menschen unter Zauberbann – seien wir mal ehrlich, ein paar Jahreszeiten, selbst Jahre mehr, machen doch keinen Unterschied, nicht nach so vielen Generationen. Die Kolonie auf gesunde Füße zu stellen, dem ein Ende zu machen, dass das Interesse an Kellarin zu einem hässlichen Gerangel um Vorteile verkommt – das ist wichtig. Diese Geschichte mit den Artefakten, das ist nur eine Komplikation. Was sollte der Sieur denn machen, Ryshad, wenn einer kommt und Handelskonzessionen verlangt im Tausch für eins dieser verdammten Dinger?«

Ich hielt die Augen gesenkt und setzte eine neutrale Miene auf. Ich stand lange genug im Dienste des Hauses, um zu wissen, dass der Ärger des Junkers sich nicht eigentlich gegen mich richtete. Obwohl jeder ihn so behandelte, war Camarl noch nicht offiziell als designierter Nachfolger des Sieurs bestätigt. Falls all die schwarzen Krähen, die an diesen Festtagen um das Haus kreisten, auf uns zurückfielen, würden die Brüder des Sieurs und alle anderen, die den Namen D'Olbriot trugen, nach jemandem Ausschau halten, dem sie die Schuld geben konnten.

»Geh und zieh deine Uniform an«, sagte Camarl nach einem Augenblick angespannten Schweigens. »Begleite uns zum Gericht, ehe du gehst, um dich dieser Herausforderung zu stellen.«

Ich verbeugte mich vor dem Rücken des Junkers und schloss leise die Tür hinter mir.

Zurück im Torhaus zerrte ich meine offizielle Uniform aus den Tiefen meiner Kleiderpresse. Dunkelgrüne Hosen unter einem geraden Mantel aus dem gleichen Tuch, der im Schnitt eigentlich mehr ein Wams mit Ärmeln war. Die Handgelenke und der unbequem hohe Kragen waren mit goldener Tresse besetzt, eine goldene Luchsmaske befand sich als Stickerei auf der Brust, die Augen waren leuchtende Smaragde in dem Metallgarn. Es konnte kein Zweifel daran bestehen, dass ich zu einem der ältesten und wohlhabendsten Häusern des Reiches gehörte, wenn wir durch die Stadt gingen, angestarrt von Leuten, die einen Blick auf den Adel erhaschen wollten, den sie nur aus Klatsch, Skandalen und Flugblättern kannten.

Ich blickte finster in den Spiegel und ging, um im Torhaus zu warten. Heute war offensichtlich ein Tag, um zu zeigen, dass ich meinen gebührenden Platz kannte.

»Du willst doch wohl nicht in dem da kämpfen?« Stolley lachte von seinem Stuhl, auf dem er das neueste Klatschblatt las. Es war sein Privileg als Offizier, als Erster das Geschwätz zu sehen, das aus Gerüchten, bestechlichen Dienern und indiskreten Schreibern entstand.

Ich lächelte humorlos. »Wohl kaum.«

»Du bist wohl mit dem falschen Fuß aufgestanden, was?« Er schüttelte den Kopf. »Wenigstens passt dir deine Uniform noch. Ich brauche jedes Jahr eine neue.«

»Dann muss Meister Dederic dich ja lieben.« Ich fuhr mir mit dem Finger unter den Kragen. »Du hast dieses Ding bestimmt nicht öfter als zehnmal getragen, seit ich mich auf den Namen eingeschworen habe.«

»Glückspilz«, sagte Stolley voll Gefühl. »Ach, und meine Frau lässt ausrichten, du sollst mal zum Abendessen kommen, nach den Festtagen. Ich warne dich, sie lädt auch ihre Nichte ein und sagt, es wäre an der Zeit, dass du ein nettes Mädchen fändest, dem du den Hof machen kannst, jetzt, wo du in Toremal bleibst.«

»Sie ist mit dir verheiratet und will trotzdem ihre Nichte an einen Erwählten ketten? Na ja, es heißt ja, Unglück bleibt selten allein.« Ich lächelte gezwungen, um meinen Worten die Schärfe zu nehmen. »Heute Morgen irgendwas gehört über den Angriff auf D'Alsennin?«

Stolley stand auf und pinnte das Flugblatt für die Männer an die Tür, die im Laufe des Tages Dienst hatten und es lesen wollten, falls sie konnten. »Nur dass Tor Kanselins Leute sagen, dass der Junge nur von der Leine kam, weil Junker Camarl im Garten mit Demoiselle Irianne rumgetändelt hat. Es gab ein bisschen Unsinn, als einer unserer Jungs überlegte, ob der Junker es wohl geschafft hat, ein oder zwei Blütenblätter abzuzupfen.«

»Und das soll Tor Kanselin aus den Fugen bringen?«, gab ich verärgert zurück. »Und als ihr Junker zur letzten Sonnenwende heiratete, habe ich da nicht in den Ecken raunen gehört, dass Camarl nie ein Mädchen am Arm haben würde? Und Andeutungen, dass er einen keineswegs rationalen Standpunkt in Bezug auf Frauen vertritt?«

»Sie können nicht beides haben«, pflichtete Stolley bei. »Ja, Demoiselle, was kann ich für Euch tun?«

Er wandte sich um, um sich der ersten Schar Besucher zu widmen, die zu einem Mittagessen geladen waren, und anschließend einer Reihe von Kutschen, die vorfuhren, um niedrigere Mitglieder des Namens zu Verabredungen in der Stadt zu fahren. Ich half ihm pflichtschuldigst, hielt Fächer, bot eine helfende Hand, schloss Türen und achtete dabei darauf, keine teuren Seidenstoffe oder Federn dabei zu zerquetschen. Zwischendurch beobachtete ich das Kommen und Gehen vor dem offenen Tor. Ein paar Frauen aus den Diensthäusern gingen vorbei, darunter auch Stolls Frau. Wenn ich den Schritt zum Bewiesenen machen sollte, musste der Sieur mein Gesicht sehen, und ich musste zur Hand sein, um ihm einen Dienst zu erweisen. Das hieß, dass ich noch etliche Jahreszeiten hier festsaß, um Dinge zu holen oder wegzubringen und tagaus, tagein meine Loyalität zu beweisen. Ich versuchte, mir Livak unter den braven Frauen vorzustellen und entschied, dass sie so fehl am Platze wäre wie eine Waldlerche in einem Hühnerstall.

Endlich ratterte Messires Kutsche vor dem Tor heran, gerade als vom Glockenturm das vierte Läuten erklang. Die beiden Braunen passten farblich genau zueinander, Holz und Lederzeug glänzten in der Sonne, und livrierte Diener sprangen herab, um sich um Tür und Treppe zu kümmern. Der Glockenton war kaum verklungen, als der Sieur ankam und mit ihm Junker Camarl, Temar und Demoiselle Avila. Trotz seiner fülligen Gestalt bewegte sich der Sieur rasch und entschieden, seine funkelnden Augen blickten scharf.

Temar wirkte irgendwie etwas störrisch. Er trug sein Schwert, und als er näher kam, hielt er es mir hin. »Ich dachte, du könntest das heute Nachmittag gebrauchen.«

»Ich danke Euch, Junker.« Ich nahm das Schwert mit der Scheide und verbeugte mich zuerst vor Temar und dann vor Camarl, der mit leichter Verärgerung zusah, als ich mein eigenes Schwert abschnallte und es Stolley zur Aufbewahrung gab. Camarl hatte mir dieses neue Schwert zur Wintersonnenwende geschenkt, und ich hatte es mit Freuden angenommen, vor allem, da ich Schmied und Schmiede kannte, in der es gefertigt worden war, und meinen Eid darauf verwetten konnte, dass keine unruhigen Schatten daran hingen. Aber ich konnte Temars Angebot doch nicht offen zurückweisen, oder?

»Zumindest solltest du ein bisschen frische Luft in der Schwertschule schöpfen«, bemerkte der Sieur liebenswürdig. »Setz diesem Unsinn mit der Herausforderung so rasch wie möglich ein Ende, Ryshad. Sie sollen ihren Spaß haben, aber riskiere nicht deinen Hals, um etwas zu beweisen.« Er bedachte mich mit einem warmen Lächeln.

Eine weitere Kutsche hielt, und der ältere Bruder des Sieurs erschien hinter uns, begleitet von mehreren mit dicken Akten beladenen Schreibern, gefolgt von Messires jüngstem Sohn. Der Sieur drehte sich um. »Fresil, Myred soll für mich bitte herausfinden, ob es irgendeinen Unsinn wegen der Grundsteuereinschätzung gibt. Und ich will unverzüglich wissen, wer hinter jedem Antrag steckt, um uns für das kommende Jahr wegen Kellarin übers Ohr zu hauen.«

Der Bruder nickte mit ernster Miene. Wir alle verbeugten uns, als Junker Fresil in seine Kutsche kletterte, ein mit einem Band zusammengehaltenes Dokument in der altersfleckigen Hand, die die Finanzen des Hauses bis zum letzten Kupferstück zusammenhalten würde.

»Dein Onkel wird schon dafür sorgen, dass niemand dieses Haus in Pergament erstickt, nicht wahr, Camarl?« Der Sieur lächelte zufrieden. »Wenn Fresil Myred auch nur die Hälfte von dem beibringen kann, was er weiß, wird er einen würdigen Nachfolger abgeben, der dir zur Seite stehen kann.«

So deutlich hatte Messire Camarl noch nie erklärt, dass er ihn als designierten Nachfolger sah.

»Ich glaube nicht, dass wir uns unnötig über das heutige Geschehen am kaiserlichen Gericht sorgen müssen«, fuhr Messire leichthin fort. »Wir haben uns den größten Teil des Vorsommers um möglicherweise strittige Angelegenheiten gekümmert, Dolsan und ich. Wir haben genügend Pfeile für unseren Bogen.« Seine Miene wurde kalt, und ich drehte mich um und sah Casuel die Stufen zur Residenz hinabeilen. »Aber wir wollen nicht, dass die Leute sich heimlich über etwas wundern. Ryshad, sag diesem aufdringlichen Zauberer, er soll sich heute bedeckt halten.«

Ich ging hastig zu Casuel. »Wir sind auf dem Weg zum Gericht, verehrter Magier, also braucht der Sieur dich nicht.« Ich versuchte, beiläufig zu klingen.

Casuel sah gleichzeitig niedergeschlagen und misstrauisch drein. »Wenn man die Leute daran erinnert, dass der Erzmagier Planir ein Verbündeter D'Olbriots ist, wird das doch gewiss seine Position stärken?«

»Du weißt doch, wie die Leute sind, Casuel.« Ich zuckte die Achseln. »Ein Anwalt sieht dich vielleicht und bringt die Magie ins Spiel, nur um die wirklichen Dinge zu verschleiern.«

»Planir sollte sich ein für alle Mal um diese unsinnigen Vorurteile kümmern.« Casuel wurde rot vor Ärger. »Und was soll ich dann heute tun? In der Nase bohren?«

»Du könntest feststellen, was Velindre von Allins und Temars kleinem Abenteuer hält«, schlug ich vor.

Der Sieur schnippte mit den Fingern nach mir, und ich verbeugte mich. »Ich sehe dich später, Casuel.«

Messire war als Erster in der Kutsche und bedeutete mir, ihm gegenüber Platz zu nehmen. Ich steckte hastig Temars Schwert ein, während Avila ihre Röcke richtete. Als Temar einstieg, lehnte sich der Sieur gegen die weichen Samtpolster. »Danke, Ryshad. Jetzt ist wirklich nicht der rechte Augenblick, um sich öffentlich mit Magie in Verbindung bringen zu lassen.«

»Was sicher ein wenig schwierig ist«, sagte Temar mit kaum verhohlener Empörung, »wenn die Demoiselle Tor Arrial die größte Beherrscherin der Zauberkunst in der Stadt ist.« Temar war nach neuester Mode reich gekleidet, in dunkelrostbrauner Seide. Die Fibel an seinem Hals war ein verschlungener Knoten aus Gold, in den kleine geschliffene Steine gefasst waren. Goldkettchen mit Granatknöpfen schlangen sich um die Manschetten seines Mantels. Auch wenn es geborgter Reichtum war, aber nach dem heutigen Tag würde kein Mann aus dem Volke mehr dem Gerücht glauben, dass Junker D'Alsennin nur ein heruntergekommener verarmter Adliger war. Der einzige Ring, den er trug, war der Siegelring aus Saphir, an den ich mich erinnerte, ein beißender Farbtupfer, bei dessen Anblick Meister Dederic sich sicher seinen gut geschnittenen Schopf raufte. Ich war froh, dass Temar bei all dem geborgten Staat auch etwas Eigenes trug.

Avila lachte. »Ich bin die einzige Beherrscherin, soweit ich das sagen kann. Aber der Junge hat nicht ganz Unrecht, Guliel. Dass Zauberkunst seine Wunden heilte, war gestern überall Gesprächsgegenstand.«

Messire nickte. »Stimmt, aber das ist keine Elementarmagie. Mit der Zeit können wir den Leuten behutsam den Unterschied begreiflich machen.«

»Was bezwecken wir eigentlich damit, heute öffentlich bei Gericht zu erscheinen?«, fragte Avila nach einer Pause höflich.

»Zu zeigen, dass der junge D'Alsennin wohlauf ist und bereit, seine Rechte einzufordern. Um zu zeigen, dass wir nichts zu verbergen haben und jede boshafte Anklage erwidern werden.« Der Sieur strahlte charmant, was ihm ein Lächeln von Avila eintrug.

In glockenblumenblauem Brokat wirkte sie Zoll für Zoll wie eine vornehme Dame. Eine Kette aus Perlen und Saphiren lag um ihren Hals, und ihre Finger schmückten Silberringe, zwei davon mit

Diamanten, die in der Sonne funkelten. Ihr Haar war hochgesteckt, und als sie sich vorbeugte, sah ich, dass sie eine auffallende, juwelenbesetzte Nadel trug, die ihren Spitzenschleier hielt. In einem Farnfächer aus Smaragden saß ein blauer Schmetterling, und ich brauchte einen Augenblick, bis mir einfiel, dass dies das Wappen von Tor Arrial war. Hieß das, Messire hatte das Bündnis mit dem gegenwärtigen Sieur bestätigt oder wollte er unterstreichen, dass Avila keinen ihrer Ansprüche aufgeben würde?

»Kopf hoch, Ryshad«, lachte der Sieur leise. »Tut mir Leid, dass du dich in Uniform werfen musstest, aber wir wollen alle daran erinnern, wem deine Loyalität gilt. Hast du die Gerüchte über deine Abenteuer im Archipel gehört?«

Sein Ton war bekannt vertraut, mit all der Ernsthaftigkeit, die mich davon überzeugt hatte, dass Messires Eid ihn genauso an mich band wie der meine mich an ihn. Aber er hatte mich ohne zu zögern Planir überlassen, als das den weitergehenden Zielen seines Hauses dienlich war. Ich lehnte mich in die Schatten zurück, als wir unter den Bäumen hindurchfuhren, die die Straße zur Unterstadt säumten.

Als wir an dem Pumpenhaus vorbeikamen, breitete sich vor uns die Unterstadt unter einem wolkenlosen Himmel aus. Der Blick ging über ein Schachbrettmuster aus unzähligen Dächern, so eng aneinander geschmiegt wie die Schindeln, mit denen sie gedeckt waren, in allen Farben von frischem leuchtendem Orange bis zu altem, verblichenem Braun. Hier und dort sah ein höherer Turm aus goldgelbem Stein auf seine weniger begünstigten Nachbarn herab, ein Torhaus oder ein anderer

Rest eines vornehmen Gebäudes, das jetzt einfacheren Zwecken diente, doch immer noch stumme Wache über die Interessen eines Namens hielt. Schornsteine, die während der Festtage unermüdlich rauchten, schickten sanfte Rauchfahnen aus, die die Luft stickig machten, als wir die grüne Frische der Oberstadt verließen. Die launischen Böen vom Meer her wurden von Simsen und Fassaden abgelenkt, die sie hierhin und dorthin trieben.

Die Kutsche ratterte über das Straßenpflaster, der Kutscher ließ die Pferde gleichmäßig traben, während ein Diener mit einem langen Hornstoß das gemeine Volk von der Straße trieb. Je näher wir den verstreuten Gerichtsgebäuden kamen, desto öfter ertönte der Ton.

»Die Mauern!«, rief Temar. Er verrenkte sich, um aus dem Fenster sehen zu können. »Das ist das Toremal, wie ich es in Erinnerung habe!«

»Wie die Stadt gewachsen ist«, murmelte Avila, die Lippen zu einem dünnen Strich zusammengepresst.

»Soll ich die Vorhänge herunterlassen?« Camarl lächelte gezwungen, während er loyalen Lehnsleuten zuwinkte, die dem D'Olbriot-Luchs auf der Tür zujubelten.

»Nein, ich glaube nicht.« Der Sieur klatschte lautlos Beifall, um seiner Bewunderung für eine Marionette in D'Olbriot-Livree zum Ausdruck zu bringen, die zu seiner Belustigung hochgehalten wurde. Die Menge brodelte vor fieberhafter Erregung, der Lärm war geradezu schmerzhaft laut geworden, als wir vor dem dräuenden Schatten des kaiserlichen Gerichtshofes vorfuhren.

»Das ist der Palast«, sagte Temar plötzlich.

Camarl runzelte die Stirn. »Nein, der ist da drüben.«

Temar schüttelte ungeduldig den Kopf. »Nein, ich meine, das war der Palast in Nemiths Tagen.«

»Das stimmt«, gab ich ihm Recht. Trotz der mächtigen Mauern, die die Stadt schützten, hatten sich die Männer, die Toremals Verteidigungsanlagen ersonnen hatten, auf alle Fälle vorbereitet. Der Palast war als frei stehende letzte Bastion errichtet worden, uneinnehmbar innerhalb seiner eigenen Mauern, eine letzte Zuflucht, wo der Kaiser die Kohorten versammeln konnte, die ihm durch die Namen anvertraut waren und von wo aus er zuschlagen konnte, falls die Stadt selbst fallen sollte. Doch die Tage, als Toremal von Waffen bedroht werden konnte, waren längst vergangen, und der Palast war neu erbaut und in jedem Zeitalter erweitert und angepasst worden. So, wie er einst als Burgfried der Kaiser die Aufgabe gehabt hatte, Tormalin mit Waffengewalt zu verteidigen, diente er jetzt den Gerichtshöfen, in denen die Kaiser dieses Zeitalters über die Rechte und Pflichten der Häuser von Toremal urteilten.

Messires Kutsche hielt vor der westlichen Front. Hoch über unseren Köpfen schwangen sich rötliche Schindeln in einem Bogen zu einer durchbrochenen Balustrade aus verschlungenen Steinsäulen hinunter. Die Erkerfenster darunter waren mit gemeißeltem Blattwerk geschmückt, das durch jahrzehntelangen Regen verwaschen und undeutlich geworden war. Statuen, bis zur Unkenntlichkeit verwittert, standen in Nischen knapp über Kopfhöhe, und vor dem Haus bildeten Männer, die auf die Den-Janaquel-Farben eingeschworen waren, eine Reihe zu beiden Seiten eines Teppichs, der ausgerollt worden war, damit vornehme Schuhe nicht den Straßenstaub berühren mussten. Die Menge wartete gut gelaunt, sodass die Dienstkohorte noch nicht ihre Waffen verschränken oder schlimmer noch, Knüppel einsetzen musste, um ihre Barriere zu verstärken. Keiner der Fälle, die heute verhandelt wurden, hatte irgendeine Bedeutung für das einfache Volk, also konnte es das Spektakel einfach genießen.

»Raus mit dir«, drängte der Sieur Camarl, als der Diener die Tür öffnete.

Camarl klopfte sich seinen blattgrünen Mantel ab und stieg aus; höflicher, doch nicht übertriebener Applaus erklang. Der Sieur nickte Temar zu, der mit deutlich lauterem Jubel begrüßt wurde, weit über einem lebhaften Gemurmel. Als Messire selbst erschien, hielt er inne, um das begeisterte Gebrüll entgegenzunehmen, eine Hand an der Tür, mit der anderen winkte er elegant. Er trug dunkleres Seidengrün als Camarl, ohne Stickereien, doch mit Gold durchwirkt. Der Schnitt seines Mantels war großzügiger als die Mode gerade verlangte, passte so jedoch weit besser zu seiner kräftigen und verhältnismäßig kleinen Statur.

Messire schätzte die verebbende Begeisterung der Menge genau ab, stieg die Stufen hinunter und drehte sich um, um Avila seine Hand zu reichen. Ihr Erscheinen spornte die überschwänglichen Menschen zu neuem Jubel an, und ich hörte eine gewisse Spekulation heraus, als der Sieur ihr seinen Arm bot. Ich stieg aus der Kutsche, von jedermann vollkommen unbeachtet.

»Wohin gehen wir?« Avila lächelte anmutig, doch ihre Augen wurden von Nervosität verdunkelt.

»Einen Augenblick noch«, sagte der Sieur und beugte sich mit einem Lächeln zu ihr, das den begierigen Gesichtern in der Nähe erneutes Interesse entlockte. »Diese Menschen sind schießlich gekommen, um ihre Dienste anzubieten.«

»Lächeln, Temar.« Camarl drehte sich um damit die Menschen auf der anderen Seite ihn gebührend bewundern konnten. »Wenn Ihr fröhlich dreinblickt, können die Witzzeichner und Klatschmäuler nichts allzu Schlimmes über Euch bringen.«

»Abgesehen davon, dass sie mich zeichnen mit einem Grinsen wie ein Halbidiot«, lachte Messire. »Erinnerst du dich an das schreckliche Bild, das letzten Sommer die Runde machte, Camarl?«

Er legte besitzergreifend die Hand auf Avilas Finger, die seinen Arm umfassten, und ging langsam unter dem großen Torbogen durch. Camarl schlenderte in lockerer Haltung hinterher, die Temar leidlich nachahmte. Mir folgten nur ein paar neugierige Blicke, die sich rasch dem weit interessanteren Erlebnis zuwandten, dass der Hochadel hier in fast greifbarer Nähe zu sehen war.

Als wir in den Sonnenschein des Hofes traten, löste das Klappern von Hufen und Geschirr neue Willkommensrufe aus. Als Temar sich umdrehen wollte, um zu sehen, wer es war, brachte Camarl ihn mit einem angedeuteten Kopfschütteln davon ab. »Ryshad, wer ist hinter uns?«

Eine halbe Drehung zeigte mir das Wappen auf der Kutsche. »Den Murivance.«

Gruppen von Schreibern in Advokatengrau bevölkerten die Schatten der Säulengänge, die den Hof säumten, und blickten interessiert auf, als sie Sieur D'Olbriot mit der Demoiselle Tor Arrial sahen. Zwei steckten für einen Augenblick dicht die Köpfe zusammen, dann ging einer hastig davon, sodass die langen Ärmel seiner Robe flatterten. Ich fragte mich, ob Messire sich wirklich für Avila interessierte oder ob das nur ein weiterer Zug auf seinem Spielbrett war. Wie auch immer, ich würde meinen

Eidlohn darauf verwetten, dass irgendein glückloser Advokat die Kerzen herunterbrennen ließ, um die Folgen einer Verbindung von D'Olbriot und Tor Arrial niederzuschreiben.

Temar ging langsamer und betrachtete die fünf Stockwerke des Palastes, die jetzt nur noch Archiven und Registraturen und Räumen für Anwälte dienten, die reich genug waren, um sich einen Stützpunkt auf ihrem Schlachtfeld leisten zu können, wobei leere Zimmer in Giebeln und Kellern wieder und wieder nach Rang und Namen aufgeteilt worden waren. »Ich habe diese Fassade nicht wiedererkannt, aber hier drinnen ist es fast so wie früher.«

Ich betrachtete die rußigen und fleckigen Säulen, die gesprungenen Steinfliesen und die nicht zueinander passenden Fensterläden. Es war unbehaglich einfach, es sich so ursprünglich vorzustellen, wie Temar es in Erinnerung hatte. »Seit den Tagen von Inshol dem Schroffen ist es der Gerichtshof.«

»Sollen wir weitergehen, Messire?« Camarl schnippte mit den Fingern, und ein Advokat eilte zu ihm.

»Allerdings.« Der Sieur folgte dem Anwalt durch den Säulengang zu einer großen Flügeltür, die sich auf ein Vorzimmer öffnete, in dem Anwälte herumschwirrten wie eine Schar Ringeltauben.

»Demoiselle Tor Arrial, Junker D'Alsennin, darf ich Euch mit Advokat Burquest bekannt machen?« Der Sieur stellte einen der prominentesten Anwälte Toremals mit leichter Vertrautheit vor. Burquest war ein breitschultriger Mann mit rundem, freundlichem Gesicht und einer entschieden liebenswürdigen Art. Er trug sein schütteres Haar glatt nach hinten gekämmt und so lang, dass es bis auf den Kragen reichte, eine Frisur, die schon als altmodisch galt, als ich noch ein junger Bursche war. Aber

Burquest kümmerte sich nicht um Modeerscheinungen. Sein Leben bestand darin, vor dem kaiserlichen Hof zu streiten, und er genoss einen vorzüglichen Ruf.

Temar tat sein Bestes, um sich trotz der Menschen, die sich ringsum drängten, zu verbeugen. Avila gewährte Burquest ein angespanntes Lächeln, aber ich konnte sehen, dass sie sich nicht wohl fühlte, so eingequetscht zwischen lauter Unbekannten.

Der Sieur bemerkte es gleichfalls. »Wollen wir hineingehen?«

Burquest nickte. »Hier entlang, meine Herren, meine Dame.«

Ein stämmiger Wächter in den Farben von Den Janaquel hütete die Tür zu dem eigentlichen Gericht, doch er zog seinen silberbeschlagenen Stab zur Seite, um uns passieren zu lassen. Als Camarl vortrat um zu hören, was der Advokat zum Sieur sagte, ließ sich Temar neben mich zurückfallen.

»Dies war der kaiserliche Audienzsaal«, sagte er gedämpft und sah sich in dem großen Saal um. Die hohe, gewölbte Decke wurde von verschlungener Steinmetzarbeit gestützt, die wie gemeißelte Zweige aus massiven, reich facettierten Säulen entsprang. Schmale Fenster aus klarem Glas erhoben sich hoch zwischen den Säulen und ließen strahlendes Sonnenlicht zu uns herunterfluten. Auf unserer Höhe war das Drumherum keineswegs so großartig. Die langen Tische und Bänke waren solide und praktisch, aber auch nichts weiter. Der Boden war gefegt worden, aber irgendein Nemith war vermutlich der Letzte gewesen, der angeordnet hatte, ihn auch zu bohnern. An der schlichten, schmucklosen Ausstattung gab es nichts, das von den Angelegenheiten des Rechts ablenken konnte, ein kaiserlicher Erlass, der auf Leoril den Klugen zurückging.

»Da oben?« Temar runzelte die Stirn, als der Sieur auf eine breite Galerie zuhielt, die auf drei Seiten um den Saal herumlief.

»Unsere Anwälte und ihre Schreiber erscheinen vor dem Kaiser.« Ich deutete auf eine Reihe von Pulten, die vor einem durchbrochenen Wandschirm standen.

»Wo ist er?« Temar sah sich verwirrt um.

Ich deutete auf den Wandschirm. »Er wird dahinter sein.«

Wir nahmen unsere Plätze im zweiten Rang der Galerie ein, der Sieur und Avila vorne, dicht an der Empore, sodass wir jeden anderen auf der Galerie und fast alle unten im Saal sehen konnten.

Camarl saß auf der anderen Seite neben Temar und beugte sich vor, damit auch ich hören konnte, was er sagte. »Der Kaiser sitzt hinter einem Schirm, damit niemand seine Reaktionen sehen kann, niemand versuchen kann, seinen Blick auf sich zu lenken oder etwas zu tun, was ihn beeinflussen oder ablenken könnte.«

»Aber er kann uns sehen?« Temar sah nachdenklich auf das schwarz lackierte hölzerne Gitterwerk.

»Und was noch wichtiger ist, all die anderen auch. Also sieh entspannt und unbekümmert aus, egal, was da unten gesagt wird«, riet Camarl und nickte grüßend nach allen Seiten, als sich die Galerie allmählich füllte. Es gab keine offiziellen Unterteilungen, doch die Leute bildeten trotzdem enge Grüppchen mit gegenseitigen Interessen.

»Den Thasnet«, murmelte ich und verbarg meine Hand hinter Avilas Schulter, um dorthin zu deuten. »Tor Alder.«

»Dirindal dachte, ich könnte in diesem Haus vielleicht Freunde finden«, sagte Temar ein wenig betrübt.

Der Sieur drehte sich halb in seinem Sitz um. »Es ist einfach genug, Freunde zu sein, ehe die Kuh in den Garten gelangt. Sie glauben, Ihr seid hier, um sie von Haus und Hof zu vertreiben.« Er sah Camarl an. »Passt auf, welcher Anwalt in welcher Angelegenheit spricht, und dann lassen wir Dolsan jeden Fall nachschlagen, in den sie je verwickelt waren. Vielleicht finden wir einen Hinweis, wer hinter dem Ganzen hier steckt.« Er warf einen Blick auf die hinterste Galerie und winkte jemandem zu. »Wie ich sehe, haben wir einen guten Anteil an den betuchteren einfachen Leuten.«

Die Männer des Handels und des Handwerks waren leicht zu erkennen. Ihre Kleider waren modisch geschnitten und aus Tuch, das dem eines Adligen in nichts nachstand. In der Sonne funkelte reichlich Silber und Gold, aber keiner von ihnen trug irgendein Schmuckstück, das mit Juwelen besetzt war. Das Gesetz Perinals des Kühnen war vielleicht archaisch und blieb oft unbeachtet, aber niemand wollte einen Verstoß dagegen im Herzen der kaiserlichen Justiz riskieren.

Unten standen die Anwälte in einem lockeren Kreis hinter der Reihe von Pulten. Ihre grauen Roben unterschieden sich durch goldene Knoten auf den Schultern und geflochtene Bänder in verschiedenen Farben an den hohen Stehkragen. Mistal hatte mehr als einmal versucht, mir ihre Bedeutung zu erklären, aber ich hatte nie richtig zugehört.

Temar beugte sich vor. »Ich sehe bei keinem da unten ein Wappen.«

»Das gehörte zu den Reformen von Tadriol dem Soliden.« Camarl lehnte sich anscheinend völlig gelassen zurück. »Kein Haus darf einen Anwalt dauerhaft beschäftigen. Wir fördern Schreiber, bilden sie in unseren Archiven aus, aber sobald sie anfangen, bei Gericht aufzutreten, sind sie ihre eigenen Herren.«

»Ein berechtigter Einspruch wegen Voreingenommenheit kann ein Urteil aufheben«, erklärte ich Temar.

»Was Den Thasnet mehr als einmal passiert ist«, murmelte Camarl. »Daher wird es interessant sein zu sehen, wer drüben vor dem Grundsteuergericht ihr Sprachrohr ist.« Er lächelte herzlich ein hübsches Mädchen an, das das Fallgitter von Den Murivance in Edelsteinen auf dem silbernen Griff ihres weißen Federfächers trug. »Bist du schon Gelaia vorgestellt worden, Temar?«

»Nein.« Temar blickte kurz verwirrt, winkte dem Mädchen aber höflich zu. Die Geste erregte leises Interesse auf der anderen Seite des Gerichtes, unter einer ansehnlichen Anzahl von Den-Rannion-Junkern. Ich suchte nach einer Ähnlichkeit mit Temars lang verstorbenem Freund Vahil, den ich deutlich im Gedächtnis hatte, fand aber keine.

Temar rutschte auf dem harten hölzernen Sitz hin und her und erwiderte die feindlichen Blicke, die ihm zugeworfen wurden, mit gleicher Münze. »Ich finde, wir könnten es mit ihnen aufnehmen, wir drei, meint Ihr nicht?« Er sprach nur halb im Scherz.

»Wir machen uns heutzutage nicht mehr die Hände schmutzig, indem wir untereinander kämpfen«, erwiderte Camarl scherzhaft tadelnd. »Dafür gibt es schließlich Gerichte.«

»Wer immer damit angefangen hat, wird bald feststellen, dass er eine Schlacht angezettelt hat«, bemerkte der Sieur. Er scherzte nicht.

Eine Glocke hinter dem kaiserlichen Paravent mahnte scharf zur Ordnung. Wir standen alle auf und warteten schweigend, während unsichtbare Füße über die Empore schritten und Stühle zurechtgerückt wurden.

»Das ist aber nicht der Kaiser allein«, wisperte Temar.

»Er hat immer Justiziare von den unteren Gerichtshöfen dabei, die ihn beraten«, erklärte ich. »Fachleute für Eigentum, Erbschaften, was auch immer an Fällen ansteht.«

Ein Justiziar, dessen kupferroter Schopf sich scheußlich mit seiner schwarzbebänderten, scharlachroten Robe biss, trat forsch durch eine Tür am einen Ende des Wandschirms. Sofort nahmen die Anwälte ihre Plätze an den Pulten ein. Hinter ihnen saßen auf einfachen Bänken ohne Lehnen wachsam ihre Schreiber.

»Im Namen von Kaiser Tadriol, Fünfter dieses Namens und genannt der Fürsorgliche, bitte ich Raeponin um seinen Segen für alle, die mich hören. Seid gewarnt, dass die Waage des Gottes die Rechtmäßigkeit all dessen abwägt, was vor diesem Gericht gesagt wird. Jeder, der aus freien Stücken spricht, möge es tun, und die Wahrheit möge sein Zeuge sein. Wer etwas verschweigt, wird gezwungen zu enthüllen, was er zu verbergen trachtet. Wer lügt, den wird das Missfallen des Gottes treffen. Wer der Falschaussage überführt wird, wird bei Sonnenuntergang ausgepeitscht und nackt vor die Stadtmauern geworfen.« Er rasselte die Worte herunter, die wir alle schon unzählige Male gehört hatten, doch sein Gesicht war unversöhnlich streng, als er der Reihe nach jeden Anwalt anblickte.

Ich sah, wie Avila sich kerzengerade aufrichtete und Temar auf seinem Stuhl herumrutschte. Camarl legte ihm beschwichtigend eine Hand auf den Arm.

Der rothaarige Mann nickte dem ersten Anwalt zu. »Ihr dürft beginnen.« Die anderen setzen sich mit ihren jeweiligen Schreibern an die Tische, und der Justiziar verschwand unter uns.

»Möge Raeponin mich an meinen Eid binden.« Der hakennasige Anwalt holte tief Luft. »Ich bin hier als Vertreter von Den Rannion. Das Haus erklärt, ein altes Interesse an dem Land Kellarin zu besitzen, und zwar durch die Investition von Gütern, Geld und Menschen, die Sieur Ancel Den Rannion in den Tagen Nemiths des Letzten vorgenommen hat, auch wenn es ihn selbst das Leben gekostet hat. Sein Sohn, Sieur Vahil Den Rannion, hat auf diesen Anspruch nicht verzichtet. Noch auf seinem Totenbett ließ er seine Söhne schwören, daran festzuhalten. Wir haben Berichte und Akten, um unsere Behauptung zu untermauern, und bitten dieses unbekannte Land entsprechend aufzuteilen, unter voller Beachtung dieser alten Rechte.«

Er wandte sich mit einem Lächeln dem nächsten Anwalt zu, der an sein Pult trat und mit einer Hand seinen kurz gestutzten Bart glatt strich. »Möge Raeponin mich an meinen Eid binden. Ich spreche für Tor Priminale im Namen Den Fellaemions, der heute mit zu diesem Haus gehört. Messire Haffrein Den Fellaemion hat als erster Kellarin entdeckt, auf Reisen, die von Nemith dem Seefahrer unterstützt wurden. Er hat die Gründung der Kolonie angeregt, war ihr Leiter und Führer und starb schließlich bei ihrer Verteidigung. Das Haus Tor Priminale bittet um Erlaubnis, seine Rechte zu beanspruchen und die Arbeit eines so bedeutenden Vorfahren fortzuführen durch die Öffnung dieses neuen Landes und die bestmögliche Nutzung seiner Ressourcen, in offener Zusammenarbeit mit Den Rannion und anderen interessierten Häusern.«

Der Sieur und Camarl tauschten einen Blick milden Interesses bei der Enthüllung, dass Den Rannion und Tor Priminale so bereitwillig generationenlange Feindschaft beigelegt hatten.

Der nächste Anwalt war schon auf den Beinen, noch ehe der Mann für Tor Priminale sein letztes Wort gesprochen hatte. »Möge Raeponin mich an meinen Eid binden.« Er glättete nervös seine Robe. »Ich spreche für Den Muret, aufgrund der großen Zahl von Lehnsleuten, die zur Kolonie Kellarin reisten. Ihre Arbeit und die Rechte, die Den Muret daraus entstehen, sollten berücksichtigt werden.«

Er setzte sich so rasch wieder, dass er den nächsten Anwalt überrumpelte. Ich versuchte, aus dem Augenwinkel heraus Camarls Gesicht zu sehen, doch Temar war mir im Weg. Jedermann saß reglos, alle Aufmerksamkeit richtete sich auf das Gericht, die Galerie war so still wie ein Schrein um Mitternacht. Ich betrachtete Den Murets Mann, und mir fiel ein, dass Mistal gesagt hatte, sie würden erst einen Antrag vorbringen, wenn Tor Priminale erfolgreich gewesen wäre. Jetzt hatte Den Domesin einen Mann ins Rennen geschickt, der alte Investitionen ins Feld führte, um einen Anspruch auf Kellarin zu begründen.

Temar rutschte wieder auf seinem Stuhl herum, seine Empörung war offenkundig. Als ich zur Seite schaute, sah ich die Demoiselle Den Murivance, die ihn mit prüfenden haselnussbraunen Augen über den Rand ihres Fächers hin musterte, hinter dem sie ihrem Begleiter etwas zuwisperte.

»Möge Raeponin mich an meinen Eid binden.« Unten sprach jetzt ein hochgewachsener Anwalt, dessen Haar und Gesicht ebenso grau waren wie seine Robe, forsch zu dem teilnahmslosen Wandschirm. »Ich beantrage für Tor Alder, dass ihre alten Rechte über ererbten Besitz Beachtung finden. Jene Besitztümer wurden dem Haus als Erbe durch den letzten Sieur D'Alsennin übertragen, in der durchaus vernünftigen Erwartung, dass der letzte Junker dieses Namens noch zu Lebzeiten seines überlebenden Elternteils zurückkehren würde. Da dies nicht der Fall war, müssen wir darauf bestehen, dass die Sorgfalt, die diesen Ländereien in den inzwischen vergangenen Generationen angediehen lassen wurde, die Ansprüche überwiegt, die ein Angehöriger eines ausgelöschten Namens stellen mag.«

Sie wollten also nicht erst argumentieren, dass D'Alsennin ein totes Haus war, sie wollten das Gericht gleich dazu bringen, das als Tatsache anzuerkennen. Ich sah, dass Temar seine Hände so fest verschränkt hatte, dass die langen Finger ganz weiß waren.

»Möge Raeponin mich an meinen Eid binden.« Ein stämmiger Anwalt mit einer ungesund roten Gesichtsfarbe trat nach vorn und lehnte sich an sein Pult in der Haltung eines Mannes, der sich auf einen längeren Aufenthalt vorbereitet. »Ich bin hier als Freund des Gerichts.« Selbst Messire konnte nicht verhindern, dass er zusammenzuckte, und durch die Galerie lief ein erstauntes Zischeln.

»Was soll das heißen?«, fragte Temar drängend.

»Das heißt, wir wissen nicht, wer dahinter steckt«, antwortete ich leise. Camarl beugte sich vor, sein Gesicht eine Maske, um seinen Ärger zu verbergen.

»Ich bin hier als Freund des Gerichts«, wiederholte der Anwalt, als der Lärm sich zu erwartungsvollem Schweigen legte. »Ich bin hier, um zu argumentieren, dass das Haus D'Olbriot mit bedauerlich schlechtem Urteilsvermögen gehandelt hat, das einem solch alten und bedeutenden Namen schlecht zu Gesicht steht. Als die Gelehrten des Hauses erkannten, dass die fabelhafte Kolonie Nemiths des Letzten eine Realität und nicht nur einen Mythos darstellt, beteiligte sich der Name nicht an den Möglichkeiten, die sich auftaten. D'Olbriot wollte alles für sich behalten, zu seinem alleinigen Vorteil und seiner Bereicherung. Anstatt Hilfe bei den anderen Häusern des Reiches bei der Überquerung des Ozeans zu suchen, wandte sich D'Olbriot an die Zauberer von Hadrumal. Des Weiteren hat D'Olbriot sie zu den Beratungen des Hauses eingeladen, beherbergt einen sogar in seinem Hause.« Der Anwalt machte eine Pause. »Gerüchten zufolge wird sogar über eine Hochzeit mit einem Zauberer nachgedacht, von jemandem innerhalb der Mauern D'Olbriots, wenn auch wenigstens nicht von D'Olbriots Namen.

Aber wir wollen nicht von Gerüchten reden«, fuhr er glattzüngig fort, nachdem er lange genug innegehalten hatte, damit jeder Gelegenheit hatte, Temar anzusehen, der offensichtlich vor Wut kochte. »Dieses Gericht befasst sich nur mit Tatsachen. Es ist eine Tatsache, dass jetzt, wo die Überreste der Kellarin-Kolonie wieder entdeckt wurden, D'Olbriot weiter die einzige Verbindung über den Ozean ist. Welche Information so entscheidend wichtig ist, um eine solche Reise zu unternehmen – D'Olbriots Lippen bleiben versiegelt. Genauso wie der Einzige, der Ansprüche auf die Rechte der D'Alsennin erhebt, hinter den Türen D'Olbriots verborgen bleibt.

D'Olbriot hat diesen jungen Mann zum Führer der Kolonie ernannt. Aber was tut dieser Führer? Spricht er für sein Volk? Verhandelt er über Handelsvereinbarungen, lädt er Kaufleute und Handwerker ein, mit ihren Fertigkeiten in diesem wilden Land eine Zivilisation aufzubauen? Nein, D'Olbriots Wort in all solchen Angelegenheiten ist endgültig. Solche Dinge sind ganz und gar ein Monopol D'Olbriots wie auch der ganze Reichtum, der daraus erwachsen wird.«

Der Anwalt wandte der Empore kurz den Rücken zu, um einen Blick auf die hinterste Galerie zu werfen, wo die Kaufleute voll Interesse zuhörten.

»Selbst wenn Kellarin nur über ein Fünftel der Reichtümer von früher verfügt, ist es auf jeden Fall ein reiches Land. Wir wissen nicht einmal genau, wie groß es ist, welche Rohstoffe man dort finden könnte. Es verwundert nicht, dass das Haus D'Olbriot das alles für sich haben will. Doch der ganze Reichtum von Kellarin verblasst zur Unbedeutsamkeit wenn wir andere Vorteile berücksichtigen, die sich für D'Olbriot in Folge seiner ausschließlichen Verbindung mit D'Alsennin ergeben können. Wir alle haben die Gerüchte gehört, dass uralte Zauber diese verlorenen Kolonisten behütet und geheimnisvolle Magie sie am Leben hält?« Er lachte skeptisch auf. »Nun, vieles davon mag reines Seemannsgarn sein, doch niemand kann die Gegenwart des jungen Junkers D'Alsennin hier und heute leugnen.« Dieses Mal drehte er sich um und sah Temar voll ins Gesicht, und jedermann im Gericht und auf der Galerie tat das Gleiche. Etwa die Hälfte wirkte neidisch, während die Übrigen leicht abgestoßen wirkten.

»Junker D'Alsennin«, wiederholte der Anwalt,

»der niedergestochen, verprügelt und für tot im Straßenschmutz liegen gelassen wurde. Nicht einmal zwei Tage später sitzt er vor uns, gesund und munter. Gedenkt das Haus D'Olbriot, die esoterischen Künste zu teilen, die so etwas möglich machen? Bleibt uns nun der Tod unserer Liebsten im Kindbett erspart, werden unsere Söhne und Töchter vor tödlichen Pestilenzen bewahrt? Derartige Magie hat angeblich das Alte Reich behütet und noch andere Wunder bewirkt. Kann man wirklich in einem Augenblick Nachrichten über Hunderte von Meilen schicken? Gedenkt D'Olbriot, andere an solchem Wissen teilhaben zu lassen, oder will er die Vorteile für sich allein nutzen, während wir Übrigen uns mit dem kaiserlichen Depeschendienst begnügen müssen?« Der Anwalt machte eine entschuldigende Miene. »Wobei ich nicht im Geringsten diese hervorragenden Kuriere beleidigen will, aber es ist eine unleugbare Tatsache, dass ein Pferd eben nur eine gewisse Strecke am Tag schaffen kann.«

Er fuhr flott auf dem Absatz herum und marschierte vor dem Paravent auf und ab. »Dass ein mächtiges Haus den Versuchungen von Selbstsucht und Gier erliegen mag, ist verständlich, wenn auch bedauerlich. Aber solche niederen Gefühle dürfen nicht unbeantwortet bleiben, sonst bringen sie die Übereinkunft der gegenseitigen Achtung, die das Reich zusammenhält, aus dem Gleichgewicht. Deswegen sind wir heute alle hier versammelt. Meine geschätzten Kollegen vertreten die grundlegenden Ansprüche jener anderen Namen mit legitimen Interessen an Kellarin. Ich spreche zur Verteidigung der allgemeinen Gerechtigkeit und gegen den Missbrauch von adligen Privilegien. Wie immer obliegt es dem Kaiser, das Gleichgewicht wiederherzustellen.«

Er verbeugte sich zuerst vor dem gesichtslosen Wandschirm, dann drehte sich der Anwalt um und ging zurück zu dem Tisch, an dem seine Schreiber saßen. Ich sah ein angemessen bescheidenes Lächeln, als er zur Galerie hochsah, aufrichtige warme braune Augen forderten jeden auf, seiner völlig unparteiischen Ansprache zuzustimmen.

Messires Anwalt, Meister Burquest, ging zu seinem eigenen Pult und strich sich die graue Seide seiner Robe über seinem schlichten blauen Mantel zurecht. Er sah zur Mitte des Wandschirms hoch. »Möge Raeponin mich an meinen Eid binden.« Er sprach schlicht, als ob er direkt mit dem Kaiser redete. »Ich bin hier für D'Olbriot. Ich werde zeigen, dass das Interesse des Hauses an Kellarin eine unvorhersehbare Folge der Bemühungen einiger auf den Namen eingeschworener Männer war, die Ursachen für Raub und Überfall auf einen Sohn dieses Hauses aufzudecken. Sicherlich wird niemand D'Olbriot das Recht streitig machen, seine Leute zu beschützen? Ich behaupte, dass es kaum sinnvoll ist, darüber zu klagen, dass der freie Fluss der Wirtschaft behindert wird, wenn der Handel mit Kellarin ohnehin noch kaum mehr als ein Rinnsal ist. Ein kurzer Blick in die Bücher des Hauses beweist das.« Er machte eine wegwerfende Handbewegung, ehe Stimme und Miene ernst wurden, immer noch auf den unsichtbaren Kaiser gerichtet.

»Ich werde zeigen, dass aus schierer Notwendigkeit Zauberkraft benutzt wurde, um den Ozean zu überqueren. Sicher wird niemand vorschlagen, die Gefahren des offenen Meeres ohne Not einzugehen, wenn sie sich doch leicht mindern lassen? Das wäre ja wohl kaum vernünftig – oder soll ich sagen rational?« Jetzt hing jeder auf der Galerie an Burquests Lippen, ein Lächeln hier, ein beifälliges Nicken dort für seine trockene, gemächliche Ausführung.

»Genauso vernünftig ist es für Junker D'Alsennin«, Burquest hob einen Finger, »da es derzeit keinen Sieur jenes Namens gibt, genauso vernünftig ist es also, sich um Rat und Hilfe an den Sieur des Hauses zu wenden, das so viel aufs Spiel gesetzt hat – sowohl an Geld als auch an Ruf –, um denen zu helfen, die jenseits des Ozeans noch verloren sind. Wenn Den Domesin und Tor Priminale an jenen ursprünglichen Expeditionen teilgenommen hätten statt sie als Torheit D'Olbriots abzutun, dann hätten diese Häuser sich vielleicht auch mit ihren fernen Vettern bekannt machen können. Junker Albarn und Demoiselle Guinalle wären bestimmt für ihre Hilfe und ihren Rat dankbar gewesen. Doch das werden wir nie wissen, denn sie wurden von den vorgenannten Namen vollkommen ignoriert. Tor Arrial, andererseits, hat uns allen einen besseren Weg gezeigt, die lang verschollene Tochter willkommen geheißen und die Zusammenarbeit mit D'Olbriot aufgenommen, um die Kolonisten in Kellarin bei ihren zukünftigen Unternehmungen zu unterstützen.«

Burquest blickte Avila nicht an, was wahrscheinlich auch gut so war, denn ich konnte selbst von meinem Platz aus sehen, wie ihr Nacken rosa anlief. Also hatte der Sieur Tor Arrial auf seiner Seite, das waren gute Neuigkeiten. Aber selbst mit einem Hundertstel Anteil am Kellarin-Handel würde es lange dauern, um dem Namen seinen früheren Status zurückzugeben. So geschwächt wie er zurzeit war, hatte Tor Arrial nichts zu verlieren.

Burquest stützte die Ellbogen auf das Pult. »Selbstverständlich kann jede Handlung und jeder Umstand gut oder schlecht aussehen, je nach Blickwinkel. Deswegen vertrauen wir ja diesem Gericht alle Argumente an, damit es sich einen umfassenden Überblick verschafft und urteilen kann ohne Angst oder Begünstigung.« Er lächelte dem Gitter des Paravents herzlich zu, drehte sich um und ging gelassen zurück zu seinem Tisch.

Hinter dem Wandschirm begann geschäftiges Hin und Her, und eine kleine Glocke erklang. Auf dieses Signal hin wurden alle Schreiber plötzlich tätig, einige kritzelten eifrig, andere blätterten in Akten und Notizen. Ein Summen lief durch den Saal, überall wurden mit erwartungsvollen Stimmen leise Vermutungen geäußert.

»Und das war alles?« Temar sah mich verblüfft an. »Was jetzt?«

»Jeder Anwalt stellt seinen Fall detailliert dar, Punkt für Punkt und führt dabei Beweismittel an.« Ich deutete auf die Kisten mit Dokumenten und die Stapel mit Büchern, die sich auf jedem Tisch auftürmten. Burquest saß gelassen da, plauderte, hatte ein Lächeln für seine Schreiber und fächelte sich müßig mit einem Pergament Luft zu. Den Domesins Anwalt hingegen konzentrierte sich verzweifelt auf ein dicht beschriebenes Blatt Papier, und der Mann von Den Muret sah entschieden unwohl aus. Jeder hatte eine sehr viel kleinere Mannschaft von Gehilfen, von denen einige kaum alt genug wirkten, um sich rasieren zu müssen.

»Wann bekommt D'Olbriots Mann die Gelegenheit zu antworten?«, fragte Temar.

»Jedes Mal, wenn der Kaiser meint, der fragliche Punkt wäre dargestellt und daraufhin die andere

Seite hören will.« Ich nickte zu dem Paravent. »Du wirst die Glocke schon hören.«

»Wozu ist das alles gut?«, zischte Avila gereizt. »Ihr Leute formuliert die Worte, die eure Gerechtigkeit sicherstellen sollen, und trotzdem könnt ihr ohne weiteres lügen und betrügen.«

Der Sieur, ich und Camarl sahen sie verwirrt an.

»Verzeiht mir, aber das verstehe ich nicht«, entschuldigte sich Camarl für uns alle.

Avila drehte sich mit harter Miene zu ihm um. »Die Anrufung Raeponins, was bedeutet sie für euch?«

Camarl zog verständnislos die Brauen hoch. »Sie soll alle daran erinnern, die Wahrheit zu sagen.«

»Jeder, der der Falschaussage überführt wird, bekommt seine Strafe«, beruhigte Messire sie.

»Diese Worte beschworen den Schutz der Zauberkunst vor jeder Falschaussage herauf!« Avila holte tief Luft und zwang sich, ruhiger zu sprechen. »Der Zauber sollte es für jeden unmöglich machen, in diesem Gerichtssaal zu lügen.«

»So war es jedenfalls zu unseren Tagen«, bestätigte Temar grimmig.

»Was passierte, wenn jemand log?«, fragte Camarl stirnrunzelnd. Ich wusste, was er dachte, wir alle hatten die Schauermärchen von dem Fuchs gehört, der Talagrin darüber angelogen hatte, wer die Eier des Regenpfeifers gefressen hatte. Seine Zunge hatte sich eingerollt und war verschrumpelt, aber ich konnte keinen Vorteil für D'Olbriot erkennen, falls das einem der Anwälte passierte. Die Verbindungen des Hauses zur Magie wurden eindeutig gegen uns ins Feld geführt, und jede offene Vorstellung würde den Sieur nur weiter verdammen.

»Tut mir den Gefallen und hört wenigstens zu«,

fauchte Avila. »Niemand kann lügen. Falls sie einen Meineid versuchen, können sie einfach nicht sprechen. Schweigen ist der Beweis für böse Absicht.«

Ich tauschte einen verwirrten Blick mit Camarl und dem Sieur. »Könntet Ihr das so bewirken, hier und jetzt, wenn Ihr den Ritus wiederholtet?«, fragte ich Avila.

Sie schüttelte ärgerlich den Kopf. »Nicht ohne dass jeder einzelne Anwalt mit seiner Antwort Zauberkunst beschwört und seinen Eid wiederholt, ihn zu binden.«

»Also war ihr Eid einst auch ein Zauber?«, fragte Camarl.

»Alle Eide waren das«, sagte Avila kalt. »Zauberkunst band alle, die daran beteiligt waren.«

»So vieles hat sich seit dem Chaos verändert.« Messire sah mich mit einem leisen Lächeln an. »Das ist sehr interessant, aber wir müssen uns eben auf Beredsamkeit und gute Argumente verlassen, nicht wahr?«

Avial warf ihm einen strengen Blick aus zusammengekniffenen Augen zu. »Ein weiterer Verlust, den Euer Zeitalter erlitten hat, Guliel.«

Während sie sprach, hörte ich von draußen ein leises Glockenspiel. Der Sieur nickte mir zu, und ich erhob mich. »Jetzt weißt du, welche Häuser hier zum Kampf angetreten sind, sieh, ob sie auch Strauchdiebe zur Schwertschule geschickt haben«, befahl er.

Temar wollte ebenfalls aufstehen, doch Camarl legte ihm eine Hand schwer auf die Schulter. Ich nickte ihnen zum Abschied zu. »Dein Kampf findet hier statt, Temar«, sagte ich leichthin. »Wenn Camarl lächelt, versuche belustigt zu wirken, und wenn der Sieur sich mitleidig umdreht, dann kannst du gekränkt dreinblicken. Aber wirke weder zornig noch triumphierend oder selbstgefällig. Ich werde herauskriegen, wer diese Herausforderung aufgestellt hat, wenn Raeponin überhaupt Gerechtigkeit walten lässt, und heute Abend halten wir Kriegsrat.«

Avila wandte sich entrüstet um. »Ich wäre dir dankbar, wenn du den Namen des Gottes nicht so leichtfertig im Munde führen würdest, Ryshad.«

Sie hätte noch mehr gesagt, doch der Sieur stand auf und brachte damit neues Getuschel auf der Galerie in Gang. »Verteidige die Ehre unseres Hauses.« Er nahm meine Hände in die seinen und sah mir tief in die Augen. »Und pass auf dich auf, Ryshad.«

Ich bahnte mir einen Weg aus dem Gerichtssaal, umringt von neugierigen Gesichtern, und hatte das Gefühl, einen unsichtbaren Anwalt neben mir zu haben, der mir lautlos Fragen stellte. Sicher wollte der Sieur mein Wohlergehen um meinetwillen, nicht nur, weil meine Niederlage dem Hause schaden würde? Aber hatte Messire nicht das Recht, beides zu wollen? Hatte er mich Planir und den Zauberern von Hadrumal aus Gleichgültigkeit ausgeliefert oder weil es aus Gründen der Zweckmäßigkeit notwendig war? Waren die Bedenken, mit denen ich kämpfte, gerechtfertigter als die halbgaren Argument von Tor Priminale und Konsorten?

Ich riss den beengenden Kragen meiner Uniform auf, als ich aus dem Gerichtsgebäude trat und mich auf den Weg zur Schwertschule machte. Ich würde mich später um die Antworten kümmern. Jetzt musste ich erst einmal gegen jeden kämpfen, der auftauchte, um meine Tauglichkeit für die Ehre unter Beweis zu stellen, oder mir ein Stück aus meiner wertlosen Haut zu säbeln. Falls nicht mehr hinter dieser Herausforderung steckte, würde ich mich kopfüber hineinstürzen, aber falls mehr dahinter steckte, falls ich Schwertern gegenüberstand, für die ein Edelmann bezahlt hatte, der mit den stellvertretenden Kämpfen vor Gericht unzufrieden war, wollte ich genauso wissen, wer hinter all dem steckte wie Messire.

Der kaiserliche Gerichtshof, Sommersonnwendfest, dritter Tag, später Vormittag

Temar rutschte auf der harten hölzernen Bank hin und her. Er spürte einen beginnenden Krampf im Wadenmuskel und versuchte, in den auf Hochglanz polierten Stiefeln mit den Zehen zu wackeln. Die Glocke hinter dem Wandschirm läutete kurz, und Den Murets Anwalt sprang zu seinem Pult, ein weiteres Pergament in der Hand, dessen Schrift fast völlig verblasst war. Dann öffnete ein Mann in Scharlachrot die Tür zu dem Paravent, der den Kaiser verbarg, und wechselte ein paar kurze Worte mit dem Justiziar, der diese bedeutungslosen Schwüre vom Stapel gelassen hatte. Temar nahm gierig diese erste Ablenkung seit wer weiß wie langer Zeit auf. Die Robe des Mannes war an Saum und Ärmeln schwarz besetzt, und um den Hals lief eine lose Kordel anstelle der Flechten der Anwälte. Wurde aus solcher Kordel keine Schlinge geknüpft? Nein, das konnte nicht stimmen. Temar fragte sich, wieso diese beiden Rot trugen, wenn alle anderen in Grau waren. Was trug der Kaiser wohl?

Den Murets Anwalt räusperte sich nervös und nahm sein rasches Murmeln wieder auf. Temar holte tief Luft, unterdrückte den Impuls sich die Augen zu reiben und verkniff sich ein Gähnen. Selbst in einem so großen Raum wurde es allmählich stickig, als die Sonne draußen sich dem Mittag näherte und alle Türen und Fenster geschlossen blieben. Er versuchte, sein Gesicht zu einer Maske milden Interesses zu verziehen, wie Camarl es tat. Viele Leute auf der dicht besetzten Galerie schauten zu ihm hin, einige lediglich neugierig, andere offen feindselig. Das Mädchen von Den Murivance warf ihm immer wieder Blicke zu und fächelte sich gedankenvoll Luft zu. Schade, dass er nicht neben dem Mädchen saß und von ihrem Fächer profitieren konnte, dachte Temar.

Ein sanfter Rippenstoß riss ihn aus seinen Gedanken. Camarl lächelte mit reuiger Belustigung, der Sieur drehte sich nach ihnen um, seine Züge eine Mischung aus Bedauern und Freude. Temar tat sein Bestes, um ihre Mienen nachzuahmen, und fragte sich, was er verpasst hatte. Er konnte froh sein, wenn er einen von drei Sätzen verstand, so schnell und flüssig, wie die Anwälte sprachen.

Was hatte Den Murets Mann getan, um Camarl und den Sieur zu erfreuen? Leichtes Unbehagen war auf mehr als einem Den-Rannion-Gesicht auf der Galerie offenkundig. Temar sah ihren Anwalt an, doch dessen asketisches Gesicht bestand nur aus undeutbaren knochigen Linien. Er seufzte leise vor sich hin. Er hätte nie gedacht, dass er Vahils Familie vor Gericht gegenüberstehen würde, wo sich all diese Leute um Kel Ar'Ayen zankten wie Hunde um einen fetten Brocken.

Die kleine Glocke ertönte dreimal scharf, und unten im Saal wurden sofort alle lebendig. Schreiber sammelten ihre Dokumente ein, Anwälte steckten die Köpfe zusammen. Temar sah hinunter und entdeckte Meister Burquest, der zur Tür ging und mit jemandem in roter Robe plauderte.

»Was ist los?« Temar sprang hastig auf die Füße, einen Atemzug nach allen anderen.

»Der Kaiser hat eine Pause angeordnet.« Camarl klang irritiert. »Kommt, wir müssen die Treppe freimachen, damit die anderen rauskönnen.«

Temar war verärgert. Für Camarl war ja alles klar,

aber niemand hatte sich die Mühe gemacht, Temar die Regeln dieses Spiels zu erklären.

Da die Zuschauer sich von der Galerie drängten und die Schreiber immer noch an ihren Tischen beschäftigt waren, gab es ein beträchtliches Gedränge. Avila sah blass aus, als sie endlich in die Vorhalle traten, und Temar war bereit, den nächsten Schreiber zu verfluchen, der ihn schubste.

»Hier entlang.« Camarl führte sie durch einen schmalen Flur, der durch spitze Bogenfenster nur unzureichend erhellt wurde. Temar spürte Panik in der Kehle aufsteigen bei der Düsternis, der Enge und dem Lärm, der unverständlich von den gewölbten Decken widerhallte. Sie bogen um eine Ecke, und zu Temars unaussprechlicher Erleichterung öffnete sich am anderen Ende eine Tür in den echten Sonnenschein.

»Ich brauche frische Luft.« Er ging rasch, ohne auf Camarls Wegbeschreibung zu Meister Burquests Zimmer zu achten und rannte fast, als er die Tür erreicht hatte. Er blinzelte in der plötzlichen Helligkeit und stieß einen erleichterten Seufzer aus, lehnte sich gegen die Wand und spürte die Hitze, die die grauen Steine den Morgen über gespeichert hatten, im Rücken.

»Junker D'Alsennin, nicht wahr?«

Temar blinzelte den Neuankömmling an, der sorgfältig die Tür hinter sich schloss. Er merkte, dass sie in einem kleinen Innenhof standen, der versteckt in dem Labyrinth des Palastgebäudes lag. Na, ihm würde keiner mehr ein Messer zwischen die Rippen jagen. Temars Hand wanderte instinktiv nach unten, ehe ihm einfiel, dass er keine Waffe trug.

»Junker D'Alsennin?« Temar merkte, dass der Mann eine Anwaltsrobe trug, jedoch noch ohne

Knoten oder Flechten. »Ich bin Mistal, Ryshads Bruder.«

»Wie soll ich wissen, ob das stimmt?« Temar war auf der Hut vor jedem Anzeichen von Feindseligkeit.

Der Anwalt wirkte verblüfft. »Ryshad wird für mich bürgen.«

»Aber er ist nicht hier«, gab Temar zurück. »Was wollt Ihr?«

Der Mann schob die Hände in die Hosentaschen, sodass sich seine Robe unschön ausbeulte. »Ich habe mich gefragt, ob Ihr Rysh kämpfen sehen wollt. Ich kam um zu fragen, ob Ihr einen Führer braucht.« Vielleicht war der Mann ja Ryshads Bruder. Es bestand eine gewisse Ähnlichkeit um die Augen herum, und er hatte auf jeden Fall dieselbe aufreizende Offenheit.

»Ich würde Ryshad gern anfeuern«, sagte Temar langsam.

Mistal deutete mit dem Kopf auf den großen Glockenturm, der über einem kunstvoll geschwungenen Giebel gerade noch sichtbar war. »Falls Ihr mitkommt, sagt Ihr dem Sieur D'Olbriot am besten jetzt Bescheid.«

Temar zögerte. »Ich bin wohl kaum für etwas anderes als diese Scharade hier angezogen.«

»Ich tausche das hier gegen ein Wams.« Mistal grinste und strich sich über seine Robe. »Ich kann Euch etwas leihen. Kommt Ihr jetzt oder nicht?«

»Der Sieur wird bei Meister Burquest sein.« Temar öffnete die Tür und fragte sich, wo das wohl sein mochte.

»Hier entlang.« Mistal schlüpfte leicht belustigt an ihm vorbei.

Die Tür zum Zimmer des Anwaltes stand offen. Der Anwalt hing gerade seine Robe sorgfältig über eine Stuhllehne, während Avila auf einem Sofa saß und an einem Glas mit strohgelbem Wein nippte, wodurch ihre Blässe schwand. Ein Bursche in Hemd und Hosen reichte Camarl und dem Sieur volle Gläser.

»Also hält sich Premeller jetzt für einen Freund des Gerichtes«, überlegte Meister Burquest. »Ansonsten ist er niemandes Freund, und vor allem kann er es sich auch nicht leisten, das aus reiner Liebe zur Gerechtigkeit zu tun. Irgendjemand bezahlt ihn, und wir täten gut daran herauszufinden, wer.«

»Wie werdet Ihr den Anschuldigungen bezüglich der Zauberkunst begegnen?«, fragte Messire D'Olbriot.

»Um offen zu sein, hatte ich gehofft, das ganze Thema umgehen zu können.« Burquest sah nachdenklich drein. »Premeller hat wenig zu verlieren, deswegen hat er es zur Sprache gebracht. Jede Erklärung birgt die Gefahr, nach einer Entschuldigung zu klingen, und was immer wir preisgeben wird dafür sorgen, dass die Fantasie der Leute Kapriolen schlägt. Die Leute werden entweder fürchten, dass Ihr die Finger auf gewaltigen Kräften habt, die den schlimmsten des Chaos gleichkommen oder dass wir heimliche Mittel verbergen, um D'Olbriot bei allen Verhandlungen die Oberhand zu verschaffen.«

Avila schnaubte verächtlich in ihr Glas, als alle sich zu Temar umwandten.

»Das Urteil des Kaisers ist innerhalb des Gerichts das Entscheidende«, fuhr Burquest fort und lächelte Temar zu. »Aber wir müssen auch das Urteil der Menschen berücksichtigen. Die Adligen und die Kaufleute werden auf jedes Wort lauschen, und sie sind es, mit denen Ihr Tag für Tag außerhalb des Gerichtes zu tun habt.«

»Etwas zu trinken, Temar?« Camarl hielt eine Kristallkaraffe hoch. »Der Kaiser möchte eine Pause, um eine Mahlzeit einzunehmen, daher bringen Meister Burquests Schreiber auch uns etwas zu essen.«

»Ein halbes Glas, danke.« Temar füllte es bis zum Rand mit Wasser auf. »Wie es scheint, ist das hier Ryshads Bruder.« Er wandte sich zu dem jungen Anwalt um, der höflich auf der Schwelle wartete.

»Ich erinnere mich, dass Ihr ihn zum Äquinoktium eingeladen hattet.« Der Sieur streckte seine Hand aus. »Mistran? Nein, Mistal, verzeiht.«

Mistal beugte sich über den Siegelring des Sieurs. »Es ist mir eine Ehre, Messire.«

»Mistal will zusehen, wie Ryshad seinen Herausforderern in der Schwertschule begegnet«, sagte Temar. »Ich würde auch gern gehen, wenn es erlaubt ist.« Er tat sein Bestes um den Tonfall zu imitieren, den sein Großvater immer benutzte, um von vornherein jeden Widerspruch zu ersticken.

Camarl sah aus, als wolle er es verbieten, schwieg jedoch, als der Sieur nachdenklich die Lippen schürzte. »Burquest, bringt jemand tatsächlich eine Anklage gegen D'Alsennin vor?«

»Nein.« Der Anwalt schüttelte den Kopf. »Niemand will dadurch dem Namen auch nur den Anschein der Rechtmäßigkeit geben.« Burquest kicherte. »Vielleicht sollten wir selbst eine Anklage in dem Namen vorbringen, nur um das Terrain zu sondieren.« Er nickte Mistal zu, der noch immer in stiller Bescheidenheit wartete. »Du erwirbst dir allmählich den Ruf, einen scharfen Verstand zu haben, Tathel. Setz mir bis morgen Abend eine skizzenhafte Streitschrift für D'Alsennins Recht, als Sieur dieses Namens anerkannt zu werden, auf. Wollen doch mal sehen, ob wir nicht etwas vor das Prärogativgericht bringen können, ehe die Festtage vorbei sind.«

»Sehr wohl, Meister Anwalt.« Mistal verbeugte sich tief, doch Temar sah zuvor Jubel und Befürchtung über sein Gesicht huschen.

»Es wäre vielleicht ganz gut, wenn D'Alsennin sich auch einmal unbegleitet zeigt, Guliel«, fuhr Burquest gedankenvoll fort. »Zeigt, dass er sein eigener Herr ist, was wir schließlich beweisen müssen. Ich glaube nicht, dass er inmitten von Männern, die auf Euch eingeschworen sind, zu Schaden kommt.«

»Ich möchte gern Ryshad unterstützen«, sagte Temar heftiger als höflich war.

»Ein guter und würdiger Vorsatz, mein Junge«, lächelte Burquest. »Aber es besteht kein Grund, dass Eure Handlungen nicht mehr als einem Zweck dienen könnten.«

Avila setzte ihr Glas ab. »Heißt das, man kann mir auch einen Nachmittag mit Eurer Beredtsamkeit ersparen?«

Burquest sah den Sieur an, der die Achseln zuckte. »Wenn sie nicht mehr dabei ist, würden sich alle den Kopf darüber zerbrechen.«

»Wenn Ihr weiter so redet, als wäre sie nicht einmal anwesend, könnte sie auch genauso gut ganz verschwinden«, fuhr Avila auf.

Messire D'Olbriot hatte den Anstand, beschämt zu wirken. »Ich bitte um Verzeihung. Soll ich die Kutsche rufen lassen?«

»Ich danke Euch.« Avila stand auf. »Nein, fahrt fort, Euren Feldzug mit Eurem Marshall hier zu planen.« Ihr Ton war sardonisch. »Diese jungen Männer hier können mich begleiten.«

Temar leerte hastig sein Glas, als Burquest den Burschen mit einer Nachricht an den Kutscher fortschickte, der bei den Ställen wartete. Die Halbschleppe von Avilas Kleid raschelte über die ausgetretenen Steinfliesen, als Temar ihr neben Mistal aus dem Zimmer folgte.

Avila drehte sich um, ihre Augen waren eisig. »Wenn ich wollte, dass mir Pagen wie Schatten folgten, würde ich ein Paar finden, das weit besser ausgebildet ist als ihr.« Sie musterte Mistal durchdringend. »Pass auf D'Alsennin auf, sonst bekommst du es mit mir zu tun.« Sie wandte den Kopf und erwischte Temar dabei, wie er grinste. »Und du brauchst gar nicht so selbstzufrieden auszusehen, ich hätte heute Nachmittag gut deine Hilfe bei dieser Truhe brauchen können. Aber wir schulden Ryshad gleichfalls Unterstützung. Halt die Augen auf. Wenn ich meine Zauberkunst brauche, um Guinalle wegen dieser Artefakte zu erreichen, habe ich keine Energie übrig, um dich wieder zusammenzuflicken.«

Sie kamen auf den Haupthof, auf dem ein großes Gedränge herrschte.

»Wo sind die denn alle hergekommen?«, wunderte sich Temar laut.

»Vom Prärogativgericht, vom Nachlassgericht, vom Grundbesitzgericht, Berufungsgericht.« Mistal deutete mit dem Kopf auf verschiedene Ecken des Hofes. »Die verschiedenen Gerichtssitzungen werden drüben in den nächsten Sälen abgehalten, und dahinter liegt das Bürgschaftsgericht.«

Avila schnaubte. »Was ist mit der Pflicht eines Sieurs, für seine eigenen Leute Recht zu sprechen?«

»Heute ist die Rechtsprechung eine kaiserliche Obliegenheit, Demoiselle«, erklärte Mistal höflich. »Damit die Sieurs frei sind, sich um ihre anderen Verantwortlichkeiten zu kümmern.«

»Ihr scheint alles unnötig kompliziert gemacht zu haben«, fauchte Avila.

Glücklicherweise kam die D'Olbriot-Kutsche mit löblicher Promptheit. Temar sah auf Mistals Gesicht die Erleichterung, die er selbst auch empfand, als der Kutscher die Pferde in raschen Trab fallen ließ.

»Meine Mutter hatte so eine Tante«, bemerkte Mistal mit Gefühl. »Wir waren immer froh, wenn wir sie von hinten sahen.«

Temars Loyalität ließ ihn Avila verteidigen. »Die Demoiselle ist nicht mehr so streng, wenn Ihr sie erst näher kennt.«

»Das ist höchst unwahrscheinlich. Sie steht im Rang etwas über mir.« Mistal grinste. »Kommt, wir wollen diese Maskenballkostüme loswerden. Ich will Ryshads ersten Kampf nicht verpassen.«

»Von meinem Rang scheint Ihr nicht sonderlich beeindruckt zu sein.« Temar folgte Mistal eine schäbige Gasse entlang.

»Ihr seid auch anders.« Mistal ging auf eine hölzerne Treppe zu, die sich waghalsig an ein altmodisches Haus lehnte. »Ihr seid ein Freund von Ryshad. Ein Kaublatt?«

»Nein, danke.« Temar lehnte den angebotenen Beutel ab, als sie die verwitterten Stufen hinaufgingen. »Er hat von mir gesprochen?«

»Oh ja.« Mistal suchte in seiner Tasche nach einem Schlüsselring. »In den höchsten Tönen, was Wunder.«

Temar merkte, wie er vor unerwarteter Freude grinste. Mistal öffnete eine Tür, die offenbar in einen ehemaligen Fensterrahmen eingesetzt worden war. Das Zimmer dahinter war klein und seltsam geschnitten, wo spätere Wände zwischen die Gefache der ursprünglichen Fachwerkkonstruktion eingesetzt worden waren. Mistal hängte seine Robe sorgfältig an einen Haken und zog dann eine Truhe unter dem schmalen Bett mit der oft geflickten Überdecke hervor. »Unsere guten Sachen packen wir am besten außer Sicht. Die Lumpensammler hier in der Gegend würden ihre Eckzähne dafür geben, so viel Seide in die Hände zu bekommen.« Er zog ein Paar hellbrauner Hosen und ein langes braunes Wams heraus und warf sie auf einen zu kleinen Tisch, auf dem stapelweise Bücher lagen, die die freie Fläche noch mehr verkleinerten.

Temar zog sich um, froh den beengenden Mantel los zu sein. Mistal zog eine verblichenes blaues Wams über seine eigenen schlichten Hosen und schloss Temars elegante Kleider und die geborgten Schmuckstücke sicher weg. Dann sah er Temars Siegelring. »Was ist mit dem Ring?«

»Den trage ich immer«, erklärte Temar entschieden. »Jeder, der ihn haben will, soll nur versuchen, ihn mir abzunehmen.«

»Ihr müsst es wissen.« Mistal wirkte leicht verunsichert.

»Wollen wir gehen?« Temar deutete auf die Tür oder das Fenster, was es auch sein mochte.

»Ich habe Hunger.« Mistal versperrte seine Tür ordentlich und führte Temar auf die Straße hinunter. »Könnt Ihr so etwas Gewöhnliches essen wie Würstchen, Junker?«

Temar lachte. »Ich habe im vergangenen Jahr alles gegessen, was die Söldner in Fallen fangen konnten. Würstchen wären ein Festessen.«

»Geräuchert oder gebrüht?« Mistal spie das Blatt, auf dem er gekaut hatte, in den Rinnstein, ehe er die geschäftige Straße überquerte. Eine alte Frau saß unter einem Gestell, auf dem zu Bündeln zusammengeschnürte Würstchen hingen. Sie war so verschrumpelt, als hätte man sie selbst langsam über einem Feuer geräuchert.

»Einfach.« Temar nahm ein dickes Würstchen entgegen, das vor Fett glänzte und biss vorsichtig hinein. Er wurde belohnt mit einem scharfen Geschmack nach Pfeffer, Bohnenkraut und Raute. »Und das nennt Ihr einfach?«

Mistal bezahlte die Frau, ehe er einen kleinen Laib Brot zerbrach. »Man braucht schon ein paar Gewürze, damit die Wurst nicht so langweilig ist.« Er reichte Temar die Hälfte des Brotes. »Schmeckt es Euch?«

Temar nickte mit vollem Mund. Mistals Gesicht erhellte sich, und sie beide aßen hungrig, als sie rasch durch die geschäftige Stadt gingen.

»Das ist besser, als meine Zeit in diesem langweiligen Gerichtssaal zu verschwenden«, sagte Temar von Herzen.

»Genießt Eure Freiheit, solange Ihr könnt«, riet ihm Mistal. »Ihr werdet für die nächsten paar Jahreszeiten noch genug Zeit bei Gericht verbringen, bis diese Klagen abgeschlossen sind.«

»Ich?« Temar runzelte die Stirn. »Messire D'Olbriots Gerichtsverfahren haben doch nichts mit mir zu tun.«

»Dann muss ich etwas missverstanden haben.« Mistal sah Temar scharf an. »Rysh sagte, Ihr wärt nicht dumm.«

»Dann sagt mir, was mir entgangen ist, Meister Advokat«, gab Temar gekränkt zurück.

Mistal wischte sich die fettigen Hände an seinem Wams ab. »Rysh hat mir von Eurer Kolonie erzählt und gesagt, Ihr wärt von Inseln aus dem Norden angegriffen worden?«

»Den Elietimm.« Temar schauderte vor plötzlichem Abscheu. »Sie werden Kel Ar'Ayen zerstören, wenn sie nur den Hauch einer Chance wittern.«

»Aber Ihr habt Zauberer, die sie aufhalten können, oder?«, fragte Mistal. »Feuer und Wasser um sie zu versengen oder zu ertränken? Das hat Ryshad jedenfalls behauptet. Nun, wenn Ihr denkt, diese Inselbewohner seien eine Bedrohung, sie sind jedenfalls nichts verglichen mit den Leuten, die ihre Anwälte da hinten gegen Euch in Gang setzen.« Mistal wedelte in Richtung der Gerichtshöfe. »Das ist eine andere Art von Gefahr, aber sie ist für Eure Kolonie genauso wirklich. Eure kleine Siedlung kann nicht überleben, ohne die Dinge zu erwerben, die Ihr nicht selbst herstellen könnt. Ohne einen Markt für Eure Waren habt Ihr aber kein Geld, um sie zu kaufen. Falls Ihr Euch auf diesem knappen Land ausbreiten wollt, dann braucht Ihr frisches Blut. Aber Ihr müsst darüber bestimmen dürfen, wer kommt und wer sich niederlässt, sonst entstehen überall entlang der Küste miteinander konkurrierende Ortschaften, noch ehe das Jahr um ist. Wenn das passiert, ist ein Angriff der Elietimm das Geringste, was Euch Sorgen bereiten muss.« Mistals rechtliche Belehrung in seiner lässigen Kleidung kam Temar irgendwie ulkig vor, aber die Sache war zu ernst zum Lachen.

»Falls der Kaiser Eure Rechte aufrechterhält, dann muss jedes Haus sie respektieren. Mehr noch, Tormalin wird die Kolonie als Teil seiner selbst betrachten und damit als etwas, das wir alle gegen gierige Lescari oder Dalasorier verteidigen müssen.«

»Der Sieur D'Olbriot unterstützt unsere Rechtsansprüche«, sagte Temar langsam. »Und er hat das Ohr des Kaisers.«

»Zurzeit.« Mistal sah ernst aus. »Dieser Einfluss wird so lange anhalten, wie D'Olbriot ein Name ist, den andere Häuser respektieren können. Falls D'Olbriot in Verruf gerät, wenn diese Anschuldigungen wegen Pflichtverletzung aufrechterhalten werden, dann muss der Kaiser dem Sieur sein Ohr entziehen. Alles andere kann er sich nicht leisten, um seiner eigenen Glaubwürdigkeit willen. Die kaiserliche Autorität ist nur so lange wirksam, wie alle Namen übereinkommen, ihr zu gehorchen.«

»Das begreife ich auch«, sagte Temar scharf. »Ich war dabei, als die Verrücktheiten Nemiths des Letzten sämtliche Häuser im Alten Reich miteinander verfeindeten.«

»Was das Chaos heraufbeschwor«, nickte Mistal, ohne seinen Schritt zu verlangsamen.

»Der Zusammenbruch der Äthermagie war dafür verantwortlich«, widersprach Temar mit wachsender Verärgerung. »Warum will Burquest nicht die Rolle erwähnen, die die Zauberkunst bei der Entdeckung der Kolonie spielte? Wenn man ihm zuhört, könnte man meinen, dass wir lediglich für ein paar Jahre verlegt wurden, anstatt für Generationen durch Zauberei abgeschnitten zu sein.«

»Weil das fast mit Sicherheit dazu führen würde, dass er den Prozess verliert«, entgegnete Mistal. »Niemand würde ihm glauben wollen.«

»Eure Gerichte nehmen die Wahrheit nicht zur Kenntnis?« Temar wurde langsam wirklich ärgerlich.

»Nur allzu oft ist die Wahrheit das, was die Leute daraus machen wollen.« Mistal zuckte die Achseln. »Ihr und Ryshad, der Sieur, selbst Meister Burquest, Ihr alle versteht die ätherischen Aspekte Eurer Geschichte, aber es gibt weder Zeit noch Gelegenheit, Menschen davon zu überzeugen, die mit einer anderen Geschichte aufgewachsen sind. Äthermagie in einer Rechtsangelegenheit ins Spiel zu bringen, kann nur Verwirrung hervorrufen. Schlimmer, Ihr riskiert über den gleichen Kamm geschoren zu werden wie die Zauberer, und niemand, der seine fünf Sinne beisammen hat, traut einem Magier, sobald er außer Sicht ist.

Mistal blieb stehen und deutete nachdrücklich mit dem Zeigefinger auf Temar. »Soweit es die Welt und seine Ehefrau angeht, war die schlechte Regierung Nemiths des Letzten dafür verantwortlich, dass die Namen sich von ihm abwandten, und das wiederum hat das Chaos hervorgerufen. Und das ist etwas, das kein Kaiser je wieder riskieren wird. Selbst die Andeutung einer Entscheidung, die die Einheit des Adels gefährdet, würde reichen, damit das Haus Tadriol den kaiserlichen Thron verliert. Tadriol wird D'Olbriot nicht gegen alle anderen Namen unterstützen, egal wie die Wahrheit auch aussieht. Er kann es sich einfach nicht leisten. Und das steht da in den Gerichtssälen auf dem Spiel, mein Freund. Falls Burquest D'Olbriots Position verteidigen kann, dann kann der Kaiser weiterhin den Rat des Sieurs annehmen und Eure Ansprüche gegen alle anderen Häuser unterstützen, die auch ihren Anteil am Kuchen haben wollen. Wenn nicht, wird Tadriol D'Olbriot fallen lassen wie eine heiße Kartoffel. Wenn das geschieht, wird Kellarin der Preis für das erste Haus sein, das es sich einverleiben kann, und Ihr werdet nichts mehr dabei zu sagen haben. Bis Ihr Euch selbst einen Namen gemacht und ein paar Urteile vor Gericht erstritten habt, die Eure Ansprüche untermauern, lebt oder stirbt das Haus D'Alsennin mit D'Olbriot.«

»Dann soll ich also über D'Olbriots Mauern

schauen?« Temar sah Mistal unsicher an. »Soll ich selbst ein paar Verbindungen knüpfen?«

»Wie denn?«, wollte der Anwalt wissen. »Wie wollt Ihr wissen, wem Ihr trauen könnt? Wie wollt Ihr wissen, ob man Euch gutes Geld oder lescarisches Blei anbietet? Sagt mir, werdet Ihr Verträge nach den gesetzlichen Vorschriften von Toremal oder Relshaz eingehen? Werdet Ihr dieselben Preise ansetzen wie Inglis oder die entsprechenden Entgelte von Zyoutessela annehmen?«

Temar starrte ihn mit offenem Mund an, ehe er zornig erwiderte: »Wenn ich wüsste, was das alles ist, könnte ich auch darüber entscheiden.«

»Aber was, wenn ich ein Kaufmann bin und nur während der Festtage hier und deshalb sofort eine Antwort will?«, entgegnete Mistal. »Wenn Ihr erst herausfinden müsst, worüber ich rede, werde ich wahrscheinlich mein Geld nehmen, um anderweitig Geschäfte abzuschließen über eine sichere Rückkehr, Gewürze von Aldabreshi, Metalle aus Gidesta und Häute aus Dalasor. Was immer Ihr aus Kellarin anzubieten habt, muss etwas Besonderes sein, um jemanden davon zu überzeugen, dass sich das Risiko lohnt, sein Gold jenseits des offenen Meeres einzusetzen.«

»Der Sieur D'Olbriot denkt, dass wir ausgezeichnete Aussichten für den Handel haben«, sagte Temar steif.

Mistal nickte zustimmend. »Wenn sein Name Euch unterstützt, fast mit Gewissheit. Mindestens ein halbes Hundert Kaufleute in Toremal werden bereitwillig ihre beträchtlichen Zweifel beiseite stellen, nur weil sie D'Olbriot vertrauen. Aber wenn das Haus vor Gericht in Misskredit gerät, werden sie Euch nicht einmal mit der Kneifzange anfassen.«

Temar ließ seinen Gefühlen freien Lauf, indem er zornig nach einem Kieselstein trat. Sie gingen jetzt mit raschen Schritten durch ein entschieden heruntergekommenes Stadtviertel.

»Also ist es eine gute Sache, dass Meister Burquest mit Unterstützung des Archivars des Sieur D'Olbriot streitet«, sagte Mistal aufmunternd. »Er wird Scharen von Schreibern haben, die Pergamente aus den Tagen auftreiben, als Correl der Stämmige noch ein junger Bursche war. Und Meister Burquest ist sein Geld wert, er hat in den vergangenen neun Jahreszeiten nicht einen Fall verloren. Raeponin mag die Gerechten bevorzugen, doch säckeweise Geld kann auch seine Waagschalen senken.« Er bog in eine Gasse zwischen zwei bescheidenen Häuschen mit tief gezogenen Dächern ein. »Aber das ist wieder ein anderer Kampf. Hier ist die Schwertschule, und wir wollen hoffen, dass Rysh heute seine Sinne beisammen hat.«

Temar sah zersplitterte Pfosten, die ein großes Gelände einzäunten. Männer in D'Olbriot-Farben standen zu beiden Seiten eines stabilen Tores. Sie hielten Kübel in den Händen, auf die Herausforderungen geklebt waren, ähnlich der, die Ryshad ihm gezeigt hatte.

Mistal wühlte in seiner Hosentasche. »Etwas für die Witwen und Waisen.« Er ließ eine Silbermark in den hingehaltenen Eimer fallen.

»Schön, dich zu sehen, Mistal«, grinste der eine. »Was denkt sich Ryshad eigentlich dabei?«

»Kann ich auch nicht sagen«, antwortete Mistal.

»Kannst du nicht oder willst du nicht, Meister Advokat?« Der Mann hielt Temar bedeutungsvoll seinen Eimer unter die Nase. »Etwas für wohltätige Zwecke, Junker?«

So viel zum Thema unerkannt bleiben, dachte Temar und zog seine Börse. Wenigstens hatte er heute dank Allin etwas Kleingeld.

Auf dem Gelände verkauften Frauen in ärmlichen Kleidern Brot, Fleisch und verschiedenen Tand aus Körben und Schubkarren. Auf zwei langen Tischen lagen Schwerter und Dolche, die von muskelbepackten Männern bewacht wurden, deren abweisendes Stirnrunzeln sich rasch in ein willkommenheißendes Lächeln verwandelte, wenn sich jemand mit einem Geldbeutel näherte. Auf einer Seite wurden Runen geworfen und Wetten gesetzt, unter dem beträchtlichen Interesse der Zuschauer, während ein schweigender Ring zwei Männern zusah, die tief grübelnd über einer Partie Weißer Rabe saßen. Dahinter flankierten lang gestreckte, gedrungene Gebäude ein hohes, kreisförmiges Gebilde. Von dort hörte man Jubel, gefolgt von begeistertem Fußgetrampel.

»Wie viele Kämpfe sind schon gelaufen?« Mistal packte einen Vorbeigehenden am Ärmel.

»Sie sind gerade dabei, mit den Eingeschworenen abzuschließen.« Der Mann hob einen Krug mit dunkelrotem Wein und grinste breit. »Mein Bruder hat sich gut geschlagen, also werde ich den kleinen Mistkerl so besoffen machen, dass er nicht mehr stehen kann!«

Mistal lachte und deutete auf eine offene Tür. »Wir haben noch ein bisschen Zeit, Temar. Etwas zu trinken?« Ein Mädchen mit einem Schal in den D'Olbriot-Farben um die Taille kam heraus und stapelte leere Flaschen in einem alten Weinfass.

»Mistal! Temar!«

Temar drehte sich um und sah Ryshad, der ein lockeres Hemd über ausgeblichenen Hosen und dazu weiche Schuhe trug, die über seinen bloßen Füßen geschnürt waren.

»Schön, euch beide zu sehen.« Ryshad sah Mistal scharf an. »Also hast du dich selbst bekannt gemacht. Hat es dir etwas eingebracht?«

Mistal grinste. »Meister Burquest hat mich beauftragt, Nachforschungen über D'Alsennins Anspruch auf den Titel eines Sieurs anzustellen.«

Temar betrachtete seine Stiefel, die inzwischen staubig waren, und fragte sich, ob irgendwer in diesem Zeitalter jemals etwas ohne Hintergedanken tat.

»Dann wundert sich niemand darüber, dass du mit Temar zusammen bist.« Ryshad klang erleichtert. »Wie läuft es beim Sieur vor Gericht?«

»Sie haben einen Kampf auszustehen, aber Burquest kann es mit ihnen aufnehmen«, sagte Mistal zuversichtlich. »Solange Camarl nicht die Geduld verliert, wenn man ihn reizt, und unter der Voraussetzung, dass dein Sieur nicht zu hochnäsig wird nach einem leichten Sieg. Ungefähr so wie du heute hier.«

»Ich brauche keinen Rat übers Kämpfen von einem Bücherwurm mit weichen Händen«, sagte Ryshad leicht verstimmt.

»Du wirst dich noch umbringen lassen, und dann werde ich Saedrin überreden, mich in die Anderwelt überzusetzen, damit ich dir den Hintern versohlen kann«, warnte Mistal.

»Du und welche Kohorte?«, grinste Ryshad herausfordernd. »Du kannst es seit deinem siebzehnten Geburtstag nicht mehr mit mir aufnehmen.«

Temar fühlte einen Stich des Neids bei dieser lockeren Plänkelei. Er drehte sich um und sah, wie ein junger Mann aus der Schwertschule geführt wurde, einen Arm in tiefrote Verbände gewickelt.

Das setzte seinem Selbstmitleid sofort ein Ende. »Ich dachte, diese Wettkämpfe wären nur eine Formsache.«

»Sie sollen beweisen, dass ein Mann tauglich ist, seinem Namen zu dienen«, erklärte Ryshad ernsthaft. »Einige erreichen das Ziel nicht.«

»Ach, es fließt immer Blut, damit die Zuschauer ihr Geld ausgeben«, sagte Mistal mit offensichtlichem Missfallen. »Sonst würden sie ihr Geld dafür ausgeben, Söldnern im lescarischen Viertel dabei zuzusehen, wie sie sich gegenseitig zerstückeln.«

Ryshad fuhr ihn an: »Das kann man nicht vergleichen, und das weißt du auch. Jedes Blutvergießen hier bedeutet Pech in einem fairen Kampf. Die Lescari-Kämpfe sind nicht viel mehr als Theater.«

»Wenigstens benutzen die Lescari stumpfe Klingen«, widersprach Mistal.

»Deswegen landen sie auch mit gebrochenen Knochen auf einem Boden voller Blut«, gab Ryshad zurück. »Nur ein Dummkopf glaubt, eine stumpfe Klinge könne ihn nicht verletzen und geht aufs Ganze. Ein Schwertkämpfer, der seinen Eid wert ist, behandelt eine echte Waffe mit dem nötigen Respekt!«

Temar fühlte sich unbehaglich ausgeschlossen von dieser offensichtlich oft wiederholten Auseinandersetzung, ganz abgesehen von dem immer stärker werdenden südlichen Akzent, in den die beiden verfielen. Er beobachtete, wie der Junge vor der Tür einer Kaserne zusammenbrach, die Arme um die angezogenen Knie geschlungen. Seine Schultern bebten. Temar empfand Mitgefühl, er kannte diesen bitteren Geschmack der Niederlage, wenn auch ein Schwertkampf wenigstens ehrlicher war als all diese rechtlichen und gesellschaftlichen Schlachten, die ihn bestürmten.

»Wie laufen die Wettkämpfe ab?«, fragte er, als Mistal Luft holte.

Ryshad warf Mistal einen finsteren Blick zu. »Jede Herausforderung ist ein förmliches Duell, der beste von drei Treffern zählt.«

»Weißt du, wer die Herausforderung annimmt?«, fragte Mistal.

Ryshad verzog das Gesicht. »Ich habe Jord von Den Murivance gesehen, und Fyle sagt, Lovis von D'Istrac und Eradan von Den Janaquel sind auf jeden Fall dabei. Aber ich kenne sie seit Jahren. Sie werden versuchen, mir ein oder zwei Blessuren zu verpassen, nur um mich zu demütigen, aber ich kann nicht glauben, dass sie es wirklich böse meinen.«

Mistal wiederholte die Namen lautlos, um sie sich einzuprägen. »Es kann jedenfalls nicht schaden, ein paar Fragen zu stellen, und herauszufinden, wer ihren Wein bezahlt.«

»Ihr Advokaten misstraut auch jedem, oder?«, lachte Ryshad, doch Temar fand seine Sorglosigkeit nicht ganz überzeugend. »Diejenigen, die ich nicht kenne, könnten ein Problem sein.« An der Ernsthaftigkeit seiner Worte bestand kein Zweifel.

Eine große Bronzeglocke tönte fünfmal.

Ryshad zog eine Grimasse. »Wenn sie die Jungs alle aus dem Sand haben, gehe ich wohl besser und sehe, wer auftaucht. Behaltet die Zuschauer im Auge, ja? Falls das hier ein Komplott ist, um mich tot oder verletzt zu sehen, verrät sich vielleicht einer, wenn ich einen Treffer einstecke oder ihr Mann zu Boden geht.« Er grinste Temar an. »Es wäre ja nicht das erste Mal, dass du mir den Rücken deckst.«

Mistal führte Temar in die Trainingshalle. »Was hat Ryshad damit gemeint?«

»Ach, nichts.« Temar zuckte die Achseln. Er wollte

nicht erklären, wie er die Verzauberung durchbrochen hatte, die ihn gefangen hielt, und wie er sich wie in einem verrückten Wachtraum einem Elietimm-Hexer gegenübersah, der versuchte, ihm mit einem Streitkolben den Schädel einzuschlagen. Da Hexerei Ryshads Verstand aus den Angeln gehoben hatte, war es Temar gewesen, der seinen Körper in diesem verzweifelten Kampf weit weg auf dem Archipel lenkte.

Die Erinnerung ließ ihn noch immer schaudern, also sah Temar sich entschlossen auf dem Übungsgelände um. Verflossene Kämpfe hatten hier keinen Platz. Er sah zu, wie Männer, etwa in seinem Alter, schweißnass aus der Arena kamen und Jubel ihre erschöpften Gesichter erhellte. Ältere Männer gratulierten ihnen, einige hatten Mühe ihren Stolz auf ihre Schützlinge im Zaum zu halten. Temar fand die spürbare Atmosphäre gemeinsamer Ziele und guter Kameradschaft mehr als vertraut. Dies hier unterschied sich nicht sosehr von seiner eigenen Aus-bildung für den Dienst in der kaiserlichen Kohorte, fand er. Ein paar Jahreszeiten im Kampf für das Land und die Privilegien, die sie für ihr Recht hielten, würden auch diesen verwöhnten Adligen gut tun, die ihn so verhöhnten.

»Mistal!« Ein schwer gebauter Mann in D'Olbriot-Farben kam mit ausgebreiteten Armen auf sie zu.

»Stolley«, nickte Mistal höflich, und Temar erkannte D'Olbriots Hauptmann. »Wie war der Vormittag?«

»Alle unsere Jungs haben sich ihres Eides würdig erwiesen«, sagte Stolley voll Stolz, dem zu viel Wein auf nüchternen Magen zu schaffen machte. »Junker D'Alsennin.« Seine Verbeugung war einstudiert. »Welche Ehre, Euch hier zu sehen. Wollt Ihr Euch auch für den Namen bewerben?«

Diese Bemerkung und Stolleys weittragende Stimme sorgten dafür, dass sich viele Köpfe ihnen interessiert zuwandten.

»Der Junker ist nur hier, um meinen Bruder anzufeuern«, antwortete Mistal geschmeidig.

Temar lächelte verhalten, doch die Idee reizte ihn. Kel Ar'Ayen brauchte schließlich Kämpfer, oder nicht? Sie hatten den Elietimm schon zum zweiten Mal eine blutige Nase versetzt, aber sie hatten dafür Zauberer und Söldner gebraucht. Wären Tormaliner, eingeschworen auf ihn, nicht besser? Er würde mit Ryshad darüber sprechen.

»Ruhe, oder ich lasse den Platz räumen!« Ein grauhaariger Mann mit Muskelpaketen wie ein Ringer schritt auf den Sandboden.

»Das ist Fyle, der Schwertschulvorsteher«, wisperte Mistal hastig.

Temar nickte, das erklärte die unverkennbare Befehlsgewohnheit.

»Allen Herausforderungen, die von anerkannten Männern niedergelegt wurden, wurde geziemend entsprochen, wie ihr alle bezeugen könnt. Jetzt kommen wir zur letzten Herausforderung.« Fyle hielt inne, als ein paar Verspätete hereineilten. »Eine Herausforderung, die ohne Wissen oder Einverständnis des genannten Mannes ausgegeben wurde, was ein Verstoß gegen unsere Bräuche ist. Wenn ich herausfinde, wer dafür verantwortlich ist, wird er vor meiner Schwertspitze Rede und Antwort stehen.« Er warf den versammelten Zuschauern, die angespannt schwiegen, einen finsteren Blick zu. Er klatschte so laut in die Hände, dass alle zusammenfuhren, dann wandte sich Fyle der Tür am anderen Ende des Übungsgeländes zu. »Ryshad Tathel, Eingeschworener auf D'Olbriot und neu Erwählter, steht bereit, sein Recht auf diese Ehre zu verteidigen!« Der streitlustige Ruf hallte von den Deckenbalken wider und brachte selbst den Lärm draußen zum Verstummen.

Temar sah Ryshad nach vorn kommen, er hatte sein Schwert gezogen, das Licht fing sich auf der Gravur. Als er sein gelassenes Gesicht betrachtete, überlegte Temar, ob er selbst je über die Erfahrung verfügen würde, die eine solche eiserne Selbstbeherrschung hervorrief.

»Grisa Lovis, Erwählter von D'Istrac.« Derbe Jubelrufe folgten einem Mann, der von der anderen Seite in die Arena trat. Er war etwas älter als Ryshad, sein spärliches schwarzes Haar war so kurz geschoren, dass es fast aussah, als hätte er sich den Schädel rasiert.

»Du wirst allmählich kahl«, meinte Ryshad spöttisch. »Wirst du alt?«

»Wirst du dumm?«, erwiderte Lovis und senkte sein Schwert. Er schnallte die Scheide ab und warf sie einem seiner Anhänger zu, der eine orangerote Schärpe um die Taille geschlungen hatte. »Was hat dich denn geritten, eine Herausforderung auszurufen?«

»Mich gar nichts.« Ryshad schüttelte den Kopf. »Muss jemand gewesen sein, der etwas beweisen will. Aber du warst es doch nicht, oder?«

Lovis umkreiste ihn jetzt und hielt sein Schwert tief vor sich. Ryshad tänzelte leichtfüßig, um seinen Gegner immer genau vor sich zu haben. Ihre Schwertspitzen waren nur eine Handbreit voneinander entfernt.

»Ich brauche nichts zu beweisen.« Lovis sah aus, als wollte er etwas sagen, doch stattdessen machte er einen Schritt nach vorn und stieß mit seinem

Schwert nach Ryshads Magen. Temar stockte fast der Atem, doch Ryshad blockte mit seinem Schwert ab. Mit derselben Bewegung wich er zur Seite und schwang sein Schwert in einem Bogen nach oben, als er außer Gefahr war. Lovis antwortete auf den Sichelhieb, das Klirren von Stahl sandte ein Schaudern durch die gespannten Zuschauer. Ryshad gab dem Abwärtsdruck nach, doch nur indem er die Klinge mit seinem Schwert ablenkte und Lovis nach vorn zog. Der andere war zu erfahren, als dass er sein Gleichgewicht preisgab, bemerkte Temar mit Bedauern. Er brachte seine Klinge hoch, um Ryshads Streich zu begegnen, und die Handschutze der beiden Schwerter verhakten sich, sodass die beiden Männer fast Nase an Nase standen.

Als sich sich trennten, erinnerte sich Temar wieder daran zu atmen und merkte, dass auch alle anderen Zuschauer die Luft angehalten hatten. Aller Augen waren auf die beiden Männer gerichtet, die sich wieder wachsam umkreisten.

Dieses Mal machte Ryshad den ersten Zug und hob sein Schwert für einen Abwärtshieb, der Lovis zu einem direkten Stoß verlockte. Ryshad machte einen Schritt zur Seite, und ließ sein Schwert schräg herabsausen, doch Lovis wich bereits aus und riss sein Schwert hoch, um zu parieren. Er ging sofort zum Angriff über, Stahl senkte sich gegen Ryshads Schulter, doch Ryshad blockte ab, und als Lovis zurücktrat, um von der anderen Seite einen zweiten Versuch zu machen, schwang Ryshad sein Schwert so, dass ein roter Fleck auf dem schweißnassen Ärmel seines Gegners erschien.

Stolleys Triumphgeschrei betäubte Temar fast, und alle Männer in D'Olbriot-Farben stimmten in den Jubel ein. Weniger parteiische Zuschauer spendeten ebenfalls Beifall, als Mistal Temar anstieß. »D'Istracs Leute sind wenigstens bereit, gute Leistung zu belohnen.«

Temar sah Männer in demselben Orangerot wie Lovis, die Ryshads Künste mit einem Kopfnicken anerkannten.

Stahl traf auf Stahl, als der Wettkampf weiterging. Die beiden tauschten Hiebe, jeder Streich wurde pariert, jede Parade wandelte sich unverzüglich in Angriff, Schwerter zuckten, glänzendes Metall mit scharfen Schneiden war nur Zentimeter entfernt von verwundbarem Fleisch. Dann, in einer Bewegung, die Temar entging, schlang Lovis die Spitze seines Schwertes um Ryshads Klinge und machte einen Satz nach vorn, sodass Ryshad zurücksprang und mit einer Hand seinen Oberarm umfasste.

»Blutet es?«, fragte Mistal ängstlich.

»Ich kann nichts sehen«, antwortete Temar kopfschüttelnd.

Dieses Mal jubelten D'Istracs Leute, während Stolley und die anderen Ryshad Trost und Rat spendeten. Temar verschränkte die Arme, um seine Angst für sich zu behalten, als Ryshad sich den Arm rieb, während Lovis geduldig mit gesenktem Schwert wartete. Mistal stöhnte leise, als Ryshad sich die Hand an seinem Hemd abwischte und einen deutlichen roten Fleck hinterließ.

»Er sieht nicht besonders besorgt aus.« Temar versuchte Mistal ebenso wie sich selbst zu beruhigen.

Mistal schüttelte den Kopf. »Er hätte auch noch dieses Steingesicht, wenn er verbluten würde.«

Temar sah besorgt zu, wie Ryshad eine Angriffshaltung einnahm und Lovis zunickte. D'Istracs Mann bedrängte ihn hart und schnell mit einem ausholenden Seitwärtshieb, doch Ryshad schlug ihn beiseite. Lovis machte keinen falschen Schritt, sondern zog Ryshad herum, als er die Parade mit einem schnellen Abwärtshieb beendete. Ryshad wehrte ab, doch Lovis setzte sofort nach und ließ seinen Handschutz an Ryshads Klinge heruntergleiten, bis die beiden Schwertgriffe aneinander stießen. Ryshad bewegte sich zuerst, und Lovis schlug ihm den Schwertknauf auf die Hände, als sie sich trennten. Ryshad löste eine Hand vom Schwert, und Temars Herz setzte einen Schlag aus. Im nächsten Atemzug, als Lovis versuchte, seinen Vorteil mit einem hastigen Streich auszunutzen, bewegte sich Ryshad und drehte ihm halb den Rücken in einem scheinbar fatalen Fehler zu. Mistal riss den Mund auf, doch Temar sah, wie Ryshad zwischen Lovis Hände griff, um die Waffe seines Gegners zu packen. Lovis versuchte freizukommen, doch Ryshad war bereits in Bewegung und stieß seine Schulter in den älteren. Sobald er Lovis aus dem Gleichgewicht gebracht hatte, setzte Ryshad sein ganzes Gewicht ein und schickte den D'Istrac-Mann in den Sand. Als Lovis hastig wieder auf die Füße kam, hielt Ryshad ihm sein eigenes Schwert grinsend vor die Nase.

»Gibst du auf?«

Lovis spreizte unterlegen die Hände und grinste ebenso breit wie Ryshad. »Ich gebe auf, Erwählter Tathel, und mit gutem Grund.« Die Krieger ringsum brüllten ihre Zustimmung und trampelten auf den festgestampften Boden.

»Rysh, hier!« Temar klingelten die Ohren bei Stolleys Gebrüll.

Ryshad ging langsam zu ihm hinüber, nahm einen ledernen Wasserkrug von Stolley entgegen und trank vorsichtig. »Welcher Idiot ruft eine

Herausforderung zur Sommersonnwende um die Mittagszeit aus?«, sagte er voll Abscheu.

»Einer, der will, dass du erschöpft und ausgelaugt bist, bevor er in den Sand tritt«, sagte Mistal und sah sich misstrauisch um. Temar folgte seinem Blick, doch er konnte nur scharfäugige Schwertkämpfer sehen, die lebhaft diskutierten und mit leeren Händen Kampfzüge probten.

»Was macht dein Schnitt?«, fragte Temar drängend.

»Der ist schon verkrustet, jedenfalls so gut wie.« Ryshad schnitt eine Grimasse, spreizte und dehnte die Finger. »Aber ich habe das Gefühl, als hätte Lovis mir die Hand in einer Tür geklemmt. Bis morgen ist sie bestimmt angeschwollen wie ein Teewärmer.« Er nahm ein Handtuch entgegen und wischte sich den Schweiß vom Gesicht.

»Eradan Pradas, Erwählter von Den Janaquel.« Ein zweiter Herausforderer schritt in den Sand. Ein drahtiger Mann mit sandfarbenem Haar und deutlich lescarischem Augenschnitt und der größte Mensch, den Temar in Toremal bislang gesehen hatte.

»Wer ist das?«, fragte er Ryshad besorgt. »Kennst du ihn?«

»Oh ja, schon lange.« Ryshad wirkte unbekümmert und fuhr sich mit der Hand durch die schweißnassen Locken. »Er hielt sich immer für besser als ich, und ich nehme an, er konnte der Möglichkeit, das zu beweisen, nicht widerstehen. Es dürfte nicht lange dauern, ihn in seine Schranken zu weisen.«

Temar sah ihm nach, ehe er sich an Mistal wandte. »Wo finden wir hier Verbandszeug? Für seine Hand?«

Wenn das die einzige Hilfe war, die er Ryshad geben konnte, dann musste das eben genügen.

Die D'Olbriot-Schwertschule, Sommersonnwendfest, dritter Tag, Nachmittag

»Ergibst du dich?« Ich drehte die Schneide meiner Klinge in Jords Hals und schabte dabei hörbar über schwarze Stoppeln. Wir standen uns gegenüber, mein Schwert ruhte mit der Spitze über seiner Schulter, der Handschutz lag an seiner Brust, und mein Arm war gespannt, um ihn mir vom Leib zu halten. Ich hatte seinen Schwertarm in der linken Hand, verdreht und nutzlos. Er strampelte, spannte sich. Gesicht und Hals wurden dunkel vor Anstrengung. Ich lehnte mich hart gegen ihn, um meine Hand bestmöglich einsetzen zu können, aber er war mindestens genauso breit in den Schultern wie ich und hatte einen gewaltigen Brustkasten. Er sollte besser aufgeben, denn aus dieser Stellung herauszukommen, ohne dass er mir einen Kratzer verpasste, würde schwierig werden. Er verlagerte sein Gewicht, ich tat es ihm nach. Das war keine Kampftaktik, die man in einem Lehrbuch finden konnte, und ich sah mich schon Fyles Spott ausgesetzt, weil ich mich so hatte verwickeln lassen.

»Ich gebe auf«, sagte Jord verärgert. »Aber du hast auch das Glück von Poldrions Dämonen, Ryshad.« Er hatte so viel Verstand, sich nicht zu bewegen, ehe ich nicht vorsichtig mein Schwert von seinem Hals genommen hatte.

»Ich habe eine Salbe dafür, wenn du willst.« Ich wollte nie wieder in diese Situation geraten, entschied ich. Jemandem eine Verletzung zuzufügen, war eine Sache, aber einem Mann versehentlich die Kehle durchzuschneiden, würde meinem Ruf nicht gerade gut tun.

»Wenn meine Frau leidenschaftlich wird, hab ich schon schlimmere Kratzer davongetragen.« Jord rieb sich das rohe Fleisch an seinem Hals. »Aber du hast nicht nur Glück, du bist auch gut, also bist du wohl würdig, Erwählter zu sein.«

Ich streckte ihm die Hand hin. »Danke, dass du mir geholfen hast, das zu beweisen, mir selbst und allen anderen.«

Die Zuschauer hingen gierig an unseren Lippen, so wie sie jeden Zug des anstrengenden Kampfes verfolgt hatten. Jubel übertönte das Stampfen von Füßen, das den Boden unter meinen Füßen erzittern ließ. Jord drehte sich zu dem Beifall aus den Reihen von D'Istrac um, und ich ging müde auf Fyle zu, der mit Temar und meinem Bruder zusammenstand. Fyle hatte den Wasserkrug.

»Einige von uns haben noch was anderes vor für die Festtage«, grollte Fyle spaßhaft. »Ich dachte schon, du brauchst den ganzen Nachmittag.«

Ich breitete die Hände aus. »Muss ja was bieten. Wir können nicht zulassen, dass die Leute glauben, du wärst das Beste, was diese Schule zu bieten hat.«

Fyle tat, als wolle er mich knuffen, als ich trank. Bei Dasts Zähnen, hatte ich einen Durst. »War das der Letzte?« Ich hatte in der größten Tageshitze gegen vier Männer gekämpft und nur gewagt, so viel zu trinken, um die Flüssigkeit zu ersetzen, die ich ausgeschwitzt hatte.

Fyle nickte. »Seit Jord dir seinen ersten Treffer verpasst hat, ist niemand mehr zu mir gekommen.« Und dieser Kampf hatte fast so lange gedauert wie die drei anderen davor zusammengenommen, also hatte jeder, der mich herausfordern wollte, genug Gelegenheit gehabt. Ich seufzte vor Erleichterung und trank in tiefen Zügen.

»Alle haben wahrscheinlich gedacht, du wärst erledigt.« Mistals Blässe verging nur langsam und verriet seine Zweifel.

Ich brachte ein Lächeln zu Stande, Wasser rann mir vom Kinn auf mein Hemd, das bereits von Schweiß durchtränkt war. »Jord auch, und deshalb hatte ich ihn dann.«

»Ich konnte fast keinen Unterschied in euren Fähigkeiten sehen.« Temar trat näher. »Aber das hat für Raeponins Waage gereicht.«

»Hör gut zu, Mistal, D'Alsennin weiß, wovon er redet.« Ich fühlte die erste bleierne Müdigkeit schwer in meinen Schultern, jetzt, wo mein Blut sich wieder abkühlte. »Hier ist dein Schwert, Junker, und vielen Dank für die Leihgabe.«

Ich reichte die antike Klinge mit leichtem Bedauern zurück. Jetzt, da ich sie geführte hatte ohne Temars körperlose Gegenwart, der meinen Körper zu lenken versuchte, hatte ich die hervorragende Balance des Schwertes entdeckt. Als Messire es mir zur Sonnenwende geschenkt hatte, war das wirklich ein fürstliches Geschenk gewesen. Aber hatte er gewusst, dass Zauber daraus so eine zweischneidige Gabe machte?

»Ich hole die Scheide.« Aber bevor Fyle noch halbwegs durch die Arena war, sahen wir, wie eine Hand voll streitlustiger Männer in Den Thasnets Farben ihn anquatschte.

»Was machst du jetzt?« Stolley kam herüber, sein Gesicht leuchtete von einigen Krügen Festfreude.

»Weiß nicht«, sagte ich langsam. Ich wollte nichts weiter, als mich abtrocknen und in trockene, saubere Kleider kommen.

»Nein!«, rief Fyle und machte einen Schritt vor, um seinen Worten Nachdruck zu verleihen, doch

Den Thasnets Mann wich nicht zurück, sodass sie Nase an Nase standen.

»Ich seh mal nach«, murmelte Stoll und ballte unbewusst die Fäuste.

»Gibt es ein Problem?« Mistal starrte verwirrt hinüber.

Ich rieb mir meine schmerzenden Knöchel. »Temar, kannst du mir das noch mal bandagieren?«

»Lass mich machen«, bot Mistal an.

»Nimms mir nicht übel, Mistal, aber du kannst nicht einmal ein Hühnchen für den Topf zurechtmachen.« Ich hoffte, mein lockerer Ton würde meine Ablehnung mildern.

»Wenn Ihr das mal halten könntet.« Temar reichte Mistal das Schwert, der es hielt, als wäre es eine Schlange, die jederzeit zubeißen konnte.

Temar wickelte geschickt die Leinenstreifen ab und rollte sie dabei gleich wieder auf. »Plötzlich sind eine ganze Reihe Typen mit dem Kleeblatt von Den Thasnet aufgekreuzt.«

»Mehr als die von D'Istrac und Den Janaquel zusammen.« Ich sah mich müßig um, um die D'Olbriot-Männer zu schätzen, die mich angefeuert hatten. Es waren einige, aber die meisten hatten sich großzügig am Festwein des Sieurs bedient.

»Glaubst du, das gibt Ärger?« Mistal wirkte besorgt.

Ich beobachtete Fyle, Stolley war jetzt an seiner Seite, er hatte die Arme verschränkt und klopfte mit einem Fuß auf den Boden, während er Den Thasnets Mann zuhörte. Ein erwartungsvolles, von Unbehagen durchsetztes Murmeln breitete sich aus. Wir konnten nicht hören, was gesagt wurde, doch als Stolley Den Thasnets Mann voll vor die Brust stieß, war es deutlich genug.

»Verbind mich, Temar.« Ich hielt meine empfindliche und hässlich verfärbte Hand hoch.

Er nickte. »Das macht es nur schlimmer. Du brauchst kaltes Wasser, Eis, wenn wir welches bekommen können. Hat der Sieur einen Eiskeller?«

Ich nickte abwesend und beobachtete weiter Fyle und Stolley, während Temar ein eindrucksvolles Fischgrätmuster aus den Streifen um meine Hand wickelte. Fyle kam raschen Schrittes zu uns und überließ es Stolley, den Den-Thasnet-Mann mit einem verächtlichen Hohnlächeln anzustarren.

»Was ist los, Vorsteher?«, fragte ich mit scherzhafter Förmlichkeit.

»Den Thasnet hat jemanden, der auf deine Herausforderung antworten will«, erwiderte Fyle ohne Humor. »Mol Dagny. Je von ihm gehört?«

Ich schüttelte den Kopf. »Nein, aber ich bin auch lange weg gewesen, wie du weißt. Wie schätzt du ihn ein?«

Fyle sah wütend aus. »Gar nicht, weil ich den Namen noch nie gehört habe, und ich wette meinen Eid darauf, dass auch keiner der anderen Schwertschulleiter ihn kennt. Niemand kennt ihn.«

»Den Thasnet stellte ihn als Erwählten auf?« Ich blickte an Fyle vorbei und sah Stolley, der sich mit hässlicher Miene dicht vor dem Sprecher Den Thasnets aufgebaut hatte. »Ohne dass ein Schulvorsteher für ihn spricht?«

»Er stammt von den Den-Thasnet-Ländereien in der Nähe von Ast, hat sich würdig erwiesen, und der Sieur selbst hat ihm seinen Eid angeboten«, höhnte Fyle. »Er hat einen Sohn des Hauses vor einem Wolf gerettet und wurde aufgrund dessen kurz nach dem Äquinoktium zum Erwählten.«

»Wenn kein Schulleiter für ihn bürgen kann, bist

du dann nicht berechtigt, die Herausforderung abzulehnen?«, fragte Mistal. Er hatte ohne Zweifel sämtliche gesetzlichen Feinheiten über Schwertkämpfe nachgelesen.

»Die Geschichte würde ein gutes Theater abgeben, Fyle«, bemerkte ich. »Welcher von denen ist es?«

»Er ist draußen«, sagte Fyle mit wachsendem Zorn. »Wartet ab, ob du Manns genug bist, ihm entgegenzutreten.«

»Er kennt mich offenbar nicht, wenn er glaubt, er könnte mich dadurch reizen, dass er nach meinen Schwanzfedern pickt.« Ich rieb mir nachdenklich das Kinn.

Mistal reichte Temar sein Schwert zurück und fasste unbewusst, in typischer Gerichtssaalhaltung, an sein Wams. »Gib mir einen Tag und ich werde beweisen, dass Messire Den Thasnet nicht mal in die Nähe der Ländereien des Hauses bei Ast gekommen ist, geschweige denn irgendwelche Eide angeboten hat. Seine Vettern bewirtschaften diesen Besitz, und sie können den Kerl nicht ausstehen. Er war seit anderthalb Jahren nicht im Norden.«

»Ich glaube nicht, dass wir auch nur eine Stunde Zeit haben, Mistal, erst recht keinen Tag.« Eine Hand voll D'Olbriot-Männer waren zu Stolls Unterstützung gekommen. Die Männer von Den Thasnet schwärmten über das Übungsgelände.

»Wollen sie eine Prügelei anfangen?«, grollte Fyle. »Hier, in D'Olbriots eigener Schwertschule?«

»Was eurem Sieur vor Gericht keineswegs gut täte«, betonte Mistal mit wachsender Besorgnis. »Mit dem richtigen Anwalt könnte ihm das beträchtlichen Schaden zufügen.«

»Entweder stelle ich mich diesem so genannten

Erwählten und riskiere dem Haus Schande zu machen, indem ich verliere, oder wir alle machen dem Haus Schande, indem wir uns in eine Prügelei hineinziehen lassen.« Ich bewegte vorsichtig meine geschundene Hand. »Man hat uns also reingelegt, dass wir wie Marionetten am Faden zappeln, oder? Ich muss mich diesem Herausforderer stellen. Nein, Mistal, hör mir zu. Es gibt zu viele Frauen und Kinder hier, und zu viele betrunkene Männer, als dass wir eine Schlägerei riskieren könnten.«

Ich wandte mich an Temar. »Ich würde mir gern noch einmal dein Schwert ausleihen, wenn ich darf? Wenn es Ärger gibt, bring ihn hier weg.« Ich nickte zu meinem Bruder hin. »Mistal ist mit einem Schwert nicht zu gebrauchen, und wenn es ein Handgemenge gibt, könnte jemand das zu Ende bringen, was der Messerstecher angefangen hat.«

Temar nickte widerwillig, aber das reichte mir. Ich würde mich nicht darauf verlassen, dass er nicht selbst den Helden spielen wollte, aber wenn er auf Mistal aufpassen musste, standen die Chancen besser, dass selbst er sich von Gefahr fern hielt.

»Also gut, Fyle, sag Den Thasnet, sie haben eine Antwort.« Ich schwang die Arme, um das Blut wieder kreisen zu lassen, ignorierte die Müdigkeit, die mir die Schärfe zu nehmen drohte, und überlegte, ob ich noch Zeit zum Pinkeln hatte. Wer immer dahinter steckte, hatte den Zeitpunkt klug ausgewählt, die Schweinehunde. »Mistal, hast du ein Blatt dabei?«

»Seit wann nimmst du so was?« Er hielt mir seinen Waschlederbeutel hin.

Ich schnitt eine Grimasse bei dem bitteren Geschmack, der mit dem ekelhaft süßen Honigschnaps übertüncht wurde, in dem das Blatt getränkt worden war. »Und das hält einen wirklich wach?«

»Es hält mich die ganze Nacht lang wach, damit ich Gesetzestexte lesen kann«, lächelte Mistal, doch sein Herz war nicht bei der Sache.

Ich unterdrückte den Impuls, die eklige Masse auszuspucken und fragte mich, wie lange es dauerte, bis sie das Blut wärmte. Ich wagte keine Verzögerung, nicht, wenn wir eine allgemeine Prügelei verhindern wollten. Stolley war dunkelrot vor Wut, und Fyle musste ihn praktisch von Den Thasnets Mann wegzerren. Ich ging in den Sand hinaus.

Der so genannte Erwählte Dagny erschien und ging geradewegs an Fyle vorbei, ohne ihn zu begrüßen. Fyle machte aufgebracht einen Schritt hinter ihm her. Es ist das Privileg des Schulvorstehers, jemandem, der eine Herausforderung annimmt, die Erlaubnis zu gewähren, auf seinem Grund und Boden zu kämpfen. Ich winkte ihn zurück. Die Unhöflichkeit bedeutete, dass Fyle zwar völlig im Recht wäre, wenn er den Kampf aufhielte, aber es würde mehr Blut fließen, wenn er es tat. Die Den Thasnets hatten sich inzwischen zu dritt und viert überall in der Halle verteilt, und eine beunruhigende Anzahl von Männern, die vorher kein Abzeichen getragen hatten, holten jetzt Halstücher hervor, die dieselbe Pflanze zeigten.

Dagny stand in der Mitte der Arena, das Schwert bereit, ein schiefes Grinsen zog einen seiner Mundwinkel hoch. Ich ging langsam um ihn herum, achtete aber sorgfältig darauf, außer Reichweite seines Schwertes zu bleiben und machte ein offenes, freundliches Gesicht.

»Den Thasnet hat dich also erwählt, weil du gut gegen Wölfe bist?«, sagte ich, als ich unmittelbar hinter Dagny war. Er schnappte den Köder und wirbelte herum. Gut, jetzt reagierte er auf mich.

»Ja, stimmt ...«

Ich schnitt ihm das Wort ab. »Und was ist mit echten Männern?« Ich senkte mein Schwert, und er reagierte unverzüglich. Ich stieß ihm gegen die Brust, trat zur Seite um seinem Gegenstoß auszuweichen und schob sein Schwert mit meiner Klinge nach unten. Ich machte einen Schritt zurück, doch er setzte nach. Er war schnell, kaum älter als Temar, mit dem ganzen Feuer der Jugend und einem arroganten Grinsen. Lass ihn nur grinsen, dachte ich, ich hatte Jahre des Kämpfens hinter mir.

Aber dieser Dagny war verdächtig schnell auf den Füßen. Er stieß, ließ eine Lücke in seiner Deckung, doch sein Angriff kam so wütend, dass ich nur noch zurückweichen und dabei parieren konnte. Wir umkreisten einander, und ich sah prüfend in seine Augen. Sie waren haselnussbraun, was für Menschen aus Ast nicht ungewöhnlich war, wo sich Tormaliner-Blut mit dem ausgewiesener Lescari und wandernder Dalasorier mischt. Aber Dagnys Pupillen waren nur dunkle Nadelstiche. Das hätte in der Mittagssonne noch ganz normal gewirkt, aber hier im Schatten war ich auf der Hut.

Ich stieß vor, und Dagny parierte mit einer Bewegung, die das genaue Echo seiner ersten Riposte war. Ich wendete seine Klinge, aber diesesmal trat ich näher heran, begab mich in seine Deckung, als er dieselbe Lücke in seiner Deckung ließ. Ich löste meine linke Hand vom Schwert und packte seins, wobei ich seine Finger brutal gegen den Griff quetschte, während ich mein eigenes Schwert benutzte, um mir seins vom Leib zu halten. Dagny stolperte vor Überraschung, sein Griff lockerte sich, und ich schlang meinen Arm um seinen und drehte seinen Körper, bis ich seinen Ellbogen gegen meine Brust drücken konnte und sein Schwert harmlos in die Luft zeigte. Er musste in der Taille abknicken, um auf den Füßen zu bleiben, also trat ich ihm etwas Staub ins Gesicht. Er spuckte und hustete.

»Gibst du auf?«, fragte ich liebenswürdig.

»Niemals«, spie er wütend.

Ich drehte sein Handgelenk, ohne auf den Protest meiner geschwollenen Hand zu achten. »Du gibst auf oder ich breche dir den Arm ab und schiebe ihn dir in den Hintern.«

Wer nahe genug stand, um das zu hören, lachte, bis auf den Den-Thasnet-Mann, den ich aus dem Augenwinkel sah.

»Gib auf!«, wiederholte ich drohend. Dagny antwortete, indem er mit seiner freien Hand nach meinem Fuß griff, also trat ich ihm auf die Finger. Wer immer dieses Tier ausgebildet hatte, hatte ihm nicht einmal die Grundlagen für förmliche Zweikämpfe beigebracht.

»Der erste Treffer für Ryshad Tathel!« Fyle kam auf den Sand, ein Gesicht wie ein Donnerwetter. Den Thasnets Männer erhoben lautstark Protest, aber das Geschrei aller anderen übertönte sie. Ich hielt Dagny fest, bis Fyle beide Schwerter an sich genommen hatte, dann schickte ich den Jungen der Länge nach in den Sand.

»Wenn du aufgefordert wirst aufzugeben und es besteht keine Hoffnung auf einen Sieg, dann gibst du verdammt noch mal auf, du dämlicher Haufen Scheiße! Erzieht Den Thasnet seine Köter denn nicht?« Fyle legte die Schwerter ein gutes Stück auseinander, ehe er davonstürmte und Verwünschungen über Den Thasnets Sprecher ausstieß. »Das nennt ihr einen Erwählten, der meine Schule mit einem solchen Benehmen versaut?«

Ich beobachtete Dagny, der wieder auf den Füßen war, sobald der Vorsteher ihm den Rücken zuwandte, das schmutzige Gesicht verzerrt vor Groll.

»Wollte Fyle nicht deinen Atem riechen?«, ärgerte ich ihn.

»Ich bin nicht betrunken«, spottete er.

»Wäre besser für dich, wenn du's wärst.« Dagny hatte nicht gewollt, dass Fyle die süßliche Schärfe des Tahns an ihm wahrnahm. Kein Wunder, dass er draußen geblieben war, umringt von Den-Thasnet-Leuten, die wahrscheinlich bestochen worden waren, um ihren Geruchssinn zu verlieren. Fyle hätte Dagny aus der Arena und aus der Schwertschule geworfen, wenn er gemerkt hätte, dass der Junge von den kleinen Beeren high war.

Dagny war kein Erwählter, ich bezweifelte, dass er jemals auch nur eingeschworen war. Das Beste, mit dem ein anerkannter Bursche hoffen konnte, davonzukommen, war die Neigung, Blätter oder Thassin zu kauen, und ich wusste aus persönlicher Erfahrung, dass Fyle und alle anderen Vorsteher jedem die Thassin-Sucht abgewöhnten, eher er eingeschworen wurde.

Ich nahm mein Schwert, ohne meinen Blick von Dagny zu wenden. Ich konnte den Kampf abbrechen und Dagny beschuldigen, berauscht angetreten zu sein. Ich hätte die Unterstützung eines jeden Anwesenden, ausgenommen die von Den Thasnet. Aber die Luft wurde dick vor Spannung und Feindseligkeit, und es war klar wie Kloßbrühe, dass jeder hier den Den Thasnets etwas Bescheidenheit würde einbläuen wollen, wenn ich erklärte, dass ihr Mann mit Tahn berauscht war. Und wer immer hier auch eine Schlägerei wollte, würde sie dann bekommen, nicht wahr?

Dagny wandte mir den Rücken zu, als er seine Waffe aufheben wollte, zu sehr darauf bedacht, mir Schaden zuzufügen, um an seine eigene Sicherheit zu denken, wie ich feststellte. Das bewirkte das Tahn, nagelte seinen Willen auf die eine Sache fest, die er sich vorgenommen hatte, und ließ ihn vor übertriebenem Selbstvertrauen in seine eigenen Fähigkeiten schweben.

»Auf ihn, Rysh!«, rief eine Stimme, die mir aus der D'Olbriot-Kaserne vage bekannt vorkam.

Dagny wirbelte mit wedelndem Schwert herum. Verächtliches Gelächter wurde laut, und Dagny sah mich mit einem plötzlichen Hass an, der durch den Wahn des Tahns auflöderte. Jetzt war es meine Schuld, dass er sich als unwissender Bauerntölpel entpuppt hatte, ohne zu begreifen, dass kein Mann von Ehre jemanden angreifen würde, der ihm den Rücken kehrte.

Er stürzte sich auf mich, sein Schwert schwang hin und her, auf und nieder, das Tahn verlieh ihm eine Schnelligkeit und Kraft, die die meine weit überstieg. Ich wich zurück, wehrte ihn ab, zu sehr damit beschäftigt, meine Haut zu retten, um in die wiederkehrenden Lücken zu stoßen, die Dagny in seiner Deckung ließ. Meine Hand schmerzte abscheulich, wenn ich Druck in einen Hieb legte, heißer Schmerz fuhr von meinen Fingern in den Arm und wieder hinunter und schwächte meinen Griff. Mistals Blatt nützte mir verdammt noch mal überhaupt nichts.

Unsere Schwerter verhakten sich an den Handschutzen, wir hielten für einen angespannten Augenblick inne, während ringsum Schweigen herrschte. Es gelang mir ihn wegzustoßen, weil meine Muskeln von jahrelanger harter Übung gestählt waren, womit ich die Energie der Jugend und der Drogen ausglich, die Dagny antrieb. Ich wich zurück und hielt einen sicheren Abstand ein.

»Komm und kämpfe«, reizte er mich. »D'Olbriot-Mann, nur Haaröl, aber nichts in der Hose, sagt man.«

Das Tahn machte ihn also redselig. »Wer sagt das?« War es die Person, die ihn zu dieser Sache angestiftet hatte? Ich würde gutes Geld dafür bezahlen zu erfahren, wer das war. »Irgend so 'ne Hure, die wollte, dass du dich besser fühlst, weil du ihr das Auge in deiner Nadel nicht zeigen konntest?«

Dagny machte einen Ausfall, wieder diesen direkten Stoß. Ich versuchte seine Klinge wegzuschieben, um seinen Unterarm zu treffen, aber er fegte das Schwert beiseite, schwang es um seinen Kopf, um es wie eine Sense wieder auf mich niedersausen zu lassen. Ich musste wieder im Bruchteil einer Sekunde entscheiden, ob ich mich auf seine offene Brust stürzen oder meinen eigenen Schädel retten sollte. Wenn ich ihn mit meiner Schwertspitze ritzte, hätte ich den Kampf gewonnen, aber trotzdem würde mich seine Klinge am Ohr erwischen. Ich konnte in seinen verschleierten Augen erkennen, dass Dagny seinen Hieb nicht zürücknehmen würde.

Ich konterte den Hieb, sodass mir ein glühender Schmerz durch die verletzte Hand jagte. Ich ignorierte ihn und zwang sein Schwert zur Seite. Doch er drängte weiter, drehte sein Schwert herum, wodurch es über meinen Handschutz glitt, und dieses Mal konnte ich es nicht abblocken. Das Pochen in meinen Fingern wurde vorübergehend gedämpft durch das eisige Feuer eines Schnittes, der in meinen Unterarm drang.

Dagny jubelte sich selbst zu, riss die Hände hoch, wie um sich zu gratulieren. Selbst die Den-Thasnet-Leute wirkten verlegen, und alle anderen schrien ihre Verachtung heraus. Dagny beschimpfte die Zuschauer und bedrohte die am nächsten Stehenden gegen alle Sitten mit seiner blutigen Klinge. Der Lärm war ohrenbetäubend.

Ich ließ ihn herumstolzieren wie einen Hahn auf dem Mist und riss meinen Hemdsärmel auf, um mir die Wunde anzusehen. Tief genug, um genäht werden zu müssen. Dast verdammich, das war nicht nur ein Zeichen, wie die Kratzer, die Lovis und ich uns zugefügt hatten. Egal, ich hatte schon schlimmere Wunden davongetragen, auch wenn es brannte wie die Hölle. Temars Bandage würde das Blut zum Glück aufsaugen, das mir sonst die Hand glitschig gemacht hätte. Ich hatte genug von Dagny, entschied ich. Schließlich musste ich an meinen Ruf und den D'Olbriots denken.

Wie konnte ich die Sache beenden, ohne ihn zu töten, was uns sowohl eine Schlägerei als auch Schande eintragen würde? Eine schwere Verwundung wäre schon nötig, um einen Mann, der durch Tahn kaum Schmerz empfand, außer Gefecht zu setzen, und das war doch eine interessante Vorstellung, oder? Den Thasnets Männer konnten ihn nicht einfach davonschleppen, wenn er stark blutete, und Fyles Frau war die beste Krankenschwester weit und breit. Mit einer ordentlichen Dosis Tahn-Tee, zusätzlich zu dem, was er bereits intus hatte, würde Dagny lauter jammern als ein Schwein, das den Abfalleimer hörte. Dann würden wir vielleicht etwas Interessantes zu hören bekommen.

Ich ging langsam in die Mitte der Arena, während Dagny Beschimpfungen mit den Zuschauern austauschte. Ich zog eine Miene leichter Verachtung. Stolley brachte die D'Olbriot-Männer dazu, rhythmisch meinen Namen zu rufen, D'Istrac fiel ein, dann auch Jord und die anderen von Den Murivance.

Die Rufe der Den-Thasnet-Leute für ihren Mann gingen bald unter. Dagny wandte sich zu mir um, die Kühnheit in seinen Augen wich angesichts des Ansturms von Feindseligkeit von allen Seiten. Stattdessen erschien die bösartige Schlauheit einer Kanalratte. Er nahm Kampfhaltung ein, beide Hände umfassten sein Schwert und hielten es in Bauchhöhe, um nach beiden Seiten zuschlagen zu können. Ich zog mein Schwert mit einer Hand, hielt den Griff hoch über meinen Kopf, sodass die Klinge vor meinem Körper hing, bereit, jeden Schritt von ihm zu parieren. Ich legte das Gewicht auf meinen hinteren Fuß und lächelte ihn an.

Die Rufe verstummten verwirrt, und ich sah Verblüffung in Dagnys Blick. Ein Geräusch wie Wind, der durch Schilf rauscht, zischelte über den Sand. »Wie die Aldabreshi! Wie die Aldabreshi!« Ich hoffte nur, der wilde Ruf der Schwertkämpfer vom Archipel hatte auch den Sumpf erreicht, aus dem Dagny gekrochen war und dass jemand erwähnt hatte, dass ich im letzten Jahr als Sklave auf den Inseln gewesen war. Jetzt konnten Fyle und der Rest sehen, dass ich etwas verdammt viel Nützlicheres gelernt hatte als die Bettspielchen der Frau des Kriegsherrn.

Spannung knisterte so spürbar in der Luft, dass ich nicht erstaunt gewesen wäre, es blitzen zu sehen. Dagnys Mund verzerrte sich, und er setzte zu einem Hieb an. Ich begegnete ihm, noch bevor er sein ganzes Gewicht in die Bewegung gelegt hatte, trat vor und packte mit meiner freien Hand seinen Schwertgriff. Er stolperte verwirrt nach hinten, als ihm einfiel, dass ich ihn schon vorher so festgenagelt hatte.

Er versuchte, wieder auszuspucken, doch jetzt war sein Mund ausgedörrt. Ich wartete geduldig, spöttisch lächelnd, und als er sein Schwert hob, nahm ich dieselbe Aldabreshi-Haltung ein. Dagny vermeinte eine Lücke zu sehen und versuchte seinen Lieblingsstoß auf meine Beine, doch sobald ich sah, wie er seine Schultern spannte, senkte ich mein Schwert, um seinen Hieb abzuwehren, und traf ihn hart genug, um ihn aus dem Gleichgewicht zu bringen. Damit hatte ich einen kurzen Vorteil, ich drehte mein Handgelenk und schnitt ihm tief in den Unterarm, sodass ihm sein Schwert auf der Stelle aus den kraftlosen Fingern fiel. Dunkles Blut tränkte seinen Ärmel, aber er stand nur mit offenem Mund da.

Ich riss den zerfetzten Ärmel von meinem eigenen Schwert und schob Dagnys Ärmel hoch, um mir den Schaden anzusehen. Es war eine tiefe Fleischwunde, aber ich hatte ihn so überrascht, dass er keine Zeit gehabt hatte, das Handgelenk zu drehen. Das hatte seine Sehnen gerettet, aber ich hatte wohl ein größeres Blutgefäß getroffen, wie es aussah. Ich presste den Stoff auf die Wunde, meine Hände waren bereits klebrig. »Drück das fest drauf.« Ich nahm seine freie Hand und drückte sie auf die Kompresse.

»Aber sie sagten, ich müsste dich töten«, murmelte er unvorsichtig, der Schock über seine unerwartete Verwundung verdoppelte den Impuls zur Geschwätzigkeit, der aus dem Tahn geboren war.

»Wer hat das gesagt?«, wollte ich wissen, zu rasch, zu knapp, aber schon drängten die Zuschauer auf den Sand.

Er richtete den Blick auf mich, und die Erkenntnis ließ ihn die Augen schließen. »Ich habe noch nie gegen den archipelagischen Stil gekämpft. Sie haben gesagt, du wärst ohnehin nicht würdig, Erwählter zu sein.«

»Wer hat das gesagt?«, wiederholte ich und drückte fest auf seine Wunde, mehr um ihm wehzutun, als um das Blut zu stillen.

»Lass mich sehen!« Den Thasnets Mann versuchte, meine Hände von Dagny zu ziehen.

»Zurück«, knurrte ich. »Schickt nach Frau Fyle!«

»Sie ist unterwegs«, sagte jemand hinter mir.

»Wir haben selber Krankenschwestern«, beharrte Den Thasnets Mann. Ich hörte die Angst aus seiner Stimme. »Komm schon, Dagny, wir gehen.« Er zerrte an meiner verbundenen Hand.

Ich fluchte, hatte aber in den verletzten Fingern nicht die Kraft, ihm zu widerstehen. Eine solide Phalanx mit Kleeblatt-Abzeichen drängte vorwärts, umringte Dagny und schob alle anderen beiseite. Ich sah jemanden hinter Stolley auf einen brutalen Schubs mit einem Magenhaken antworten.

»Lasst ihn gehen!«, rief ich. »Wenn der dumme Hund in irgendeiner Gosse verblutet, ist das kein Verlust für uns!«

»Sei kein Narr, Mann!« Fyle versuchte, Dagny zurückzuhalten, aber Den Thasnets Mann schlug die Hand des Vorstehers von der bebenden Schulter des Burschen.

»Wollt ihr uns etwa aufhalten?« Ein stämmiger Rüpel mit stinkigem Atem und pockennarbigem Gesicht baute sich vor Fyle auf.

»Vorsteher!« Meine knappe Förmlichkeit erregte Fyles Aufmerksamkeit, kurz bevor er dem Mann mit seiner Faust das Maul stopfen konnte. »Sie kamen her, weil sie einen Kampf wollten, und sie haben den einzigen bekommen, den sie kriegen werden. Ihr Mann hat verloren, und damit basta!«

Erleichtert hörte ich hinter mir zustimmendes Gemurmel, angeführt von Mistal und Temar.

»Wohl wahr.« Fyle sah Den Thasnets Mann ohne einen Funken Gutwilligkeit an. »Schafft euren Dreck von meinem Gelände.«

Der Pockennarbige packte Fyles Schultern, um ihm die Nase mit der Stirn einzuschlagen. Fyle war jedoch zu schnell, er machte ebendiese Bewegung eine Sekunde früher, und der andere stolperte blindlings zurück.

»Ingel, lass es!« Den Thasnets Mann versuchte noch immer, Dagnys Blutung zu stillen, die Bandage war bereits blutdurchtränkt. Die Halunken, die auf Den Thasnet eingeschworen waren, scharten sich immer dichter um ihn, als Dagny, leicht grün im Gesicht, taumelte.

»Lasst sie vorbei!« Fyle hob befehlend die Hand, seine Wut war teilweise verraucht, als er dem Pockennarbigen die Nase gebrochen hatte.

»Wartet.« Mistal trat vor den Sprecher von Den Thasnet. »Als Anwalt vereidigt vor den Gerichtshöfen, rufe ich alle Anwesenden zu Zeugen. Ihr entfernt diesen Mann aus eigenem freien Willen aus fachkundiger Pflege. Denkt nicht einmal im Traum daran zu behaupten, dass Fyle oder D'Olbriot ihre Pflicht vernachlässigt hätten, sich um den Verletzten zu kümmern.« Aus seinen Worten sprach Autorität, und ich freute mich, als ich sah, wie Unsicherheit über die Gesichter der Den Thasnets huschte.

Ich sah ihnen nach, wie sie das sich rasch leerende Trainingsgelände verließen, und die Enttäuschung brannte heiß in meiner Kehle, das und das bittere Kaublatt. Ich spuckte es aus. Wer hatte diesen Männern so überzeugende Lügen erzählt, dass sie in dreister Missachtung aller Sitten herkamen und eine Schlägerei suchten?

»Dalmit?« Ich sah einen Eingeschworenen, den ich als Tor Kanselin erkannte. »Du hast doch heute Abend keinen Dienst, oder?«

»Ich? Nein.«

Ich sprach leise und rasch auf ihn ein. »Irgendjemand wollte heute hier Ärger machen. Ich möchte wissen wer, und der Sieur auch, aber keiner der Den Thasnets wird einem D'Olbriot auch nur ein Sterbenswörtchen erzählen. Wie wäre es, wenn du und ein paar Freunde eine Tour durch die Kneipen und Puffs machtet, wo die Den-Thasnet-Kerle ihren Durst löschen? Vielleicht könnt ihr einem unvorsichtigen Betrunkenen etwas entlocken? Ich komme für alles auf, was ihr ausgebt.«

Er sah mich nachdenklich an. »Glaubst du, das hier hat etwas mit demjenigen zu tun, der euren D'Alsennin umbringen lassen wollte?«

Ein Eingeschworener, der seinem Sieur eine solche Neuigkeit überbrachte, würde in Erinnerung bleiben.

Ich schüttelte den Kopf. »Keine Ahnung.«

»Könnte einen Blick wert sein«, sagte Dalmit mit einem Raubtiergrinsen. »Ich lasse dich wissen, was ich herausfinde.«

»Sollen wir dich mal säubern?« Mistal versuchte ein Lächeln. Als er die Hände aus der Hosentasche zog und ein Kaublatt fand, sah ich, dass seine Hände zitterten. Temar dagegen wirkte wie ein Hund, der eine interessante Fährte aufgenommen hat und dann im Zwinger an die Kette gelegt worden war.

»Wir waren uns einig, ihnen keine Schlägerei zu bieten, Temar«, erinnerte ich ihn.

»Muss das denn heißen, dass wir *nie* zurückschlagen?«, grollte er.

»Wir müssen erst wissen, gegen wen wir kämpfen«, betonte ich.

»Den Thasnet zum einen, das ist wohl deutlich genug«, sagte er bekümmert.

Ich zog mein blutgetränktes, schweißnasses Hemd aus. »Wir gehen zurück zur Residenz und planen dort unseren Feldzug, ja?« Meine verletzte Hand pochte, und die Anstrengungen der intensiven Fechtarbeit ließ meine Muskeln schmerzen. Ich würde Livaks geschickte Finger vermissen, die mir heute Abend Öl in meine Schultern massierten.

»Du brauchst etwas zu trinken und zu essen!« Stolley tauchte wieder auf und hielt mir eine entkorkte Flasche hin. Ich trank in tiefen Zügen. Das war zwar keine Art, mit gutem Wein umzugehen, aber ich hatte zu viel Durst, um mich darum zu scheren.

»Nicht, ehe du das hast nähen lassen.« Fyle stieß ihn beiseite, Verbandmaterial und Salbe in den Händen.

Ich betrachtete den blutenden Schnitt auf meinem Arm und nahm noch einen Schluck. »Hast du etwas Tahn zum Betäuben?«

»Rysh! Lass dich verbinden, damit wir endlich anfangen können, richtig zu trinken!« Jord prostete mir mit einem Krug zu und übertönte die lebhaften Gespräche ringsum.

Mistal sah mich an. »Das ist wahrscheinlich die beste Möglichkeit herauszufinden, ob jemand ihn angestachelt hat, die Herausforderung anzunehmen, ihn und Lovis.« Die Männer von D'Istrac wirkten alle begierig darauf, sich jeder bietenden Gelegenheit zum Feiern anzuschließen.

Temars Augen leuchteten auf. »Es wäre wohl auch unhöflich, sofort zu verschwinden.«

Ich zögerte. »Wir können ja noch ein Weilchen bleiben.«

Eine Mietkutsche,
Sommersonnwendfest, dritter Tag, Abend

»Du erinnerst dich doch noch an Inshowe, den Schneider an der Bootshebegasse?«

Temar tat sein Bestes, um Interesse an etwas vorzuschützen, was zweifellos wieder eine Geschichte über Leute war, die er nicht kannte, und Orte, die er vermutlich nie zu sehen bekommen würde.

»Hatte er nicht eine Frau, die hinkte?« Ryshad setzte sich aufrecht hin, als die Kutsche mit den dreien über unebenes Pflaster rumpelte. »Drei Töchter, alle mit einem Gesicht wie ein verregneter Waschtag?«

»Genau.« Mistal konnte vor Lachen kaum sprechen. »Die Frau wollte unbedingt eine wundervolle neue Fassade für ihr Haus, abgerundete Steine, hübsche rationale Linien, nichts von diesen altmodischen Erkern und Türmchen.«

Ryshad runzelte vor Anstrengung sich zu erinnern, die Stirn. »Aber all diese Häuser haben Fachwerk. Da müsste man eher das Ganze abreißen und neu bauen.«

Mistal nickte nachdrücklich. »Das hat Hansey auch gesagt, als sie kamen um ein Angebot einzuholen. Er zählte die Männer und das Material auf, das sie für eine solche Aufgabe brauchen würden, und die Gnädigste fiel im Hof beinahe in Ohnmacht.«

Hansey und Ridner waren die ältesten Tathel-Brüder, erinnerte sich Temar etwas verspätet, Steinmetze in Zyoutessela.

»Inshowe war nie so reich, wie er immer tat.« Ryshad gähnte. »Wenn er es gewesen wäre, hätte sich bestimmt jemand für diese unscheinbaren Mädchen gefunden.«

Temar fühlte sich durch diese unbedachte Bemerkung etwas enttäuscht.

»Hansey rechnete nicht damit, noch einmal von ihnen zu hören«, fuhr Mistal fort. »Aber am nächsten Markttag kommt Ridner nach Hause und erzählt, angeblich solle Jeshet den Job machen.«

»Der Ziegelmacher?«, fragte Ryshad verblüfft.

Mistal nickte. »Er hatte Inshowe überzeugt er könne eine neue Fassade mauern. Sie würde aussehen wie Stein, erklärte er, bis zu einer hübschen, flachen Dachkante. Es hatte nämlich jemand ausgerechnet, dass er Geld und Zeit sparen könnte, indem er das alte Dach nicht abnehmen ließ.«

Ryshad schüttelte den Kopf. »Ich kann nicht ganz folgen.«

Da war er nicht der Einzige, dachte Temar säuerlich.

»Sie bauten die Fassade aus Ziegeln und machten sie so hoch wie den Dachfirst.« Mistal unterstrich seine Worte mit Gesten. »Dann füllten sie die Lücke zwischen der alten Dachneigung und der Fassade mit Ziegeln auf.«

Ryshad riss den Mund auf. »Und wie haben sie das abgestützt?«

»Gar nicht.« Mistal kicherte. »Eine halbe Jahreszeit später rutschte die ganze obere Abteilung glatt von dem alten Dach und riss den größten Teil der neuen Fassade mit sich! Die Straße war zwei Tage lang blockiert und Inshowe musste ein Vermögen zahlen, um sie freiräumen zu lassen. Und jetzt will er Jeshet für alles verantwortlich machen und Schadensersatz fordern. Jeshet sagt, er hätte nur getan, was Inshowe gewollt hätte.«

»Wurde jemand verletzt?« Temar fühlte sich abgestoßen.

Mistal sah ihn verblüfft an. »Nein, es rutschte alles mitten in der Nacht runter.«

»Ein raues Erwachen«, meinte Ryshad. »Wen vertrittst du?«

»Jeshet«, antwortete Mistal prompt. »Er ist vielleicht nur ein Ziegelmacher, aber das ist ein ehrbarerer Beruf als Schneider.«

»Und das ausgerechnet von einem Advokaten!«, lachte Ryshad. Temar fühlte sich berechtigt mit einzufallen, nach dem, was er bei Gericht gesehen hatte.

Die Kutsche kam ruckartig zum Stehen, und der Kutscher klopfte mit dem Ende seiner Peitsche auf das Dach. »Ihr wolltet zur Schmalen Schur?«

»Ja«, rief Mistal. Die Tür hing schief in ausgeleierten ledernen Angeln, als er ausstieg. »Ich brauche Vollmachten von Burquest, um Zugang zum Tor-Alder-Archiv zu bekommen, darum kümmere ich mich als Erstes. Ach, Temar, Eure Kleider ...«

»Gebt sie mir morgen wieder«, sagte Temar höflich.

»Gleich morgen früh«, versprach Mistal feierlich. »Wenn ich mir die Aufzeichnungen angesehen habe, melde ich mich und sage Euch, was für einen Fall wir daraus machen könnten.«

Temar fragte sich, was Mistal unter ›gleich morgen früh‹ verstand, in Anbetracht der Weinflaschen, die er in der Schwertschule mitgeholfen hatte zu leeren.

Ryshad winkte seinem Bruder zum Abschied und lehnte sich wieder gegen das schmierige Polster. »Mistal weiß immer das Neueste von zu Hause«, sagte er entschuldigend.

Temar lächelte dünn. »Ich nehme an, auch Zyoutessela hat sich gegenüber meiner Erinnerung ziemlich verändert.«

»Die Kolonie-Expedition ist von dort aus in See gestochen, nicht wahr?« Ryshad blickte nachdenklich.

Er dachte zweifellos an die Echos von Temars Erinnerungen, die die Verzauberung in ihm hinterlassen hatte; es war eine Schande, dass er nicht im Gegenzug etwas von Ryshads Wissen dafür gewonnen hatte, dachte Temar gereizt. Dann würde er sich auf dieser Seite des Ozeans nicht so völlig fehl am Platze fühlen.

Ryshad gähnte und schwieg und hielt seine dick verbundene Hand vor die Brust. Temar sah die Stadt durch das offene Fenster der Mietkutsche vorüberziehen. Ein Puppentheater zog viele Menschen an, die verzückt im Licht flackernder Laternen den Eingang einer Gasse umstanden. Wirtshäuser und Kneipen machten auf allen Seiten gute Geschäfte. Fröhliche Familiengruppen rollten in behaglichen Kutschen vorüber oder spazierten Arm in Arm daher. Immer wieder blockierten Gruppen den Weg, wenn sich Bekannte trafen und fröhlich begrüßten und Neuigkeiten und Umarmungen austauschten. Die schmalen Häuser der Händler, die unterhalb der Altstadt lebten, waren vom Keller bis zum Dachboden erleuchtet, ein ganzer Vierteljahresvorrat an Kerzen wurde während der fünf Festtage abgebrannt, um Besucher willkommen zu heißen, Feste zu geben und die Geburten, Verlobungen und Hochzeiten der vergangenen Jahreszeiten so üppig zu feiern, wie die Familien es sich nur leisten konnten.

In den höher gelegenen Vierteln, durch die die Kutsche kam, wetteiferten wohlhabendere Kaufleute mit ihren Nachbarn um geziemendere, aber um so prächtigere Gelage.

Temar betrachtete die stolzen Häuser, hin- und hergerissen zwischen Traurigkeit und Trotz. Er hatte keine Familie, kein Zuhause, jedenfalls nicht auf dieser Seite des Ozeans, und wenn nicht Burquest, Mistal und all ihre Schreiber ein erfolgreiches Argument vorbringen konnten, würde er nicht einmal mehr ein Haus oder einen eigenen Namen haben. Er lächelte dünn über den mageren Scherz.

Was war damit? Er hatte nach Osten geblickt, als er zum ersten Mal nach Kel Ar'Ayen gesegelt war, oder nicht? Er hatte seinem Großvater versprochen, er würde das Haus D'Alsennin jenseits des Meeres zu seiner einstigen Größe zurückführen, und mit Saedrins Hilfe war das immer noch möglich. Es war ein Fehler gewesen zu glauben, all die Angelegenheiten der Kolonie wären lästig und belanglos, erkannte Temar. Diese so genannten Adligen mit ihren eigensüchtigen, unbedeutenden Sorgen, sie waren die Unwichtigen.

Temar wandte seine Gedanken entschieden nach Kel Ar'Ayen. Wieder aufzubauen, was von der ursprünglichen Siedlung noch vorhanden war, war das Wichtigste gewesen, abgesehen davon dafür zu sorgen, dass die noch verbliebenen Schläfer in der Höhle in Sicherheit waren und bewacht wurden. Diese beiden Aufgaben waren weitgehend abgeschlossen gewesen, als er Segel gesetzt hatte, nicht wahr? Was wohl noch von der südlichen Siedlung übrig war, wo die Ozeanschiffe dem Angriff der Elietimm entgangen waren, Rettung für die wenigen, die unter Vahils Führung entkommen waren, um die verzauberten Artefakte nach Hause zu bringen? Er würde es herausfinden, beschloss Temar, sobald er zurück war. Pläne für eine Expedition zu schmieden, beschäftigte ihn, während die Kutsche durch die Stadt rumpelte und Ryshad schweigend vor sich hin döste.

Die Pferde wurden auf dem langen Anstieg, der zur D'Olbriot-Residenz führte, langsamer, gerade als Temar eine neue Idee kam. Es war Zeit, dass die Siedlungen von Kel Ar'Ayen Namen bekamen, um diejenigen zu ehren, die die Kolonie gegründet und bei ihrer Verteidigung ihr Blut vergossen hatten. Bei Saedrins Steinen, er würde nicht zulassen, dass Den Fellaemion aus der Geschichte herausgeschrieben wurde, einverleibt in Tor Priminale!

Er schnaubte unwillkürlich vor Verachtung, als die Kutsche vor dem Torhaus von D'Olbriot anhielt und der Kutscher wieder auf das Dach hämmerte.

»Hast du etwas gesagt?« Ryshad schlug die Augen auf und schluckte eine Verwünschung hinunter, als er sich versehentlich auf seine verletzte Hand stützte.

»Nein, aber wir sind da.« Temar öffnete die Tür, ehe er sich mit einem etwas verlegenen Lächeln an Ryshad wandte. »Was ist ein angemessener Preis für den Kutscher? Ich habe Geld, aber ...«

»Ein paar Silbermark, dann hat er noch etwas fürs Fest übrig.« Ryshad rieb sich mit der gesunden Hand übers Gesicht. »Bei Dasts Zähnen, bin ich müde.«

»Du hattest auch einen anstrengenden Tag«, betonte Temar.

»Ich hätte mehr Wasser in meinen Wein nehmen sollen«, sagte Ryshad reumütig. »Wenigstens hast du deine fünf Sinne beisammengehalten.«

»Avila und der Arzt Messires waren sich darüber ganz und gar einig«, sagte Temar achselzuckend. »Möglichst kein Alkohol nach einem Schlag auf den Kopf, beharrten sie.«

»Ryshad, schöne Festtage!« Der Erwählte vom

Dienst im Torhaus winkte ihnen zu. »Einer von Fyles Jungs hat uns die Neuigkeiten überbracht, und der Sieur ordnete an, der Kaserne ein Fass für ihre Stärke anzuzapfen!«

»Schöne Festtage dir, Naer«, grinste Ryshad. »Welche Wette hast du denn verloren, dass du heute Abend Dienst hast?«

»Ist die Demoiselle Tor Arrial daheim?«, unterbrach Temar. »Sie sollte sich wirklich deine Hand ansehen, Ryshad.«

Naer schüttelte den Kopf. Er war ebenso groß wie Ryshad, stellte Temar fest, und hatte dieselbe schlanke Gestalt, aber etliche Jahre mehr hatten seine Taille kräftiger und sein Haar schütter werden lassen. »Die Witwe Tor Bezaemar hat sie heute am späten Nachmittag abgeholt, sie wollten eine Schrein-Bruderschaft besuchen oder so was. Sie ist noch nicht zurück.«

»Sind der Sieur und Junker Camarl hier?«, fragte Ryshad.

Wieder schüttelte der Schwertträger den Kopf. »Sie sind kurz nach Sonnenuntergang vom Gericht zurückgekommen, aber wieder ausgegangen, sobald sie sich umgezogen hatten. Ich glaube, sie essen bei Den Murivance zu Abend.« Er sah Temar leicht belustigt an. »Die Demoiselles des Namens veranstalten einen musikalischen Abend, Junker D'Alsennin. Sie bestanden unbedingt darauf, dass ich Euch daran erinnere, sobald Ihr zurück seid.«

»Danke.« Ryshad sah nachdenklich drein, als sie davongingen. »Ich frage mich, wie gut Meister Burquest heute argumentiert hat.«

»Erzähl mir von Den Murivance«, bat Temar. »Wie ist ihr Status, verglichen mit D'Olbriot? Welches Interesse könnten sie an Kel Ar'Ayen haben?«

»Vermutlich liegt der Grund in dem Umstand, dass das Haus mit annehmbaren, heiratsfähigen Töchtern gesegnet ist.« Ryshad nahm einen tiefen Zug von der kühlen Abendluft, doch er musste wieder gähnen. »Jede von ihnen gäbe eine Ehefrau von Rang ab, die deinen Anspruch, deinen Namen wiederherzustellen, stärken würde. Das würde gewiss die Gerüchte niederschlagen, dass der Sieur vorhabe, dich mit einer seiner Nichten zu verheiraten. Ein weiteres Großes Haus, das in das Spiel um Kellarin eintritt, würde außerdem Namen wie Den Thasnet eine Pause zum Nachdenken verschaffen.«

Sie gingen auf die Residenz zu, schwarze Schatten, die der komplizierten Gartenanlage ihr eigenes Muster hinzufügten. Bei jeder Biegung des von Hecken eingefassten Pfades, die wiederum von Mauern eingefasst waren, fühlte sich Temar mehr und mehr eingepfercht.

»Den Murivance ist extrem reich«, fuhr Ryshad fort. »Sie besitzen ausgedehnte Ländereien von Lequesine bis Moretayne. Sie haben nur deswegen nicht ganz das Prestige D'Olbriots, weil die letzten drei Sieurs sich mehr für den Handel als für die Politik interessierten.« Er sah Temar mit einem spitzbübischen Grinsen an. »Na, hat dir der Anblick von Gelaia heute Morgen gefallen? Ein weißfedriger Fächer bedeutet, ein Mädchen ist offen für Angebote, wusstest du das?«

Temar suchte nach einer Antwort. Er wandte den Blick von Ryshads leicht spöttischer Miene, und sah zwei Gestalten den Weg entlangkommen, deren plötzliches Zögern ihm auffiel. »Wer ist das?«

»Gästediener?« Ryshad spähte in die Finsternis, doch die Männer waren in der schlecht beleuchteten Zone stehen geblieben, zwischen den flackernden Fackeln des Torhauses und dem Schein aus den Fenstern der Residenz.

Temar zuckte die Achseln und ging weiter. Die beiden Männer taten dasselbe und gingen an Ryshad vorbei, die Augen fest auf den Boden gerichtet. Ihre Schritte knirschten auf dem Kies, als sie beschleunigten.

Ryshad blieb stehen und sah Temar an. »Ich habe sie nicht erkannt, du?«

Temar schüttelte den Kopf. »Und ich habe die altmodische Angewohnheit, Dienstboten tatsächlich anzusehen.«

»Und sie sehen dich an, und vor allem, sie verbeugen sich.« Ryshad runzelte die Stirn. »Alle Gästediener wurden informiert, dass du Anspruch auf jedwede Höflichkeit hast, und zwar eindeutig.«

Sie wandten sich um und sahen die beiden Unbekannten abrupt hinter einer dicken Eibenhecke verschwinden.

»Sie gehen um die Residenz zu den Ställen.« Ryshad blickte finster drein.

»Ehrbare Diener mit der Erlaubnis auszugehen, würden doch sicherlich das Haupttor nehmen?« Temars Misstrauen wuchs ebenfalls.

»Dast verfluche sie«, sagte Ryshad verärgert. »Wahrscheinlich hat es nichts zu bedeuten, aber manchmal machen sich Einbrecher das Kommen und Gehen an den Festtagen zu Nutze. Ich gehe zurück und sage Naer, er soll jeden nach seinem Namen fragen, der hinauswill. Du gehst zu den Ställen und sagst dem Dienst habenden Wachmann, er soll in die Hufe kommen. Er soll die Tore schließen.«

Das brauchte er Temar nicht zweimal zu sagen, der schon leichtfüßig den schattigen Pfad hinunterlief und aus alter Gewohnheit sein Schwert auf der Hüfte zurechtrückte.

Der Stallhof öffnete sich auf den Feldweg, der hinter der Residenz entlangführte. Ein niedriges, langgestrecktes Gebäude bildete den Hauptteil, und Temar kam an Türen vorbei, aus denen der warme Geruch nach Pferden drang. Weitere Tiere waren in den Seitenflügeln untergebracht, die sich zu beiden Seiten nach hinten erstreckten. Ein Kutschenschuppen mit steilem Giebeldach flankierte die Ställe auf der einen Seite, während auf der anderen Seite ein gedrungener Kornspeicher auf steingesäumten Pfählen ruhte, um gieriges Ungeziefer fern zu halten. Ein unweit gelegenes Haus für Stall- und Pferdeknechte wandte seine schmucklose rationale Fassade diesen Gebäuden zu, scharfe steinerne Ecken und strikt parallel ausgerichtete Fenster standen im Gegensatz zu älteren, geschwungenen Linien und Ziergiebeln. Hinter dem festgestampften Bereich, in dem Kutschenräder eine tiefen Kreis eingegraben hatten, standen schmiedeeiserne Tore offen für die Nacht. Sorgfältig abgedeckte Laternen beleuchteten ein paar Stallknechte, die auf einem umgedrehten Fass eine Partie Weißer Rabe spielten.

Temar lief zu dem livrierten Dienst habenden Wachmann, der in einem kleinen Raum neben dem Tor saß. »Du da – ist jemand vor kurzem hier durchgekommen?«

Der Wachmann erhob sich geschmeidig. »Nein, Junker, niemand.«

Temar hatte ihn noch nie gesehen, aber der Eingeschworene wusste D'Alsennin mit geziemender Achtung zu begegnen. Ryhsad hatte Recht. »Der Erwählte Tathel vermutet Diebe auf dem Gelände«, sagte er knapp. »Schließ die Tore und lass niemanden hindurch, ohne dass jemand für ihn bürgen kann.«

Sofort pfiff der Wachmann dreimal scharf auf einer Pfeife, die um seinen Hals hing. Vier Eingeschworene erschienen aus dem neuen Gebäude.

»Ryshad sagt, wir hätten Ratten im Garten«, erklärte der Wachmann. »Ihr zwei, macht euch auf die Suche. Iffa, weck die Kaserne auf.« Der letzte Mann half ihm die schweren Flügel des Tores zu schließen.

»Was soll das?«, rief eine Stimme von der Brüstung hoch über ihren Köpfen.

»Ryshad glaubt, dass wir Einbrecher hier haben«, rief der Wachmann.

»Hier oben ist nichts zu sehen.« Aber die Stimme bewegte sich bereits auf die Dunkelheit zu, wo die Bäume schwarze Schatten über die Mauer warfen.

»Ihr bringt Euch am besten in der Residenz in Sicherheit, Junker«, sagte der Wachmann leicht entschuldigend. »Die Damen geben einen musikalischen Abend, nicht wahr?«

Temar nickte, antwortete jedoch nicht. Nein, er würde gehen und Ryshad suchen. Er hatte schließlich ein Schwert und wusste, wie man damit umging, was mehr war, als man von diesen modischen Adligen sagen konnte, die sich im Haus verkrochen. Schrilles Pfeifen ertönte, sowohl hoch auf der Mauer als auch aus größerer Nähe, und Triller aus dem Torhaus antworteten.

Schwere Stiefel polterten, und ein livrierter Wachposten kam schlitternd vor Temar zum Stehen. »Identifiziert Euch! Ach, Junker, Verzeihung, aber solltet Ihr nicht besser drinnen sein?«

»Wo ist Ryshad?«, versuchte Temar die Autorität seines Großvaters aufzubieten.

»Dort drüben, Junker, um den Küchenhof zu durchsuchen«, erwiderte der Mann prompt.

»Ich helfe ihm.« Temar lief über einen, wie er hoffte, richtigen Pfad. Diese Gärten waren verdammt verwirrend im Dunkeln, dachte er gereizt. Licht fiel vor ihm auf den Weg, als der Laden vor einem der oberen Fenster geöffnet wurde. Neugierige Gesichter spähten kurz hinaus in die Nacht, und ein Nachtfalter hielt inne, ehe er einen Moment später sein zielloses Gegaukel wieder aufnahm.

Temar versuchte sich zu orientieren, eine Hand am Schwert, um es im Gleichgewicht zu halten. Wenn das die neue Westfront war, dann musste die Küche auf der anderen Seite des Hauses sein, hinter dem, was zu seiner Zeit wohl die große Halle gewesen wäre, in der sich jetzt aber die Quartiere für die Dienerschaft befanden. Er umrundete die niedrige Mauer, die den Küchenhof umgab, und die beiden Männer, die bei Ryshad waren, richteten im selben Moment ihre Klingen auf ihn.

»D'Alsennin!«, identifizierte sich Temar krächzend.

»Irgendwas gesehen?«, fragte Ryshad.

Temar schüttelte den Kopf. »Aber die Stalltüren sind geschlossen und die Männer auf den Mauern alarmiert. Und sag bloß nicht, ich sollte lieber drinnen sein.« Er schoss Ryshad einen warnenden Blick zu. »Ich habe zwei gesunde Hände, und das ist mindestens eine mehr als du.«

Ryshad nahm das grinsend hin. »Dann achte auf meinen Rücken.« Er wog einen geborgten Knüppel in der gesunden Hand. »Ihr beide, durchsucht den Hof gründlich. Wir nehmen den Kräutergarten.«

Während die beiden anderen eine gründliche Durchsuchung jeder Nische und Ritze vornahmen, führte Ryshad Temar durch einen Rosenbogen in eine kleine Einfriedung. Auf das Nicken des älteren Mannes hin ging Temar ans andere Ende, wobei er einem schmalen Pfad zwischen niedrigen Lavendelhecken folgte, die ordentliche Muster duftender Kräuter einfassten. Ein kleiner Sockel in der Mitte des Gartens trug eine pflichtschuldigst mit einer Girlande geschmückte Statue von Larasion. Die Göttin hielt einen steinernen Zweig, der gleichzeitig Knospen, Blüten und Früchte trug. Temar schnupperte vertraute Gerüche, die aufstiegen, wenn er Thymian berührte, der in dichten Matten wuchs, oder Salbei, der seine flaumigen silbergrauen Blätter dem Licht des kleineren Mondes entgegenhielt. Minze winkte mit zahlreichen dunklen Blättchen, als er vorbeiging.

»Wir durchsuchen das Lager.« Ryshad deutete auf eine steinerne Hütte, die in einer dichten Holunderhecke verborgen war, die den Küchenhof abschirmte.

Temar spähte in einen zurückweichenden Eingang und fragte sich, ob er eine Bewegung gesehen hatte oder nur einer Täuschung der Dunkelheit erlegen war. Er zog sein Schwert.

Drei dringliche Trompetenstöße klangen von der Nordmauer her. Ryshad und Temar drehten sich um, als Rufe erklangen, und in diesem Augenblick schoss eine kapuzenverhüllte Gestalt aus dem Schutz des Holunders und trampelte dabei Fenchel und Schwarzwurz nieder. Temar sprang den Mann an, rutschte jedoch auf dem Kies aus. Er fiel auf ein Knie, und der Dieb holte aus und trat Temar das Schwert aus der Hand. Temar kam auf die Füße, packte den Mann um die Mitte und stieß ihn nach hinten. Der Dieb kämpfte wild, wand sich und hämmerte brutal mit den Fäusten auf Temar ein. Er hieb dem Jüngeren hart gegen die Schläfe, und Temars Griff lockerte sich.

»Oh, nein!« Ryshad war da und schwang seinen Knüppel in die Kniekehlen des Eindringlings. Der Mann fiel, und Temar hatte ihn schon fast zwischen den duftenden, zertrampelten Kräutern fest, doch der Dieb wand sich mit einer schlangenartigen Drehung seines Körpers frei. Ryshad konnte ihn mit seinem Knüppel nicht erreichen, ihn nur in die Dunkelheit des Gartens verfolgen. Temar rannte zu ihm, schwer atmend, das glitzernde Schwert wieder in der Hand.

»Wo ist er hin?« Ryshad drehte sich langsam um. Temar spähte mit pochendem Schädel in die Schatten von Hecken und Blumenbeeten. In der Ferne ertönten Pfiffe, jenseits der Mauer, soweit Temar es beurteilen konnte. War einer von ihnen entkommen? Bei Saedrins Steinen, dann sollten sie den anderen besser schnappen! Das Knirschen eines Stiefels, der sich unvorsichtig in den Kies bohrte, belohnte sein stummes Gebet.

»Hinter den Ställen«, sagte Temar so leise wie möglich.

Ryshad nickte, und sie gingen wachsam durch die Dunkelheit, ihre Hast von Vorsicht gebremst.

Im Licht des kleineren Mondes, der noch fast voll war, erkannte Temar eine schwarze Gestalt, die auf dem Dach eines Schuppens lag, der im Innenhof des Stallgevierts angebaut worden war. Er deutete in gespanntem Schweigen dorthin. Der Erwählte schickte ihn mit einem Nicken in den Winkel der Gebäude und ging auf das offene Ende des Geländes zu. Temar ging vorsichtig durch loses Stroh, die Augen fest auf die schwarze Gestalt gerichtet. Sie lag bewegungslos da, und Temar hoffte plötzlich, dass es nicht nur eine optische Täuschung war.

Nein, es war ein Mann, der sich abrupt hinkniete, als Instinkt oder Geräusch ihm ihr Kommen verkündete. Das Gewicht auf Händen und Knien verteilt, schob er sich über die schrägen Schindeln, von Ryshad weg. Temar warf in einem plötzlichen Entschluss sein Schwert weg und kletterte auf eine Wassertonne. Erschrocken erstarrte der Dieb und wich zurück. Temar schwang sich hoch, einen Stiefel auf der Dachkante. Der Eindringling stand auf und rannte das Dach hinauf, nur seine Schnelligkeit rettete ihn, als Schindeln ins Rutschen gerieten und krachend unter seinen Füßen zerbarsten. Er fand Halt und zog sich an der Dachrinne hoch, auf das Stalldach und balancierte laufend über den First zur äußeren Mauer.

»Mist!« Temar sah, dass Ryshad nicht die Kraft in seiner verletzten Hand hatte, um sich selbst auf das Schuppendach zu ziehen. »Temar? Kannst du da raufkommen?«

»Ich glaube schon.« Er verkeilte sich in dem Winkel der Mauern und nutzte jede Muskelfaser, um Arme und Beine gegen die Steine zu stemmen, scheuerte sich Haut, Stoff und das Leder seiner Stiefel auf, als er sich hinaufzog. Keuchend schob er sich ungeschickt auf das Stalldach. Sein Herz sank, als er es leer fand.

Temar kroch vorsichtig zum Dachfirst hoch, die Finger flach auf die Schindeln gepresst. Er würde nicht aufgeben. Ryshad wartete unten, sodass der Dieb nicht ungesehen vom Dach herunterkonnte, oder? Moos gab unter Temars Händen und Knien gefährlich nach, und er stieß einen erleichterten Seufzer aus, als er ein Bein über den First schwingen konnte und versuchte, den scheußlich tiefen Abgrund auf der anderen Seite zu ignorieren.

Ein Geräusch ließ Temar herumfahren und brachte ihn fast aus dem Gleichgewicht, doch es war nur eine Katze, deren empört aufgestelltes Fell im Mondschein wie ein Heiligenschein wirkte. Temar sog vor Erleichterung scharf die Luft ein, aber ein lauteres Geräusch als das leichte Tappen der Pfoten ließ ihn den Atem anhalten. Er atmete langsam aus, drehte sich vorsichtig um und betrachtete den hohen, viereckigen Schornstein im Winkel der Stallgebäude. Die Katzen auf dem Hof seines Großvaters hatten Kaminecken immer besonders geliebt, nicht wahr? Was hatte den Mäusejäger dazu gebracht, seine gemütliche Ecke zu verlassen? Temar rutschte tiefer, benutzte den First als Schutzschild und arbeitete sich näher heran.

Da war der Dieb, reglos im Schatten des Schornsteins, und beobachtete angespannt den Wachmann, der auf der Brüstung der Außenmauer seine Runde drehte, das Einzige, was zwischen ihm und seinem Entkommen lag. Temar sah zu, das Herz klopfte ihm bis zum Hals, als der Wachmann langsam davonging, und der Dieb sich wachsam hinkauerte. Ob er über die Lücke springen wollte? Nein, der Mann ließ sich über die Dachkante herunter, und dann ausgestreckt in die schwarzen Schatten fallen.

Selbst wenn er nach ihm rief, konnte Ryshad nicht mehr rechtzeitig da sein. Temar krabbelte so schnell er konnte über das Dach und schwang sich über die Kante, als der Eindringling mit einem unwillkürlichen Grunzer auf dem Boden aufschlug. Die Steine gruben sich grausam in Temars Hände. Verdammt, das konnte er nicht aufs Spiel setzen, auch wenn er riskierte sich einen Knochen zu brechen oder mehr. Aber es war zu spät, sein eigenes

Gewicht verriet ihn und lockerte seinen Griff. Temar fiel, landete, entspannte sich und rollte sich ab, um den Aufprall zu mildern, instinktive Reaktionen, die er in den Jahren im Sattel gelernt hatte, kamen ihm unerwartet zu Hilfe. Er war mit einer Geschwindigkeit wieder auf den Beinen, die ihn selbst genauso erstaunte wie den Dieb, der nun unterhalb der Umfassungsmauer kauerte.

Der Mann war auf ihm, ehe Temar noch einen Warnruf ausstoßen konnte, mörderische Absicht verzerrte sein Gesicht. Der Dieb setzte zu einem Fausthieb an, doch Temar packte seine Faust mit der offenen Hand, drehte sie und packte dabei den Mann an der anderen Schulter. Der Dieb trat aus und schaffte es um ein Haar, Temar ein Bein unter dem Körper wegzutreten. Temar stolperte und musste loslassen, sodass der Mann ihm beinahe einen brutalen Faustschlag direkt ins Gesicht verpassen konnte. Temar wehrte ihn mit dem Unterarm ab, der Aufprall erschütterte ihn bis zur Schulter, dann legte er sein ganzes Gewicht in einen Fausthieb, der den Dieb unter dem Kinn traf, sodass sein Kopf nach hinten fiel.

Der Dieb versuchte einen Schlag an Temars Schläfe, doch Temar hob in instinktiver Abwehr Arm und Schulter. Der Dieb packte seinen Ärmel und versuchte ihn aus dem Gleichgewicht zu bringen. Temar schlug ihm mit dem Handrücken gegen die Nase, und der Dieb ließ los und duckte sich nach hinten. Temar beugte sich vor, doch der Eindringling ließ einen Hagel von Faustschlägen auf ihn herabprasseln und spuckte dabei Blut. Temar musste einen Schlag gegen die Rippen und einen üblen Hieb in den Magen einstecken. Der Dieb holte aus und Temar stieß ihm sein Knie in die Lenden.

Der Eindringling fiel in sich zusammen wie ein leerer Sack, und schnappte würgend nach Luft.

Ryshad und ein paar Eingeschworene liefen herbei, als Temar den Dieb herumrollte, und ihm die kraftlosen Arme auf dem Rücken festhielt. »Wenigstens haben wir den einen.«

»Hast ihn bei den Eiern erwischt«, stellte der Torhüter Naer fest, als er die schmerzverzerrte Grimasse des Mannes und dessen angezogene Knie bemerkte.

»Immer ein guter Trick, wenn man ihn anbringen kann.« Ryshad grinste Temar beifällig an.

»Diese Söldner haben Euch wohl ihr Geschäft beigebracht, Junker?«, fragte Naer mit rauer Stimme, doch nicht unfreundlich. »Wenn Ihr einen Tipp von einem echten Krieger annehmen wollt: Augen oder Knie sind genauso gut wie die Eier, und die meisten Männer verteidigen sie langsamer.« Er durchsuchte beim Sprechen den Eindringling mit groben Händen. »Hat nichts bei sich, aber das hat nichts zu bedeuten. Sperrt ihn ein.«

»Ein guter Tritt seitlich ans Knie kann einen Mann zum Spucken bringen«, setzte einer der Eingeschworenen hinzu, als sie den widerstandslosen Dieb über den Pfad schleiften. »Wir zeigen es Euch, Junker, wenn unser Kamerad hier nicht ausspuckt, wo das Nest seiner Freunde ist. Was sagst du dazu?«

Doch der Dieb war zu sehr in seinem gegenwärtigen Elend versunken, um sich über eine neue Drohung zu sorgen, soweit Temar das sehen konnte. »Was jetzt?«

»Er verbringt die Nacht in der Zelle im Torhaus«, erklärte Ryshad. »Morgen früh muss er sich vor dem Sieur verantworten. In der Zwischenzeit wollen wir herausfinden, hinter was er und sein Kumpel her waren. Naer! D'Alsennin und ich prüfen die Fensterläden.« Er drehte sich zu Temar um. »Halt nach zerbrochenen Angeln, losen Leisten, verbogenen Balken Ausschau. Vermutlich an einem der oberen Fenster.«

»Halcarion sei Dank für wenigstens einen hellen Mond«, murmelte Temar, als Ryshad seine langsame Runde um die Residenz begann.

Ryshad spie aus, als sie um eine Ecke kamen. »Mist!«

»Was?«

»Da.« Ryshad deutete auf einen Fensterladen, von dem ein Stück Holz lose herabhing, sodass es einen Schatten über den Rest warf.

Temar versuchte festzustellen, welcher Raum dahinter liegen mochte. »Hier müssen sie versucht haben hereinzukommen.«

»Nimmst du im Ernst an, Messires Haushofmeister würde einen Fensterladen zur Sonnenwende so zerbrochen lassen, wenn die Hälfte all derer, die den Namen tragen, hier übernachten und die Hälfte der Adligen in der Stadt zu Besuch kommen werden?«, fragte Ryshad grimmig. »Außerdem waren die beiden auf dem Weg nach draußen, Temar, also haben sie es wahrscheinlich nicht nur versucht, sondern waren wirklich drinnen. Komm.«

Temar folgte Ryshad durch eine Seitentür, der Erwählte ließ seiner Enttäuschung freien Lauf, als sie die Dienstbotentreppe hinaufstiegen. »Wir können nicht jede Tür, jedes Tor verschließen, nicht wenn so viele Menschen ein- und ausgehen. Es ist immer dasselbe an Festtagen, Gäste kommen rund um die Uhr, Kutschen fahren vor, um Besucher hierhin und dorthin zu bringen.« Er blieb plötzlich auf halber Treppe stehen. »Und die Hälfte der

Soldaten ist heute Abend unten in der Schwertschule, drei Fünftel davon betrunken. Glaubst du, das war die Absicht dieser Herausforderung? Den Weg für einen Diebstahl hier heute Abend freizumachen? Verdammt, allmählich klinge ich wie Casuel, der in jeder Ecke Hexerverschwörungen wittert. Hier sind wir.«

Temar sah an Ryshads Schulter vorbei in einen kleinen Raum, der mit all den Sachen voll gestopft war, die die allgegenwärtigen Dienstmädchen brauchten, um die Residenz in Ordnung zu halten. Scherben von Fensterglas schimmerten wie zerbrochenes Mondlicht auf dem von Schatten gestriften Boden, und der Riegel des einen Flügels war glatt abgebrochen.

Ryshad stieß den Fensterladen auf und ließ den Mondschein frei in den Raum. »Wir lassen die Diener und Zofen am besten die Schmuckschatullen prüfen. Ist es also nur ein Diebstahl oder ein weiterer finsterer Plan, um D'Olbriot in Verruf zu bringen? Diese ganzen Wenn und Falls können einen glatt zur Verzweiflung bringen!«

Die Erwähnung von Schmuckschatullen lenkte Temars Gedanken sofort in eine andere Richtung. »Was liegt genau hier drunter?«

Er sah, wie sich ein Funken seiner eigenen Befürchtung in Ryshads Augen spiegelte. »Die Bibliothek.«

Schon war Temar war aus dem Raum und rannte die Treppe hinunter, dicht gefolgt von Ryshad. Sie erreichten zusammen die Tür zur Bibliothek. Temar griff nach der Klinke und betete, dass die Tür verschlossen sein möge, doch sein Herz sank, als sie auf gut geölten Angeln lautlos nachgab. »Mach Licht«, fauchte er.

Ryshad nahm eine Lampe von einem Tisch im Flur. Die abgedeckte Glut war zu schwach, um bis zu den büchergesäumten Wänden zu reichen, aber ausreichend, um ihnen ein Stück zerknittertes Leinen zu zeigen, das leer auf dem Tisch lag, ein paar vergessene Kleinigkeiten lagen noch neben der klaffenden Leere der alten Truhe.

»Poldrions picklige Dämonenarschlöcher!« Temar fühlte sich berechtigt, einen der ausgefallenen Flüche seines Großvaters zu benutzen. »Komm weiter.«

Ryshad hielt Temar auf, der hinausstürmen wollte. »Wohin?«

»Nachsehen, was der Kerl im Torhaus zu sagen hat!« Wut und Verzweiflung drohten Temar zu ersticken. Er hatte diese Artefakte gehabt, hatte das Mittel, um so viele Menschen wieder zu beleben, in seinen Händen. Wie konnte dies nur geschehen?

»Gerechtigkeit innerhalb seiner eigenen Wände auszuüben ist das Vorrecht eines Sieurs, Temar.« Sowohl Bedauern als auch Tadel klang aus Ryshads Stimme. »Das kannst du dir nicht anmaßen.«

Temar starrte ihn an. »Was sollen wir denn tun?«

»Der eine, den wir geschnappt haben, wird morgen früh dem Sieur vorgeführt.« Ryshad sah sich in der Bibliothek um und Temar merkte, dass sein Gesicht hohlwangig vor Erschöpfung war. »Aber der andere muss mit der Beute entkommen sein. Meinst du, die Demoiselle Avila verfügt über Zauberkunst, die uns helfen könnte, ihn zu finden?«

Temar schwieg entsetzt bei der Vorstellung, dass er derjenige sein würde, der Avila von dieser Katastrophe berichten musste. Er schluckte hart, als zwei zögernde Dienstmädchen und ein Diener mit großen Augen an der Tür erschienen.

»Stellt fest, ob irgendwo noch etwas gestohlen wurde«, befahl Ryshad knapp. »Sagt mir Bescheid, sobald ihr die Schmuckkisten eurer Herrinnen und den Schmuck eurer Herrn überprüft habt. Geht jetzt!«

Temar fand seine Stimme wieder, als die Diener davoneilten. »Wer würde so etwas tun?«

»Ich weiß es nicht.« Ryshad sprach mit kaum beherrschtem Zorn. »Genauso wenig wie ich weiß, wer in das Lagerhaus in Bremilayne eingebrochen ist. Genauso wenig wie ich weiß, wer dich niedergestochen hat oder wer mir heute ein Schwert zwischen die Rippen gewünscht hat.«

»Er war Den Thasnets Mann, oder?« Wut versengte Temar die Kehle. »Den Muret und Den Rannion haben sich vor Gericht gegen uns gestellt. Können wir nicht einfach die Soldaten rufen und sie auffordern, ihre Unschuld zu beweisen?«

»Wenn es nur so einfach wäre«, grollte Ryshad. »Wir brauchen Beweise, Temar, etwas Absolutes, Unzweifelhaftes, um all diese Vorfälle an einen Namen zu knüpfen. Etwas, das uns zu dem Mann führen würde, der uns entwischt ist, wäre schon mal ein Anfang.«

»Wir haben den Burschen im Torhaus«, rief Temar. »Er kann sich ja morgen gerne vor dem Sieur verantworten. Aber können wir ihn nicht wenigstens heute Abend noch zum Sprechen bringen?«

Ryshad warf ihm einen langen Blick zu. »Was schlägst du vor? Ihn verprügeln? Der Sieur wird Naer die Haut abziehen, wenn er ihm einen Gefangenen vorstellt, der grün und blau geschlagen ist. So etwas tun wir nicht, nicht in diesem Hause.«

»Avila ist nicht die Einzige, die Zauberkunst beherrscht«, sagte Temar entrüstet. »Das weißt du doch selbst. Ich könnte zum Beispiel die Bindung an den Schwur wirken, die ihr alle vor euren Gerichten so leichtfertig abgetan habt. Dann würden wir wissen ob der Mann die Wahrheit sagt oder uns anlügt.«

Die unverhohlene Abneigung, die über Ryshads Gesicht huschte, setzte Temars schwelenden Zorn in Brand. »Du musst dich mit Zauberkunst abfinden, Ryshad! Warum nicht gleich? Du kannst sie nicht immer ablehnen, weil du mit mir zusammen verhext warst. Vergiss dieses ganze tormalinische Misstrauen gegenüber Magiern – hier geht es um mich, Ryshad, nicht um Planir oder Casuel.« Urplötzlich wirkte er wild entschlossen, Ryshad zu beweisen, dass mit Zauberkunst auch etwas Gutes bewirkt werden konnte. »Selbst mit den wenigen Zaubersprüchen, die ich beherrsche, kann ich vielleicht etwas von diesem Abschaum in Erfahrung bringen, wenigstens seinen Namen. Das reicht vielleicht schon, um eine Spur aufzunehmen, ehe die Fährte endgültig kalt geworden ist. Wäre es das nicht wert?«

Er brach abrupt ab, doch er senkte den Blick nicht. Ryshad wandte als Erster den Blick ab. »Also schön, lass uns sehen, was du erreichen kannst.«

Temar war angespannt vor Nervosität, als sie das Torhaus erreichten, sein Hals war steif, und in seinem Kopf pochte die Spannung. Er merkte, dass er sich immer wieder die Hände rieb und steckte sie in den Gürtel seines geborgten Wamses.

»Naer.« Ryshad nickte, als sie in den Wachraum traten, der sich zu dem weiten Torbogen hin öffnete. »Der Junker möchte gern den Gefangenen sehen.«

Naer rieb sich nachdenklich über seine Bartstoppeln. »Lasst bloß keine Spuren in seinem Gesicht zurück.« Er warf Ryshad einen Schlüsselring zu.

»Hier entlang.« Ryshad öffnete eine Tür, die zu einer altersdunklen steinernen Wendeltreppe führte. Temar folgte ihm über Stufen, die an den Kanten ausgetreten waren. »Pass auf«, warnte ihn der Erwählte.

Die Treppe endete vor einem Raum, der mit groben hölzernen Wänden zwischen dem von dicken Säulen getragenen Tonnengewölbe abgeteilt worden war. Eine einzige Lampe hing vor dem Eingang, deren Licht sich dumpf auf den Ketten spiegelte, die den geschnappten Dieb hielten.

»Schöne Festtage«, sagte Ryshad freundlich. »Wir wollen dir nicht wehtun, jedenfalls nicht sehr.«

Der Mann versteifte sich, die Ketten klirrten. Trotz stand in seinen Augen. Er kniff die Lippen zusammen und reckte das Kinn, als er sich wappnete.

Wieder lächelte Ryshad und verschränkte betont langsam die Arme. »Junker?«

Temar tat sein Bestes, um Ryshads Haltung liebenswürdiger Drohung nachzuahmen. »Aer tes saltir, sa forl agraine.«

Die Verwirrung im Blick des Gefangenen war offensichtlich. »Was hat er gesagt?«

»Das geht dich nichts an«, sagte Ryshad mit einer Genugtuung, die den Mann noch mehr verwirrte.

»Er heißt Drosel«, sagte Temar und versuchte, einen beiläufigen Tonfall mit einer Haltung völligen Selbstvertrauens zu verbinden.

»Du kennst mich nicht«, sagte der Dieb, ehe er sich bremsen konnte. »Du kannst das nicht wissen. Wer hat dir das gesagt? Wer hat mich verpfiffen?«

»Niemand hat dich verpfiffen, Freund. Junker D'Alsennin hier, er kann solche Dinge direkt aus deinen Gedanken lesen. Du hast schon von dem Junker gehört, nehme ich an?«, fragte Ryshad beiläufig. »Er stammt aus Kellarin, schon mal gehört? Die verlorene Kolonie von Nemith dem Letzten, all die Menschen, die seit Generationen im Zauberschlaf liegen? Natürlich hast du. Nun, du wirst ein biss-chen mehr über alte Zaubereien lernen als die meisten Leute, Freund. Der Junker wird zwischen deinen Ohren nach Antworten suchen.«

Temar erstarrte und hoffte, dass der Schock ihm nicht anzusehen war. Das konnte er nicht tun. Sicher erwartete Ryshad doch nicht von ihm, dass er so komplizierte Zauberkunst wirkte? Er räusperte sich.

Ryshad hob die Hand. »Ich weiß, dass du es möchtest, Junker, aber der Sieur ist ein gerechter Mann. Wir geben diesem Dreckskerl eine letzte Chance, seinen Verstand zu behalten, ehe du seinen Kopf von innen nach außen stülpst. Das Problem besteht nämlich darin, dass er dir deinen Verstand zwar auseinander nehmen, aber die Stücke hinterher nicht wieder zusammensetzen kann.« Er beugte sich dicht zu den Gitterstäben und starrte den Mann an, das Gesicht finster vor äußerster Entschlossenheit. »Glaub mir, du wirst lieber mit uns zusammenarbeiten wollen. Du willst ihn nicht in deinem Kopf haben, und durch jede hässliche Erinnerung pflügen, die du hast. Ich sah einmal, wie das einem Mädchen zustieß. Sie sagte, sie würde sich lieber von der halben Kaserne vergewaltigen und dazu noch Ohren und Nase abschneiden lassen.«

Temar schmeckte Blut, denn er hatte sich auf die Lippe gebissen, als er zum ersten Mal das Ausmaß von Ryshads Abneigung gegen Zauberkunst erkannte. Der Erwählte wandte sich von dem Gefangenen ab, der Lampenschein wirkte hart auf seinem erschöpften Gesicht und beleuchtete gnadenlos die aufrichtige Angst und den Schmerz in seinen Augen. Dann blinzelte Ryshad, was Temar völlig überraschte.

»Also, Drosel, wir geben dir eine letzte Chance. Der Junker hier kann auch einen kleineren Zauber machen, einer der uns sagt, ob du bei der Wahrheit bleibst. Ich stelle dir ein paar Fragen, und wenn du uns sagst, was wir wissen wollen, müssen wir dir nicht Leine und Maulkorb umschnallen, ehe wir dich morgen vor den Sieur führen.«

Ein Geräusch ließ Temar herumfahren, und er sah Naer und ein paar Eingeschworene auf den Stufen, die mit zögernder Neugier um die Ecke spähten.

»Junker?« Ryshad machte eine einladende Handbewegung in Richtung des Diebes, der so weit zurückwich, wie es seine Fesseln erlaubten.

Temar verbarg das Gesicht in den kalten Händen und schloss die Augen, um sich besser auf die geheimnisvollen Worte konzentrieren zu können. Er hatte nur einmal so komplizierte Zauberkunst gewoben, und das war genug. Er hatte gesehen, wie es vor dem Sitz seines Großvaters ausgeübt wurde. Sein eigener Vater war schließlich derjenige gewesen, der die Wahrheitsbinder für das Haus sprach. Wenn Avila behauptete es zu können, dann musste es Temar sicherlich auch können. Es musste funktionieren, sonst würde Ryshad ihm nie mehr vertrauen.

»Raeponin prae petir tal aradare. Monaerel als rebrique na dis apprimen vaertennan als tal. Nai thrinadir, vertannan prae rarad. Nai menadis, tal gerae askat. Tal adamasir Raeponin na Poldrion.«

Er sprach die Worte langsam und entschieden, jede Faser seines Seins konzentrierte sich auf den

Dieb. Ryshad brauchte einen Augenblick, bis er merkte, dass Temar nichts mehr zu sagen hatte und schlug mit der Hand gegen die hölzerne Trennwand.

»Schön, Drosel, wer hat dir den Auftrag gegeben? Lüg mich nicht an, der Junker weiß genau, wenn du das tust. Nichts zu sagen? Tut mir Leid, wenn du den Dummen spielst, reißt er dir einfach den Verstand auseinander, und wir bekommen unsere Antworten eben auf diesem Weg.«

Von der Treppe war ein ersticktes Geräusch zu hören, und jemand eilte davon. Temar richtete seine ganze Aufmerksamkeit auf den Dieb. Der Mann machte den Mund auf, hustete und griff sich mit den gefesselten Händen an die Kehle.

»Siehst du?«, sagte Ryshad kalt. »Du kannst uns nicht anlügen, nicht wahr?« Er starrte den Dieb mit unnachgiebiger Miene an. »Und jetzt, wo du es versucht hast, werde ich dir noch etwas sagen. Wenn du uns nicht die Wahrheit sagst, wenigstens ein bisschen, wirst du bald nie wieder in der Lage sein zu reden.«

Dem Dieb klappte der Mund auf, und er sah Ryshad mit einem Ausdruck äußersten Entsetzens an.

»Sag es uns«, brüllte Ryshad. »Wer hat dich geschickt?«

»Meister Messer, das ist alles, was er gesagt hat«, sprudelte der Dieb angsterfüllt heraus. »In der *Kühnen Flagge*, der Kneipe auf dem Traberweg. Er schickte uns nur nach dieser einen Kiste aus, was immer da auch drin ist.« Er verbarg den Kopf in den Armen und legte ihn auf die Knie.

Ryshad drehte sich um und hob fragend die Augenbrauen.

»Das reicht fürs Erste.« Temar gelang es sogar, einen verächtlichen Ton in seine Stimme zu legen. »Wir können ja jederzeit wiederkommen.«

Der Dieb rollte sich verängstigt und unglücklich zusammen. Ryshad deutete mit dem Kopf auf die Treppe. Temar ging voraus und fand sich von allen Seiten aus dem Wachraum wachsam angestarrt. Ryshad schloss die Tür fest hinter sich und warf Naer die Schlüssel wieder zu. »Siehst du, wir mussten ihn nicht einmal losketten.«

»Was im Namen von allem, was heilig ist, habt ihr getan?«, fragte Naer.

»Hast du ihm wirklich seinen Verstand zerstört?«, wisperte ein Eingeschworener mit bleichem Gesicht.

»Du hast das doch nicht alles geglaubt, Verd?«, fragte Ryshad ungläubig. »Ich hätte gedacht, Naer hätte euch besser ausgebildet.«

»Pass auf, was du sagst, Rysh«, sagte Naer mit einer halbwegs gelungenen Nachahmung eines Lachens.

»Verd, der Haufen Dreck da unten hat ohnehin nicht viel Verstand«, sagte Ryshad beruhigend. »Wenn du solchen Kerlen ordentlich Angst einjagst, geht ihnen auch noch das letzte bisschen Grips flöten.«

»Klang aber verdammt überzeugend für mich«, murmelte der Eingeschworene.

»Naürlich«, gab Ryshad zu. »Ich habe einen Bruder, der vor dem kaiserlichen Gericht als Anwalt arbeitet, und einen anderen, der Steinmetz ist – du solltest ihn mal hören, wenn er einen armen Seemann davon überzeugt, dass er ein Haus bauen soll, das dreimal größer ist als er es geplant hatte.« Darüber lachten alle.

»Aber woher wusste er seinen Namen?«, zischte ein Eingeschworener an der Tür.

Temar sprach im selben Atemzug. »Kennt jemand diese Kneipe, die *Kühne Flagge*? Was ist mit diesem Mann, der sich Messer nennt?«

Jemand lachte und wurde abrupt durch einen finsteren Blick von Ryshad zum Schweigen gebracht. »Meister Messer ist eine Figur in der Hälfte aller Stücke, die die Puppentheater bringen«, erklärte er. »Zu den Festtagen findest du in jeder Gasse drei davon.«

»Aber wir können die *Kühne Flagge* auf den Kopf stellen und sehen, was dabei herausfällt«, sagte Naer mit Vergnügen. »Verd, trommle die Eingeschworenen zusammen und mach den Anerkannten Angst vor der Peitsche. Sie werden für den Rest der Nacht die Wache übernehmen.«

»Ich brauche mein Schwert«, sagte Ryshad.

»Wann brechen wir auf?«, fragte Temar aufgeregt.

»Ihr kommt nicht mit!«, erklärte Naer. »Ich werde Euch nicht mit zu den Tuchwebern nehmen, sonst zieht der Sieur mir die Haut vom Leibe. Du auch nicht, Rysh. Alle Bewiesenen sind heute Abend auf einer Einladung, Stoll ist unten in der Schwertschule, vorausgesetzt, er kann noch stehen. Du bist der höchste Mann der Wache heute Abend, und das bedeutet, du hast das Tor!«

»Naer!«, protestierte Ryshad.

»Er ist während meiner Wache reingekommen, Rysh.« Naer verzog hässlich das Gesicht. »Ich werde diesen Kerl in Ketten legen, nicht du. Ihr anderen, macht euch fertig!«

Temar sah zu, wie Naer seine Truppe zusammenstellte und sie mit einer Mischung aus groben Flüchen und herzlicher Ermutigung aus dem Tor trieb.

»Ich bin zu müde dafür«, sagte Ryshad geistesabwesend. Er seufzte. »Also haben wir das Tor, oder sagen wir, ich habe es. Geh zu Bett, Temar, wenigstens einer von uns kann schließlich schlafen.«

»Ich warte mit dir«, beharrte Temar. »Ich muss Avila erzählen, was geschehen ist, sobald sie zurückkommt.«

»Und ich kann es Messire und Camarl berichten«, sagte Ryshad ohne Begeisterung. Er zog sich einen Hocker an das Feuer des Wachraums, als eine Hand voll eifriger junger Männer in Livree erschien. »Könnt ihr die Zutaten für ein paar Tassen Tee aus der Küche holen, ja? Viel weiße Amella. Und kennt jemand den Weg zur Nordbucht gut genug, um einen Brief dorthin zu überbringen?«

Temar sah zu, wie Ryshad in dem Schreibtisch des Sergeanten nach Tinte und Papier suchte. »Nach dir brauche ich den Federhalter«, sagte er.

Kapitel 5

Vorwort zur D'Olbriot-Chronik unter dem Siegel von Sieur Glythen, Wintersonnwende, im 13. Jahr von Decabral dem Virtuosen.

Der Fürstenrat war dieses Jahr eine mühselige Angelegenheit, und selbst wenn man die Verteidigung von Größe und Ehre berücksichtigt, frage ich mich, was ich eigentlich auf diesen Seiten niederschreiben soll. Aber ich habe meine eigene Pflicht zu erfüllen, nämlich jenen, die die Obhut dieses Hauses nach mir übernehmen, genaue Aufzeichnungen zu hinterlassen. Raeponin sei mein Zeuge und lasse die Wahrheit jedes feindliche Auge beschämen, das dieses liest.

Der unmittelbare Anlass für den Aufruhr unter den Fürsten war eine ungezügelte Erklärung, die von der Stadt Col in die frühere Provinz Einar Sai Emmin zum Adjuror geschickt wurde. Die Söhne Decabrals hegten lange Zeit die Hoffnung, dass Col der erste verlorene Außenposten sein würde, der aus der Asche des Chaos wiederentstehen würde und so eine Grundlage bilden könnte, auf der ein neues Reich unter den zerrissenen Herren des Westens errichtet werden könnte. Ich würde sagen, jede derartige Erwartung ist nun unwiderruflich zerschlagen durch die Feindseligkeit, die Decabrals anmaßende Handlungen im Verlaufe dieses vergangenen Jahres hervorgerufen haben. Dieses Pergament über dem Siegel des Gewählten bestätigt erstens, dass die führenden Bürger Cols ihre früheren Formen der Herrschaft wiederbelebt haben, und zweitens lehnt es die Erklärung unseres Kaisers strikt ab, jede solche Herrschaft müsse nach der Art des Alten Reiches seine Oberhoheit anerkennen. Die derbe Zurückweisung, die darin zum Ausdruck kommt, dieses Dokument an den Adjuror Den Perinal zu richten, war unmissverständlich und diente nur dazu, den Zorn Decabrals weiter anzuheizen.

Die Sieurs Tor Kanselin und Den Sauzet tadelten rundheraus das Verhalten des Kaisers, eine solche Erklärung abzugeben, vor allem wenn man berücksichtigt, dass der Fürstenrat ihm im vergangenen Winter genau das Gegenteil geraten hatte. Den Perinal stimmte zu, erklärte, dass übereilte Handlungen in Zeiten der Unsicherheit nur selten glücken, und verwies im selben Atemzug auf die Verwirrung unter den Fürsten nach dem unerwarteten Tod des kaiserlichen Bruders, des Nervösen. Ich wagte zu hoffen, dass ein solcher Angriff Decabral zu einer Torheit verleiten würde, doch er beherrschte sich und verteidigte stattdessen zornig die Ansicht, dass eine Sicherung Cols entscheidend dafür sei, das Trachten der selbst ernannten Herzöge von Lescar und die hochfliegenden Pläne im caladhrischen Parlament im Zaum zu halten. Sieur Tor Arrial stimmte zu, dass die Stärke Tormalins unter Waffen nach Osten und Westen beiden Provinzen eine Denkpause verschaffen sollte. Das rief weitreichendes Erstaunen hervor, ehe Tor Arrial sich in seiner Rede der vernichtenden Verurteilung von Decabrals Fantasien zuwandte. Er stellte Überlegungen an, ob solcher Unsinn die Folge des allzu regen Zuspruchs starker Getränke, aromatischer Räucherstäbchen oder Apothekergebräue sei – zur allgemeinen Erheiterung.

Ich hatte gedacht, Tor Arrial würde eine förmliche Zensur fordern, aber er weiß genauso gut wie wir anderen, dass jene Sieurs, die er so hastig im Laufe der vergangenen zehn Jahre in den Adelsstand erhoben hat, Decabral noch immer sklavisch unterstützen. Da diese Schoßhunde sehr wohl wissen, dass ihr Platz vor dem Kamin ausschließlich davon abhängt, dass ihr Herr ihnen seine halb abgenagten Knochen hinwirft, werden sie ihn mit Sicherheit verteidigen. Wir hatten gedacht, Den Ferrand und D'Estabel würden im Laufe des Sommers schwankend werden, doch der Kaiser hat ihre Loyalität neu gekauft, indem er ihnen Monopolrechte auf die Besteuerung der Salz- und Bleiproduktion verlieh.

Mein einziger Trost ist, dass so typisch kurzsichtiges Verhalten nur dazu diente, die verschiedenen Parteien innerhalb Tor Decabrals einander weiter zu entfremden. Die angeblich vorübergehende Reise der Kaiserin zu den Ländereien in Solland wird nun weitgehend als ein dauerhafter Umzug gesehen, und ihr Haus dort wird als eine Art Exil betrachtet. Nun, da ihr ältester Sohn volljährig ist, wird er für die Sprösslinge des Namens zunehmend interessanter, die damit zufrieden waren, die Taktlosigkeiten von Decabral dem Virtuosen zu ertragen, um den kaiserlichen Thron in der Familie zu halten. Der ältere Bruder des Kaisers, Messire Manaire, hat sich neutral verhalten, und seine eigenen Güter in Moretayne sind schon lange eine Zuflucht für jene, die dem gegenwärtigen Herrscher feindlich gegenüberstehen. Er war zum ersten Mal seit etlichen Jahren zu den Festtagen in Toremal anwesend und machte kein Geheimnis aus den großzügigen Sonnwendgeschenken, die er seiner Schwägerin geschickt hatte. Messire Manaire ist aus dem Alter heraus, in dem er vernünftigerweise eine

Erhebung zu kaiserlicher Würde erwarten kann, aber seine eigenen Söhne wären gut geeignet, einem Sohn der Kaiserin nachzufolgen, der kurzfristig Nachfolger seines Vaters werden könnte. Wichtiger noch, seine vertrauten Ratgeber haben angedeutet, dass Manaire endlich seiner Schwester, der Mätresse Balene, vergeben hat, dass sie sich seinem eigenen Ehrgeiz beim Tode ihres Vaters, des Geduldigen, entgegenstellte. Ihre Heirat in das Haus Den Leoril könnte sich als höchst bedeutsam erweisen, da ihre Schar von Töchtern jetzt so weitverzweigt in so viele einflussreiche Familien verheiratet ist.

Während viele von uns lieber einen vollständigen Wechsel der Dynastie sehen würden, könnten wir uns doch mit einem Wechsel des kaiserlichen Amtsinhabers anfreunden, da zumindest die neu erhobenen Adelshäuser, die so abhängig sind von der Gunst Tor Decabrals, ihren Verrat mit einem bescheidenen Schleier fortgesetzter Loyalität zu dem Namen überdecken könnten. Das Jahr, das mit der rasch einsetzenden Dämmerung beginnt, verspricht ein interessantes zu werden.

Torhaus der D'Olbriot-Residenz, Sommersonnwendfest, vierter Tag, Vormittag

Namenlose Schrecken ohne Gesicht und Gestalt zermalmten mich, und machten aus meinem unaussprechlichen Entsetzen einen Albtraum unausweichlicher, erstickender Schändlichkeit.

»Erwählter Tathel?« Das leise, aber beharrliche Klopfen an der Tür wurde wiederholt. »Ryshad?«

Ich erwachte mit einem Ruck, und für einen bangen Moment schien es, als ob meine Qual aus meinen Träumen ausgebrochen wäre, um mich zu zerquetschen. Dann erkannte ich, dass jemand während der Nacht hereingekommen war und die Bettvorhänge um mich herum geschlossen hatte, zweifellos in guter Absicht. Mein Herz verlangsamte seine Raserei.

»Ja?« Ich wünschte dem ungebetenen Vorhangzuzieher und dem, der mich da weckte, die Pest an den Hals.

»Ein Brief für Euch.« Die Tür dämpfte die Stimme.

Ich riss die Vorhänge auf und ging, um den Riegel zu öffnen. Einer von Stolleys neueren Burschen hielt einen ordentlich versiegelten Brief in schräger lescarischer Handschrift für mich in der Hand. Er lungerte hoffnungsvoll herum und wartete, dass ich den zart duftenden Brief entfaltete.

»Das ist alles, danke.« Ich nahm den Brief mit einem Grinsen und schlug ihm die Tür vor dem enttäuschten Gesicht zu.

Ich lehnte mich dagegen und schloss die Augen. In genau diesem Augenblick wünschte ich mir nichts mehr als einen Morgen, an dem ich ausschlafen konnte, an dem ich keinen Grund hatte aufzustehen, weder Feuer, Überschwemmung noch

Poldrions Dämonen, die rings um die Residenz Unheil stifteten.

Ich brach das Wachssiegel und las die ersten knappen Zeilen von Charoleia. Sie würde zwischen dem zweiten und dritten Glockenläuten des Tages auf der alten Brüstung frische Luft schnappen. Ich ging besser hinauf. Ich riss das Fenster auf, um frische Luft hereinzulassen und die letzten Reste des Albtraums zu verscheuchen, und machte mich präsentabel, behindert von einer Hand, die fast unbeweglich steif war. Als ich den Verband abnahm, sah ich geschwollene Fingerknöchel, dunkel vor Blutergüssen. Das verdammte Ding hatte mich trotz aller Anstrengungen wach gehalten, selbst nach dem höchst unangenehmen Gespräch mit dem Sieur lange nach Mitternacht. Ich hatte schließlich nachgegeben und mir von Naer eine Tasse Tahn-Tee geben lassen und büßte dafür nun mit einem scheußlichen Geschmack im Mund und vernebeltem Hirn, ganz zu schweigen von den Schrecken, die sich in meinen Schlaf geschlichen hatten.

Jetzt war nicht die Zeit, etwas anderes als kampffähig zu sein, schloss ich widerstrebend, und bandagierte, so gut ich es eigenhändig vermochte, meine Hand und widerstand der Versuchung, an der Naht zu kratzen, die juckte, wie es die verdammten Dinger immer tun. Ich musste Demoiselle Avila nach einem Heilmittel fragen. Temar hatte Recht, auch wenn ich es nur ungern zugab. Ich konnte Hilfe nicht ablehnen, die ich brauchte, nur weil sie von der Zauberkunst kam. Ich hoffte nur, die Dame würde heute morgen besserer Laune sein. Sie und der Sieur waren am Abend zuvor fast im selben Moment eingetroffen, und das letzte, was ich von Temar gesehen hatte, war Avila, die ihn schimpfend vor sich her zur Residenz trieb, ihre Bestürzung über den Verlust der Artefakte verätzte ihm die Ohren.

Doch die Hausmädchen hatten so früh bestimmt noch nicht einmal Avilas Fensterläden geöffnet, das musste also warten. Ich verließ das Torhaus, versucht nach einer Kutsche zu schicken. Nein, je weniger Leute wussten, was ich vorhatte, umso besser. Wenigstens ging es den ganzen Weg zum Brunnentor abwärts, und sobald ich die Stufen auf die Mauern der Altstadt erklommen hatte, würde mir ein kühler, salziger Wind den Kopf klären.

Wie bei vielen Dingen sind die alten Mauern Toremals ein Beispiel, dem viele kleinere Städte klug beraten gewesen wären zu folgen. Städte wie Solland und Moretayne werden geschützt von einem brüstungsgekrönten Mauerring, auf dem drei Männer nebeneinander stehen können, und der an jeder Ecke einen Wachturm trägt. Aber Solland fiel in den Tagen von Aleonne dem Entschlossenen dreimal lescarischen Räubern in die Hände, und Piraten von Aldabreshi segelten vierzig Meilen flussaufwärts und machten Moretayne dem Erdboden gleich. Es bedurfte Decabrals des Gnadenlosen, um die Inseln vor der Ostküste zu Asche niederzubrennen und die Archipelaner endlich zu vertreiben.

Die Mauern Toremals wurden nie durchbrochen, nicht einmal in den schlimmsten Auswüchsen des Chaos. Die Außenseite der gewaltigen Mauer besteht aus großen Steinblöcken, in regelmäßigen Abständen stehen Türme, von denen jeder groß genug ist, um eine ganze Kampftruppe aufzunehmen, und die nahe genug beieinander stehen, dass jeder seinen Nachbarn verstärken kann. Dahinter befindet sich ein gewaltiger Wall aus aufgeschütteter

Erde, der wiederum von einer inneren Mauer verstärkt wird, die eine so feine handwerkliche Leistung darstellt, wie man sie kaum woanders finden wird. Drei Männer können nebeneinander über die Mauern von Solland oder Moretayne gehen, drei Kutschen können nebeneinander über Toremals Brüstung fahren.

Aber ich war zu früh dran, als dass elegante Einspänner und schön herausgeputzte Pferde die Wohlhabenden und Schicken in diesen friedlichen Zeiten über die Mauern fuhren. Der Adel führte seine Kohorten heutzutage nicht mehr zur Verteidigung auf die Mauern, sie kamen nur noch, um zu sehen und gesehen zu werden, um mit ihrem Status zu prunken und hoch über den Köpfen des gemeinen Volkes mit ihren Rivalen zu wetteifern. Das ernsthafte Geschäft der gesellschaftlichen Begegnungen würde erst beginnen, wenn die Hitze des Tages nachgelassen hatte, und deshalb war so früh am Morgen der Wall bis auf ein paar Spaziergänger leer und verlassen. Ich ging über den ordentlich gefegten Weg, zu dessen beiden Seiten das Gras zwischen duftenden Bäumen kurz geschnitten war, die Bänke für lauschige Gespräche oder einen sicheren Flirt beschatteten. Ich ging an den steilen Dächern der Altstadt auf der einen Seite und dem ausgedehnten Gewirr der neueren Häuser auf der anderen Seite vorbei und warf einen kurzen Blick in den Flemman-Turm. Man hatte ihn zusammen mit ein paar anderen zu einem eleganten Sommerhaus umgebaut, in dem eine Dame ihren Tee oder vielleicht ein wenig gekühlten Wein zu sich nehmen konnte, der ihr von pflichtbewussten Dienern hier heraufgebracht wurde.

Drinnen war niemand. Wo war Charoleia?

Endlich fand ich sie, als der Wall sich dem Handsel-Tor näherte, durch das der Oberweg nach Norden führte. Ihre Eleganz war unverkennbar, auch wenn sie nur einen gedeckten, hellbraunen Umhang trug. Sie sprach mit einem Dienstmädchen, das einen cremefarbenen Schal über einem braunen Kleid voller Ascheflecken umklammerte. Ich ging vorbei und blieb ein Stück entfernt stehen, um mir eine Statue anzuschauen. Sie stellte Tyrial, Sieur D'Estabel, Adjuror des Fürstenrates unter Bezaemar dem Schlauen dar. Ich hatte noch nie von ihm gehört.

»Guten Morgen.« Charoleia trat neben mich. »Tut mir Leid, dass ich nicht zu Hause war, als deine Nachricht kam.«

Ich lächelte sie an. »Heute Morgen ist früh genug.«

»Wollen wir ein Stück gehen?« Sie wartete, dass ich ihr höflich den Arm reichte.

Ich tat es etwas zögernd. »Bitte pass auf meine Hand auf.«

Sie hakte sich leicht unter. »Ich habe von deinen Taten in der Schwertschule gehört. Sehr eindrucksvoll.«

Ich fragte mich, ob sie mich wohl neckte. »Hast du etwas gehört? Wer hat die Herausforderung mit meinem Namen ausgegeben?«

»Ich habe nichts gehört, außer heimlicher Zufriedenheit, dass du Den-Thasnets Mann besiegt hast. Das ist zurzeit kein sehr beliebter Name.« Charoleia schüttelte ihr dunkles, in lockere, glänzende Ringellocken gelegtes Haar, und mir stieg der gleiche zauberhafte, flüchtige Duft in die Nase wie aus ihrem Brief. Sie trug ein leichtes, rosenfarbenes Kleid unter ihrem Mantel, und ein einzelner Ring mit einem Rubin schmückte ihre zarte Hand. »Was wolltest du also? Dein Bursche sagte Arashil, es wäre dringend.«

Ein Name aus Relshaz, das musste ihr Dienstmädchen sein. »Diebe sind letzte Nacht in die Residenz eingebrochen. Einen haben wir geschnappt, der andere ist entkommen, und, Dast ersäufe ihn, er hat die Beute dabei.«

»Natürlich.« Charoleias Finger packten fester zu. »Was willst du von mir?« Sie blickte scheinbar müßig von einer Seite auf die andere, ihre klugen violetten Augen bemerkten jeden, der hier oben frische Luft schnappen wollte.

»Es wurden wertvolle Artefakte gestohlen, Arbeiten aus dem Alten Reich.« Ich zögerte. »Sie gehören zur Kolonie und ihren Verzauberungen. Wir müssen sie finden, wenn wir die wiederbeleben wollen, die noch immer im Schlafe liegen.«

»Wenn du also sagst wertvoll, meinst du eigentlich unbezahlbar?« Charoleia richtete ihre aufrichtigen Augen auf mich, umrahmt von der makellosen Schönheit ihres Gesichts.

»Für uns, ja«, gab ich zu. »Für den, der sie gestohlen, hat, nun, vielleicht haben sie keine Ahnung, was sie da haben. Der Mann, den wir festhalten, scheint nicht viel zu wissen, außer dass Meister Messer ihm genug Gold bezahlt hat, um das Risiko aufzuwiegen.«

Charoleia lachte. »Meister Messer? Wer mag sich denn dahinter verbergen? Und wenn wir schon dabei sind, wer hat seine Fäden in der Hand? Glaubst du, das war einfach nur ein Diebstahl, um Gewinn zu machen, oder ist das ein weiterer Schachzug, um euren Sieur in Verlegenheit zu bringen?«

»Gute Fragen, und ich wüsste gern die Antworten darauf«, sagte ich offen. »Da Livak nicht da ist, um jeden Stein umzudrehen, unter dem diese Leute sich verstecken könnten, bist du meine größte Hoffnung.«

Charoleia runzelte die Stirn, zwischen ihren sorgfältig gezupften Augenbrauen erschien eine zarte Falte. »Was ist wichtiger? Den Dieb zu fangen oder die Beute zurückzuholen?«

Ich kaute an meiner Lippe. »Ich würde den Hals des Diebes gegen die Artefakte eintauschen, wenn ich müsste. Wir müssen sie zurückbekommen. Ich würde schon gern etwas über diesen Meister Messer herausbekommen, aber ich glaube nicht, dass er ein paar lose Fäden hängen lässt.«

»Wenn ich helfe, will ich dein Wort darauf, dass du meinen Namen aus der Sache heraushältst.« Charoleia klang zweifelnd. »Ich meine es ernst, Ryshad. Ich kann nicht zulassen, dass eure Sieurs oder Junker auch nur ahnen, dass es mich gibt, geschweige denn mehr über mich.«

»Auf meinen Eid«, versprach ich.

»Bist du bereit zu zahlen?« Charoleia war jetzt ganz Geschäftsfrau. »Um die Beute auszulösen?«

»Wenn es sein muss«, antwortete ich zögernd. »Ich bürge für alle deine Kosten.« Gold, das ich in meiner Sklaverei verdient hatte, wäre für die Freiheit anderer gut ausgegeben.

»Es hängt alles davon ab, wer die Sachen hat.« Charoleia schürzte einladend kirschrote Lippen. »Vielleicht sind sie schon zu anständigen Preisen verkauft worden, um geteilt oder eingeschmolzen zu werden.«

»Saedrin stehe uns bei.« Kalte Messer zwischen meinen Schulterblättern ließen mich vor Abscheu zittern. Was würde passieren, wenn ein Artefakt zerstört wurde? Würde der unglückliche Schläfer einfach ohne es zu merken in die Schattenwelt fallen? Würden sie die Ofenhitze spüren, die ihren Geist verschlang?«

»Alles in Ordnung?« Charoleia sah mich besorgt an. »Du bist ja ganz blass geworden.«

»Es ist gestern Abend spät geworden«, erklärte ich nicht recht überzeugend.

Charoleia zupfte an ihrem Umhang, der von einer Schulter zu rutschen drohte. »Was weißt du noch?«

»Dieser Meister Messer, er hat diesen Drosel und seinen Partner in einer Kneipe angeheuert, die *Zur Kühnen Flagge* heißt.« Ich verzog das Gesicht. »Das ist alles. Naer hat gestern Abend mit einem Trupp die Kneipe auf den Kopf gestellt, aber das Einzige, was er für seine Mühe bekam, waren Läuse.«

»Das überrascht wohl kaum«, bemerkte Charoleia geringschätzig. »Na schön, ich stelle ein paar Fragen an den richtigen Stellen. Vielleicht erfahre ich etwas.«

»Schick eine Nachricht zum Torhaus, sobald du etwas hast«, drängte ich. »Sag ihnen, dass sie mir eine Botschaft sofort durchgeben sollen.«

Sie sah nachdenklich aus. »Ich habe während dieser Festtage viel über D'Olbriot und D'Alsennin murmeln hören. Was bedeuten sie dir?«

Ich sah sie an. »Was hast du gehört?«

»Gleich.« Charoleia hob eine perfekt manikürte Hand. »Ich hol dich ein.«

Sie ließ meinen Arm los und versetzte mir einen sanften Schubs, also tat ich als würde mich eine Gedenktafel an einer Zinne interessieren. Sie pries das Leben eines D'Istrac, der schon lange als Asche in einer Urne ruhte, und der es fertig gebracht hatte, sich umzubringen, als er von seinem Pferd fiel.

Aus dem Augenwinkel heraus sah ich einen jungen Mann mit hagerem Gesicht, der auf Charoleia zuging. Er sah sich so verstohlen um, dass er auch nicht mehr hätte auffallen können, wenn er eine scharlachrote Fahne geschwenkt hätte. Charoleia wirkte unbekümmert und ging langsam mit dem Jungen, ihre eleganten Locken dicht neben seinem kurz geschnittenen Schopf. Charoleia griff in ihren Umhang und gab dem Jungen etwas Geld. Als er davonhuschte, immer noch nach allen Seiten spähend, steckte sie ein klein zusammengefaltetes Bündel Briefe sicher in ihren Umhang und kam wieder zu mir, um das Meer zu betrachten.

»Was war das?«, fragte ich, als sie mit leichter Vertraulichkeit meinen Arm nahm.

»Informationen.« Sie lächelte heiter.

»Also hast du irgendein Spiel laufen?« Hatte sie mich etwa angelogen?

»Nicht ganz.« Charoleia schüttelte vergnügt den Kopf. »Ich mache morgens immer als Erstes einen Spaziergang hier oben, zwei ganze Runden. Sonst wäre ich bald nicht mehr schlank genug für enggeschnittene Kleider.« Sie warf mir einen schelmischen Blick aus den Augenwinkeln zu, und ich versuchte, nicht an die schlanke Gestalt zu denken, die unter ihrem Umhang steckte. »Dienstboten, die etwas zu verkaufen haben, werden schon bald erfahren, dass ich interessiert bin, und dies ist Zeit und Ort, an dem sie mich finden können.«

»Was ist dein Geld also heute Morgen wert?«, fragte ich. »Hat es irgendwas mit D'Olbriot zu tun?«

»Nein.« Sie ging weiter, und ich musste mitgehen oder ungehobelt wirken. »Im Augenblick ist es nichts von Wichtigkeit. Aber ich halte diesen kleinen Vogel in meinem Korb, und wenn die Zeit kommt, schicke ich ihn aus. So oder so, Gold kommt zurück.«

Ich entschied, dies einfach so stehen zu lassen, wie so viele Dinge in Livaks Leben. »Also, was hast du über D'Olbriot oder D'Alsennin gehört?«

»Dass der Name D'Alsennin bald so tot sein wird wie Asche. Dass diese Kolonie jenseits des Meeres nichts weiter ist als ein törichter Traum. Aber es gibt Hinweise auf mehr als Klatsch und Bosheit.« Charoleia wählte ihre Worte sorgfältig. »Falls ich an den richtigen Fäden ziehen sollte, könnte es gut sein, dass jemand zurückzieht, der etwas über diesen Angriff auf deinen Junker zu sagen hat.«

»Wenn dir das gelingt, wird Gold in deine Tasche wandern«, versicherte ich ihr.

Sie lächelte. »Was D'Olbriot angeht, man klatscht, dass jeder lieber sein Silber nehmen als ihm Kredit gewähren würde, denn auch wenn seine Fahne jetzt noch so hoch flöge, würde sie bald am Boden liegen.«

»Wie?«, fragte ich.

Charoleia schüttelte den Kopf. »Da werden die Leute sehr vage, was oft bedeutet, dass einem Gerücht jede Substanz fehlt. Andererseits fasziniert diese Geschichte bei Gericht jeden. Es heißt, dass der Sieur die Gunst Tadriols verloren hat, dass die Dame Channis zu Den Veneta zurückgegangen ist, dass Tor Kanselin Camarls Verlobung gelöst habe, weil D'Olbriot ihn nicht als Nachfolger bestätigen will.« Charoleias Gesicht war ernst und dadurch umso bezaubernder. »Das könnte nichts weiter sein als der aufsteigende Schaum auf der Brühe, aber irgendjemand schürt das Feuer darunter. Darauf verwette ich meine Strümpfe.«

»Kannst du herausfinden, wer?« Dastennin, steh mir bei, sie war einfach zu schön.

Sie blickte mich mit diesen entzückenden Augen

an. »Wenn du mich für die Mühen entschädigst. Wenn du mir eine Eintrittskarte für den Ball des Kaisers morgen verschaffst.«

Ich stieß einen enttäuschten Seufzer aus. »Ich habe doch schon gesagt, das kann ich nicht versprechen.«

»Nicht einmal, um die Haut deines Sieurs zu retten?« Sie ergriff fest meine Hand.

Ich zuckte zusammen und schüttelte ihre Hand ab. »Bei Dasts Zähnen!« Ich versuchte, meine verletzten Finger zu beugen und zischte vor Schmerz.

»Was hast du denn da gemacht?« Charoleia begann den Verband abzuwickeln, ohne auf meinen Protest zu achten.

»Ich habe einen schweren Schlag darauf bekommen, musste sie aber weiterbenutzen«, erklärte ich knapp. »Ich hatte schon Schlimmeres.«

»Zweifellos, aber davon tut das hier nicht weniger weh, oder?« Sie schniefte leicht tadelnd über die schillernde Prellung, die durch den Druck des Verbandes noch ein Muster trug. »Halice und Livak sind es gewohnt, Söldner wieder zusammenzuflicken, ich ziehe es vor, in Rufweite eines anständigen Schneiders zu bleiben. Aber ich habe ein paar ihrer Salben und Tinkturen gelernt. Komm und frühstücke mit mir, dann werden wir sehen, was ich tun kann, um das hier zu lindern.«

Ich war ohne Frage in Versuchung. »Ich kann nicht«, sagte ich mit aufrichtigem Bedauern. »Der Sieur wird heute Morgen über diesen Dieb urteilen, und ich muss dabei sein.«

»Warum besuchst du mich nicht heute Abend?« Charoleias Mund verzog sich zu einem einladenden Lächeln, als sie geschickt meine Hand wieder verband. Sie strich mir mit einem Finger über die

Härchen auf meinem Arm neben der empfindlichen Naht. »Ich kann dir sagen, ob ich Neuigkeiten habe, und du könntest zum Essen bleiben.«

»Bei Einbruch der Dämmerung?« Ich stand ungelenk da, als sie mir meine Manschette wieder zuknöpfte.

»Ich freu mich darauf.« Sie neigte den Kopf zu einer Seite, aber gerade als mir einfiel sie zu küssen, drehte sie sich rasch um und ging davon, ihr Umhang umflatterte sie im Sommerwind.

Ich schob die Hände in die Hosentaschen, als ich zur nächsten Treppe eilte, die zum Handsel-Tor hinunterführte. Dastennin möge mich ersäufen, aber Charoleia war einfach vollkommen. Angesichts eines solchen Liebreizes konnte ein Mann schon törichte Dinge anstellen, wenn er nicht aufpasste.

Ich zählte mir auf dem Rückweg zur Residenz alle Gründe auf, die ich hatte, aufzupassen. Dann zählte ich mir alle Gründe auf, die ich hatte, Livak treu zu bleiben, nicht zuletzt, weil sie mir wahrscheinlich die Eier abschneiden würde, wenn ich sie betrog – und ich hätte es auch verdient. Ich stöhnte vor Erbitterung. Wo war Casuel, wenn man ihn brauchte? Ich hatte noch immer keine Zeit gefunden, ihn zu überreden, für mich mit Usara Verbindung aufzunehmen, um etwas über meine abwesende Liebste zu hören.

Eine Kutsche mit dem D'Olbriot-Luchs auf der Türverkleidung wurde langsamer, als ich das Pumpenhaus erreichte, also sprang ich auf das Trittbrett neben die Diener, ohne ihre stirnrunzelnde Missbilligung zu beachten. Ich sprang ab, als wir am Torhaus ankamen, und sah der Kutsche nach, die zu den Ställen abbog.

»Ryshad!«, begrüßte mich Verd, der Dienst habende

Wachmann. »Wir haben gerade Nachricht erhalten, dass wir den Dieb rüberschicken sollen zum Sieur. Du gehst lieber auch, sonst bekommst du eins aufs Dach!« Seine Besorgnis war mit berechtigtem Tadel gemischt.

Ich eilte zur Residenz, kämmte mir unterwegs mit den Fingern die Haare, zupfte Hemd und Wams zurecht und polierte meinen Armreif mit dem Ärmel.

Der Eingeschworene, der die Tür zum Audienzsaal bewachte, warf mir einen warnenden Blick zu. »Du bist spät dran.« Er öffnete die Tür gerade so weit, dass ich hindurchschlüpfen konnte.

Der große Audienzsaal eines jeden Hauses ist gleichzeitig ein öffentlicher und privater Raum. Er muss den Bittsteller willkommen heißen und gleichzeitig die Aufdringlichen unauffällig daran erinnern, die gesellschaftliche Stellung stets zu beachten. Das Herz von D'Olbriots Residenz erinnerte jeden, der vor dem Sieur erschien, daran, dass sein Name mehr Generationen überdauert hatte als die meisten und immer noch führend in Einfluss und Mode war. Es war ein luftiger Raum, Licht fiel durch hohe Fenster mit Musselinvorhängen, die die Sonne dämpften. Der Saal war zwei Stockwerke hoch, und die weiß verputzte Decke zierte ein strenges Muster aus verschlungenen Kreisen und Quadraten, während zurückhaltende Blätterranken den D'Olbriot-Luchs und das Zeichen jedes Hauses umgaben, das mit dem Haus durch Heirat verbunden war. Die Wände waren mit weichem Eschenholz vertäfelt, das Parkett zeigte einen warmen Goldton und wurde durch einen dicken grünen Teppich mit gelbem Blumenmuster noch angenehmer.

Diese einfühlsame Modernität war sorgfältig

gewählt worden, weil der Kamin unverkennbar eine Antiquität darstellte. Die massive Feuerstelle wurde eingerahmt von dunklen Marmorsäulen und einem großen Sims aus grauem Stein, der fast bis zur der hohen Decke reichte. Das Mittelstück war mit Einlegearbeiten aus vielfarbigem Gestein verziert, mit Kristallen und Halbedelsteinen, die von längst verstorbenen Handwerkern bearbeitet worden waren. Marmor in allen Schattierungen ahmte die lebhaften Farben von Blüten nach, das leuchtende Grün von Blättern, marmoriertes Gold, rauchiges Grau, strahlendes Blau, kräftiges Braun und flammendes Orange. Ganz oben in der Mitte trug Saedrin Gewänder so strahlend wie die Morgensonne, in der Hand die Schlüssel zur verschlossenen Tür der Anderwelt hinter ihm. Poldrion hatte zur einen Seite seinen Fährmannsstab, die Hand in tintigem Schwarz verlangend nach dem Fährlohn ausgestreckt. Auf der anderen Seite stand Raeponin, in blauem Gewand mit weißer Kapuze, die Waage in stummer Ermahnung hochhaltend. Unter diesen drei strengen Göttern tanzte Arimelin als Mädchen in einem Freudentraum, aus jeder Linie ihrer weißen, steinernen Arme und der roten Röcke sprach Bewegung. Neben ihr, in einer schlichten Tunika in sattem Erdbraun hielt Ostrin Brot und Wein bereit, Weizen und Trauben lagen zu Füßen Drianons, die neben ihm stand. Sie lächelte mit mütterlicher Wärme, eine Hand ruhte leicht auf dem geschwollenen Bauch unter ihrem erntegoldenen Gewand. Das Ganze wurde eingerahmt von schwarzem Stein, in den jedes Symbol der Götter eingelegt war, Tiere, Blätter und Werkzeuge in cremefarbenem Marmorrelief.

Der Sieur saß mit ebenso ungerührter Miene da

wie die steinernen Götter, und er blickte etwa ebenso fröhlich drein wie Poldrion. Er saß auf dem einzigen Stuhl, einem schweren Eichenthron mit hoher, von einem Baldachin gekrönter Rückenlehne. Camarl saß neben ihm, aufrecht auf einem Schemel aus rötlichem Holz. Fresil, der Bruder des Sieurs, stand auf einer Seite und warf Myred finstere Blicke zu, der sorgfältig die strenge Ausdruckslosigkeit der Älteren nachahmte. Temar saß kerzengerade auf einem Schemel an einem der Fenster, blass, aber jeder Zoll Entschlossenheit. Avila saß neben ihm, die Hände anmutig im Schoß gefaltet, die Füße unter ihren Röcken gekreuzt, das Gesicht reglos. Alle D'Olbriot-Männer trugen nüchternes Grün, Avila ein gedämpftes Blau und Temar war eine geheimnisvolle Gestalt ganz in Grau, der große Saphirring auf seinem Finger der einzige Farbtupfer abgesehen von seinem eisblauen Blick.

Stolley und Naer standen zu beiden Seiten des Gefangenen, poliert und uniformiert, und ich konnte sehen, dass Stolls Kragen ihm grausam in den dicken Hals schnitt. Eine beträchtliche Zahl anderer Eingeschworener und Erwählter drängten sich in dem Raum, zusammen mit den unbedeutenderen Junkern des Namens. Die Luft knisterte vor Erwartung, und von oben hörte ich das Scharren weiterer Füße. Eine Galerie umgab die obere Hälfte des Saales, und viele Besucher waren gekommen, um zu sehen, wie der Sieur in ihrem Namen Recht sprach.

»Du bist spät«, murmelte Casuel fast unhörbar, als er neben mir auftauchte.

»Was ist passiert?«, wisperte ich.

»Naer und Temar erklärten, wie er gefangen genommen wurde.« Casuel stellte sich auf die

Zehenspitzen, um an einem größeren Mann vorbeizuspähen. Ich nahm seinen Ellbogen und dirigierte ihn vorsichtig zu einem Platz, von dem aus er besser sehen konnte.

»Wurde ich aufgerufen?« Nicht anwesend zu sein, wäre meinem Ruf zweifellos abträglich.

Casuel schüttelte den Kopf, aber was er auch wisperte, ging in dem erwartungsvollen Scharren der Menge unter. Der Sieur ergriff das Wort.

»Du wurdest uneingeladen in diesen Mauern ergriffen. Du hast uns beraubt.« Messires Stimme war ruhig. »Du kannst deine Lage nur dadurch verbessern, dass du den Namen deines Komplizen nennst und die gestohlenen Gegenstände zurückgibst.«

Die auf dem Rücken gefesselten Hände des Gefangenen zitterten. »Kann nicht, Herr«, sagte er heiser mit gesenktem Kopf.

Der Sieur hob skeptisch die Augenbrauen. »Dann wirst du gehängt, und dein Kopf wird an meinem Torhaus zur Schau gestellt.«

Ein Raunen lief durch den Raum und über die Galerie. Die Ketten des Gefangenen rasselten, als er sich ruckartig aufrichtete.

»Kann er das denn tun?«, japste Casuel erstickt.

»Er kann, wenn er will. Er ist der Sieur.« Aber ich war genauso verblüfft wie alle anderen. Ich musste Mistal fragen, wann das Oberhaupt eines Hauses zum letzten Mal Gebrauch von seinem althergebrachten Recht über Leben und Tod gemacht hatte, ohne sich um Bestätigung eines solchen Urteils an den Fürstenrat zu wenden.

»Wir werden die Heiligkeit der Festtage nicht besudeln. Du wirst am ersten Tag des Vorsommers gehängt. Die Sitzung ist geschlossen.« Der Sieur nickte, und Stolley und Naer packten den

Gefangenen bei den Ellbogen. Als sie den Mann zur Tür brachten, alle drei mit dem gleichen verwirrten Ausdruck, teilten sich die Zuschauer, um sie durchzulassen. Als die Tür sich hinter ihnen schloss, hörten wir Ketten rasseln, als der Schock der Verurteilung nachließ und der Gefangene sich gegen sein Schicksal auflehnte.

Die Eingeschworenen und Erwählten begaben sich rasch wieder an ihre Pflichten, und die Junker des Namens eilten davon, begierig diese unerwartete Wendung der Ereignisse zu diskutieren. Ich wartete, Junker Camarl sah mich an, eine Mischung aus Missfallen und Enttäuschung im Blick. Er deutete schweigend auf mich und Casuel, ehe er dem Sieur durch eine Geheimtür folgte, die in der Verkleidung hinter dem Kamin verborgen war. Fresil geleitete Avila mit gemessener Höflichkeit hindurch, und Myred tat dasselbe mit Temar.

»Komm schon, Magier«, sagte ich grimmig. »Man will uns privat ausquetschen.«

Die Tür führte in das Wohnzimmer des Sieurs, in dem bequem gepolsterte Sessel um einen Schreibtisch standen.

»Bitte nehmt alle Platz. Wo warst du, Ryshad?«, fragte Messire ohne Einleitung. Er wirkte nicht verärgert, aber das tat er nur selten.

»Ich kenne jemanden, der uns vielleicht helfen kann, den anderen Dieb zu finden«, erklärte ich höflich. »Ich ging hin, um unser geringes Wissen zu teilen und um Hilfe zu bitten.«

Der Sieur sah mich unverwandt an. »Es ist wirklich an der Zeit, dass du dich wieder mit dem Leben in Toremal vertraut machst, Ryshad. Mach unbedingt Vorschläge, aber wenn wir in einem solchen Sumpf stecken, kläre jeden Plan mit mir oder

Camarl ab, ehe du handelst. Ein Erwählter ist viel sichtbarer als einer aus den namenlosen Reihen der Eingeschworenen, und seine Handlungen bemerkt man. Hast du verstanden?«

»Ich bitte um Entschuldigung, Messire.« Ich senkte gehorsam den Blick.

»Wir müssen die Zügel straff anziehen, wer was weiß, bis diese Geschichte vor dem Gericht abgeschlossen ist«, knurrte Junker Fresil. »Wir können niemandem die Mittel in die Hand geben, Unheil anzurichten.«

»Und deswegen wird der Mann gehängt?« Junker Myred gelang es nicht, statt einer entschiedenen Feststellung eine hoffnungsvolle Frage aus seinen Worten zu machen.

»Ich sehe hier zwei Möglichkeiten.« Der Sieur liebkoste die Patina auf einem bronzenen Briefbeschwerer, der einen Stapel von Briefen am Platze hielt. Er war geformt wie eine schlafende Katze. »Entweder hat jemand den Mann zum Diebstahl angestiftet, der uns und Kellarin feindlich gesinnt ist, oder Leute mit kriminellen Neigungen halten dieses Haus für geschwächt durch all die kürzlichen Anschläge. Wie auch immer, der Tod des Diebes wird eine deutliche Sprache sprechen.«

Ich sah Temar und Avila einen unsicheren Blick wechseln. »Was ist mit den gestohlenen Artefakten?«, fragte die Demoiselle vorsichtig.

Der Sieur zuckte die Achseln. »Er hat, na, knapp zwei Tage und zwei Nächte. Vielleicht entschließt er sich doch noch uns zu sagen, was er weiß.«

»Werdet Ihr ihn freilassen, wenn er es tut?« Temar wirkte beunruhigt.

»Kaum«, spottete Fresil. »Der Mann muss sterben, und dabei bleibt es.«

»Welchen Grund hätte er dann für eine Zusammenarbeit?«, fragte Temar. »Glaubt Ihr, er wird es uns in der Hoffnung auf Saedrins Gnade erzählen?«

Myred machte den Mund auf, um zu lachen, weil er glaubte, Temar habe einen Scherz gemacht. Rasch täuschte er hinter vorgehaltener Hand einen Hustenanfall vor.

Der Sieur warf seinem jüngeren Sohn einen leicht tadelnden Blick zu, ehe er sich an Temar wandte. »Wir dürfen keine Schwäche zeigen, D'Alsennin. Wir müssen selbstbewusst in der Ausübung jedes unserer Rechte wirken. Ich glaube nicht, dass Ihr den Ernst unserer Situation voll erfasst.« Er forderte seinen Bruder mit einer höflichen Geste auf zu sprechen.

Fresil blickte finster. »Jeder Dritte, der gestern zu mir kam, war ein Lehnsmann, der auf unseren Ländereien arbeitet, oder ein Kaufmann, der vertraglich an unsere Minen oder unsere Frachtwege gebunden ist. Alle wollten wissen, ob unsere Protektion noch immer gewährleistet ist. Ich musste Männer lächelnd beruhigen, die seit einer halben Generation von unseren Ländereien kaufen und sich plötzlich Sorgen machten über den Nachschub und die Qualität. Ich hatte Gläubiger da, die höflich andeuteten, dass sie eine rasche Begleichung unserer Rechnungen zu schätzen wüssten.«

»Was hast du ihnen gesagt?«, fragte Junker Camarl, dessen Stimme gepresst klang.

»Ich sagte ihnen, dass sie ihr Geld haben könnten, und das wär's dann mit uns«, schnarrte Fresil. »Wenn unser Wort für sie ohne Wert sei, würden wir unsere Geschäfte eben woanders machen. Die meisten waren nur zu glücklich zu versichern, dass sie es nicht böse meinten, und erklärten, vollstes

Vertrauen zu unserem Haus zu haben, aber wer weiß, wen sie nach mir getroffen haben, Den Rannion, Den Thasnet oder Den Muret? Die alle zweifellos unser Haus mit Saedrin weiß was für Lügen unterminieren!«

»Vertrauen ist in Toremal alles.« Der Sieur sah Temar geradeheraus an. »Wenn wir mangelnde Zuversicht zeigen, werden all die Menschen, die von uns abhängen und von denen wiederum wir abhängig sind, anfangen diese Lügen zu glauben. Unsere Ländereien mögen so fruchtbar sein wie immer, unsere Schiffe genauso seetüchtig, unsere Minen so ergiebig, aber wenn das Vertrauen zerfällt, auf das sich dieses Haus gründet, wird uns das verkrüppeln wie einen mittellosen Bettler.«

»Aber die Menschen werden sich über diesen Tod empören«, unterbrach Casuel mit plötzlicher Bestürzung. »Was ist mit den Rationalisten? Sie lehnen jede Vergeudung von Leben ab, und viele der Namen sind Anhänger der Rationalistischen Philosophie. Oh, vielleicht ist das der Punkt. Könnte es sein, dass der Mann geschnappt werden wollte? Um den Sieur derart auf die Probe zu stellen?«

»Ich glaube, wir haben es schon mit genügend Problemen zu tun, ohne auch noch hinter jedem Busch eine Verschwörung zu sehen, Meister Devoir.« Der Sieur lächelte, um seinen Tadel zu mildern.

»Was ist mit den Artefakten?«, fragte Avila mit roten Wangen. »Wie schlagt Ihr vor, sollen wir sie zurückbekommen?«

»Vielleicht könnte der Dieb entkommen?«, schlug Casuel begeistert vor. »Man könnte ihm folgen bis zu seinem Partner und wo immer sie die Beute versteckt haben!«

»Bist du denn ein kompletter Narr, Zauberer?« Fresils Ton war ätzend. »Was würdest du von einem Haus halten, das nicht einmal einen Einbrecher sicher einsperren kann?«

»Wir haben schon den Emporkömmling Den Turquand, der eine Hand in unsere Geldkassetten zu stecken versucht im Austausch gegen irgendwas, was in seinem Besitz ist.« Messire D'Olbriot sprach noch immer mit Avila. »Obwohl ich nicht glaube, dass diese Verschwörung so weitreichend ist, wie Meister Devoir anscheinend denkt, würde ich sagen, wir können mit einiger Sicherheit davon ausgehen, dass ein anderes Haus diese Männer für den Diebstahl angeheuert hat. Ich denke, wir warten darauf, dass unser unbekannter Feind seinen nächsten Zug macht. Mit etwas Glück bieten sie uns die Artefakte an, und wir können uns auf einen Preis einigen. Das Schlimmste, was passieren kann, ist, dass Den Wer-auch-immer die Sachen wegschließt, um zu verhindern, dass sie bei dem Wiederaufbau Kellarins helfen können. Ich bin sicher, sie sind in Sicherheit, bis wir einen bestimmten Namen mit diesem Verbrechen verbinden können. Sobald das geschehen kann, wird die Rückgabe der Artefakte der Preis für unser Schweigen sein.«

»So viel zur Ehre in diesem Zeitalter«, sagte Avila verächtlich.

»Wenn wir es mit unehrenhaften Männern zu tun haben, Demoiselle, können wir bestenfalls auf Pragmatismus hoffen«, erwiderte der Sieur unerschütterlich.

»Dann tun wir also gar nichts?« Temars Ärger war unverkennbar.

Messire ging auf diese Anklage unverblümt ein. »Was soll ich denn tun? In der ganzen Stadt Zettel aufhängen mit der Bitte, doch die Artefakte zurückzugeben? Wie viel Schwäche würde das denn zeigen? Habt Ihr die Mittel, einem Straßendieb, der es geschafft hat, sie in seine schmutzigen Finger zu bekommen, das Fünffache ihres Wertes zu bezahlen?«

»Ist es eine Frage des Geldes?«, fuhr Avila auf. »Wie so vieles in Euren Tagen? Welche Summe könnte den Wert eines Lebens, einer Zukunft aufwiegen?«

»Was für eine Zukunft wird Kellarin für irgendjemanden haben, wenn das Haus D'Olbriot untergeht?«, gab der Sieur zurück. »Wenn wir nicht helfen und verteidigen, wird Eure Kolonie auf dem Meer treiben und der Gnade eines jeden ausgeliefert sein, der sie plündern will.«

Avila hatte nichts darauf zu sagen. Sie fixierte den Sieur nur finster, die Lippen zusammengepresst, ihre Augen funkelten empört.

Ich starrte den Teppich an und hoffte, dass niemand mich fragen würde, was ich eigentlich zu Charoleia gesagt hatte.

»Aber wenn wir uns bei der Suche nach diesen Artefakten nicht sehen lassen dürfen, heißt das noch lange nicht, dass andere nicht für uns handeln können.« Messire verschränkte die Hände. »Herr Magier, Planir hält seit Jahren nach diesen Artefakten Ausschau. Er verfügt doch gewiss über magische Mittel, um sie aufzuspüren?«

Fresil schnaubte vor Verachtung, die Junker Camarl und Myred tauschten einen skeptischen Blick, als der Zauberer um eine Antwort rang.

»Wir haben gewisse Techniken, Weisheiten in Hadrumal ...«

»Kannst du denn gar nichts selbst, Mann?«, wollte Fresil wissen.

Casuel lächelte schwach. »Ich war nicht der Magier, der die Dinge hierher gebracht hat. Das Mädchen Allin hätte vielleicht einige Hoffnung, diese Truhe zu finden, wenn sie als Ganzes gestohlen worden wäre, aber da sie geleert wurde ...«

»Kannst du irgendwelche Zauberkunst anwenden?« Temar wandte sich flehentlich an Avila, die ihre Hände betrachtete.

»Vielleicht.« Sie sah auf. »Ich wende mich an Guinalle und frage sie um ihren Rat. Wenigstens kann ich keine Hinweise darauf finden, dass in dieser Stadt Zauberkunst verwendet wird, also müssen wir wohl nicht fürchten, dass die Elietimm in den Diebstahl verwickelt sind.«

Myred sah aus, als ob er etwas sagen wollte, aber dann fiel ihm offenbar ein, dass Avila sich mit Zauberkunst an Guinalle wenden konnte und sich nicht auf ein Schiff verlassen musste, das eine halbe Jahreszeit brauchen würde, um das Meer zu überqueren.

»Wenn du mit dem Erzmagier Verbindung aufnimmst, frag bitte nach, ob Livak irgendeine alte Kunde gefunden hat, die helfen könnte«, schlug ich vor. Casuel sah aus, als hätte er in eine Quitte gebissen.

»Ein guter Vorschlag, Ryshad.« Messire sah nachdenklich vor sich hin. Er hatte Livaks Reise mit Geld und einigen Privilegien des Hauses unterstützt, um sich einen Anspruch auf alles zu sichern, was sie in Erfahrung bringen würde. Das verschaffte ihm vor allem das Recht, eine Entschädigung dafür zu verlangen, wenn er sein Wissen mit Planir teilte, sei es in Geld oder magischer Hilfe gegen jeden Elietimm, der seinen Fuß an Tormalins Küsten setzte. Jetzt bekam er vielleicht schon früher Zinsen auf seine

Investition. Er lächelte Avila beruhigend an. »Noch eine Quelle, an die wir uns wenden können.«

»In der Zwischenzeit tun wir einfach nichts?« Temars Enttäuschung wuchs, und ich fühlte, wie sich mein Nacken vor Mitgefühl verspannte. »Wir lassen zu, dass uns all diese Feinde in die Tasche stecken? Können wir denn nie zurückschlagen?«

»Es ist offensichtlich, dass Den Thasnet tief in der Sache drinsteckt.« Myred sah seinen Vater hoffnungsvoll an.

Der Sieur tauschte einen Blick stummen Einverständnisses mit Fresil. Beide Gesichter waren hart vor drohender Entschlossenheit. »Wir werden uns schon um Den Thasnet kümmern, keine Sorge, und auch um all die anderen, die aus der Sicherheit des Gerichts nach unseren Waden schnappen. Aber wir brauchen Zeit, um alle unsere Figuren ins Spiel zu bringen, also ist es eure Aufgabe zu zeigen, wie zuversichtlich wir sind, indem ihr die Festtage mit all den anderen jungen Leuten des Hauses zusammen genießt. Ihr alle habt Einladungen für den heutigen Tag, also schlage ich vor, ihr geht und amüsiert euch, als müsstet ihr euch um nichts in der Welt Sorgen machen.«

Camaral und Myred erhoben sich gehorsam, doch Temar reckte stur das Kinn. »Demoiselle Tor Arrial wird meine Hilfe brauchen.«

»Sie kann den Zauberer haben«, sagte der Sieur mit einem ersten Anflug von Gereiztheit. »Denkt an jene, die in Kellarin leben und atmen, Temar, nicht nur an diejenigen, die noch immer schlafen. Diese Festtage sind die einzige Gelegenheit, die Ihr vor dem Winter haben werdet, um die Menschen zu treffen, die Ihr braucht, um Eure Kolonie am Leben zu halten. Bislang habt Ihr einen Empfang besucht, euch niederstechen lassen und einen erhellenden Abend damit verbracht, in einer Schwertschule Wein zu trinken. Heute und morgen muss Euer Hauptaugenmerk darauf liegen, nützliche Bekanntschaften zu machen, wenn Ihr überhaupt noch Hoffnung haben wollt, Euer Haus wieder erstarken zu lassen.«

»Wir gehen zu einer Gartenparty mit Den Murivance«, sagte Camarl und sah erst seinen Onkel besänftigend und dann sofort Temar warnend an.

»Vielleicht könnte ich ...« Der Sieur brachte mich mit einem Blick zum Schweigen.

»Du gehst nirgendwohin außer in die Kaserne oder zum Torhaus, Ryshad. Erstens, wer immer auch gestern ein Schwert in dich bohren wollte, könnte es heute nochmal versuchen. Wichtiger ist jedoch, dass das Haus morgen der Allgemeinheit offen steht, hast du das vergessen? Stell dir mal die Gelegenheiten für Unheil vor, die das bietet. Nach der beschämenden Vorstellung von gestern Abend will ich, dass du jedem Dienst habenden Mann die Angst vor der Peitsche einbläust.«

»Stolley und Naer ...«

»Du bist ihnen im Rang inzwischen gleichgestellt, und auf jeden Fall hat sich keiner von beiden in den letzten Tagen besonders hervorgetan.« Der Sieur lächelte dünn. »Du bist zwar bekannt, aber gerade noch so unvertraut, dass du die Eingeschworenen und Anerkannten auf Zack halten kannst. Ich will, dass jeder Mann, der mein Abzeichen trägt, morgen auch auf die geringste Kleinigkeit achtet, die ungewöhnlich ist. Du bist der Mann, der dafür sorgt.«

Dies war teils ein Kompliment, teils ein Befehl. Ich neigte den Kopf. »Jawohl, Messire.«

»Wann kommt Ustian an?« Fresil, der gedankenverloren aus dem Fenster starrte, drehte sich kurz um, um diese Frage zu stellen.«

»Irgendwann im Laufe des Nachmittags«, antwortete Myred hastig. »Und Onkel Leishal sollte am späteren Vormittag eintreffen.«

»Eure Brüder?« Avila sah Messire fragend an.

»Allerdings, und wir sollten lieber einen Plan machen, um ihnen zu zeigen, wie wir mit den Angriffen auf das Haus umgehen.« Der Sieur sah den Rest von uns mit einem Blick an, der unverkennbar Entlassung bedeutete. Fresil öffnete seinen Kragen, die blassen Augen blickten boshaft in die Ferne, und nahm neben dem Sieur Platz.

Camarl führte uns auf einen Flur hinaus. »Kommst du auch zu Den Murivance?«, fragte er Myred.

Der jüngere Mann schüttelte den Kopf. »Ich habe bei einem musikalischen Vormittag bei Den Castevin zugesagt – und ich bin schon spät dran, also sehen wir uns heute Nachmittag.«

Camarl nickte. »Temar, ich sehe Euch in meinem Zimmer.« Er ging davon.

Avila sah ihm nach, die Lippen aufeinander gepresst. »Die Bibliothek, und zwar sofort.«

Sie marschierte davon, ihre Röcke raschelten ärgerlich. Temar und ich folgten ihr. Casuel holte uns ein, nachdem er einen Augenblick unschlüssig stehen geblieben war.

Dolsan Kuse, der damit beschäftigt war, Bücher in Regale zu räumen, zeigte sich erstaunt, als Avila in seine Bibliothek fegte, als ob sie ihr gehörte. »Lass uns allein«, befahl sie mit knapper Höflichkeit. »Ich brauche Ruhe, um Zauberkunst wirken zu können.«

Der Archivar machte sich mit einer hastigen Verbeugung davon, als Avila ungeduldig mit den

Fingern auf eine juwelenbesetzte Börse trommelte, die an ihrem Gürtel hing. »Der Sieur kann die Angelegenheiten D'Olbriots nach seinem Gutdünken handhaben, aber wir müssen unsere eigene Strategie besprechen. Guliel hat zumindest teilweise Recht. Temar, du solltest wirklich den Tag damit verbringen, die Fahne D'Alsennins hochzuhalten, um aller in Kel Ar'Ayen willen. Aber du solltest gleichzeitig Augen und Ohren offen halten. Aber vermeide um Raeponins willen zu viele ungeschickte Fragen.«

Sie drehte sich mit einem verärgerten Kopfschütteln zu mir herum. »Ich hatte gehofft, ich könnte dich losschicken, um Den Thasnet im Auge zu behalten und diesem abscheulichen Firon zu folgen.«

»Ich kann ebenso gut mit den Männern reden wie sie Waffenübungen machen zu lassen«, schlug ich vor. »Irgendjemand erinnert sich vielleicht an etwas von letzter Nacht, jemand hat vielleicht ein Gerücht gehört, das es wert ist verfolgt zu werden.« Über die direkten Befehle des Sieurs hinauszugehen war ja nicht dasselbe wie ihnen zuwiderzuhandeln, oder?

»Meister Magier.« Avila wandte sich an Casuel, der die bedauerlicherweise leere Truhe untersuchte. »Ihr müsst auf Firon Den Thasnet aufpassen. Er ist dumm genug, um unbesonnen zu sein.«

Dem Zauberer klappte der Mund auf. »Ich?«

»Wer sonst?«, fragte Avila. »Ihr seid zu meiner Verfügung abbestellt, und das ist es, was ich von Euch will. Die Befehle des Sieurs für alle anderen waren deutlich genug, und Ihr habt Eure Elementmagie zu Hilfe.«

»Du bist der beste Mann für die Aufgabe, Casuel«, betonte ich. »Niemand kennt dein Gesicht, anders als bei mir und Temar.«

»Aber wie soll ich ihn denn finden?«, protestierte

der Magier. »Es sind schließlich Festtage, er könnte irgendwo in der Stadt sein!«

»Suche ihn mit Weitsicht«, sagte Avila kurz angebunden. »Das ist doch der korrekte Ausdruck, wenn ich mich recht erinnere. Oder muss ich meine Künste anwenden?«

»Nein, nein«, sagte Casuel. »Das kann ich schon.«

»Aber was ist mit den Artefakten?« Temar begann vor dem Kamin auf und ab zu gehen. »Ihr glaubt doch nicht, dass dieser Dummkopf Den Thasnet Casuel direkt zu den Dieben führen wird?«

»Nein«, gab Avila ungerührt zu. »Aber ich will wissen, mit wem er spricht und möglichst auch, worüber. Ich weigere mich zu glauben, dass alles nur Zufall ist. Wenn wir einen Teil dieser Übeltaten zu ihrem Ursprung zurückverfolgen können, können wir vielleicht dem Ganzen Einhalt gebieten. Eure Magie versetzt Euch doch in die Lage, aus der Entfernung zuzuhören, nicht wahr, Zauberer?« Das war keine Frage, Avila hatte die Magier, die Planir nach Kellarin geschickt hatte, gut beobachtet.

Casuel errötete leicht unter ihrem forschenden Blick. »Technisch gesehen, ja, aber es gibt da gewisse ethische Rücksichtnahmen …«

»Tragt Eure Skrupel Planir vor, wenn Ihr ihn fragt, ob er irgendwelche Weisheiten in Erfahrung gebracht hat, die uns bei unserer Suche helfen könnten. Und dann kümmert Euch um Den Thasnet. Ich werde mich mit Hilfe von Zauberkunst an Guinalle wenden«, fuhr sie fort, ungerührt von Casuels wütender Miene. »Wenn ich dann die Erlaubnis des Sieurs bekomme, werde ich diesem Dieb selbst ein paar Fragen stellen. Zauberkunst kann eine unwillige Zunge lösen, wo Drohungen sich als unwirksam erweisen.«

»Nein, meine Dame. Das heißt, Temar ...« Übelkeit stieg in mir auf, als ich an den Elietimm-Hexer dachte, der mein Gedächtnis durchsuchte, in lieb gewordene Erinnerungen eindrang und Hoffnungen und Ängste unter brutalen Zaubereien zerstörte. Jemanden mit schönen Reden zu täuschen und Temars bescheidene Künste waren eine Sache, echte Zauberkunst anzuwenden jedoch eine ganz andere.

»Wie bitte?« Avila sah mich erstaunt an. Hinter ihr sah ich Temar, der mich erschrocken ansah und mir verzweifelt bedeutete, den Mund zu halten.

»Nur wenn es keine andere Möglichkeit gibt«, milderte ich meinen Widerspruch hastig ab. »Es würde mit Sicherheit bekannt, und bei den Vorurteilen, die hier gegen Magie herrschen, ist die Vorstellung, dass Zauberkunst einen Mann zum Reden zwingt — verzeiht mir, aber die meisten Leute würden das abstoßend finden. Wenn die Zauberkunst sich über die verbreiteten Vorurteile gegenüber der Zauberei erheben will ...«

»Ryshad Tathel, lass mich dir sagen ...«

Ein Klopfen an der Tür rettete mich vor dem Zorn, der sich in Avilas Gesicht abzeichnete. Dolsan Kuse steckte seinen Kopf herein und sah Temar an. »Entschuldigt mich, aber Junker Camarls Kammerdiener sucht Euch, und er ist nicht gerade bester Laune.«

»Camarl oder der Kammerdiener?«, fragte Temar sarkastisch, war aber schon auf dem Weg zur Tür. Ich folgte ihm mit einer Verbeugung vor Avila, ohne sie jedoch anzusehen.

»Na schön, dann geht doch alle«, sagte sie drohend. »Und kommt nicht eher zurück, bis ihr etwas Brauchbares berichten könnt. Nein, Ryshad, wenn ich es mir recht überlege, warte.«

Ich blieb zögernd stehen. »Demoiselle?«
»Ich möchte mir deine Hand ansehen.«

Ich ging langsam zu ihr und wickelte dabei den Verband ab. »Ist gar nicht so schlimm.«

»Unsinn«, sagte sie scharf. »Und es ist weder tugend- noch heldenhaft unnötigerweise Schmerzen zu erleiden, mein Freund.« Sie hielt meine Hand zwischen ihren flachen Handflächen, eine drüber, eine drunter, gekreuzt in einer seltsam formellen Geste. Ihre Augen wurden weich, und sie schien direkt durch mich hindurchzustarren, als sie leise einen Zauberspruch murmelte. Mir lief es kalt über den Rücken bei dem Widerhall uralter Rhythmen in den geheimnisvollen Silben.

Mein Arm und meine Hand wurden warm, nicht schmerzhaft, aber mit dem unverkennbaren, unnatürlichen Schauer der Magie. Tief in meinem Arm kribbelte es kurz, als ob er eingeschlafen wäre und ich darauf wartete, dass das Blut wieder kreisen würde. Ich wartete mit wachsender Furcht auf das, was nun Schreckliches mit mir geschehen würde.

Aber es geschah nichts weiter, als dass die schmerzhafte Empfindlichkeit, die mich schon den ganzen Morgen immer wieder unerwartet wie mit Nadelstichen gequält hatte, allmählich nachließ. Das Kribbeln verging, und die Hand fühlte sich so gesund an, als ob ich mit ihr trainiert hätte. Ich blickte auf sie hinunter, als Avila mich mit einem zufriedenen Nicken losließ. Die Prellung war nur noch als schwache Verfärbung zu sehen, die Schwellung war abgeklungen. Ich zupfte vorsichtig mit dem Fingernagel an den nun überflüssigen Stichen der Naht. Jeder hätte schwören können, der Schnitt würde schon seit zehn Tagen heilen.

»Der Arzt des Sieurs kann sie dir ziehen«, wies mich Avila an.

»Danke«, sagte ich einigermaßen mit Fassung.

»Wenn wir Muße haben, müssen wir einmal über deine eigenen Vorurteile gegen Äthermagie sprechen, ganz zu schweigen von denen der Bevölkerung«, sagte Avila leise und blickte mich forschend an.

»Ich sollte besser gehen«, sagte Temar von der Schwelle her. »Ich komme zu dir, wenn ich zurück bin.«

Casuel zögerte, er konnte sich nicht entscheiden, ob er gehen oder bleiben sollte.

»Ist noch etwas?« Avila setzte sich an den Tisch. »Wenn nicht, werde ich mich jetzt mit Guinalle in Verbindung setzen.«

»Komm schon, Casuel.« Ich führte den Zauberer aus dem Zimmer und schloss die Tür fest hinter uns.

»Wir haben in Hadrumal auch ausgezeichnete Heilmagie, weißt du«, sagte er mit leichtem Neid.

»Das glaube ich dir.« Ich merkte, dass ich mir mit der anderen Hand die geheilten Finger rieb, und hielt inne. »Aber habt ihr auch etwas, um die gestohlenen Artefakte wiederzufinden?«

»Was genau hat sie getan? Was hast du gefühlt?« Casuel sah noch immer auf meine Hand, also steckte ich sie in die Hosentasche.

»Sie hat dafür gesorgt, dass es nicht mehr wehtut, und das reicht mir. Solltest du nicht besser mit Planir Kontakt aufnehmen? Stell fest, was er vorschlägt – und ob Livak auf ihren Reisen etwas Nützliches in Erfahrung gebracht hat.« Ich gönnte mir einen Augenblick flüchtigen Bedauerns, dass ich nicht mit ihr gegangen war. Einen Sommer lang friedlich durch Berge und Wälder zu ziehen wäre all diesem Durcheinander hier sicher vorzuziehen gewesen.

Casuel schniefte und stapfte davon, den Rücken steif vor Entrüstung. Ich sah ihm nach und ging dann, um mich bei den Männern unbeliebt zu machen, mit denen ich noch vor so kurzer Zeit gedient hatte. Irgendwie beschlich mich immer mehr das Gefühl, dass mein neuer Rang einen eher zweischneidigen Preis forderte.

Die D'Olbriot-Residenz, Sommersonnwendfest, vierter Tag, Morgen

Casuel ging langsam zu seinem Schlafzimmer, so gedankenversunken, dass er um ein Haar vergessen hätte, sich vor einer eleganten Demoiselle zu verbeugen, die die Stufen hinuntereilte. Erschreckt drehte er sich um, um sich unterwürfig zu entschuldigen, doch er sah nur noch einen Kopf verschwinden, auf dem ein juwelenbesetztes Netz verschlungene Flechten festhielt. Das Mädchen hatte ebenso wenig von ihm Notiz genommen wie von dem Dienstmädchen auf dem Treppenabsatz unter ihm, nichts weiter als ein Diener mit Armen voller Wäsche und einem leeren Kopf.

Angestachelt von umfassender Unzufriedenheit, verschloss Casuel seine Tür hinter sich und nahm die Kerze vom Nachttisch. Er schnippte mit den Fingern gegen den Docht und fühlte ein wenig von dem üblichen Kribbeln, wenn er unbelebte Materie seinem Willen unterwarf. Er stellte die Kerze vor seinen kleinen Spiegel und zwang das polierte Metall zu gehorchen und das Bild widerzuspiegeln, das er wollte, anstatt des Zimmers. Welcher Fürst von Toremal konnte so etwas tun, dachte er. Welcher Kaiser? Entfernungen bedeuteten nichts für jemanden, der die Elemente der physischen Welt manipulieren konnte. Herdmeister Kalion hatte Recht, eine solche Macht verdiente Anerkennung. Er selbst verdiente Anerkennung, er, Casuel D'Evoir.

Ein Bild zuckte über den Spiegel, als eine antwortende Magie die Casuels verstärkte. »Ja?« Planir sah von einem Schmelztiegel auf, der auf einem Holzkohleöfchen stand. »Ach, du bist es. Guten Morgen.«

»Diese Leute hier haben keine Ahnung, wie man sich einem Magier gegenüber benimmt«, sagte Casuel impulsiv. »Wie auch, wenn sie höchstens einmal im Jahr einem echten Zauberer begegnen?«

»Gibt es irgendeinen Grund, dass du mich störst, nur um mir das zu sagen?« Der Erzmagier rührte mit einem Metallstab in dem Topf.

Casuel überhörte den warnenden Ton in Planirs ferner Stimme. »Niemand in Toremal glaubt, dass ein Magier mehr als einer dieser Trickbetrüger ist, mit denen Velindre ihre Zeit verschwendet.«

Planir legte seinen Stab mit einem Klirren hin, das als leises Echo aus Casuels Spiegel hallte. »Hast du mir irgendetwas über Velindre zu sagen?«

Casuel sah ihn erstaunt an. »Eigentlich nicht. Nur dass sie sich selbst keinen Gefallen tut, wenn sie jedem Scharlatan durch die Stadt folgt, der auch nur den Hauch einer Affinität zu besitzen vorgibt.«

»Dann wartest du vielleicht, bis du mir etwas zu sagen hast, bevor du dich wieder meldest.« Planirs Missfallen klang deutlich durch das schimmernde Metall.

»Oh nein, Erzmagier. Ich habe viel zu erzählen.« Casuel zögerte. »Nun, ziemlich viel. Messire D'Olbriot wurde gestern vor dem kaiserlichen Gericht verschiedener Dinge beschuldigt. Damit wird er zumindest bis zum Äquinoktium beschäftigt sein, und die anderen älteren Junker des Hauses wahrscheinlich auch. Vier andere Namen beanspruchen Rechte auf Kellarin, dann wurde beantragt, das Haus D'Alsennin als ausgestorben zu erklären, und irgendjemand hat D'Olbriot der Pflichtvernachlässigung beschuldigt, mit Hilfe eines Anwaltes, der behauptet, ein Freund des Gerichtes zu sein.«

»Dann finde heraus, wer dahinter steckt, und lass

es mich wissen.« sagte Planir empört. »Wenn D'Olbriot vor dem kaiserlichen Gerichtshof unterliegt, hätte das schlimme Folgen! Es war schon schwer genug, Guliel und Camarl zu überzeugen, dass wir nicht alle anmaßende Autokraten sind wie Kalion, und sie sind die aufgeschlossensten Adligen, die wir finden konnten. Wir müssen mit Tormalin bezüglich Kellarin zusammenarbeiten, Cas, vergiss das nicht.«

»Ich wollte Kellarin noch erwähnen«, sagte Casuel widerstrebend. »Ihr kennt doch diese Artefakte, die, die D'Alsennin irgendwie aufgestöbert hat ...«

Planir hob die Hand. »Die Allin Mere ihm zu finden half? Die ohne ihre Geistesgegenwart nicht hätten wiederbeschafft werden können?«

»Ja.« Casuel presste die Lippen zusammen. »Nun, sie haben es geschafft, sie zu verlieren, D'Alsennin und Ryshad. Diebe haben sie letzte Nacht gestohlen.«

Das ockerfarbene Licht des Zaubers loderte für einen Moment so auf, dass Casuel die Hitze im Gesicht spürte. Er konnte nicht verstehen, was Planir sagte, aber als sich die Störung legte, konnte Casuel sehen, dass der Schmelztiegel neben ihm geborsten und geschmolzenes Metall über die Schieferplatte des Tisches gelaufen war.

»Und was unternimmst du, um sie zu finden?«, verlangte Planir zu wissen. »Wir haben geschworen, Kellarin zu unterstützen. Wir brauchen ihre Zauberkunst vielleicht gegen die Elietimm, vergiss das nie!«

»Allin hat nicht daran gedacht, sich mit den Artefakten selbst vertraut zu machen«, stammelte Casuel. »Und da die Diebe nicht die Truhe selbst mitgenommen haben, kann sie sie nicht mit Weitsicht suchen ...«

»Hast du dir die Gegenstände genau angesehen?«, fragte Planir scharf.

»Ich konnte nicht«, beeilte sich Casuel zu erklären. »Demoiselle Tor Arrial findet, diese Dinge seien ihre Angelegenheit und gingen niemanden etwas an.«

»Hat sie denn äthermagische Mittel, diese Diebe aufzuspüren?« Planir sah bedrohlich aus. »Gibt es Hinweise, dass die Elietimm ihre Hand im Spiel haben?«

»Demoiselle Tor Arrial behauptet, niemand in der Stadt würde Zauberkunst anwenden.« Casuel war erleichtert, dass er wenigstens etwas Genaues sagen konnte. »Sie hat selbst keine Möglichkeit, die Diebe aufzuspüren, aber sie nimmt Kontakt mit Demoiselle Guinalle auf. Ich habe schon überlegt, ob Usara irgendwelche Kunde bei dem Waldvolk gefunden hat, die helfen könnte, oder bei dem Bergvolk. Das Buch, weswegen Ryshads Mädchen so ein Aufhebens gemacht hat, enthielt doch auch Balladen darüber, wie man verlorenen Spuren folgt, oder nicht?«, setzte er hoffnungsvoll hinzu.

»Das Buch, von dem du so wenig hieltest?« Planir grinste kurz, ehe sein Gesicht wieder ernst wurde. »Nein. Es gibt ein paar interessante Fingerzeige, denen Mentor Tonin und seine Gelehrten nachgehen werden, aber nichts, was von unmittelbarem Nutzen wäre.«

»Schade«, sagte Casuel und versuchte, seine innere Befriedigung zu verbergen.

»In der Tat«, sagte Planir trocken. Er sah Casuel an, und selbst als kleines, magisch gespiegeltes Abbild war sein Blick unangenehm durchdringend.

»Hat Meister Tonin eine Möglichkeit, Kellarin-Artefakte zu identifizieren?«, fragte Casuel hastig.

Der Erzmagier schüttelte den Kopf. »Er kann sie aus einer Sammlung nicht verzauberter Gegenstände herausfinden, aber nur, wenn sie zur Hand sind.«

Ein gespanntes Schweigen entstand. »Vielleicht hat Guinalle eine äthermagische Möglichkeit, sie zu finden«, wiederholte Casuel hoffnungsvoll. Wenn ja, wäre er derjenige, der Planir die gute Nachricht übermittelte, nicht wahr? Er würde Usara gegenüber geziemend huldvoll sein, wenn er Gelegenheit hatte zu erwähnen, wie viel mehr von Nutzen er selbst dem Erzmagier gewesen war.

»Vielleicht ja, vielleicht nein. Was machst du in der Zwischenzeit?«, wollte Planir wissen.

»Ich habe eine Ahnung, wer vielleicht dahinter stecken könnte«, antwortete Casuel rasch. »Es gibt da einen Sprössling von Den Thasnet, den ich im Auge habe. Ich wollte eigentlich Ryshad schicken, ihm zu folgen, aber ich mache das wohl besser selbst. Im Allgemeinen würde ich natürlich nicht im Traum daran denken, Magie zu benutzen, um jemanden zu belauschen, aber ich denke, unter diesen Umständen ist es gestattet?« Er sah den Erzmagier hoffnungsvoll an.

»Deine Großherzigkeit gereicht dir zum Vorteil«, bemerkte Planir so gelangweilt, dass Casuel schon glaubte, sein Zauber ließe nach. »Sei diskret.«

Der Spiegel blinkte und wurde leer, und Casuel starrte ihn für einen Augenblick verständnislos an. Er reckte das Kinn und war mit der wohlerzogenen Entschlossenheit in seinem Spiegelbild zufrieden.

Er goss Wasser aus dem Waschkrug in das Becken. Dies war eine ausgezeichnete Gelegenheit, sowohl D'Olbriot als auch dem Erzmagier zu Diensten zu sein, stellte er mit wachsendem

Vergnügen fest. D'Alsennin und Tor Arrial würden ebenso dankbar sein, wenn Casuel bewies, dass Den Thasnet ihr Feind war. Beide Häuser waren vielleicht zurzeit nicht ganz so hoch angesehen, aber mit den Reichtümern Kellarins im Rücken sah die Zukunft vielversprechend aus.

Casuel goss ein wenig Tinte ins Wasser und beschwor geistesabwesend ein smaragdgrünes Leuchten in die Schale. Eine neue Idee erfüllte ihn. Falls und wenn D'Alsennin Erfolg dabei hatte, seinen längst erloschenen Namen wieder zu beleben, hätte Casuel einen ausgezeichneten Präzedenzfall, mit dem er vor dem Prärogativgericht argumentieren konnte, wenn die Zeit für ihn gekommen war, das Haus D'Evoir wiederherzustellen.

Aber zuerst musste er sich um vordringlichere Dinge kümmern, ermahnte er sich hastig. Er zog seine Erinnerung an Firon Den Thasnet heran und projizierte das Bild des ungepflegten, höhnisch lächelnden Grünschnabels auf das verzauberte Wasser. Ein Abbild formte sich in der grünwolkigen Flüssigkeit und zeigte den jungen Mann, der sich auf einem Sofa in einem Wintergarten räkelte.

Casuel blickte auf Firon hinunter. Er würde seine Verachtung für die Zauberei schon fallen lassen, wenn selbst Namen wie Den Thasnet D'Evoir anerkennen und einsehen mussten, dass ein Magier von unzweifelhaft vornehmer Herkunft ein Verbündeter des Erzmagiers war, ein Vertrauter von Männern wie dem Herdmeister Kalion.

Casuel blickte von der Schale auf. Vielleicht war es Zeit zu überlegen, wie er am besten eine direkte Anfrage an Kalion formulieren sollte? Der Herdmeister hatte kein Geheimnis aus seiner Überzeugung gemacht, dass die weltlichen Kräfte des Festlandes dazu gebracht werden mussten, die Möglichkeiten anzuerkennen, die die Zauberei einem scharfsinnigen Herrscher bot. Kalion sähe gewiss die Vorteile, wenn einer aus den eigenen Reihen sich mit den Namen Tormalins verbände, und wer wäre dafür besser geeignet als Casuel? Nur wenige Fürsten erkannten Hadrumals Einfluss an, Mädchen von guter Herkunft würden bestimmt in Erwägung ziehen, sich ihm anzuschließen, um den Namen D'Evoir zu erneuern, oder nicht?

Casuel blickte in die Schale und fuhr zusammen, als er sah, dass seine Weitsicht moosgrün verschwommen war. Verärgert rief er die Magie erneut herbei, und das Bild wurde wieder scharf. Vorsichtig atmend erweiterte er den Blickwinkel, bis er sah, dass der Junker in einem Treibhauspavillon auf der Rückseite der Den-Thasnet-Residenz war. Er runzelte die Stirn. Die Den-Thasnet-Residenz lag auf halbem Wege zu den nördlich der Stadt gelegenen Bergen. Niemand konnte von Casuel verlangen, dass er so weit wanderte, schon gar nicht in der Hitze eines Sommernachmittages. Wenn er irgendwo völlig verschwitzt und aufgelöst ankam, würde das sowohl die Würde der Zauberei als auch des Hauses D'Olbriot untergraben. Aber eine Kutsche aus den Ställen zu nehmen würde kaum die Anweisung des Sieurs und Planirs erfüllen, diskret vorzugehen.

Das glitschige Abbild rutschte ihm aus der Hand und zerfloss stückchenweise auf der Wasseroberfläche. Egal. Casuel schüttelte einen Rest grünen Lichtes aus seiner Hand und beglückwünschte sich, dass er so viele Häuser aufgesucht hatte, als sie ihre Türen zum Äquinoktium endlich geöffnet hatten. Er überlegte flüchtig, wie er diesen Vorbehalt am besten Planir gegenüber erwähnen konnte, während er sich die Residenz von Den Thasnet vorstellte, den großen Mittelflügel aus neuem Stein, der sauber und weiß in der Sonne schimmerte, das schräge glänzende Dach mit den besten Ziegeln, die man für Geld kaufen konnte, die Seitenflügel, die durch Gänge mit dem Mittelflügel verbunden waren, die wiederum Höfe einrahmten, in denen Springbrunnen sich in kostspieligen großen Fensterscheiben spiegelten.

Casuel griff nach der Substanz des Windhauchs, der träge durch das offene Fenster hereinwehte. Er vereinte sich mit der Luft, spürte ihren Pfaden und Strömungen nach und reiste mit ihr mit der Mühelosigkeit des durch lange Übung geschärften Instinkts. In einem Augenblick gleißenden Lichtes durchquerte er die Stadt und fand sich mitten in einem eleganten Schachbrett von Blumenrabatten wieder, die von niedrigen Hecken eingefasst wurden.

»He, du da!«, rief ein Gärtner empört und ließ seine hoch beladene Schubkarre mit einem dumpfen Aufprall auf den Weg plumpsen. »Raus aus meinen Sommerblumen!«

»Ich bitte um Verzeihung«, sagte Casuel hastig und versuchte, nicht noch mehr Schaden anzurichten, als er sich zum nächsten Pfad mühte. Er sah mit Entsetzen, dass seine teuren Stiefel mit einem merkwürdig riechenden Mulch bedeckt waren.

»Wo kommst du denn so plötzlich her?« Der Gärtner näherte sich ihm verblüfft. »Ich dachte, die Tore wären heute für Besucher geschlossen.«

»Mach dir keine Sorgen, guter Mann.« Casuel versuchte einen angemessen vornehmen Tonfall und ging in Richtung der Residenz davon. So ein Haus würde er auch bauen, dachte Casuel, schlichte, rationale Linien, die in Form und Funktion genau zu dem Grundriss von Grundstück und Haus passten. Nein, sein Haus würde noch schöner sein, wenn man bedachte, wie Architekten dieselben albernen Vorurteile gegen umsichtige Zauberei hatten wie alle anderen. Schließlich war Casuel durch seine Verbindung mit der Erde der geeignete Mann, den besten Stein auszuwählen, um ein Haus im Winter warm und im Sommer kühl zu halten. Selbst Velindre würde es einfach genug finden, den Luftstrom durch ein Haus zu lenken, und wen konnte man wohl besser um Rat für die beste Stelle des Herdes fragen als einen Magier mit Feuer-Affinität? Aber nein, alle wollten einen Magier nur, um Erdhaufen zu bewegen, wie in dieser Kindergeschichte von Ostrin und der verzauberten Schaufel. Es war einfach nicht gerecht, dass Zauberern jede vornehme Tätigkeit durch den Abscheu der Tormaliner vor Magie verwehrt war.

Ein Gespräch hinter ihm unterbrach Casuels Gedanken, und er blickte über die Schulter und sah, wie der Gärtner langsam hinter ihm herging. Verdammt, der Kerl redete mit einem Mann in Livree, der eine Hellebarde in der Hand hielt. Casuel sah sich nach einer versteckten Ecke um, aber Den Thasnets Verlangen, seinen Garten genauso modisch anzulegen wie sein Haus, bedeutete, dass hier kaum etwas über Kniehöhe wuchs. Ein Sommerhäuschen bot die einzige Zuflucht vor den lästigen Untergebenen, und Casuel eilte hinein.

Aber was jetzt? Die kleine achteckige Zuflucht würde kaum einen heimlichen Kuss verbergen, und auf jeden Fall hatte der Mann ihn hier hereingehen sehen. Casuel sah aus dem Fenster und entdeckte den Hellebardier, der zielstrebig auf den Pavillon zuschritt. Wie sollte er seine Anwesenheit erklären, wenn das Haus für Besucher geschlossen war?

Casuel holte tief Luft und rief einen Schimmer blauen Lichtes zwischen seinen Händen hervor. Eilig zog er Wasser aus der Erde unter seinen Füßen und Feuer aus der Hitze der Sonne und hüllte sich in einen magischen Schleier, um neugierige Augen zu verblüffen. Er stand reglos und ohne zu atmen da, als der verwirrte Bewaffnete in das Sommerhäuschen spähte, hinter ihm der Gärtner, der die Augenbrauen neugierig hob. »Wo ist er denn hin?«

»Keine Ahnung.« Der Gärtner wischte sich Erde von den Händen. »Ich hätte schwören können, dass er hier reingegangen ist.«

»Bist du sicher, dass du dich nicht zu sehr um Junker Firons Thassin gekümmert hast? Dass du es gestutzt hast, ohne die Fenster im Gewächshaus zu öffnen?« Der Eingeschworene lachte.

Der Gärtner lächelte dünn. »Aber er ist hier hergekommen, so ein mürrischer Kerl, aufgedonnert wie ein Tuchhändler, der über die Theke springen und sich unter Höhergestellte mischen will.«

»Ich gebe es weiter«, erklärte der Eingeschworene achselzuckend.

Der Mann ging langsam davon und ließ Casuel fast erstickt vor Empörung zurück. Was wusste schon ein schmutziger Arbeiter über Mode? Er wollte gerade schon die Täuschung der Elemente aufheben, als ein plötzlicher Gedanke ihn innehalten ließ. Der Erzmagier hatte ihm befohlen, diskret zu sein, warum sollte er sich also nicht unsichtbar bleiben? Casuel verstärkte seinen Zugriff auf die Elemente, die er manipulierte und fügte ein komplexes Gitterwerk aus Luft hinzu, um jedes Geräusch zu ersticken, das er machte. Er bewegte sich äußerst vorsichtig und stieg die steinernen Stufen zu einer großen, gepflasterten Terrasse hinauf, auf der Suche nach dem Wintergarten, in dem er Den Thasnet hatte herumlungern sehen.

Da war er ja, eine luftige Konstruktion aus weißem Eisen, die glänzende Zitrusbäumchen und ein paar unansehnliche Töpfe mit zerfleddertem Farn schützte. Casuel spähte durch die Fenster und sah Den Thasnet, der es sich bequem gemacht hatte und aus einem Glas in silbernem Halter trank. Das war alles, was der immer durstiger werdende Zauberer scheinbar eine Ewigkeit lang zu sehen bekam. Endlich, als von einer fernen Uhr der sechste Gongschlag ertönte, stellte Firon sein Getränk auf ein metallenes Tischchen und läutete ungeduldig mit einer Handglocke. Ein Lakai erschien und wurde unverzüglich mit knappen Gesten davongeschickt, um mit einem Mantel wiederzukommen. Firon zog ihn an und zupfte mit zitternden Händen an seinen Spitzenmanschetten herum. Er stieß die Tür zur Terrasse auf und schlug sie so heftig wieder zu, dass sie protestierend in den Angeln quietschte. Casuel hielt den schützenden Zauber fest und folgte ihm so dicht auf den Fersen, wie er nur wagte, als Firon leichtfüßig die Stufen hinunter durch den Garten zu den ausgedehnten Ställen lief. Das Herz des Magiers sank, als er merkte, dass Den Thasnet Reitstiefel trug und eine Gerte in der Hand hielt.

»Bring mir den Rotfuchs.« Der Junker schnippte mit den Fingern einem Jungen zu, der einen Korb mit Getreide trug. »Auf der Stelle, Bursche!«

Der Stallbursche hastete geduckt davon, als befürchte er eine Ohrfeige. Casuel sah mit quälender Unentschlossenheit zu, wie das Pferd herausgeführt und gesattelt wurde, während Firon die ganze

Zeit mit seiner Gerte ungeduldig auf seine Stiefel klopfte.

»Du wirst ihn auch wieder zurückbringen. Steig auf.« Firon schwang sich in den Sattel und reichte dem Jungen eine Hand. »Sollte er danach auch nur einen Stein im Huf haben, ziehe ich dir die Haut ab, verstanden?«

Der Junge versuchte vergeblich, sich auf das unruhige Pferd zu ziehen und bekam einen Schlag mit Firons Peitsche über die Schultern für seine Bemühungen.

Casuel ging langsam näher, als es dem Jungen gelang, auf das Pferd zu kommen. Unsichtbar oder nicht, er mochte Pferde schon im günstigsten Fall nicht, und dieses Tier würde ganz bestimmt nicht mögen, was der Zauberer vorhatte. Er zupfte eine Hand voll drahtiger Haare aus der Mähne des Pferdes, sodass das erschreckte Pferd einen Satz zurück machte. Der unglückliche Stallbursche rutschte vom Rumpf des Tieres, und dieses Mal verpasste ihm Den Thasnet mit der Peitsche ein rotes Mal auf der erhobenen Hand.

»Du bist dein Bett und Brot nicht wert«, höhnte Firon. »Steig auf, sonst kannst du in der Gosse betteln gehen.«

Der Bursche klammerte sich grimmig an den Sattel, als Firon das Pferd in einen scharfen Trab fallen ließ. Casuel rannte los, als zwei livrierte Männer sofort begannen, hinter dem Junker das hohe Tor zu schließen. Er schlüpfte gerade noch rechtzeitig durch den Spalt und sah dem Pferd nach, bis es in dem geschäftigen Treiben auf der Straße zur Unterstadt verschwunden war.

Aber noch war nicht alles verloren, oder? Casuel sah zufrieden auf das rote Rosshaar, das er sich um die Finger gewickelt hatte. Ryshad wäre jetzt vollkommen hilflos, nicht wahr? D'Alsennin wüsste auch nicht, was er tun sollte. Den Thasnet wäre jedem entwischt, der keine magischen Fähigkeiten hatte. Casuel ging um die Ecke der Residenz-Mauer und spähte in den Abzugsgraben hinter den schattigen Bäumen. Hier musste doch irgendwo eine Pfütze sein? Aber nein, nicht im Hochsommer, nicht in Toremal. Zu spät fielen Casuel die Jahre ein, in denen in beiden Hälften des Sommers kein Regen gefallen war. Wie sollte er das verdammte Vieh dann mit Weitsicht suchen?

»Wenn du pinkeln willst, dann benutz gefälligst den Ablauf hinter dem Misthaufen!« Eine alte Frau erhob sich hinter einer niedrigen Reihe von Erbsenpflanzen im Garten eines Dienstbotenhauses und blinzelte den Zauberer streitlustig an. »Mir ist egal, welchen Namen du hast, wir wollen nicht, dass du hier rumspritzt wie ein dreckiger alter Kater!«

Casuel merkte, dass sein Zauber sich aufgelöst hatte, und wurde rot vor Verlegenheit.

Eine jüngere Frau tauchte hinter einem Anbau auf. »Oh, bitte entschuldigt Mutter, Euer Gnaden, sie ist nicht ganz bei sich.« Sie schob die alte Frau davon und schimpfte leise und ängstlich auf sie ein.

Casuel ging hastig die Straße hinunter und strich dabei seinen Mantel glatt. Sein Blick fiel dankbar auf einen Brunnen, neben dem ein Pferdetrog und ein kleinerer für Hunde stand. Ein paar Frauen füllten nachlässig ihre Eimer, funkelnde Tropfen gingen daneben und wurden sofort von der durstigen Erde aufgesogen. Casuel ging langsamer, bis sie sich ihre Jochs über die Schultern geschlungen und ihre Eimer daran gehängt hatten.

Er musste schnell machen. Casuel eilte zum

Pferdetrog und hoffte, dass ihn niemand unterbrach. Er ließ die Pferdehaare ins Wasser fallen und umgab die groben Strähnen mit grünem Glanz. Ein Strang smaragdgrünen Lichts wand und schlang sich im Wasser, undeutlich und verschwommen. Casuel wünschte sich hilflos ein bisschen Tinte, um das durchscheinende Bild zu stützen, und legte seine Hand behutsam auf die Wasseroberfläche. Das klare Grün nahm einen schlammigen Ton an. Das Bild schwankte, aber Casuel sah den Rotfuchs, der durch eine belebte Straße ging. Schweiß stand ihm auf der Stirn, und er zwang sich zu ruhigem, gleichmäßigem Atmen. Selbst die besten Weitsicht-Zauberer Hadrumals konnten nicht erwarten, einen Zauber unter diesen Umständen lange zu halten, dachte er mit zunehmender Besorgnis.

Das Pferd verlangsamte seinen Gang, und Firon Den Thasnet hob die Peitsche, um ein paar Fußgänger zu verscheuchen, dann zerrte er das Tier mit einem heftigen Ruck an den Zügeln auf die Hinterbeine. Der Stallbursche rutschte ab und beeilte sich, die Zügel zu nehmen, als Firon abstieg. Casuel hatte Mühe, seine immer stärker zitternden Hände ruhig zu halten, als er atemlos zusah, wie der Junker Pferd und Stallburschen ohne einen weiteren Blick stehen ließ. Er betrat ein hohes Gebäude aus leuchtend orangefarbenen Ziegeln, das mit schamlosen Frivolitäten bemalt war, eine Anzahl von Röhren ragte fächerartig über die Doppeltüren, und die steinernen Simse unter den Fenstern waren schwer beladen mit Früchten und Blumen.

Manchmal möchte man den Geschichten über Ostrins verdrehtem Sinn für Humor sogar Glauben schenken, dachte Casuel und schüttelte das Wasser aus dem Pferdetrog mit Abscheu von den Händen.

Warum musste Den Thasnet nun ausgerechnet dorthin gehen?

Der Zauberer begann ärgerlich auf die Unterstadt zuzugehen, mit vor Müdigkeit schweren Schritten. Firon Den Thasnet sollte lieber eine Weile in diesem Theater bleiben, denn Casuel brauchte ein bisschen Zeit, um sich zu erholen, bevor er noch mehr Magie wirkte. Es sollte ihm bloß niemand einen Vorwurf machen, wenn der junge Edelmann verschwunden war, ehe er hinkam.

Das Klirren von Pferdegeschirr ließ Casuel den Kopf wenden, und als er eine Mietkutsche herantrotten sah, winkte er sie gebieterisch herbei.

»Euer Gnaden?«

»Das Marionettentheater an der Lantan-Straße«, befahl Casuel knapp. Er schloss die Augen, als der Mann dem Pferd zupfiff, und versuchte, ein wenig von der Energie wiederzugewinnen, die er verbraucht hatte, um die Elemente zu manipulieren. Es war ja schön und gut, wenn alle von ihm erwarteten, dass er ihnen mit seiner Zauberei half, aber nur ein Magiegeborener wusste, was es ihn kostete, noch eine Ungerechtigkeit, die Magier ertragen mussten.

Er öffnete die Augen, als die Kutsche mit einem Ruck zum Stehen kam und sah, dass der Fahrer sich erwartungsvoll umdrehte. »Ist es das?«

»Ja.« Casuel betrachtete missvergnügt die geschmacklose Fassade, als er aus der Kutsche kletterte.

»Schönes Fest, aber das macht eine Silbermark für Euch«, sagte der Kutscher entrüstet.

Casuel zog das D'Olbriot-Amulett aus der Tasche. »Wende dich an das Torhaus für deinen Lohn.« Er entließ den Mann mit einer Geste, ohne auf dessen mürrisches Gemurmel zu achten, und ging langsam in das hohe Gebäude.

Die schmale Eingangshalle war bis auf ein paar vergessene Blumen, die im Staub welkten und einen Stuhl, dessen Füllung aus dem Polster quoll, leer. Casuel eilte an einer detailgetreuen Darstellung von Ostrin vorbei, der seine Hände an höchst ungehörigen Stellen eines Mädchens hatte. Hatte der Künstler absichtlich die schlüpfrigsten Legenden, die er finden konnte, für diese leuchtenden Wandbilder gewählt?

Hinter grell bemalten Doppeltüren hallten Gelächter und Geplauder durch den großen, fensterlosen Raum, der den größten Teil des Gebäudes einnahm. Auf der Bühne am einen Ende waren Handwerker dabei zu hämmern, sägen oder malen. Ihre Mühen wetteiferten mit Fetzen von Musik, die von irgendwoher kam und in Casuels Schläfen setzte ein leiser Schmerz ein.

»Willst du deinen Bruder besuchen?« Ein Mann, der eine Doppelflöte umklammerte, blieb vor ihm stehen.

»Ja, natürlich.« Casuel lächelte den Musiker an.

»Da rauf«, der Mann nickte zur Bühne hin. »Geh schon, hat niemand was dagegen.« Der Flötenspieler ging davon, seine Hemdzipfel hingen ihm über die schmutzige Hose.

Casuel beachtete ihn nicht, sondern suchte den Raum nach Den Thasnet ab und zischte vor Entrüstung, während er versuchte, in der ständig wogenden Menge den Junker zu finden. Grüppchen fanden sich zusammen und trennten sich wieder, schoben Stühle aus unregelmäßigen Reihen zu Kreisen zusammen, um sie wenig später wieder zu verlassen. Begrüßungsrufe übertönten kreischendes Gelächter, wenn Mädchen in Kleidern, die viel zu auffällig waren für die Öffentlichkeit, einander überschwänglich begrüßten. Die Männer waren nicht besser, Mäntel und Manschetten aufgeknöpft, schief sitzende Spitzenkragen. Weinflaschen wurden in einem Nebenraum gekauft und von Hand zu Hand gereicht. Casuel schnüffelte mit Missfallen, als er das scharfe Aroma stärkerer Getränke roch. Kein Wunder, dass niemand ein Abzeichen trug, an dem man das Haus erkennen konnte, dem er mit seinem Benehmen Schande machte.

Die Menge teilte sich gerade lang genug, um einen Blick auf Firon Den Thasnet zu erhaschen, doch im nächsten Augenblick zog ein kicherndes Mädchen ihren Gefährten in das Blickfeld des Zauberers. Sie wandte ihm ihr gerötetes Gesicht für einen Kuss zu, den der junge Mann ihr auch gerne gab, ehe ein anderer Bursche das Mädchen in seine Arme riss. Casuel blieb der Mund offen stehen, angesichts solch zügelloser Unanständigkeit, bis ein vorbeigehender Musiker ihm kichernd einen Stoß in die Rippen gab. »Wenn die Sonne untergeht, lässt sie wohl mehr als ihr Haar herunter, was?«

Casuel drehte sich abrupt zu den schmalen Stufen um, die auf die Bühne führten. Er sah vorsichtig zu, wie geschäftige Handwerker halb fertige Bühnenbilder herumschoben, bis er einen Platz hinter einem Vorhang fand und von dort wieder nach Den Thasnet Ausschau hielt. Da war er, saß auf einem einzelnen Stuhl, die gestiefelten Füße weit von sich gestreckt, und blickte finster die Leute an, die über seine Füße stolperten. Seine mürrische Miene hielt alle davon ab, ihn in ihre Gespräche mit einzubeziehen.

»Cas? Jemand sagte, du suchst mich?« Eine ungeduldige Stimme hinter ihm ließ den Zauberer zusammenfahren.

»Was? Nein, eigentlich nicht.« Casuel drehte sich zu seinem Bruder um, der ihn schief ansah.

»Was machst du dann hier?«, fragte Amalin.

»Ich bin in Angelegenheiten des Erzmagiers unterwegs«, sagte Casuel und warf einen Blick auf Den Thasnet, der immer noch allein saß. »Und denen Messire D'Olbriots. Es hat nichts mit dir zu tun.«

»Oh doch, wenn es in meinem Theater stattfindet«, gab Amalin grob zurück. »Hat das etwas mit all den Fragen zu tun, die du mir neulich gestellt hast? Ich sagte doch schon, ich habe keine Ahnung, welches vornehme Haus ein anderes verleumdet, und es interessiert mich auch nicht. Mich interessiert nur, wer sofort bezahlt.«

Casuel schnaubte. »Immer jeder Zoll der Kaufmann. Du verscherbelst deine Musik wie ein Wandermusiker.«

»Wenigstens ist es ein ehrlicher Beruf, Meister Magier«, höhnte Amalin. »Mutter schämt sich nicht, ihrem Nähkränzchen von meinen neuesten Triumphen zu erzählen. Habe ich dir schon erzählt, dass ich einen neuen Rundtanz für das morgige Fest des Kaisers geschrieben habe?«

Casuel blickte entschlossen wieder zu Firon, der auf einem Daumennagel kaute und sich verdrossen umsah.

»Wem spionierst du denn nach, Cas?« Da er erheblich größer war, spähte Amalin mühelos über die Schulter des Zauberers. »Dem bezaubernden Junker Den Thasnet?«

»Du kennst ihn? Wieso? Woher?«

Amalin kicherte unangenehm. »Ah, wenn du etwas wissen willst, redest du auch mit mir?«

»Spiel hier nicht den Narren, Amalin«, fauchte Casuel. »Es ist wichtig.«

»Meine Proben auch.« Amalin drehte sich um und wollte gehen.

»Was hätte es für einen Einfluss auf deine Karriere, wenn ich Messire D'Olbriot erzählte, wie wenig hilfsbereit du bist?«, drohte Casuel.

»Würde nicht viel Schaden anrichten«, meinte Amalin achselzuckend. »Es heißt, der alte Sieur habe ohnehin die Gunst des Kaisers verloren.«

Casuel riss den Mund auf. »Wer sagt das?«

»Er und seine Kumpel.« Amalin deutete mit dem Kinn auf Firon Den Thasnet. »Nicht, dass ich viel darauf gebe. Den Thasnet schuldet Vergnügungslokalen mehr Geld als jedes andere Haus in der Stadt. Man kann über D'Olbriot sagen, was man will, aber der steife alte Sack zahlt immer sofort per Boten.«

»Du würdest in deinem Beruf um einiges besser fahren, wenn du ein wenig mehr Respekt vor Höhergestellten hättest«, sagte Casuel schneidend.

»Und mich vor jedem verbeugen und katzbuckeln, der sich Den Irgendwas nennt?«, spottete Amalin. »Warum sollte ich? Die Hälfte deiner so genannten Edlen lebt auf Pump und Wunschdenken. Ehrliche Händler wie Vater haben mir das Geld verschafft, um dies hier aufzubauen. Sie zahlen, sobald der letzte Ton bei ihrem Bankett verklungen ist.«

»Sie zahlen für unzüchtige Maskeraden, getanzt von Mädchen die nicht besser sind als gemeine Schlampen, meinst du wohl«, gab Casuel zurück. »Es überrascht mich zu sehen, dass du dich noch immer mit richtigem Puppenspiel befasst.« Er deutete mit der Hand auf die Marionetten, die hoch über ihren Köpfen hingen, jede so groß wie ein Kind, ein Meisterwerk aus Holz, gekleidet in feinste Schneiderware.

»Ich bringe auf die Bühne, was sich bezahlt macht, Cas.« Amalin lächelte spöttisch. »Genauso wie ich diese Taugenichtse mein Haus für ihre Treffen und Intrigen nutzen lassen, solange sie mit beiden Händen Geld für das Vorrecht ausgeben, billigen Wein dabei trinken zu dürfen.«

»Es geht dir immer nur ums Geld, nicht wahr?« Casuel tat sein Bestes um auf den Größeren herunterzusehen.

»Wenigstens muss mir Mutter kein Geld schicken, damit ich einen Faden am Leib habe.« Amalin zwinkerte ihm zu. »Und meine Stiefel stinken auch nicht nach Pferdemist.«

»Warum siehst du dann aus, als wärst du aus der Lumpensammlung eines Wohltätigkeitsvereins gefallen?«, konterte Casuel.

Amalin fuhr sich lässig über sein ausgeblichenes Hemd, das an Kragen und Manschetten ausgefranst war. »Arbeitskleidung, Cas, aber davon verstehst du natürlich nichts, oder?«

»Amalin? Wo soll das hier hin?« Der Ruf von der anderen Seite der Bühne bewahrte Casuel davor, eine passende Entgegnung finden zu müssen. Amalins Überheblichkeit war wirklich unerträglich, tobte er innerlich. Er hatte keine Achtung vor gesellschaftlichem Rang, eingehüllt in seine kleinlichen Sorgen und diese lasterhafte Nachahmung einer Welt, die er sich zurechtgezimmert hatte. Casuel sah Amalin mit einem dunkelhaarigen Mann davongehen, der ihm vage bekannt vorkam. Hast wohl nicht den Mumm, das Gespräch fortzusetzen, kleiner Bruder? Nun, es war nicht das erste Mal, dass Casuel ihm einiges klar machen musste.

Er suchte wieder in der Menge nach Firon Den Thasnet, der in ein Gespräch vertieft war. Wer war das? Was hatte er verpasst? Casuel verwünschte Amalin dafür, dass er ihn ebgelenkt hatte und versuchte, ruhig genug zu bleiben, um einen unsichtbaren Strom Magie aus Luft und Licht über die Köpfe der Müßiggänger zu leiten. Er konzentrierte sich stark und wartete ungeduldig darauf, dass Worte entlang des Zaubers glitten.

»... dies, das, der andere«, zischte Firon. »Ich mache es und was kann ich vorzeigen? Dieser Idiot von einem Jungen hat von D'Olbriots Mann gründlich die Hucke voll bekommen, der Hund jagt also bestimmt nicht wieder. Und dein so genannter Anwalt hat eine Scheißvorstellung über die Grundbesitzsteuer abgeliefert. Was hast du dazu zu sagen?«

»Ich habe den besten Anwalt für die Summe empfohlen, die Ihr bezahlen wolltet«, zuckte der Neuankömmling die Achseln. »Ich sehe nicht ein, wieso Ihr mir einen Vorwurf macht, wenn D'Olbriot erfahrenere Leute verpflichtet. Außerdem, selbst wenn sie für das vergangene Jahr keine Steuern für Kellarin zahlen müssen, heißt das noch nichts für das kommende Jahr, oder? Das Spiel ist noch nicht vorbei.«

Casuel schlich sich so nah er es wagte hinter dem Schutz des Vorhangs heran, um herauszufinden, wer der Mann war. Etwa im Alter von Firons Vater – und übrigens auch Casuels –, war er groß, mit kurz geschnittenem eisengrauem Haar, das Gesicht unauffällig, gelassen und angenehm. Er trug keine Hausfarben, nur einen gut gearbeiteten schlichten braunen Mantel und Hosen aus gutem Stoff. Casuel runzelte die Stirn, die Kleider waren geschnitten wie eine Livree, und das war keine Kaufmannsmode. Irgend etwas an seiner Art ließ auch an einen höher gestellten Dienstboten denken.

»Du sagtest, du würdest viel Unterstützung gegen D'Olbriot finden.« Firons Klagen wurden lauter. »Wo bleibt sie? Jedes Mal, wenn ich gestern sagte, sie bekämen nur, was sie verdienten, zeigte man mir die kalte Schulter.«

»Behaltet die Nerven, dann werden die Leute schon zu Eurer Ansicht kommen«, sagte der Neuankömmling fest. »Es wird all die Früchte tragen, über die wir sprachen. Seht Euch die Fälle an, die gestern dem Kaiser vorgetragen wurden. Wenigstens einer von ihnen wird Burquest zu Fall bringen, ganz egal, wie flink er um die Wahrheit herumtanzt. Eure Waagschale wird sich im gleichen Augenblick heben, in dem D'Olbriots sinkt.«

»Ach, wirklich?« Firon sah skeptisch drein. »So hoch, dass ich ein Mädchen von Rang heiraten kann, das eine anständige Mitgift mitbringt? Mein Vater redet schon davon, mich an die hässliche Tochter eines fettärschigen Kaufmanns zu verkaufen, so verzweifelt braucht er Gold ...«

Der andere Mann schlug Firon leicht auf den Mund. »Passt auf, was Ihr sagt«, warnte er liebenswürdig. »Zeigt ein wenig Achtung.«

Casuel war so schockiert, dass der Zauber beinahe brach, und er zog sich in die verbergenden Vorhänge zurück. Wer war der Mann, dass er eine solche Beleidigung wagte?

Der Schlag war nicht so hart gewesen, dass er in Firons Gesicht Spuren hinterlassen hätte, doch sein Gesicht war trotzdem scharlachrot. »Zeig Respekt, hab mehr Geduld, mach dich auf einen tiefen Sturz gefasst, falls alles schief geht! All deine Taten gehen nur in eine Richtung, oder?«, höhnte er. »Wann zahlt sich dieses Unternehmen für mich endlich aus?«

Der Neuankömmling lächelte dünn, ehe er in seinen vornehmen Mantel griff. Er zog eine Lederbörse hervor und schloss Firons Hand darum.

»Hier ist ein kleiner Vorschuss.« Der Mann hielt Firons Finger fest, und Casuel sah, wie auf die Verblüffung Schmerz über die picklige Stirn jagte. »Gib es zur Abwechslung einmal klug aus und pass auf, dass dir nicht Wein oder Thassin die Zunge löst. Es gibt genug dumme Huren, also gib dich nicht mit einer ab, die vielleicht klug genug ist, um die Wahrheit hinter deinen Aufschneidereien zu sehen. Irgend so ein Mädchen, das du unten am Hafen hattest, kam vor ein paar Tagen an meine Tür und suchte nach einem Geldbeutel, der ihr den Mund stopfen sollte.« Sein Tonfall war liebenswürdig, doch die Drohung war unmissverständlich.

»Was hast du ...« Firon sah aus, als wäre ihm übel.

»Ich habe ihr Geld gegeben, was denkst du denn?« Als Firon vor Erleichterung zögernd lächelte, beugte sich der Mann vor und sagte grausam: »Gerade genug, um ihre Überfahrt mit Poldrion zu bezahlen, und dann habe ich dafür gesorgt, dass die kleine Schlampe nie wieder um Geld feilscht.«

»Ich habe keine Angst vor dir!« Firons Gesicht verlor die Farbe und wurde schweißnass und bleich, was seine Worte eindeutig Lügen strafte.

»Gut gesprochen, Euer Ehren.« Der andere Mann ließ die gequetschten Finger des Junkers los. »Du brauchst auch keine Angst vor mir zu haben. Ich führe schließlich auch nur meine Befehle aus. Es ist mein Vorgesetzter, um den du dir Sorgen machen musst, und der nicht besonders zufrieden ist, um die Wahrheit zu sagen.«

»Ich habe alles getan, was von mir verlangt wurde«, protestierte Firon.

»Allerdings«, lächelte der andere. »Also geh nach Hause und kau dein Thassin oder such dir eine warme kleine Nutte zum Kuscheln. Ich lasse dich wissen, wenn wir noch etwas wollen. Solange du nicht zu gierig wirst, werden wir am Ende alle gewinnen, nicht?«

Firon spielte mit der Börse in seiner Hand, und mied den Blick des anderen. »Wann höre ich von euch?«

Der andere stand auf. »Schon bald.« Er ging davon, als Firon von einem anderen jungen Adligen begrüßt wurde, dessen ausladende Bewegungen vermuten ließen, dass er schon mehr getrunken hatte, als zu so früher Tagesstunde ratsam war. Casuel versuchte, seine Magie zu teilen, um beiden Männern zu folgen, doch es gelang ihm nur, den Zauber unrettbar zu zerstören, sodass Splitter von verzauberter Luft in alle Richtungen stoben.

Der Magier trat in quälender Ungewissheit von einem Fuß auf den anderen und versuchte, beide Männer im Blick zu behalten, während er gleichzeitig in den schützenden Schatten des Vorhangs blieb. Er wich zurück, als Firon sich der Bühne näherte, offenbar steuerte er auf ein Mädchen mit messingfarbenem Haar zu, dessen Spitzenbesatz am Kleid zerrissen war. Sie flirtete mit einem anderen jungen Edelmann, den Casuel nicht recht einordnen konnte. Firon packte das Mädchen an der Schulter, und sie drehte sich mit einem einstudierten Ausdruck der Begeisterung um, der rasch verblasste, als sie ihn erkannte. Firon hob die Hand mit der Börse, und das Mädchen lächelte wieder.

»Das ist die einzige Musik, die für ihre Ohren süß genug ist.« Amalin stand ein paar Schritte entfernt und studierte ein Notenblatt.

»Wer ist sie?«, fragte Casuel.

»Zu teuer für deine Börse, Cas.« Amalin sah auf. »Das ist die Demoiselle Yeditta Den Saerdel.«

Casuels Gesicht spiegelte die Frage wider, die er nicht zu stellen wagte.

»Du hast sie für eine Hure gehalten? Nein, sie ist sehr viel wählerischer und sehr viel kostspieliger. Du brauchst einen alten Namen und eine dicke Geldbörse, ehe sie die Röcke für dich hebt. Trotzdem, du bekommst eine Lektion, wie du sie in Hadrumal nie bekommen könntest, wenn du hinter ihr her bist.« Amalin ging, um den Streit zwischen einem Zimmermann und einem Anstreicher zu schlichten.

Casuel beobachtete, wie sich ein lebhaftes Grüppchen um Firon und Yeditta scharte, leichtsinnige junge Männer in verschmutzten Kleidern und Mädchen, deren Schminke sich heftig mit der hektischen Röte biss, die ihnen in die Wangen stieg. Mit frechen Prahlereien und ausladenden Gesten sprachen sie alle gleichzeitig in einem unverständlichen Gewirr. Auf ein Zeichen von der Messingblonden hin marschierte die ganze Versammlung zur Tür.

Es gab keine Möglichkeit, ihnen unentdeckt zu folgen, entschied Casuel hastig. Es würde auch nichts dabei herauskommen, wenn er ihnen bei den Liederlichkeiten zusah, mit denen sie ihren Namen Schande machten. D'Olbriot wusste bereits, dass Den Thasnet ihm feindlich gesinnen war. Was Casuel herausfinden musste, war die Identität desjenigen, der Firons Fäden zog, so geschickt wie ein Puppenspieler, der Amalins fröhliche Marionetten bewegte. Er seufzte vor Erleichterung, als er den Mann in Braun mit einem unzufriedenen Mädchen mit schweren Augenlidern reden sah, das in einer Hand einen weinfleckigen Schal hielt.

Ein Lautenspieler ging vorbei, und Casuel versuchte, sich dem lässigen Gang des Musikers die Treppe hinunter anzupassen. Den braunen Mantel im Auge zu behalten, war keine leichte Aufgabe in dem überfüllten Theater, aber jetzt war weder der Ort noch die Zeit, um Magie anzuwenden. Schweres Parfüm und abgestandener Schweiß drangen Casuel in die Nase, und er hustete. Das ließ diejenigen, die ihm am nächsten waren, mit missbilligenden Blicken zurückweichen, und Casuel erhaschte einen Blick auf den nüchtern gekleideten Mann unter all den lauten Farben ringsum.

Keine Zeit für Höflichkeit, dachte Casuel, wo diese Tunichtgute auf niemanden Rücksicht nahmen und schubsten und stießen, ohne sich auch nur zu entschuldigen. Casuel biss sich auf die Lippen und bahnte sich mit Ellbogen und Schultern einen Weg zwischen lachenden Umarmungen und streitlustigen Gesprächen, duckte sich unter dem rächend ausholenden Arm eines Junkers durch, dunkelrot vor Verlegenheit, als er unabsichtlich einen Schwarm Mädchen auseinander trieb, die alle schrill schimpften.

Als er endlich erleichtert an der frischen Luft war, konnte er sich keine Atempause gönnen. Der Mann in Braun eilte auf die Altstadt zu, sein gleichmäßiger Schritt ließ ein bestimmtes Ziel vermuten. Eine Lücke öffnete sich vor Casuel, und er schob sich an einer mit Paketen beladenen Hausfrau vorbei, doch ein vorbeiratternder robuster Rollwagen ließ ihn innehalten. Lieber das Gerüttel auf den Pflastersteinen aushalten als zu riskieren, platt wie eine Flunder gequetscht zu werden. Casuel zwängte sich durch die Menge, entschuldigte sich, stolperte, sein Herz klopfte wie wild, und er hoffte gegen alle Wahrscheinlichkeit, dass der Mann in Braun eine Mietkutsche anhalten würde.

Den-Murivance-Residenz,
Sommersonnwendfest, vierter Tag, Nachmittag

»Gefällt Euch die Musik?« Camarl bot Temar einen Kristallkelch mit Roséwein an.

»Nennt man das Rationalen Stil?«, fragte Temar vorsichtig.

Beide Männer betrachteten das elegante Quintett, das unter einer von Rosen umrankten Laube in der Mitte einer makellosen Rasenfläche spielte. Modisch gekleidete und mit reichlich Schmuck behängte Adlige gingen vorüber, blieben hier und dort stehen, um die exakt abgezirkelten Blumenbeete zu bewundern. Ein Rausch sommerlicher Farben rings um das nüchterne Gras wurde von streng geschnittenen Buchsbaumhecken eingefasst, hier ein orangefarbener Bogen, dort ein scharlachrotes Quadrat, eingerahmt von goldenen und grünen Zweigen. Hohe Eibenhecken erhoben sich dunkel hinter den Blumen, und dahinter konnte Temar höfliches Lachen hören. Die Musiker beendeten ihr Stück schwungvoll und wurden mit beifälligem Applaus belohnt.

»Nein, dies ist etwas Neues, eine Neufassung von ländlichen Melodien im Stil alter Schrein-Liturgien.« Camarls Erklärung klang etwas vage. »Zusätzlich mit Kontrapunkt, Harmonien und so versehen.«

»Es ist sehr nett.« Temar nippte an dem duftenden Wein, um sein Missfallen zu verbergen. Nicht einmal die Musik der Götter war mehr heilig.

Camarl redete weiter. »Amalin Devoir ist einer der führenden Komponisten des neuen Stils.«

Temar sah auf. »Casuels Bruder?«

»Ja«, kicherte Camarl. »Nicht, dass man so etwas je von unserem Magier erfahren würde. Er hat sich schon einen Namen gemacht, Amalin meine ich. Er hat als Doppelflöten-Spieler angefangen, glaube ich, ist aber schon bald mit einer eigenen Truppe aufgetreten. Er muss ein Händchen für Geschäfte haben, denn er hat eins der größten Theater in der Stadt vor ungefähr einem Jahr aus dem Nichts aufgebaut.« Er betrachtete die langsam umherschlendernden Junker und Demoiselles. »Wir sollten einmal abends dorthin gehen, nach den Festtagen. Es ist alles ganz ungezwungen, nur fröhlicher Unsinn.«

»Das wäre mal eine angenehme Abwechslung«, gab Temar zu.

»Die Festtage sind Unterhaltung für die Allgemeinheit, aber diese Art von Freizeit ist ein Luxus, den man mit unserem Geld nicht kaufen kann«, sagte Camarl offen. »Es bleibt so wenig Zeit, um jeden zu sehen. Aber Ihr könnt Euch ein bisschen mehr Zeit nehmen, um Euch zu amüsieren. Der Sieur und ich werden Kellarins Interessen schon sichern.«

»Wofür Ihr meinen Dank habt«, sagte Temar höflich. Er sah sich unter den unzähligen unbekannten Gesichtern und Wappen um. Er würde sich trotzdem viel lieber selbst um Kel Ar'Ayens Angelegenheiten kümmern, wenn er nur die leiseste Ahnung hätte, wo er anfangen sollte.

»Da ist Irianne Tor Kanselin«, sagte Camarl erfreut.

»Geht und sprecht mit ihr«, drängte Temar. »Es sei denn, Ihr glaubt, ich brauche einen Anstandswauwau.«

Camarls Lachen erstaunte Temar. »Wir sehen uns später.« Camarl ging beschwingt zu seiner Verlobten, und Temar sah, wie das Gesicht des Mädchens aufleuchtete.

Temar seufzte, Guinalle hatte ihn nie mit solcher Freude begrüßt, selbst während der kurzen Liebesgeschichte nicht, die für ihn so viel mehr bedeutet hatte als für sie. Er begann selbst langsam durch die Gärten Den Murivances zu schlendern und tauschte höfliches Kopfnicken und Lächeln aus. Wann immer jemand aussah, als ob er zu mehr bereit war, beschleunigte Temar seine Schritte. Er traute sich nicht zu, sich an die Namen und Familien zu erinnern, noch mehr Fragen über seine unerwartete Verletzung zu beantworten, über seine Hoffnungen für Kellarin zu reden, behutsame Erkundigungen nach seinem genauen Verhältnis zu D'Olbriot zu erwidern und seine Meinung zu den Anklagen vor dem Kaiser zu äußern. Ein wachsendes Gefühl der Unzulänglichkeit machte Temar zu schaffen. Er hatte noch nicht einmal mit einem Fünftel der Leute gesprochen wie Camarl, um spätere Gespräche über Schiffe für Kel Ar'Ayen zu arrangieren oder Kaufleute vorzuschlagen, die die Reichtümer der fernen Kolonie mit den Möglichkeiten eines bestimmten Hauses verbinden konnten. Das Wissen, dass er Camarl gegenüber dankbar sein sollte, brachte Temar noch mehr auf, also ging er durch einen sauber geschnittenen Eibenbogen davon.

Flache Rasenstufen führten zu einer breiten Terrasse auf der Nordseite des Hauses. Den Murivances Heim hatte wenig von der strengen Winkligkeit Tor Kanselins, jeder Ziegel, jeder Stein war hier unverkennbar alt. Aber als man Temar auf eine verdächtig ausgedehnte Führung mitgenommen hatte, hatte er festgestellt, dass alle Möbel brandneu wirkten, ganz auf der Höhe der Mode.

Diener räumten noch immer die Reste des kürzlich beendeten eleganten Mahles weg. Temar sah zu, wie livrierte Diener geschickt Teller und Servierplatten stapelten, Dienstmädchen Tischtücher zu ordentlichen Bündeln für die Wäscherinnen rollten. Lakaien in Arbeitskleidung warteten, um Tischböcke und Platten wegzutragen, während andere Dienstboten die girlandengeschmückten Planen abbauten, die die Gäste vor der sengenden Sonne geschützt hatten.

Temar züchtigte sich selbst mit schmerzlicher Aufrichtigkeit. Du wüsstest nicht einmal, wo du damit anfangen solltest, eine Einladung wie diese zu organisieren, ganz zu schweigen davon, ein Haus in diesem neuen Tormalin zu führen. Warum war er dann hier? Dies war nicht sein Ort, und würde es auch nie sein. Warum war er nicht unterwegs, um etwas zu tun, womit er die Menschen retten konnte, die immer noch bewusstlos in Kel Ar'Ayen lagen, wo er wirklich hingehörte?

»D'Alsennin! Würdet Ihr bitte eine Dame in den Irrgarten begleiten?« Ein Junker mit aufrichtigem Gesicht grüßte Temar vom Eingang zu einem Kreis aus grünen Hecken. Er und ein Freund neckten liebevoll eine Gruppe von Demoiselles, die im Alter irgendwo zwischen Temar und Camarl lagen.

Temar identifizierte die Mardermaske seines Wappens als Den Ferrand. »Sofern sie es wünscht.« Er verbeugte sich höflich vor den Mädchen. Das am nächsten Stehende kicherte, ihre haselnussbraunen Augen blickten groß hinter ihrem Fächer aus schwarzen und azurblauen Federn hervor, doch Temar konnte das Malachit-Abzeichen auf dem silbernen Griff nicht zuordnen.

»Ich mache mir weniger Sorgen um die Begleitung hinein als um die hinaus«, sagte ein größeres

Mädchen. Ihr kastanienbraunes Haar war sachlich geflochten, und ein winziges, juwelenbesetztes Schwert hielt ihren Spitzenschleier dekorativ auf den Schultern fest. Zumindest sie konnte Temar als Den Hefeken erkennen.

»In der Mitte steht ein Sommerhaus«, erklärte der junge Mann, und schob sich die ungebärdigen schwarzen Locken mit einer Hand zurück, an der ein Ring mit einer großen Kamee eines sich aufbäumenden Pferdes steckte. »Dort ist immer ein Diener, der einen hinausweisen kann.«

»Ich gehe mit Meriel.« Den Ferrand nahm die Hand des kichernden Mädchens. »Junker Den Brennain, wollt Ihr mir die Ehre geben, meine Schwestern zu begleiten?« Er verbeugte sich übertrieben vor dem Jungen mit dem Pferdering und dann vor zweien der Mädchen. Eine schlug nach ihrem Bruder mit ihrem grau und rosa gefiederten Fächer, doch die andere errötete bezaubernd, als Den Brennain ihr seinen Arm bot.

»Demoiselle Den Hefeken?« Temar verbeugte sich vor ihr.

»Mit Vergnügen, Junker.« Sie lächelte recht freundlich.

»Welchen Weg nehmen wir?« Das Mädchen Meriel sah sich um, als sie in den Heckenring traten.

»Trennen wir uns oder bleiben wir zusammen?« Den Brennain blieb stehen, als sie eine Kreuzung erreichten.

»Trennen«, antwortete Den Ferrand prompt. »Die Ersten, die in der Mitte sind, gewinnen …«

»Die Führung beim Ball des Kaisers morgen?«, schlug Demoiselle Den Hefeken vor.

Der allgemeine Beifall ließ ahnen, dass dies ein Preis war, der es wert war, gewonnen zu werden.

Temar war das ziemlich gleich, doch er folgte der Demoiselle gehorsam, als Biegungen und Kurven die anderen in verschiedene Richtungen führten und ihre Gespräche durch die hohen Hecken gedämpft wurden.

»Ist das eine beliebte Form des Zeitvertreibs?«, fragte er die Demoiselle und versuchte sich zu orientieren.

»Jedenfalls eher als den Älteren und Höhergestellten zuzuhören, wie sie über Zugangswege, Einkünfte und Pachten reden«, antwortete das Mädchen fröhlich.

»Allerdings«, stimmte Temar von Herzen zu. »Also, Demoiselle, wollen wir abbiegen oder weitergehen?«

»Nennt mich Orilan.« Sie überlegte mit leichtem Stirnrunzeln. »Abbiegen, denke ich.«

Temar folgte ihr, aber nach einer scharfen Kurve endete der Pfad in eine Sackgasse. Orilan Den Hefeken sah Temar entschuldigend an, doch bevor sie etwas sagen konnte, erklang eine Stimme auf der anderen Seite der Hecke.

»Denkst du ernsthaft daran, D'Alsennin zu heiraten, Gelaia?«

»Mein Vater zählt mir eifrig die Vorteile auf.«

Orilan Den Hefeken lächelte Temar gepresst an, ehe sie versuchte, an ihm vorbeizukommen. Er lächelte zurück, ging ihr jedoch nicht aus dem Weg.

Mehr als ein Mädchen kicherte hinter der grünen Wand. »Welche Vorteile? Er sieht ja ganz gut aus, aber er ist so dumm! Ressy Tor Kanselin sagt, er habe von nichts eine Ahnung.«

»Ich schon, und darauf kommt es dem Sieur D'Olbriot an.« Gelaia klang unbekümmert. »D'Alsennin kann ruhig wieder Erz und so ein Zeug aus seiner Wildnis graben, und ich mache es auf dieser Seite des Meeres zu Geld.«

»Dann würdest du also nicht mit ihm gehen.« Die neue Stimme klang erleichtert.

Gelaia fing an zu lachen. »Jenty! Hast du einen Sonnenstich? Nein, er darf sich gerne allein über Abenteuer und schlechte sanitäre Verhältnisse freuen. Ich bleibe hier mit anständigen Dienstboten und wenigstens richtigem Einfluss, mit dem ich spielen kann.«

»Mein Sieur sagt, dass D'Alsennin nie mehr sein wird als eine unbedeutende Nebenlinie von D'Olbriot.« Das war wieder das erste Mädchen, mit zweifelndem Tonfall.

»Das hängt davon ab, was ich daraus mache«, entgegnete Gelaia. »Und es gibt Schlimmeres, als in D'Olbriots Schatten zu stehen. Ich wäre trotzdem Mätresse eines Hauses, und das ist mehr als einer meiner anderen Verehrer mir bieten kann.«

Das zustimmende Gemurmel trug einen Unterton von Neid.

»Aber es wird ein mächtig kleines Haus, nur ihr beide«, meinte Jenty listig.

»Er muss in den ersten paar Jahren für die Winter- und Sommersonnwendfeste herkommen«, sagte Gelaia fröhlich. »Es sollte nicht allzu lange dauern, bis ich schwanger bin. In der Zwischenzeit habe ich das Recht, mich nach Art verheirateter Frauen zu trösten.«

»Lass dich nicht auf der falschen Bettkante erwischen«, warnte Jenty. »Jeder wird die Jahreszeiten zählen, wenn dein Bauch dick wird.«

»Ich bin sicher, Lady Channis wird mir einen Rat geben.« Schockiertes Gelächter übertönte den Rest von Gelaias Worten.

»Aber, Gella, wenn du ihn mit in dein Bett nimmst …« Eine junge Stimme schwankte zwischen Entrüstung und Sehnsucht.

»Was immer sich auch seit dem Chaos verändert hat, ich schätze, das macht man noch immer so«, kicherte Gelaia.

»Meine Schwester sagt, ein Mann wacht meist auf mit einem scharfen Interesse für seine Frau«, bemerkte Jenty mit gespielter Unschuld. »Was muss ein Mann dann fühlen, wenn er über zwanzig Generationen lang geschlafen hat?«

Temar hatte genug gehört. Er bot Orilan Den Hefeken den Arm und geleitete sie zurück. Sie blickte Temar über die orangefarbenen Federn ihres Fächers hinweg an, ihre Wangen glühten tiefrot. »Gelaia hätte nicht so gesprochen, wenn sie gewusst hätte, dass Ihr da ward.«

»Das ist kaum ein Trost«, sagte Temar gepresst. »Ich bin altmodisch, ich weiß, aber für mich ist gegenseitige Zuneigung die Grundlage für eine Hochzeit, und nicht gut zueinander passende Geschäftsbücher.«

»Zuneigung wächst mit der Zeit und gutem Willen auf beiden Seiten, das hat meine Mutter immer gesagt. Eine gute Ehe, die von Liebe vergoldet wird, ist sicherlich ein Segen, aber aus Leidenschaft zu heiraten ist wohl kaum rational.« Orilan blieb stehen, sodass Temar ebenfalls innehalten musste. Ihre grauen Augen blickten ihn prüfend an. »Sagt mir nicht, dass es zu Euren Zeiten anders war?«

Temar erinnerte sich an ein paar der unverblümten Lektionen seines Großvaters. »Gewiss setzt Raeponin immer Beschränkungen im Gleichgewicht gegen das Privileg des Ranges.«

»Wollen wir es hier entlang versuchen?« Orilan

ging weiter. »Verzeiht mir meine Offenheit, Junker, aber Ihr braucht sicher jemanden, der Euch durch die verschlungenen Wege Toremals führt, ebenso sicher wie wir einen Weg durch dieses Labyrinth finden müssen.«

»Ist das ein Angebot?« Temar versuchte einen flirtenden Ton.

Orilan lachte. »Ich bin seit der Wintersonnenwende verlobt. Zum Jahresende werde ich glücklich lernen, meinen Ehemann unter Den Risipers Dach zu lieben.«

»Meine Glückwünsche.« Temar konzentrierte sich darauf, einen Weg durch den Irrgarten zu finden. Nach weniger Biegungen als er erwartet hatte, führten die Hecken sie auf eine kleine Rasenfläche um einen Teich, auf dem Arimelin bescheiden in Bronze unter einem baumförmigen Springbrunnen stand. Im Schatten eines frisch gestrichenen Teehäuschens stand ein Diener mit einem Krug.

Temar verbeugte sich vor Orilan. »Einen Schluck Wein?«

Orilan nickte, als Den Ferrand mit einer heftig errötenden Meriel erschien. Temar fühlte sich unbehaglich ausgeschlossen von ihrem Gelächter, während er darauf wartete, dass der Diener ein Tablett mit Gläsern füllte. Schlimmer noch, Temar merkte, dass Gelaia und ihre Freunde hinter dem Pavillon saßen.

»Junker?« Der Lakai wartete. Temar nickte und folgte ihm hinüber zu seinen neuen Bekannten.

»Gut gemacht, D'Alsennin.« Den Ferrand gratulierte ihm freundlich.

»Aber zu Eurer Zeit gab es doch noch keine Irrgärten!« Meriel sah Temar neugierig an.

Orilan verbarg ein Lächeln hinter ihrem Fächer.

»Wir hatten sie zu Zeiten unserer Großväter auch noch nicht, Meri.«

»Ihr habt sicherlich vieles, das wir nicht kannten, aber im Chaos ist auch Euch vieles verloren gegangen«, sagte Temar mit einstudierter Lässigkeit. »Sitten, Provinzen, Zauberkunst.«

»Ist das die wahre Magie, die das Alte Reich zusammenhielt?« Meriels Augen waren groß und flehend.

»Eine Form der Zauberei«, antwortete Temar vorsichtig. »Nicht diese Elementarmagie des Erzmagiers von Hadrumal. Wir kannten sie als Zauberkunst, und ja, sie ist sehr nützlich.«

»Mein Sieur sagt, dass Magie nur aus Tricks und Betrügereien besteht.« Den Brennains Worte waren halb Herausforderung, halb Neugier.

Meriel tauschte einen aufgeregten Blick mit den Demoiselles Den Ferrand.

»Ihr steckt doch viel mit Zauberern zusammen«, beharrte Den Brennian. »Was habt Ihr gesehen?«

Temar nippte an seinem Wein. Er würde kaum ihr Vertrauen gewinnen, wenn er von Ungeheuern erzählte, die aus tosendem Wasser schossen, von Blitzen, die aus den Wolken niederstießen und Menschen auf der Stelle durchbohrten. Er wollte sich nicht einmal an das magische Feuer erinnern, das über freies Feld kroch, um die feindlichen Elietimm gnadenlos zu verschlingen. »Ich habe gesehen, wie Magier aus der Luft auftauchten und wieder verschwanden und mit einem Wimpernschlag viele Meilen zurücklegten. Sie vermögen das Abbild eines Menschen aus der Ferne zu rufen und mit ihm zu sprechen. Sie können den unterirdischen Lauf eines Flusses fühlen.«

»Oder Gold in einem Berg finden?« Den Ferrand

sah Temar nachdenklich an. »Ein Haus, das solche Möglichkeiten zur Verfügung hat, hätte beachtliche Vorteile.«

Temar spreizte abwehrend die Hände. »Magier sind nur Hadrumal gegenüber verantwortlich, und Planir zügelt jeden Missbrauch von Macht.«

»Ihr kennt den Erzmagier?« Meriel klang sehnsuchtsvoll. »Ich habe noch nie auch nur gesehen, wie ein Zauberer Kerzen tanzen lässt.«

»Nicht?« Temar fuhr sich nervös mit der Hand über das kurz geschnittene Haar. »Wo es doch Magier in Toremal gibt?« Er zog ein klein gefaltetes Flugblatt aus der Tasche und räusperte sich. »An alle Freunde der magischen Künste und Bewunderer von Einfallsreichtum: Der berühmte Trebal Chabrin beabsichtigt, beim siebten Glockenschlag am vierten Tage des Festes vom Frühlingstor zur Weinhändlerbörse zu fliegen. Auf diese großartige Tat folgen alle Zerstreuungen, die die Elemente erlauben. Den Zuschauern steht es frei, so viel zu geben, wie sie bereit sind.«

»Ein Zauberer will fliegen?«, fragte Den Ferrand ungläubig.

»Ich weiß es nicht«, lachte Temar. »Eigentlich bleibt er ja sehr vage. Aber ich muss gestehen, ich bin ziemlich neugierig.«

Den Brennain prüfte den Stand der Sonne. »Wir könnten noch hinkommen, wenn wir sofort eine Kutsche rufen.« Er war offensichtlich in Versuchung. »Aber es wäre wohl nicht gerade höflich gegenüber unseren Gastgebern.«

»Ach, tun wir es!« Meriel sah sich eifrig um. »Wir waren doch für einen Tag pflichtbewusst genug, oder?«

»Ich habe mit jedem geredet, mit dem ich sollte.«

Den Brennain stupste Den Ferrand mit einem Finger. »Und du hättest das Labyrinth nicht vorgeschlagen, wenn du noch jemanden hättest treffen müssen.«

»Gelaia ist da drüben«, stellte Orilan fest. »Wir können uns von ihr verabschieden.«

Sie ging rasch an dem Pavillon vorbei. Temar hörte, wie die verborgenen Mädchen neugierig die Stimmen hoben. Er lächelte gezwungen, als Orilan mit Gelaia und den anderen Mädchen im Schlepp ankam.

»Ihr wollt einen Zauberer sehen?« Ein farbloses Mädchen mit eng stehenden Augen und einem unzufriedenen Zug um die Lippen spielte an der teuren Spitze herum, die über dünnem und stumpfem Haar lag.

»Junker D'Alsennin, darf ich mit Demoiselle Jentylle Tor Sauzet bekannt machen?«, sagte Junker Den Ferrand beiläufig. »Entweder das oder einen Scharlatan. Auf jeden Fall wird es interessanter sein als hier zu bleiben.«

»Meinen Dank, Junker.« Gelaia spielte die Wütende. »Ich werde meinem Sieur Euer Kompliment zu seiner Einladung übermitteln.«

Den Ferrand grinste. »Ich danke Euch, meine Dame.«

»Gehen wir nun oder nicht?«, wollte Meriel wissen.

»Warum nicht? Ich nehme an, jeder hat seinem Namen gedient, wie man ihm beim Frühstück Anweisung erteilt hat, oder?«, fragte Gelaia kokett.

Als alle nickten, führte Gelaia sie zuversichtlich aus dem Irrgarten. Draußen rief sie mehrere Lakaien mit einem Wink ihres Fächers herbei und schickte sie mit Nachrichten für ihre Eltern, ihren Sieur und genauen Anweisungen für die Ställe davon. Den Ferrand sprach kurz mit jemandem, dessen Ähnlichkeit vermuten ließ, dass er ein älterer Bruder war, während Den Brennain sich vor einer eleganten Dame verbeugte, die ihn schon bald mit einem unbekümmerten Lächeln zurückschickte.

»Ich sollte besser Junker Camarl Bescheid geben, dass ich gehe«, sagte Temar plötzlich.

»Ich habe ausrichten lassen, dass wir zusammen ausgehen.« Gelaia nahm besitzergreifend seinen Arm. Temar brachte ein scheinbar erfreutes Lächeln zu Stande, obwohl er einen begierigen Blick von Jenty erhaschte, der nicht für ihn gedacht war.

Den Murivance war offenbar ein Haus, das über reichlich Pferde und Stallburschen verfügte, dachte Temar, als er zwei wartende Kutschen sah, mit polierten Fallgitter-Emblemen auf Livree und Geschirr, als sie zum Torhaus kamen. Gelaia teilte alle mit lässigem Geschick auf, und Temar stellte fest, dass er mit ihr, Orilan, Meriel und Den Ferrand fuhr.

»Wo seid ihr heute Abend verabredet?« Orilan wandte den überfüllten Straßen den Rücken zu.

»Tor Sauzet«, antwortete Den Ferrand prompt. »Und du?«

»Den Gannael. Sag mir, ist es wahr, dass Den Rannions designierter Nachfolger mit Tor Sauzet über Jentys Aussichten gesprochen hat?«, fragte Orilan.

»Oh, davon habe ich gehört!« Meriel beugte sich eifrig vor. »Welcher Junker hat ihr einen Antrag gemacht?«

Temar schwieg, während die anderen gutmütig Überlegungen anstellten. Lass sie schwatzen, sie hatten schließlich getan, was er brauchte. Aber sein Freund Vahil Den Rannion hätte Jenty keinen zweiten Blick gegönnt, dachte er. Kein Wunder, dass die unscheinbare Bohnenstange eifersüchtig auf Gelaia war, niemand würde sie je zur Mätresse eines Hauses machen. Er sah Gelaia lachen und musste zugeben, dass sie wirklich hübsch war, der Goldton ihrer Haut von einer zarten Röte erwärmt, die Lippen verlockend rot. Ihr langes schwarzes Haar lag ihr in üppigen Locken um den Kopf, ein paar zarte Strähnen fielen bis auf die Schultern. Temar musterte heimlich ihren schwellenden Busen über der schmalen Taille und überlegte, welche Beine ihre vielen Unterröcke wohl verbargen. War die Zeit gekommen, Kel Ar'Ayen zu dienen, indem er dem Rat seines Großvaters folgte, zusammen mit einer attraktiven Braut mit guten Verbindungen, die alles über diese gesellschaftlichen Kreise wusste? Das würde Guinalle zeigen, dass sie nicht die einzige Beere am Busch war.

»Sind wir da?« Gelaia unterbrach eine verwickelte Anekdote, als die Kutsche langsamer wurde und schließlich hielt, und ein Diener den Schlag aufhielt.

Den Brennain, Jenty und die anderen sprangen aus der Kutsche hinter ihnen, als Temar ausstieg und Gelaia und Orilan eine Hand reichte.

»Lasst uns sehen, was es zu sehen gibt.« Gelaia fächelte sich Luft zu, auch heute waren ihre Federn weiß. »Lemael, warte auf uns im Banault-Hof.« Die Kutschen ratterten gehorsam davon.«

»Sollen wir uns da drüben hinstellen?« Temar deutete auf die Stufen eines ausgesprochen altmodischen Weinladens, wo eine ansehnliche Gruppe von Adligen lachte.

»Wir sind wohl nicht die Einzigen, die sich eine Pause vor den abendlichen Pflichten gönnen«, bemerkte Den Ferrand grinsend.

»Nur noch ein weiterer Festtag«, sagte Orilan fröhlich. »Morgen ist der Ball des Kaisers. Niemand redet dort über Geschäfte, Verlobungen oder sonst was Ernsthaftes«, setzte sie leise zu Temar hinzu.

Er lächelte sie geistesabwesend an, während er die Menge musterte. Da sich jetzt Menschen aller Schichten dicht an dicht drängten, konnte man nicht weit sehen.

»Es ist nur ein Seiltrick.« Meriel klang bitterlich enttäuscht. Temar hörte auf, in der Menge zu suchen und folgte ihrem ausgestreckten Finger. Sie alle sahen ein dünnes Kabel, das von einem Balkon an der Vorderseite der Weinbörse zu der hoch aufragenden alten Stadtmauer führte.

»In diesem Winkel?«, meinte Den Ferrand zweifelnd. »Ich habe noch nie einen Seiltänzer bergab laufen sehen.«

»Ich behalte mein Geld, bis ich etwas gesehen habe, das es wert ist.« Jenty schloss eine knochige Hand um die Börse aus Silberdraht und Smaragden, die an einer Kette um ihre Taille hing.

»Wann soll denn etwas passieren?«, wunderte sich Den Brennain.

»Ich gehe mal nachfragen«, bot Temar hilfsbereit an. Er ging die Stufen hinunter zu einer Tür, vor der mehrere Menschen sich den Vorteil eines hohen Blocks gesichert hatten, um besser sehen zu können. »Hallo, Allin. Ich habe deine Nachricht erhalten.«

»Temar! Ich hatte schon fast nicht mehr mit dir gerechnet.« Die Magierin sah ihn mit schlichter Freude an. »Schwänzt du etwa?«

Temar lachte. »Ich habe eine ganze Hand voll überredet mitzukommen. Ich verlasse mich darauf, dass sie mich vor Camarls Zorn beschützen.«

»Guten Tag Euch, Junker.« Velindre nickte zur Begrüßung.

»Also, Allin ...«

Velindre lächelte, als Temar abbrach. »Sie hat mir letzte Nacht Euren Brief gezeigt, und außerdem hat Planir mit mir Verbindung aufgenommen, um uns wissen zu lassen, was passiert ist.«

»Könnt Ihr helfen, diese Diebe zu finden?«, wollte Temar wissen.

Velindre verzog das Gesicht. »Nicht mit Gewissheit. Trotzdem, sobald wir hier fertig sind, komme ich mit Euch zurück, dann sehen wir, was wir erreichen können.«

»Ist dieser Mann wirklich ein Magier?« Temar blickte zu der leeren Brüstung auf der anderen Seite der breiten Straße.

»Ich habe ihn noch nicht kennen gelernt, um das feststellen zu können.« Velindre runzelte die Stirn. »Seine Handzettel sind ziemlich zweideutig, also ist er vielleicht nur ein Festbetrüger, der bereit ist, seinen Hals zu riskieren. Falls er ein Zauberer ist, ist er schlau genug, seine Fähigkeiten genügend geheim zu halten, um die Leute im Ungewissen zu lassen.«

»Dann können die, die wollen, daran glauben und die, die sich bedroht fühlen, können ihn einfach als Trickbetrüger abtun«, erklärte Allin, und Temar merkte, dass seine Verwirrung ihm wohl vom Gesicht abzulesen war.

Velindre nickte. »Und wenn er schlau genug ist, das zu tun, könnte es nützlich sein, ihn über die Ansichten der Tormaliner über Magie zu befragen.«

Hektische Geschäftigkeit auf der alten Stadtmauer sorgte dafür, dass das Lärmen der Menge zu einem erwartungsvollen Murmeln abschwoll. Temar schaute sich um und sah Gelaia, die ihn ungeduldig anstarrte. »Ich gehe lieber zurück.« Er bahnte sich einen Weg zu den Börsenstufen, während sich alle Gesichter zu dem hohen Wehrgang hoben.

»Seht!«, quiekte Meriel und klammerte sich an Den Ferrands Arm. Ein Mann war auf die Brüstung geklettert und band sich etwas um die Brust.

»Was macht er da?« Den Ferrand spähte zu dem Mann hinauf, der sich vor dem hellen Himmel als Silhouette abzeichnete.

»Er will sich darauf legen«, sagte Den Brennain langsam.

Der Mann ließ sich langsam nach vorn nieder und nahm erst die eine, dann die andere Hand vom Seil. Seine Füße ruhten immer noch auf den Steinen der Mauer, doch sein Körper hing über der Leere, nur gehalten von dem dünnen Seil.

»Das ist mal ein Balanceakt«, sagte Den Ferrand.

Gelaia nahm Temars Arm, ihr Gesicht war blass.

»Von einem Seil zu rutschen kann man wohl kaum Fliegen nennen«, wandte Jenty ein, die wohlig ängstlich klang.

Das erwartungsvolle Murmeln schwoll zu neuer Höhe an, als blaugrauer Rauch um die Gestalt erschien.

»Magisches Licht!«, rief Meriel.

Wohl kaum, dachte Temar zweifelnd. Er wartete ungeduldig darauf, dass der Mann seine Tricks vorführte, was das auch sein mochte. Sobald Velindre erst überzeugt war, dass er kein Zauberer war, war sie frei, um ihm bei der Suche nach den Artefakten von Kellarin zu helfen.

Die Zuschauer schrien vor Angst und Freude auf, als der Mann sich von der Mauer abstieß. Noch immer quoll Rauch aus seinen ausgestreckten Händen, jetzt eher weiß als blau. Die breite Straße verstummte, als der Möchtegern-Zauberer schneller wurde. Ein paar nervöse Aufschreie wurden hastig unterdrückt, aber die Bestürzung wuchs, als man sah, dass der Mann gefährlich schwankte.

Die rutschende Gestalt wurde langsamer, drehte sich und rutschte zur Seite. Gelaia kreischte schrill in Temars Ohr, wie alle anderen Frauen unter den hingerissenen Zuschauern, als der Mann es gerade noch schaffte, das Seil zu packen und nun an beiden Händen daran hing. Zusammenhanglose Rufe ertönten von allen Seiten, während die Zuschauer unter der hängenden Gestalt davondrängten.

»Jemand sollte eine Leiter holen.« Den Brennain sah sich aufgeregt um.

»Eine Decke, eine Plane, etwas um ihn aufzufangen.« Den Ferrand drückte Meriel an sich, die in entsetzter Faszination erstarrt war.

»Diese Pflastersteine sind sein Tod, wenn er abstürzt«, sagte Temar im gleichen Atemzug.

Dem Aufruhr unter ihnen nach zu schließen, versuchten andere, genau diese Ideen in die Tat umzusetzen, doch die drangvolle Enge behinderte alle. Hoch oben versuchte der Mann nun verzweifelt, ein Bein über das Seil zu schwingen. Ein ängstlicher Aufschrei entrang sich den Kehlen, als es ihm misslang und – schlimmer noch – er eine Hand losließ. Temar dachte, sein Herz bliebe stehen, bis der Künstler sich wieder gefangen hatte.

»Wartet hier.« Er schüttelte Gelaia ab und schob sich durch die unruhige Menge zur Tür. Allin war aschfahl und biss sich in den Daumen. Velindre dagegen sah so gefasst aus wie immer, ein wenig Mitleid überschattete die Verachtung in ihrem Blick.

»Könnt Ihr ihn da runterholen?«, fragte Temar.

Velindre sah ihn sardonisch an. »Er hat behauptet, magische Fähigkeiten zu besitzen. Soll er sich doch selbst retten.«

»Ihr wollt daneben stehen und ihn sterben lassen?« Temar starrte Velindre ungläubig an.

»Er kannte zweifellos das Risiko.« Velindre klang leicht bedauernd.

»Ihr habt die Mittel, ihn zu retten! Im Namen alldessen, was heilig ist ...«

»Er hat keinen Grund, unsere Hilfe zu erwarten.« Velindres steingraue Augen brachten Temars Vorwürfe zum Schweigen. »Wenn wir nicht hier wären, hätte er keine Hoffnung außer seinen eigenen Anstrengungen, wo ist also der Unterschied?«

»Der Sturz wird ihn umbringen!«

Während Temar sprach, brach ringsum Geschrei aus. Temar war speiübel, denn er sah den Mann fallen, Arme und Beine schlugen vergeblich um sich vor Entsetzen.

In dem Augenblick, in dem Temar vor Grauen die Augen schloss, wickelte sich leuchtendes blaues Licht um die abstürzende Gestalt und verlangsamte ihren Fall, drehte sie um, bis sie mit einem Knirschen auf den Steinen aufschlug, das die ganze Menge zusammenzucken ließ. Eine Woge von Menschen, die auf ihn zudrängte, hielt sofort wieder inne, und die Menschen begannen, vor der zusammengesunkenen Gestalt zurückzuweichen. Als der Kreis größer wurde, sah Temar den Mann in einem schwächer werdenden Licht liegen, das mit dem Blau des Himmels wetteiferte.

»Wer hat das gemacht?« Velindre war entschieden neugierig.

»Wie schlimm ist der arme Kerl verletzt?«, entgegnete Allin ungestüm. »Kommt.«

Sie versuchte sich durch die dicht gedrängte

Menge zu quetschen, aber ihr fehlte es sowohl an Kraft als auch an Größe, um Eindruck zu machen.

»Macht den Weg frei!« Ob es nun Temars fremder Akzent oder einfach nur Gehorsam gegenüber Befehlen von Adligen war, konnte er nicht sagen, aber wenigstens machten die Leute Platz. Als er Allin zu dem Verletzten bugsierte, sah Temar eine weitere vertraute Gestalt, die vorwärts gedrängt wurde, während die Menge hinter ihm zurückwich.

»Casuel!«

»Was für ein Narr!« Die dunklen Augen des Zauberers waren weit aufgerissen, fast schwarz in seiner schockierten Blässe. »Ich konnte ihn doch nicht sterben lassen.«

Allin kniete sich nieder, ohne auf Staub und Abfall zu achten. »Er hat sich beide Beine gebrochen.« Sie hielt ihre Hände über eine Art hölzerner Brustplatte, die der Mann trug, mit einer tiefen Mittelfurche, die nach Temars Ansicht wohl die Führung für das Seil gebildet hatte. »Wir brauchen einen Arzt. Ich will ihm das nicht abnehmen, ehe nicht ein Arzt seine Rippen untersucht hat.« Der Kopf des Künstlers rollte auf eine Seite, unter seiner gebräunten Haut bildeten sich bereits Blutergüsse.

»Deine Kontrolle war etwas lasch, Cas«, bemerkte Velindre mit verschränkten Armen, als sie völlig gefasst zusah.

»Ich habe mein Bestes getan, es ist ja nicht mein Element«, verteidigte sich Casuel. »Du hast ja keinen Finger krumm gemacht, also zügle auch deine Kritik!« Sein Zorn hallte laut durch das angespannte Schweigen.

»Das ist D'Olbriots Zauberer.« Temar hörte eine verängstigte Stimme hinter ihm, die leise Vermutungen in Umlauf brachte.

»Lasst ihn in Ruhe! Lasst ihn in Ruhe!« Ein völlig aufgelöstes Mädchen schubste murmelnde Zuschauer beiseite. Eine ältere Frau folgte ihr mit einem Mann mit schmalem Gesicht, der einen Weidenkorb hinter sich herzog. Alle drei trugen schreiend bunte Kleider, die ihre Sorge lachhaft scheinen ließen.

»Trebal!«, schrie das Mädchen hysterisch. Sie hätte den Bewusstlosen in die Arme gerissen, hätte Allin sie nicht an den Schultern zurückgehalten.

»Wenn du ihn jetzt bewegst, könnte ihn das umbringen.« Das Mädchen starrte sie völlig verständnislos an. »Wir brauchen einen Arzt, um seine Beine zu schienen und zu tasten, ob noch andere Knochen gebrochen sind.«

»Und wer bist du, das zu sagen?«, wollte die ältere Frau wissen, die ein fröhlich buntes Taschentuch in ihren abgearbeiteten Händen drehte.

»Wir sind Magier von Hadrumal, gute Frau«, sagte Casuel in einem hoffnungslos misslungenen Versuch, autoritär zu wirken.

Seine Worte wurden wiederholt und breiteten sich unter den Zuschauern aus wie Wellen in einem Teich.

»Was habt ihr mit ihm gemacht?«, kreischte das Mädchen und versuchte sich aus Allins unerwartet hartem Griff zu befreien.

»Ihn vor dem sicheren Tod bewahrt!«, erwiderte Casuel empört.

»Ist dir aber nicht besonders gut gelungen«, fauchte die ältere Frau, kniete sich hin und tastete mit sanften Händen den Bewusstlosen ab.

»Wäre es dir lieber gewesen, er wäre gestorben?«, fragte Temar zornig.

Die Frau sah auf, ihr Gesicht zeigte tiefe Falten,

Spuren eines harten Lebens. »Das ist alles eure Schuld, deine und dieses Zauberers.«

»Was?«, fragten Temar und Casuel gleichzeitig.

»Ihr seid doch D'Alsennin, nicht wahr?« Ein Mann trat vor. »Ihr wurdet durch irgendeinen alten Zauber von den Toten auferweckt.«

Ein bestürzter Schauder lief durch die Menge. Temar versuchte ein beruhigendes Lächeln. »Niemand war tot, wir lagen lediglich in einem verzauberten Schlaf.«

»Ihr habt Eure Magie gegen Trebal eingesetzt, nehme ich an.« Der Mann trat näher, sein beilartiges Gesicht wirkte verschlagen. »Deswegen ist er abgestürzt.«

»Er ist nur ein kleiner Zauberer, tut niemandem etwas zu Leide.« Die Frau deutete auf den reglosen Trebal und wandte sich an die Menge. »Aber Magier mögen nun mal keine Rivalen, oder? Jedenfalls keine Magier aus Hadrumal.«

»Nein, das stimmt doch nicht ...« Wachsendes Unbehagen verursachte Temar eine Gänsehaut.

»Der Scharlatan ist genauso wenig ein Zauberer wie ein Stück Holz«, widersprach Casuel hitzig.

Der Mann starrte Temar an. »Eure Zauberei hat seine Schau ruiniert, bei dem Sturz hätte er sich schwer verletzen oder sterben können. Wer soll denn jetzt seine Familie ernähren?«

Das Mädchen sah auf, ihr Gesicht war leer vor Kummer. Die ältere Frau legte ihr beruhigend eine Hand auf die Schulter, ihre knochigen Finger gruben sich tief ins Fleisch.

»Wird das Haus D'Alsennin eine Entschädigung zahlen?« Der Mann hob die Stimme, und seine Worte trugen bis zum Frühlingstor und zu den Stufen der Weinbörse.

Die Menge raschelte vor Erregung, als die ältere Frau auf die Knie fiel, jammerte und den Kopf zwischen den Händen barg. »Wovon sollen wir leben? Man wird uns auf die Straße setzen, uns alle, die Kinder, das Baby, wir werden in der Gosse betteln müssen.«

Temar fragte sich, ob irgendjemand die Pause bemerkte, ehe das Mädchen in die Wehklagen einstimmte, wenn auch nicht ganz so kunstvoll. »Das ist doch lächerlich!«

Durch eine unerwartete Wendung des Schicksals sprach er genau in dem Moment als die weinenden Frauen Luft holten, sodass sein Satz laut durch die Stille hallte. Die Beschimpfung stachelte die Menge zu neuem Geflüster an.

»Ich denke, wir sollten gehen.« Velindre klang recht ruhig, doch Temar konnte ihre Besorgnis spüren. »Soll ich uns einen Weg bahnen?«

»Nein!« Temar bezweifelte keineswegs, dass die blonde Magierin das konnte, aber er hatte Camarl schon genug zu erklären. Er blickte zu der Weinbörse zurück. »Aedral mar nidralae, Gelaia«, murmelte er leise. »Gelaia, könnt Ihr mich hören?« Er spähte über die Köpfe der Menge und sah, wie ein plötzlicher Ruck durch die Gruppe der Adligen fuhr. »Nein, verzeiht mir, Ihr könnt nicht antworten. Bitte, bitte könntet Ihr eine Kutsche rufen, die uns hier rausbringt?« Er verbeugte sich knapp vor einem streitlustigen Mann. »Wir machen uns auf den Weg. Du kommst am besten mit uns, Meister Casuel.«

»Ich kann nicht«, protestierte der Magier verwirrt. »Ich sollte doch auf Den Thasnet aufpassen.«

»Aber der Mann ist verletzt«, wandte Allin ein.

»Und er ist ihre Verantwortung.« Velindre nickte zu den wehklagenden Frauen.

»Du kommst nicht so leicht davon, du kaltäugige Hexe. Nicht wenn ihr ihn habt abstürzen lassen!« Der Mann wirbelte mit ausgestreckten Händen herum und wandte sich an die Menge. »Wollt ihr sie etwa so einfach davonkommen lassen?«

»Komm, Allin.« Temar zog sie mit sanfter Gewalt hoch, eine Hand unter ihren Ellbogen gelegt. »Wenn sie unsere Hilfe nicht wollen, kannst du sie nicht dazu zwingen.«

Sie presste die Lippen aufeinander, hielt sich aber dicht neben Temar unter den feindseligen Blicken von allen Seiten. Velindre musterte weiter die Menge mit einem königlich eisigen Blick, während Casuel nervös die Hände rang und sich umschaute. Temar fragte sich, wonach er wohl suchte, doch ehe er fragen konnte, begann der bunt gekleidete Mann sie mit frischem Zorn anzugreifen.

»Habt wohl nichts dazu zu sagen? Lasst einen Mann im Dreck sterben und öffnet nicht einmal euren Beutel für seine Witwe und die Waisen?«

Temar beachtete die Sticheleien nicht, sondern sah zur Weinbörse hinüber und überlegte, wie lange es wohl dauern mochte, bis Gelaia eine Kutsche für sie gerufen hatte. Sie sollte sich lieber beeilen, dachte er nervös, als man ihn von hinten schubste. Die aufgebrachte Menge drängte näher, angestachelt von der Scharade, die von dem bunten Trio aufgeführt wurde.

»Halt den Mann in Braun mit dem grauen Haar im Auge, neben der Frau in Gelb.« Casuel stellte sich mit angespannter Miene neben Temar.

»Warum?« Temar fand den Mann nach kurzem Suchen.

»Er scheint etwas über unseren jungen Freund in der Hand zu haben«, zischte der Magier drängend.

»Sie haben sich vorhin getroffen, und er hat unserem Freund gesagt, was er zu tun hatte.«

Temar dankte Casuel mit einem Nicken und lächelte Allin beruhigend zu, obwohl ihm gar nicht so zumute war.

»Was murmelst du da?«, wollte der Mann wissen. »Was hast du vor?«

Die ältere Frau sah von ihren wiederholten Klagen auf, ihre trockenen Augen blickten misstrauisch. »Ihr geht nicht weg, ehe ihr uns nicht etwas bezahlt habt.«

»Seid nicht albern«, erwiderte Casuel kühl. »Ihr schuldet mir das Leben dieses Halunken.«

»Das er verlieren wird, wenn ihr nicht endlich einen Arzt zu ihm lasst«, rief Allin.

»Halt den Mund, du Schlampe«, fauchte der Mann mit dem schmalen Gesicht.

»Halt selbst den Mund, bevor ich dir die Zähne einschlage«, gab Temar ohne nachzudenken zurück. Hufe klapperten auf den Kopfsteinen hinter ihm, und er seufzte vor Erleichterung. Die Menge teilte sich, die Stimmung wurde gereizter, als die heiseren Rufe der Kutscher sie aus dem Weg trieben, der metallische Klang der Hörner übertönte die lauter werdenden Schmähungen. Als die Pferde zwischen den Menschen auftauchten, warfen die Tiere die Köpfe hin und her, die Augen weiß gerändert vor Panik.

»Schneller ging es nicht, Junker«, schnaufte der Kutscher, die Zügel schmerzhaft fest um seine roten Hände gewickelt.

Temar fand sich durch Allin behindert, die sich an ihn klammerte und Casuel, der es jedes Mal schaffte, ihm den Weg zu verstellen, wenn er einen Schritt machen wollte. Da ebenso viele Menschen versuchten, fortzukommen wie hartnäckig stehen zu bleiben, war es unmöglich zur Kutsche zu gelangen.

»Das reicht mir jetzt.« Selbst Velindres kühle Stimme krächzte ein wenig. Aus dem Nichts erhob sich Wind, keine sanfte Sommerbrise, sondern ein kräftiger, auffrischender Wind. Die Leute blinzelten, als Strohhälmchen ihnen um die Füße wirbelten. Temar kniff die Augen zusammen, die ganz plötzlich brannten, riss sie jedoch sofort wieder auf, als er hörte, wie ein Pferd neben ihm entrüstet wieherte. Rund um die Kutsche hatte sich Platz gebildet, alle wichen vor dem Wind zurück, der zwischen Sommerwind und Staubsturm lag, und auf einem kaum sichtbaren Lichtpunkt tanzte.

»Siehst du, Cas?«, lächelte Velindre. »Das ist Beherrschung.«

Der Magier war zu sehr damit beschäftigt, in die Kutsche zu krabbeln, um zu antworten. Temar schob Velindre hinein, dann Allin, die besorgt dreinschaute. »Sie werden doch nicht versuchen, ihn zu bewegen, oder?«

»Mein liebes Kind, das kann schwerlich unsere Sorge sein«, sagte Temar erregt. Es war unangenehm überfüllt in der Kutsche, da Gelaia sowohl Den Brennain als auch Den Ferrand mitgebracht hatte.

»Bitte, setzt Euch hierher.« Den Brennain versuchte aufzustehen, um Allin seinen Platz anzubieten, fiel jedoch wieder zurück, als die Kutsche sich mit einem Ruck in Bewegung setzte.

Casuel quetschte sich zum Fenster durch. »Ich muss sehen, wo dieser Mann in Braun hingeht.«

»Wer?« Den Ferrand blickte hinaus auf die sich zerstreuende Menge.

»Da, direkt neben Den Rannions drittem Sohn.«

Casuel ballte enttäuscht die Fäuste, als die Kutsche in eine Straße abbog, die bergan führte.

»Das war Malafy Skern, nicht wahr?« Den Ferrand sah Den Brennain an.

Der jüngere Mann verdrehte sich linkisch, um einen Blick hinauszuwerfen, ehe ein Gebäude ihm die Sicht versperrte. »Stimmt.«

»Wer ist das, und woher kennt Ihr ihn?« Temar versuchte, seine Frage ganz beiläufig klingen zu lassen.

»Er war der persönliche Assistent des letzten Sieur Tor Bezaemar«, erwiderte Den Ferrand.

»Der Mann, der alles und jeden kannte«, lachte Den Brennain. »So nannte man ihn, aber er wurde vor ein paar Jahreszeiten pensioniert.«

»Dann ...« Casuel brach unter dem strengen Blick von Temar ab.

»Wer ist denn nun der Magier von Euch?« Gelaias Knöchel traten weiß hervor, so umklammerte sie den juwelenbesetzten Griff ihres Fächers.

»Ich.«

»Ich.«

»Ich habe die Ehre.« Casuels steife Worte fielen in erstauntes Schweigen, als Gelaia, Den Ferrand und Den Brennain versuchten zusammenzurücken, als sie sich ganz unerwartet von Zauberern umringt sahen.

»Gleich drei.« Gelaia bewegte ihren Fächer immer schneller. »Was für ein unerwartetes Vergnügen.«

»Darf ich vorstellen: Velindre Ychane, Allin Mere und Casuel D'Evoir.« Temar verbeugte sich nacheinander vor ihnen.

»Meine Ehrerbietung Euch allen.« Sich hinter Förmlichkeiten zu verstecken, schien Gelaia ein wenig von ihrer Selbstsicherheit zurückzugeben.

»Unseren Dank Euch, meine Dame.« Velindres

Lächeln verband Dankbarkeit mit beträchtlichem Charme. »Ihr habt uns aus einer hässlichen Situation gerettet.«

Temar konnte sehen, dass sowohl Den Ferrand als auch Den Brennain vor Neugier platzten, aber bevor einer von ihnen noch eine Frage stellen konnte, stand Velindre auf und klopfte unvermittelt auf das Kutschendach. »Wir dürfen Eure Gastfreundschaft nicht länger in Anspruch nehmen. Unsere Unterkünfte sind nicht weit entfernt, und Casuel kann uns begleiten.«

Er sah aus, als ob das das Letzte war, was er wollte, aber als die Kutsche sanft zum Stehen kam, rückten Den Ferrand und Den Brennain zur Seite, um ihn aussteigen zu lassen, mit höflich erwartungsvollem Lächeln. Casuel sprang verdrießlich auf und fiel fast über den Diener, der hastig den Schlag öffnete und die Stufen herausklappte.

Gelaia blickte aus dem Fenster. »Die andere Kutsche ist hinter uns. Ihr zwei kümmert euch wohl besser um eure Schwestern, nicht wahr?«

Den Ferrand und Den Brennain sahen aus als wären sie lieber geblieben, aber beide zuckten bedauernd mit den Achseln und folgten Velindre aus der Kutsche.

»Komm später zu mir.« Temar ergriff Allins Arm. Sie nickte und errötete leicht, als die beiden jungen Adligen ihr ihre Hilfe beim Aussteigen anboten.

Die Tür schloss sich flott, und die Kutsche nahm wieder ihre Fahrt auf. »Fahren wir zurück zu Eurer Residenz?«, fragte Temar.

Gelaia nickte. »Ich schätze, Ihr möchtet Junker Camarl Eure Version der Wahrheit berichten, ehe die Gerüchte ihm verdrehten Klatsch vor die Füße fallen lassen.«

»Es war wohl kaum meine Schuld. Es ist alles nur etwas aus dem Ruder gelaufen.« Temar gefiel der Ton kindischen Klagens nicht, den er aus seinen Worten heraushörte.

Gelaia fächelte sich wieder Luft zu, wobei sie den Fächer hielt wie eine Waffe. »Wenn dieser Speichellecker mit den schmutzigen Stiefeln D'Olbriots Schoßmagier ist, wer ist dann Euer? Eine der Damen? Die Mollige?«

Temar versuchte, die Gefühle zu ergründen, die durch ihre Worte klangen, aber es gelang ihm nicht, abgesehen davon, dass es wohl nicht Eifersucht war. »Keine von beiden. Ich meine, man kann einen Magier nicht als eine Art Dienstboten betrachten.«

»Welcher hat sich denn mit Magie an mich gewandt?« Gelaia zupfte mit einem scharfen Ruck eine Feder aus ihrem Fächer.

Temar biss sich auf die Lippen. »Ich bitte um Verzeihung, aber das war ich.«

Gelaia sah ihn verblüfft an. »Niemand hat mir gesagt, dass Ihr ein Magier seid.«

»Ich bin kein Zauberer.« Temar schüttelte den Kopf. »Ich bin nur ein bisschen bewandert in kleineren Ätherzaubern.«

Gelaia sah auf ihren Schoß, ihre Hände zerrupften die Feder. Sie strich ruckartig über die Reste, doch sie blieben widerspenstig an ihrem Seidenkleid kleben.

Temar suchte nach Worten. »Kennt Ihr einen Malafy Skern?«

Gelaia riss sich sichtlich zusammen. »Allerdings. Was ist mit ihm?«

»Ihr wisst doch von den Klagen, die gegen D'Olbriot vor dem Kaiser vorgebracht wurden?«, fragte Temar behutsam. »Der Mann scheint irgendwie darin verwickelt zu sein, ebenso wie Firon Den Thasnet.«

»Das ist sehr gut möglich. Skern weiß immer jeden Klatsch, und er kennt die schwachen Stellen von jedermann. Und davon hat Firon schließlich genügend.« Die Unsicherheit in Gelaias Augen schwand, als sie sich wieder auf vertrautem Terrain bewegte.

»Wem ist dieser Skern verantwortlich?«, fragte Temar.

»Der Witwe Tor Bezaemar, wem sonst«, sagte Gelaia achselzuckend. »Pensioniert oder nicht.«

Temar runzelte die Stirn. »Aber sie wünscht uns nur Gutes. Sie hat Avila geholfen, sie vorgestellt, und freigebig Rat erteilt.«

»Ganz bestimmt.« Gelaia lachte humorlos. »Ihr seid praktisch ein Sieur, sie wird von Sonnenaufgang bis Sonnenuntergang nur reizend sein, was Euch betrifft.«

»Ihr denkt wohl anders darüber?«, wagte Temar zu fragen.

»Oh, sie neigt nicht dazu, uns geringere Sprösslinge der Familienstammbäume zu kultivieren. Sie schneidet uns zurück, wann immer sie kann.« Es kostete Gelaia sichtlich Anstrengung, nicht mehr zu sagen.

»Sprecht weiter«, forderte Temar sie auf.

»Schwört Ihr bei allem, was heilig ist, es niemandem zu verraten?« Gelaia beugte sich vor, ihre Augen blickten hart.

»Möge Poldrion seine Dämonen auf mich loslassen, wenn ich ein Sterbenswörtchen verrate«, schwor Temar eindringlich.

»Im letzten Sommer fühlten sich Jenty und Kreve Tor Bezaemar ziemlich zueinander hingezogen. Er ist der zweite Sohn des Sieurs und derjenige, der als Nachfolger ausersehen ist. Das wäre fraglos eine ausgezeichnete Partie für Jenty gewesen, aber die Witwe hat andere Pläne für ihren kostbaren Enkelsohn.

Also ließ sie ein paar Andeutungen fallen, doch Jenty hat sie nicht begriffen, Ihr wisst ja, wie sie ist. Nun, nehmt mein Wort drauf. Jedenfalls, nachdem die Witwe zu ihrer Mutter gegangen war und sie beschuldigt hatte zu versuchen, Kreve in ihr Bett zu locken und ihn so zu heiraten, erklärte Jenty der alten Hexe, sie solle sich um ihren eigenen Dreck scheren.«

Temar zuckte bei dem Zorn in Gelaias Worten zusammen.

»Und das war wohl nicht klug?«

Gelaia wurde blass, Angst schlich sich in ihre Stimme. »Ein paar Tage später wurde Jentys Zofe von der Straße weg entführt. Sie wurde in irgendeinem Keller vergewaltigt und dann in der Dämmerung vor der Residenz abgelegt. Nun brachten die Eingeschworenen vom Tor sie hinein, ehe jemand sie sehen konnte, und alle gelobten Stillschweigen, sowohl um des Mädchens willen als auch überhaupt. Aber das nächste Mal, als Jenty der Witwe begegnete, war der alte Drachen voller Mitgefühl. Wie konnte sie davon wissen, wenn Jenty alles Menschenmögliche getan hatte, dass kein Wort darüber verlautete? Dann erwähnte die Witwe ganz zufällig, dass so etwas Schreckliches auch anderen jungen Frauen zustoßen könne, wenn ihr Glück sie verließe. Nehmt mein Wort darauf, diese reizende alte Dame ist giftiger als eine Schlangengrube, wenn sie gereizt wird.«

Temar lehnte sich zurück, er wusste nicht, was er

sagen sollte. Würde Camarl auch nur ein Wort davon glauben? Was bedeutete das für Kel Ar'Ayen? Brachte es sie näher daran, die gestohlenen Artefakte wiederzufinden?

Torhaus der D'Olbriot-Residenz, Sommersonnwendfest, vierter Tag, Abend

»Ryshad!« Als ich mich umdrehte, sah ich Dalmit, den Tor-Kanselin-Mann, der mir zuwinkte.

»Du wirkst wie ein Wachhund an der kurzen Leine!«, scherzte er und blinzelte gegen die untergehende Sonne.

Ich lächelte, ohne etwas zu erwidern. Es war allerdings eine zutreffende Bemerkung, ich war vor der Residenz auf und ab gegangen, seit es vom Glockenturm neun geschlagen hatte, und ein fliegender Schreibwarenhändler, der versucht hatte, mich für seine Federn, Tinte und Papier zu interessieren, war von mir gnadenlos angefaucht worden. Die Eingeschworenen waren darauf bedacht, meinen Blick zu meiden, und wenn ich daran dachte, wie ich sie in der Hitze des Tages auf ihre Pflichten gedrillt hatte, konnte ich ihnen keinen Vorwurf machen. Stoll saß im Wachraum und stellte einen Dienstplan auf, mit großer Aufmerksamkeit für die Details und Missbilligung für meine Art, die Anerkannten anzutreiben. Ich beachtete ihn nicht, es war schließlich nicht meine Schuld, dass die Befehle des Sieurs ihm eine gebrochene Nase beschert hatten. Ich hatte diesen Befehlen Folge geleistet, und zwar vollkommen, und jetzt wartete ich auf die zehnte Stunde, dass ich abgelöst wurde. Dann musste ich entscheiden, ob ich es wagte, Charoleias Einladung anzunehmen oder nicht.

»Du hast dich wohl von deiner Leine befreit, was?« Ich ging zu Dalmit, der unter einem hohen Baum stand. »Hast du Zeit für ein Glas?«

»Ich habe heute Nacht Wache.« Er schüttelte den Kopf. »Trotzdem danke, aber ich muss zurück.«

»Was hast du herausgefunden?« Ich kam ohne Umschweife zur Sache. »Und was schulde ich dir?«

»Eine Krone oder so müsste genügen«, meinte er achselzuckend. »Sieht so aus, als hätten Tor-Bezaemar-Männer die Herausforderung an Jord und Lovis gegeben. Ganz verschiedene Männer, einer der Eingeschworenen und ein Bewiesener aus Bremilayne, aber sie sponnen beide dassselbe Garn, dass sie genau wüssten, dass du nicht ganz auf der Höhe wärst, dass du eine Verletzung davongetragen hättest, als man dich letztes Jahr als Sklaven gefangen nahm.«

»Und warum haben sie das weitergegeben?«, fragte ich sarkastisch.

»Das überrascht nicht weiter.« Dalmit grinste. »Beide boten eine Wette an, falls Jord oder Lovis den halben Einsatz gäben.«

»Um den Gewinn zu teilen.« Ich nickte. Es ist nicht gestattet, dass wir bei Schaukämpfen auf uns selbst setzen, aber es gibt immer Wege, solche Vorschriften zu umgehen.

»Hat das nun für dich irgendeine Bedeutung?«, fragte Dalmit arglos.

»Könnte sein, könnte auch nicht«, sagte ich lässig. »Aber es ist mir mindestens zwei Kronen wert, und wenn was dabei herauskommt, lasse ich es dich wissen.«

Ich hatte nicht vor über Kupferstücke zu feilschen, und falls dieses Stück in ein größeres Muster passte, würde es nicht schaden, Dalmit wissen zu lassen, aus welcher Richtung der Wind wehte. »Willst du das Geld jetzt haben?« Ich deutete zu meinem Fenster hinauf.

Dalmit schüttelte den Kopf. »Morgen reicht auch. Ich kann es heute Abend sowieso nicht ausgeben, oder?« Er winkte mir zum Abschied und ging in Richtung Tor Kanselin davon.

Eine Kutsche fuhr an ihm vorbei, mit dem D'Olbriot-Wappen auf der Tür. Ich nahm mit all den anderen Männern der Wache Haltung an. Der Diener sprang diensteifrig ab, doch Junker Camarl öffnete bereits die Tür und sprang heraus, fast ehe der Diener die Treppe ausgeklappt hatte. Der Junker wandte kaum den Kopf, als er mich ansprach. »Sind meine Onkel inzwischen alle angekommen?«

»Jawohl, Junker«, sagte ich mit einer Verbeugung. »Sie sind beim Sieur.«

Camarl nickte und ging rasch zur Residenz, sein rundes Gesicht wirkte ungewöhnlich hart.

Ich sah Temar an, der etwas beschämt dreinsah und seinen eleganten Mantel aufknöpfte, um Camarl einen Vorsprung zu lassen.

»Was hast du getan?«, fragte ich. »Bist du einem Mädchen auf den Rocksaum getreten, dass ihr die Röcke auf die Knöchel rutschten?«

Temar lachte. »Das wäre wohl nicht so schlimm gewesen.« Er sah mich bedeutungsvoll an. »Sollen wir ein Glas Wein trinken?«

»Oben?« Ich führte ihn durch den Wachraum, ohne den fragenden Blick zu beachten, den Stoll mir hinter Temars Rücken zuschoss.

»Willst du wirklich Wein?« Ich führte ihn in die schmale Kammer, die ein Privileg meines neuen Ranges war. »Dann muss ich einen der Jungs losschicken.«

Temar schüttelte den Kopf, während er sich auf dass Bett setzte. »Nicht unbedingt.«

»Was ist dann so dringend? Warum ist Junker Camarl wütender als ein Esel mit einer Wespe am Schwanz?« Ich nahm den Schemel am Fenster und kratzte geistesabwesend an den Einstichstellen, die von der Naht an meinem Arm noch zu sehen waren.

»Ich habe Gelaia und ein paar von den anderen überredet, sich einen angeblichen Magier anzusehen, der Tricks vorführt«, berichtete Temar ohne Reue.

»Der Sieur will bestimmt, dass du dich mit Gelaia anfreundest, wenn nicht mehr.« Ich runzelte die Stirn. »Darin sehe ich noch nichts Schlimmes, viele Adligen sehen sich solche Sachen an.«

»Mein Ziel bestand lediglich darin, dort Allin zu treffen«, erklärte Temar freimütig. »Ich hatte von ihr heute Morgen eine Antwort bekommen, dass sie und Velindre sich die Vorführung dieses Mannes ansehen würden. Ich hatte keine Möglichkeit, dir davon zu erzählen, ehe wir zu Den Murivance gingen.« Temar kratzte sich den Kopf. »Dann gab es mehr als nur ein bisschen Ärger. Der Mann war kein Magier, sondern ein Marktschreier, der einen besonders gefährlichen Seiltrick machen wollte. Er stürzte ab, und Meister Casuel musste ihn retten.«

»Cas wird vom Pech verfolgt wie ein alter Fisch von seinem Gestank.« Ich war verwirrt. »Was machte er denn da?«

»Gleich.« Temar seufzte. »Casuel verwendete offensichtlich Magie, um den Burschen vor dem Tod zu bewahren, aber die anderen, die bei ihm waren, schrien sofort, dass Devoirs Zauberei ihren Mann hatte stürzen lassen. Sie fingen an, Geld zu verlangen, und waren kurz davor, die Menge auf uns zu hetzen.«

»Haben sie dich erkannt?« Ich schnaubte, als Temar nickte. »Die lassen auch keinen Trick aus.«

»Gelaia musste uns vor dem Mob retten.« Temar

seufze. »Camarl hat mir auf der Rückfahrt die ganze Zeit erklärt, was für ein Festmahl das für die Flugschriften und die Klatschbasen bedeutet.«

»D'Alsennin und D'Olbriot, die sich in aller Öffentlichkeit mit hochmütigen Zauberern abgeben, die harmlose Magier durch die Stadt schleudern?« Ich zuckte zusammen. »Vielleicht einen Tag lang oder so, aber die Flugschriften von heute sind schließlich das Klopapier von morgen, oder? Morgen ist der kaiserliche Ball, und die meisten Häuser öffnen ihre Tore für ihre Pächter und die Allgemeinheit. Am letzten Tag des Festes taucht immer etwas auf, das die Lästermäuler verlockt, also wirst du wohl nicht für länger der Leckerbissen sein.« Ich versuchte, aufmunternd zu klingen.

»Das hoffe ich«, sagte Temar düster.

»War Gelaia ärgerlich?« Hatte das hübsche Mädchen seinen Charme an Temar versprüht?

»Mehr genervt als ärgerlich.« Temar lehnte sich gegen die Wand. »Ich musste Zauberkunst einsetzen, damit Gelaia mich hören konnte, und dann hat Velindre Magie benutzt, um einen Weg durch die Menge zu bahnen. Ich glaube, Gelaia fürchtet, dass jede Verbindung mit D'Alsennin sie von allen Seiten mit Magie umgibt.« Das klang eher sarkastisch als bedauernd, also hatte ihm Gelaia wohl nicht das Herz gebrochen.

Eine Frage lag mir auf der Zunge. »Hattest du Gelegenheit, Allin oder Velindre zu fragen, ob sie uns helfen können?«

»Anscheinend nicht, leider«, seufzte Temar.

Da schlugen gerade die Glocken zum zehnten Mal, das Signal für das Ende des Tages. Ich stand auf. »Wenn du mich entschuldigst, ich gehe los und besuche diese Freundin von Livak, die ihren Finger auf dem dunkleren Pulsschlag unserer hellen Stadt hat. Vielleicht erfahre ich ja etwas Nützliches.«

Temar erhob sich ebenfalls. »Lass mich mein Schwert holen.«

»Oh nein«, lehnte ich ab. »Du musst mit Den Castevin zu Abend essen.«

»Wozu?« Temar schürzte die Lippen. »Junker Casuel wird reden, verhandeln, erklären. Währenddessen muss ich die ganze Zeit lächeln, freundlich aussehen und höfliche Konversation machen.«

»Was dem Adel versichert, dass sie mit ihresgleichen in Kellarin Geschäfte machen sollen«, betonte ich. »Du musst beweisen, dass du kein Söldner mit schmutzigen Händen bist oder noch schlimmeres. Nicht zu erscheinen ist eine Beleidigung, die du nicht leichtfertig austeilen solltest.«

»Ich würde keinen Den Castevin erkennen, und wenn ich auf der Straße über ihn stolpern würde«, sagte Temar gepresst. »Die Leute, deren Leben von diesen Artefakten abhängt, das sind meine Freunde, meine Lehnsleute, meine Verantwortung.«

»Was bedeutet, dass sie dich brauchen, damit du ihre langfristigen Interessen wahrnehmen kannst, indem du nicht unnötig beleidigend wirst.« Ich schob ihn wieder zur Treppe.

Temar warf einen Blick auf die Stufen zu den Kellern, als wir durch den Wachraum gingen. »Hat Avila noch irgendetwas aus dem Dieb herausbekommen?«

»Sie hatte noch keine Gelegenheit, es zu versuchen. Sobald sie aus der Bibliothek kam, hat Lady Channis sie entführt zu einem ganzen Tag voller Verabredungen mit Tor Arrial.« Ich versuchte, meine Erleichterung zu verbergen, ich war noch immer überzeugt, dass ich nicht zusehen konnte, wie ein

Mensch einem solchen Eingriff unterzogen wurde. »Danach wollten sie weiter zu Tor Bezaemar zum Tee mit der Witwe, ehe sie wieder herkommen, um sich zum Abendessen umzuziehen.«

»Dirindal?« Temars Augen waren eisig gespannt.

»Das hört sich an, als hättest du Ratten im Kornspeicher gerochen«, bemerkte ich ruhig.

»Was weißt du über Tor Bezaemar?«, fragte Temar und ging ein Stück in den Garten, außer Reichweite der neugierigen Ohren im Torbogen. »Hat das Haus irgendeinen Grund, einen Groll gegen D'Olbriot zu hegen?«

»Das müsstest du Cas fragen, nicht mich.« Ich rieb mir den Nacken. »Es ist kein Geheimnis, dass Tor Bezaemar es schwer getroffen hat, den kaiserlichen Thron zu verlieren, aber das ist fast eine Generation her. Messire unterstützte von Anfang an Tadriol den Besonnenen, das weiß ich noch.« Ich dachte zurück an meine frühen Tage in D'Olbriots Diensten. »Es gab ein Gerede über Sarens Tor Bezaemar, der selbst kandidieren wollte, aber da so viele Namen D'Olbriot folgten, kam nie etwas dabei heraus.«

»Sarens war der Ehemann der Witwe?«

»Der damalige Sieur«, bestätigte ich.

Temar blickte finster drein. »Der Grund, weshalb Casuel zur Hand war, um den Seiltänzer zu retten, war, dass er Firon Den Thasnet gefolgt war, nur um zu sehen, wie er sich mit einem Mann traf, von dem Gelaia sagt, er unterstehe immer noch Dirindal, obwohl er schon im Ruhestand ist. Casuel folgte diesem Mann, der mit ein paar der anderen Adligen sprach, die zu dem Spektakel gekommen waren.«

»Jemand im Besonderen?«, fragte ich. Ich bekam eine Gänsehaut als Reaktion auf Temars Anspannung.

»Den Rannions dritter Sohn, zum Beispiel.«

»Du hast aber keinen Verdacht erregt?« Ich bedauerte die Worte, sobald sie heraus waren.

»Wohl kaum«, sagte Temar spöttisch. »Ich kann so viele dumme Fragen stellen, wie ich will, alle erwarten von mir, dass ich von nichts eine Ahnung habe. Aber Saedrin sei mein Zeuge, ich schwöre, dieser Mann ist Dirindals Augen und Ohren.«

»Und er wurde mit Firon Den Thasnet gesehen?« Vielleicht gab es ein größeres Muster, das zu Dalmits scheinbar unschuldigen Neuigkeiten passte. »Es könnte trotzdem nichts bedeuten, Temar. Wir warten am besten, bis wir von Casuel einen vollständigen Bericht erhalten. wo ist er überhaupt?«

»Velindre wollte, dass er mit ihr kam.« Temar verwarf den Magier mit einer Handbewegung. »Was, wenn Tor Bezaemar bei diesen Feindseligkeiten mitspielt? Gelaia erzählte mir, dass die bezaubernde Witwe ein ganz anderes Gesicht zeigen kann, wenn sie verärgert ist, sogar bösartig, wenn es ihrer Sache dient.«

»Wie das?«, fragte ich.

Temar schüttelte den Kopf. »Das ist ein Geheimnis. Ich habe geschworen, nichts zu sagen.«

Ich öffnete den Mund, schloss ihn jedoch wieder. Ein Versuch, Temar dazu zu bringen, sein Wort zu brechen, würde uns beide beschämen. »Hast du Junker Camarl davon erzählt? Gibt es eine Möglichkeit, Demoiselle Avila zu warnen?«

»Wir können sie wissen lassen, dass sie auf der Hut sein soll, sobald sie zurück ist.« Temar schaute durch die Nebenpforte auf die langen Schatten und den herrlichen Sonnenuntergang. »Sie müsste bald kommen, denn sie soll bei Den Castevin mit mir zu Abend essen.«

»Ich frage mich, ob sie von Guinalle etwas Nützliches erfahren hat. Du kannst es mir sagen, wenn ich zurück bin.« Ich war bereit zu gehen, Charoleias Brief steckte in der Brusttasche meines Wamses, mein Schwert wartete im Torhaus auf mich.

»Avila könnte mich bei Den Castevin entschuldigen ...«, fing Temar an.

»Messire wird mir die Haut abziehen lassen ...«

»Ryshad!« Stolley winkte von der Pforte her. Hinter ihm zeichnete sich eine Gestalt undeutlich vor dem dunkler werdenden Rosa und Gold des Himmels ab.

Ich eilte zu ihm. »Ja?«

»Nachricht für dich.« Stolley trat beiseite und ließ den Neuankömmling eintreten. Es war Eadit, Charoleias lescarischer Bursche.

Ich nahm mein Schwert von seinem Haken hinter der Wachraumtür. »Draußen.« Wir traten durch das Tor in die Schatten unter den Bäumen. Temar kam uns nach, aber wenn ich ihm nicht die Pforte vor der Nase zuschlagen wollte, wusste ich nicht, wie ich ihn aufhalten sollte.

»Ich dachte, ich sollte deine Herrin besuchen?«, fragte ich Eadit.

»Sie erhielt Neuigkeiten, die sie ihre Pläne ändern ließen.« Seine Augen funkelten. »Ich bringe Euch zu ihr.«

»Hat es etwas mit der Angelegenheit zu tun, in der ich heute Morgen mit ihr sprach?« Ich war nicht sicher, wie viel Charoleia diesem Burschen anvertraute.

Er grinste. »Sie hat Eure Beute für Euch aufgespürt, und beobachtet jetzt im Moment deren Bau.«

»Dann komme ich auf jeden Fall mit euch«, beharrte Temar.

»Nein«, widersprach ich erregt.

»Ich komme mit euch oder ich folge euch«, erklärte er unverblümt. »Oder willst du Hauptmann Stolley bitten, mich neben dem Dieb anzuketten? Etwas anderes wird mich nicht aufhalten!«

»Es geschähe dir recht, wenn ich das täte«, sagte ich grimmig. Aber dann müsste ich Stoll erklären, wohin ich ging und warum Temar nicht mitkommen konnte. Dann würde Stoll die halbe Kaserne in Marsch setzen, um mich zu unterstützen. Er würde sich nicht die Gelegenheit entgehen lassen, Erfolg zu haben, wo Naer versagt hatte und sein Ansehen bei dem Sieur wieder zu heben.

»Wir sollten gehen«, sagte Eadit und blickte unsicher zwischen uns hin und her.

Und wenn ich eine halbe Kohorte mitbrachte, würde mich das bei Charoleia auch nicht gerade beliebt machen, nicht wenn sie so auf Diskretion bestand. Stoll würde mit Sicherheit wissen wollen, woher ich meine Informationen hatte, er und Messire.

»Na schön, komm mit«, sagte ich zu Temar. »Geh und hol dir ein Schwert von Stolley. Mach ein so hochmütiges Gesicht, dass er gar nicht erst fragt, wozu du es brauchst. Aber tu genau, was ich sage, verstanden? Und wenn das heißt, dich unter einem Fass zu verstecken, bis die Kämpferei aufhört, dann tust du genau das, ist das klar?«

»Selbstverständlich.« Er war so eifrig wie ein Kind, dem man einen Abend im Puppentheater versprochen hat.

»Der Sieur wird dir das Grinsen schon aus dem Gesicht wischen«, warnte ich ihn. »Er wird ausgesprochen wütend sein, wenn wir so eigenmächtig handeln.«

»Dann sollten wir zusehen, dass wir dafür wenigstens etwas vorzuweisen haben«, erwiderte Temar. »Erfolg verleiht schließlich selbst der stumpfsten Bronze Glanz.«

»Davon weiß ich nichts«, murmelte ich, als er zum Torhaus ging. Sobald er wieder auftauchte, folgten wir Eadit die Straße hinunter.

Er blieb am Pumpenhaus stehen. »Habt Ihr Euren Geldbeutel dabei, Erwählter?«

Als ich nickte, winkte er eine Mietkutsche herbei, und wir kletterten hinein. »Wohin?«

»Drianons Schrein auf dieser Seite des Traberweges«, erklärte Eadit dem Fahrer.

»Ist das nicht ...«

Eadit warf Temar einen zornigen Blick zu, und ich brachte ihn mit einem Rippenstoß zum Schweigen. Wir blieben stumm und erwartungsvoll, während die Kutsche uns zu diesem unbequemen Viertel zwischen dem südlichen Hafengebiet und den untersten Brunnen brachte. Ein großer Bereich der Stadt widmete sich hier der Herstellung von Tuchen, dem Färben, Bedrucken, Zuschneiden und Nähen. Drüben im Osten, wo das Land allmählich wieder anstieg, lebten die Mustergestalter und Seidenbandweber in Wohlstand und Bequemlichkeit. Unten in der Senke, wo die Feuchtigkeit aus verborgenen Wasserläufen hochkroch, erblindeten die Frauen beim Stricken rauer Socken im Feuerschein, während ihre Männer die Abfälle der Reichen durchsuchten, und sich gegenseitig wegen Knochen niederstachen, die sie Buchbindern für Leim verkaufen konnten oder wegen Lumpen für die Papiermühlen. Der Traberweg war der Hauptweg durch dieses Elend, und ich bemerkte die *Kühne Flagge* im Vorbeifahren. Ein gutes Stück weiter wandte sich Eadit an den Kutscher. »Hier irgendwo, danke.«

Ich bezahlte den Mann, und wir sahen ihm nach, wie er sein Pferd in einen scharfen Trab fallen ließ, um möglichst rasch unbelästigt wieder in sicherere Gefilde zu kommen.

»Hier entlang.« Eadit führte uns eine ausgefahrene Gasse entlang, deren sommertrockene Erde steinhart geworden war, was ein Segen war. Einheitliche Reihenhäuser standen einander gegenüber, Türen und Fenster duckten sich unter gleichförmigen Dächern, alle vor Generationen von Grundbesitzern gebaut, deren Ziel es war, so viele Haushalte wie möglich auf dem kleinsten Stück Land zusammenzupferchen.

Der Bursche schritt zuversichtlich aus, sein Blick wanderte beständig hin und her und ruhte auf jedem Schatten, der eine Bedrohung darstellen mochte.

»Parnilesse oder Carluse?«, fragte ich ihn plötzlich. Das waren die jüngsten Kämpfe, die einem Burschen wie ihm die Möglichkeit gegeben haben konnten, in ein Söldnercorps einzutreten.

»Parnilesse, in der Nähe der Grenze zu Draximal. Wo meine Familie herstammt.« Ernüchterung bewölkte Eadits Augen, also verfolgte ich das Thema nicht weiter. Solange ich sicher war, dass er wusste, an welchem Ende ein Schwert die Spitze hatte, war ich zufrieden. Er bog in einen unregelmäßigen Hof zwischen zwei Terrassen ein, dessen Tor offen stand.

»Guten Abend, Ryshad.« Charoleia saß in einer glänzenden Kutsche, deren eleganter Kastanienbrauner müßig in seinem Futtersack kaute.

Mich überlief es kalt bei der Vorstellung, dass eine solche Schönheit allein hier draußen wartete, mit einem Pferd, das mehr wert war, als die Unglücklichen, die hier lebten, in ihrem ganzen Leben zu Gesicht bekamen. Dann erinnerte ich mich daran, wie Livak Charoleias Fähigkeit bewundert hatte, auf sich selbst aufzupassen, und ich hatte Bewiesene gekannt, die eher in die Lage gekommen wären, gerettet werden zu müssen als meine Liebste. »Ich dachte, ich sollte dich besuchen.«

»Ich habe beschlossen, Zeit zu sparen.« Sie neigte den Kopf. »Überall wird über diesen Diebstahl gemunkelt, angesichts der Tatsache, dass dein Sieur dem Mann den Hals dafür lang machen wird. Die tapfereren Schurken stacheln sich gegenseitig auf, für sich selbst ein bisschen magische Kräfte zu klauen, die Feiglinge wollen einfach nur das Gold in die Finger bekommen und alles einschmelzen.«

Temar gab ein würgendes Geräusch von sich.

»Glücklicherweise weiß keiner von ihnen bislang, wo er danach suchen soll.« Charoleia machte eine lässige Geste mit ihrer Peitsche. »Ich dagegen weiß es. Man muss nur wissen, wen man wonach fragen muss.« Ihre Stimme wurde wieder ernst. »Wenn das hier vorbei ist, schuldet ihr mir etwas, und damit meine ich nicht nur eine Eintrittskarte zu dem kaiserlichen Ball, Ryshad.«

»Das ist meine Verantwortung.« Temar sah blass aus im Licht des kleineren Mondes, der noch immer auf seinen langsam zunehmenden Bruder schien.

»Ich stehe selbst für meine Schulden gerade.« Ich versuchte, ihm nicht allzu offen zu widersprechen.

»Schön, das zu hören«, sagte Charoleia trocken. »Das ist das Haus, in dem sich euer Mann versteckt.« Sie deutete ein Stück die schmale, schmutzige Gasse hinunter.

»Woher wissen wir, dass er noch immer da drin ist?« Ich betrachtete das verrammelte Haus, in dem eine Kerze in einem der Giebelfenster das einzige Licht war. »Ich frage mich übrigens, wem dieser Stadtteil gehört.«

Temar fuhr herum, als hinter ihm eine Tür aufging, sein Schwert rasselte in der Scheide. Charoleias Mädchen Arashil drückte sich gegen den Türpfosten, die Hände an die Wangen gepresst, und ich verkniff mir eine Verwünschung.

»Ist unser Freund noch zu Hause?«, fragte Charoleia.

Arashil nickte heftig.

»Ist er heute überhaupt ausgegangen?«

»Ist jemand herausgekommen, der etwas getragen hat?«

Temars drängende Frage folgte unmittelbar auf meine eigene. Arashil schüttelte beide Male den Kopf, offensichtlich war sie nicht sehr gesprächig.

»Wir hätten euch kaum hergeholt, wenn der Mann woanders hingegangen wäre.« Charoleias Tadel war mild, aber unmissverständlich. »Eine Bande von Gepäckdieben lebt im unteren Stock des Hauses. Sie sind zum abendlichen Trinken ausgegangen, aber ich weiß nicht, wie lange ihr Zeit habt, bis sie zurückkommen.«

Temar ging zum Tor, doch Charoleia versperrte ihm mit der Peitsche den Weg. »Lass Eadit erst die Tür aufschließen.«

Der Lescari zwinkerte Temar zu, ehe er müßig aus dem Hof schlenderte, pfeifend den Kopf zurückgeworfen. Als er auf der Höhe des Hauses war, das wir beobachteten, blieb er stehen, lockerte seine Hosen und trat in den Eingang. Es war eine ruhige Nacht, und wir konnten es plätschern hören.

Ich warf Charoleia einen Blick zu, als es wieder still wurde und Eadit im Eingang blieb. »Wie gut ist er?«

»Ziemlich gut.« Sie klang zuversichtlich. »Livak hat ihn ausgebildet.«

Ich starrte in die Dunkelheit. Charoleia kaufte vermutlich Briefe oder andere Erinnerungsstücke von diesen Dieben, die Truhen und Koffer von jeder Kutsche stahlen, die langsam genug fuhr, um beraubt werden zu können. Trotz ihrer Schönheit steckte Charoleia tief im Sumpf dieser Unterwelt der Unehrlichkeit, genau wie Livak es so lange Zeit getan hatte.

»Da geht er.« Temar packte meinen Arm. Wir sahen Eadit nach, der lässig die Straße hinunterschlenderte, bis er in eine Gasse abbog.

»Wir können euch Damen hier nicht ohne Schutz zurücklassen«, sagte Temar plötzlich besorgt.

»Er wird gleich wieder hier sein. Das Gässchen kommt hinter diesem Haus wieder heraus.« Charoleia gab mir einen Schubs. »Geht schon. Das Spiel ist vorbei, wenn jemand feststellt, dass die Tür offen ist.«

Ich trat selbstbwusst aus dem Hof, die Hand am Schwert, Temar an meiner Seite desgleichen. Als wir ganz offen zu der Tür gingen, tat ich so, als würde ich an dem Glockenstrang ziehen. Nachdem wir einen Augenblick abgewartet hatten, machte ich einen Schritt zurück und hob die Hand, als würde ich jemanden grüßen, der uns die Tür öffnete.

»Was machst du denn?«, flüsterte Temar.

»So aussehen, als hätten wir alles Recht, hier zu sein. Geh rein.«

Das Haus wirkte leer, hatte aber eine erwartungsvolle Atmosphäre, als ob die rechtmäßigen Besitzer jeden Moment zurückkommen konnten. Die Tür öffnete sich direkt in einen großen Raum. Ein einfacher Vorhang war halb vor den Eingang zu einer schmutzigen Küche im Hintergrund gezogen. Zinnteller mit den spärlichen Überresten eines Mahls aus Kutteln und Erbsen standen auf dem schmierigen Tisch, ein paar trockene Brotkrusten lagen auf dem Fußboden. Das heruntergebrannte Feuer war mit kleinen Kohlen bedeckt, bereit, wieder angefacht zu werden, um den verbeulten Kessel anzuheizen, der darüber hing.

»Da oben?« Temar ging bereits zu der wackligen Treppe.

Ich nickte und legte einen Finger an die Lippen.

Temar ging wachsam, das Gewicht auf den Zehen, sodass die schweren Stiefel kein Geräusch auf dem nackten Holzboden machten. Ich folgte ihm und hielt dabei erst den unteren, dann die oberen Räume scharf im Auge, als wir auf einen schmalen Treppenabsatz kamen. Zwei Türen lagen einander gegenüber, dazwischen stand ein schmutziges Feldbett mit schmierigen Decken. Es stank nach Urin, Schweiß und Verfall, das Fachwerk schaute unter dem grauen, abbröckelnden Putz hervor.

Temar sah mich fragend an. Ich kaute an meiner Lippe und dachte nach. Im Allgemeinen würde es mich interessieren, ob jemand in diesen Zimmern war, aber es konnte passieren, dass wir auf einen Mann trafen, der kämpfen oder eine Frau, die schreien würde. Dann wäre unsere Beute im Dachgiebel unverzüglich auf der Hut, ob es nun an diesem stinkenden Ort üblich war, dass es nachts Kämpfe gab oder nicht. Ich holte langsam Luft und bedauerte es sofort, weil der Gestank mich fast husten ließ. Ich schüttelte den Kopf, deutete auf die durchhängende Decke und zog mein Schwert, sorgsam bedacht, keinerlei Geräusch zu machen. Temar tat das Gleiche, er trug ein Alltagsschwert, das nicht einmal ein Hundertstel seines eigenen Erbstückes wert war.

Eine Mischung aus Leiter und Treppe führte zum Giebel hinauf und endete vor einer offenen Falltür. Temar kletterte langsam hinauf und duckte sich, als er die Biegung erreichte. Er hielt sich bis zum letztmöglichen Augenblick verborgen.

»Was zum ...« Während der Mann oben wütend und überrumpelt schimpfte, sprang Temar die restlichen Stufen hinauf. Ich war hinter ihm, nahm zwei, drei Stufen auf einmal in den Giebel und klappte die Bodentür hinter mir zu.

Temar hatte den Dieb gegen den blinden Kamin gedrückt, der aus den unteren Stockwerken kam, mit einer Hand hielt er die Kehle des Mannes umklammert, mit der anderen hielt er als stumme Warnung sein Schwert hoch.

»Das Haus ist leer«, sagte ich leise. »Fang an zu schreien, und wir schlitzen dich auf.«

Temar verstärkte meine Drohung, indem er fester zupackte, und der Mann hob nutzlos die Hände an sein dunkelrot angelaufenes Gesicht. Er war älter als ich, ungebändigte Locken wichen von Schläfen und Oberkopf zurück, das Gesicht war mager von einem hungrigen Leben.

»Das reicht«, warnte ich Temar. Wir hatten den Mann überrumpelt, aber das würde nicht lange anhalten, und ich wollte nicht, dass er sich eher wehrte als nötig. »Hast du ihn?«

»Wie die Ratte, die er ja ist.« Temar verlegte sein ganzes Gewicht darauf, den Mann zu halten, während ich ihn rasch nach Waffen durchsuchte.

Messer am Gürtel und in den Stiefeln waren recht leicht zu finden, und sie erinnerten mich an Livak. Ich fand auch eins an seinem Unterarm festgebunden und eins hing an einem Faden um seinen Nacken. Ich ließ alle in einen randvollen Nachttopf fallen, der in der anderen Ecke des Raumes stand.

»Bring ihn hier rüber.« Auf einem Stuhl mit kaputter Rückenlehne stapelte sich schmutzige Wäsche, für die dieser Schurke niemals gutes Geld bezahlt hatte. Ich warf sie auf den Boden, und Temar drückte den Mann darauf nieder. Der Schock ließ allmählich nach, und er versuchte mich zu treten und seine Hände aus Temars Griff zu befreien. Es war ein tapferer Versuch für den leicht gebauten Schurken, der zweifellos in diesem armseligen Viertel geboren und aufgewachsen war. Er hatte wahrscheinlich mühsam von der Hand in den Mund gelebt, bis jemand erkannt hatte, dass seine kleine Gestalt besser als die der meisten dazu geeignet war, sich durch schmale Fenster zu zwängen. Das hätte bessere Verpflegung bedeutet, aber zurückgebliebenes Wachstum konnte auch das nicht wieder gutmachen.

Ich schug dem Dieb hart ins Gesicht, um diesen Unsinn zu beenden, und fand einen Gürtel in dem Kleiderhaufen. Ich bog ihm den kleinen Finger zurück, um ihn von seinem Kampf abzulenken, und als er zusammenzuckte, band ich ihm die Hände auf dem Rücken zusammen. »Temar, sieh nach, ob die Ware hier ist.«

Entsetzen flackerte über das Gesicht des Diebes, als ich ihm die Beine an den Stuhl band, aber er verriet keinerlei Versteck durch einen instinktiven Blick, sondern versuchte stattdessen mich anzuspucken. Für diese Frechheit bekam er noch eine

Ohrfeige, nicht mit aller Kraft, doch meine flache Hand reichte aus, dass ihm die Lippe aufplatzte. Ich trat einen Schritt zurück und legte ihm mein Schwert auf die Schulter, wobei ich so bedrohlich lächelte, wie ich nur konnte.

»Hier!« Temar lag auf den Knien, und zerrte einen Lederbeutel unter einem Gestell aus Seilen und Brettern hervor, auf dem eine ungezieferverseuchte Strohmatratze lag.

Der Dieb konnte seine Bestürzung nicht verbergen. Ich schnippte mit den Fingern vor seinen Augen. »Ist das alles? Hast du schon etwas weitergegeben?«

»Nein.« Der Mann sah abwechselnd zu mir und Temar, sein Blick kehrte immer wieder zu dem Beutel zurück.

»Ich glaube, es ist alles da.« Temar hockte sich auf die Fersen, ohne seine Erleichterung und seine Überraschung verbergen zu können. »Das war ja leicht.«

»Es sollte besser alles da sein.« Ich drückte die Breitseite der Klinge fest herunter und starrte den Dieb ohne zu blinzeln an. Ich hatte keine besondere Lust zu versuchen, etwas wieder aufzuspüren, das bereits weitergegeben worden war, zumal wenn das bedeutete, noch mehr Abende in Löchern wie diesem zu verbringen, ganz zu schweigen von einer immer größeren Schuld bei Charoleia. »Und da wir unsere Ware jetzt wiederhaben, wollen wir wissen, wer dich dazu angestiftet hat.« Wir konnten ein bisschen Zeit sparen und sehen, ob wir nicht zwei Fliegen mit einer Klappe schlagen konnten.

Der Dieb presste störrisch die Lippen aufeinander. Ich setzte mein Schwert ab und zog Handschuhe aus meiner Tasche, die ich betont langsam überstreifte. »Du wirst es mir schon sagen, das ist dir wohl klar.« Er trug ein schwarzes Samtwams, dessen fleckiges Gewebe an der Schulter schon ganz abgewetzt war. Ich riss es ihm herunter und hielt ihm damit die Ellbogen an den Körper gepresst. Der Mann kniff die Augen zusammen und wartete angespannt auf den ersten Schlag. Ich tat ihm den Gefallen mit einem Knuff aufs Ohr, der ihn zur Seite taumeln ließ. Er grunzte, erholte sich und öffnete die Augen. Er starrte gerade vor sich hin, das Kinn gereckt.

In dieser einstudierten Leere lag Trotz. Ich sah Temar an, der den Lederbeutel umklammert hielt und zur Bodentür ging. Die hatte offen gestanden. Der Schuft hatte erst aufgeschrien, als er erkannte, dass Temar nicht der war, den er erwartet hatte. Also wen erwartete er, und wie bald?

Ich schlug ihm auf das untere Brustbein, ein nützlicher Schlag, bei dem einem die Luft wegbleibt und der einen Schmerz verursacht, der in keinem Verhältnis zu dem Schaden steht, den er anrichtet. Wir können Übeltäter zwar nicht mit der Begeisterung von weniger ehrbaren Kohorten zusammenschlagen, aber auch D'Olbriots Männer lernen, wie sie ihre Fäuste gebrauchen können. Er rang nach Luft, Tränen rannen ihm aus den Augen und fielen auf seine grauen Hosen, als er zusammenklappte. Ich packte eine Hand voll verfilzter Haare und riss ihn hoch.

Er versuchte wieder, mich anzuspucken, also schüttelte ich ihn wie ein Terrier eine Ratte und verpasste ihm abwechselnd mit Handfläche und Handrücken Ohrfeigen. »Wer hat dir den Auftrag gegeben?«

Er versuchte seinen Kopf aus meinen Händen zu

befreien, entschlossener Widerstand versiegelte noch immer seine Lippen. Dieser Bastard klammerte sich an irgendeine Hoffnung, was bedeutete, dass es dreimal so lange dauern würde, Informationen aus ihm herauszuprügeln, und so viel Zeit hatten wir nicht. Vielleicht konnten wir warten, bis wir sahen, wer kam, um die Artefakte abzuholen, doch nur von einem sicheren Beobachtungspunkt aus.

Ich ließ den Dieb los und tätschelte sanft seine Wange und machte einen Schritt zurück. »Du hast also mehr Rückgrat als Drosel.«

Er sah mich höhnisch an. »Den Trick kannst du vergessen, gekaufter Mann. Drosel würde nicht reden, und außerdem kennt er das hier gar nicht.«

»Er hat genug gesagt«, antwortete ich achselzuckend. »Was glaubst du wohl, wie wir dich gefunden haben? Trotzdem, meinen Glückwunsch, du hältst dich gut für jemanden, der hüfttief in Pferdescheiße steckt.«

»Spar dir das für jemanden, den es interessiert, Gekaufter«, höhnte er. »Dich einzuschleimen hilft dir auch nichts.«

Ich verschränkte die Finger und streckte sie nachdenklich. »Wie wäre es, wenn wir dich mit dem Kopf da hineinsteckten?« Ich deutete mit dem Kinn auf den Nachttopf.

»Das würde ich nicht tun. Vielleicht holt er mit den Zähnen eins der Messer wieder raus. Er ist ja so tapfer.« Es war nicht Temars Spott, der Unsicherheit in den Augen des Diebes aufflackern ließ. Was war es dann?

Ich sah ihn an. »Also, ich habe keine Lust meine Zeit damit zu vergeuden, es aus dir rauszuprügeln, und ich will auch nicht meine Finger in deine Pisse stecken. Also, was ist dir das wert?«

Überraschung flammte in seinen Augen auf. »Was bietest du mir denn?«

Ich tat, als würde ich überlegen. »Was ist mit Drosel?«

»Ich lache gleich.« Der Dieb gewann seine Fassung wieder. »Dro kannte das Risiko. Er würde keinen Finger krumm machen, um mir zu helfen, wenn die Runen anders gefallen wären.«

»Und wenn wir ihn dir auslieferten, müsstest du sogar noch das Gold teilen, das du für deine Beute zu bekommen hoffst.« Ich seufzte. »Wenn sein Leben nichts wert ist, wie steht es dann mit deinem eigenen? Möchtest du mit ihm zusammen auf die Fähre steigen und streiten, wer Poldrion dafür bezahlt?«

»Mein Leben ist keinen Pfifferling mehr wert, wenn ich mit dir rede. Sie werden mich töten, und wo bleibt dann mein Gewinn?« Allmählich ging er mir auf die Nerven.

»Du könntest aus der Stadt fliehen«, schlug Temar vor und stellte sich vor den Mann, den Beutel sicher an der Hüfte. »Vielleicht mit einer fetten Börse für deine Mühen?«

Der Dieb blickte nervös auf den Fußboden, obwohl ich angenommen hätte, dass das Angebot ihn ins Grübeln bringen würde.

»Der Junker hat Truhen, so schön wie diese Wäsche.« Ich deutete auf Temars eleganten Spitzenkragen. »Er würde für diese Schätze eine Menge bezahlen.«

»Sag uns, wer dir den Auftrag gegeben hat, wem sie verantwortlich sind, wenn du kannst, und du hast dir eine Belohnung verdient.« Temar machte das Angebot aufrichtig.

Der Dieb stocherte mit der Zunge an dem blutenden Riss in seiner Lippe herum, aber die Angst überwog noch immer die Gier in seinen Augen. Irgendetwas an Temar jagte ihm wirklich Angst ein, stellte ich fest. Und ich wusste noch etwas. Das Ganze hier dauerte zu lange. Ich hatte ein Ohr offen für jedes Geräusch von unten, und ich hätte keine lecarische Mark darauf gesetzt, dass es noch lange so still blieb. Ich musterte das Gesicht des Diebes, er sah nicht nur Temar wachsam an, sein Blick glitt immer wieder zu dem Lederbeutel, und das nicht nur, weil er seine Beute enthielt. »Du bist bestimmt froh, dieses Zeug nicht mehr zu sehen, egal, wer es bekommt, oder?«

Es war ein Schuss ins Blaue, aber der Dieb sog scharf die Luft ein und hob unwillkürlich die Schultern, was uns verriet, dass ich eine Schwachstelle getroffen hatte.

»Wie gut hast du geschlafen, mit diesen Sachen unter deinem Bett?« Temar balancierte einen verbeulten silbernen Kelch auf der flachen Handfläche, die ruhig war wie ein Fels. »Hast du geträumt? Hast du die Schreie der Gefangenen um Freilassung gehört? Hast du ihre Verwirrung, ihren Schmerz gefühlt?«

Ich war beeindruckt. Temar traf genau die Mitte zwischen archaisch beängstigendem Ton und so deutlicher Sprache, dass auch heutige Ohren sie verstanden. Es war schade, dass sein Bluff so durchsichtig war. Aber als ich das noch dachte, sah ich neue Entschlossenheit in Temars kalten blauen Augen aufglimmen. Er griff in den Lederbeutel, und was als Nächstes kam, ließ mich fast laut aufschreien, ganz zu schweigen von dem Dieb.

»Milar far eladris, surar nen jidralis.« Temar fiel in einen rhythmischen Sprechgesang, seine Augen funkelten. Währenddessen formte sich ein Gesicht über dem schwarz angelaufenen Silber. Zuerst nur schwach, wie Nebelfetzen, die in Senken neben der Straße lauerten, dann verdickte sich das Abbild wie Nebel. Es war blass wie Dunst, die Haut verwaschen grau, die Lippen blutleer, die blinden Augen fast durchsichtig. Ich konnte nicht sagen, ob es Mann oder Frau war, alt oder jung, undeutlich, die Haare nur mehr eine flusige Andeutung.

»Soll ich dich zu diesen Schatten schicken?« Temar brach seinen Gesang ab, und die Gestalt erzitterte in der Luft. »Oder soll ich sie rufen, um dich bis zu den Grenzen der Anderwelt zu verfolgen? Wenn ich das tue, bist du nur dann sicher, wenn du dir selbst die Kehle durchschneidest und Saedrin hinter dir die Tür schließt.«

Es war gut, dass Temar das Reden übernahm, denn in meiner Kehle saß ein dicker Kloß. Ich leckte mir die trockenen Lippen und sah, wie der Dieb Temar anstarrte, als ob der junge Junker sich als einer von Poldrions Dämonen entpuppt hatte. Ein neuer Gestank gesellte sich zu dem bereits vorherrschenden, als er sich nass machte.

»Er heißt Queal, Fenn Queal.« Er stolperte über den Namen. »Er arbeitet vom *Kupfersarg* aus, drüben bei den Kalköfen an der Bucht.«

»Was hat er dir gesagt?«, wollte Temar wissen. »Was hat er dir versprochen?«

Unten im Erdgeschoss klapperte die Tür. Unser Glück hatte uns gerade verlassen. »Schsch, beide.« Ich hielt dem Mann mein Schwert an die Kehle, damit er den Mund hielt.

»Jacot? Jacot, du stinkendes Schwein?« Eine entrüstete Stimme rief die Treppe hinauf. »Du hast die Tür unverschlossen gelassen, du Spatzenhirn!«

»Bist du da oben?« Eine zweite Stimme, leicht misstrauisch.

»Antworte ihm.« Ich stupste den Dieb. »Entschuldige dich.«

Jacot brachte einen heiseren Ruf zu Stande. »Richtig, tut mir Leid.«

Ich fluchte unterdrückt, als ich schwere Stiefel auf der Treppe hörte. »Es wird dir noch mehr als Leid tun, wenn was geklaut ist, Mistkerl«, drohte eine halb betrunkene Stimme.

Es blieb keine Zeit, Jacot loszubinden, und wenn es zu einem Kampf kam, wollte ich ihn auch nicht frei haben. Wer auch immer hier Streit suchte, schlug die Falltür auf und die Empörung auf seinen Lippen erstarb, als er Temar sah, bereit, ihm mit seinem Schwert den Schädel zu spalten wie ein Ei.

»Wir haben keinen Streit mit dir, Freund«, sagte ich freundlich drohend. »Wir sind hier mit Jacot gleich fertig, und dann gehen wir.«

Der Neuankömmling war ein hochgewachsener Mann mit einer nässenden Schwäre an der Wange, die für mich verdächtig nach Pips aussah. Er war sauberer als Jacot, nach dem zu urteilen, was ich von seinen Schultern sehen konnte, und er trug ein braunes Wams über einem einfachen Hemd. Zweifellos, um so unauffällig seinen Diebereien nachgehen zu können. Seine dunklen Augen waren rotgerändert und verkrustet, aber doch aufmerksam genug, als der Blick durch den Raum schweifte, erst zum Bett, dem gefesselten Jacot, zu mir und schließlich zu Temar, der unangenehm lächelte.

»Was immer du sagst, du bist der Mann mit dem Schwert.« Er betrachtete ungerührt Jacots rotes und blutendes Gesicht. »War seine Miete ohnehin nicht wert.«

Ich hatte schon halb überlegt, ob wir den Dieb einfach mitnehmen sollten, damit Messire ein Pärchen für den Galgen hatte, aber um seine Miete geprellt oder nicht, ich konnte mir nicht vorstellen, wie dieser Stiernacken zuließ, dass wir Jacot mitnahmen. Egal. Wir hatten die Kellarin-Artefakte zurück, und ich würde Gold gegen Kupfer wetten, dass man Jacot sowieso früh genug den Hals lang ziehen würde.

Mein Lächeln wurde zu einer bedrohlichen Miene. Der Mann warf noch einen letzten Blick auf die Dunkelheit unter dem Bett, ehe er die Leiter wieder herunterrutschte und hilfsbereit die Bodentür hinter sich zuklappte.

Ich hob einen Finger, um Temar aufzuhalten, der ewas sagen wollte, kniete nieder und hob die Falltür einen kleinen Spalt. Zu viele Stimmen stellten verwirrte Fragen, als dass ich sie genau verstehen konnte, dann fiel eine Tür zu und blendete sie aus.

Ich guckte finster. »Glaubst du, sie lassen uns ungeschoren hier raus, mit diesem Sack an deinem Gürtel?«

»Irgendwie bezweifle ich das.« Temar blickte durch den Spalt der Bodenklappe nach unten. »Wir kämpfen uns durch?«

Ich setzte mich und blickte mich in der Dachstube um. »Wenn wir müssen. Ich würde lieber versuchen, ihnen aus dem Weg zu gehen und zu rennen.«

»Das ist bestimmt sicherer«, sagte Temar trocken. Er verriegelte die Bodenklappe, was uns ein bisschen mehr Zeit verschaffen würde, unsere Möglichkeiten abzuwägen.

Das winzige Fenster war dick verrußt, der Rahmen morsch, und es sah nicht aus, als hätte man es je geöffnet. Es herauszuschlagen, würde eine Weile dauern und Lärm machen, ich war mir nicht sicher, ob Temar seine Schultern hindurchzwängen konnte, ganz zu schweigen von mir, und auf jeden Fall wollte ich mir kein Rennen mit den Dieben über die Dächer liefern.

»Kneble ihn.« Mit einer Geste zu Jacot ging ich hinüber zum Schornstein. Eine dünne Wand zu beiden Seiten war alles, was diesen Dachboden vom Nachbarhaus trennte. Die alten Steine hatten sich mit der Zeit verschoben, sodass die dünnen Querbalken nicht mehr allzu tief in der Mauer saßen. Die billigen Leisten vermoderten, wo der Regen im vergangenen Winter einen Weg durch die groben Steinschindeln gefunden hatte, und der größte Teil des Holzes wirkte wurmzerfressen. Ich blickte zu Temar hinüber, der einen dicken Knoten in einen fleckigen Lappen machte, um ihn Jacot in den Mund zu stopfen.

»Wir legen ihn als Gewicht auf die Bodenklappe.« Ich hob eine Seite des Stuhles an. Temar übernahm die andere, und wir trugen Jacot vorsichtig hinüber, wobei die Wut ihn fast ebenso wirkungsvoll erstickte wie Temars Knebel. Temar machte einen tiefen Atemzug, hielt die Luft an, und schob dann behutsam den Nachttopf auf den Spalt neben dem Seilgriff der Bodenklappe. Ich nickte belustigt Beifall, während ich die schmierigen Decken von der Pritsche nahm und das Gestell hochhob.

»Wir werfen das durch die Wand und machen dann so schnell wie möglich, dass wir davonkommen.« Selbst wenn die Diebe unten glaubten, dass wir Jacot nur verprügelten, würde der Lärm ihnen einen Grund liefern sich einzumischen, also blieb uns nicht viel Zeit.

Temar schwang mit mir zusammen das Bettgestell. »Bei drei?«

»Bei eins.« Ich legte meine ganze Kraft in den Stoß, Temar desgleichen. Das Bettgestell verdrehte sich und splitterte, doch die Wand gab nach, die Querbalken rissen aus dem Schornstein. Wir warfen es noch einmal und noch einmal, als eilige Stiefel die Treppe hinaufpolterten. Ein letzter Stoß riss die unzulängliche Trennwand ein, und wir zwängten uns durch die Lücke. Der Dachboden nebenan war ein Spiegelbild desjenigen, von dem wir kamen, und wir rannten zu seiner Bodenluke. Als wir den Riegel gefunden hatten, hatten wir ein paar unangenehm angespannte Augenblicke im Halbdunklen, doch dann waren wir durch und glitten die Leiter hinunter. Temar versuchte, sie wegzuziehen, doch sie war an der Wand befestigt. Ich schob ihn zur Treppe.

Stimmen erklangen in dem Raum, den wir soeben verlassen hatten, vor allem Rufe des Abscheus, denn wer immer auch versucht hatte, die Bodenluke aufzustoßen, hatte mit Jacots Urin geduscht.

Ich zog mein Schwert und hoffte kurz, dass keine Unschuldigen auftauchten und versuchten, uns aufzuhalten. Die Runen rollten für uns, das Haus war dunkel, und wir erreichten ohne Zwischenfall das Erdgeschoss. Temar legte den Kopf schief wie ein lauschender Hund. Der Lärm von oben übertönte nicht ganz das Schlurfen von Füßen auf der Straße vor dem Haus.

»Die Rückseite.« Ich würde meine und Temars Haut darauf verwetten, dass es eine Gasse gab, ähnlich der, die Eadit benutzt hatte, um zurück zu Charoleia zu gelangen.

Dieses Haus besaß eine Tür zur Küche, und wir

verriegelten sie hinter uns, ehe wir weiterhasteten. Sobald wir die Außentür hinter uns hatten, standen wir in einem pechschwarzen Hinterhof. Wir kletterten über die brusthohe Mauer und ließen uns in eine schmale Gasse mit einem offenen Abwassergraben in der Mitte fallen. Wir liefen weiter, die Schwerter in den Händen, die Augen auf einen Streifen Mondlicht gerichtet, wo die Häuserreihe sich auf eine Straße öffnete. Unsere Schritte hallten von den Mauern zu beiden Seiten wider, weckten Hunde in ihren Zwingern, die losbellten, bis sich Türen öffneten und warnende Rufe ausgestoßen wurden. Als wir den offenen Platz erreichten, hörten wir schnelle Schritte, die zu unseren passten, und blanker Stahl schimmerte hell, als drei der Diebe um die Ecke schlidderten.

Der erste schwang einen wilden Hieb gegen meinen Hals. Jetzt war nicht der Zeitpunkt für die Spielregeln eines formellen Zweikampfes. Ich parierte so hart, dass er taumelnd zurückprallte. Mit der freien Hand packte ich seinen Schwertgriff und stieß mein Schwert nach unten, sodass es seinen hinteren Unterschenkel aufriss. Er ließ seine Klinge fallen, um seine Wunde zu umklammern, als er verkrüppelt zu Boden ging. Ich gab der Waffe einen Tritt, dass sie davonflog. Die beiden anderen hatten es auf Temar abgesehen, jeder versuchte es mit Stichen, die die uralten Schwertkünste des jungen Mannes mühelos abwehrten. Einer versuchte wild auf sein Handgelenk einzuhacken, doch Temar sah das kommen und zog seine Hand weg. Der Dieb lehnte sich um Haaresbreite zu weit vor, und Temar hatte ihn und stieß ihm sein Schwert bis zum Knochen in die Ellenbeuge. Ich wollte mich gerade dem dritten zuwenden, doch ein Schatten trat hinter ihn, riss ihm den Kopf zurück und schlitzte ihm mit einer geübten Bewegung die Kehle auf. Temar und ich wichen zurück, wurden jedoch trotzdem mit heißem, klebrigem Blut bespritzt.

»Kommt.« Eadit ließ den Toten fallen, und wir folgten ihm auf die Straße. Charoleia wartete, neben ihr Arashil, die Kutsche blieb kaum lange genug stehen, bis wir drei die Seiten und die Rückseite packten und versuchten, uns an Bord zu quetschen. Die ganze Nachbarschaft war inzwischen auf den Beinen, Rufe erschollen, Lichter wurden neugierig in den Fenstern angezündet. Die Diebe, die uns die Gasse hinunterverfolgt hatten, rannten hinter uns her und zwei Männer erschienen aus dem Nichts und packten den Kopf des Pferdes. Charoleia zog ihnen ihre stachelbewehrte Peitsche über Hände und Gesichter, und sie ließen los. Der Kastanienbraune legte sich ins Geschirr, doch behindert durch das ungleichmäßig verteilte Gewicht der Kutsche, fiel es ihm schwer, unseren Verfolgern zu entkommen. Charoleia zog an den Zügeln und bog um eine Ecke, dann um noch eine. Wir kamen auf eine breitere Straße, und sie trieb das Pferd zu einem rücksichtslosen Galopp, sodass wir die Geräusche der Verfolgungsjagd bald hinter uns zurückließen.

Ich starrte nach hinten, bis ich sicher war, dass uns niemand mehr auf der Spur war. »Was weißt du über Fenn Queal, Charoleia?«

Sie hielt den Blick auf die Straße gerichtet. »Falls er diesen Dieb bezahlt hat, bezahlt ihm jemand anders zehnmal so viel.«

»Hätte er uns angelogen?«, fragte Temar. »Der Dieb, meine ich.«

»Nicht wenn er das Risiko eingeht, dass Queal ihn findet und ihm die Haut abzieht.« Charoleia fuhr langsamer, als wir eine Straße erreichten, in der normale Leute ihren unschuldigen Festtagsbeschäftigungen nachgingen. »Das besprechen wir drinnen.«

»Wohin fahren wir?« Ich orientierte mich und war mir sicher, dass wir weder zur D'Olbriot-Residenz noch nordwestlich zu Charoleias Haus unterwegs waren.

»Wo es sicher ist.« Charoleia warf uns dreien einen stirnrunzelnden Blick zu, der ihrer Schönheit nicht abträglich war.

»D'Olbriot ist sicher«, widersprach ich.

Charoleia beachtete mich nicht. Ich wollte ihr auf die Schulter tippen, doch Eadit hielt meinen Arm fest. »Du hast um ihre Hilfe gebeten, jetzt nimm sie auch an.«

Ich warf ihm einen scharfen Blick zu, doch er erwiderte ihn ungerührt.

Charoleia bog in eine weitere Nebenstraße ein, und dann noch einmal. Sie nahm eine Straße, die direkt unterhalb der alten Stadtmauern entlangführte und lenkte das müde Pferd endlich in eine ordentlich gefegte Straße, wo wir vor einem respektablen Kaufmannshaus hielten. Eadit stieg aus, um den Kopf des Pferdes zu halten, während Arashil die Schlüssel sortierte, die an ihrem Gürtel hingen. »Ich muss sofort das Blut auswaschen«, sagte sie auf einmal, als sie das Blut sah, mit dem Temar und ich bespritzt waren. »Sonst müsst ihr in euren Unterhosen nach Hause gehen.«

»Tut mir Leid«, sagte Eadit lässig und führte das Pferd davon.

Wir gingen hinein in eine kleine Eingangshalle, in der eine einzelne Laterne auf einem Tisch brannte. Arashil entzündete daran eine Kerze und öffnete die Tür zu einem spärlich möblierten Wohnraum, wo sie eine weitere Lampe anzündete. »Lasst kein Blut auf die Möbel kommen.«

Temar und ich sahen einander an und dann Charoleia. »Ich hole ein paar Decken«, sagte sie mit einem leisen Lächeln und verschwand die Treppe hinauf.

»Ich will nicht die ganze Nacht in der Wäscherei verbringen«, fauchte Arashil. »Ihr habt nichts, was ich nicht schon gesehen hätte.«

Ich streifte Wams und Hemd ab und faltete sie sorgfältig zusammen, dass die blutige Seite nach innen lag. Temar tat dasselbe, jedoch mit deutlichem Widerwillen, während ich mich auf einen schlichten, doch auf Hochglanz polierten Stuhl setzte, um mir die Stiefel auszuziehen. Ich wusste nicht genau, in was ich heute Abend alles getreten war, aber ich konnte mir nicht vorstellen, dass Charoleia es gelassen hinnehmen würde, wenn ich damit durch das ganze Haus trampelte.

»Und die Hosen.« Arashil stampfte ungeduldig mit dem Fuß auf den Boden. Ich überlegte, ob ich mich weigern sollte. Ich fühlte die Steifheit auf der Haut, aber sobald das Blut getrocknet war, würde man es auf dem dunklen Stoff kaum noch sehen können. Dann sah ich, wie es Temar erwischt hatte, er hatte Blutflecken überall auf seiner hellen Hose. Er war dunkelrot geworden, und ich konnte ihn nicht allein hier in seiner Unterwäsche stehen lassen, nicht, wenn es ihn so arg in Verlegenheit brachte. Ich zog die Hosen aus, bündelte die Kleider und zwinkerte Temar ermutigend zu.

Charoleia kam zurück, als Arashil gerade ging und warf jedem von uns eine Decke zu, die in einem kostbaren Blau eingefärbt war. Ich wickelte sie mir um die Hüften, da ich sie in dieser Wärme kaum brauchte. Temar wickelte sich fest hinein und setzte sich in einen Sessel mit hohen Armlehnen. Die Farbe wich langsam aus seinem Gesicht.

»Wir bleiben heute Nacht hier«, sagte sie, geschäftsmäßig ohne auch nur die Andeutung eines Flirts. »Falls Queal dahinter steckt, wird er nicht begeistert sein, seinerseits beraubt zu werden. Kann Jacot ihm sagen, dass ihr D'Olbriots Männer seid?«

Ich nickte. »Wir sagten, sein Kumpel hätte ihn verpfiffen, also würde niemand nach einem anderen Ausschau halten, der etwas verraten haben könnte.«

»Ich danke euch«, strahlte Charoleia und ließ ihre Grübchen sehen. Vielleicht hatte ich mich bezüglich des Flirts doch geirrt.

»Glaubst du, Queal würde versuchen, sich die Artefakte wiederzuholen?« Ich versuchte, nicht allzu skeptisch zu klingen.

»Willst du das riskieren?« Charoleia sah mich mit ihren schmelzenden blauen Augen an. »Würdest du nicht jede Straße zur D'Olbriot-Residenz überwachen, wenn du Queal wärst? Du kämst nicht einmal nahe genug, um die Wachen zu rufen, ehe zehn oder zwanzig Männer sich auf dich stürzten, glaub mir.«

»Kann er wirklich in so kurzer Zeit so viele Leute zusammentrommeln?«, fragte Temar stirnrunzelnd.

»Kann er«, versicherte Charoleia. Sie sah wieder zu mir. »Queal wollte bestimmt nicht nur einen Sack Gold, ehe er einverstanden war, einen Raub gegen D'Olbriot zu organisieren. Der Auftraggeber muss jemand Wichtiges gewesen sein, so wichtig, dass sein Zeichen das Risiko wert ist.«

»Kannst du herausfinden, wer das sein könnte, ohne dich selbst in Gefahr zu bringen?« Besorgnis verkrampfte mir den Magen. »Könnte er möglicherweise dich verdächtigen, ihn verraten zu haben? Sind wir deshalb hierher gekommen, nicht zu deinem anderen Haus?«

»Ich bin lediglich vorsichtig.« Die Andeutung eines Lächelns stahl sich in Charoleias Stimme. »Queal wird nichts zu mir zurückverfolgen können. Ich gehe später nach Hause, und ihr beide könnt morgen früh aufbrechen. Niemand hier in der Gegend kennt auch nur Queals Namen, geschweige denn eine Möglichkeit, ihm Nachrichten zukommen zu lassen.«

Ich hoffte, Charoleias Zuversicht war berechtigt, doch ein Gähnen unterbrach mich, als ich überlegte, wie ich sie fragen könnte, ob sie sicher sei, ohne sie zu beleidigen.

»Ob es hier etwas zu essen gibt?«, fragte Temar zögernd. »Und zu trinken?«

Charoleia lächelte ihn an. »Selbstverständlich.«

Als sich die Tür hinter ihr schloss, gähnte ich wieder. »Ich glaube, wir hatten einen langen Tag, oder? Und was hast du dir da hinten eigentlich gedacht? Wie viel Zauberkunst beherrschst du genau?«

»Du hast heute alles zu sehen bekommen, was ich gelernt habe.« Temar sah etwas verlegen aus. »Nicht viel, das gebe ich zu, aber es reicht für einen Bluff. Ich habe nichts anderes getan als du letzte Nacht.«

»Das hast du allerdings rasch gelernt«, gratulierte ich ihm. »Aber dieser Schatten oder was das auch war, das war nicht nur ein Trick.« Es gelang mir, meinen Abscheu nicht durchklingen zu lassen.

»Du bist derjenige, dem wir für diesen speziellen Zauber zu danken haben«, lachte Temar. »Sobald Guinalle gehört hat, dass du einen Elietimm-Priester gesehen hast, der für die Aldabreshi das Bild seines

Besitzers aus einem Artefakt beschworen hat, arbeitete sie daran wie ein Hund an seinem Knochen, bis sie die Zaubersprüche vervollkommnet hatte. Sie kann es immer noch zehnmal besser als jeder andere, aber Demoiselle Avila kann es überhaupt nicht. Ich habe keine Ahnung, warum es mir so leicht fiel.«

»Kümmere dich darum, diesen Beutel sicher wegzuschließen, möglichst weit weg von den Schlafräumen. Wir brauchen alle eine ungestörte Nachtruhe.« Irgendetwas musste er von meinem Gesicht abgelesen haben.

»Es tut mir Leid, wenn die Beschwörung dieses Abbildes dich an deine Versklavung erinnert hat.« Temar schob sich ein Kissen in den Rücken, um meinem Blick auszuweichen. »Missfällt dir Zauberkunst deswegen so?«

»Was ließ dich vermuten, dass Jacot von den Menschen geträumt hat, die noch immer unter dem Zauber stehen?«, entgegnete ich.

»Weil ich an das Mädchen aus dem Schrein dachte«, antwortete Temar, als ob das offensichtlich gewesen wäre. »Und an Guinalle, als sie die Zaubersprüche ersann, die die Abbilder herbeirufen. Ich erinnerte mich, dass Halice sagte, es sehe aus wie etwas aus alten Geschichten über Geisterbeschwörung, in denen die Schatten der Toten auferweckt werden.«

»Halice ist eher Livaks Freundin als meine. Wie geht es ihr in Kellarin?«, fragte ich beiläufig und studierte die purpurne Linie der frischen Narbe auf meinem Arm.

»Du wechselst immer das Thema«, ereiferte sich Temar. »Warum bringt dich Zauberkunst so aus der Fassung?«

Seine Gereiztheit fachte meinen Zorn an. »Das erste Mal, als Äthermagie, Zauberkunst oder wie du es auch nennen willst, gegen mich eingesetzt wurde, war ich Gefangener der Elietimm.« Er hatte mich gefragt, und vielleicht schuldete ich ihm eine vollständige Antwort. »Dieser Bastard, der sie hierher schickt um zu rauben und zu töten, hat mir den Verstand zerfetzt auf der Suche nach den Informationen, die er wollte. Ich verriet meinen Eid, meinen Sieur, mich selbst, und ich konnte verdammt noch mal nicht das Geringste dagegen tun. Das bedeutet Äthermagie für mich. Es ist auch Livak zugestoßen, und ich habe nicht gelogen, als ich diesem Dieb sagte, sie wäre lieber vergewaltigt worden.« Ich sah ihn hart an. »Hast du je eine Frau getroffen, die vergewaltigt wurde?«

Temar sah elend aus.

»Dann stellt sich heraus, dass ich dein Schwert bekommen habe in der Hoffnung, dass das, was an Zauberkunst darin steckte, in meinen Geist eindringen würde, in meine Träume, um Planir die Antworten zu verschaffen, die er suchte. Es hat funktioniert, Dast steh mir bei, es hat tatsächlich funktioniert, aber dabei dachte ich, ich würde verrücktwerden, Temar! Nein, ich mache dir keinen Vorwurf, weil ich glaube, dass niemand, nicht einmal der Erzmagier, genau wusste, womit wir es zu tun hatten. Aber trotzdem kann ich nicht vergessen, dass all das das Werk von Zauber-kunst war. Und dann dieser Elietimm-Hexer, der versuchte, seine Klauen ins Archipel zu schlagen, in Shek Kuls Domäne. Er benutzte Zauberkunst, um Kaesha, diese dumme Schlampe, zu übertölpeln, und sie hat mit ihrem Leben bezahlt. Als er gegen mich kämpfte, brachte mich Zauberkunst zum dritten Mal fast um.« Ich hob den Arm, um Temar den frisch verheilten Schnitt zu zeigen. »Diese eine Heilung wiegt diese anderen Sachen nicht einfach so auf, das kann sie gar nicht!«

»Und das denkst du von mir, von Guinalle und den anderen Adepten, von Avila?« Temar war gleichzeitig empört und tief verletzt.

»Die Demoiselle wollte den Dieb zum Sprechen bringen. Wie wollte sie das machen?«, fragte ich. »Mit freundlichen Worten und Honigkuchen?«

Temar nahm sich Zeit für seine Antwort. »Zugegeben, wir kennen Möglichkeiten, jemanden dazu zu zwingen die Wahrheit auch gegen seinen Willen zu sagen, aber diese wurden immer nur benutzt, wenn es um die Aufklärung von Todesfällen ging oder alle anderen Beweise auf Schuld deuteten. Jedenfalls ist niemals jemandem etwas so Schreckliches widerfahren wie dir, das schwöre ich«, beharrte er trotzig.

Ich schüttelte den Kopf. »Es tut mir Leid, aber allein bei der Vorstellung bekomme ich schon eine Gänsehaut.«

»Ach, und deine Alternativen sind also viel humaner?«, fragte Temar herausfordernd. »Du vertraust darauf, dass ein Mann zur Wahrheit findet, indem man ihn blutig schlägt? Zumindest bei Jacot hat dir das kein bisschen weitergeholfen, oder? Und glaubst du nicht, dass nahezu jeder dir sagen wird, was immer du hören willst, nur um den Qualen ein Ende zu bereiten?«

Darauf hatte ich keine Antwort. Temar seufzte unglücklich in dem angespannten Schweigen. »Ich wünschte, du könntest sehen, was für eine Wohltat Zauberkunst sein kann, statt ihr nur zu misstrauen.«

»Es ist nichts Persönliches.« Ich tat mein Bestes, um aufrichtig zu klingen. »Es ist nur – ach, als ob ich mich schlimm an einer Kerze verbrannt hätte. Selbst eine hübsche, sichere Laterne würde mich beunruhigen, oder?«

»Vermutlich.« Temar verzog das Gesicht. »Wenigstens akzeptierst du Zauberei, und das ist schon mehr als die meisten hier. Meinst du, deine Zeitgenossen werden der Zauberkunst gegenüber ebenso misstrauisch sein? Glaubst du, sie werden je den Unterschied zwischen den beiden Künsten begreifen?«

»Schwer zu sagen. Das hängt davon ab, wie sie in ihren Augen genutzt werden.« Dass ich meine Fassung in der Gegenwart von Magiern behielt, lag einzig daran, dass sie ihre Zaubersprüche stets zu meinen Gunsten eingesetzt hatten, bisher zumindest. »Das macht dir Sorgen?«

Temar schüttelte den Kopf, seine Augen blickten in die Ferne. »Ich weiß nicht, wie Kel Ar'Ayen ohne Zauberkunst überleben sollte.«

»Die Söldner werden sich schon daran gewöhnen.« Ich versuchte, überzeugend zu klingen.

»Ich glaube, sie haben so viele Schrecken gesehen, so viele unerwartete Wendungen des Schicksals, dass nichts mehr sie überraschen kann. Und Halice würde sogar einen Handel mit Poldrions Dämonen abschließen, wenn sich davon irgendeinen Vorteil verspräche.« Temar lachte, aber er hatte noch nimmer diesen verlorenen Ausdruck. »Aber was, wenn dieses Misstrauen gegenüber Magie im Allgemeinen all jene abhält, die vielleicht aus Tormalin kommen wollten, um uns zu helfen? Wir brauchen doch auch sie.«

Temar brach abrupt ab, als die Tür aufging und Charoleia mit einem Tablett hereinkam, auf dem Brot, Fleisch und eine Flasche Wein standen.

Sie hob neckend eine Augenbraue. »Ihr zwei seht aber sehr ernst aus.«

»Es war nichts Wichtiges.« Temar schüttelte den Kopf. »So, und du möchtest eine Einladung für den kaiserlichen Ball morgen?« Ich war nicht der Einzige, der auf Fragen mit einer Gegenfrage antwortete.

»Ich glaube, das habe ich mir verdient.« Charoleia nahm so gelassen Platz, dass man hätte denken können, sie würde jeden Abend das Essen in Gesellschaft nur teilweise bekleideter Männer einnehmen.

»Warst du schon einmal da?« Temar nahm einen Kristallbecher mit hellgoldenem Wein von ihr entgegen.

»Ich habe auf den Seitenlinien gestanden.« Charoleia erzählte von vergangenen Festtagen, wo sie sich in den Palast geschmeichelt hatte, achtete aber sorgsam darauf, weder die Namen zu nennen noch die Jahreszeit genauer zu bezeichnen. Ich bediente mich und versuchte mich zu erinnern, ob ich wohl je Dienst als Eingeschworener gehabt hatte, wenn sie in der Nähe war. Falls ja, hatte Charoleia offenbar nichts getan, um meine Aufmerksamkeit zu erregen, was wahrscheinlich der Grund dafür war, dass sie so erfolgeich in ihrem Beruf war.

»Gab es im Alten Reich auch solche Ereignisse?« Charoleia füllte unsere Gläser nach.

»Die Festtage verliefen damals ganz anders, vor allem dienten sie der gehörigen Beachtung der Hausschreine. Es gab viele Festessen und all den anderen Spaß, aber auch das war anders, eher dazu gedacht, die Adligen näher an ihre Pächter zu führen.« Einen Augenblick lang sah Temar sehr jung und sehr verloren aus. »Jeder wusste, dass er sich auf den Schutz des Namens verlassen konnte, dem er Treue geschworen hatte. Es war nicht einfach eine Verbindung durch gezahlte Miete und geleisteten Dienst, sondern eine wirkliche Bindung ...«

»Diese Dinge haben sich gar nicht sosehr geändert«, beruhigte ich ihn, gerührt von dem Kummer, den man ihm ansah. »Die Lehnsleute werden morgen gut gefüttert und unterhalten, und auch alle anderen des gemeinen Volkes, die kommen wollen. Messire wird sie alle willkommen heißen und ihnen danken, und jeder, der seine Hilfe braucht, kann darum bitten.«

»Wie oft passiert das im Jahr?«, wollte Temar wissen. »Wie viele Sieurs tun das Gleiche? Wie viele jammern dem Geld hinterher, das es sie kostet?«

Ich leerte meinen Wein, ich wollte nicht mit ihm streiten, aber Temar wollte es nicht dabei belassen.

»Wie lange steht D'Olbriot für seine Leute bereit? Eine Stunde oder so am Vormittag, ehe jedermann mit adligem Blut dem Volk entkommt und sich auf dem Kaiserball versteckt?«

Ich stand auf. »Es tut mir Leid, aber mir ist der Wein direkt zu Kopf gestiegen.« Das stimmte sogar teilweise, und ich hatte gewiss weder die Kraft noch die Lust, jetzt noch die sozialen und politischen Feinheiten der heutigen Zeit mit Temar zu diskutieren. »Ich brauche wirklich Ruhe.«

»Arashil wird die Betten gemacht haben«, sagte Charoleia leichthin. »Schlaft gut.«

»Temar?«

Doch Charoleia streifte ihre Schuhe ab und steckte die Füße unter ihren braunen Rock.

»Sag mir, wer genau vom Namen D'Olbriot ist für die Festtage zu Besuch?« Ihr Ton war warm, mütterlich und einladend.

Ich lächelte in mich hinein und ging nach oben.

Charoleia konnte jede Information haben, die sie aus Temar herausbekam. Es war schließlich ihre Währung, und es war vielleicht ein Weg, unsere Schulden bei ihr zu begleichen.

Kapitel 6

Die D'Olbriot-Chronik unter dem Siegel von Andjael, Sieur von Saedrins Gnaden, Wintersonnwende, nach der Thronbesteigung von Kanselin dem Zuversichtlichen.

Lass uns Raeponin Dank sagen, dass, als Saedrin die unausweichliche Tür für unseren verstorbenen Kaiser Kanselin dem Unverblümten aufhielt, Poldrion auf jeden Anspruch auf seinen jüngsten Bruder verzichtete, der nun geziemend gesalbt ist und über uns steht. Auch wenn es erst der Anfang seiner Regierungszeit ist, wärmt mir Optimismus das Herz, während ich meinen Schreiber nun bitte, meine persönlichen Gedanken zu dieser Jahreswende niederzulegen.

Unser verstorbener Kaiser war ein würdiger Führer und in diesen unsicheren Zeiten ein wackerer Hüter Tormalins, aber er wurde nicht nur aus einer Laune heraus der Unverblümte genannt. Seine Vorliebe dafür, sich deutlich auszudrücken, fiel mehr als einmal unangenehm auf und weckte an einigen Stellen nur langsam wieder verblassende Feindseligkeit. Unser neuer Kaiser hat nun sowohl das Herbstäquinoktium als auch die Wintersonnwende zum Anlass genommen, solche möglichen Gegner seiner Herrschaft zu seinen persönlichen Feiern einzuladen. Eine derart offene Gastfreundschaft in deutlicher Verehrung von Ostrins Namen hat viel dazu beigetragen, die Fürsten des Rates wieder zu vereinen, und das ist das erste vieler hoffnungsvoller Anzeichen, von denen ich hier berichten möchte.

So wie sein Bruder der Unverblümte war, so war

sein verstorbener Vetter der Voreilige. Auch wenn nur wenige von uns den Ehrgeiz verdammen würden, jene Provinzen zurückzuerobern, die während des Chaos und dessen schlimmen Nachwirkungen zu Brachland verkamen, haben wir doch alle die Folgen dieser wahrhaft voreiligen Versuche gesehen, unsere mageren Ressourcen noch weiter zu strecken, in der Hoffnung, die Autorität Tormalins in Lescar wieder zu stärken. Der neu erhobene Kanselin macht kein Geheimnis aus seiner Überzeugung, dass wir uns zuerst und vor allen Dingen um die Interessen Tormalins kümmern müssen und uns unter keinen Umständen in Streitigkeiten jenseits unserer ältesten Grenzen hineinziehen lassen dürfen. Er ist taub den Lescari oder Caladhriern gegenüber, die noch nie so jämmerlich um Hilfe baten und sich auf jenen Treueeid berufen, den sie selbst vor wenigen Generationen so bereitwillig verwarfen. Ich habe mit eigenen Ohren den Kaiser sagen hören, dass – bei Dastennins Zähnen – solche Leute ihr Schicksal selbst gewählt hätten und nun den kommenden Stürmen alleine trotzen müssten. Das soll nicht heißen, dass Kanselin zu der fremdenfeindlichen Haltung der Modrical-Ära zurückzukehren beabsichtigt. Er hat den Handel energisch ermuntert und großzügig sein Wissen und seine Kenntnisse über Märkte und Verkehrswege geteilt, die Tor Kanselin in die Lage versetzten, ein so beträchtliches Vermögen in allen Ecken des Alten Reiches zu erwerben.

In frommer Anerkennung der bindenden Eide, die er ablegte, hat Kanselin seine Rolle als Toremals Verteidiger bekräftigt, indem er seine Residenz in dem Alten Palast aufschlug und viel tat, um den Verfall der dort befindlichen Schreine aufzuhalten.

Gerüchten zufolge hat er vor, dort auf Dauer den Hof einzurichten, weil er nicht kreuz und quer durch das Land reisen will, wenn es so viele andere Dinge gibt, die seine Aufmerksamkeit erfordern. Das bereitet einigen weiter entfernt liegenden Häusern nicht unbeträchtliche Kopfschmerzen, weil sie nur zu gut wissen, dass man sich kaiserliche Gunst nur durch ständige Aufmerksamkeit erwirbt. Ich habe gewagt, jedem zu widersprechen, der solchen Befürchtungen Ausdruck verlieh, im Vertrauen auf die Versicherung unseres Kaisers, dass es die Pflicht eines jeden Sieurs und jeden Junkers sei, sich um ihre Ländereien zu kümmern, gleich wie weit entfernt sie liegen mögen, genauso wie es die Pflicht des Kaisers sei, den Frieden zu sichern, der sie zu dieser Aufgabe befähigt. Zum Herbstäquinoktium machte Kanselin kein Geheimnis aus seiner Erwartung, dass wir uns alle nach Beendigung des Festes auf unsere Ländereien begeben und erst wiederkommen würden, um in einer Eintracht, die durch unsere getrennten Aufenthaltsorte nicht im Geringsten beeinträchtigt wurde, die Wintersonnwende zu feiern. Als wir uns zu den Ritualen der Nacht der Seelenruhe versammelten, konnten selbst die Misstrauischsten nicht behaupten, die näher an Toremal gelegenen Häuser seien mit größerem Wohlwollen behandelt worden. Auch konnte niemand unverhältnismäßige Nachteile für weit entfernte Namen verzeichnen. Ich für mein Teil bin gerne bereit, die Kosten und Beschränkungen des höfischen Lebens gegen die Freiheit einzutauschen, mich mehr um die Angelegenheiten D'Olbriots zu kümmern, wenn ich das tun kann, ohne das Risiko einzugehen, meinen Status zu verlieren.

Die Herrschaft dieses Kanselins steht einer

genauen Prüfung offen, selbst für die niedrigsten Ränge des Adels. Wirklich jeder Junker kann eine Petition einreichen und erwarten, dass seine Sorgen angemessen gewürdigt werden. Ich glaube wahrhaftig, dass wir die Worte unseres neuen Kaisers für bare Münze nehmen können. Auch wenn sie ihre Fehler hatten, kann niemand dem Bruder und dem Vetter, die ihm vorausgingen, absprechen, dass sie integre Männer waren, wie es auch ihr Sieur und sein Onkel der Drollige war. Unser neuer Kaiser wurde im gleichen Hause erzogen, ist vom selben Blute. Raeponin gebe, dass diese Herrschaft mein Vertrauen in diesen Mann rechtfertigt und mögen Poldrions Dämonen ihn bis zu den Toren der Anderwelt jagen, wenn er seine Eide verrät.

Ein Haus am Lavrent-Graben, Toremal, Sommersonnwendfest, fünfter Tag, Vormittag

Das Haus war still als ich erwachte, eine leere Ruhe, gänzlich anders als das emsige Treiben in einer Kaserne oder einem Torhaus. Ich rollte mich auf die Seite, warf einen Blick zum Fenster und fuhr mit einem Ruck fluchend hoch, als ich sah, wie hoch die Sonne schon stand. Alle würden sich wundern, wo in Saedrins Namen wir bloß steckten. Messire ließ inzwischen bestimmt Stoll und die Eingeschworenen jeden Stein in der Stadt umdrehen.

»Temar?«, brüllte ich aus der Schlafzimmertür, während ich mich in meine Wäsche zwängte.

»In der Küche.« Ich hielt inne. Wieso klang er so entspannt? Ich ging mit den Stiefeln in der Hand nach unten. Die Tür zur Straße war fest verriegelt, die Vorderseite des Hauses dunkel, doch die Rückseite war luftig, die weit geöffneten Fensterläden ließen die Morgensonne herein.

Temar war angezogen und lehnte am Tisch, aß weißes Brot und trank dazu aus einem Krug. »Da liegt ein Brief.« Er deutete mit dem Kinn auf einen Korb, in dem die andere Hälfte des flachen, runden Brotlaibes lag. Der Beutel mit den Artefakten lag daneben.

Ich las den Brief, während ich mir Wams und Hosen von einem Kleiderständer vor der Kühlkammer schnappte: *Lasst alles, wie es ist, verschließt die Hintertür hinter euch und nehmt den Schlüssel mit. Ich schicke jemanden, der ihn und meine Einladung heute Mittag abholt.*

»Hast du das gelesen?« Ich legte den Brief hin, um mich anzuziehen.

Er hielt mir den Krug hin. »Also haben wir bis

Mittag Zeit, um der Dame die Einladung zum Kaiserball zu verschaffen.« Er klang belustigt.

»Und wie sollen wir das machen?« Ich konnte nichts Spaßiges daran erkennen. »Gibt es hier auch Wasser oder Wein?«

»Nur Bier.« Temar goss mir etwas ein. »Besser als das, was die Söldner in Kel Ar'Ayen brauen.«

Ich sah mich in der ordentlichen Küche um, es gab keine Anzeichen dafür, dass jemand die Nacht hier verbracht hatte, außer den Dingen auf dem Tisch. »Waren die anderen hier, als du aufwachtest?«

Temar schüttelte den Kopf. »Nein, sie waren alle weg. Ich habe nicht einmal gehört, wie sie gingen.« Ein verlassener Ausdruck huschte flüchtig über sein Gesicht.

Charoleia konnte bestimmt auf sich und ihre Leute aufpassen, dessen war ich sicher. Ich nahm einen Schluck des schwachen, bitteren Biers, um das Brot herunterzuspülen. »Wir müssen zurück, sonst lässt der Sieur mein Fell an die Torhaustür nageln.«

»Ich habe Avila mit Zauberkunst mitgeteilt, wo wir sind.« Temar wirkte unbekümmert. »Na ja, nicht wo wir sind, weil ich das nicht weiß, aber ich erklärte ihr, was passiert ist.«

»Heute Morgen schon? War sie allein? Was hat sie gesagt?« Ich hatte mich nicht mehr hinter den Röcken einer Frau versteckt, seit ich den weichen Schuhen entwachsen war, doch wenn Avila Messire erzählt hatte, was geschehen war, konnte das vielleicht noch einmal meine Haut retten.

»Ja, sie war allein.« Temar konnte sich ein kindisches Grinsen nicht verkneifen. »Sie war noch im Bett, und ich glaube kaum, dass jemand auf der dunklen Seite der Mitternacht an ihre Tür klopft.«

Ich wollte ihn gerade zurechtweisen, als sein breites Lächeln mich misstrauisch machte. »Hat denn jemand letzte Nacht an deine Tür geklopft?«

Temars Versuch eines unschuldigen Blicks wäre einer Katze würdig gewesen, die man beim Sahneschlecken erwischt. »Was hat das mit irgendwas zu tun?«

Ich kniff die Augen zu Schlitzen zusammen. »Arashil?«

»Nein.« Er konnte den Triumph in seinen Augen nicht verbergen.

Ich holte tief Luft, beließ es aber dabei. »Wenn du fertig bist mit Essen, sollten wir gehen und eine Kutsche mieten.«

Temar folgte mir aus der Küche. Ich schloss ab, steckte den Schlüssel ein und fragte mich, wie in Dasts Namen ich bis Mittag für Charoleia eine Einladung zum Ball bekommen sollte.

Die Gassen in diesem Viertel waren breit, gut gepflastert und sauber und führten uns auf eine breite Straße, wo der morgendliche Markt alles an Obst, Gemüse oder Fleisch bot, was eine geschäftige Hausfrau für die letzten Festessen der Feiertage brauchen konnte. Händler boten lautstark ihre Ware feil, ebenso begierig wie alle anderen, ihren Tagesumsatz zu machen und selbst zu feiern. Ich schnappte mir eine Weintraube von einem hoch beladenen Korb und warf einem Mann mit dunklem Teint ein paar Münzen zu. Er fing die Kupferstücke auf und steckte sie ein, ohne seine Anpreisungen an die vorbeieilenden Frauen auch nur für einen Atemzug zu unterbrechen.

»So frisch, dass noch der Tau darauf liegt, gut genug für jedes Haus in der Stadt! Kauft die doppelte Menge, dann könnt ihr morgen ausruhen, genau wie die vornehmen Damen, die nicht mal halb so viel tun wir ihr!«

Das brachte ihm ein Lachen von einer stämmigen Matrone ein, die mich an meine Mutter erinnerte. Sie würde jetzt auch auf dem Markt sein und ein letztes exquisites Mahl planen, ehe alle wieder zur Routine des Alltags zurückkehrten. Mutter liebte Festtage, vor allem, wenn sie uns alle zusammenbringen konnte, und wartete auf den Tag, an dem wir Ehefrauen und möglichst auch Kinder mit nach Hause brachten, die sie alle um den langen Tisch scharen konnte, um Neuigkeiten und Vertrauliches auszutauschen, Triumphe und Tragödien der vergangenen Jahreszeit miteinander zu teilen und für die kommende Jahreszeit Pläne zu schmieden. Nur konnte ich mir beim besten Willen nicht vorstellen, dass es jemals so kommen könnte. Mistals flüchtige Liebschaften kamen bei unseren Brüdern meist an wie ein Krug warmer Pisse, und zum Ausgleich würde sich Livak bestimmt lieber alle Zähne ziehen lassen als noch eine Sonnenwende mit mir zu Hause zu verbringen. Trotzdem, selbst Hansey und Ridner zu ihren schlechtesten Zeiten hätten mir nicht halb so viel Kummer gemacht wie dieser Mittsommer.

»Hierher!«

Ich hob Hand und Stimme und erhaschte die Aufmerksamkeit eines Mietkutschers. Er brachte sein frisches graues Pferd zum Stehen.

»Schönes Fest«, sagte er lässig. »Wohin?«

»D'Olbriots Residenz?« Als er nickte, kletterten wir in das verbeulte Gefährt, dessen schmale Sitze einander gegenüberlagen. Es war eine offene Kutsche, also schwiegen wir beide, während er seinem Pferd zuschnalzte.

»Noch so ein paar Fahrten heute, und ich kann früh in den Stall«, sagte er fröhlich über die Schulter.

»Na, dann viel Glück, Freund.« Ich lehnte mich gegen das aufgesprungene Leder und musterte Temar, der in glücklicher Erinnerung schwelgte. Ich war schwer in Versuchung zu fragen. Wenn es nicht Arashil gewesen war, die ihm zu einem so federnden Gang verholfen hatte, musste es Charoleia gewesen sein. Aber was hoffte Charoleia aus dem Burschen herauszuholen? Was hatte sie aus ihrem Bettgeflüster erfahren? Wie sollte ich mit Temar umgehen, der in einem romantischen Nebel verloren war, in Anbetracht seiner Neigung, sich Hals über Kopf in unerreichbare Frauen zu verlieben? Charoleia musste wohl die bisher unerreichbarste sein.

Na schön, das war vielleicht etwas übertrieben, wenn nicht rundheraus unwahr. Bislang war es nur Guinalle gewesen, die ihn glatt abgewiesen hatte und ihn hart auf die Erkenntnis gestoßen hatte, dass eine Frau, die bereit war, das Laken mit dir zu teilen, nicht notwendigerweise auch ihr Leben mit dir teilen wollte. Noch etwas, das wir gemeinsam hatten, dachte ich trocken. Nein, ehe Guinalle ihm zu denken gegeben hatte, war Temar ein vorzüglicher Flirter gewesen, den Erinnerungen nach zu urteilen, die ich zwar mit ihm teilte, ihn das jedoch nie wissen lassen durfte. Es war eine erstaunliche Vorstellung. Hatte er Charoleia so bezaubert, dass er sie in sein Bett locken konnte? Ich konnte es mir nicht vorstellen. Oder wollte ich es mir nicht vorstellen? War mein Stolz verletzt, weil sie einen Weg mit ihm gegangen war, auf dem es für sie und mich nur für ein paar Schritte gereicht hatte? War ich eifersüchtig auf Temar? Ich lachte laut auf.

Temar wurde ruckartig ins Hier und Jetzt zurückgerissen. »Was?«

»Nichts.« Ich konnte ihm ansehen, dass er mir nicht glaubte, aber in einer offenen Kutsche konnte ich nicht viel dagegen machen.

Die Straßen der Stadt waren für den hellen Vormittag verhältnismäßig ruhig, da alle zu Hause waren und sich auf den letzten Tag des Festes vorbereiteten. Als wir uns der D'Olbriot-Residenz näherten, wurde es voller. Karren voller Wein und Bier, Brot und Pasteten, wurden aus der Stadt geliefert, damit die Hausköche sich anspruchsvolleren Dingen widmen konnten. Ich machte eine beträchtliche Zahl von Bürgerlichen aus, die bereits durch den Weiler von Dienstwohnungen schlenderten, wo Stolleys Frau Wein verkaufte, gewürzt mit einem bisschen Klatsch aus erster Hand über das Leben im Dienst des Adels.

Im Torhaus hatte Naer Dienst, ganz herausgeputzt in seiner Livree. »Ihr beide sollt ins Arbeitszimmer des Sieurs kommen.«

Ich wäre Messire lieber sauber und rasiert gegenübergetreten, aber ich wagte keine Verzögerung. »Komm, Temar.«

Wir eilten durch den Garten. Als ich an die Tür klopfte, antwortete Camarls Stimme anstelle der Messires. »Herein.«

Ich holte tief Luft und öffnete die Tür. »Guten Morgen, Messire, Junker.« Ich verbeugte mich tief.

Der Sieur war mit allen seinen drei Brüdern anwesend, die im Halbkreis saßen sowie mit Myred und Camarl, die die jüngere Generation vertraten. Auf einem Gemälde hätten die Gesichter ausgesehen wie Studien desselben Mannes in verschiedenen Altersstufen. Der junge Myred, der pflichtbewusst schweigsam im Hintergrund saß, besaß noch die Blüte der frühen Mannesjahre, Kinn und Wangenknochen weich gezeichnet, doch mit noch strafferer Taille unter dem eng geschnittenen Mantel. Bei Camarl zeigte sich schon die in der Familie liegende Stämmigkeit, die die Sehnigkeit der Jugend überlagerte, doch die Jahre, die er seinem Vetter voraushatte, schärften seinen Blick mit gewonnener Erfahrung. Der nächste im Alter war Ustian, Messires jüngerer Bruder, der noch immer sieben von acht Jahreszeiten reiste, um aus erster Hand zu erfahren, wie die ausgedehnten Ländereien des Hauses geführt wurden. Er war der stämmigste der vier Brüder, ein gutmütiger, rundlicher kleiner Mann mit einem Verstand wie eine Stahlfalle, die unter Laub verborgen ist. Viele Meilen auf der Straße spiegelten sich in den Falten um die Augen wider, die Camarl noch fehlten. Während der Sieur noch immer ein Mann in den besten Jahren war, war Junker Fresil, zur Linken Messires, bereits sichtlich ein gutes Stück dichter an Saedrins Tür. Leishal, der die Ländereien des Hauses in der Gegend von Moretayne seit den Tagen des alten Sieurs verwaltete und selten in Toremal zu Gast war, war nicht viel älter. Aber selbst diese wenigen Jahre machten einen Unterschied: Seine Beine waren dürr vor Alter, spinnenartig unter seinem Bauch, sein Gesicht eingesunken, sodass die Schädelknochen hervortraten. Wo Myreds Augen ein lebhaftes Gewitterblau zeigten, waren Leishals fast farblos blass und lagen tief in den Höhlen unter einer faltigen Stirn. Trotzdem wurde sein Verstand noch immer geschärft von drei Generationen andauerndem, bedingungslosem Dienst am Namen.

»Guten Tag, Ryshad.« Avila saß auf der anderen

Seite des Zimmers neben dem Feuer, mit sanfter Miene, die Knöchel unter einem adretten, mit gelben Zweigen bestickten weißen Kleid gekreuzt.

»Wo wart ihr?«, bellte Junker Leishal.

»Wir haben zurückgeholt, was dem Haus gestohlen wurde, Junker«, antwortete ich höflich.

Temar stellte sich neben mich, eine Hand auf den Lederbeutel gelegt. »Wir glauben, dass alles hier drin ist.«

Seide raschelte, als Avila auf ihrem Stuhl herumrutschte, doch ich hätte mich umdrehen müssen, um sie zu sehen. Ich hatte das Gefühl, das wäre nicht klug. Missfallen hing in der Luft wie die Ankündigung eines Sommergewitters.

»Und du hattest keine Zeit, jemandem zu sagen, wo du hingehst?«, fragte Ustian.

»Ich wollte nicht, Junker.« Ich sah ihm ins Gesicht. »Die Person, die mir die Information gab, bat mich, sie vertraulich zu behandeln.«

»Es gibt keine Geheimnisse zwischen Eingeschworenen und ihrem Herrn«, fauchte Fresil. »Was hast du dir dabei gedacht, D'Alsennin in Gefahr zu bringen? Der Junge ist ja kaum seine Verbände los!«

»Ich bitte um Verzeihung, aber ich unterstehe weder Ryshad noch einem D'Olbriot.« Temar setzte eine ernste Miene auf. »Ich kam über das Meer, um diese gestohlenn Schätze zu suchen. Das Leben und die Ehre, die ich bei dieser Suche aufs Spiel setze, sind meine eigenen.«

»Mätresse Den Castevin hat keine hohe Meinung von Eurer Ehre«, gab Fresil zurück.

Aus dem Augenwinkel sah ich, wie Avila sich vorbeugte, die Lippen vor Zorn zu einem dünnen Strich zusammengepresst. Der Sieur nickte ihr zu, und sie schwieg, doch der Überraschung auf Fresils

Gesicht zufolge, würde ich jede Summe wetten, dass sie ihm einen sehr scharfen Blick zuwarf.

»Viele Menschen erzählen dir Dinge im Vertrauen, Ryshad«, sagte Ustian freundlich. »Zwei von ihnen warten gerade in diesem Augenblick auf dich.«

Camarl läutete eine kleine Glocke, und ein Diener mit ausdruckslosem Gesicht geleitete zwei Menschen durch die andere Tür, meinen Bruder Mistal und Charoleias Botenjungen Eadit, der aussah wie eine Maus in einem Zimmer voller Katzen. Ich hoffte von Herzen, dass er nicht hier war, um nach der Einladung zum Ball zu fragen, denn ich konnte mir nicht vorstellen, dass Messire das gut aufnehmen würde.

»Schönes Fest, Advokat.« Camarl lächelte breit mit dem ganzen Selbstvertrauen seiner gesellschaftlichen Stellung. »Alles, was du Ryshad sagen möchtest, kannst du ruhig vor dem Sieur und den Junkern sagen.«

Mistal verbeugte sich elegant vor den versammelten Adligen. »Ich habe versucht herauszufinden, wer Meister Premeller dafür bezahlt, sich als Freund des Gerichtes auszugeben.«

»Warum bringst du diese Neuigkeit deinem Bruder und nicht Junker Camarl oder dem Sieur?«, fragte Leishal streng.

»Ich wollte nicht die Zeit Ihrer Gnaden beanspruchen.« Mistal verbeugte sich erneut.

»Sag uns einfach, was du herausgefunden hast«, forderte Ustian ihn auf.

Mistal hob die Hand an die Aufschläge der Anwaltsrobe, die er gar nicht trug. »Meister Premeller schuldet einem gewissen Stelmar Hauxe, Goldschmied, eine beträchtliche Summe.«

»Geldverleiher«, bemerkte Leishal missbilligend.

»Ganz recht.« Mistal lächelte. »Laut dem Anwalt, der mit ihm die Räume teilt, ist Premeller bereits das zweite Quartal hintereinander mit den Zinsen im Rückstand, aber aus irgendeinem Grund hat er nicht die Prellungen erlitten, die ihn den größten Teil des Äquinoktiums ans Bett fesselten.«

»Warum sollte Hauxe wollen, dass Premeller nach unseren Waden schnappt?«, bellte Fresil. »Wir haben noch nie Geschäfte mit dem Mann gemacht.«

»Hauxe mietet vierteljährlich Häuser von Aymer Saffan«, fuhr Mistal fort, »der sie für fünf Jahre von Tor Bezaemar anmietet.«

»Was nichts beweist«, grunzte Leishal.

»Saffan hat Hauxe gerade für eine ganze Jahreszeit Mieterlass gewährt«, erklärte Mistal.

»Das lässt sich nie zu Tor Bezaemar zurückverfolgen«, höhnte Fresil.

»Allerdings.« Ustian dachte über die Neuigkeiten nach. »Ich könnte mir eine Hand voll Erklärungen vorstellen, ehe ich einem anderen Adelshaus absichtliche Bosheit vorwerfen möchte.«

Der Sieur hob die Hand, und alle schwiegen.

»Ryshad, stell unseren anderen Besucher vor«, soufflierte Camarl.

»Dies ist Eadit.« Ich versuchte, Selbstvertrauen in meine Stimme zu legen. »Er arbeitet für die Person, die uns half, die gestohlenen Artefakte zurückzuholen.«

»Sprich, Junge!«, bellte Leishal.

Eadit räusperte sich nervös. »Ich kam her, um zu berichten, dass Fenn Queal gestern Morgen Besuch von einem Kammerdiener erhielt, der von Tor Bezaemar kürzlich entlassen wurde. Dieser Diener wurde mehrfach gesehen, wie er mit einem gewissen Malafy Skern trank, einem pensionierten Angestellten aus Tor Bezaemars Diensten. Das ist alles, was ich weiß.«

Camarl ergriff sofort das Wort. »Ich habe gestern die Befürchtungen Junker D'Alsennins an den Sieur weitergeleitet.« Sein strenger Blick verbat mir, die Angelegenheit vor Eadit weiterzuverfolgen. »Advokat, Eadit, wir danken euch.«

Messire entließ beide mit einer Handbewegung, und Mistal schob Eadit aus dem Zimmer.

»Noch mehr Mutmaßungen und Klatsch«, sagte Ustian finster.

»Wir können nichts von alldem vor Gericht bringen«, stimmte Fresil ihm zu.

»Aber Ihr könnt es doch gewiss nicht unbeachtet lassen«, sagte Avila mit wachsendem Zorn. »Im Alten Reich hätte ein solcher Verdacht ausgereicht, um Eure Kohorten gegen Tor Bezaemar zu schicken!«

»In heutiger Zeit haben wir andere Schlachtfelder«, sagte Fresil scharf. »Nur keine Bange, Demoiselle, wir werden so viel vor die kaiserliche Gerichtsbarkeit bringen, wie wir können, wenn die Sitzungen nach den Festtagen wieder aufgenommen werden. In der Zwischenzeit können wir andere Schritte gegen Tor Bezaemar unternehmen, und wer weiß, wenn sie genügend provoziert werden, verraten sie sich vielleicht sogar.«

»Das würde unseren Argumenten Gewicht verleihen«, pflichtete Leishal der allgemeinen Zustimmung bei.

»Falls der Kaiser in seinem Gericht gegen sie entscheidet?« Temar verschränkte die Arme. »Wird das ihrer Gehässigkeit ein Ende setzen?«

»Wir haben eine entscheidende Schlacht gewonnen«, sagte Ustian belustigt.

»Aber nicht den Krieg?«, beharrte Temar.

»Das wird ein bisschen länger dauern.« Doch Leishals starrköpfige Worte machten klar, dass der Ausgang nicht in Frage stand.

»Das ist unsere Sorge, nicht die Eure, D'Alsennin.« Zum ersten Mal ergriff der Sieur das Wort. »Ich gratuliere Euch zur Wiederbeschaffung Eurer Artefakte.«

»Ohne Ryshad wäre mir das nicht gelungen«, betonte Temar.

»Ganz recht.« Die milde Miene des Sieurs war nicht zu deuten. »Und jetzt könnte Ihr Euch darauf vorbereiten, Euer Glück beim Ball des Kaisers zu feiern.« Er lächelte Avila zu, die skeptisch eine Augenbraue hob. »Meine Frau Channis wird durch die Etikette führen.« So höflich sie auch formuliert war, Messires Entlassung war unmissverständlich.

»Ich muss zuerst diesen Beutel sichern«, sagte Avila. »Wenn Ihr nun Eure Lehnsleute in Eure vier Wände lasst, kann Ostrin weiß wer sich unbemerkt hereinschleichen mit Diebstahl im Sinn.«

»Wie Ihr wollt. Channis erwartet Euch.« Messires Gesicht zeigte nichts von der Empörung, die Fresils Miene verdüsterte.

Camarl läutete die Glocke, um den Türhüter zu rufen. Ich wollte Temar folgen.

»Wo willst du hin, Ryshad?«, bellte Ustian.

Ich drehte mich um und schwieg, weil ich es für das Unverfänglichste hielt.

»Setz dich, Ryshad«, forderte Messire mich auf. Ich nahm mir einen Stuhl am Tisch, als sich die Tür wieder schloss.

»Falls du D'Alsennins Kostbarkeiten für ihn wiedergefunden hast, musst du wissen, wer sie gestohlen hat.« Camarl lehnte sich vor. »Warum ist er dann nicht im Torhaus angekettet?«

»Er heißt Jacot, und wenn ich gekonnt hätte, hätte ich ihn an den Füßen hergeschleift«, antwortete ich bereitwillig. »Aber Temar und ich hätten dafür gegen eine Überzahl kämpfen müssen. Mit ein oder zwei anderen Eingeschworenen oder Erwählten hätte ich es riskiert, aber ich wollte D'Alsennin nicht in Gefahr bringen.«

»Also entkommt er und kann noch damit prahlen, dass er D'Olbriot beraubt hat und noch am Leben ist, um davon erzählen zu können«, fuhr Ustian auf.

»Warum hast du nicht genügend Männer mitgenommen, um diesen Dieb zu schnappen?«, fragte der Sieur milde.

»Ich hielt Diskretion für wichtiger als Stärke zu zeigen«, erwiderte ich fest.

»Auf deinen Stiefeln ist Blut, Ryshad«, bemerkte Messire. »Jemand hat es vergossen. Ich gebe zu, dass ich weder an dir noch an Temar eine Verletzung gesehen habe, aber ihr wärt sicherer gewesen mit ein paar Eingeschworenen um euch.«

»Ich wollte nicht die Sicherheit der Person aufs Spiel setzen, die uns den Dieb verraten hat«, sagte ich und beschloss, keine weiteren Erklärungen abzugeben.

»Die bemerkenswert gut informiert zu sein scheint über das Ungeziefer, das durch den Bauch dieser Stadt krabbelt«, stellte Messire fest. »Ich nehme an, wir sprechen über den Arbeitgeber dieses lescarischen Burschen?«

Ich nickte.

»Wirst du mir seinen Namen nennen, wenn ich frage?«, fragte der Sieur beiläufig.

»Das werde ich, aber ich würde bitten, mich nicht zu fragen.« Ich sah ihn geradeheraus an. »Wenn wir die Sicherheit dieser Person aufs Spiel setzen, können wir von dieser Seite keine Hilfe mehr erwarten. Wir haben die Artefakte von Kellarin wieder, Messire. Das hielt ich für wichtiger als den Dieb vor Eure Gerechtigkeit zu bringen.«

»Wirklich?« Fresil war offensichtlich nicht einverstanden. »Hat der junge Temar jetzt deinen Eid, ja?«

Ich hielt den Blick auf den Sieur gerichtet. »Ich diene D'Olbriot, indem ich D'Alsennin diene.«

Das Lächeln des Sieurs tauchte auf und erlosch wieder. »Ich will deinen Unternehmungsgeist ja nicht an die Kandare legen, Ryshad, aber ich sagte doch, du solltest mich oder Camarl über solche Vorhaben informieren. Es erstaunt mich, dass ich mich offenbar nicht klar verständlich gemacht habe.«

Ich betrachtete den teuren Teppich. »Es tut mir Leid, Messire.«

»Ich dachte auch, ich hätte deutlich gemacht, dass D'Alsennin die Verpflichtungen erfüllen müsse, die dem Rang entsprechen, den er beansprucht.« Messires Stimme wurde kälter. »Du wusstest doch, dass er bei Den Castevin essen sollte.«

Ich starrte auf die diamantenverzierten Schuhschnallen des Sieurs.

»Genug davon«, schnaubte Leishal ärgerlich. »Was sollen wir wegen Tor Bezaemar unternehmen?«

»Wir kaufen ihr Holz für Pfähle und Holzkohle für die Minen von Layne«, sagte Ustian prompt. »Den Ferrand hat Land in der Gegend, das uns stattdessen versorgen könnte.«

»Häute von Tor Bezaemar halten unsere Gerbereien in Moretayne auf Trab«, überlegte Fresil. »Könnte Den Cascadet das übernehmen, ohne dass wir dabei allzu viel verlieren?«

»Wir könnten es zwischen ihnen und Den Gaerit aufteilen«, schlug Ustian vor.

»Was ist mit näher gelegenen Gebieten?«, wollte Leishal wissen. »Wo liegen Tor Bezaemars Besitzungen in Toremal im Verhältnis zu unseren eigenen?«

»Myred, der Stadtplan.« Der Sieur schnippte mit den Fingern seinen Sohn an, ehe er mich ansah. »Worauf wartest du noch?«

»Eure Befehle, Messire«, sagte ich höflich.

»Würdest du sie denn ausführen, wenn ich sie dir gäbe?«, fragte er leichthin. »Tut mir Leid, das war unser beider unwürdig.« Er seufzte. »Beende dieses Fest, wie du es angefangen hast, Ryshad, indem du auf D'Alsennin aufpasst. Du solltest ihn besser zum kaiserlichen Ball begleiten. Irianne wird dort sein und Camarl ablenken, also brauchen wir jemanden, der Temars Rücken schützt.«

Camarl sah verblüfft auf, während er einen genauen Plan der nördlichen Seite der Bucht entrollte.

»Das da spielt keine Rolle.« Leishal beugte sich über das Pergament. »Seht mal, hier, uns gehört die Straße, die Zugang zu all diesen Tor-Bezaemar-Besitzungen gewährt.«

»Genau.« Fresil lächelte freudestrahlend gehässig. »Ich bin sicher, es ist an der Zeit, dass wir dort Maut kassieren, für die Erneuerung des Straßenbettes.«

»In diesem Viertel wohnen doch weitgehend Wandbehangweber?« Der Sieur stand auf und wandte mir den Rücken zu, nahm ein Buch von einem Regal und blätterte darin. »Camarl, sieh zu, dass ab sofort keine unserer Spinnereien mehr Garn an irgendeine Tor-Bezaemar-Adresse liefert.«

Ich ging und schloss leise die Tür hinter mir.

»Dann haben sie aus dir also noch keinen Fußabtreter gemacht?« Der Diener, der im Korridor wartete, nickte mir zu.

»Diesmal nicht.« Ich ging rasch davon. Wenn die inneren Hausdiener wussten, dass ich Schwierigkeiten hatte, hatte ich wirklich mein eigenes Nest beschmutzt. Wo mochte Temar sein, überlegte ich, pflichtbewusst Regeln der Etikette bei Lady Channis lernen oder in seinen eigenen Angelegenheiten unterwegs? Als ich zur Bibliothek kam, hörte ich ihn in hitzigem Gespräch mit Avila schon als ich um die Ecke bog. Wenigstens hatte ich diese Wette mit mir selbst gewonnen. Ich klopfte.

»Herein«, fauchte Avila. Sie saß am Tisch, die Artefakte vor sich ausgebreitet und glitt mit einem spitzen Fingernagel über ihre Liste.

»Was wollte der Sieur von dir?«, fragte Temar.

»Mich daran erinnern, wem mein Eid gilt.« Ich sah Avila an. »Ist alles da?«

»So weit ja.« Sie sah mich an. »Was heckt Guliel mit seinen Brüdern da aus?«

Ich fuhr mir mit der Hand übers Gesicht und wünschte, ich könnte mich rasieren. »So dicht an einen regelrechten Krieg gegen Tor Bezaemar heran wie er nur kann, ohne wirklich seine Soldaten zu Hilfe zu rufen.«

»Auf Temars unbewiesene Worte hin?« Avila brachte seine Entrüstung mit einem knappen Wort zum Schweigen.

»Der Sieur und die Junker müssen ihre eigenen Gründe haben, um Tor Bezaemar der Böswilligkeit zu verdächtigen«, erklärte ich. »Ich kann mir nicht vorstellen, dass sie sonst so handeln würden.« Ich fragte mich, was der Sieur wusste, was der Rest von uns nicht wusste.

»Was machen sie denn?«, fragte Temar.

»Wo immer ihre geschäftlichen Beziehungen sich berühren, wo immer Besitz oder Pächter von Tor

Bezaemar sich auf die Dienste D'Olbriots verlassen, werden der Sieur und die Junker Wege finden, dafür zu sorgen, dass Tor Bezaemar der Schuh drückt. Sie werden Verträge brechen, wenn sie können, sich weigern zu kaufen oder zu verkaufen, Tor-Bezaemar-Leuten den Durchgang durch D'Olbriot-Land verwehren, Waren von Tor Bezaemar nicht mehr auf D'Olbriot-Schiffen transportieren.«

»Werden die Interessen D'Olbriots nicht darunter leiden? Wird Tor Bezaemar ihm das nicht heimzahlen?«, protestierte Avila.

»Fresil und Ustian werden schon dafür sorgen, dass die Verluste Tor Bezaemars die von D'Olbriot wieder wettmachen.« Ich seufzte. »Aber es wird den Pächtern beider Häuser nicht zu Gute kommen.«

»Was bedeutet das für uns?«, wollte Temar wissen.

»Für Kellarin? Du wolltest doch weniger Einmischung in deine Angelegenheiten, oder?«, fragte ich. »D'Olbriot wird bestimmt zu beschäftigt sein mit dieser Sache, um dir auch noch zu sagen, wie du die Kolonie führen sollst.«

»Wir stecken trotzdem da mit drin.« Temar sah mich an. »Und wenn Tor Bezaemar oder ihre Verbündeten glauben, dass eine Attacke auf Kel Ar'Ayen einer Attacke auf D'Olbriot gleichkommt?«

»Alle Artefakte, die wir noch suchen, werden praktisch ab sofort Figuren auf seinem Spielbrett.« Avila war bleich vor Zorn.

Darauf hatte ich keine Antwort.

»Diese Sieurs, diese Junker, können sie das tun?« Temar begann im Raum hin und her zu laufen. »Hat dein Kaiser denn keine Macht? Selbst Nemith der Hurenbold wusste es besser als zuzulassen, dass zwei Häuser sich auf die Weise die Hörner brechen! Sein Dekret, einen Streit zu beenden, war Gesetz.«

»Eine Entscheidung am kaiserlichen Gericht könnte die Sache stark abkürzen«, gab ich zu.

»Wann?« Temar schleuderte mir diese ungeduldige Frage entgegen. »Im Nachsommer? Vorherbst? Dieses Jahr? Nächstes?«

»Wie können eure Gerichte überhaupt behaupten Recht zu sprechen, wenn Raeponin verleugnet wird?« Avila packte die Artefakte mit raschen, zornigen Bewegungen wieder in die Truhe. »Wenn dem Wortführer eines Hauses nichts weiter an die Wahrheit bindet als unbewiesene Worte?«

Ich wollte gerade protestieren, zumindest in Mistals Namen, als ein Diener nach einem knappen Klopfen an der Tür eintrat.

»Meine Herrin, Lady Channis, entbietet Euch ihren Gruß«, sagte er so hastig, wie gerade noch höflich war. »Sie bittet Euch, sie aufzusuchen, sobald es Euch passt.«

»Meine Grüße an Lady Channis, wir werden so bald als möglich erscheinen.« Avila schaffte es mit knapper Not, ihren Zorn nicht an dem unglücklichen Diener auszulassen. »Such den Magier Casuel Devoir und schicke ihn in D'Alsennins Zimmer.«

Der Diener verschwand eilends, was ich ihm nicht vorwerfen konnte. Avila ging zur Tür. »Ihr zwei, bringt das mit.«

Temar und ich trugen die Truhe zwischen uns und folgten Avila die Hintertreppe hinauf. Wir warfen uns einen verwirrten Blick zu. Wir hatten kaum Temars geräumiges Zimmer erreicht, als Casuel über den Flur eilte. »Demoiselle, Junker«, keuchte er. »Was kann ich für Euch tun?«

Avila stapfte in Temars Zimmer und sah sich missbilligend um. »Wo kann man hier am besten etwas verstecken? Unter dem Bett?«

»Da würde wohl jeder als Erstes suchen.« Ich überließ gern Temar die offensichtliche Antwort.

Avila lächelte dünn. »Dann ist das genau die richtige Stelle. Schiebt es darunter.«

»Aber ...«

»Herr Magier.« Avila schnitt Casuels Protest mit stählerner Stimme ab. »Könnt Ihr diese Truhe unsichtbar machen?«

Casuel dachte einen Augenblick nach. »Die Illusion eines leeren Platzes hervorzurufen, ist vielleicht wirkungsvoller.«

»Wie Ihr meint, es ist Eure Magie.« Avila sah ungeduldig zu, während Casuel mit hoffnungsvollem Lächeln wartete. »Sofort, wenn ich bitten darf.«

»Selbstverständlich.« Casuel sank auf die Knie und schickte einen Stoß schwindelerregender magischer Energie unter das Bett, Himmelblau wechselte zu Jadegrün und zerstob in funkelnde Sonnenuntergangstöne. Ich blinzelte, als der Nachhall langsam vor meinen Augen verblasste.

»Das hätte ich schon früher tun sollen«, murmelte Avila und zog sich einen Schemel heran. Sie setzte sich, holte tief Luft und legte ihre Hand auf die cremefarbene und scharlachrote seidene Überdecke. »Zal aebanne tris aeda lastrae.« Sie wiederholte den Zauber mehrfach und wurde dabei jedes Mal leiser, bis ihre Worte kaum mehr ein Wispern in der angespannten Stille des Zimmers waren.

»Wenn wir ständig Angst haben, dass Elietimm uns über die Schulter schauen, sobald wir Zauberkunst benutzen, zögern wir, das Offensichtliche zu tun«, sagte sie ärgerlich. »Meister Devoir, hat mein Zauber Eure Magie irgendwie beeinträchtigt?«

Casuel bückte sich und spähte unter das Bett. Ich

konnte nicht widerstehen, es ihm nachzutun. Ich sah nichts weiter als einen leeren Teppich.

»Ganz und gar nicht, meine Dame.« Casuel stand auf. »Was habt Ihr getan?«

Avila lächelte dünn. »Ich habe eine Abschreckung über und unter das Bett gelegt. Jeder, der nicht weiß, dass die Truhe dort ist, hat kein Interesse daran, dort zu suchen. Jeder der danach sucht, wird ein so offensichtliches Versteck verächtlich abtun.«

»Eine faszinierende Kombination der beiden Schulen der Magie«, sagte Casuel sehr interessiert. »Was ...«

»Und jetzt wollen wir sehen, was Lady Channis uns über Etikette erzählen zu müssen glaubt.« Ich hoffte, Lady Channis konnte es mit Avilas Streitlust aufnehmen. Temar und ich folgten der Demoiselle gehorsam und Casuel schlurfte hinter uns her.

»Ich sollte mich wohl besser mit Planir in Verbindung setzen«, mumelte er. »Um ihm von unserem letzten Erfolg zu berichten.«

»Und dass du deine Magie als Ergänzung von Avilas Zauberkunst gewirkt hast«, sagte ich nachdrücklich.

Die Wohnung der Lady Channis lag auf der kühlen Nordseite der Residenz und war mit aller Eleganz ausgestattet, die Den-Veneta-Geld kaufen konnte. Der Lakai führte uns hinein, weil sie Casuel und mich wohl als Gefolge einstuften, und so war es uns nicht möglich, uns rechtzeitig zurückziehen, ehe zwei kleinere Demoiselles des Namens mit einem Knicks die Tür hinter uns von außen zuzogen.

»Demoiselle, Junker, einen Tee?« Lady Channis trug ein einfaches cremefarbenes Hauskleid, doch ihre Zofe hatte ihr bereits das ebenholzschwarze

Haar mit amethystverzierten Nadeln hochgesteckt. Eine natürlich schlanke Gestalt und die feinsten Cremes verliehen ihr ein jugendliches Aussehen. Erst auf den zweiten Blick sah man die Altersfältchen an Händen und Hals, aber dann war man schon von ihrem Charme bezaubert.

Ich setzte mich an die Wand, Casuel desgleichen. Temar und Avila setzten sich zu Lady Channis um einen niedrigen Tisch, der mit dem feinsten Porzellan gedeckt war, mit kristallenen Gewürzschälchen und einer kleinen Kupferkanne, die über einem Spiritusbrenner dampfte. Die Silberlöffel und Teeeier, die das Den-Veneta-Wappen trugen, ein Bündel Pfeile, schimmerten mit dem sanften Glanz von Antiquitäten. »Ryshad? Meister Devoir?«

Casuel sprang mit einer unterwürfigen Verbeugung auf, als sich ihre täuschend sanften braunen Augen uns zuwandten. »Herrin.«

»Euer Vater ist Pfefferhändler, glaube ich?« Ihre Schönheit hatte Lady Channis weit gebracht von dem kleineren Haus, in das sie geboren war, und Intelligenz hatte sie noch weiter geführt.

Casuels Lächeln wurde ein wenig starr, während er die Gewürze für seinen Tee auswählte. »Ja, Herrin, aus Orelwald.«

»Und Euer Bruder ist der berühmte Amalin.« Lady Channis bot Temar ein Schälchen mit Zitrusschalenstreifen an. An ihren blassen Fingern wirkten die Ringe mit Rubinen und Emaille dunkel. »Eure Mutter muss sehr stolz auf so begabte Söhne sein.«

Casuel zögerte. »Gewiss, Herrin.«

Channis füllte Avilas Tasse mit heißem Wasser und griff nach Casuels. »So, Ryshad, was macht dein Sieur gerade?«

»Er und die Junker planen, Tor Bezaemar für ihre offene Feindseligkeit zu bestrafen.« Ich füllte mein eigenes Teeei mit einer schlichten Mischung aus Holunder und getrockneten Johannisbeeren.

»Ihr könnt Euch auf das Urteil des Sieurs verlassen.« Die makellos geschminkten dunklen Augen der Dame blickten schlau.

»Ich nehme an, er handelt nicht nur nach den Vermutungen, die Temar gestern aufbrachte, und den wenigen Dingen, die wir heute Morgen erfahren haben«, sagte Avila tastend.

»Zweifellos.« Lady Channis reichte mir mein Getränk und winkte Casuel und mich zurück auf unsere Plätze. »Den Veneta wird bei einem Zusammenstoß mit Tor Bezaemar recht ungeschützt dastehen, fürchte ich. Das wird die Beziehungen zwischen Guliel und meinen Vettern nicht gerade fördern. Aber das ist ein Problem für einen anderen Tag.« Sie schüttelte den elegant frisierten Kopf. »Wir sind hier, um über den Kaiserball zu sprechen. Wenn ich recht verstehe, war in Euren Tagen der letzte Tag des Festes kaiserlichen Erlassen vorbehalten? Nun, Tadriol wird gewiss ein paar neue Verlobungen verkünden, ein größeres Projekt, das ein Name vorhat, aber die Betonung liegt eindeutig auf dem Vergnügen.«

Ich ließ ihre sanfte Stimme in das Hintergrundgemurmel der emsigen Residenz einfließen. Ringsum eilten sich Menschen, um alles fertig zu machen, ehe der Mittag die Allgemeinheit in die Residenz führte und der Adel die Kutschen bestieg, um zum kaiserlichen Palast zu fahren. Ich ging noch einmal die vielen Ereignisse der vergangenen paar Tage durch. Wie konnte D'Olbriots Entschlos-senheit, Tor Bezaemar anzugreifen, mit den Interessen von D'Alsennin und Kellarin kollidieren? Gab es eine Möglichkeit, eine solche Reibung zu verhindern? Hatte Temar nicht etwas in der Art gesagt, dass Zauberkunst ein besseres Mittel sei, um ein Ziel zu erreichen als schiere Kraft?

Ich blickte zu ihm hinüber und sah, dass er Lady Channis aufmerksam zuhörte.

»Es ist schon seit den Tagen von Inshol dem Schroffen Brauch, dass jeder gesellschaftliche Rang vor den Türen eines Kaiserballs abgelegt wird, zusammen mit Hüten und Schwertern. Niemand darf auf Vorrechte und Ehrerbietung pochen und derlei. Natürlich wird jeder Junker jeden Sieur mit geziemender Höflichkeit behandeln, so viel Unterschied muss schon gewahrt bleiben, aber die früheren kaiserlichen Häuser dürfen nicht auf kleinere Namen herabsehen. Ihr werdet selbstverständlich stehen oder sitzen, wie es der Dame gefällt, aber dieser Unsinn, dass Häuser von geringerem Rang warten müssen, bis ein höheres Haus entscheidet, sich hinzusetzen, gilt nicht.« Lady Channis lächelte, während sie Punkte einer geistigen Liste mit ihren schön manikürten Fingern abzählte.

»Sprecht in höflicher Lautstärke, sonst wird der Lärm schlicht ohrenbetäubend. Falls Ihr über den einen oder anderen Punkt debattieren müsst, tut das ohne Zorn oder Leidenschaft, und natürlich, wenn jemand Euch zu Tode langweilt, wären wir Euch alle zu Dank verpflichtet, wenn Ihr es Euch nicht anmerken ließet. Ihr verschafft Euch auch mehr Achtung, wenn Ihr selbst vermeidet, andere zu langweilen. Im Allgemeinen möchte ich raten, Eure Zunge zu hüten, und wenn Ihr jemandem begegnet, der indiskret ist, seid so höflich und wiederholt nicht, was Ihr hört, jedenfalls nicht außerhalb des Ballsaales.« Ein flüchtiges Lächeln milderte ihre Worte. »Es wird reichlich zu essen und zu trinken geben, aber ich brauche Euch wohl nicht zu sagen, dass Mäßigung angebracht ist.«

»Ich denke schon, dass ich in der Lage bin, mich einigermaßen zu benehmen«, sagte Temar höflich, doch ich merkte, dass er gereizt war.

»Es mögen zwar ungeschriebene Regeln sein, Junker, doch ihre Verletzung wird bestraft«, erklärte Lady Channis streng. »Falls zwei oder mehr Leute Euch unschicklichen Benehmens beschuldigen, werdet Ihr aufgefordert, eine Buße zu zahlen. Wenn alles normal läuft, ist es mehr ein Spiel, aber bei dem, was im Moment alles vor sich geht, wette ich meine Teelöffel darauf, dass ein Ableger von Den Thasnet oder Tor Priminale es nur darauf anlegt, Euch wie einen Narren dastehen zu lassen.«

»Wie würde eine solche Buße denn aussehen?«, fragte Demoiselle Avila barsch.

»Seit den Tagen der Mätresse von Tadriol dem Standhaften ist ein Gedicht die übliche Strafe.« Lady Channis winkte mit der Hand. »Das Aufsagen der ersten Strophen von *Die Erlasse von Perinal dem Kühnen* ist sehr beliebt. Ein ernsteres Vergehen kann alle drei Verse von *Der Tod von Decabral dem Eifrigen* bedeuten. Falls Ihr jemandem wirklich auf die Füße tretet, könntet Ihr Euch bei der Rezitation von *Drianons Hymne an die Ernte* vor dem versammelten Saal wiederfinden.«

»Ich kenne nichts von all dem.« Temar schüttelte den Kopf.

»Und das würde Eure Demütigung vervollständigen, nicht wahr?« Avila blickte finster drein, als Lady Channis fortfuhr.

Eine Bewegung neben mir ließ mich nach Casuel

schauen, der angespannt lauschte. Sein selbstgefälliges Grinsen ließ vermuten, dass er alle in Frage kommenden Gedichte und Epen kannte. Ich dachte an den Ehrgeiz des Magiers, selbst zu gesellschaftlichem Rang zu gelangen. Was war mit anderen Zauberern mit weniger beschränkten Vorurteilen? Was würde Planir tun, um seine eigenen Ziele zu schützen? Wie konnten seine Handlungen D'Olbriot beeinflussen? Wie würde Hadrumal versuchen, Einfluss auf einen Streit zwischen den Namen zu nehmen, die das Reich beherrschten? Was konnte der Kaiser tun? Nemith der Letzte und seine Vorgänger mochten zwar vom Meer bis zum Großen Wald durch unbestrittene Erlässe geherrscht haben, aber heutzutage hatten Kaiser eine andere Vorstellung von Gerechtigkeit. Ich dachte über die Brocken an Gesetzeskunde nach, mit denen Mistal mich gelangweilt hatte, seit er seine Studien begonnen hatte.

Das führte meine Gedanken zu Hansey und Ridner. Es waren nicht nur kleinere Namen wie Den Veneta, die darunter leiden würden, sobald jeder Name seine Verbündeten mit in diesen Kampf hineinziehen würde. Meine Brüder waren Lehnsleute von D'Olbriot, aber sie kauften ihre Steine von Den-Rannion-Steinbrüchen. Streitereien über Waren und Dienstleistungen würden von der Astmarsch bis zum Kap der Winde ausbrechen, und Menschen, die sich Verluste kaum leisten konnten, würden als Erste darunter leiden. Ich schloss die Augen, während ich versuchte, einen Weg durch dieses Labyrinth zu finden.

»Ist das alles, was wir wissen müssen?« Avilas leiser Sarkasmus riss mich aus meinen Versuchen, alle möglichen Folgen des Planes zu bedenken, der sich unwiderstehlich in mir formte.

»Meinen Dank, Herrin.« Temar warf Avila einen unerwartet tadelnden Blick zu.

Avila glättete ihre Röcke beim Aufstehen. »Und jetzt habe ich erneut Gelegenheit zu sehen, wie viele verschiedene Kleider eine einzige Frau an ein und demselben Tag tragen kann.«

»Darf ich um einen Augenblick Eurer Zeit bitten?« Ich stand, die Hände auf dem Rücken verschränkt, die förmliche Haltung verstärkte meine Entschlossenheit.

Lady Channis lächelte. »Ryshad?«

Ich holte tief Luft. Manche Ideen wirken in Gedanken vollkommen überzeugend, klingen aber lächerlich dumm, wenn man versucht sie zu erklären.

»Wir sind uns doch gewiss einig in der Überzeugung, dass Tor Bezaemar das Haus ist, das die Feindseligkeiten gegenüber D'Olbriot und D'Alsennin schürt? Aber wir können es nicht zur Zufriedenheit eines Gerichtes beweisen.« Ich zögerte. »Die Gerichte sind der formale Rahmen für die Rechtsprechung des Kaisers, doch seine Autorität als Schlichter gilt trotzdem überall, genau wie vor dem Chaos. Die Sitte verlangt, dass der Kaiser jedes Argument hört, ehe er eine Entscheidung fällt, aber nichts verpflichtet ihn dazu. Tadriol könnte einfach ein Urteil verkünden, wenn er über genügend Beweismaterial verfügte, das die Waagschale senkt.«

»Das Wort des Kaisers war zu unserer Zeit Gesetz.« Avila setzte sich wieder.

»Wenn wir nun Tor Bezaemars Feindseligkeit dem Kaiser unmittelbar beweisen könnten?« Ich sah Lady Channis an. »Tadriol könnte zur Unterstützung D'Olbriots handeln, ohne darauf zu warten, dass die Gerichte jedes Pergament zu Staub zermahlen. Je länger dieser Streit andauert, desto schlimmer die Folgen für alle, von den vornehmen Namen bis zum gemeinen Volk. Tadriol ist doch dazu verpflichtet, sich für alle gesellschaftlichen Schichten einzusetzen, oder?«

»Er wird keinen offenen Streit zwischen D'Olbriot und Tor Bezaemar wollen«, sagte Lady Channis langsam. »Nicht, wenn er es vermeiden kann.«

»Würde Euer Haus einen kaiserlichen Erlass akzeptieren, der diese ganzen verschlungenen Argumente vor dem Gericht durchschlägt?«, fragte Temar hoffnungsvoll.

»In Anbetracht der Folgen für die kleineren Häuser, falls Tor Bezaemar und D'Olbriot sich gegenseitig an die Kehle gehen?« Sie blickte nachdenklich. »Die meisten würden einen kaiserlichen Erlass unterstützen, und sei es nur, um ihre eigenen Namen zu retten.«

»Wir wissen, dass Malafy Skern noch immer ein bevorzugter Gefolgsmann der Witwe Tor Bezaemar ist«, sagte ich langsam. »Sie muss darin verwickelt werden.«

»In diesem Haus lässt niemand auch nur eine Haarnadel fallen, ohne dass sie davon erfährt«, stimmte Lady Channis zu.

»Und wenn wir sie dazu bringen könnten zu verraten, was sie weiß?«, schlug ich vor.

»Vor Zeugen?« Sie schüttelte den Kopf. »Das würde sie niemals tun, und außerdem kann man jeden Zeugen in Misskredit bringen.«

»Und wenn sie nicht darauf achtete, ob Zeugen da wären? Wenn sie provoziert würde zum Prahlen oder Drohen?«, beharrte ich. »Und wenn der Kaiser selbst sie dabei hörte?«

Lady Channis wirkte verwirrt. »Du willst sie zu

einer Indiskretion verleiten, während der Kaiser sich hinter einer Tür versteckt wie ein Dienstmädchen in einem schlechten Theaterstück?«

»Dafür ist Dirindal zu gerissen, Rysh«, sagte Temar enttäuscht.

»Zauberkunst könnte sie dazu bringen, ohne ihre übliche Vorsicht zu sprechen.« Ich versuchte, den Aufruhr in meinem Magen zu ignorieren. »Wenn sie allein mit Euch wäre, meine Dame, zuversichtlich, dass sie alles abstreiten könnte, was Ihr behauptet? Es schwirren genug Gerüchte durch die Stadt, es wäre doch nicht ungewöhnlich, wenn Ihr mit ihr darüber sprecht?«

»Tor Bezaemar muss sich immer noch sicher fühlen«, sagte Temar plötzlich. »Sie haben keinen Grund anzunehmen, dass wir sie verdächtigen.«

»Am Ende dieses Tages werden sie es wissen, wie ich Guliel kenne«, sagte Lady Channis fast betrübt.

»Dirindal will bestimmt nur zu gern wissen, was der Sieur denkt«, schlug ich vor.

»Falls sie verärgert wäre, wäre Zauberkunst nur umso wirkungsvoller, um sie zum Sprechen zu bringen«, stellte Avila fest.

Lady Channis wedelte ungeduldig mit der Hand. »Wie kann es helfen, wenn Dirindal mir gegenüber etwas zugibt, wie belastend auch immer? Dann stünde mein Wort gegen ihres, und ich bin wohl kaum eine unparteiische Zeugin.«

»Der Kaiser konnte alles sehen und hören, wenn ein Magier die richtige Magie wirkte«, erklärte ich. »Dirindal würde nichts davon erfahren.«

Lady Channis starrte mich mit offenem Mund an.

»Weitsicht ist reine Sicht ohne Ton.« Casuel runzelte gedankenvoll die Stirn. »Man könnte es mit einer Verbindung versuchen, aber dafür brauchte man noch einen Magier bei Ihrer Ladyschaft, ebenso wie beim Kaiser.«

»Wir haben ja noch Allin und Velindre zur Verfügung«, betonte ich. »Eine oder beide könnten helfen. Planir wird nichts dagegen haben, wenn es bedeutet, dass wir diesen Streit vermeiden.«

»Ich müsste aber in der Nähe sein, um an Dirindal Zauberkunst zu wirken«, sagte Avila langsam.

»Dirindal wird sich nie vor drei Zeugen verraten«, sagte Lady Channis rundheraus.

»Könntet Ihr nicht im Nebenzimmer sein, Demoiselle?«, beharrte ich. »Außer Sicht?«

Avila dachte einen Augenblick nach. »Ja, ich glaube schon? Herr Magus?«

Casuel nickte eifrig. »Eine kurze Entfernung wäre kein Hindernis.«

Lady Channis schüttelte ungläubig den Kopf. »Das ist eine faszinierende Idee, Ryshad, aber sie ist komplett irrational. Wie sollten wir das jemals schaffen? Dirindal wird hinter jedem Vorhang und hinter jeder Tür Augen und Ohren wittern, wenn sie herkommt, und ich gehe ganz gewiss nicht in Tor Bezaemars Residenz. Man würde mich sehen, und wenn die Feindseligkeiten zwischen den Häusern offenbart würden, setzte das alle möglichen Gerüchte in Gang, die Guliel schwächen.«

»Könnt Ihr Euch nicht auf neutralem Boden treffen?«, fragte Temar ungeduldig.

»Bei der Schneiderin?«, schlug Casuel hoffnungsvoll vor. »Beim Juwelier?«

»Solche Leute kommen zu uns, Meister Devoir, wir gehen nicht zu ihnen.« Lady Channis hatte das freundlich gemeint, doch Casuel wurde trotzdem rot bis an die Haarwurzeln.

Ich dachte zurück an meine frühen Tage als Eingeschworener, als ich den kleineren Demoiselles des Hauses aufwartete. Wo waren sie hingegangen, um nach Lust und Laune zu klatschen, ohne von den Erwachsenen überwacht zu werden? »Ein Federhändler?«

»Das wäre wenigstens glaubwürdig.« Lady Channis lächelte schief. »Die verdammten Dinger kommen so leicht zu Schaden, wir müssen immer in letzter Minute noch welche kaufen.«

»Und selbst Mätressen eines Namens müssen zu den Kaufleuten gehen, da keiner von ihnen das Risiko eingeht, solche empfindliche und kostbare Ware von einer Residenz zur anderen zu schleppen«, nickte ich.

»Gibt es einen Federhändler, bei dem Dirindal Euch treffen würde?«, fragte Temar Channis.

»Meister Anhash und Norn«, erwiderte Lady Channis leicht spöttelnd. »Weil es der einzige Laden ist, in dem man für diese Festtage seine Federn kaufen kann, mein Kind.« Zum ersten Mal war in ihrer Stimme ein Hauch von Optimismus zu hören. »Wo jeder adligen Kundin die kostbarste Auswahl in einem separaten Raum gezeigt wird.«

»Es wäre einen Versuch wert«, drängte ich. »Offene Feindschaft zwischen D'Olbriot und Tor Bezaemar nützt niemandem.«

»Das ist wahr«, gab Lady Channis mir Recht. »Aber wenn wir diesen Irrsinn wirklich versuchen wollen, bleibt uns nur noch herzlich wenig Zeit. Die Schlachtlinien zwischen den Häusern werden bis heute Abend gezogen sein.«

»Dann schickt der Witwe Tor Bezaemar eine Nachricht, die sie dazu bringt, sich sofort mit Euch zu treffen, meine Herrin.« Ich zählte die Punkte an den Fingern ab. »Wir brauchen Euch, Avila und Velindre bei dem Federhändler, ehe Dirindal ankommt. Dann müssen wir drei den Kaiser überreden uns zuzuhören.« Ich sah Casuel an, dessen Gesicht eine Mischung aus Eifer und Befürchtungen widerspiegelte. »Und wir müssen irgendwie erfahren, wann genau Casuel seine Magie wirken muss.«

»Allin könnte das weitergeben«, schlug Temar vor.

»Ich kann mir nicht vorstellen, wie Ihr eine Audienz bei Tadriol bekommen wollt, kaum einen halben Vormittag vor dem größten gesellschaftlichen Ereignis des ganzen Festes.« Lady Channis wollte keine Probleme aufbauschen, aber sie hatte Recht.

Ich sah Temar an. »Du bist dem Kaiser noch nicht begegnet, nicht wahr? Es ist zwar nicht der ideale Zeitpunkt, aber ich glaube nicht, dass jemand etwas dagegen einzuwenden hat, wenn du dich selbst vorstellst. Ich bin sicher, du könntest das Recht eines Sieurs auf sofortigen Zutritt zur kaiserlichen Gegenwart in Anspruch nehmen.«

Lady Channis ging zu einem offenen Schreibkästchen, das auf einem Beistelltisch lag. »Das könntet Ihr später vor Gericht zitieren, falls der Palast Euch als solcher anerkennt.«

»Wenn das nötig ist, um zu Tadriol zu gelangen, dass er die Magie sehen kann.« Temar wirkte nervös. »Aber du musst alles erklären, Ryshad, wenn wir Tadriol sehen. Schließlich ist es deine Idee.«

»Er hat nicht den Rang, um dem Kaiser etwas derartiges vorzuschlagen!« Casuel war entsetzt.

»Und er ist auf D'Olbriot eingeschworen.« Lady Channis schrieb rasch. »Ihr schuldet niemandem Treue, Temar, trotz Eurer engen Verbindungen zum Haus.« Sie versiegelte ihren Brief mit duftendem Wachs.

»Du verteidigst deinen eigenen Namen und dein Volk in Kellarin«, erinnerte ich Temar. »Der Kaiser wird das viel höher achten als jede Behauptung meinerseits, unparteiisch zu sein. Wir werden beide da sein, um dir moralische Unterstützung zu geben, aber du musst das Reden übernehmen.«

»Ist Euch klar, dass Dirindal vielleicht gar nicht kommt?« Lady Channis blickte auf. »Und wenn, hat sie vielleicht nichts weiter zu sagen als Plattheiten und Unsinn. Ihr riskiert, als völlige Trottel dazustehen, wisst Ihr das?«

»Verglichen mit den Risiken, die wir in den letzten Tagen eingegangen sind, meine Dame, können wir dieser Gefahr wohl ins Auge sehen«, versicherte ich ihr.

Der kaiserliche Palast Tadriols des Vorsorglichen, Sommersonnwendfest, fünfter Tag, später Vormittag

»Kopf hoch, im schlimmsten Fall wird man uns nicht hineinlassen.«

Temar lächelte zaghaft angesichts Ryshads Versuch, ihn zu beruhigen, doch er sah den Zweifel in den Augen des Älteren.

»Wo du so beeindruckend in deiner Uniform bist und ich in diesem vornehmen Aufzug?«, gab er mit beträchtlich mehr Schneid zurück, als er empfand. »Keine Angst, ich habe nicht vor, mit eingekniffenem Schwanz zu Avila zurückzugehen.«

»Jetzt brauchen wir nur noch Cas«, murmelte Ryshad. Die Kutsche hielt mit einem Ruck, der die Nervosität noch verdoppelte, die sich in Temars Magen breit machte. Wenn der Magier nun aufgehalten wurde? Wenn er Allin und Velindre nicht finden konnte?

»Das also ist der kaiserliche Palast«, sagte Temar leise, als er aus der Kutsche stieg. Er hatte so gar nichts gemein mit der trutzigen Festung, wie Nemith und seine Vorgänger sie als letztes Bollwerk adliger Macht hielten. Über die hüfthohen Mauern vermochte jeder Passant in die ausgedehnten Gärten zu schauen, wenn auch die Zaunpfähle dicht nebeneinander standen und gekrönt waren von scharfen Spitzen und nach außen gebogenen Klauen. Ein kleines, blendend weißes Torhaus spendete einer kleinen Gruppe uniformierter Reiter etwas Schatten vor der Sonne, die von einem wolkenlosen Himmel brannte. Es waren nur wenige Menschen zu sehen.

»Wo sind denn alle?«, fragte Temar verwirrt.

»Sammelt sich Tor Tadriol denn nicht als Familie zum Fest?«

»Nicht hier. Dieser Ort ist rein zeremoniell. Die Residenz liegt drüben hinter dem Saerlmar.« Ryshad fiel einen Schritt hinter Temar zurück. »Denk dran, du bittest die Wache nicht, dich durchzulassen. Du verkündest, dass du hineingehst.«

»Nicht ohne Casuel«, widersprach Temar. Er wollte sich gerade die schweißnassen Hände an seinem Mantel abwischen, als ihm noch rechtzeitig einfiel, dass das die Seide fleckig machen würde und griff stattdessen nach einem Taschentuch. »Wo ist er?«

»Da drüben.« Ryshad klang erleichtert, aber Temar verfluchte im Stillen den Magier. Wenn er ein bisschen mehr Zeit gehabt hätte, hätte er sich etwas besser vorbereiten können. »Was in Dreiteufelsnamen hat der Idiot da an?«

Dass Ryshad beunruhigt war, trug nicht dazu bei, Temars Befürchtungen zu mildern, aber der Anblick von Casuel in einem langen, goldbraunen Brokatgewand ließ ihn zögernd lächeln. »Das ist die Mode, die die Magier von Hadrumal tragen, glaube ich, wenn sie das Gefühl haben, es feierlich machen zu müssen.«

»Es ist die Mode, die jedermanns Ururgroßvater in dieser Gegend auf dem Totenbett trug«, murmelte Ryshad. »Ach egal, es wird auf jeden Fall die Wachen ablenken.«

Casuel ging viel zu schnell für sein langes Gewand, sodass sich der Stoff um Knie und Knöchel bauschte. »Sind wir bereit?«

»Das musst gerade du sagen«, erklärte Temar in schärferem Ton, als er eigentlich wollte.

»Lady Channis und Demoiselle Tor Arrial sind bei dem Federhändler«, bestätigte Casuel hastig. »Velindre und Allin sind unterwegs, und Allin wird uns benachrichtigen, sobald die Witwe ankommt. Falls sie kommt.«

»Lady Channis schien sich dessen ziemlich sicher zu sein«, erinnerte Ryshad den Zauberer.

»Ich wüsste gern, was in diesem Brief stand.« Als Temar merkte, dass der Magier noch nervöser war, als er selbst, munterte ihn das auf. »Du siehst sehr förmlich aus.«

»Velindre ging davon aus, dass die Menschen uns ernster nehmen, wenn ich sie daran erinnere, dass die Macht Hadrumals hinter mir steht«, sagte Casuel mit einem zaghaften Lächeln, das schnell verblasste. »Ich bin sicher, dass sie Planir gegenüber so tun wird, als gebühre ihr das Lob, wenn es klappt. Ihr werdet das doch richtig stellen, oder?«

Temar verkniff sich eine barsche Antwort. »Was jetzt, Ryshad?«

»Wir müssen beim Kaiser sein, wenn wir Allins Nachricht bekommen«, erklärte der Erwählte stirnrunzelnd. »Die Witwe wird nicht lange brauchen, um zu dem Federhändler zu kommen, und wir können nicht riskieren, nur einen Teil der Unterhaltung mitzubekommen.«

Temar sah, dass die beiden anderen ihn erwartungsvoll anblickten. »Was sage ich den Wachen?«

»Ihr benehmt Euch wie der Sieur eines Hauses«, sagte Casuel scharf. »Ihr braucht Euch niemandem zu erklären, schon gar nicht einem Torhüter.«

Temar holte tief Luft und ging auf das Eisentor zu. Ryshads schwere Schritte hinter ihm beruhigten ihn etwas, wenn auch Casuels zögernde Schritte ihn fürchten ließen, dass der Magier ihm jeden Augenblick in die Hacken treten würde.

»Schönes Fest.« Ryshad machte einen Schritt zur

Seite, um den Wachmann zu begrüßen. »Verbeug dich vor Temar D'Alsennin.«

»Schönes Fest, Junker, stehe zu Diensten.« Der Mann machte eine knappe Verbeugung, ohne den Blick von Temars Gesicht zu wenden.

»Schönes Fest.« Temar lächelte huldvoll. »Ich möchte den Kaiser sehen.«

»Werdet Ihr erwartet?«, fragte der Wachmann höflich.

»Als ältestes überlebendes Mitglied meines Hauses beanspruche ich die Rechte eines Sieurs«, sagte Temar, unmittelbar vor Ryshads auffordernden Hüsteln. »Dazu gehört auch, unverzüglich vor den Kaiser gelassen zu werden.«

Der Wachmann verbeugte sich erneut. »Allerdings.« Mit gleichgültiger Miene winkte er einem Eingeschworenen, der aufmerksam auf der Schwelle des Torhauses stand. »Begleite D'Alsennin zum Haushofmeister.« Er nickte Ryshad und Casuel zu. »Bürgt Ihr für Eure Begleitung?«

»Selbstverständlich.« Temar merkte, dass die Wache ihn noch immer erwartungsvoll ansah. »Erwählter Ryshad Tathel von D'Olbriot, und Casuel Devoir, Zauberer aus Hadrumal.«

Der Mann verzog keine Miene. »Sie mögen auf Eure Gewähr eintreten.«

Temar drehte sich um und sah, wie Ryshad seinen Schwertgürtel abschnallte und legte schon die Hand an seinen eigenen, als ein kaum merkliches Stirnrunzeln von Ryshad ihn innehalten ließ.

»Seid Ihr bewaffnet, Herr Magier?« Der Wachmann sah Casuel misstrauisch an.

Der Zauberer lächelte überheblich. »Nur mit meinen Künsten.«

Der Wachmann sah ihn zweifelnd an und blickte

zu Temar. »Habe ich Euren Eid darauf, dass Ihr ihn in Schach haltet?«

»Poldrion sei mein Zeuge«, sagte Temar laut, um empörte Geräusche von Casuel zu übertönen. Er wandte kurz den Kopf und sah, wie sich der Zauberer den Arm rieb, während Ryshad stur geradeaus blickte.

»Hier entlang, bitte sehr.« Der zweite Wachmann ging voraus durch die leuchtenden Farben des Gartens. Temar bemerkte nebenbei, dass die Pfade nicht mit Kies bestreut waren, sondern mit zerstoßenen Muschelschalen und fragte sich warum.

Der Schatten, den die Nordwand des Palastes warf, bot willkommene Abwechslung von der Sonne. Das Gebäude war eher weitläufig als hoch, nur zwei Stockwerke über einem Kellergeschoss, dessen halbe Fenster durch tiefe Bögen auf Bodenniveau beschattet wurden. Stufen zum Untergeschoss in der Mitte der Vorderfront wurden von zwei Treppen eingerahmt, die sich von dem Pfad in einem Bogen aufwärts schwangen zu offen stehenden Flügeltüren. Eine geräumige Veranda beschattete Stufen und Eingang und erhob sich auf facettierten Säulen bis zur Dachkante. Breite Fenster unterbrachen in regelmäßigen Abständen die Fassade zu beiden Seiten, die Vorhänge waren halb zugezogen.

»Wann wurde das gebaut?«, fragte Temar ohne zu überlegen.

Der Mann sah ihn unsicher an. »Als Den Tadriol den Thron bestieg.«

Hinter der offenen Tür befand sich ein quadratischer Raum, der über die gesamte Höhe des Hauses reichte. Ihr Begleiter sprach mit einem Mann, der hinter einem Tisch genau in der Mitte des grauweißen Schachbrettmusters des Marmorbodens stand.

»D'Alsennin möchte den Kaiser sehen, wie es das Recht eines Sieurs ist.« Der Wachmann beugte sich vor, doch der hallende Raum verstärkte seine Worte. »Er hat einen Zauberer bei sich.«

Temar konnte sich nicht verkneifen, einen Blick auf Casuel zu werfen, der sichtlich sein Gefieder sträubte. Ryshad machte eine ebenso steinerne Miene wie die Statuen, die die Treppe mit dem Eisengeländer flankierten, die sich zu dem oberen Stockwerk schwang.

Der Haushofmeister entließ den Wachmann und erhob sich. »Schönes Fest Euch, D'Alsennin.«

»Schönes Fest.« Temar fixierte ihn mit der bestmöglichen Nachahmung des durchdringenden Blickes seines Großvaters. »Ich wünsche den Kaiser zu sehen.«

Der Haushofmeister war hochgewachsen. Er trug das spärliche graue Haar kurz geschnitten, sein Gesicht über dem Tadriol-Abzeichen an seinem Kragen blickte milde. »Das ist kaum passend.«

Temar fragte sich, ob das nun eine Ablehnung war, oder nur ein Hinweis, dem er lieber Folge leistete. Wie auch immer, er ignorierte ihn. »Ich glaube gern, dass der Kaiser sehr beschäftigt ist, aber ich muss ihn sehen.«

»Seine Hoheit wird heute Abend Zeit haben«, schlug der Haushofmeister vor.

»Ich kann nicht warten«, erklärte Temar fest.

»Er bereitet sich auf den Ball vor.« Temar dachte, dass sie noch den halben Vormittag mit solchen Ausflüchten verbringen konnten. Er überlegte, wie er den Mann aus seiner höflich ablehnenden Haltung schütteln konnte. Dann sah er, dass der Mann einen goldenen Stierkopf mit emaillierten Hörnern und Augen aus schwarzem Opal trug.

»Ich brauche die Zustimmung für ein Abzeichen noch vor Mittag, damit ich es beim Ball tragen kann.« Temar sah dem Haushofmeister in die Augen und hoffte, dass es nicht zu offensichtlich war, dass ihm diese Ausrede gerade erst eingefallen war.

Der Haushofmeister machte einen Schritt zurück und verbeugte sich. »Wenn Ihr warten wollt, der Kaiser wird gleich Zeit für Euch haben.« Er ging rasch die breite Treppe hinauf, ohne sich noch einmal umzusehen.

»Wir warten hier.« Ryshad deutete auf dunkelbraune Samtstühle entlang der Wand.

Temar setzte sich und betrachtete die Porträts, die in regelmäßigen Abständen an den Wänden hingen und von Stuckleisten eingerahmt wurden. »Welcher ist nun euer Tadriol?«

Ryshad deutete mit dem Kinn auf eine jugendliche Gestalt, die vor der Veranda, durch die sie gerade gekommen waren, ein Pferd am Zügel hielt. »Tadriol der Vorsorgliche.«

»Der fünfte seiner Linie, wie Ihr Euch entsinnen werdet.« Casuel konnte nicht widerstehen, Temar zu erinnern. »Tadriol der Sparsame baute diesen Palast.«

»Geschieht das jedes Mal, wenn es einen Wechsel des Namens gibt?« Temar sah den Magier an. Kein Wunder, dass diese Häuser alle so besessen waren von Geld, wenn die höchste Ehre einen so hohen Preis forderte.

»Erst seit Inshol der Barsche den Alten Palast zum Gerichtshof machte«, erklärte Ryshad. »Tor Bezaemar hat sich einen neuen Palast gebaut, aber sie wollten ihn nicht an Den Tadriol übergeben, als sie den Thron verloren.«

Casuel beugte sich in seinem Stuhl vor. »Tadriol der Umsichtige wollte an einer Stelle bauen, die der Öffentlichkeit zugänglich war, dem Adel wie dem gemeinen Volk. Einer der Gründe, weshalb Tor Bezaemar abgewählt wurde, war ihre Neigung, sich über die anderen erhaben zu dünken.« Der Zauberer erwärmte sich für sein Thema. »Der verstorbene Gemahl der Witwe war in seiner Jugend in einen deftigen Skandal verwickelt. Das Haus erhöhte zu jedem Fest im Jahr die Mieten, nicht nur zur Wintersonnwende, worauf bei der nächsten Sonnenwende ein Haufen ihrer Pächter auftauchte und jeden mit Kupfermünzen bewarf, der den Namen trug und sich blicken ließ. Sie behaupteten, nur ihre Schulden zu bezahlen, aber ...«

Temar wandte sich an Ryshad. »Ist es hier immer so leer?« Die Stille war geradezu beängstigend nach den Menschenmengen, die ständig durch die D'Olbriot-Residenz wirbelten.

Ryshad schüttelte den Kopf. »An einem Vormittag außerhalb der Festtage würdest du hier drinnen keinen Platz mehr bekommen, und dieser Haushofmeister hätte zwanzig Männer zu Hilfe. Aber heute macht sich alles bereit für den Ball.«

»Der Kaiser poliert doch wohl kaum sein Silber. Warum kann er uns dann nicht empfangen?«, schmollte Casuel.

Temar wandte seine Aufmerksamkeit den Statuen zu, die auf schlichten weißen Sockeln zwischen den Gemälden standen. Saedrin hielt seine Schlüssel, Raeponin seine Waage, doch eine schuppige Schlange schlang sich um Poldrions Füße, den Kopf der liebkosenden Hand des Gottes entgegengereckt. Das Maul der Schlange war offen und ließ beunruhigend scharfe Zähne sehen. Temar überlegte, ob das eine Bedeutung hatte außer reiner Verzierung. Er wusste so wenig über dieses erstaunliche Zeitalter.

Er betrachtete die gegenüberliegende Wand, die versammelten Sieurs des Hauses Tadriol. Und er wollte es ihnen gleichtun? Was glaubte er eigentlich, von was er Sieur war? Konnte er sich vorstellen, sich je Achtung zu verdienen, selbst wenn er ein paar Reste der Ländereien der D'Alsennin zurückholen konnte? Was für einen Unterschied würden schon ein paar Steineichenblätter machen?

Temar biss die Zähne zusammen. Sie sollten über ihn urteilen, wenn sie wollten, aber er würde sich nur vor seinem eigenen Gewissen verantworten, seinen eigenen Maßstäben. D'Alsennin brauchte sich nicht vor einem dieser heutigen Namen zu rechtfertigen. Selbst wenn dieser Versuch, D'Olbriots Kastanien aus dem Feuer zu holen, fehlschlug, konnte er mit hoch erhobenem Kopf nach Kel Ar'Ayen zurückkehren. Er hatte fast alle der verlorenen Artefakte zurück, oder? Er hatte Zauberkunst eingesetzt, wie es Guinalle wohl nie eingefallen wäre, also sollte sie ihn besser nicht herunterputzen, wie sie es so gern tat. Eine schönere, intelligentere Frau als sie war sich nicht zu schade gewesen, ihn in ihr Bett zu holen, und auch dort hatte er sich gut geschlagen.

»Seid ihr bereit?« Allins ferne Stimme riss Temar aus seinen Träumen. Er sah einen schimmernden Kreis aus vibrierender Luft vor Casuel, Allins rundes Gesicht verzerrt wie durch dickes Glas. »Wir warten noch darauf, dass uns der Haushofmeister zu Tadriol führt«, sagte Casuel gereizt.

»Aber die Kutsche der Witwe ist gerade vorgefahren.« Allins Besorgnis war klar, auch wenn ihr Abbild es nicht war.

»Wir müssen den Kaiser selbst finden – und zwar jetzt.« Temar war als Erster auf den Beinen, Ryshad unmittelbar nach ihm.

»Die Hintertreppe ist dort«, deutete Ryshad.

Casuel schlang gequält die langen Ärmel seines Gewandes um die Hände. »Er wird die Wache rufen, wir enden alle in Ketten ...«

»Du sagtest doch, ich hätte das Recht auf eine sofortige Audienz.« Temar zog Casuel auf die Füße. »Mein Großvater sagte, Rechte sind wie Pferde – unnütz, wenn sie nicht gebraucht werden.«

»Hier entlang.« Ryshad öffnete eine versteckte Tür unter der großen Treppe. Temar zerrte Casuel an seinem steifen Ärmel mit. Dann liefen sie durch leere marmorne Korridore, einen lang gestreckten Saal und eine Treppe hinauf.

Ein livrierter Diener auf einem Schemel neben einer Tür sah sie erstaunt an.

»Du wirst unten verlangt«, sagte Ryshad, ehe der Mann noch etwas sagen konnte. »Der Sieur D'Alsennin hat privat mit dem Kaiser zu reden.«

Temar öffnete die Tür selbst mit so viel Autorität, wie er aufbringen konnte und schritt in ein kleines Vorzimmer. Ryshad schloss die Tür hinter dem Lakai und klemmte einen Stuhl unter die Klinke. »Dort hinein.«

Temar ballte die Fäuste, bevor er die schlichte Tür öffnete. Dahinter lag ein hübscher, luftiger Raum mit kleinen Gemälden an den Wänden. Eine schmale Blumengirlande aus Stuck lief oben an der Wand entlang, doch ansonsten war das Zimmer einfach weiß verputzt und hatte dicke, bronzefarbige Teppiche auf dem Boden. Stühle aus Nussbaumholz mit Kissen in Herbsttönen standen auf einer Seite eines großen Intarsientisches, an dem ein zartgliedriger junger Mann mit einem Handspiegel gesessen hatte, der sein Haar zu steifen Wellen kämmte, ein Glas Pomade in der Hand.

»Was soll das?« Die Befehlsgewohnheit strafte sein einfaches Hemd und die schlichten braunen Hosen Lügen.

»Junker D'Alsennin beansprucht das Recht eines Sieurs auf Audienz.« Temar verbeugte sich steif.

»Natürlich, Ihr kamt mir doch bekannt vor. Aber das ist weder der rechte Ort noch der rechte Zeitpunkt ...«

Der Kaiser griff bereits nach einer silbernen Handglocke, die auf einem Stapel von Papieren lag.

»Cas!« Temar schnippte mit den Fingern zu dem gequälten Zauberer.

Casuel sah ihn verständnislos an, doch als der erste Glockenton erklang, schoss er mit einer Hand voll blauen Feuers die Glocke aus Tadriols Hand. Dokumente flatterten in alle Richtungen, als die Glocke in unheimlicher Stille zu Boden fiel.

Der Kaiser schob mit sichtlicher Empörung seinen geschnitzten Stuhl zurück. »Dafür lasse ich dir das Fell gerben!«

»Verzeiht mir«, stammelte Casuel.

»Wirk deine Magie, Zauberer«, befahl ihm Temar drängend. »Suche Lady Channis.« Er wandte sich an den Kaiser. »Wir werden uns auf der Stelle erklären, aber ich erbitte Eure Nachsicht.«

»Es sollte schon eine gute Erklärung sein, D'Alsennin«, gab der Kaiser zurück, dessen aufmerksame Augen jede Einzelheit seiner unerwarteten Gäste aufnahmen. »Du, D'Olbriots Mann, weiß dein Sieur, dass du hier bist?«

»Lady Channis weiß es, Eure Hoheit«, antwortete Ryshad. »Messire ist anderweitig beschäftigt.«

»Was ist dann so dringend ...«

»Ich brauche etwas Metallenes, Glänzendes.« Casuel sah sich vage um.

Ryshad nahm ein Tablett mit Gläsern von einem Beistelltisch, und ließ in seiner Hast eins fallen. Es zersprang in tausend Stücke. »Hier.« Er stellte die anderen Gläser beiseite und warf das Tablett Casuel zu, der es auffing, als es ihn an der Brust traf.

»Ich warte auf Antworten, ja?« Der Kaiser gewann allmählich wieder Fassung. Trotzdem hob er unauffällig seine Glocke auf und stellte sie als stumme Warnung auf den Schreibtisch. »Aber stellt meine Geduld nicht über Gebühr auf die Probe.«

»Eine Kerze?« Temar schnappte sich eine frische Kerze aus einem kleinen Halter auf dem Kaminsims. Er nahm Casuels Arm und drückte den Zauberer auf einen Stuhl an dem schönen Tisch. Er fegte eine Reihe von Briefen beiseite und hielt Casuel die Kerze unter die Nase.

»Braucht ihr eine Zunderschachtel?«, fragte der Kaiser höflich. »Ich nehme an, du bist einer der Unterlinge des Erzmagiers?«

»Einer seiner Mitarbeiter, sein Verbindungsmann zu D'Olbriot«, lächelte Casuel schmeichelnd. »Es muss eine heraufbeschworene Flamme sein, Eure Hoheit.«

»Dann beschwöre sie«, fuhr Temar ihn an.

Der Magier schnippte zögernd mit den Fingern, einmal, zweimal, doch keine rote Magie entflammte den Docht. Temar unterdrückte eine Verwünschung und fühlte das Blut in seiner Brust pochen. Ein zaghaftes Klopfen an der Tür erklang, und Ryshad stemmte einen gestiefelten Fuß fest gegen das Holz.

»Du hast das doch oft genug gemacht«, ermutigte Temar den Zauberer mit gepresster Stimme. »Selbst Allin kann so was.«

Die Kerze spuckte einen Funken dunkelroten Feuers, der Funke wuchs zu einer bescheidenen Flamme. Temar reichte Casuel das glänzende Tablett. Es klapperte gegen den Tisch, weil dem Magier die Hände zitterten, doch ein stecknadelkopfgroßer goldener Punkt spiegelte sich beharrlich in der Mitte des polierten Metalls. Er breitete sich unregelmäßig aus, wie Feuer, das sich durch Papier brennt, die leuchtenden Ränder hinterließen eine rauchige Leere. Fäden schossen durch die Leere wie Blitze, die einen Gewitterhimmel spalten.

»Das ist Velindre«, sagte Casuel verärgert. »Sie manipuliert den Zauber von ihrer Seite.«

»Dann kooperiere mit ihr nach besten Kräften«, drängte ihn Temar.

»Sie ist es, die nicht kooperiert«, brummelte Casuel, doch noch während er sprach, hallten Stimmen aus der Leere durch den stillen Raum.

»Liebe Lady Channis, ich muss Euch mein Erstaunen gestehen, als ich Euren Brief bekam.«

Der Kaiser sah Temar an, Erstaunen und Neugier gewannen zusammen die Oberhand über den letzten Rest seiner Entrüstung. »Das klingt wie Dirindal Tor Bezaemar.«

»Bitte, schaut in die Magie«, flehte Temar. »Dann erklären wir alles, ich schwöre es.«

Der Kaiser erhob sich langsam von seinem Stuhl und stellte sich hinter Casuel. »Was geht hier vor?«

Lady Channis ergriff das Wort. »Zugegeben, Klatsch läuft durch diese Stadt wie Kaninchen durch ein Feld, aber dieses eine gewisse Gerücht scheint immer wieder zu Eurer Tür zurückzuführen.«

Temar blickte in das magische Spiegelbild der fernen Wirklichkeit. Lady Channis saß an einem runden Tisch, der mit einem einfachen weißen Tuch bedeckt war, während eine Reihe farbenfroher Federn sorgfältig zur Begutachtung ausgelegt war.

Dirindal Tor Bezaemar stand am Kamin, der mit blauen und purpurnen Schwertlilien gefüllt war. »Möglicherweise habe ich mich tatsächlich daran beteiligt, aber nur um herauszufinden, wer solche Dinge verbreitet.« Ihr liebenswürdiges Gesicht verzog sich zu einem plumpen Lächeln. »Ah, jetzt fällt es mir ein. Dieses dumme Tor-Sylarre-Mädchen hat zu viel geredet. Ich sagte ihr, dass ich kein Wort davon glaube.«

Channis nahm eine lange graue Feder mit blauem Querband auf. »Das ist ja seltsam. Jenty Tor Sauzet war sich ganz sicher, dass sie es von Euch hörte.«

»Talagrin selbst könnte Jentys Zunge nicht im Zaum halten.« Die Witwe machte einen leicht erschöpften Eindruck. »Ihr wisst doch, dass sie sich im letzten Jahr nach Kreve verzehrte? Seit er sie abgewiesen hat, tut sie alles in ihren Kräften Stehende, um unserem Haus Ärger zu bereiten.«

»Und welche Ausrede benutzt Tor Bezaemar, D'Olbriot Ärger zu machen?« Lady Channis legte die graue Feder hin und musterte eine gekräuselte rosa Feder mit schwarzem Rand.

»Meine Liebe!« Dirindal ließ sich in den Kissen eines Sofas nieder.

Channis drehte sich in ihrem Stuhl um, damit sie der Witwe ins Gesicht sehen konnte. »Jenty Tor Sauzet hat keinerlei Veranlassung, allen und jedem zu erzählen, dass ich Guliel verlassen und unter den Schutz Den Venetas zurückkehren werde. Den Muret auf der anderen Seite freuen sich ganz offen, das zu hören.« Ihr Ton war scharf. »Ich nehme an, es hat ihre Entschlossenheit gestärkt, ihren Fall vor dem kaiserlichen Gericht bis zum Ende zu verfolgen. Seladir Den Muret hat Orilan Den Hefeken alles darüber erzählt, und Orilan hat es mir berichtet. Seladir schwört, dass es wahr ist. Schließlich hatte sie es aus Eurem Munde, und jedermann weiß, dass Ihr eine äußerst wahrheitsliebende Frau seid.«

Dirindal rang die beringten Hände. »Orilan ist ein liebes Kind, aber sie neigt dazu zu reden, ohne nachzudenken ...«

»Lasst das«, sagte Channis beißend. »Ihr könnt nichts gegen Orilan vorbringen, es gibt keine Drohung, mit der Ihr sie zum Schweigen bringen könnt, keinen Grund für sie zu lügen. Unsere Häuser haben wenig mit Den Hefeken zu schaffen. Ganz anders als Den Muret, deren Dach bald einstürzen würde ohne Tor Bezaemars Großzügigkeit. Ganz anders als Den Thasnet, deren Wohlstand an Eurem eigenen gedeiht wie Geißblatt an einem Baum. Erwartet Ihr wirklich, dass ich glaube, eins dieser Häuser würde D'Olbriot vor Gericht angreifen ohne Zustimmung Tor Bezaemars?«

Dirindals rundes Gesicht legte sich in betrübte Falten. »Meine Liebe, Ihr irrt Euch. Lasst mich mit Haerel reden. Er hat vielleicht etwas Unkluges gesagt, vielleicht hat Den Muret ihn missverstanden.«

»Soll ich ernsthaft glauben, dass Euer Neffe, auch wenn er der Sieur Tor Bezaemar ist, irgendetwas tut, ohne dass Ihr davon wisst?« Channis warf die gekräuselte Feder auf das Tischtuch. »Er wischt sich ja ohne Eure Erlaubnis kaum den Hintern ab.«

»Meine Liebe, ich verstehe ja Euren Ärger«, sagte Dirindal matt. »Aber ich glaube nicht, dass ich diese unbewiesenen Anschuldigungen verdiene.« Sie suchte in dem Silberdrahtbeutel, der an ihrer Taille hing und tupfte sich die Augen mit einem Spitzentüchlein ab.

Der Kaiser sah Temar finster an. »Ich habe kein Interesse daran, mir anzuhören, wie sich Frauen an die Gurgel gehen«, flüsterte er.

Casuel hob den Kopf. »Keine Sorge, sie können uns nicht hören.«

»Pass auf, Cas«, fuhr Temar ihn an, der sah, dass das Bild verschwamm. »Dies ist nicht nur ein Aufruhr im Hühnerstall, ich schwöre es.«

Lady Channis suchte sorgfältig kleine, schillernd smaragdgrüne Federn aus. »Ich habe heute mit Avila Tor Arrial gefrühstückt. Sie erzählte mir, wie Ihr den jungen D'Alsennin dazu ermutigt, sich das Erbteil seiner Mutter von Tor Alder zu sichern. Sie sagte, wie erstaunt er war zu erfahren, dass er überhaupt ein solches Recht besitzt. Aber damit Tor Alder tatsächlich den Fall vor den Kaiser bringen konnte, mussten sie überzeugt sein, dass er es wusste und sich ganz sicher sein, dass er diesen Anspruch erheben würde. Wenn ich nun fragen würde, wer ihnen das gesagt hat, finde ich dann wieder Euer Parfüm in der Luft?« Channis verglich mit nachdenklichem Blick zwei Federn. »Dann hat mir Avila von dieser Geschichte mit den Kellarin-Artefakten erzählt. Wie sie und Temar sich zuallererst an Euch um Hilfe gewandt und Euch erklärt hatten, warum sie diese Erbstücke aufspüren mussten. Aber Ihr habt nicht geholfen, nicht wahr? Zuerst habt Ihr eine Einladung zum Essen mit Den Turquand am ersten Tag des Festes angenommen, welch Ehre für ein so kleines Haus! Dann erhält Camarl einen Brief von eben jenem Sieur, in dem man ihm mitteilt, dass die gesuchten Erbstücke an den höchsten Bieter verkauft würden, und gestern bei Den Murivance erfahre ich, dass Mätresse Tor Sylarre die Schmuckkästen ihrer Töchter geplündert hat. Sie beschuldigt

D'Olbriot zu beabsichtigen, ihre Reichtümer vor Gericht zu rauben, indem er mit irgendwelchen unsinnigen Geschichten über Kellarins Ansprüche kommt, wie ich höre. Ihr habt, soviel ich weiß, am zweiten Tag des Festes mit ihr zu Mittag gegessen. Ist ihr dabei diese Idee in den Kopf gesetzt worden?«

»Bei Dasts Zähnen!« Unwillkürlich machte Temar seinem Zorn Luft.

»Was geht da vor?« Der Kaiser sah Temar misstrauisch an.

»Das hoffen wir ja gerade zu erfahren.« Er beugte sich näher über das Bild, das von den Schnörkeln des silbernen Tabletts eingerahmt wurde.

»Ihr steckt voller Anschuldigungen.« Dirindal starrte Channis finster an, ihre Augen waren trocken und zornig. »Wird Meister Burquest diese Dinge vor Gericht bringen?«

Lady Channis lachte freudlos. »Er könnte kaum auf solch dürftiger Grundlage einen Fall aufbauen. Ich nehme an, ich sollte Euch gratulieren, dass Ihr alles so gut arrangiert habt.«

Dirindal öffnete den Mund, sagte jedoch nichts, ein verwirrtes Stirnrunzeln vertiefte ihre Falten.

»Es ist nur so, dass ich das Ausmaß Eures Zorns nicht begreife«, fuhr Lady Channis gewandt fort. »Alle unsere Häuser sind zugegebenermaßen Rivalen, aber auf der anderen Seite sind wir ja auch Verbündete. Das müssen wir auch sein, sonst bekommen noch die Kaufleute Ideen, die über ihre Stellung hinausgehen, das habt Ihr mir schon gesagt, als ich noch ein junges Mädchen war.«

»Das tun sie ohnehin, wo dieser Dummkopf Tadriol ihre Anmaßung auch noch ermutigt«, fauchte Dirindal.

Channis Hand zitterte vor Erstaunen, und sie ließ

eine Feder zu Boden fallen. Sie bückte sich, um sie wieder aufzuheben. »Ich weiß, dass Guliel dieses und nächstes Jahr den Löwenanteil von Kellarins Einkünften beanspruchen wird, aber vergesst nicht die Kosten, die dem Haus entstanden sind bei der Rückeroberung der Kolonie. Er wird bald einsehen, dass er den Lohn, den es dort zu ernten gilt, teilen muss.«

Temar knirschte so laut mit den Zähnen, dass der Kaiser ihn ansah.

»Er wird uns die Brosamen überlassen, die von seinem Tisch fallen, meint Ihr das?«, sagte Dirindal mürrisch.

»Das ist nicht ganz gerecht«, widersprach Channis. »Kellarin ...«

»Glaubt Ihr, hier ginge es um Kellarin?«, unterbrach Dirindal sie in plötzlicher, hässlicher Wut. »Glaubt Ihr, wir hätten auch nur einen Hauch von Interesse an armen Leuten, die mit Hilfe von Zauberern in dreckigen Höhlen ihr Leben fristen? Ich hätte nie gedacht, das einmal sagen zu müssen, Channis, aber Ihr seid ein Dummkopf!« Sie kam mühsam auf die Füße, und Temars Herz schlug schneller, als die alte Frau den Raum durchquerte. Sie überragte die sitzende Channis kaum um Haupteslänge und war mit Leichtigkeit eine ganze Generation älter, aber die Wut verlieh ihren Füßen Schnelligkeit und ihren Gesten Lebhaftigkeit.

»Ja, es geht um Kellarin, insoweit, als der Reichtum, den Guliel dadurch anhäuft, seinen Einfluss noch erweitert. Er wird die saftigsten Pflaumen in gierige Hände fallen lassen wie ein vernarrter Großvater, und die unbedeutenden kleinen Namen werden D'Olbriot für ach so wundervoll halten.« Dirindals Hohn verblasste. »Guliel wird herumstolzieren wie ein Schwan im Frühling. Und all diese Einfaltspinsel werden an seinen Rockschößen hängen, wann immer er vor Tadriol erscheint – er wird dem Knaben hier einen kleinen Rat erteilen, dort eine Warnung. Der Junge wird nicht wagen, ihn zu ignorieren, schließlich spricht er doch für so viele. Guliel führt unseren so genannten Kaiser am Nasenring, genau wie seinen Vater, seine Onkel und seinen Großvater.«

Der Kaiser packte die Rückenlehne von Casuels Stuhl, Temar sah die Bewegung. Ein übergroßer Stierkopfring war Tadriols einziges Schmuckstück, eine mitgenommene goldene Antiquität, die an einer dünnen schwarzen Kordel gesichert war, die sich um sein Handgelenk wand. Anders als das Abzeichen des Haushofmeisters hatte dieser Bulle keinen Nasenring.

Lady Channis protestierte wortgewandt. »Das Haus D'Olbriot hat immer nur zum Besten Tormalins gearbeitet. Guliel nutzt seinen Einfluss niemals für eigensüchtigen Gewinn ...«

»Und das soll ich glauben?«, schrie Dirindal. »Ah, es sind die ruhigsten Schweine, die das meiste Futter fressen, Mädchen.«

»Also geht es nur um Geld«, sagte Channis verächtlich.

»Das ist alles, was Guliel interessiert«, höhnte Dirindal. »Schickt seine Neffen zum Essen mit den Kaufleuten, schmeichelt ihrem Ehrgeiz, rät Tadriol, ihrem Gewinsel Gehör zu schenken. Saedrin rette uns, Töchter von Emporkömmlingen wie Tuchhändlern heiraten in alte Namen ein mit Tadriols Segen, weil ihre Koffer voll Gold vornehmes Blut übertrumpfen! Und währenddessen fallen Häuser mit einer Geschichte, die bis zu Correl dem Stämmigen zurückreicht, in Schutt und Asche, weil gemeine Parasiten ihre Geschäfte und Vorrechte aussaugen. Tut Guliel irgendetwas, um die Privliegien des Adels wiederherzustellen? Benutzt D'Olbriot seinen Einfluss, um diesem Unsinn Einhalt zu gebieten? Nein, er steht neben Tadriol und träufelt giftige Ratschläge in seine Ohren, während seine gierigen kleinen Verbündeten herumwuseln und klügere Stimmen mit ihrem Gejammer übertönen.«

»Würde Haerel besseren Rat geben?«, fauchte Channis. »Oder Kreve? Wir alle haben gesehen, wie Ihr ihn ermutigt habt, Tadriol für die Jagdsaison im letzten Jahr auf sein Gut einzuladen. Ich nehme an, Ihr würdet gern Euren Enkelsohn auf den Stufen des Thrones sehen anstelle von Guliel?«

»Wir sollten auf diesem Thron sitzen«, zischte Dirindal. »Ich sollte die Hochzeit eines Kaisers von meinem eigenen Blut arrangieren, ohne mir darüber Sorgen zu machen, was für eine Schlampe Tadriol auf D'Olbriots Rat in sein Bett nimmt. Ich sollte die Witwe eines Kaisers sein, mit dem ganzen Einfluss lebenslanger Herrschaft. Glaubt nicht, ich wüsste nicht, dass es Guliels Onkel war, der die Häuser gegen den Anspruch meines Gatten aufwiegelte, genau wie es Guliel und seine Brüder waren, die seitdem jeden Tadriol unterstützt haben. Wie sonst hätten diese Dummköpfe den Thron halten können? Wie viele von ihnen müssen denn noch sterben, ehe unser Haus seinen rechtmäßigen Platz zurückbekommt? Nun, beim nächsten Mal wird es anders sein, wenn D'Olbriots Stern gesunken ist und Tor Bezaemar die wahre Bedeutung von Macht zeigen kann.«

Temar sah, dass Channis weiß wie das Tischtuch wurde, selbst in dem kleinen Abbild. Dirindal beugte sich über sie, die Wut verkrümmte ihre Hände zu grausamen Klauen. Channis stieß sie verzweifelt weg, sodass die alte Frau rückwärts taumelte.

»Rührt mich nicht an, sonst schreie ich!« Ihre verängstigte Stimme klang durch den Zauber.

»Cas, sag Velindre, sie soll sie unterbrechen.« Temar war kalt vor Sorge.

»Ich kann nicht, nicht ohne den Zauber zu verlieren«, sagte der Magier gepresst.

»Halte deine Magie fest, Zauberer«, befahl der Kaiser mit grimmiger Miene. »Channis kann das Risiko eingehen.«

Doch während Temar zusah, so nervös, dass ihm übel wurde, ging Dirindal langsam auf die andere Seite des Raumes. Sie glättete die Röcke ihres dezenten Gewandes und fuhr sich mit plumpen Fingern durch die tadellose Frisur. Als sie sich umdrehte, zeigte ihr Gesicht wieder die liebenswürdigen Linien gesetzten Alters. »Oh, Channis, meine Liebe, ich fürchte, ich habe mich vergessen. Glaubt nicht, ich würde Euch schlagen, wenn Ihr es auch verdient hättet, aber zu viele Leute wissen, dass wir zusammen hier drinnen sind. Und wie Ihr so schlau bemerktet, ist es meine Gewohnheit, nichts zu tun, was ich nicht ganz unschuldig erklären könnte. Es war sehr klug von Euch, so viel herauszufinden, aber die Menschen, die ich benutzt habe, werden sich eher im Wind drehen als mich zu verraten, also habt Ihr keinerlei Beweise. Ihr habt mich nur gewarnt, in Zukunft besser Acht zu geben, nicht wahr?«

»Ich werde es Guliel sagen.« Channis klang wie ein schmollendes Kind, und ihrer Miene nach wusste sie es auch.

Dirindal lachte liebenswürdig. »Und er wird ebenso wenig Beweise haben wir Ihr, meine Liebe, und wir haben viele Namen, die wir anrufen können, falls er sein Haus gegen unseres führen will. Ich bezweifle, dass er genug Mumm dafür hat, schließlich tut er nie etwas anderes, als sich hinter dem jungen Tadriol zu verstecken und ihm etwas ins Ohr zu flüstern. Falls er wahren Adel besäße, hätte er inzwischen selbst den Thron für sich erobert.« Sie übertönte Lady Channis' empörte Proteste. »Einen guten Tag Euch, meine Liebe. Ich nehme an, ich sehe Euch bei dem Kaiserball heute Nachmittag. Ihr solltet ein paar weiße Federn kaufen, wenn Ihr schon einmal hier seid. Es wird nicht mehr lange dauern, ehe Ihr nach einem anderen Haus suchen müsst, das Euch Schutz bietet, falls Ihr einen kleineren Junker finden könnt, der bereit ist, gebrauchte Ware zu nehmen.«

Sie drehte Channis den Rücken zu, ging hinaus und ließ die Tür einen Spalt offen.

»Ich kann ihr nicht folgen, der Witwe, meine ich«, sagte Casuel hastig. »Oder, genauer gesagt, ich könnte zwar, per Weitsicht, aber dafür brauche ich Tinte und Wasser ...«

Der Kaiser schlug wütend mit der Hand auf das Silbertablett, das über den Tisch schoss und dann polternd zu Boden fiel. Temar machte einen Schritt zurück, während Casuel mit beiden Händen verängstigt seinen Kopf schützte. Ryshad legte die Hand instinktiv an seine schwertlose Hüfte und machte einen Schritt auf Temar zu.

»Erklärt Euch, D'Alsennin«, verlangte der Kaiser. »Sagt mir, warum ich irgendetwas davon glauben sollte.«

»Weil Ihr es mit Euren eigenen Augen gesehen, mit eigenen Ohren gehört habt«, gab Temar zurück.

»Was habe ich denn gesehen?« Der Kaiser ging

um den Tisch herum, sodass dieser zwischen ihm und Casuel stand. »Die Wahrheit? Illusion? Ein Zauberstückchen von Planir?«

»Der Erzmagier würde sich nie zu einer solchen Täuschung hergeben!« Casuel spähte entrüstet zwischen seinen Händen hervor.

»Ich soll wirklich glauben, dass Dirindal Tor Bezaemar, trotz all ihrer Jahre, all das der Geliebten ihres erklärten Feindes gegenüber zugibt?« Der Kaiser blickte sie finster an. »Was hat D'Olbriot Planir über die Geschichte meines Hauses erzählt? Was weiß dein Erzmagier über den Tod meines Vaters und meiner Onkel?«

»Nicht mehr als jeder andere.« Casuel sah ihn verwirrt an.

Ein drängendes Klopfen an der Tür ließ alle zusammenfahren.

»Jetzt nicht!«, schrie Tadriol ärgerlich.

Temar sah den Kaiser an. »Sie fragte, wie viele mehr Eures Namens denn noch sterben müssten. Hat das eine dunkle Bedeutung für Euch?«

Ryshad baute sich vor der Tür auf. »Es hat immer Gerüchte gegeben, Eure Hoheit, unter den Eingeschworenen, aber sie ließen sich nie zu Tor Bezaemar zurückführen.«

Der Kaiser sah ihn scharf an, bevor er Temar wieder anblickte. »Und Dirindal ist so entgegenkommend, dass sie es halb zugibt!«

Wieder klopfte es. »Ist alles in Ordnung?«, rief eine zögernde Stimme.

»Du, Erwählter, sieh zu, dass du sie loswirst«, befahl der Kaiser abrupt. Ryshad schlüpfte hinaus. »Zauberer, spionierst du auf diese Weise für D'Olbriot, für den Erzmagier oder für beide? Und wie oft?«

»Ich bin kein Spion«, protestierte Casuel schwach.

»Ich kann nicht glauben, dass Dirindal sich dermaßen vergisst.« Tadriol machte ein grimmiges Gesicht.

»Es gibt Wege, die Zungen zu lösen.« Temar wählte seine Worte sorgfältig und wünschte, dass Ryshad nicht gerade jetzt verschwunden wäre. »Ich weiß, dass Ihr mit Planir gesprochen habt, also wisst Ihr, dass es mehr als eine Art von Magie gibt.«

»Diese so genannten dunklen Künste der Elietimm?« Der Kaiser starrte ihn misstrauisch an.

»Zauberkunst ist ein Werkzeug wie andere auch. Ein Messer kann Brot schneiden, um damit ein Kind zu füttern, oder einem Mann ins Herz stechen.« Temar wagte nicht, seine Empörung zu zeigen. »Es war ein Eckpfeiler der Rechtsprechung im Alten Reich, weil niemand unter dem Siegel seines Eides etwas Unwahres sagen konnte.«

»Und wie wurde dieses Wunder erreicht?«, fragte der Kaiser mit offener Skepsis.

»Mit den Eiden und Anrufungen, die Ihr noch immer vor Gericht verwendet«, schoss Temar zurück. »Zu meiner Zeit wurden sie von Zaubern begleitet. Und wo Zauberkunst eine falsche Zunge binden kann, kann sie eine andere lösen, um die Wahrheit zu sprechen, ganz unbewusst. Demoiselle Tor Arrial ist eine hervorragende Adeptin die sich im Nachbarzimmer aufhielt und einen Zauber auf die Witwe legte, um sie zum Sprechen zu bringen.«

»Brachte er sie dazu zu sagen, was sie dachte oder das, was man ihr befahl?«, entgegnete der Kaiser.

Temar suchte nach einer Antwort und hörte Ryshad im Vorzimmer mit jemandem streiten, während Casuel unsicher von einem zum anderen blickte. Er schloss die Augen, um sich besser konzentrieren zu können.

»Aedral mar nidralae, Avila«, sagte er plötzlich. »Demoiselle, bitte kommt so schnell wie möglich her. Und bringt Allin und Velindre mit.«

»Ich dachte, Ihr wärt hier wegen eines Abzeichens!« Die zornige Stimme des Haushofmeisters ließ Temar die Augen öffnen. Der Mann stand in der Tür, Ryshad hinter ihm, umringt von bedrohlichen Wachmännern mit Schwertern.

Temar winkte frustriert. »Gebt mir nur noch ein wenig Zeit, und ich beweise unsere guten Absichten!« Es mit eigenen Augen zu sehen, hatte schließlich auch Ryshad überzeugt, nicht wahr?

»Ihr erhebt weder Hand noch Stimme gegen unseren Kaiser, Bursche!« Der Haushofmeister schnippte mit den Fingern, und die Bewaffneten rückten näher.

»Das reicht, Meister Jainne.« Tadriol sah Temar an, ein leichtes Lächeln umspielte seinen Mund. »Schick D'Olbriots Mann herein und warte draußen. Ich glaube, in Kürze werden einige Damen zu uns stoßen.« Er warf einen Blick auf eine kleine Messinguhr auf dem Kaminsims. Der Zeiger hatte fast die Hälfte der eingravierten Skala zurückgelegt. »Sie sollten sich beeilen, sonst kommen wir alle zu spät zum Ball. Also, D'Alsennin, Ihr wolltet über ein Abzeichen sprechen? Glaubt Ihr, ein Wappen trägt zu Eurer Sicherheit bei? Habt Ihr auch schon Livreefarben ausgewählt? Ich muss sagen, Ihr seid die jüngste Person, die ich je Messire genannt habe, und D'Alsennin wird immer noch ein mächtig kleines Haus sein. Wollt Ihr wirklich Sieur in Eurem eigenen Namen sein?«

Die Worte waren nicht unfreundlich gemeint,

doch Temar empfand sie wie einen Schlag ins Gesicht.

»Ich weiß nicht, ob ich ein Sieur nach Euren Begriffen werden will, ich weiß nicht, was der Titel heute bedeutet«, gab er zurück. »Aber ich weiß, was er zu meiner Zeit bedeutet hat und dass es sich um eine Fürsorgepflicht handelte für alle, die von einem abhängig waren. Bei Saedrins Schlüsseln, ich werde meine Pflicht gegenüber dem Volk von Kel Ar'Ayen tun. Sie sind über das Meer gefahren, im Vertrauen auf die Namen Den Rannion, Den Fellaemion und D'Alsennin. Ich bin der letzte dieser Adligen, und Poldrion möge mich ertränken, wenn ich nicht ihre Interessen verteidige. Ich spreche für Menschen, die fast dreißig Generationen unter einem Zauber standen, und viele liegen noch immer ohne Bewusstsein in der Dunkelheit. Ich will sie zurück, und wenn ich ein prahlerisches Wappen brauche, damit mich die Leute hier ernst nehmen, dann trage ich eins, aber mir selbst bedeutet es herzlich wenig.«

»Was er meint ist ...«, begann Casuel erstickt.

»Ich kann für mich selbst sprechen, Herr Magier!«, fauchte Temar.

»Dann sprecht«, befahl der Kaiser.

»Der einzige Grund, weshalb ich herkam, ist, dass mein Volk noch mehr leiden wird in einem Streit, der nichts mit uns zu tun hat. Kel Ar'Ayen ist nur ein weiterer Spielstein auf dem Brett zwischen Tor Bezaemar und D'Olbriot, und ich kann das nicht widerspruchslos hinnehmen. Tor Bezaemar hat alle Fälle, die Euch vor Gericht vorgetragen wurden, angezettelt. Als Vergeltung planen der Sieur und seine Brüder jeden denkbaren Angriff auf Besitz von Tor Bezaemar und verbündete Namen. D'Olbriots Mann dort hat sie gehört.« Temar deutete auf Ryshad, der reglos an der Tür stand, Kopf erhoben, Augen geradeaus.

»Du trägst den Armreif eines Erwählten«, stellte der Kaiser fest, mit deutlich kühler Stimme. »Solltest du nicht die Angelegenheiten deines Sieurs vertraulich behandeln?«

»Ich glaube, ein offener Streit mit Tor Bezaemar wird dem Haus Schaden zufügen.« Ryshad starrte weiterhin stur geradeaus. »Meine Loyalität gilt allen, die den Namen tragen, nicht ausschließlich der Person des Sieurs.«

»Guliel ist nicht dumm, er muss sehen, dass dies nur seine Argumente vor Gericht in Verruf bringt«, sagte der Kaiser empört. »Warum nimmt D'Olbriot das Recht in die eigenen Hände?«

»In meinen Tagen gingen wir für Gerechtigkeit zum Kaiser.« Temar ging um den Tisch und stellte sich dicht vor Tadriol. »Ihr müsst diesen Streit beenden, ehe er außer Kontrolle gerät. Bevor all Eure Anwälte ihr Sprüchlein gesagt haben, werden Unschuldige ihren Lebensunterhalt verloren haben, und wenn Kel Ar'Ayen treiben gelassen wird, verlieren meine Leute womöglich auch ihr Leben.«

»Wenn ich offene Feindschaft zwischen zwei mächtigen Häusern sehe, werde ich handeln, um den Schaden zu begrenzen«, protestierte der Kaiser.

»Könnt Ihr dem nicht Einhalt gebieten, bevor es anfängt?«, fragte Temar. »Wartet Ihr, bis das Dach einstürzt, ehe Ihr ein brennendes Haus niederreißt?«

»Dann bringt Beweise vor Gericht, die nicht durch Magie erworben wurden«, wiederholte der Kaiser hitzig. »Wo alle Zeugen sein können und Recht gesprochen werden kann.«

»Wenn wir sie hätten, täten wir es ja!«, rief Temar

frustriert. »Aber wir haben nicht. Warum glaubt Ihr sonst, hätten wir es auf diese Weise versucht?«

»Ich bezweifle, dass Schreien viel nützt.« Avila schritt in das Zimmer, gefolgt von Velindre und Allin. Alle drei machten einen eleganten Hofknicks vor dem Kaiser, das Rascheln der Röcke war das einzige Geräusch, das die plötzliche Stille unterbrach.

»Darf ich bekannt machen: Avila, Demoiselle Tor Arrial«, sagte Temar, weil ihm nichts Besseres einfiel. »Und Velindre Ychane, Allin Mere, Magierinnen aus Hadrumal.«

»Ihr seid nicht mit einer Kutsche gekommen.« Tadriol sah zum ersten Mal beunruhigt aus.

»Velindres Magie diente dem Zweck besser.« Avila fixierte den Kaiser mit ungeduldigem Blick. »Ich nehme an, Ihr wollt, dass wir uns beweisen?«

»Woher wisst Ihr das?« Tadriol wirkte auf der Stelle misstrauisch.

»Allin hat Euch per Weitsicht beobachtet, als die Witwe ging.« Avila schenkte dem Mädchen ein beifälliges Lächeln, das sie tief erröten ließ. »Es sah nicht gerade nach einem glücklichen Gespräch aus, und ich hatte schon mehr als genug von dieser tormalinischen Skepsis in den letzten Tagen, also kam mir das wahrscheinlich vor.«

»Ihr seid doch nicht per Magie hierher gekommen, obwohl ihr den Ort nur durch Weitsicht kanntet?« Casuel sah Velindre empört an.

»Wo ist Lady Channis?«, fragte Ryshad plötzlich.

»Auf dem Heimweg in ihrer Kutsche«, beruhigte Allin ihn.

»Könnten wir beim Thema bleiben?«, fragte Avila scharf. »Welche Art von Beweis verlangt Ihr, Hoheit, um dem zu trauen, was Ihr mit eigenen Augen gesehen habt?«

Tadriol sah nachdenklich drein und spielte mit dem übergroßen Ring an seinem Finger. »Ihr sagt, diese Zauber muss zwischen zwei Magiern gewirkt werden?«

Velindre nickte.

»Du, geh mit meinem Haushofmeister.« Der Kaiser deutete abrupt auf Casuel. »Meister Jainne, bringt ihn in ein Zimmer am anderen Ende des Palastes. Nein, frag mich nicht, ich will nicht, dass irgendjemand in diesem Zimmer es weiß, nicht ehe diese Dame ihn mit ihrer Magie findet.« Er deutete steif mit dem Kopf auf Velindre.

Der Haushofmeister ließ seinen Gefühlen freien Lauf, indem er die Tür zuknallte, sobald er Casuel hinausgescheucht hatte. Die besorgten Fragen des Zauberers blieben unbeantwortet und verhallten bald in der Ferne.

Schweigen füllte das kleine Zimmer mit Spannung. Temar fand es unmöglich, still zu sitzen oder zu stehen. Er ging herum und tat so, als bewunderte er die zarten Gemälde an den Wänden. Landschaften in zarten Wasserfarben, eine Andeutung einer Baumgruppe, die ein stolzes, rationales Gebäude hier einrahmte, ein Efeugestrüpp über der Ruine eines alten Hauses dort. Die winzige Inschrift darunter erklärte, dass es sich um die Savorganische Residenz von Den Jaepe handelte. Temar seufzte, diese Türme hatten gewiss schon längst die Höhe eingebüßt, an die er sich erinnerte. Er ging weiter, ein Seitenblick zeigte ihm Allin, die mit unglücklich rotem Gesicht auf einer Stuhlkante hockte. Ihre Blicke trafen sich, er lächelte ihr aufmunternd zu und wurde durch einen ebensolchen Blick von ihr belohnt. Ryshad stand noch immer an der Tür, aufrecht wie eine Lanze. Avila saß stocksteif, die Hände im Schoß gefaltet, jedes einzelne Jahr war ihrem müden Gesicht anzusehen. Die einzigen scheinbar völlig entspannten Menschen waren Velindre und der Kaiser. Die Magierin schaute sich mit unverhohlener Neugier um, während Tadriol lässig in seinem Sessel saß und sie beobachtete.

»Das dürfte reichen«, sagte der Kaiser und setzte sich plötzlich auf. »Zeigt uns, wo er ist.«

Velindre hob gelassen das Tablett auf, das unter dem Fenster lag. »Ich nehme an, das hat Cas benutzt?« Sie warf Tadriol einen Blick zu. »Glaubt Ihr nicht, er wäre ein wenig besser vorbereitet gewesen, wäre dies alles ein kompliziertes Täuschungsmanöver?«

Temar holte ihr eine Wachskerze vom Kaminsims.

»Danke.« Dunkelrotes Feuer blühte in ihrer Hand auf, als sie das Tablett auf den Kaminsims stellte und die Kerze davor hielt. Ihr Gesicht wirkte eckiger denn je, als sie an ihrer Magie arbeitete.

Ein sanftes goldenes Glühen in der Mitte des glänzenden Metalls vertiefte sich zu einem feurigen Bernsteinton, ehe es sich um einen silbernen Spalt herum teilte. Fast zu gleißend um hinzusehen, rahmten die leuchtenden Linien ein größer werdendes Bild von Casuel ein, der entrüstet in einem kleinen Zimmer vor einem einzelnen Fenster saß, Waschtisch und Schüssel gerade noch sichtbar.

Velindre lächelte. »Euer Haushofmeister scheint meinen geschätzten Kollegen in einer Toilette untergebracht zu haben.«

»Er ist auf dem Weg, um Euch das selbst zu sagen«, fauchte Casuel ärgerlich und blickte finster durch den Zauber. »Seid so gut und schickt ihn mit dem Schlüssel zurück.«

Temar musste sich abwenden, um sein Grinsen zu verbergen und blickte auf Allins Hinterkopf, die entschlossen auf den Fußboden starrte. Velindre befeuchtete Zeigefinger und Daumen und löschte die Kerze mit einem leisen Zischen. »Reicht das als Beweis aus? Wir könnten den ganzen Tag über das Für und Wider streiten.«

»Ihr scheint tatsächlich über die Talente zu verfügen, wie es Eure Freunde behaupteten«, sagte Tadriol langsam.

Velindre lächelte. »Der Hahn kann so viel krähen wie er will, Hoheit, aber es bleibt die Henne, die die Eier legt.«

Ein Lächeln huschte über das Gesicht des Kaisers, ehe er sich mit angespannter Miene an Avila wandte. »Ihr sagt, Ihr könnt die Wahrheit erzwingen. Dann tut das mit mir, auf der Stelle.«

»Wie Ihr wollt.« Avila presste die blutleeren Lippen aufeinander. »Schwört Ihr bei allem, was Euch heilig ist, die Wahrheit zu sagen und nicht zu lügen? Es funktioniert nur, wenn Ihr ein Mann seid, der sein Wort hält.«

»Ich schwöre bei dem Blut meines Hauses und meinem Vater«, sagte Tadriol entrüstet.

»Raeponin an iskatel, fa nuran aestor. Fedal tris amria lekat.« Avila sprach überdeutlich. »Und jetzt, Kaiser Tadriol der Vorsorgliche, fünfter dieses Namens, sagt mir, dass Ihr Dirindal Tor Bezaemar nicht verdächtigt, die Hand bei den Todesfällen, die Eure Familie heimgesucht haben, im Spiel zu haben.«

Tadriol öffnete den Mund, runzelte die Stirn und leckte sich die Lippen. Er schluckte einmal, zweimal und zerrte an seinem Hemdkragen. Furcht malte sich flüchtig auf seinem Gesicht, ehe ihm ein beherrschtes Stirnrunzeln gelang. Er hüstelte. »Es stimmt, meine Dame, ich verdächtige sie und aus besserem Grund, als Ihr ahnt.« Er deutete abrupt auf Velindre. »Macht das mit ihr!«

»Ich schwöre, die Wahrheit zu sagen, bei der Luft, die ich atme und der Magie, die sie mir gewährt.« Velindre schien ungerührt.

Avila wiederholte ihren Spruch, während Tadriol sich vor Velindre stellte und ihr Gesicht mit gnadenlosen Augen musterte. »War irgendeine Täuschung in dem, was ich sah? Ist dies ein von Hadrumal ausgeheckter Plan?«

»Keine Täuschung, keine Verschwörung«, sagte sie ruhig. »Ihr saht die schlichte, ungeschminkte Wahrheit. Fragt Channis, wenn Ihr uns nicht trauen wollt.«

»Vielleicht tue ich genau das«, erwiderte der Kaiser. Er machte auf dem Absatz kehrt, ging zum Fenster und starrte hinaus in den Garten. »Raus, alle miteinander. Ich habe über vieles nachzudenken und nur herzlich wenig Zeit.«

Temar rührte sich nicht. »Ihr müsst handeln, ehe D'Olbriot und Tor Bezaemar Chaos über uns alle bringen.«

Tadriol drehte sich mit wütendem Blick um. »Chaos ist keine Sache alberner Streitereien, D'Alsennin.« Sein Zorn schwand angesichts Temars offenkundiger Verwirrung. »Ich glaube, heute Nachmittag auf dem Ball wird wohl früh genug sein, oder? Ich sehe Euch alle dort, auch dich, Erwählter. Bittet Meister Jainne um Karten.« Er schaute wieder aus dem Fenster, die Arme vor der Brust verschränkt.

Temar merkte, dass alle ihn ansahen. »Bis heute Nachmittag dann.« Er ging voraus durch das Vorzimmer. Im Flur kam der Haushofmeister auf sie zugeeilt mit leicht gehässiger Miene.

Temar sprach, ehe der Mann nur den Mund aufbekam. »Ja, wir wissen, dass Ihr es amüsant fandet, Casuel ins Klo zu sperren. Geht und lasst ihn heraus. Wir warten unten. Ach, und bringt fünf Karten für diesen Ball mit.«

Ryshad stieß einen erleichterten Seufzer aus, als der Haushofmeister verschwand. »Der Sieur hat mir bereits befohlen, dich heute Nachmittag zu begleiten. Das bedeutet, wir haben eine Karte übrig, um unsere Schulden bei Charoleia zu begleichen.«

Temar schaffte es, den Gedanken an einen Tanz mit der reizenden Schönheit zu verdrängen.

»Könnt ihr uns die Treppe zeigen?« Velindre runzelte die Stirn, und das lag nicht nur an dem Grundriss des Palastes. Casuel war in begeistertes Entzücken versunken, aber Allin wirkte unglücklich.

»Gibt es ein Problem?«, fragte Temar.

»Was sollen wir bloß anziehen?«, fragte sie entsetzt.

Der kaiserliche Palast Tadriols des Vorsorglichen, Sommersonnwendfest, fünfter Tag, Mittag

Der Gegensatz zu der morgendlichen Leere der Hallen war verblüffend, als wir in den Kaiserpalast zurückkehrten. Adlige in Festgewändern drängten sich auf dem Gelände, die Sonne ließ Diamanten, Saphire und Rubine funkeln, wenn auch die Wohlgeborenen sich nicht lange ihrem gnadenlosen Blick aussetzten. Wenn sie im großen Hof, wo der Palast drei Seiten eines Gevierts bildete, aus ihren Kutschen stiegen, verweilten sie nur gerade so lange, dass das gemeine Volk, das sich in Zehnerreihen hinter den schwarzen Absperrungen drängte, sie gebührend bewundern konnte, ehe sie ins kühle Innere eilten. Den-Janaquel-Livreen waren überall zu sehen und sorgten dafür, dass die endlose Folge von Kutschen ohne Zwischenfall durch die hohen Eisentore hinein- und wieder hinausgelangte.

»Mir war gar nicht klar, dass der Palast so groß ist«, stellte Temar fest, als unsere Kutsche hielt, um den Jubel der aufgekratzten Bevölkerung entgegenzunehmen. Er hob abwesend die Hand, um an seinem Spitzenkragen zu zupfen, was er schon die ganze Fahrt über tat.

»Man sieht nicht, wie weit sich das Gebäude nach hinten erstreckt, wenn man von der anderen Seite kommt.« In der Kutsche wurde es unangenehm stickig, und ich schwitzte in meiner eng geschnittenen Uniform. Mein Magen fühlte sich hohl wie eine Trommel an, und das bisschen, was ich gegessen hatte, lag bleischwer unter meinem Brustbein.

»Wird dieses Gebäude auch für etwas Sinnvolles genutzt, außer Festvergnügungen für die reichen

Müßiggänger?« Avila fächelte sich mit einem dezenten Exemplar aus flauschigen blauen Federn Luft zu, das zum Sommerblau ihres Kleides passte. Die Muschelintarsien des Griffs spiegelten sich im Perlglanz ihres weißen Spitzenüberkleides wider.

Ich wandte mich ihr zu. »Der Kaiser ist das wichtigste Verbindungsglied zwischen dem Adel und dem Volk, Demoiselle. Er gibt hier Empfänge für die Kaufleute, trifft sich mit bedeutenden Handwerkern, mit den Schreinbruderschaften. Falls ein Herzog aus Lescar oder ein Ratsherr aus Relshaz die Stadt besucht, dann ist hier der Platz, wo sie wohnen und wo jeder, der mit ihnen Geschäfte macht, den Kaiser als unparteiischen Zeugen hat. Für uns am wichtigsten ist jedoch, dass dies der Ort ist, an dem der Kaiser die Sieurs der Häuser zusammenbringt, um über wichtige Dinge zu reden.«

Der Gedanke daran ließ mich aus dem Fenster Ausschau nach Wappen von Tor Bezaemar, Den Thasnet oder Den Muret auf den anderen Kutschentüren halten.

»Was glaubst du, warum D'Olbriot uns in verschiedenen Kutschen losgeschickt hat?« Temar fummelte wieder an seinem Kragen herum, dessen cremefarbene Spitze sich von dem dunklen Blau seines Rockes und seiner Hosen abhob.

»Um die Leute daran zu erinnern, dass du deinen eigenen Anspruch auf Rang hast?«, mutmaßte ich. Ich hatte nicht die geringste Ahnung, was der Sieur sich dachte. Er hatte die erstaunliche Nachricht, dass die Zauberer mit zum Ball kommen würden, ohne mit der Wimper zu zucken aufgenommen, und keinerlei Bemerkung über unsere unerwartete und unerlaubte Abwesenheit für den größten Teil des Vormittags gemacht.

»Glaubst du, billige Theatertricks würden jemanden überzeugen?« Avila schnaubte. »Wir tanzen schon während der ganzen Festtage nach D'Olbriots Pfeife, und alle wissen das.«

Die Kutsche ruckte, als das Tor sich für uns öffnete und die Pferde hindurchtrotteten. Als wir vor den flachen Stufen hielten, öffneten die Lakaien von Tor Tadriol bereits die weißen Doppeltüren. Ich sprang heraus, um Avila meinen Arm zu bieten.

Sie stieg langsam und würdevoll aus und blieb stehen, um ihre Röcke zu richten, während Temar das Angebot des Dieners, ihm zu helfen, ablehnte. »Wohin jetzt, Ryshad?«

»Vielleicht sollten wir einen Augenblick warten.« Ich deutete auf die Kutsche des Sieurs, die uns durch das Tor folgte. Als der Fahrer die Pferde zum Stehen brachte, war Messire der Erste, der ausstieg, eindrucksvoll in pfauengrünem Brokat, der im Sonnenschein glänzte.

Sein Bruder Leishal, sein Sohn Myred und sein Neffe Camarl trugen alle denselben Stoff, mit leichten Unterschieden im Schnitt, wie es ihrem Alter und ihrem Rang angemessen war, ein eindrucksvolles Bild vereinter Macht und Einflusses von D'Olbriot. Zusammen trugen sie ein Vermögen an Smaragden.

Hinter ihnen hielt die Kutsche von Lady Channis mit dem Abzeichen von Den Veneta, einem Bündel von Pfeilen, auf der Tür. Großartig in dunkelroter Seide mit blassrosa Spitze führte sie einen Strauß reizender Demoiselles vor, die dem Namen D'Olbriot Ehre machten und in allen Farben eines Blumengartens gekleidet waren. Jede, die die Rolle meiner Herrin im Haus anzuweifeln mochte, wurde hier eines Besseren belehrt. Ustian und Fresil folgten in einer offenen Kutsche und trugen ebenfalls den pfauengrünen Brokat.

Während die Kutschen langsam zum anderen Tor fuhren, wurde eine kleinere Kutsche ohne Wappen zwanglos hereingeführt. Casuel stieg aus und stolperte ungeschickt, als er auf den Saum seines goldbrokatenen Gewandes trat. Velindre folgte mit natürlicher Anmut, ihr glattes blondes Haar hob sich auffällig aus den komplizierten braunen und schwarzen Frisuren hervor. Ihr schmuckloses taubengraues Kleid schlug eine gedämpftere Note unter all den lauteren Farben ringsum an, aber Schnitt und Stoff waren makellos. Ich sah genauer hin.

»Wie ich sehe, hast du ein gutes Auge für Kleider, Ryshad«, bemerkte Avila. »Nur wenige Männer schauen auf etwas anderes als die Kosten der Schneiderin. Ja, es ist das, was ich bei Tor Kanselin trug. Falls Guliel schon sein Gold darauf verschwendet, mir für jeden Tag des Festes drei verschiedene Kleider zu kaufen, kann ebenso gut jemand anderes sie noch tragen.« Sie ärgerte sich offenbar über irgendetwas oder irgendjemanden, aber ich wusste nicht, über was oder wen.

Der Sieur begrüßte Lady Channis und umarmte sie mit einem liebevollen Kuss, der ihm beifällige Pfiffe von den Zuschauern eintrug. Als sie seinen Arm nahm, formierte sich der Rest der Familie geübt zu Paaren und folgte ihnen.

Er nickte Temar zu. »Seid Ihr und Demoiselle Avila bereit?«

Temar bot Avila seinen Arm mit altmodischer Förmlichkeit, und sie nahm ihn mit einem Funkeln in den Augen.

Als ich sah, dass Casuel sich nicht entscheiden konnte, ob er nun Velindre oder Allin führen sollte, verbeugte ich mich vor Temar und Messire und ging die Stufen hinunter.

»Verehrte Frau Magierin, würdet Ihr mir die Ehre geben, Euch zu begleiten?« Allin hielt sich so steif, dass ich mich fragte, ob sie überhaupt noch atmete. Ich zwinkerte ihr zu, und sie entspannte sich genug, um mir ein kleines Lächeln zu schenken. Ich war erleichtert, schließlich wollte ich ja nicht, dass sie an meinem Arm in Ohnmacht fiel.

»Komm schon, Cas.« Velindre nahm seinen Arm, und es war schwer zu sagen, wer wen die breite Treppe hinaufführte.

»Ein sehr elegantes Kleid«, sagte ich zu Allin, als wir vor der Tür warteten, dass der Majordomus jedes Paar einließ. Der blasslila Farbton schmeichelte ihrem Mausgrau, und mit etwas Glück würde es sich auch nicht allzu sehr mit ihrem häufigen Erröten beißen.

Unschuldige Freude verlieh ihrem unscheinbaren Gesicht unerwarteten Reiz. »Demoiselle Avila hat die Zofen jeden Schrank in der Residenz umdrehen lassen, bis sie etwas fanden, das mir passte.«

Ich betrachtete die versammelten Damen des Hauses. Das Kleid stammte wahrscheinlich aus den Schränken von Demoiselle Ticarie, wenn ich betrachtete, wie der geschickte Schnitt eine etwas kurz geratene Figur überspielte. Allin konnte froh sein, dass die D'Olbriot-Damen nicht so hochgewachsen waren die die Den Hefekens oder so gertenschlank wie die Tor Kanselins.

»Eure Karten, die Dame, der Herr.« Wir zeigten dem Majordomus die gefalteten Pappkärtchen, die wir um das Handgelenk trugen, und wurden in einen modischen Salon geführt.

»Das ist sehr eindrucksvoll«, sagte Allin matt.

»Es heißt, der Fußboden sei mit Holz aus jeder Ecke des Alten Reiches und des Archipels ausgelegt«, erklärte ich freundlich lächelnd.

Das Muster des Fußbodens aus Kreisen und Bögen traf ansprechend die Mitte zwischen rationaler Zurückhaltung und Überschwang. Nicht, dass wir viel davon zu sehen bekamen zwischen den Röcken und den weichen Tanzschuhen des versammelten Adels. Die Wände zeigten denselben Übergang von älterer Extravaganz und späterer Zurückhaltung, einzelne Farnwedel oder Blüten aus Stuck statt der komplizierten Girlanden und Ranken eines früheren Zeitalters, aber auch diese mit auf Hochglanz poliertem Blattgold versehen. Große Flügeltüren in der gegenüberliegenden Wand würden sich zum kaiserlichen Ballsaal öffnen, wenn Tadriol bereit war, seine Fürsten zu empfangen.

Temar war stehen geblieben, um die Decke zu bewundern, ohne Rücksicht auf die Nachfolgenden. Stuckpaneele hoch über unseren Köpfen waren mit den herrlichsten Interpretationen alter Legenden bemalt, die die damaligen Künstler dem ersten Tadriol hatten bieten können. In den Ecken goss Dastennin mit seiner Krone aus Seetang und Muscheln die Meere zwischen seinem Reich und der Anderwelt aus, während gegenüber Halcarion die Monde an den Himmel hängte, ehe sie sich ihr Sternendiadem aufs Haupt setzte, um die Dunkelheit zu erhellen. Die Tiere der Ebenen und des Waldes knieten vor der herbstlaubbekränzten Talagrin. Drianon, mit einer Garbe Weizen im Arm, brachte die Bäume mit einer Bewegung ihrer anderen Hand zum Blühen, während Blumen in ihren Fußspuren erblühten.

Zwischen diesen Szenen durchschritten andere

Götter die Zwillingsreiche der Existenz in detailgenau gemalten Ovalen. Arimelin spann die Träume, die von der Anderwelt in die hiesige reichten, Trimon hob seine Harfe mit ihrer Musik, die durch die Schatten und darüber hinaus hallt, während Larasion Wind und Wetter rief, die keine Grenzen kennen. Auf der einen Seite heilte Ostrin die Kranken, deren Zeit, dieses Reich zu verlassen, noch nicht gekommen war, und auf der anderen hieß er die willkommen, die neugeboren werden sollten, und reichte ihnen den Becher Wein, der jede Erinnerung an ihren Aufenthalt in der Anderwelt auslöschte.

»Eindrucksvoll, aber nicht besonders gut«, bemerkte Velindre, mit einem sardonischen Blick auf das mittlere Paneel, wo Saedrin mit seinen Schlüsseln, Raeponin mit seiner Waage und Poldrion mit seinem Fährstab in einem Kreis Gleichrangiger standen. Kleinere Figuren umringten die Götter und ahmten ihre Haltung und die altertümliche Kleidung nach.

»Sind das wirklich Porträts?« Avila musterte die Figuren.

»Der damaligen Sieurs«, bestätigte ich.

»Ob sie sich wohl noch daran erinnerten, dass Saedrins Gewährung ihres Ranges nicht nur Privilegien, sondern auch Pflichten bedeuten?«, überlegte Temar spitz.

»Sollen wir weitergehen?«, schlug ich vor. »Wir versperren die Tür.«

Der große Raum war überfüllt, Messire sorgte immer dafür, dass er die größte Anzahl von Menschen beeindrucken konnte und dabei gleichzeitig möglichst wenig Zeit mit müßigem Geplauder verbringen musste, bevor das eigentliche Fest begann.

»Bist du schon für Tänze verpflichtet?« Allin fingerte nervös an ihrer Einladung herum.

Ich schüttelte den Kopf. »Für Erwählte ist das eigentlich nicht üblich.« Aber ich war nicht der Einzige, der hier Livree trug. Hier und dort sah ich ein paar Bewiesene, die sich mit leichter Vertrautheit unter den Adligen bewegten, und gut gekleidete Ehefrauen am Arm hatten. Ich versuchte mir vorzustellen, wie Livak höfliche Konversation über den neuesten Klatsch in Tormalin führte, während ich auf Geheiß des Sieurs über eine Frage des Handels oder einen Streit diskutierte.

»Warum will der Kaiser uns hier haben?«, fragte sich Allin laut.

»Eine sehr gute Frage«, stimmte ich zu. Das hier war wirklich nicht meine Welt, oder? Ich hatte draußen vor den Türen Dienst getan, als Teil einer Dienstkohorte, als die Ehre und die Bürde, den Festfrieden zu sichern, D'Olbriot zufiel, aber ich hatte nie erwartet, einmal als Gast drinnen zu sein.

»Temar wird es nicht an Partnerinnen mangeln.« Allin klang enttäuscht. D'Alsennin stand mit Camarl an einem Nebentisch, auf dem Tinte und Federn bereitlagen. Mehrere D'Olbriot-Demoiselles schrieben ihre Initialen auf seine Karte und luden ihn ein, das Kompliment zurückzugeben. Ein Lakai stand mit besorgtem Blick in der Nähe.

Allin befingerte ihre Tanzkarte. Ich sah ein leichtes Bedauern auf ihrem runden Gesicht. »Tanzt du gerne?«

»Ja«, gestand sie, wobei sie ein wenig errötete. »Das heißt, ich tat es gern, zu Hause.«

»Tanzen denn die Zauberer in Hadrumal nicht?« Ich hatte noch nie darüber nachgedacht, wie sich Magier vergnügen mochten.

»Manchmal«, antwortete Allin. »Aber es gibt nur herzlich wenige Musiker, und die meisten Zauberer tanzen, als hätten sie ihre Stiefel verkehrt herum an.«

»Das ist einer der Gründe, die eine Armee aus Magiegeborenen unmöglich machen.« Velindre kam von der anderen Seite auf uns zu, ihre klare Stimme schnitt durch das wohlerzogene Gemurmel. »Neun von zehn Zauberern sind anscheinend unfähig, einen Takt zu halten, deswegen könnten sie nie im Gleichschritt marschieren.«

Ich lächelte über ihren spöttischen Ton, aber die zweifelnden Mienen ringsum legten nahe, dass nur wenige andere den Scherz zu würdigen wussten.

»Planir dagegen ist, wie du dir sicherlich denken kannst, bemerkenswert leichtfüßig und tanzt sehr gut«, fuhr Velindre fort, mit unverkennbarem Sarkasmus. »Aber schließlich ist er ja oft genug der Zauberer, der die Ausnahme von der Regel darstellt.«

»Denkst du, dass man sich an Regeln halten sollte?«, fragte ich sie. »Warst du nicht Otricks Schülerin? Er verbiegt die Regeln, bis sie splittern.«

Velindres Gesicht verhärtete sich zu unschönen Kanten. »Wenigstens galten diese Regeln für jedermann, es gab nicht einen Satz für Planir und seine Kumpane und einen anderen für den Rest von uns.«

»Gibt es Neues von Otrick?« Allin spähte mit weit aufgerissenen Augen um mich herum.

»Nein.« Ein flüchtiges Strahlen erschien und erlosch in Velindres haselnussbraunen Augen. »Und es ist an der Zeit, dass Planir sich der Wahrheit stellt. Er kann diese Kellarin-Geschichte nicht als Ausrede dafür benutzen, Hadrumals Sorgen völlig zu ignorieren.«

»Da ist ja Casuel.« Allin schien sich mehr um die aktuellen Angelegenheiten zu sorgen als um Streitereien im fernen Hadrumal.

Der Magier bahnte sich unter Entschuldigungen einen Weg durch die Menge und umklammerte seine Einladungskarte mit schweißnasser Hand. »Hat jemand eine von euch zum Tanz aufgefordert?«

»Wollt Ihr Euch anbieten?«, lächelte Velindre unschuldig.

Casuel zögerte genau einen Atemzug zu lang. »Selbstverständlich, wenn Ihr mir die Ehre geben wollt. Wer hat Euch sonst aufgefordert? Und von welchem Rang sind sie?«

Velindre zeigte ihm ihre leere Karte. »Ihr könnt den Tanz wählen, Cas.«

Er runzelte die Stirn. »Glaubt Ihr, Junker Camarl hätte etwas dagegen, wenn ich einige der Damen aus den kleineren Familien auffordere? Aus Nebenlinien?« Der Zauberer schaute sich um. »Wo ist er?«

Ich ließ meinen Blick über die Menge schweifen, konnte Junker Camarl aber nirgends entdecken. Was ich allerdings sah, waren unverkennbare Grüppchen von verbündeten Familien. Firon Den Thasnet stand mit zwei Den-Muret-Demoiselles zusammen, während seine Schwester am Arm des jüngsten Bruders des Den-Rannion-Sieurs hing. Ganz in der Nähe lächelte Sieur Tor Sylarre, während er sich mit einem älteren Junker Den Muret unterhielt. Trotz des zunehmenden Drucks der Menschen hielten sie deutlichen Abstand zwischen sich und Gelaia Den Murivance, die mit ihrem Bruder Maren und Jenty Tor Sauzet lachte. Nicht weit entfernt sprach Orilan Den Hefeken mit ihrem Verlobten, Junker Den Risiper, andere Junker beider Häuser verabredeten Tänze mit einer Gruppe kleinerer Den-Ferrand- und Den-Gennael-Mädchen. Hinter ihnen stand Sieur Tor Priminale steingesichtig mit seinen zahlreichen Vettern in einem unnahbaren Kreis.

Während ich mich noch umsah, kam ein Lakai in Palastfarben und flüsterte Sieur Tor Sylarre höflich etwas zu. Lebenslange Übung ließ den Sieur nicht das Gesicht verziehen, doch er verabschiedete sich unverzüglich von Den Muret und folgte dem Lakai durch eine versteckte Tür auf der anderen Seite des großen Salons.

Temar kam zu uns herüber und wedelte mit seiner Tanzkarte, um die Tinte zu trocknen. »Passt auf, dass ihr nicht gegen meine Beine stoßt, meine Damen«, sagte er munter. »So ein ungeschicktes Mädchen hat gerade Tinte über mich verschüttet. Ihrem Wappen nach war sie, glaube ich, eine Tor Priminale.« Ärger blitzte kurz hinter seinem lockeren Ton auf.

Ich warf einen Blick auf die kaum sichtbare Feuchtigkeit auf seinen dunkelblauen Hosen. »Was für ein Glück, dass der Sieur diese Farbe vorgeschlagen hat.«

»Allerdings«, stimmte Temar zu. »Leider haben die hübschen orangen Federn der Demoiselle nun einen unschönen Braunton. Was mag das bedeuten in diesem komplizierten Code, den die Mädchen ausgeheckt haben?«

Ich grinste ihn an. »Das will ich lieber nicht denken.«

»Wohin geht es dort?« Temar deutete mit dem Kinn auf die Tür, durch die Tor Sylarre verschwunden war.

»Von dort gelangt man in den Thronsaal«, erklärte ich.

»Junker Camarl und der Sieur wurden gerufen,

sobald sie ankamen.« Temar und ich wechselten einen fragenden Blick.

»Wann soll denn dieser Ball anfangen?«, wollte Casuel gereizt wissen. »Es ist unerträglich heiß.« Er fummelte an den Aufschlägen seines schweren Gewandes herum.

»Sei dankbar, dass es kein Abendball ist«, sagte ich. »Mit der zusätzlichen Hitze der Kerzen würden wir schneller schmelzen als Bienenwachs.«

Der Salon zog sich über die gesamte Breite des Palastes, aber trotz der offen stehenden oberen Fenster, durch die die Brise so hoch strich, dass sie die eleganten Frisuren der Damen nicht durcheinander brachte, stieg die Temperatur schnell an.

»Wir könnten ja ein bisschen zweckdienliche Magie machen, Cas«, schlug Velindre vor. »Ich kann ein bisschen Luft in Bewegung setzen und für Allins Feuer-Affinität wäre es eine gute Übung, die Hitze zu mildern.«

»Wir können hier doch keine Magie anwenden.« Casuel war entsetzt. »Nicht ohne die Erlaubnis des Kaisers.«

»Wir können ihn ja fragen. Wo ist er?« In diesem Augenblick schwangen die messingbeschlagenen Türen zum Ballsaal auf, und die Menschen strömten dankbar in den kühleren Saal. Velindre spähte in den Ballsaal als das Gedränge in dem Vorraum sich lichtete. »Sollte euer Kaiser nicht die Leute empfangen?«

»Man hat gerade nach Sieur Tor Arrial geschickt.« Temar schaute noch immer zu der einzelnen Tür, vor der jetzt ein Lakai unauffällig Wache stand.

Das ließ mich nach Avila suchen, und ich entdeckte sie bald bei der Mätresse Tor Arrial. Der Bruder der Mätresse, Junker Den Harkeil, schrieb mit einem eindeutig flirtenden Lächeln etwas auf Avilas Tanzkarte.

»Ich freue mich, dass wenigstens einer den Tag genießt«, bemerkte Temar leicht gepresst, als er meinem Blick folgte.

»Ich glaube nicht, dass Junker Camarl das tut.« Ich stieß Temar an, als Camarl aus der Seitentür trat. Er machte eine gleichgültige Miene, und eilte zu seinen Onkeln. Das freundliche Lächeln auf Ustians Gesicht schwand, und Leishal blickte entschieden finster. Fresil schnippte mit den Fingern, um Myred herbeizurufen, was ein aufgeregtes Gemurmel nicht nur unter den Tor-Kanselin-Damen hervorrief, die so abrupt stehen gelassen wurden.

Temar sah mich antwortheischend an, doch ich hatte keine. Dann ließ eine Bewegung im Ballsaal alle Köpfe herumfahren, doch es waren nur Diener mit Tabletts voller Gläser.

»Ich hoffe, unvorsichtiges Trinken löst nicht zu viele Hemmungen.« Temar winkte befehlend.

Ich nahm ein Glas tiefgoldenen Wein. »Ich habe noch nie gehört, dass ein solcher Ball zu einem allgemeinen Gerangel wird, aber es gibt ja wohl für alles ein erstes Mal.«

»Du glaubst doch nicht im Ernst, dass es zu Gewalttätigkeiten kommt?«, fragte Casuel nervös.

»Es war ein Scherz, Cas«, sagte Velindre spöttisch.

Wenn ich mich unter den Gästen umsah und die zunehmend hitzigen Unterströmungen berücksichtigte, war ich mir da nicht so sicher.

Eine Schar von Kutschen draußen verursachte die nächste Unruhe. Ich hieß sie willkommen, bis ich bemerkte, dass die Spätankömlinge eine solide Phalanx Tor Bezaemar waren. Der Sieur trat mit seiner Tante, der Witwe, am Arm ein, jeder Sohn und

Neffe hinter ihm gab pflichtbewusst einer Tochter des Hauses Geleit. Jede Seitenlinie war vertreten, und trug die Tor-Bezaemar-Schwalbe an Anhängern, Ringen und Broschen, zusammen mit dem Abzeichen jeder Linie, die im Laufe der Generationen in das Haus aufgenommen worden war. Nachdem sie auf der Schwelle innegehalten hatten, bis Dirindal mit der Wirkung ihres Auftritts zufrieden war, zerstreute sich die Familie wie eine Vogelschar und mischte sich in jede Gruppe und jedes Gespräch, was bei einigen Lächeln und Willkommen hervorrief, bei anderen weniger Begeisterung. Dirindal übergab ihren Neffen seiner Frau und nahm den Arm ihres Enkels Kreve, um langsam eine Runde durch den großen Saal zu schreiten. Ich sah, wie ein Lakai von Tor Tadriol unverzüglich zum Sieur eilte.

»Das könnte interessant werden.« Temars diskretes Nicken lenkte meinen Blick auf Dirindal, die jetzt neben Lady Channis stand. Messires Dame war tief in eine belustigte Unterhaltung mit der Mätresse Tor Kanselin vertieft, und beide holten kaum Luft, um der Witwe die kalte Schulter zu zeigen. Die beiden Damen sammelten ihre Schar Demoiselles um sich, die nervös herumflatterten und mit ihren Fächern wedelten, ohne auch nur Augenkontakt mit Dirindal aufzunehmen. Die Witwe wurde stehen gelassen und für einen Moment huschte unverkennbare Wut über ihre Züge, ehe sie ihren moosgrünen Fächer hob, um eine Miene verletzter Liebenswürdigkeit nur unvollkommen zu verbergen. Der Junker konnte nicht so gut schauspielern, er war offenkundig empört.

»Saedrin steh uns bei, Ryshad, du hast mich wirklich in eine faszinierende Gesellschaft gebracht.« Ich verschüttete um ein Haar meinen Wein, als ich plötzlich Charoleias Stimme neben mir hörte. »Guten Tag, Temar.«

»Lady Alaric.« Er verbeugte sich vor ihr mit funkelnden Augen und wurde mit einem spröden Halblächeln belohnt.

Ich hoffte, er würde sich nicht vor aller Augen zum Narren machen, aber das konnte wiederum auch den versammelten Adel ablenken. Alle Familien, die Blutsbande oder Loyalität an D'Olbriot banden, nahmen den Wink auf, Tor Bezaemar zu ignorieren, manche mit mehr Grazie als andere. Die Empörung unter Den Muret, Den Rannion, Tor Priminale schwoll an, und kleinere Häuser blieben ausgeschlossen, als sich der Saal in zwei feindliche Lager spaltete. Den Hefeken suchte bei Den Ferrand nach Unterstützung, während sich Den Gennael und Den Risiper mit Den Brennain zu einem abwehrenden Kreis zusammenschlossen.

»Wollt Ihr uns nicht vorstellen?« Casuels Stimme schwankte zwischen einem Tadel für Temar und Schmeichelei in Charoleias Richtung.

»Verzeihung. Darf ich bekannt machen: Lady Alaric von Thornlisse. Dies sind Casuel Devoir, Velindre Ychane und Allin Mere. Alles Magier aus Hadrumal.« Die Belustigung in Temars Worten ließ Casuel misstrauisch nach einer verborgenen Beleidigung suchen.

»Ihr kennt Ryshad?« Velindre musterte Charoleia mit unverhohlener Neugier.

Charoleia gab die aufrichtige Bewunderung zurück. »Wir haben gemeinsame Bekannte.« Sie legte genügend lescarischen Tonfall in ihre Worte, um ihr einen Hauch von fremdartigem Glanz zu verleihen, so wie ihr blasslila Kleid einen raffinierten Schnitt aus dem Norden aufwies. Die enzianblaue

Spitze über der Seide brachte die Farbe ihrer Augen zur Geltung und unterstrich gleichzeitig das Weiß ihrer Haut. Eine schmale Silberkette mit einem Anhänger aus Perlen und Amethysten schmückte ihren eleganten Hals und Perlen zierten auch einen silbernen Kamm, mit dem sie ihr Haar in unverkennbar lescarischem Stil hochgesteckt hatte.

Velindre wedelte mit dem Fächer, der an ihrer Taille hing. »Bestimmt würden Euch viele gern kennen lernen.« Sie klang belustigt.

»Dafür sind solche Gelegenheiten ja da«, antwortete Charoleia zuckersüß.

Wir zogen nicht unbeträchtliche Aufmerksamkeit auf uns. Eine unbekannte Schönheit, drei Zauberer und ein Erwählter, der lieber draußen bei den Pferden gewesen wäre, waren sicherlich ein willkommen neutrales Thema für Spekulationen in der angespannten Atmosphäre. Ich fragte mich, wie lange wir als Ablenkung dienen konnten, als ich sah, wie Firon Den Thasnet noch ein Glas Wein leerte, während sich auf seinen Wangenknochen zornige Röte ausbreitete.

»Offene Feindseligkeiten hier dienen niemandem«, sagte Charoleia leise. Sie sah zu zwei jungen Tor-Sylarre-Burschen hinüber, die aufreizend höhnische Blicke zu drei Den-Murivance-Junkern warfen, die mit steifem Hals das erste Mal bei einer so herausragenden Veranstaltung auftraten.

»Dieses ganze Gerede stochert diesen Unmut an«, sagte ich stirnrunzelnd. »Aber es ist das Privileg des Kaisers, den Ball zu eröffnen, doch ich kann ihn nirgendwo sehen.«

»Und ich bin so unwissend in diesen modernen Höflichkeiten«, sagte Temar lebhaft. »Meine Dame?« Er bot Charoleia seine Hand.

Sie schüttelte lächelnd den Kopf. »Ich möchte gern unauffällig bleiben, Temar.«

Er grinste, und ich erkannte, dass seine Gefühle weit von der heiklen Verehrung entfernt waren, die er für Guinalle gehegt hatte. Dieses Rätsel machte mich gerade so lange sprachlos, dass ich daran gehindert wurde, Temar zurückzurufen, der davonschlenderte und mit der Karte an seinem Handgelenk spielte.

Ich beobachtete mit einem Anflug von Nervosität, wie er Orilan Den Hefeken auf die Schulter tippte. Die Demoiselle grüßte ihn mit einem freundlichen Lächeln, das jedoch verblasste, als er sprach. Sie wandte sich an ihren Sieur. Camarl schlenderte hinüber, während Temar in einer beschwichtigenden Geste die Hände spreizte. Mehrere Leute gingen näher, und ein neues Gemurmel brach aus. Wir sahen zu, wie der Sieur Den Hefeken eilends einen Diener zum Majordomus schickte, dessen Gesicht seine beträchtliche Anspannung verriet. Meister Jainne stand neben einem Kreis von stillen Musikern am anderen Ende des Ballsaals, verschiedene Flöten und Blasinstrumente, die von Lauten und Bogenleiern unterstützt wurden.

»Oh, sieh mal, Cas«, sagte Velindre munter. »Dein Bruder leitet die Musik. Was für eine Ehre für deine Familie.«

Die erstickte Antwort des Magiers ging in einem lebhaften Akkord unter. Temar führte Orilan Den Hefeken auf die Mitte des Tanzbodens, und vier weitere Paare formierten sich rasch hinter ihnen. Ich hatte Messire noch nicht zurückkommen sehen, doch er erschien auf der anderen Seite, Lady Channis anmutig an seinem Arm. Verschiedene Sprösslinge von Den Murivance, Tor Kanselin und Den

Castevin folgten ihnen auf dem Fuße. Kreve Tor Bezaemar führte prompt eine von Tor Sylarres unzähligen Töchtern aufs Parkett, Firon Den Thasnet folgte mit einer anderen.

»Miteinander zu wetteifern, wer die saubersten Figuren tanzt, sollte eigentlich recht harmlos sein«, sagte Charoleia zufrieden. Sie nahm meine Hand und ging los, um sich der nächsten Figur anzuschließen. Sie knickste mit vollendeter Grazie, und ich verbeugte mich, wobei ich angespannt dem Takt der Musik lauschte und leise mitzählte, bis ich mit den anderen Männern auf eine Seite wechseln konnte. Charoleia schwebte mit einem sinnlichen Rascheln aus duftender Seide an mir vorüber, und wir beide drehten uns, legten die Hände aneinander und folgten der Figur in einer Reihe rascher Drehungen und Wendungen, ließen die Hände sinken oder berührten die des anderen. Ich hatte seit der Wintersonnwende nicht mehr getanzt, und das war eine Feier unter Dienstboten gewesen, wo Fehler eher Gelächter hervorriefen als die Verachtung, die ich mir hier ausmalte. Livak passte recht gut in die unteren Hallen, aber ich konnte sie mir beim besten Willen nicht vorstellen, wie sie auch nur mit einem Zehntel der Anmut Charoleias diese komplizierten Schrittfolgen tanzte.

Der Partnerwechsel gelang mir ohne Fehler, und als Charoleia wieder zu mir kam, konnte ich ein wenig leichter atmen.

»Du siehst sehr ernst aus«, stellte sie fest, als die Musik zu einem Partnertanz wechselte.

Ich nahm sie in die Arme. »Du und Temar, habt ihr ...« Die Worte waren heraus, ehe ich mir auf die Zunge beißen konnte.

Charoleia hob die zart geschwungenen Augenbrauen über den klaren Augen. »Geht dich das etwas an?«

Ich schämte mich. »Nein, eigentlich nicht, verzeih mir.«

Sie lachte. »Wenn du schon fragst, ja, haben wir. Aber was für diesen jungen Mann viel wichtiger war, wir haben uns bis tief in die Nacht unterhalten und in den frühen Morgenstunden wieder. Du wirst wohl feststellen, dass er klüger geworden ist, was den Unterschied zwischen Liebe und Lust angeht.«

Ich schaute hastig nach links und rechts, falls jemand uns belauschen sollte, aber wir waren sicher inmitten der sich drehenden Paare.

»Ich hatte vergessen, wie zärtlich ein Unschuldiger sein kann«, fuhr Charoleia belustigt fort. »Aber ich glaube, ich habe ihn überzeugt, dass Leidenschaft allein eine Liebe kaum über die erste Verzückung hinwegträgt, gleich wie heiß und stark diese Flamme brennt. Ich glaube, er wird schon lernen, dass es das beste ist, diese bezaubernde Begeisterung mit Freundschaft zu mäßigen.«

Charoleias nachsichtige Zufriedenheit empörte mich um Temars willen. Dann fragte ich mich, ob eine solche neu erworbene Weisheit dazu beitragen konnte, das Gewirr von Gefühlen zu lösen, die ihn an Guinalle banden. »Musstest du ihn in dein Bett nehmen, um ihm das zu sagen?«

»Und um ihm zu zeigen, dass man die Freuden des Fleisches auch um ihrer selbst willen genießen kann«, erwiderte sie leichthin. »Erzähl mir nicht, du hast so lange gelebt, ohne das herauszufinden? Ich glaube nicht, dass Livak dich sonst in ihr Bett genommen hätte.«

Ich nahm die Herausforderung in diesen koboldgrünen Augen an. »Was hättest du getan, wenn ich dein Angebot dieser Freuden neulich morgens angenommen hätte?«

»Meine Notizen mit denen von Livak verglichen.« Charoleia lächelte erbarmungslos. »Um sie wissen zu lassen, was für ein Mann du bist, falls sie etwas anderes gedacht haben sollte.«

Ich holte langsam Luft. »Und Halice hat mir versprochen, mich bewusstlos zu schlagen, falls ich nicht recht an ihr handle.«

»Das klingt ganz nach Halice«, gab Charoleia zu. »Wir beide passen eben auf unsere Art auf unsere Freunde auf. Warte, bis du Sorgrad und 'Gren kennen lernst.«

»Darauf freue ich mich schon«, antwortete ich ebenso leichtfertig. »Falls wir das Ende des Festes unbeschadet erleben.«

Wir beendeten den Tanz schweigend und trennten uns in schweigender Übereinstimmung. Ich sah, wie Charoleia sich in eine lachende Gruppe von Den-Breval-Damen einschmeichelte, die von mehreren Männern einer Nebenlinie von Den Haurient begleitet wurden. Dann ging ich, um Allin auf den Tanzboden zu führen.

Der kaiserliche Palast von Tadriol dem Vorsorglichen, Sommersonnwendfest, fünfter Tag, Nachmittag

»Hattet Ihr schöne Festtage?« Temar konnte einem Gespräch mit Gelaia Den Murivance genügend Aufmerksamkeit schenken, da der Tanz jetzt nur noch von ihnen verlangte, Hand in Hand voranzuschreiten. Seine ersten Fehltritte hatte er wenigstens mit der liebenswerten Orilan und verschiedenen D'Olbriot-Demoiselles begangen.

»Es ist sicherlich das bemerkenswerteste Fest der letzten Jahre.«

Temar dachte, Gelaia wollte noch etwas hinzufügen, doch sie erreichten das Ende der Tanzfigur und mussten sich voneinander abwenden. Er lächelte höflich, während er eine unbekannte Demoiselle herumwirbelte, dass ihre Röcke flogen, wobei er vorsichtig die Hände um ihre schmale Taille legte. Gelaia hob ihren Fächer, als sie darauf warteten, durch die Mittelreihe der Figur zu tanzen. »Habt Ihr Fortschritte in der Sprache der Federn gemacht?«, fragte sie kokett.

Temar schüttelte den Kopf. »Das waren fünf sehr beschäftigte Tage.«

Gelaias Augen wanderten immer wieder von Temars Blick weg. »Hier interessieren sich viele Leute dafür, welche Farben ich trage. Aber niemand kann ja wissen, wie die D'Alsennin-Farben aussehen werden, oder?«

Temar musterte ihren Fächer, glänzend rote Federn über dunklem Braun, zusammengefasst in einem mit Rubinen besetzten goldenen Griff mit einem Tuff Daunenfedern. Lebhaft scharlachrote

Federn mit flaumigen Enden zitterten zu beiden Seiten, und Temar fragte sich, von welchem Vogel sie wohl stammten. Er merkte, dass Gelaia ihm erwartungsvolle Blicke zuwarf. »Ihr tragt Den-Murivance-Farben, nicht wahr? Statt der weißen Federn, die Ihr vorher hattet?«

Gelaia reckte trotzig das Kinn. »Was bedeutet, dass ich zurzeit kein Interesse an einem anderen Haus habe – und keins hat ein Interesse an mir.«

Temar brauchte einen Augenblick, um zu verstehen. »Messire D'Olbriot wird enttäuscht sein.«

»Ist er denn der Einzige?«, fragte Gelaia entrüstet.

Temar nahm ihre Hand und führte sie durch die Reihe der anderen Paare. »Mir war gar nicht richtig klar, dass ich als passender Kandidat für Eure Hand angesehen werde. Warum werde ich jetzt so schnell zurückgewiesen?« Nachdem sie die letzten Schritte des Tanzes absolviert hatten, verbeugten sich Temar und Gelaia vor ihren Mittänzern.

Gelaia fächelte sich Luft zu, unter ihrer Schminke stieg ihr leichte Röte ins Gesicht. »Es gab zu viele Komplikationen.«

Temar sah sie auffordernd an.

»Ich kenne Toremal, ich weiß, welchen Takt ich einhalten muss, wie ich die Spiele zu spielen habe«, sagte sie mit plötzlicher Aufrichtigkeit und entzog ihm ihre Hand. »Ihr wisst es nicht, aber Ihr habt Euch bereits gefährliche Feinde gemacht. Ich werde heiraten, wie es meinem Sieur gefällt, und ich werde alle Angelegenheiten regeln, die mein neues Haus von mir verlangt, aber ich bin nicht bereit, ein so hohes Risiko einzugehen wie gegen Tor Bezaemar zu spielen. Ich weiß nicht, in was Ihr sonst noch verwickelt seid, und das macht mir Sorgen. Ihr werdet mit einem Messerstich niedergestreckt, und am nächsten Tag seid Ihr durch Zauberei geheilt. Ihr steht in Verbindung mit Zauberern, die einen stürzenden Mann aus der Luft pflücken.«

»Bei all dem hatte ich kaum eine Wahl«, sagte Temar gekränkt.

Gelaia lächelte gezwungen. »Aber ich habe die Wahl, Junker. Ich wähle, nicht darin verwickelt zu werden. Es tut mir Leid.«

Temar verbeugte sich tief und sah Gelaia nach, die in den Schoß ihrer Familie davoneilte. Er blickte sich um und lächelte milde einigen diskret neugierigen Gesichtern zu, ehe er zu Allin hinüberschlenderte, die mit freudig gerötetem Gesicht an einem Glas Wein nippte. »Darf ich um die Ehre des nächsten Tanzes bitten?«

»Lass mich erst einmal zu Atem kommen.« Allin blies ohne Eleganz die Luft durch die Wangen.

»Hast du Spaß?«, fragte Temar neugierig.

»Oh, ja, ich bin fest dazu entschlossen«, sagte Allin mit funkelnden Augen. »Poldrion kann seine Dämonen auf diese herablassenden Frauen loslassen, wenn ich es nicht tue, vor allem auf die bezaubernde Den-Rannion-Demoiselle da drüben. Sie hat mir zu verstehen gegeben, wie außerordentlich altmodisch mein Tanzstil ist.«

»Deine Schritte können kaum unmoderner sein als meine.« Temar wollte gerade weitersprechen, als eifrige Geschäftigkeit alle zur Tür des Thronsaals schauen ließ, und der gesamte riesige Raum auf einmal still war wie ein leerer Schrein.

Die Stimme des Majordomus Jainne krächzte leicht, als er in die erwartungsvolle Stille sprach. »Tadriol, genannt der Vorsorgliche durch seine Fürsten, und Kaiser nach dem Willen des Fürstenrates.«

Temar stellte fest, dass er einen ausgesprochen ungünstigen Standort hatte, um zu sehen, was vor sich ging, aber er wollte auch nicht die Aufmerksamkeit auf sich lenken, indem er den Platz wechselte. Eine Bewegung breitete sich in langsamen Wellen von der anderen Seite des Raumes aus, die Adligen machten Platz, sodass sie aufgereiht entlang der Wände standen. Kaiser Tadriol schritt in die Mitte des großen Saales. Er trug schlichte Hosen unter einem bodenlangen Rock aus derselben bronzefarbenen, schwarz durchwirkten Seide. An einem Kragen aus geknoteten Goldgliedern um seine Schultern hing als Anhänger ein mächtiger goldener Bulle, der den Kopf gesenkt hatte und angriffslustig die Hörner zeigte. Ein schmales Band aus goldgefassten, viereckig geschliffenen Rubinen hielt die Spitze seines Hemdkragens zusammen. Passende Steine funkelten an den Broschen, die die Ärmelaufschläge seines Rockes zurückhielten und schwere goldene Armbänder sehen ließen, die seine Gelenke statt Spitze schmückten. An jedem seiner Finger steckte ein anderer Ring in einer Vielzahl von Stilen und Juwelen, die nur aus einer großen Sammlung von Erbstücken stammen konnten. Der Kaiser drehte langsam eine Runde, gemessenen Schrittes, sein knappes Lächeln wurde um eine Spur breiter, als er sich vor jedem Sieur halb verbeugte.

»Ich bitte um Verzeihung für meine Verspätung und hoffe, Ihr habt derweilen Musik und Wein genossen.« Tadriol sprach mit beherrschtem Ernst, als er wieder in die Mitte des Saales zurückkehrte. »Ich will Eure Intelligenz nicht dadurch beleidigen zu glauben, dass dies im vorherrschenden Klima leicht war − und ich spreche nicht vom Wetter.« Sein

Ton wurde förmlicher. »Wir alle sind uns der ungewöhnlichen Ereignisse des vergangenen Jahres bewusst, und die Dinge haben einen kritischen Punkt erreicht. Es ist meine Pflicht, das Reich zum Wohlergehen aller zu führen, und so liegt eine schwere Verantwortung auf meinen Schultern. Deshalb habe ich die Gelegenheit wahrgenommen, mich mit den Sieurs jener betroffenen Häuser direkt zu beraten, ebenso wie mit denen, die sich da herausgehalten haben. Ich danke Euch für Eure Geduld, während ich mir einen besseren Überblick verschaffen konnte.«

Tadriol hielt inne, bis das Wispern bei der Erwähnung Kellarins durch die versammelten Adligen gelaufen war.

»Kaiserliche Urteilssprüche werden normalerweise vor dem kaiserlichen Gericht gefällt, selbstverständlich, aber aufgrund der erheblichen Missstimmung, die die Urteilskraft der einflussreichsten Fürsten trübt, wie ich sehen muss, halte ich es für das Beste, die Dinge so schnell wie möglich zu regeln.« Tadriols Worte waren schneidend, auch wenn sie gelassen gesprochen wurden. »Ich habe mir vor Gericht und privat die Argumente der betroffenen Häuser angehört und musste feststellen, dass die ganze Sache durch willentliche wie unabsichtliche Gehässigkeit, Neid und Missverständnisse verworren ist. Einmischung von außen hat eine schon schwierige Situation noch verschlimmert. Dementsprechend habe ich beschlossen, eine Reihe kaiserlicher Erlasse zu verkünden.«

Daraus, dass alle Versammelten gleichzeitig nach Luft schnappten, schloss Temar, dass dies eine beträchtliche Abweichung von der üblichen Vorgehensweise darstellte. Allin drückte aufmunternd seine Hand. Temar erwiderte den Druck geistesabwesend, während er sich nach Ryshad umsah. Der Erwählte stand ein Stück entfernt, flankiert von Velindre und Casuel.

Der Kaiser hob die Hand, um eine vorwitzige Haarsträhne zurückzuschieben. Die Ketten an seinem Handgelenk klirrten, das leise Geräusch war noch in der entferntesten Ecke des Saales zu hören.

»Der kaiserliche Erlass ist kein Machtinstrument, das ich leichtfertig benutze«, fuhr Tadriol ernsthaft fort. »Ich tue das, um zu verhindern, dass die Uneinigkeiten noch weiter außer Kontrolle geraten bis zum möglichen Ruin des Reiches. Diese unschickliche Streiterei hat unseren Namen beim Volk bereits sehr geschadet. Ich ordne hiermit an, dass jedes Haus diese kleinlichen Streitigkeiten beilegt, wenn es sich nicht mein äußerstes Missfallen zuziehen will.«

Plötzlich lächelte der Kaiser und schlug einen versöhnlicheren Ton an.

»Blickt in die Zukunft statt auf vergangene Ärgernisse. Aber nun zu den Formalitäten. Erstens erkläre ich hiermit, dass das Haus D'Olbriot kein Exklusivrecht besitzt, mit Kellarin oder dort lebenden Personen zu verhandeln. Jedem anderen Namen oder einer Handelsgesellschaft steht es völlig frei, ihnen zusagende Vereinbarungen zu treffen, ohne Beschränkung durch D'Olbriot.«

Temar warf einen Blick auf Messire D'Olbriot, doch die Miene des Sieurs war undeutbar.

»Zweitens erkläre ich hiermit, dass das Haus D'Alsennin keinerlei Ansprüche auf Besitztümer hat, die gegenwärtig von Tor Alder oder einem anderen Namen gehalten werden. Geschenke und Erbschaften, die vor unzähligen Jahreszeiten gewährt wurden, können nicht generationenlange Fürsorge aufwiegen. Ich werde nicht zulassen, dass alte Rechtsverbindlichkeiten genutzt werden, um die Geschäfte, Haushalte und den Lebensunterhalt so vieler unschuldiger Lehnsleute durcheinander zu bringen. Dieser Erlass gilt auch für Ansprüche von Nachkommen von Tor Arrial, Den Domesin und jedem anderen Adelshaus, das in vergangenen Zeiten über das Meer gereist ist.«

Der Tonfall des Kaisers drückte mildes Bedauern aus, was Temar jedoch nicht tröstete, dem böse Vorahnungen auf den Magen drückten. Wurde er zurück nach Kel Ar'Ayen geschickt, sowohl der Hilfe D'Olbriots beraubt als auch jeden Besitzes, der Geld hätte einbringen können, um die Söldner zu entlohnen, die er sicher brauchte, um seine unglückliche Kolonie jetzt zu verteidigen?

»Doch Raeponins Waage muss ausgeglichen sein, wenn es Gerechtigkeit geben soll.« Die strengen Worte des Kaisers unterbrachen Tor Bezaemar und Den Thasnet dabei, sich mit Blicken zu beglückwünschen. »So wie D'Alsennin keine Ansprüche auf dieser Seite des Ozeans hat, darf kein hiesiger Name Rechte an oder Pflichten vom Volke Kellarins verlangen. Haffrein Den Fellaemion war entschlossen, dass seine neue Siedlung Freiheit von den Fesseln des gierigen Adels bieten sollte ...« Tadriol machte gerade lange genug Pause, damit sich Empörung auf einigen Gesichtern breit machen konnte. »Das kann kaum überraschen, wenn man bedenkt, dass sie vor den Ausschweifungen von Nemith dem Letzten flüchteten. Ich möchte diesen großen Seefahrer ehren, indem ich seine Wünsche respektiere, also wiederhole ich: Kein hiesiger Name hat irgendwelche Rechte an Kellarin.«

Der Kaiser nahm langsam einen Schluck Wasser.

»Aber das Ansehen unserer aller Namen beruht auf der Sorge, die wir unseren Lehnsleuten angedeihen lassen. Ihr habt dem Hause Tadriol zusätzlich die Verantwortung für die Sorge um das ganze Reich übertragen und alle seine Völker, wo sie sich auch befinden mögen. Ich kann diese Kolonisten nicht einfach aufgeben. Jeder Fürst des Rates würde mich zu Recht verurteilen, wenn diese schuldlosen Leute ohne Verteidigung blieben, ihr Reichtum geplündert und ihre Freiheit von unerwünschten Siedlern beschnitten würden, die rücksichtslos über das Meer reisen.

Glücklicherweise haben wir eine Lösung zur Hand. Wenn das Haus D'Alsennin auf dieser Seite des Ozeans auch ein toter Baum sein mag, so hat er doch einen blühenden Spross in dem gegenwärtigen Träger dieses Namens. Ich erkläre also, dass Temar D'Alsennin zur Würde eines Sieurs dieses Hauses erhoben wird, mit all den Verpflichtungen und Ansprüchen, die dieser Rang mit sich bringt. Er wird als Gleicher unter Gleichen mit den Sieurs im Fürstenrat sitzen, wo er jedes Haus, das seine Lehnsleute missbraucht, vor das Urteil von Kaiser und Fürsten rufen kann. Alle Kolonisten Kellarins werden hiermit zu Lehnsleuten des Hauses D'Alsennin erklärt und unterstehen als solche seinem Schutz. Jeder, der Handel über das Meer treiben will, muss seine Vorschläge dem Sieur unterbreiten, der sie seiner Prüfung unterziehen wird. Ich werde Kellarin nicht als Monopol D'Olbriot überlassen, aber ich werde auch kein Gerangel zulassen, in dem diese Menschen von jedem Glücksritter, der ein Schiff mieten kann, beschwindelt werden!«

Dass der Kaiser plötzlich in forsche Zwanglosigkeit verfiel, trug ihm ein Lächeln von verschiedenen Häusern ein, teils erleichtert, teils zögernd. Tadriol hob die Hand, als das gedämpfte Gemurmel drohte zu offener Diskussion zu werden.

»Aber ein Mann kann ein Haus nicht ganz allein aufbauen. Da es noch andere Sprösslinge des Adels gibt, die in die ferne Erde von Kellarin gepflanzt wurden, erkläre ich hiermit, dass diese und ihre Nachkommen als Nebenlinien des Hauses D'Alsennin gelten, und ich bitte den Sieur sicherzustellen, dass sie sich dementsprechend verhalten.«

Der Kaiser griff in eine Tasche, und der ganze Saal schwieg atemlos, als er zu Temar hinüberging. Temar schluckte. Das Gefühl im Magen, das er gehabt hatte, als er glaubte, dass Kel Ar'Ayen aufgegeben würde, war nichts verglichen mit dem niederdrückenden Gewicht, das er jetzt auf seinen Schultern lasten fühlte.

Der Kaiser blieb vor Temar stehen und streckte ihm die offene Hand entgegen. Darin lag ein silbernes Abzeichen, drei Steineichenblätter, nebeneinander und sich überlappend. »Euer Abzeichen ist gewährt, Messire.«

Temar musterte die Anstecknadel einen Augenblick, bis er sicher war, dass seine Hände nicht zittern würde, wenn er sie sich an die Brust heftete. Die Blätter schimmerten hell und glänzend auf der dunkelblauen Seide seines Rockes, in dem sich die Farbe des großen Saphirs im Ring seines Vaters wiederholte.

»Meinen ewigen Dank, mein Kaiser«, sagte Temar mit archaischer Förmlichkeit.

»Von Euch ist das eine fragwürdige Aussicht«, murmelte der Kaiser gedämpft.

Ein Einzelner begann irgendwo im Saal in die

Hände zu klatschen, dem sich bald andere anschlossen. Der Kaiser drehte sich um, um den Beifall und die erwartungsvollen Gesichter anzuerkennen.

»Es gibt noch ein paar Kleinigkeiten, die wir regeln müssen, ehe wir uns für den Rest des Nachmittags vergnügen können. Einer der beachtenswertesten Aspekte der Geschichte von Kellarin ist das plötzliche Wiederauftauchen von Magie in unserer Mitte. Ich gestehe, mir ist immer noch vieles unklar, was vor sich geht, aber einiger Dinge bin ich mir ganz sicher. Erstens, auch wenn die Kolonisten tief in der Schuld der Zauberer von Hadrumal stehen, ändert das auf dieser Seite des Ozeans nichts. Alle Häuser können Magie nutzen, wie sie es für richtig halten, so wie sie es immer taten, und ich werde mir auch weiter den Rat des Erzmagiers Planir und jedes anderen Magiers anhören, der mir helfen will. Aber ich werde ihren Worten kein unangemessenes Gewicht verleihen oder einem Zauberer unangemessenen Einfluss in Tormalin gestatten.«

Temar konnte sehen, wie mehrere Leute selbstgefällig den Sieur und seine Brüder angrinsten und sehen wollten, wie sie diesen scheinbaren Tadel aufnahmen.

»Jedoch, welchen Bedarf haben wir an Hadrumals Magie?«, fragte der Kaiser abrupt. »Es war die Zauberkunst Tormalins, die die Menschen von Kellarin in jenen längst vergangenen Tagen rettete, dieselben alten Künste, die Correl dem Standhaften halfen, Tormalins Herrschaft bis an den Rand des Großen Waldes auszudehnen. Ich gestehe, dass ich neugierig darauf bin, welche Vorteile Zauberkunst für Kellarin bietet, und wer weiß, vielleicht werden wir in Zukunft alle vom rechtschaffenen Gebrauch ihrer Möglichkeiten profitieren.« Tadriol machte eine Pause und zog einen schweren Silberring vom Finger.

»Aber wir können nicht erwarten, dass das Volk von Kellarin seine Zauberkunst mit uns teilt, wenn wir ihm jene Menschen verwehren, die noch immer in dem Zauberschlaf liegen, der sie über viele Generationen hinweg schützte. Wie viele von Euch bereits wissen, kam Messire D'Alsennin her, um Eure Hilfe zu erbitten. Er muss all jene Juwelen und Gegenstände finden, die Schwerter und Bündniszeichen, die den Geist seiner Leute hüteten, während sie schliefen.« Tadriol zuckte die Achseln. »Ich will gar nicht vorgeben zu verstehen, wie das bewerkstelligt wurde, aber es hat mich schockiert zu erfahren, dass es Leute gibt, die versuchten, Geld oder Vorteile im Austausch gegen diese Gegenstände zu verlangen, praktisch Lösegeld für das Leben hilfloser Personen. Dies ist mein letzter Erlass, und ich werde die Kohorten rufen, um ihn durchzusetzen, wenn es sein muss. Jeder Gegenstand, von dem Messire D'Alsennin auch nur vermutet, dass er notwendig ist, um sein Volk wieder zu erwecken, ist abzuliefern, ohne Frage, Einwand oder Entschädigung.« Der Zorn des Kaisers verwandelte sich in Spott. »Wir alle können ein paar Verluste ertragen, selbst an Erbstücken, und wir haben schließlich aufgehört, in Tormalin einen Preis auf ein Leben zu setzen, als Inshol der Barsche die Sklavenmärkte schloss.«

Tadriol reichte Temar den Ring. Der facettierte Reif war oben zu einem Sechseck abgeflacht, das eine Inschrift trug, die vor Alter unleserlich war. Temars erster Gedanke war, dass er niemals die Konzentration aufbringen würde, um ein Bild aus dem Ring hervorzurufen, sein nächster, dass das auf jeden Fall eine schlechte Idee wäre. Er wühlte in seiner Erinnerung, doch bevor er den Ring mit einem der Schläfer in Verbindung bringen konnte, war der Kaiser davongegangen und baute sich vor dem Sieur D'Olbriot auf.

»Messire, als Adjuror der Fürsten, wollt Ihr den Fürstenrat einberufen, um diese Erlasse zu bestätigen?«

D'Olbriot lächelte ruhig. »Da wir uns heute ohnehin althergebrachten Formen zuwenden, sollten wir uns vielleicht mit einem einfachen Handzeichen begnügen? Verzeiht mir«, bemerkte er trocken. »Ich wusste nicht, dass ich den Amtsstab brauchen würde.« Er borgte sich Leishals Stock und stieß ihn dreimal auf den Boden. »Steht auf, Sieurs, um die Würde Eures Namens hochzuhalten!«

Die Menge schob sich auseinander, um die versammelten Köpfe der Häuser vorzulassen.

»Verpflichtet Ihr Euch und alle, die den Schutz Eures Hauses in Anspruch nehmen, diese Erlasse zu befolgen? Ich ermahne Euch bei dem Schwur, den Ihr den Namen geleistet habt, die Euch gewählt haben und dem Fürstenrat, der Euch angenommen hat. Euer Eid verlangt weiterhin, dass Ihr Tormalin vor Feinden von außen und Tyrannei von innen beschützt, mit Waffen, mit Rat und durch die Einhaltung der kaiserlichen Gesetze.«

Temar sah, dass die Sieurs kleinerer Häuser sofort die Hand hoben, einige zögernd, andere eifrig. Den Muret weigerte sich hartnäckig, Den Thasnet anzusehen, doch Tor Priminale sah Tor Bezaemar mit beißender Verachtung an, ehe er langsam die Hand hob. Den Murivance und Tor Kanselin sahen beide recht zufrieden aus, als sie ihre Zustimmung zeigten, was Den Hefeken, Den Brennain und einige andere rasch folgen ließ.

»Temar«, zischte Allin. »Heb die Hand!«

Ihm stieg die Hitze ins Gesicht, als er es tat. Er war dankbar zu sehen, dass dies eine weitere Welle der Zustimmung auslöste.

Messire D'Olbriot sah Temar ungerührt an, ehe er sich an Camarl wandte, der versuchte, seinen Ärger zu verbergen. »Als Adjuror muss ich natürlich meinen designierten Nachfolger aufrufen, abzustimmen«, bemerkte er nebenbei zu Tadriol, dass es der ganze Saal hören konnte. »Junker Camarl? Steht D'Olbriot zum Kaiser?«

Camarl räusperte sich. »Selbstverständlich, Messire.« Er streckte mit Nachdruck die Hand in die Luft.

Jetzt waren aller Augen auf den Sieur Tor Bezaemar gerichtet. Er hob eine schlaffe Hand mit einem kränklichen Lächeln, das in starkem Kontrast zum wutbleichen Gesicht seiner Tante stand.

»Dann sind wir uns ja alle einig«, sagte der Kaiser fröhlich. »Ich danke Euch allen für Eure Geduld. Und jetzt wollen wir uns amüsieren.«

Die Musiker, die die ganze Zeit auf ihre Füße gestarrt hatten, begannen mit einer fröhlichen Melodie, aber niemand schien tanzen zu wollen. Die Menge schob sich hierhin und dorthin, überall fanden sich Gruppen zu Gesprächen zusammen.

»Was willst du zu Messire D'Olbriot sagen?«, hauchte Allin Temar zu.

»Ich weiß es wirklich nicht«, antwortete er. Er betrachtete noch immer den Ring des Kaisers.

»Er kommt herüber«, sagte Allin nervös. »Soll ich bleiben?«

Temar sah, dass sie aschgrau vor Angst war. »Geh

und sieh, was Velindre aus alldem macht«, schlug er vor.

Trotzdem fühlte er sich unangenehm verlassen, als er Allin an Messire vorbeihuschen sah, während der Sieur und seine Brüder im Gleichschritt auf ihn zumarschierten.

»Messire.« Der Sieur D'Olbriot verbeugte sich höflich, und Temar erwiderte die Geste.

»Eine unerwartete Wendung der Ereignisse«, war das Beste, was ihm einfiel.

»Allerdings«, erwiderte der Sieur. »Ganz unvorhergesehen.«

»Könnt Ihr alle Angelegenheiten Kellarins selbst regeln?«, fragte Junker Camarl, dessen Stimme zwischen Sorge und Streitlust schwankte.

»Nicht ohne Eure Hilfe«, antwortete Temar rundheraus. »Ich habe nichts gehört, was mir verbieten würde, jemanden um Rat zu bitten.«

»Die Häuser werden Schlange stehen, um dir ihren Rat anzubieten«, sagte Camarl verdrießlich.

»Dann werde ich ihn testen um zu sehen, ob er so durchdacht ist wie die Führung, die Ihr mir habt angedeihen lassen.«

Temar hoffte, dass Camarl nicht allzu lange schmollen würde.

Der Sieur lächelte. »Wir können über diese Dinge in Ruhe sprechen. Ich kam nur, um Euch Glück zu wünschen, Temar. Ihr werdet es gewiss brauchen.«

Seine Brüder murmelten etwas Zustimmendes, aber Ustian überraschte Temar mit einem freundlichen Zwinkern. »Sieh mich nicht so an, Fresil«, tadelte er seinen Bruder. »Überdenke es und dann streite, wenn du musst. Aber in der Zwischenzeit möchte ich etwas trinken.« Die Junker und der Sieur verbeugten sich und gingen davon.

»Über diesen Ball wird man noch in Jahren sprechen.«

»Ryshad!« Temar drehte sich dankbar zu dem Erwählten um. »Wo hast du gesteckt?«

»Bei Casuel.« Ryshad nickte. »Er erstickt fast daran, dass aus seinem Plan, kaiserlicher Hofzauberer zu werden, nichts wird, und Velindre überlegt, wie sie Planir die Quittung dafür geben kann, wenn ich das richtig sehe.« Er brach ab. »Sieht aus, als ob der Sieur Den Ilmiral mit dir sprechen möchte.«

Temar seufzte. »Ich würde lieber warten, bis ich eine Ahnung habe, was ich sagen soll. Könnten wir verschwinden, ohne Anstoß zu erregen?«

»Wohl kaum.« Ryshad runzelte die Stirn. »Aber du könntest sagen, dass du am letzten Tag des Festes nicht über Geschäfte sprechen möchtest. Das war immer schon Brauch, und wenn jemandem das nicht passt, ist das sein Problem und nicht deins.«

»Ich glaube kaum, dass das höflich wäre, angesichts des Beispiels, das der Kaiser gerade gegeben hat«, brummte Temar dumpf. »Wie lange dauert diese Veranstaltung noch?«

»Nicht mehr lange, und ich schütze deinen Rücken.« Ryshad brachte ein halbes Lächeln zu Stande. »Zur achten Stunde wird das Almosen des Kaisers an das Volk verteilt. Dann werden die meisten Adligen aufbrechen.«

»Wenn die Bevölkerung herkommt, um Brot und Fleisch zu verlangen, können wir dann riskieren, nach Hause zu gehen, ohne über Bauernlümmel und Straßenräuber zu stolpern?«, fragte Temar sarkastisch.

»Heutzutage verteilt der Kaiser Geld, Temar.« Ryshad trat beiseite, um eine pflichtbewusste

Haltung anzunehmen. »Lächle einfach nur höflich und lass dich auf nichts ein.«

Temar holte tief Luft, als der eifrige Sieur Den Ilmiral herbeieilte.

Der kaiserliche Palast Tadriols des Vorsorglichen, Sommersonnwendfest, fünfter Tag, früher Abend

»Ihr müsst mit uns essen, ehe Ihr Euch wieder nach Übersee begebt.«

»Sobald ich genauere Pläne habe, schicke ich eine Nachricht an Euren Haushofmeister.«

»Dein Haushofmeister wird sich mit seinem in Verbindung setzen.« Als der ältere Junker Den Haurient davonging, beugte ich mich vor und murmelte Temar leise etwas ins Ohr. Der Junge hielt sich gut mit höflichen Plattheiten, aber es gab noch immer Dinge, die er lernen musste.

Wir umkreisten langsam das Vorzimmer, während ein paar unermüdliche Tänzer den Musikern noch ein paar letzte Melodien abschwatzten. Temar blieb stehen, um ein paar Bemerkungen mit der Mätresse D'Istrac auszutauschen, ehe er eine Augenbraue hochzog.

»Welcher Haushofmeister?«

»Du wirst einen brauchen, jetzt, wo du ein Sieur bist«, sagte ich grinsend. »Und Eingeschworene und eine Residenz, ein Archiv, einen Nachfolger, eine Mätresse, wenn ich es mir recht überlege.«

»Ich glaube kaum, dass das alles in Kel Ar'Ayen notwendig ist«, begann er hitzig. Er brach ab und funkelte mich an. »Du machst nur Spaß?«

»Allerdings«, gab ich zu. »Aber so etwas wie einen Haushofmeister brauchst du wirklich.«

Temar sah nachdenklich drein, doch ehe er noch etwas sagen konnte, öffnete sich die Tür zum äußeren Hof, und Tor Tadriols Lakaien begannen diskret die verschiedenen Adligen darauf hinzuweisen, dass ihre Kutschen eintrafen. »Können wir jetzt gehen?«, fragte er stattdessen.

»So bald wie möglich. Wir wollen nicht in die Menschenströme geraten, die sich die milden Gaben des Kaisers holen wollen.« Ich sah mich nach dem Sieur um, der gerade mit Junker Camarl auf uns zukam. »Messire.« Ich verbeugte mich tief.

»Ryshad.« Er begrüßte mich mit einem freundlichen Nicken. »Temar, was habt Ihr heute Abend vor?«

Temar sah ihn erstaunt an. »Gehen wir nicht zurück zur Residenz?«

»Ich glaube, wir haben uns ein bisschen Zeit für uns verdient, nicht wahr?«, erwiderte Messire. »Camarl und ich werden durch die Stadt fahren und uns ein ruhiges Speiselokal suchen. Würdet Ihr gern mitkommen?«

»Die Residenz wird voller kichernder Mädchen sein, die sich über die Junker unterhalten, mit denen sie getanzt haben, und die Kleider und Fächer vergleichen«, setzte Camarl hinzu. Er schien jetzt besserer Laune zu sein.

»Ich habe keine Lust, mir mein Abendessen durch einen Streit mit Fresil und Leishal über die heutigen Überraschungen verderben zu lassen«, sagte Messire erstaunlich offen.

»Sind sie sehr unzufrieden?«, fragte Temar ebenso geradeheraus.

»Weniger unzufrieden als beleidigt«, sagte Messire verständnisvoll.

»Und Ihr selbst?«, erkundigte sich Temar.

»Es ist wenig sinnvoll, einer Sache hinterherzujammern, die es nie gab«, lächelte Messire. »Vernunft ist entweder ein Werkzeug für einen klugen Mann oder ein Knüppel für einen Narren.«

Temar sah ihn leicht verunsichert an. »Also machen wir alle weiter, so gut wie wir können?«

»Genau.« Messire grüßte einen wartenden Diener mit einem Nicken. »Kommt Ihr mit?«

»Um allen, die ihre Zweifel haben, zu zeigen, dass wir uns noch immer gut verstehen?«, meinte Temar.

»Die Feiertage sind vorüber, aber morgen wird das Brett für ein neues Spiel aufgestellt«, erklärte Messire. »Es kann nicht schaden, unser Terrain abzustecken.«

»Um denen zuvorzukommen, die in den letzten Tagen so eifrig versuchten, uns zu Fall zu bringen«, setzte Camarl hinzu.

Temar grinste. »Dann komme ich mit, und zwar herzlich gern.«

»Wir nehmen Ustians teure neue Equipage«, erklärte der Sieur, als wir auf den gepflasterten Hof hinaustraten. »Er fährt mit Fresil und Leishal nach Hause.«

Temar hörte nicht zu, sondern blickte zu Allin hinüber, die rosa angehaucht war und ihre Tanzkarte umklammerte wie einen Talisman. »Wartest du auf jemanden?«, fragte er.

»Auf Demoiselle Avila, falls sie sich von ihren Eroberungen losreißen kann.« Etwas amüsierte die junge Magierin. »Velindre war eben noch hier, aber sie wurde gerade zum Essen mit der Mätresse Den Janaquel eingeladen.«

Ich drehte mich um, als ich hinter uns Stimmen hörte. Casuel stapfte neben dem Leiter der Musiker daher. Amalin D'Evoir hatte seinen Mantel ausgezogen, und mit seinem offenen Kragen und den aufgerollten Ärmeln bot er einen scharfen Gegensatz zu Casuels sorgsam hochgeknöpfter Erscheinung.

»Nein, Cas, ich bestehe darauf. Man hat mich gut

bezahlt, und mit einem Festgeschenk vom Kaiser selbst kann ich dich zum teuersten Essen in der Stadt einladen!« Für meine Ohren klang Amalins Angebot weniger nach gutem Willen als nach dem Wunsch, seinen Bruder herumzukommandieren.

»Ah, Meister D'Evoir, meinen Glückwunsch«, rief der Sieur. Casuel wollte schon antworten, als er gerade noch rechtzeitig merkte, dass Messire mit seinem Bruder sprach. »Eure Musik war eine vollkommene Mischung zwischen Tradition und Innovation.«

Der Musiker verbeugte sich lässig. »Es war ein Tag für lauter Neuheiten.«

Casuel fuhr bei dieser Frechheit zusammen, doch Messire wirkte nur belustigt.

»Trotzdem vielen Dank, Amalin, aber ich begleite meinen Lehrling wohl besser zurück zu ihrer Unterkunft.« Casuel deutete besitzergreifend auf Allin, doch es war klar, dass er nur die Ausrede beim Schopfe griff, die sie ihm bot.

»Sie kann gern mitkommen«, entgegnete Master D'Evoir prompt.

»Wohin mitkommen?« Die Aufregungen des Tages schienen Jahre von Demoiselle Avilas Schultern genommen zu haben.

Messire verbeugte sich. »Wir wollten gerade eine Runde durch die Stadt drehen und ein ruhiges Plätzchen zum Abendessen suchen.«

»Ich könnte den *Goldregenpfeifer* empfehlen«, unterbrach Amalin zu Casuels offenkundigem Ärger. »Da werden wir hingehen.«

Avila klopfte mit ihrem Fächer auf ihre Hand, ein streitlustiges Funkeln in den Augen. »Sollen wir alle darin fahren?« Sie deutete auf die zerzausten blauen Federn an Ustians offener Kutsche, die gerade vorgefahren und sichtlich nur für vier Personen vorgesehen war.

Amalin D'Evoir steckte Daumen und Finger in den Mund und zerriss das vornehme Gemurmel im Hof mit einem ohrenbetäubenden Pfiff. »Meinen Einspänner, so schnell wie möglich bitte!« Ein Mann in Den-Janaquel-Livree wandte sich um und setzte zu einer Geste an, die sicherlich obszön gewesen wäre, hätten sich nicht Damen bei uns befunden. Als er den Sieur D'Olbriot sah, schickte er stattdessen einen Jungen aus dem Tor, und schon bald kam eine schicke Kutsche in den Hof gerollt. Es war ein teures, hochrädriges Stück, der Kutschbock hoch vor einer auf Hochglanz polierten Karosse, deren Inneres luxuriös in Purpur ausgepolstert war. Ustians Kutsche mit ihren schlichten Linien und dem dunkelgrünen Leder war daneben ein Beispiel von zurückhaltend gutem Geschmack.

»Wenn Ihr mit mir auf dem Kutschbock fahren wolltet, meine Dame«, Meister D'Evoir schenkte Allin ein offen tändelndes Lächeln, »ist hinter uns noch Platz für zwei. Cas und der Sieur D'Alsennin vielleicht?«

Temars Miene wurde starr, während er nach einer Ausrede suchte, um das zu vermeiden. Glücklicherweise widersprach Demoiselle Avila. »Ich fahre mit Euch, Herr Magus.« Ihr Ton legte nahe, dass sie jeden Einspruch des Musikers abschmettern würde.

»Wir wollen Platz machen für die anderen Kutschen.« Messire stieg in die offene Kutsche, ein leises Lächeln umspielte seine Lippen. »Es verspricht ein unterhaltsamer Abend zu werden«, bemerkte er, als ich mich ihm gegenüber niederließ, mit dem Rücken zum Kutscher. Temar setzte sich neben mich, und Camarl schloss die Halbtür. Als wir abfuhren, sah ich, wie Firon Den Thasnet uns nachsah. In seinem Blick lag der blanke Hass.

Temar folgte meinem Blick. »Ich weiß, dass Tadriol tat, was er für das Beste hielt, aber es macht mich noch immer wütend, wenn ich daran denke, dass Den Thasnet und Tor Bezaemar so davonkommen.«

»Mich auch.« Messire seufzte. »Aber wir wissen, was sie taten, ebenso der Kaiser. Ich glaube, wir können uns darauf verlassen, dass Tadriol kluge Gerüchte in Umlauf bringt, wie es angemessen wäre. Das Wichtigste ist, dass sie versagt haben.«

»Aber was ist denn das für eine Bestrafung? Was ist mit der Witwe?« Temar wollte es nicht dabei bewenden lassen, und in der Kutsche war zu wenig Platz, als dass ich ihn mit einem Tritt hätte zum Schweigen bringen können. »Sie hat uns willkomen geheißen, ganz Lächeln und Liebenswürdigkeit, hat unser Vertrauen gewonnen, und die ganze Zeit hat sie Fallen gestellt wie eine fette alte Spinne in ihrem Netz. Was ist mit Gerechtigkeit? Sie fügt uns solche Kränkungen zu und es gibt keine Vergeltung?«

»Vergeltung wird überbewertet. Wir haben jeder das halbe Ei, und Tor Bezaemar bleibt nichts weiter als die leere Schale.« Messire wurde ernst. »Richtet Eure Gedanken in die Zukunft. Ihr habt viel Arbeit vor Euch, junger Mann, Ihr und die Demoiselle Tor Arrial.«

»Das weiß ich wohl«, erwiderte Temar ernst.

»Aber nicht heute Abend.« Camarl erwiderte einen fröhlichen Gruß von einer Gruppe Spaziergänger. »Mit wem habt Ihr getanzt, Temar?«

Das Gespräch wandte sich sicheren, harmlosen Themen zu, während die Kutsche langsam durch die feuchtfröhlich Feiernden der Unterstadt fuhr.

Wie üblich war das Volk fest entschlossen, auch den letzten Tropfen Vergnügen aus seinen Feiertagen herauszuquetschen. Morgen war schließlich der erste Tag des Nachsommers, der sie zurück zu ihren Pflichten rief. Ich sah an Messire vorbei zu Allin, die mit dem Musiker kicherte, der sein feuriges Pferd geschickt lenkte. Passanten grüßten uns jubelnd, einige aus pflichtbewusster Loyalität, andere, zu trunken um zu erkennen, wer überhaupt in der Kutsche saß, fielen trotzdem mit ein.

Sobald wir durch das südliche Tor der Altstadt waren und auf der Großen Allee, dünnte die Menge beträchtlich aus. Eine entspannte Stimmung hing über den aristokratischen Feiern, jetzt, da den Anforderungen der Festtage Genüge getan war. Das sanfte Licht des frühen Abends tauchte die Stadt in einen goldenen Ton, und ein warmer Wind liebkoste gleichermaßen Hochgeborene wie niederes Volk. Leuchter wurden bereitgemacht, Fackeln in ihre Halter neben den Türen gesteckt, um die Straßen zu erhellen, wenn Halcarion die Sonne in das weiche Tuch der Dunkelheit hüllte. Trotz der Hitze stellten ein paar Händler Kohlebecken auf, um Köstlichkeiten zuzubereiten, die den Passanten ihre letzten Festtagspfennige aus der Tasche ziehen sollten.

Wir bogen in den Herrenweg ein und hielten abrupt an. »Warum halten wir?«, rief der Sieur.

»Maskeraden, Messire.« Der Kutscher drehte sich um. »Jongleure und Akrobaten.«

Der Diener, der neben ihm saß, drehte sich ebenfalls um. »Soll ich sie verscheuchen, Messire?«

»Wir haben es nicht besonders eilig«, sagte D'Olbriot unbekümmert.

»Cas behauptet, dass Maskeraden keine passende

Unterhaltung für die Wohlgeborenen seien«, begann Temar.

Ich wollte gerade meine Meinung über den Snobismus des Zauberers kundtun, als eine Bewegung meine Aufmerksamkeit erregte. Wir standen vor dem Den-Bradile-Gebäude, an dem die Fassade gerade renoviert wurde, mit einem hohen, hölzernen Gerüst, beladen mit Schindeln und schweren Steinen, die darauf warteten, dass am Morgen die Arbeiter wiederkamen.

Eine schattenhafte Gestalt in einem oberen Fenster fuhr zurück. Ich hatte kaum Zeit zu erkennen, dass sie einen Stab aus der Öffnung steckte, als das ganze Gerüst schon nach vorn kippte. Schindeln und Marmor kamen ins Rutschen, das schwere Holz folgte.

»Runter!« Ich warf mich nach vorn, um den Sieur zu packen, doch Camarl beugte sich seitlich aus dem Fenster, um die Akrobaten zu sehen, außer meiner Reichweite. Temar schaute ebenfalls zu, er hatte mir den Rücken zugewandt. Ich warf ihn der Länge nach auf die Straße, da ihn mein brutaler Stoß völlig unerwartet traf, während ich den Sieur unter dem tödlichen Hagel herauszog. Wir fielen schwer auf die gepflasterte Straße. Das Krachen des zusammenbrechenden Gerüstes machte mich für einen Augenblick taub und ließ die entsetzten Schreie und Rufe ringsum verstummen. In einer Staubwolke, die mir in den Augen brannte und mich fast erstickte, kam ich auf die Füße. Temar stolperte und fiel gegen mich. Wir hielten uns aneinander fest, taumelten seitwärts und fassten wieder Tritt, um den Sieur hochzuziehen.

»Camarl?« Messire sah sich wild um, Blut lief ihm über die aufgerissene Wange. Der Abendwind vertrieb den Staub, und wir sahen die zerbrochenen Überreste, die das Heck von Ustians teurer Kutsche bildeten. Schlimmer noch, Camarl lag mitten in dem Wrack, verletzt und blutend, bewusstlos unter den Steinen und Schindeln.

Die Pferde wieherten in Panik, während der Kutscher verzweifelt versuchte, sie zu halten. Die Kutsche machte einen Satz und kam hart auf der Hinterachse auf, als beide Hinterräder hoffnungslos brachen. Die Deichseln wurden hochgedrückt, das Geschirr bohrte sich grausam in die Tiere, die Zugriemen baumelten gefährlich nah vor ihren panisch stampfenden Hufen. Camarl stieß einen Schmerzensschrei aus, als das zerstörte Gefährt sich mit einem Ruck knirschend in Bewegung setzte.

Messire hatte kaum mehr als ein paar Prellungen und eine Staubschicht davongetragen, also drückte ich ihn Temar in die Hände. Ohne die Spannung in Rücken und Armen zu beachten, hob ich den größten Stein von Camarls Bein und entblößte so einen hässlichen Bruch, Knochensplitter ragten aus den Fleischfetzen.

»Ich werde wohl eine Weile nicht tanzen können«, flüsterte der Junker mit zitternder Stimme, das Gesicht weiß wie Marmor. Blut lief dunkel über sein Bein.

»Haltet aus.« Ich legte seinen Arm um meinen Nacken und versuchte ihn hochzuheben.

»Hilfe, hierher, sofort!«, brüllte Temar und sah die Straße auf und ab.

Ein Jongleur kam angelaufen, gefolgt von mehreren Schauspielern. Er hob die Hand und ungläubig sah ich, wie er einen schweren Knüppel zielsicher warf. Er traf den Kutscher des Sieurs direkt an der Stirn, sodass der Mann wie vom Blitz getroffen hintenüber kippte. Der Diener hatte es fast bis zu den Zügeln geschafft, doch diese plötzliche Unruhe versetzte die Tiere erneut in Panik, und sie warfen die Köpfe, dass er nicht mehr herankam.

»Achtung, hinter Euch!« Ich schrie eine verzweifelte Warnung, als ich das Glitzern von Stahl in der Hand eines der Schauspieler sah. Ich zerrte Camarl aus dem Wrack und konnte nichts weiter tun als entsetzt zuzusehen, wie die Schauspieler den hilflosen Diener glatt überrannten. Ohne auf seine Schmerzensschreie zu achten, ließ ich Junker Camarl in einem Hauseingang fallen.

»Temar! Sie greifen an!« Ich packte die Keule des Jongleurs mit einer Hand, Messire mit der anderen und schob ihn hinter mich in den mageren Schutz der Türpfosten.

Temar hatte die Lage bereits erfasst, schnappte sich eine zerbrochene Gerüststange und schwenkte sie, um einem Schauspieler die Füße wegzuziehen, der sich in mörderischer Absicht auf ihn stürzte. Ein weiterer stürmte auf mich zu, Stahl schimmerte durch die Farbe, mit der sein Schwert bemalt war. Ich entging knapp der täuschenden Waffe, und hieb ihm die gewichtsverstärkte Keule ins Gesicht. Der Schlag war hart genug, um seine dünne Holzmaske glatt in zwei Teile zu spalten. Er fiel hintenüber, hielt sich die zertrümmerte Nase, Blut quoll zwischen seinen Fingern hervor. Ich entriss ihm sein Schwert, schlitzte ihm den Bauch auf und schickte ihn mit einem Tritt in die Hüfte davon.

Temar hatte auch irgendwo ein Schwert ergattert. Er kam rückwärts auf mich zu und hielt die Klinge tief. Halcarion gönnte uns ein bisschen Glück, und der Ansturm der Schauspieler wurde durch die Pferde, die Hals über Kopf über die Straße galoppierten, zerstreut. Die Reste der Kutsche schwangen wild hinter ihnen von einer Seite zur anderen. Erschrockene Festbesucher flohen in alle Richtungen und duckten sich, um herumfliegenden Holzstücken zu entgehen. Ein Unglücklicher wählte die falsche Richtung, trat direkt in den Weg der panischen Tiere und verschwand unter den Pferdehufen. Entsetzensschreie von der Frau, die bei ihm war, mischten sich in das wachsende Durcheinander.

Ich wirbelte herum, als die Tür hinter uns aufging. Ein erschrockenes Gesicht tauchte in einem handbreiten Spalt auf. »Lasst uns ein, wir haben einen Verwundeten hier! Im Namen D'Olbriots!« Ich schrie nur noch Holzbalken an. Die Tür fiel zu, und wir hörten, wie in Panik die Riegel vorgeschoben wurden.

»Ich kann seine Blutung nicht stoppen.« Messire hatte rote Flecken auf seinen Spitzenmanschetten, aber Hände und Stimme zitterten nicht. Er lächelte Camarl beruhigend zu, der zitterte wie im tiefsten Winter.

Wenn eins der großen Blutgefäße verletzt gewesen wäre, wäre Camarl inzwischen verblutet. Im Augenblick lebte er, und mich beschäftigte mehr die Frage, wer die Arbeit wohl zu Ende bringen wollte. Die Schauspieler formierten sich mit böser Absicht erneut, aber wir wurden nun von der verständnislosen Menge behindert. Menschen waren aus einem Teehaus über die Straße gequollen und wunderten sich, was hier los war. Eine Taverne ein Stück weiter die Straße hinauf leerte sich, und Verwirrung breitete sich aus, als unterschiedslos Angriffe getätigt wurden, manche gegen die Akrobaten, manche auf Unschuldige, die man versehentlich für die Schurken hielt, die angefangen hatten.

Ein Mann in den ledernen Hosen und dem einfachen Hemd eines Mietdieners eilte auf uns zu. »Benachrichtige die Kohorten«, schrie ich.

Er achtete nicht auf mich, begann zu laufen, und ich sah im selben Augenblick ein Messer in seiner Hand wie die weggeworfene Maske im Straßengraben hinter ihm. Ich holte hastig zu einem Hieb gegen sein Handgelenk aus, für den Fyle mich verspottet hätte. Trotzdem wich er zurück, also versuchte ich ihm eine Rückhand mit dem Schwert übers Gesicht zu ziehen. Er duckte sich wieder nach hinten weg, schwerer zu treffen als ein Schatten, doch die Messerhand, die auf meinen Bauch zuckte, war keine Erscheinung. Ich wehrte den Hieb mit der linken Hand ab, der Schlag war kräftig genug, um seinen Arm zu betäuben, sodass die Klinge klirrend auf die Straße fiel. Das hielt ihn zwar nicht davon ab, sich mit den Fäusten auf mich zu stürzen, doch da ich seitlich auswich, traf er nur meine Rippen, statt mir die Luft abzudrücken. Ich hob mein Schwert, um ihm den Griff gegen die Schläfe zu hämmern, doch der Schuft warf sich zur Seite. Er streckte einen Arm aus, bevor er aufschlug, rollte sich ab und war mit der Anmut eines Akrobaten wieder auf den Beinen, seine Augen suchten nach dem gefallenen Messer. Dieser Augenblick der Unaufmerksamkeit reichte Temar, der dem Akrobaten seine Klinge in die Seite stieß. Der Mann taumelte und floh, sein blutiges Hemd flatterte, als er in der Menge verschwand.

Ich wollte Temars Rücken schützen und sah zwei Männer, die ein paar Schritte hinter ihm einen unsicheren Blick tauschten. Als ich drohend mein Schwert hob, rannte der eine Hals über Kopf die Straße hinunter. Der andere breitete die leeren

Hände aus und stammelte panisch: »Nicht mich, Euer Ehren, nicht mich.«

»Ruft die Dienstkohorte«, brüllte ich ihn an. Ein Blick die Straße hinauf zeigte mir, dass auch andere Passanten in das um sich greifende Durcheinander verstrickt waren, Kutschen und Einspänner wurden in der Ferne aufgehalten und versperrten die Straße. Ich fluchte, Den Janaquels Männer waren inzwischen mit Sicherheit unterwegs, aber es würde sie einiges kosten, sich bis zu uns durchzuschlagen. Auf allen Seiten kämpften Männer mit Schauspielern, entweder in Selbstverteidigung, aus dem Wunsch heraus, uns zu helfen oder einfach aus trunkener Streitlust. Andere versuchten fortzukommen, einige so verzweifelt, dass sie neue Kämpfe rund um die ursprünglichen entzündeten und jene behinderten, die uns immer noch umbringen wollten. Aber wie sollte man Freund von Feind unterscheiden? Ich schickte einen Mann, der mich anrempelte, mit einem Faustschlag gegen die Schläfe zu Boden.

Konnten wir über die Straße entkommen? Konnten wir Camarl zwischen uns schleppen, und wenn ja, welchen Schaden mochte er davontragen? Als ich mich umschaute, sah ich den unglücklichen Kerl, den ich angebrüllt hatte, direkt in die Arme zweier eifriger Jugendlicher laufen. Sie waren herbeigerannt, um zu sehen, was los war und versuchten unverzüglich, ihn zu Boden zu ringen. »Nein, lasst ihn los!«, schrie ich.

Mit einem hässlichen Klatschen knallte eine Peitsche über ihren Köpfen durch die Luft. Ich sah Amalin D'Evoirs graues Pferd, das versuchte, seine Trense zwischen die Zähne zu bekommen, mit geblähten Nüstern und rollenden Augen. Der Musiker hatte die Zügel in einer Hand, während er blindlings mit der Peitsche um sich schlug. Allin klammerte sich mit beiden Händen neben ihn an den Sitz. Die Jungen und der Mann, den ich um Hilfe geschickt hatte, flohen, die Hände zum Schutz über den Kopf gehoben.

»D'Evoir! Casuel! Zurück und holt die Dienstkohorte«, schrie ich so laut, dass es mir in der Kehle brannte.

D'Evoir sah über die Schulter nach hinten, aber das Durcheinander, das die Straße versperrte, machte es unmöglich zu wenden.

»Camarl ist verletzt!«, brüllte Temar ebenso laut. Allins Blick fiel auf Messire, der neben dem ausgestreckten Junker kniete, und ihr klappte der Unterkiefer herab, ehe sie sich umdrehte, um Demoiselle Avila und Casuel gestikulierend davon in Kenntnis zu setzen.

»Temar!« Ich machte einen Satz, um einen Mann aufzuhalten, der über das zusammengestürzte Gerüst kletterte, mit unheilvollem Blick und einem Schwert in jeder Hand. Temar wollte mir folgen, doch ein Hagel von Steinen und Jonglierbällen von zwei Akrobaten, die an der Einmündung einer Gasse auftauchten, zwangen ihn, sich zu ducken und zurückzuziehen. Temar schnappte sich ein abgebrochenes Stück der Kutschenverkleidung, um seinen Kopf zu schützen und benutzte seinen Körper als Schild für Messire und Camarl.

Der Mann, der mir gegenüberstand, ließ sich in die Kauerhaltung eines Ringers fallen. Er hatte das brutale und zerschlagene Gesicht eines Preisboxers, aber er hatte auch zwei Klingen, und ich musste davon ausgehen, dass er auch damit umgehen konnte. Er stieß abwechselnd mit beiden Händen zu, ungelenk, doch schnell und ohne zu zögern. Ich wich zurück und spürte gesplittertes Holz, auf dem meine weichen Halbstiefel rutschten. Ich packte mein Schwert mit beiden Händen und griff hart an, drehte die Klinge, halb parierend, halb attackierend. Mein Gegner hatte Schwertfechten nur für die Bühne gelernt, das machte ihn zum Anfänger, der instinktiv in die Falle tappte, meine Bewegungen vorauszuahnen und zu früh zu parieren. Jetzt wo ich am Zuge war, lockte ich ihn in einen Aufwärtsschlag und brachte ihm dann einen plötzlichen seitlichen Stich unter den Armen bei. Ich schlitzte ihm die Brust auf, er warf in hilflosem Schock die Arme zurück, und ich stieß mein Schwert weiter hoch, bis der Stahl ihm in den Stiernacken drang. Er brach zusammen und gurgelte einen Schwall von Blut.

Ich wischte mir die Spritzer vom Gesicht und sah, wie Temar seinen improvisierten Schild auf den Kopf eines neuen Angreifers schmetterte. Der Mann machte kehrt und wäre wohl durch die Gasse entkommen, doch die Jongleure versperrten ihm den Weg, und ich sah, dass sie mit eigenen Problemen zu kämpfen hatten. Ein Schwarm von etwas, das aussah, wie rötlichgraue Hornissen wirbelte um sie herum, aber es summte nicht, und wenn einer dieser Punkte auf Stoff landete, stieg Rauch von schwarzen Brandflecken auf. Zornige rote Blasen erschienen auf den ungeschützten Händen und Gesichtern der Jongleure, hervorgerufen durch rote Funken, die so schnell aufglühten und verschwanden, dass das Auge nicht folgen konnte. Ich sah Allin, die sich immer noch grimmig an D'Evoirs schicke Kutsche klammerte, ihr rundliches Gesicht war angespannt vor Hass, und sie starrte die Akrobaten finster an. Ein Kohlebecken ein Stück weiter rauchte vor sich hin, leer bis auf einen verblassenden roten Schimmer.

D'Evoir hatte sein Pferd zu zitterndem Gehorsam geprügelt, das arme Tier war zu verängstigt, um sich zwischen der Flucht nach vorn oder zurück entscheiden zu können. Demoiselle Avila kämpfte sich heraus, Casuel rang verzweifelt die Hände, als er ihr folgte und versuchte sich in seinem prahlerischen Gewand zu verkriechen. Avila beachtete das Tohuwabohu ringsum nicht, sondern eilte direkt auf den Hauseingang hinter mir zu. Temar rannte los, und zog sie so schnell er konnte in unseren zerbrechlichen Schutzkreis.

Ich wäre mitgegangen, doch direkt vor mir brach ein brutaler Faustkampf aus, Steine und Holzstücke wurden unterschiedslos von den Seiten geworfen, und ich konnte nur versuchen zu verhindern, dass die Kämpfer über mich, den Sieur oder den Junker fielen. Temar und ich wurden von allen Seiten bedrängt, ohne glücklose Festbesucher von mörderischen Schauspielern unterscheiden zu können, und so gezwungen, jeden, der uns näher kam, mit groben Worten und noch gröberen Schlägen zurückzutreiben. Casuel jaulte vor Wut, als ich ihm auf den Fuß trat, aber das geschah ihm recht, weil er versuchte, zwischen mir und Temar Schutz zu suchen. Ein brennender Schmerz traf mich am Nacken.

»Himmel, D'Evoir, pass auf die verdammte Peitsche auf!« Aber ich verzieh dem Musiker, als ich sah, dass er damit den Mob davon abhielt, Demoiselle Avila und den Sieur zu zerquetschen, die in dem Hauseingang knieten und sich um Junker Camarls Verletzung kümmerten.

Ein blecherner Ton durchschnitt den Tumult, Den

Janaquels Hörner verkündeten endlich ihre Ankunft. Wieder ertönte das durchdringende Signal und warnte jeden, den Weg freizumachen oder die Folgen zu tragen. Überall wurden die Anstrengungen verdoppelt, sich aus dem Getümmel zu entfernen, und ich sah mehrere Schauspieler, die sich die Masken vom Gesicht rissen, in der Hoffnung, unerkannt in der Menge untertauchen zu können.

Aber drei legten ihre Verkleidung nicht ab, und ich fragte mich, wer sie wohl sein mochten. Sie hieben sich mit Gewalt den Weg frei, die sanften hölzernen Gesichter der Volkshelden noch immer fest umgebunden. Sie wollten zur der Gasse gegenüber.

»Temar!«, brüllte ich und deutete auf sie, als das Getümmel um uns nachließ.

»Schnapp sie dir, Ryshad!« Der Sieur war neben mir, ein Schwert in der Hand, Meister D'Evoir mit der Peitsche an seiner Seite.

Temar und ich benutzten Schwertknäufe, flache Klingen, Fäuste und Ellbogen, um uns zu den Flüchtenden einen Weg zu bahnen. Wir kamen zu spät, und die drei Männer rannten die Gasse hinunter und bogen in einen schmalen Weg ein, der zwischen den Hinterhöfen der dicht stehenden Gebäude hindurchführte. Ich war hinter ihnen her wie ein Jagdhund, Temar folgte mir auf den Fersen.

»Lauf, Mann«, keuchte er, und ich merkte, dass wir Casuel bei der Jagd eingeholt hatten. Da die schmale Gasse ihm nicht erlaubte, Temar vorbeizulassen, blieb ihm nichts anderes übrig, als mit uns zu rennen.

Die Schauspieler hielten ihren Vorsprung, doch nur, weil sie mit aller Kraft rannten und nicht wagten, eine Tür oder Tor in einen Hof oder ein Hinterhaus zu nehmen. Unter Aufbietung aller Kräfte holte ich langsam auf, und ich hörte Temar, der hinter mir erbarmungslos Casuel mit immer schlimmeren Verwünschungen scheuchte. Die Schauspieler bogen um eine scharfe Ecke in eine breitere Gasse. Als ich hinter ihnen herschlitterte, merkte ich, dass sich das andere Ende auf einen ummauerten Hof öffnete. Ein breiter steinerner Bogen trug Verzierungen aus Ranken, beladen mit Blättern und Früchten zu beiden Seiten eines offenen Tores. Ich erkannte darin den Hof hinter dem *Lackaffen,* und die Enttäuschung brannte in meiner Brust. Falls sie auf das belebte nördliche Ende der Großen Allee gelangten, würden wir die Schurken mit Sicherheit verlieren.

»Reiß das ein!« Ich drehte mich zu Casuel um und schrie ihn grob an. Er lehnte in einer Mauerecke, zusammengekrümmt, eine Hand an der Kehle. »Versperr ihnen den Weg!«

»Nasenlose Söhne einer pockenzerfressenen Hure!«, schimpfte Temar und rannte an mir vorbei.

Der Bursche hatte entschieden zu viel Zeit mit Söldnern verbracht. Aber ich hatte nicht genug Luft, um ihm das zu sagen, sondern rannte ihm hinterher.

Vor uns hatte der erste Schauspieler schon fast den Hof erreicht, aber gerade als ich dachte, er wäre uns entkommen, streckten sich die steinernen Ranken von beiden Seiten des Torbogens nach ihm aus. Sie umschlangen einander, wanden sich umeinander, schneller als das Auge folgen konnte. Eine Barriere aus hellem Stein versperrte den Weg des Bösewichtes, aber er war zu schnell um rechtzeitig zu stoppen und krachte in das Netz aus sich windendem Stein. Die Ranken wanden sich um ihn, jeder entsprossen neue Zweige. Der Mann zappelte und zerrte, kämpfte verzweifelt und schrie vor

Entsetzen auf, als er vom Boden gehoben wurde. Seine Angstschreie verwandelten sich in Schmerzensschreie, als sein Körper mit hörbarem Knacken verdreht wurde, Sehnen und Knochen kein Gegengewicht für den unversöhnlichen Zug des lebenden Gitters. Ein letztes gräßliches Knacken brachte ihn zum Verstummen, sein Körper hing verdreht in den Windungen der Ranken.

Der zweite war kaum eine Armeslänge davor zum Stehen gekommen, doch in dem Augenblick, den er brauchte, um sein Gleichgewicht zu finden, schlängelte sich etwas Gelbes aus dem lebenden Torbogen. Blätter, die einst aus massivem Stein gefertigt waren, wedelten leise, während sich die sehnengleiche Ranke um seine Beine wickelte. Der Mann kreischte entsetzt auf und hieb auf die Schlingen ein, doch seine Klinge schlug nur Funken auf dem Stein. Eine zweite Ranke schoss vor und wickelte sich um seinen Schwertarm und zerquetschte ihn. Während er mit blutigen Nägeln wild daran zerrte, schlängelten sich neue Sprossen um die Hand, die er gerade einen Augenblick zuvor befreit hatte. Neue Blätter knospten und öffneten sich an allen verschlungenen Ästen, die seine Füße jetzt am Boden festhielten. Aber die Ranken, die seine Arme festhielten, wanden sich noch immer weiter aufwärts in einer wahnsinnigen Parodie von Wachstum und zerrten schmerzhaft an ihm. Er kreischte etwas Unverständliches mit dem letzten keuchenden Atemzug, als die Zweige ihn grausam zurückbogen. Sein Rückgrat brach wie ein trockener Zweig.

All dies dauerte nicht länger, als Temar und ich brauchten, um den dritten Mann einzuholen. Er war starr vor Schreck, aber als er unsere Schritte hinter sich hörte, wirbelte er herum, die Augen weißgerändert vor Panik, die man selbst durch die Löcher in seiner Maske sehen konnte. Er war zu verstört, um sein Schwert zu heben, und ich war zu überrascht. Mit einer Bewegung, die zu neun Teilen aus Instinkt und zu einem Teil aus Übung entstand, versetzte ich ihm einen Schlag direkt unterhalb der Maske, sodass ich ihn voll in dem weichen Fleisch unter dem Kinn traf. Er ging in die Knie, röchelte und griff sich an die Kehle.

»Lass sehen, wer du bist, du Mistkerl.« Als ich die verknoteten Bänder abriss, die die Maske hielten, bemerkte ich zum ersten Mal, dass seine Kleidung nicht die übliche schäbige Imitation von vornehmen Kleidern war, wie sie Schauspieler meist trugen. Er trug echte Sachen, gut geschnittene Seide und teures Wolltuch. Ein Haar, das in den Bändern der Maske hängen geblieben war, duftete nach einer teuren Pomade.

»Kreve Tor Bezaemar?« Kein Wunder, dass er versucht hatte zu entkommen, seine Identität unter dieser Maske verborgen. Temar hob empört sein Schwert und stellte sich hinter den Knienden. »Geh beiseite, Ryshad, ich schlage diesem Abschaum den Kopf ab!«

Das Letzte, was ich wollte war, dass dieser Bastard frei herumlief, um irgendwann einen neuen Angriff zu starten, aber das konnte ich nicht zulassen. »Nein!« Ich trat zwischen Temar und den noch immer japsenden Junker, dem die Tränen über das Gesicht strömten.

»Ich habe das Recht dazu.« Temar sah mich finster an.

»Ja, das hast du«, gab ich zu. »Aber überlass es dem Kaiser, ihn zum Tode zu verurteilen. Warte, bis er sein Gerichtsverfahren vor den Augen aller Häuser in Toremal hinter sich hat. Das wird Tor Bezaemar dermaßen in Verruf bringen, dass der Namen für die nächsten fünfzig Generationen keine Chance mehr auf den Thron hat.«

»Und wenn eure Anwälte und eure flinken Worte eine Ausrede finden, ein Schlupfloch?«, rief Temar hitzig.

»Das wird nicht passieren.« Ich ergriff Temars Schwerthand und sprach mit absoluter Überzeugung. »Er hat offenen Mord gegen zwei Sieurs angezettelt in direktem Widerspruch zu kaiserlichen Befehlen, die nicht einmal einen halben Tag zuvor erlassen wurden. Das ist Verrat gegen die gute Ordnung des Reiches, und dafür wird er sterben, vertrau mir.« Ohne auf Kreves heiseres Keuchen zu achten, stieß ich den Schurken auf den Bauch und stellte ihm einen Stiefel auf den Rücken.

Temar sah noch nicht ganz überzeugt aus, aber er senkte sein Schwert.

»Wenn wir ihm den Kopf abschlagen, dann mach ich das«, bot ich mit wildem Humor an, als ich seine Hände losließ. »Der Sieur D'Alsennin sollte seine Hände nicht mit dem Blut eines solchen Mistkäfers besudeln. Und warum schaust du nicht nach, wen Cas da in seiner Falle geschnappt hat?«

»Das sollte ich wohl«, stimmte Temar mir zu, nachdem ein Blick ihn davon überzeugt hatte, dass der bewegungsunfähige Kreve nirgendwo hinging. Er hob den schlaffen Kopf des zweiten Mannes an, der sterben musste, und zog die Maske mit einigen Schwierigkeiten ab. »Firon Den Thasnet«, rief er über die Schulter zurück. »Das hätten wir uns eigentlich denken können.«

»Ich kann mir nicht vorstellen, dass Saedrin erwartet, dass wir für ihn sprechen.« Ich blickte auf, während ich Kreve Tor Bezaemars Hände mit den Bändern seiner Maske auf dem Rücken fesselte. »Wer ist der andere?«

Temar sah unsicher auf den Mann, der ein gutes Stück über ihm hing. »Meinen Glückwunsch an Meister D'Evoir, aber ich werde da nicht raufklettern. Kannst du ihn runterholen, Casuel?«

»Ich weiß nicht genau.« Der Magier stand inzwischen neben mir, weiß im Gesicht ob seiner eigenen Leistung.

»Du musst doch wissen, wie du das gemacht hast?« Ich sah den Zauberer neugierig an.

»Ja, natürlich«, gab Casuel mit frostiger Würde zurück. »Jedenfalls im Wesentlichen.« Seine Haltung wankte, als er zu seiner Arbeit hochschaute. »Wir werden wohl dem Erzmagier berichten müssen, oder?«

Die Hintertür des *Lackaffen* ging langsam auf. Nach einem langen Augenblick des Zögerns auf der Schwelle trat Banch widerwillig in den Hof, Ezinna drängte ihn mit einem wütenden Zischen weiter. Er wirkte entsetzt bei dem Anblick des Zauberwaldes, der aus seinem alten Torbogen gesprossen war. Wenigstens konnte man es von der Straße aus nicht sehen, erkannte ich mit verspäteter Erleichterung. Derart dramatische Magie würde wohl kaum das erklärte Vorurteil des Kaisers gegen Zauberei entschärfen. Wir sollten das Ganze besser verschwinden lassen, ehe die halbe Stadt kommen und dieses Wunder anstarren wollte.

»Wir versetzen es wieder in den ursprünglichen Zustand«, rief ich Banch zu und versetzte Casuel einen Rippenstoß. Der Zauberer betrachtete noch immer leicht benommen die Blätter und Früchte, die nun wieder unbeweglicher und unnachgiebiger Stein waren.

»Das kannst du dir reinstecken, wohin dich deine Mutter nie geküsst hat«, sagte Banch zitternd. »Nimm einen Vorschlaghammer. Ich will, dass es abgebrochen und weggeschafft ist, ehe der Tag um ist, und ich will kein Stäubchen mehr hier sehen.«

»Die Magie ist fast vorüber«, protestierte Casuel.

»Ich will es forthaben, das Ganze!« Banch drehte sich auf dem Absatz um, schob Ezinna wieder hinein und knallte die Tür hinter sich zu.

Ich sah Casuel an. »Kannst du es niederreißen?«

»Ich denke schon«, sagte er ein wenig verdrießlich. Mit finsterem Blick rieb er die Hände gegeneinander. Bernsteinfarbenes Licht sprang von seinen Fingerspitzen, leuchtende Splitter von Magie flogen durch die Luft und landeten auf den steinernen Windungen. Haarfeine Risse begannen sich über den gelben Ästen auszubreiten, goldenes Licht wurde zu einem brennenden Ocker, als die Risse immer breiter wurden. Erst fiel Staub, dann kleine Stückchen, endlich faustgroße Steinbrocken. Temar wich hastig zurück, und der Leichnam des ersten Toten fiel als Knochenbündel zu Boden.

Temar wagte sich vorsichtig näher, gab aber Acht, dass ihm kein Schutt auf den Kopf fiel. Er schüttelte den Kopf, als er dem Angreifer die Maske abgenommen hatte. »Ich kenne den Mann nicht.«

»Nein, ich auch nicht.« Ich blickte auf das Gesicht, das im Tode schlaff war. »Wahrscheinlich irgendein kleinerer Junker, dem Kreve die Sonne, die Monde und die Sterne versprochen hat. Trotzdem, wenigstens haben wir ihn, den wir der kaiserlichen Justiz überstellen können.«

Temar betrachtete den hingestreckten Schuft. »Nicht wenn er uns stirbt. Wie heftig hast du ihn geschlagen?«

Ich war entsetzt als ich sah, dass Tor Bezaemars Gesicht blutunterlaufen war, sein Atem kaum mehr als ein schwaches Gurgeln. »Verdammt, ich scheine ihm die Luftröhre zerquetscht zu haben.« Wie ein Anfänger hatte ich den Fehler gemacht, ihn nicht zu untersuchen, weil ich von Casuels Vorführung abgelenkt war.

»Bring ihn zu Demoiselle Avila«, schlug Temar vor.

»Auf der Stelle«, stimmte ich zu. »Cas, räum hier auf, aber schnell.«

»Ich glaube kaum ...«, begann er entrüstet.

»Möchtest du, dass der Kaiser Planir um eine Erklärung bittet?«, fragte ich. Ich hielt Kreve Tor Bezaemar unter den Armen, während Temar seine Beine nahm. Der Schurke war eine unhandliche Last, und die Entfernung kam uns dreimal so weit vor wie wir ursprünglich gelaufen waren, aber die Angst um seine wertlose Haut spornte uns an.

Als wir auf den Herrenweg kamen, fanden wir eine solide Phalanx von Den-Janaquel-Uniformen vor, die Messire und Camarl umringten, Eingeschworene mit gesenkten Stäben und bewaffnete Reiter mit gezogenen Schwertern. Weitere Soldaten der Kohorte hatten in einiger Entfernung die Straße in beiden Richtungen gesperrt, und diejenigen, die innerhalb des Kordons waren, wurden nur freigelassen, wenn zwei andere für sie bürgen konnten. Ein paar ehemalige Schauspieler und Akrobaten lagen mit dem Gesicht im Straßenstaub, verschnürt wie Brathähnchen.

Eine Reihe Eingeschworener kam auf uns zu. Ich deutete mit dem Kinn mühsam auf meine Armspange. »Wo ist die Demoiselle Tor Arrial? Wir brauchen sie unverzüglich.«

»Sie kümmert sich um den Verletzten.« Allin kam gerade mit einem dampfenden Becher in jeder Hand vorbei. »Kann ich euch einen Tee bringen?«

»Hol Demoiselle Avila«, befahl ich. »Sonst stirbt dieser Mann, und Tor Bezaemar entgeht jeder Bestrafung.«

Allin drückte die Becher einem verblüfften Soldaten in die Hände und rannte davon, ihre Röcke raffend. Temar und ich legten den angeschlagenen Kreve so behutsam wie möglich hin und schauten uns schuldbewusst an. Demoiselle Avila erschien und kniete ohne ein Wort neben dem jungen Mann nieder. Sie legte sanft die Hände auf seine Kehle und begann einen rhythmischen Zauber zu murmeln, der die dunkle Farbe schon bald aus seinem Gesicht weichen ließ. Währen die Rippen des Junkers sich bemühten, Luft in seine ausgehungerten Lungen zu ziehen, konnte auch ich wieder leichter atmen, und auch die Angst, die sich in Temars Miene spiegelte, fiel von mir ab.

»Ich nehme an, er ist der Wurm im Apfel?« Avila setzte sich auf die Fersen, ohne auf den Straßenschmutz an ihrem Kleid zu achten, ihr Spitzenüberkleid war bereits an mehreren Stellen zerrissen. Ihr schmales Gesicht wirkte erschöpft, aber der Glanz in ihren Augen versprach Unheil für Tor Bezaemar. »Ich würde meine Kräfte lieber nutzen, um den unschuldigen Verwundeten zu helfen.«

»Ryshad sagt, der Kaiser wird über ihn urteilen«, sagte Temar, noch immer leicht meuternd.

»Ganz recht, auch wenn ihr in der Zwischenzeit schon gute Arbeit geleistet zu haben scheint.« Den-Janaquel-Männer teilten sich, um Messire D'Olbriot durchzulassen. Er blickte auf Kreve nieder, der immer noch bewusstlos war. »Ich würde sagen, jetzt habt Ihr Eure Rache an Dirindal, D'Alsennin. Sie hat alle Hoffnungen des Hauses an diesem Burschen festgemacht, seit er den ersten weichen Schuhen entwachsen war.«

Temar wirkte auf einmal beunruhigt, und plötzliche Erinnerungen – und nicht meine eigenen – überfluteten mich. Temar hatte die Last der Erwartungen seines Großvaters seine ganze turbulente Jugend hindurch getragen, und das war es zum Teil, was ihn nach Kellarin getrieben hatte.

»Geht es Junker Camarl gut?«, fragte ich abrupt.

»Dank der Dame Tor Arrial.« Messires Haltung war makellos trotz der dunklen Blutflecken auf seiner eleganten Kleidung. »Sobald Den Janaquel uns eine Kutsche besorgen kann, wollen wir dann zurück zur Residenz? Wir sind jetzt wohl nicht mehr passend gekleidet, um auswärts zu essen, und ich glaube, für einen Abend hatten wir genug Aufregung.« Er wischte sich ein Staubflöckchen vom Bein, und ich sah, dass seine Hand leicht zitterte.

»Was geschieht mit ihm?«, fragte Temar und stieß Kreve feindselig mit den Zehen an.

»Den Janaquels Männer werden sich um ihn kümmern«, versprach der Sieur mit stählerner Autorität. »Ihr Haus ist kein Freund von Tor Bezaemar, und sie wissen sehr gut, dass der Kaiser ihnen den Hals lang zieht, wenn irgendetwas schief läuft.«

Es ärgerte mich, Kreve in dem Gewahrsam anderer lassen zu müssen, aber als ein Erwiesener in Den Janaquels Farben mit einer Kutsche für den Sieur auftauchte, hatte ich keine Wahl. Wenigstens beruhigten mich die grimmigen Mienen rings um den bewusstlosen Tor Bezaemar, dass diese Männer zu ihrem geschworenen Wort stehen würden.

Kapitel 7

Diese Annalen wurden auf Geheiß des Sieurs Endris D'Olbriot aufgezeichnet, und all jene, die nach ihm kommen, sollen diese Arbeit fortsetzen, im geheiligten Namen Saedrins, des Hüters der Schlüssel zur Anderwelt, dessen Urteil sich jedermann stellen muss.

Die Wintersonnwende läutet das Ende dieses Jahres ein, und ich weiß nicht, wie ich ein Datum festlegen soll, da alle Kalender bedeutungslos geworden sind angesichts des Chaos, das uns überwältigt. Am besten biete ich meine Erinnerung, dass dies das achtundzwanzigste Jahr seit der letzten Sonnenwende Nemiths des Letzten ist, der auch unter dem Beinamen der Rücksichtslose bekannt war. Nach den Prüfungen dieser letzten Generation frage ich mich, ob mein Vater und meine Onkel einen noch so üblen Herrscher so grob vom Thron gezerrt hätten, hätten sie das Unheil geahnt, das über uns kommen würde. Müssen wir unsere geschätzten Vorfahren nun selbst als rücksichtslos verurteilen? Ist ihre Unfrömmigkeit die Ursache für unser Leid oder wiegt Raeponin unsere eigenen Sünden, befindet uns als zu leicht und gibt Poldrion das Zeichen, Unglück über uns zu bringen?

Die schlimmsten Neuigkeiten, die ich von diesem Mittwinter berichten kann, sind die, dass es unter denen, die unseren Namen tragen, im vergangenen Jahr mehr Todesfälle als Geburten gegeben hat und ungezählte Säuglinge in den kommenden Jahreszeiten noch an Hunger und Krankheit zugrunde gehen werden. Dadurch angespornt habe ich meine Schreiber und Junker angewiesen, alle Besitztümer aufzulisten, die sich noch im Besitze der D'Olbriot befinden, einschließlich der Namen aller Pächter, ihrer Ansprüche gegen uns, was sie in den vergangenen fünf Jahren aus unseren Schatztruhen erhalten haben und die Gewinne, die wir aus ihrer Loyalität gezogen haben. Raeponin sei mein Richter, ich habe die Ergebnisse noch nicht gesehen, aber ich sage die traurige Geschichte eines immer weiter schrumpfenden Lehens voraus, und wer wagt zu hoffen, dass es nicht noch schlimmer kommen wird.

Diese Worte und die Pergamente, die den Anhang hieran bilden, sollen meine Rechtfertigung für das, was ich jetzt vorhabe, gegenüber späteren Generationen sein, den Söhnen D'Olbriots, die vielleicht überleben, um unseren Namen weiterzutragen.

Wir können nicht länger allein bestehen, auf der Würde unserer tief verwurzelten Unabhängigkeit. Das einsame Schaf ist des Wolfes Beute, und wir werden von allen Seiten von Plünderern bedrängt. Daher beabsichtige ich, uns mit jenen zu verbünden, die der Den-Modrical-Fahne folgen, und so viel bewaffnete Kräfte aufzubieten, wie wir nur können, als Gegenleistung für die Verteidigung unseres Landes unter der Leitung des Sieurs Laenthal. Ich habe die ganze Jahreszeit über diesen jungen Mann beobachtet, seinen Aufstieg zum Herrscher seines Hauses durch erwiesene Fähigkeiten und aufgrund seines starken Charakters, der vielen überlegen ist, die doppelt so alt sind wie er.

Kleinere Namen, die mit dem Bruch jeder Bindung an ihre frühesten Loyalitäten umhertrieben, haben sich unter sein Banner geschart. Innerhalb eines Jahres hat er eine stolze Armee aufgestellt und bemerkenswerte Siege über die räu-

berischen Briganten aus den Steppen Dalasors errungen.

Warum muss ich versuchen, meine Taten zu rechtfertigen, wenn Laenthal so offensichtlich ein tauglicher Führer ist, tatkräftig und entschlossen? Weil ich Bedenken habe, sowohl bezüglich des Ehrgeizes als auch der Praktiken von Den Modrical und weil ich diese unter dem Siegel unseres Namens kundtun will, falls ich sterbe, ehe ich in aller Form einen Nachfolger bestimmen und ihm solche wichtigen Dinge persönlich anvertrauen kann.

Ich kann einem jungen Mann seine Einbildung verzeihen, die ihn dazu bringt, unberechtigte Ansprüche auf eine legendäre Abstammung zu erheben, aber ich frage mich, warum Laenthal seine Anhänger ermutigt, so glühend zu beschwören, dass Den Modrical von so vielen alten Häusern abstammt. Ob es nun Wahrheit oder Lüge ist, die Tatsachen sind in den Nebeln der Zeit verborgen. Wozu sollen solche Märchen dienen, wenn jeder Mann meiner Generationen sich sehr gut an den niedrigen Status dieses Namens während der Mith-Ära erinnert? Sollen wir beeindruckt sein von seiner Sammlung von alten Fahnen und Abzeichen, die er einer Vielzahl von Häusern entwendet hat? Trotzdem, solche Kleinigkeiten sind weitgehend harmlos verglichen mit den täglichen Gefahren, denen wir uns gegenübersehen.

Weniger harmlos ist die Behauptung des jungen Mannes, dass jeder, der nicht auf seiner Seite stünde, als Feind betrachtet würde. Bündnistreue an der Schwertspitze zu verlangen kann nichts anderes sein als Torheit. Auch kann ich Laenthals anschließende Taktik nicht billigen, sich Loyalität zu sichern. Es ist zwar zutreffend, dass der Dienst als Page bei einem befreundeten Adelshaus immer schon zur Erziehung eines Junkers gehörte, aber in diesen unsicheren Zeiten ist dieser Brauch seit fast einer Generation in Vergessenheit geraten. Ich für mein Teil halte die Gruppe von jungen Männern, die jetzt zwischen den Besitztümern der Modrical hin- und herreist, um sie angeblich vor Banditen zu beschützen, für wenig besser als Geiseln für das wohlfeile Verhalten ihrer Familien. Und doch muss ich einen Junker von jeder Haupt- und Seitenlinie D'Olbriots benennen und sie Laenthals Obhut überstellen, ehe ich erwarten kann, dass er seine Lanzen und Schwerter bringt, um die Räuber und Herrenlosen aus dem Norden von unserem Land zu vertreiben. Dass sie gewiss lesen und rechnen lernen auf Kosten eines anderen, ist nur ein schwacher Trost, wenn ich ahne, dass sie auch mit Laenthals seltsam rücksichtsloser Philosophie geimpft werden.

Aber welch anderer Weg steht mir denn noch offen? Die Götter haben uns fast verlassen, wenn jede Zauberkunst, die die Priester in unseren Diensten gewohnt waren zu nutzen, fehlt. Soll ich denn Zuflucht zu diesen unheiligen Hexereien nehmen, die einige ohne den Segen von Gott oder Mensch ausüben können? Laenthal macht kein Geheimnis daraus, dass er solche schrecklichen Künste verabscheut und jede Ausübung solcher Künste dem Schwert überstellt, ohne Unterschied. Ich könnte ihm in seiner raschen Verurteilung vielleicht Selbstsucht unterstellen, aber ich kann nicht leugnen, dass jeder Sieur, der verzweifelt genug ist, um einen Zauberer in Erwägung zu ziehen, sich das noch einmal gründlich überlegt.

Den Modrical behaupten, dass ihre Siege der Beweis für göttliche Gunst seien. Dann lass Raeponin Laenthals Aufrichtigkeit abwägen, und Saedrin möge ihn beurteilen, wie er es für richtig hält. Ich werde es nicht tun. All meine Anstrengungen müssen dem Dienst an meinem Hause gelten, und Poldrion sei mein Zeuge, ich sehe keine bessere Wahl um D'Olbriot zu verteidigen als Den Modrical. Darauf gebe ich mein Siegel.

Die D'Olbriot-Residenz, Toremal, 7. Nachsommer, im dritten Jahr von Tadriol dem Vorsorglichen

»Einen schönen Gruß vom Sieur, und ob Ihr zu ihm in die Bibliothek kommen könntet.« Der Diener lieferte die Botschaft völlig gefühllos ab, und ich nahm sie ähnlich in Empfang.

Ich war im Wachraum des Torhauses und verbesserte einen Dienstplan, was zu einer ganzen Sammlung von Aufgaben gehörte, die mir übertragen worden waren, sobald die Festtage vorüber waren. Da sowohl Naer als auch Stoll mir an Dienstjahren überlegen waren, wurde ich für die langweiligsten und immer wieder nervigen Arbeiten eingeteilt. So ist es immer, ermahnte ich mich streng, als ich mein Messer nahm, um die Feder zuzuschneiden. Ich hatte kein Recht mich zu beklagen. Die niedrigsten Eingeschworenen müssen sogar Aborte sauber machen und die Fußböden fegen, bis der Dienst habende Offizier einen neuen Rekruten findet, auf den sie dann selbst hinuntersehen können. Die am längsten Eingeschworenen bemannen die Tore, verbeugen sich höflich vor den Adligen und streichen Silberstücke als Trinkgeld ein.

Nach eben diesem Brauch war Stoll gerade unterwegs bei einem Waffenschmied im Auftrage des Hauses, während Naer um diese Stunde mit Fyle gemütlich einen trinken würde und darüber reden, wen sie wohl aus den eifrigen Möchtegerneingeschworenen auswählen würden, die sich nach jedem Fest einstellen. Deshalb versuchte ich auch aus hastig hingekritzelten Notizen einen Sinn zu entnehmen und auszuarbeiten, wie ich Verd Urlaub geben konnte, um seinen kranken Vater zu besuchen, wenn ich nicht mehr mit Indar rechnen konnte, weil er mit einer gebrochenen Hand vom Fest zurückgekehrt war.

Ich warf einen letzten Blick auf den Plan, das musste doch wohl genügen? Dann fluchte ich leise, als ich sah, dass ich drei frische Rekruten für dieselbe Wache eingeteilt hatte. Das konnte unter keinen Umständen angehen, wenn kein erfahrener Mann da war, um ihnen das Rückgrat zu stärken.

»Pense, du hast Dienst.« Ich klappte das Tintenfass zu und legte die Feder nieder. Der ältere Eingeschworene kam eilfertig herein, um sich auf einen Schemel im Wachraum zu setzen. »Mach das Beste draus«, riet ich ihm leichthin. »Wir haben heute Nachmittag im Stallhof Dienst.«

Pense stöhnte. »Heißt das, wir sehen heute die letzten Gäste von hinten?«

Ich nickte. »Soweit ich weiß.« Ich würde genauso erleichtert sein wie alle anderen, meine Tage nicht mehr damit verbringen zu müssen, Truhen, Koffer und Einkäufe zu den Wagen und Kutschen zu schleppen, die in den letzten paar Tagen durch den Hof und die Straßen geklappert waren.

Ich ging über das leere Gelände zur Residenz. Die Hallen waren seltsam still nach der ständigen Unruhe der Festtage. Überall war geputzt und poliert worten, Girlanden waren abgehängt, die wenigen Dienstboten widmeten sich kleineren Aufgaben. Es lag eine müde Stimmung über der Residenz.

Messire war allein in der Bibliothek, wo alles wieder an seinem gewohnten Platz war. Die Truhen mit Dokumenten und Schriftstücken, die man in Erwartung einer Schlacht vor Gericht schon herausgesucht hatte, waren wieder im Archiv. Avilas Truhe, ihre verborgenen Schätze und ihre Listen waren nirgends zu sehen. Alles was mit Kellarin zusammenhing, war zu einem Salon auf der anderen Seite der Residenz geschafft worden, alles, was D'Alsennin vielleicht brauchte, separat untergebracht. Temar hatte einen stetigen Strom von Besuchern empfangen, während D'Olbriot sich zurückhielt.

»Guten Tag, Ryshad.« Der Sieur saß in einem Sessel auf einer Seite des leeren Kamins. Er bedeutete mir nicht, mich zu setzen.

»Messire.« Ich verbeugte mich.

»Wenn ich es recht verstanden habe, wurdest du gestern vor den Justiziar geladen, um gegen Kreve Tor Bezaemar auszusagen?«, fragte Messire.

»Ja. Ich sagte ihnen alles, was ich wusste.« Und viel, das ich nur vermutete oder gar riet, es war die Aufgabe des Justiziars, die Spreu vom Weizen zu trennen. Falls er jeden so ausführlich befragte wie mich, würde es eine sehr langwierige Aufgabe werden.

»Falls du mit der Wache Dienst hast, muss D'Alsennin heute Morgen ausgegangen sein«, stellte er fest. Man hatte mich zusammen mit dem leeren Empfangszimmer Temar zur Verfügung gestellt, solange er sich in den Wänden D'Olbriots aufhielt. Außerhalb war er auf sich gestellt, zumindest bis er ein paar Männer auf sich selbst einschwor.

»Wo ist D'Alsennin?«, fragte der Sieur.

»Er besucht den Sieur Den Janaquel«, antwortete ich.

»In welchem Zusammenhang?« Messire hob fragend eine Augenbraue.

Ich zögerte einen Moment. »Um über die Besitztümer des Hauses rings um Kalaven zu sprechen.«

»Um darüber zu sprechen, wie Den-Janaquel-Getreide D'Alsennins Volk ernähren könnte«, sagte der Sieur mit leisem Tadel. »Als Gegenleistung wofür? Holz? Erz? Felle?«

»Das kann ich nicht sagen, Messire«, erklärte ich.

»Kannst du nicht oder willst du nicht?« Messire hob die Hand. »Tut mir Leid, aber das ist schließlich nicht das erste Mal, dass ich das zu dir sage, oder? Ich kann mir nicht denken, dass du diese Aufteilung deiner Zeit angenehmer findest als alle anderen.«

Er machte eine Pause und erwartete offenbar eine Antwort.

»Ich tue meine Pflicht, wie es mir aufgetragen wird«, sagte ich steif. Ich empfand die ständig wechselnden Anforderungen an mich schon als eine Art Prüfung, aber wenigstens bedeutete das, dass ich viel zu beschäftigt war, um über etwas nachzudenken, das über den heutigen oder den nächsten Tag hinausging.

»D'Alsennin hat vor, etwa zum Beginn des Vorherbstes nach Kellarin zu segeln, soviel ich höre«, bemerkte Messire. »Wenn du nicht mehr so unabkömmlich bist, müssen wir uns um eine Dienstwohnung für dich kümmern. Du kannst diesen Rotschopf herkommen lassen, wenn du das noch willst. Dann können wir dir eine Dauerbeschäftigung innerhalb des Haushalts zuteilen. Ich weiß, dass Leishal noch einen Assistenten sucht, und als Erwählter könntest du helfen, die Angelegenheiten des Hauses von einem bequemen Sessel aus zu lenken, ohne dir draußen die Absätze schief zu laufen.«

Man musste es meinem Gesicht angesehen haben, denn der Sieur lachte plötzlich laut auf.

»Verzeih mir, Ryshad, aber du siehst aus wie Myred, der sich bereitmacht, um mit seinen alten Tanten zu speisen. Es ist wohl mein Fehler. Ich habe dich so lange für Nachforschungen auf die Straße geschickt, dass du für jede andere Art von Dienst wohl verdorben bist, habe ich Recht?«

Ich war mir nicht sicher, ob mir das gefiel, aber diese letzten paar Tage hatten mir gnadenlos deutlich gemacht, dass mir das Leben in der Kaserne wirklich nicht mehr gefiel. »Ich werde mich bald daran gewöhnen.« Kaum hatte ich das ausgesprochen, fragte ich mich, wie lange das wohl eine Lüge bleiben würde.

»Zweifellos«, sagte der Sieur munter, »aber es würde die Tatsache nicht ändern, dass du dafür genauso geeignet bist wie ein Reitpferd dazu, einen Kohlenkarren zu ziehen. Und es gibt noch andere Überlegungen.«

Er hielt wieder inne, doch diesmal schwieg ich.

»Die Zeit ist gekommen, offen zu sprechen, Ryshad.« Messire lehnte sich im Sessel zurück und verschränkte die Hände unter dem Kinn. »Du bist ein guter Mann, warst es immer, aber kein Mann kann zwei Herren dienen. D'Alsennin bittet dich um Rat – nein, ich habe gar nichts dagegen. Nach Tadriols Erlassen gibt es nur sehr wenige Menschen unter diesem Dach, an die er sich wenden könnte, und Saedrin weiß, dass der Junge jemanden braucht, der ihn führt. Aber ich kann auch nicht die potenziellen Gefahren außer Acht lassen. Ich bin sicher, du gibst dein Bestes, du würdest nichts anderes tun, aber schon bald könntest du feststellen, dass das, was das Beste für D'Alsennin ist, nicht unbedingt D'Olbriot dient oder andersherum. Die Interessen D'Olbriots werden sich nicht immer mit denen Kellarins decken.«

Diesmal verlangte sein Schweigen eine Reaktion, und eine lag mir von den wichtigsten Grundsätzen meiner Ausbildung auf der Zunge: »Meine erste Loyalität gilt meinem Eid.«

»Verzeih, Ryshad, aber sosehr du auch daran glauben magst, ich bin nicht länger davon überzeugt, dass das stimmt.« Messires leichter Plauder ton konnte die Ernsthaftigkeit seiner Worte nicht verdecken. »Und ich selbst trage daran viel Mitschuld. Ich habe dich ermutigt, als Untersuchungsbeauftragter deine Eigeninititative zu nutzen, auf dein eigenes Urteil zu vertrauen, aber während dieser Festtage habe ich zu viele Gelegenheiten gesehen, an denen du D'Alsennin über D'Olbriot gestellt hast. Du handelst wie ein Haushofmeister D'Alsennins, bis auf den Namen, und das kannst du nicht mit einer Spange am Arm, die meinen Namen trägt.«

Ich schaffte es, meine Stimme zu beherrschen. »Wollt Ihr damit sagen, dass ich das Abzeichen D'Alsennins tragen sollte?«

»Ich habe nichts mit D'Alsennin zu tun, sondern mit dir«, sagte Messire achselzuckend. »Meine Sorge gilt immer zuerst diesem Haus und das bedeutet, mich mit der Wirklichkeit auseinander zu setzen, wie unerwartet oder unangenehm sie auch sein mag. Eines Tages, und wahrscheinlich in nicht allzu weiter Ferne, wirst du vor der Wahl stehen, entweder dir selbst treu zu bleiben oder deinem Eid. Ich weigere mich, die Verantwortung dafür zu übernehmen, dich in eine so unerfreuliche Situation zu bringen, Ryshad, und das bedeutet, ich muss dir deinen Eid zurückgeben.«

Hohle Verwirrung erfüllte mich. »Ihr entlasst mich aus Euren Diensten?« Die Worte des Sieurs und meine eigenen hallten in meinem Kopf wider.

»Es ist an der Zeit für dich, wieder dein eigener Herr zu sein«, sagte der Sieur seufzend. »Du bist ein guter Mann, Ryshad, und loyal. Da du diese Wahl als Verrat empfinden würdest, muss ich derjenige sein, der die Entscheidung für uns beide trifft. Falls ich mich irre, dann sag es mir und ich werde dich demütig um Verzeihung bitten, aber ich habe dir diese Armspange gegeben, um dich zu ehren, und ich will nicht, dass du sie trägst, wenn sie dich unerträglich wund reibt.«

Ich konnte nichts weiter tun, als den glänzenden Kupferreif von meinem Arm zu streifen. Selbstsüchtige Bedenken kamen mir, ich konnte ihn zwar fleckenlos dem Sieur zurückgeben, aber wenn ich so seinen Dienst verlassen musste, würde das meinem Ruf unwiderruflich schaden.

Messire streckte die Hand aus und legte den glänzenden Reifen hinein.

»Danke.« Der Sieur drehte den Ring zwischen den Fingern und runzelte die Stirn. »Ich habe dir dies gegeben, um dich zu ehren, Ryshad, und ich will dich durch die Wendung der Ereignisse nicht entehren. Niemand hätte vorhersehen können, wie dieses Spiel ausgeht.«

Er legte den Armreif beiseite und griff in den Schatten zwischen seinem Sessel und der Wand. Mit einem leisen Grunzen richtete er sich wieder auf und hob eine helle hölzerne Kiste hoch, die mit Quadraten und Rechtecken in sorgfältigen schwarzen Einlegearbeiten verziert war. »Das sollte dich davon überzeugen, welchen Wert ich deinem Dienst zumesse.« Er fischte in einer Tasche nach dem Schlüssel für das Messingschloss. »Und jeden anderen, der versucht, Häme über dich zu gießen. Du wirst natürlich aus dem Torhaus ausziehen müssen, und es wäre nicht angemessen, wenn du länger mit den Dienstboten die Mahlzeiten einnimmst, aber du kannst wenigstens bis zum Ende der Jahreszeit in einer Dienstwohnung bleiben, wenn nötig auch länger. Lass dir Zeit um zu entscheiden, was du von deiner Zukunft erwartest, Ryshad, triff keine übereilten Entschlüsse. Lass dich auch nicht von den Bedürfnissen anderer Leute leiten, nicht von D'Alsennin und auch von sonst niemandem. Wie gesagt, es ist an der Zeit, dass du wieder dein eigener Herr bist.«

Mir fehlten immer noch die Worte. Ich steckte den Schlüssel in meine Gürteltasche und nahm den Kasten. Er war so breit, dass ich beide Hände brauchte, und überraschend schwer für die Größe. Als ich ihn unter den Arm klemmte, machte der eng gepackte Inhalt kaum ein Geräusch.

»Komm immer zu mir, wenn du Fragen hast«, sagte der Sieur lebhaft. »Selbstverständlich bürge ich für dich bei einem Kaufmann oder einem Wirt oder ...« Ihm fiel nichts mehr ein und ich sah, wie sich Traurigkeit schwer auf ihn legte.

Das konnte ich nicht ertragen, also machte ich eine tiefe Verbeugung. »Ich danke Euch, Messire.«

Es schien mir nicht mehr so wichtig, den Dienstplan fertig zu stellen. Ich ging aus der Residenz hinaus hinter die Küche, und setzte mich auf den Rand von Larasions Brunnen mitten im Kräutergarten. Ich stellte die Holzkiste neben mich und betrachtete sie. Wenn ein Erwählter oder Bewiesener seinen Eid bei seiner Pensionierung zurückbekommt, versammeln sich alle Eingeschworenen des Hauses, um zu sehen, wie der Sieur seine Wertschätzung durch ein kostbares Geschenk kundtut. Langjähriger Brauch war es, dass der so belohnte Mann das Geld zurückgibt mit der Erklärung, dass das Privileg, dem Namen gedient zu haben, Ehre genug sei. Wenn dieser Tag für Stoll oder Fyle kam, konnten sie dem Sieur ein solches Kompliment ganz beruhigt machen, in dem sicheren Wissen, dass sie bis zu ihrem Tod eine Dienstwohnung hatten und zu Beginn jeder Jahreszeit eine Pension aus den Truhen D'Olbriots erhalten würden. Ich hatte jetzt keinen solchen Schutz vor Unwettern mehr, die sich über meinem Kopf zusammenbrauen mochten.

Ich fragte mich, was in der Kiste war, machte aber keine Anstalten, sie zu öffnen. Ob es Kupfer oder edle Kronen waren, machte eigentlich keinen Unterschied. Zum ersten Mal seit ich auf D'Olbriots Türschwelle gelandet war, ein Bursche, der verzweifelt eine Richtung in seinem Leben suchte, stand ich vor einer ungewissen Zukunft, ohne jedes Recht auf ein Dach über dem Kopf, auf Essen, auf Hilfe von meinen Kameraden.

Warum fühlte ich mich dann so absurd erleichtert? Gefühle durchtobten mich in der Stille des Kräutergartens, und der Versuch, daraus schlau zu werden war ebenso einfach, wie das funkelnde Sonnenlicht im Wasser des Brunnens einzufangen, aber immer wieder fühlte ich, dass es eine Erleichterung war. Sie machte einer Besorgnis Platz, dann wandelte sie sich in wütenden Trotz, aber jedes Mal kam ich auf Erleichterung zurück.

Ich riss mich zusammen. Was sollte ich jetzt tun? Wo wollte ich hin, wenn meine Gnadenfrist abgelaufen war? Die Aussicht, meine Mutter davon zu überzeugen, dass ich nicht unehrenhaft entlassen worden war, war entmutigend, und es würde bestimmt mehr als ein Jahr vergehen, ehe Hansey und Ridner die spöttischen Bemerkungen ausgingen. Das allein verleidete mir die Vorstellung, nach Zyoutessela zurückzugehen. Außerdem konnte ich genauso wenig wieder Steinmetz werden, wie ich den Sieur anflehen könnte, mich wieder in seinen Dienst zu nehmen.

Und dann musste ich noch Livak sagen, wie dramatisch unsere Pläne schief gegangen waren. Es gab keine Zukunft für uns beide, für mich als Bewiesenen und seine Gattin, die in einer Stadt, angenehm weit weg von Toremal, die Angelegenheiten für D'Olbriot regelten. Also ist doch noch etwas Gutes dabei herausgekommen, grinste ich in mich hinein. Der Sieur hatte Recht, ich hatte vergessen, wie langweilig es sein konnte, dem Namen aufzuwarten. Mein Lächeln verblasste. Vielleicht hatte er mir einen Gefallen getan, aber ich fühlte mich immer noch zurückgewiesen. Es stimmte schon, es war klar, dass die Dinge nicht so weitergehen konnten wie bisher, aber ich war mir nicht sicher, ob es mir gefiel, dass mir die Entscheidung so aus der Hand genommen wurde.

Aber das ist es, was der Dienstschwur für einen tut, schalt mich eine vernünftige Ecke meines Hirns. Wenn ich hier in dieser salbeiduftenden Stille saß, musste ich zugeben, dass es mich in letzter Zeit ziemlich verdrossen hatte, mich den Entscheidungen anderer unterwerfen zu müssen. Was ich auch tun würde, beschloss ich, ich würde mich nicht auf Temar einschwören. Als junger Mann Dienst zu schwören, war leicht gewesen, mein Schicksal in die Hände eines anderen zu legen eine Erleichterung. Das Leben war damals klarer gewesen, ein Theaterstück mit vorhersehbaren Charakteren in vorgegebenen Schwierigkeiten mit schwarzweiß gezeichneten Entscheidungen. Als Erwachsener hatte ich gelernt, dass das Leben sehr viel komplizierter war. Meine eigenen Wünsche waren schon voller

Widersprüche, und ich kannte genügend Menschen, die mehr Gesichter hatten als ein Schauspieler.

Was ja alles sehr schön war, soweit es philosophische Überlegungen blieben, aber was kam als Nächstes? Meine Mutter hatte Unschlüssigkeit nie toleriert. »Du kannst dir keinen Kuchen kaufen und trotzdem dein Geld behalten«, hatte sie uns Kindern immer erklärt. Ich schloss die Kiste auf um zu sehen, wie viele Kuchen ich mir mit Messires Wertschätzung kaufen konnte.

»Bei Dasts Zähnen!« Ich konnte mir eine ganze Bäckerei kaufen mit den Stapeln von weißen Goldmünzen, mit denen die Kiste randvoll gestopft war. Ich konnte mir das Land kaufen, um den Weizen anzubauen, eine Mühle, um das Korn zu mahlen und hätte trotzdem noch reichlich Silber übrig.

Meine Lebensgeister hoben sich. Messire sagte immer, es hat keinen Zweck, darüber zu grübeln, was bereits geschehen ist, oder? Livak und ich hatten uns zum Jahreswechsel in seinen Dienst gestellt, um genug Geld zu verdienen, dass wir für unsere Zukunft eine Wahl hatten. Nun, ich hatte hier einen ganzen Koffer voller Möglichkeiten, und wenn Livak von ihren Reisen irgendwelches Ätherwissen mitbrachte, konnte das, was Planir oder D'Olbriot ihr schuldeten, unsere Möglichkeiten nur noch vergrößern.

Doch ehe ich Entscheidungen treffen konnte, ob ich nun diese Kornmühle kaufen oder eine Söldnertruppe ausstatten und losziehen sollte, um den Thron von Lescar zu beanspruchen, musste ich mit Livak reden. Ich verschloss meine Kiste, klemmte sie fest unter den Arm und versuchte mich zu erinnern, was Casuel heute vorgehabt hatte. Er konnte Verbindung mit Usara aufnehmen. Usara würde wissen, wo Livak steckte und was sie vorhatte. Dann würde ich zum Torhaus gehen und den Dienstplan fertig stellen, ich konnte zumindest meinen Urlaub von dieser Pflicht nach eigenen Wünschen richten.

Die kaiserliche Menagerie, Toremal, 20. Nachsommer im dritten Jahr von Tadriol dem Vorsorglichen

»Ihr habt eine bemerkenswerte Sammlung von Tieren.« Temar hoffte, dass er die richtigen Worte fand und vor allem, dass er sich nicht so gelangweilt anhörte, wie er sich fühlte. Zweifellos war ein höflicher Plausch mit dem Kaiser eine Pflicht seiner neuen Stellung, doch er hätte sich lieber wieder um die zahllosen Dinge gekümmert, die er organisieren musste, ehe er wieder zurück nach Kel Ar'Ayen fuhr.

»Obwohl es nicht ganz das ist, was man in einem so hübsch rationalen Garten erwartet, nicht wahr?« Der Kaiser warf einem winzigen, kupferfarbigen Äffchen mit weißem Gesicht, das still in der Ecke eines Käfigs saß, eine Nuss zu. Es beobachtete ohne sichtbare Regung, wie der Leckerbissen landete. »Aber es ist zu so einer Art Wettstreit zwischen den Häusern geworden, mir ein Tier zu schicken, das man in Toremal noch nie zuvor gesehen hat, eine exotische Seltenheit, die man von einem Aldabreshi-Kriegsherrn erstanden hat, oder eine haarige Kuriosität aus dem Großen Wald.«

Temar betrachtete den missmutigen kleinen Affen, der traurig zurückstarrte. »Dann muss ich sehen, welche Merkwürdigkeiten Kel Ar'Ayen zu bieten hat.« Wurde das von ihm erwartet?

»Das ist ein Wettstreit mit den Namen auf dieser Seite des Ozeans, dem Ihr wohl ohne allzu große Gefahr beitreten könnt.« Der Kaiser verbeugte sich höflich, als zwei Demoiselles vorbeigingen, die interessiert in eine Voliere schauten, in der leuchtend bunte Singvögel herumflatterten und Hühnervögel mit prächtigen Schwanzfedern im Boden scharrten. »Die Leute glauben mit Sicherheit, dass wir uns darüber unterhalten, deshalb habe ich Euch gebeten, mich hier zu treffen.«

Temar sah sich in den Gärten um, in denen Paare, junge und alte, zwischen Käfigen und Gehegen herumschlenderten, Spitzenschleier vor dem Gesicht, um die empfindliche Haut vor der Sonne zu schützen und fedrige Fächer in der Hitze wedelnd.

»Einige dieser Vögel müssen zehnmal ihr Gewicht in Gold wert sein, schon allein wegen ihrer Schwanzfedern«, bemerkte er.

Der Kaiser nickte. »Wir haben hin und wieder einen Einbruch, aber wir lassen nach Einbruch der Dunkelheit Mastiffs herumlaufen. Es ist eine Schande, dass wir keine Wölfe mehr haben, die wir loslassen können. Das würde die Übeltäter gewiss fern halten!«

»Dann gibt es hier solche größeren Tiere nicht mehr?« Temar wunderte sich, wann Tadriol auf das eigentliche Thema zu sprechen kommen würde.

Der Kaiser kicherte. »Zu Zeiten von Aleonne dem Galanten war es Mode, dass die Häuser dem Kaiser die Tiere schickten, die sie in ihren Wappen trugen. D'Olbriot schickte einen Luchs, meine Vorväter einen Bullen, so in der Art.«

»Eine Steineiche wird jedenfalls nicht schwer zu beschaffen sein«, sagte Temar humorvoll.

»Dann schickt mir unbedingt eine.« Tadriol deutete mit der Hand auf einen nahen Baum, der mit langen, flammenfarbigen Blüten bedeckt war. »Der da wurde von Den Bruern gepflanzt, ehe sie in D'Olbriot aufgingen. Nein, das ganze Spiel geriet in Verruf, als der Aberglaube um sich griff. Der Sieur

Den Haurient starb zwei Tage, nachdem der Wolfswelpe, den er geschickt hatte, tot umfiel, und danach ertranken fast die Hälfte der Junker Den Somaer, als ihr Schiff unterging, keine zehn Tage, nachdem eine Schar ihrer Fasanen an einem Husten eingegangen war.«

»Also hütete jedermann die Gesundheit seiner Tiere wie seine eigene?«, riet Temar. Steckte irgendein Hinweis, den er aufnehmen sollte, hinter all diesen Nebensächlichkeiten? Er hatte wirklich Wichtigeres zu tun.

»Ganz recht.« Der Kaiser ging weiter und blieb stehen, um eine Nuss in ein scheinbar leeres Gehege zu werfen. Ein kleines pelziges Tier, das Temar nicht recht einordnen konnte, schoss aus einem Loch und verschwand wieder mit seiner Beute. »Dann begannen Gerüchte über den Tor-Leoreil-Fuchs, der jede Frau ankläffte, die keine Jungfrau war, und eine Hand voll Verlobungen wurden aus diesem Grund gelöst. Die endgültige Katastrophe war ein Wildschwein, das D'Istrac aus Dalasor geschickt hatte. Irgendeine Demoiselle versuchte es zu streicheln, und es biss ihr die Finger ab.«

»Wie schrecklich«, sagte Temar mitfühlend. Er betrachtete die weitläufigen Gärten. »Im Alten Palast gab es auch eine Menagerie. Castan der Schlaue legte den Burggraben trocken, bepflanzte ihn mit Gras und zäunte einzelne Abschnitte ein. Häuser schickten ihm Wölfe und Bären als Symbol dafür, dass die Macht Tormalins die Wildnis von Dalasor zähmte, jedenfalls hat mein Großvater mir das so erzählt.«

»Das steht nirgendwo berichtet«, sagte der Kaiser erstaunt.

»Im Chaos verloren, zweifellos.« Temar seufzte.

»Gegen Ende des vierten Jahres von Nemith dem Letzten auf dem Thron waren ohnehin keine Tiere mehr vorhanden. Er wollte nicht für ihren Unterhalt aufkommen, also ließ er alle Tiere in Kämpfen gegeneinander antreten.«

»Je mehr ich über diesen Mann erfahre, desto mehr verabscheue ich ihn«, bemerkte der Kaiser.

»Es hat ihm keinen Beifall eingetragen, nicht einmal von seinen Speichelleckern«, nickte Temar. »Und er stand mehr als einmal wie ein Trottel da, zum Beispiel als neun Luchse sich weigerten, einen Bären anzugreifen.«

»Das erstaunt mich nicht.« Der Kaiser aß selbst eine seiner Haselnüsse. »Mir wurde Nemith der Letzte als schlechtes Beispiel zur Warnung vorgehalten, als ich noch nicht mal aus meinen weichen Schuhen heraus war.«

»Wieso müsst Ihr etwas über einen so kümmerlichen Artgenossen lernen?«, fragte sich Temar laut.

»Jeder Junge, der eines Tages vielleicht sein Haus führen wird, wird über Nemiths Herrschaft unterrichtet. Es ist eine Lektion darüber, wie das Reich in die Knie gezwungen wurde, weil eine Gruppe einer anderen vorgezogen wurde, indem man die Würde der Häuser nicht beachtete, indem man den Wohlstand der Reichen plünderte und sich nicht um die Geschäfte und Handel der Armen kümmerte, die uns alle am Leben halten.« Der Kaiser sprach mit aufrichtigem Ernst, er wiederholte nicht nur die Lektion seiner Jugend.

Temar ging weiter und spürte die Sonne heiß im Rücken. »Kreve Tor Bezaemar kann bei dieser Lektion nicht besonders gut zugehört haben.«

Der Kaiser seufzte. »Es wäre besser für ihn gewesen, wenn er es getan hätte. Aber ich habe keine

Ahnung, mit welchen Ideen die gute Dirindal ihm den Verstand vernebelt hat. Er sagt kein Wort zu irgendjemandem, nicht einmal zum Justiziar, nicht zu seinen Besuchern, nicht zu den Wärtern.«

»Er wird der Gerechtigkeit nicht entgehen, schwört Ihr mir das?« Temar packte den Kaiser beim Arm, zum Kuckuck mit der Höflichkeit.

Tadriol sah entschlossen drein. »Er wird nicht entkommen. Wenn der Justiziar seine Untersuchung abgeschlossen hat, wird der Junker Tor Bezaemar ein so gerechtes Verfahren erleben, wie es die tormalinische Justiz vermag, und anschießend die schnellstmögliche Hinrichtung. Glaubt mir, ich hatte ein Auge auf Kreve, genau wie mein Vater immer Dirindal verdächtigte, irgendwie die Hand beim Tod seines Bruders im Spiel gehabt zu haben. Unsere Untersuchungsbeamten fördern alle paar Jahreszeiten etwas zu Tage, das uns misstrauisch macht, aber wir hatten noch nie etwas in der Hand, das einer Beweisaufnahme vor Gericht Stand halten würde.«

»Danke.« Temar fand das Wort unzulänglich, aber ihm fiel nichts anderes ein.

»Nein, ich danke Euch.« Der Kaiser ging langsam weiter. »Das ist einer der Gründe, weshalb ich Euch heute herbat, um meinen Dank auszusprechen. Diese ganze traurige Geschichte hat mir Gelegenheit gegeben, Dinge zu tun, für die ich sonst zehn Jahre gebraucht hätte. Jetzt habe ich die Chance, ein Kaiser zu werden, wie ich es sein will, ein Herrscher, wie mein Onkel es hätte werden können.«

»Das verstehe ich nicht«, sagte Temar vorsichtig. Jetzt da sie endlich zum Grund seines Hierseins vorgedrungen waren, musste er allerdings sehr behutsam auftreten.

»Denkt einmal darüber nach.« Tadriol schob die Hände in die Hosentaschen. »Indem ich per kaiserlichem Erlass diesen Streitigkeiten ein Ende setzte, habe ich allen gezeigt, dass ich keine Marionette bin, die nach D'Olbriots Willen auf dem Thron tanzt, während der Sieur hinter mir steht und die Fäden hält. Dieser Verdacht war immer der Preis für seinen Dienst als Ratgeber.« Er sah Temar an. »Ich wurde vor meinen älteren Brüdern zum Kaiser gewählt, weil sie bereits verheiratet waren und man sie für zu sehr den Namen ihrer Gattinnen verpflichtet hielt. Das war eine Hauptsorge der Fürsten im Rat. Andererseits hielt man mich für jung genug, um mich leicht manipulieren zu können, vor allem von den Patronen, die gewohnt waren, dem Kaiser Rat zu erteilen, der ohne große Diskussion angenommen wurde. Auch Ihr werdet früher oder später solchen Haltungen begegnen.«

»Ich glaube, das bin ich schon«, sagte Temar trocken. Er hatte gelernt, dass er von jedem Namen, mit dem er hoffte, ins Geschäft zu kommen, zwei Besuche zu erwarten hatte: einen von den designierten Nachfolgern, die hofften, er wäre ein Einfaltspinsel, den man sanft übertölpeln könne, und einen von ihren Sieurs, die ernsthaft mit ihm redeten.

Der Kaiser lächelte wissend. »Später, durch die Hinrichtung Kreves, werde ich dem Volk und den Kaufleuten auf eindeutige Art klar machen, dass ich nicht zulasse, dass adlige Abstammung vor den Folgen einer Handlung schützt. Das ist etwas, das Ihr mit zurück nach Kellarin nehmen müsst, ein Gespür für Euer ganzes Volk, von den Höchsten bis zum Niedersten.«

»Ich wuchs auf in einer Tradition viel engerer

Bindungen zwischen Adel und Volk.« Temar glaubte seine Empörung recht gut heruntergeschluckt zu haben. Tadriol konnte noch eine Menge mehr vom Alten Reich lernen außer Nemiths Fehler nicht zu wiederholen.

»Ich versuche nur, Euch zu raten«, sagte der Kaiser mild. »Meine Erlasse haben Euch von der Hilfe D'Olbriots abgeschnitten, und ich mache mir Sorgen, dass Euch das behindert. Ein weiterer Grund, weshalb ich Euch herbat, war Euch meine Hilfe anzubieten. Lasst mich wissen, ob Ihr zum Beispiel eine neutrale Einschätzung eines Hauses braucht, eine diskrete Beurteilung von Kaufleuten, mit denen Ihr ins Geschäft kommen wollt. Ich hörte, dass D'Olbriot diesen erwählten Mann entlassen hat, aber Ihr braucht schon bald noch mehr Dienstboten, vor allem welche, denen Ihr trauen könnt, Eure Angelegenheiten auf dieser Seite des Ozeans zu regeln, auch wenn Ihr nicht da seid, um sie im Auge zu behalten. Ich kann einen Justiziar Nachforschungen über jeden vornehmen lassen, den Ihr auf Euch einschwören wollt.«

»Nochmals vielen Dank.« Diesmal war Temars Dankbarkeit nicht gespielt. »Ich gestehe, ich finde die Aussichten, die ich vor mir habe, entmutigend.«

»Fast so entmutigend wie meine Akklamation auf den Thron, zweifellos.« Tadriol setzte sich auf eine Bank im Schatten eines breitblättrigen Baumes. »In gewisser Weise haben wir beide viel gemeinsam.«

»Vielleicht«, sagte Temar wachsam.

»Also können wir uns vielleicht gegenseitig helfen im Laufe der Zeit«, schlug der Kaiser unschuldig vor. »Habt Ihr inzwischen alle Artefakte aufgespürt, die Ihr suchtet?«

»Alle bis auf eine Hand voll, und wir glauben zu

wissen, wo wir diese finden können.« Temar konnte seine Erleichterung nicht verleugnen. »Wenn wir alle wiedererweckt haben, Familien wieder vereint, wird Kel Ar'Ayen viel besser in die Zukunft schauen können.«

»Gut.« Die warme Anerkennung des Kaisers war nicht vorgetäuscht. »Ich wollte schon lange fragen, war mein Ring eigentlich eins der Stücke, die Ihr brauchtet?«

»Nein, ehrlich gesagt nicht.« Temar war ein wenig verlegen, dies gestehen zu müssen.

Der Kaiser lachte. »Die Chancen waren ziemlich gut. Es war das einzige Erbstück, das ich finden konnte, was genügend alt und seltsam war, dass die Leute glauben konnten, es stamme aus Kellarin.«

»Ich habe ihn bei mir.« Temar zog den schweren Silberring vom Finger. »Und wir können Euch nicht genug danken für diesen Erlass.«

»Dankt mir nicht zu viel.« Der Kaiser winkte Temars Angebot des Rings beiseite. »Diese ganze Sache mit Verzauberungen, Geist, der bewusstlos in den Schatten liegt, das hat mir schlaflose Nächte verursacht. Aber ernster war, dass die Streitereien darüber, wer welches Schmuckstück oder Kleinod hat, eine große Gefahr bargen, Uneinigkeit heraufzubeschwören. Es gibt viel, was die angestammte Ordnung in Unruhe bringt, was ich nicht beeinflussen kann – neue Geschäftszweige, neuer Wohlstand, neue Ideen –, aber das war ein Gerangel, das ich beilegen konnte. Ich will ehrlich mit Euch sein, einer der Gründe, weshalb ich Euch helfen will, Kellarin für die Zukunft zu rüsten, ist sicherzustellen, dass Eure Sorgen das Leben hier so wenig wie möglich erschüttern. Wir können es uns leisten, euch fünfmal so viele Juwelen und Schätze auszuhändigen, wie Ihr verlangt habt, aber wir können uns nicht ein Zehntel dieser Unruhe unter den führenden Häusern leisten. Behaltet den Ring als Erinnerung daran.«

»Als Erinnerung, was wir Euch schulden?«, fragte Temar.

»Das auch«, gab der Kaiser fröhlich zu. »Und als Zeichen meines Versprechens, immer aufrichtig mit Euch zu sein, selbst wenn es einmal anders aussehen sollte. Aber Ihr habt doch einzigartige Hilfe, wenn es dazu kommt, die Wahrheit von der Lüge zu scheiden, nicht wahr? Ich glaube, Demoiselle Tor Arrial kann in dieser Hinsicht Hervorragendes leisten.«

Da kam sie, merkte Temar, die Forderung nach Bezahlung. Aber hatte die Welt nicht schon immer so funktioniert? Und die Begleichung einer Schuld in Geld oder Ehre machte einen Mann frei, nicht wahr? Es war nicht so schlimm, solange Temar bereit war den Preis zu zahlen. »Ihr würdet einen solchen Dienst als Gegenleistung für all die Hilfe zu schätzen wissen, die Ihr uns geleistet habt?«

»Ihr habt schon viel über die Wege gelernt, wie Toremal funktioniert«, sagte der Kaiser beifällig. »Sagen wir, ich würde es schätzen, wenn die Demoiselle mir ein wenig von ihrer Zeit schenken würde, damit sie mir erzählen kann, was Zauberkunst zu bieten hat. Ich würde auch gern einmal Demoiselle Guinalle kennen lernen, falls sie jemals diese Küste besucht. Zauberkunst hielt ein tormalinisches Reich zusammen, das vom Meer bis zum Großen Wald reichte, und während unsere Grenzen jetzt auch sehr geschrumpft sind, unsere Angelegenheiten werden mit jeder Jahreszeit immer komplizierter. Wenn die Pflichten eines Kaisers zu

Eurer Zeit hauptsächlich militärischer Art waren, so gelten meine Sorgen fast alle dem Handel. Es ist meine Aufgabe dieses große Handelsschiff auf Kurs zu halten, Privilegien und Verpflichtungen auszubalancieren, die widersprüchlichen Interessen von Reich und Arm gleichermaßen zu behandeln. Wenn Ihr mir dabei Hilfe bieten könnt, schulde ich Euch mehr, als ich sagen kann.«

Temar sah Tadriol in die Augen, fand dort aber nichts als Aufrichtigkeit. »Ich werde mit Avila und Guinalle darüber sprechen«, versprach er. »Aber ich dachte, Ihr mögt keine Magie?«

»Ich mag keine Zauberer«, erklärte der Kaiser fest. »Aber das ist eine ganz andere Sache. Es ist nicht ihre Zauberei, der ich misstraue, Saedrin sei mein Zeuge, wenn auch die Vorstellung, dass Menschen mit Händen voll Feuer um sich werfen, mir schon Angst macht. Jeder rationale Mensch würde sich davor fürchten. Nein, ich misstraue Zauberern mit politischem Ehrgeiz, zum Beispiel diesem Kalion, Herdmeister oder wie er sich auch nennt. Er ist auch jemand, vor dem Ihr auf der Hut sein solltet.«

»Kel Ar'Ayen braucht die Zauberer von Hadrumal«, sagte Temar ernst. »Falls die Elietimm angreifen, brauchen wir ihre Magie zu unserer Verteidigung.«

»Und wenn die Schiffe der Eisländer an unseren Küsten auftauchen, rufe ich am lautesten nach Planir, dass er sie mit jedem Zauber, der ihm einfällt, zerbersten lässt«, gab der Kaiser zu. »Aber ich werde nicht hinnehmen, wenn ein Zauberer glaubt, er könne diese Erwartung gegen seinen Einfluss auf Tormalins Angelegenheiten tauschen. Zauberer waren ein Faktor im Chaos, und ich lasse sie nicht den Topf umrühren, während ich mich hier um das

Feuer kümmere. Ich schlage vor, Ihr macht das für Kellarin ebenso deutlich.«

»Ich glaube, Hadrumal wird sich eine Weile nur um seine eigenen Angelegenheiten kümmern«, sagte Temar mit einer gewissen Trauer. »Der Wolkenmeister Otrick, einer der höchsten Magier, ist an der Hexerei, die ihn letztes Jahr niederwarf, nun doch gestorben.«

»So etwas hatte ich schon gehört.« Der Kaiser schwieg einen Moment. »Trotzdem, das ist Sache des Erzmagiers. Ihr und ich, wir haben unsere eigenen Reiche zu regieren zu beiden Seiten des Ozeans. Sollen wir tun, was wir können, um uns gegenseitig zu helfen?«

Temar sah dem Kaiser wieder in die Augen fand dort nur gewinnende Aufrichtigkeit. »Ja«, antwortete er schlicht.

Der Südhafen, Toremal, 35. Nachsommer im dritten Jahr von Tadriol dem Vorsorglichen

Ich hatte immer wieder geprobt, was ich Livak sagen wollte, aber mir fehlten die Worte, als ich sie auf der Gangway des Schiffes stehen sah. Dast rette uns, was war mit ihrem Haar passiert? Als ich sie das letzte Mal gesehen hatte, kurz nach der Wintersonnwende, reichte es ihr bis auf die Schultern und war lang genug, dass meine Mutter leise Hoffnung ausdrückte, es für eine Sommerhochzeit flechten zu können. Jetzt war es kurz geschnitten und das lebhafte Rot war ein Gelbbraun mit hellen Strähnen.

Sie sah mich und lief auf mich zu, ihren Rucksack, der das Einzige war, was sie je zu brauchen schien, über eine Schulter geschlungen. Ich fing sie in meinen Armen und drückte sie fest an mich, vergrub mein Gesicht an ihrer Schulter und hätte sie am liebsten nie mehr losgelassen. Dann schwang ihre Tasche herum und traf mich unter den Rippen.

»Was hast du da drin – Ziegelsteine?« Ich stellte sie wieder auf die Füße. »Und was in Dastennins Namen hast du mit deinen Haaren gemacht?«

Sie grinste zu mir hoch. »Erinner mich daran, dass ich Shiv sage, er schulde mir eine Goldmark.«

Ich hob die Augenbrauen. »Warum?«

»Er sagte, das Erste, was du sagen würdest, wäre etwas über meine Haare. Übrigens, hallo.«

»Hallo.« Ich stand da und grinste dümmlich. »Und was ist nun mit deinen Haaren passiert?«

»Ich musste sie bleichen, um als Bergvolkgeborene durchzugehen«, sagte sie sorglos. Sie lachte. »Erinnerst du dich noch? Als wir uns in Inglis zum ersten Mal begegnet sind, sprachen wir über Haare und Verkleidungen, als wir beide versuchten, die Elietimm aufzuspüren.«

»Versuchst du, das Thema zu wechseln?«, neckte ich sie.

»Worüber willst du denn reden?«, entgegnete sie.

»Wie war die Reise?« Ich wusste besser als die meisten, wie sehr Livak Schiffe hasste.

»Ich hatte schon Schlimmere«, sagte sie knapp.

»Ich wollte dich nur so schnell wie möglich bei mir haben.« Ich war ein wenig schuldbewusst, dass ich ihr nicht vorgeschlagen hatte, die kürzere Überfahrt nach Caladhria zu nehmen und den Rest des Weges über Land zu machen. Ich hätte gewartet.

Sie lächelte wieder. »Ich wollte hier sein. Das war mir ein bisschen Übelkeit wert.«

Ich nahm ihre Hand, und wir gingen durch den Hafen. Die Reeperbahn war jetzt voll Leben, Läufer spannten Garn zwischen den Pfosten, Seilmacher schwitzten, während sie die Griffe drehten, um Zahnräder und Ratschen um und um zu drehen, sodass sich die Hanfstränge umeinander und gegeneinander verdrehten, und wenn einer sich lösen wollte, drehte er die anderen nur noch umso fester.

»Nach all den höflichen Gesprächen, die die Zauberer übermittelt haben, hätte ich erwartet, dass du mehr zu sagen hast, jetzt, da wir endlich allein sind.« Livak legte den Kopf zur Seite und sah mich fragend an.

Ich lachte. »Ich konnte dir kaum endlose Freuden hinter den Bettvorhängen versprechen, wenn Casuel jedes Wort weitergab.«

»Vielleicht hätte er ja noch etwas lernen können«, bemerkte sie bissig.

»Oder er wäre an dem Schock gestorben. Also, was hast du im Laufe des Sommers gelernt?« Wenn wir schon unsere Erfolge vergleichen mussten, konnte sie auch anfangen.

»Fühl mal das Gewicht.« Sie reichte mir ihre Tasche, und ich spürte ein solides Gewicht am Boden, das nur von Münzen stammen konnte. »Das habe ich letztendlich aus diesem Geizkragen Planir herausgekitzelt.«

»Also hast du Ätherwissen mitgebracht?« Ich erinnerte mich daran, wie gut es war, dass einer von uns es geschafft hatte, seinen Patron zufrieden zu stellen. »Aus dem Wald oder den Bergen? Entsprach das Liederbuch deinen Erwartungen?«

»Wir haben ein Mädchen aus den Bergen mitgebracht, das in ihrer Form der Zauberkunst bewandert ist«, sagte Livak so ausweichend, dass sie mich langsam misstrauisch machte.

»Wie habt ihr das geschafft?«

Sie zuckte die Achseln. »Das ist eine lange Geschichte. Ich erzähle sie dir später, bei einem Glas Wein.«

»Damit ich etwas habe, das mir über den Schock hinweghilft?« Ich hängte mir ihren Beutel über die Schulter.

»So ungefähr«, gab sie zu und schlang ihren Arm um meine Taille. »Wie war dein Sommer? Hast du dich bei Messire unentbehrlich gemacht? Ich muss ihm viel über dieses Liederbuch erzählen, und ich erwarte, dass er ein hübsches Sümmchen dafür bezahlt.« Livak blieb stehen und sah mit einiger Besorgnis in ihren grünen Augen zu mir auf. »Casuel hat Shiv erzählt, dass du dem Kaiser einen besonderen Dienst erwiesen hast oder so?«

»So kann man es auch ausdrücken. Es war auf

jeden Fall ein ereignisreiches Sonnwendfest.« Ich legte ihr den Arm um die Schulter, und wir gingen weiter.

»Was ist mit dem Sieur?«, beharrte Livak. »Wieviele Stufen bist du die Leiter hochgeklettert?«

Ich holte tief Luft. »Ich habe ihm das Leben gerettet, ihm und Camarl, als angeheuerte Schurken versuchten, sie zu töten.«

Livak strahlte. »Das muss aber einige Kronen wert gewesen sein.«

»Er hat anständig bezahlt«, versicherte ich ihr. »Und hat mir mit dem Gold meinen Eid zurückgegeben.«

Livak ließ ihren Arm sinken und drehte sich zu mir. Ihre lebhaften Augen suchten in meinem Gesicht nach meinen Gefühlen. »Er hat dich entlassen? Nachdem du ihm den fetten Hals gerettet hast? Wie kann er es wagen?« Ihre Entrüstung wärmte mich.

»Es ist ein bisschen komplizierter.« Ich hörte einen bedauernden Ton in meiner Stimme. »Ich habe Temar geholfen, diese Artefakte zu finden und auf D'Alsennins Interessen zu achten. Der Sieur kam zu dem Entschluss, dass ich mich gezwungen sähe, zwischen D'Alsennin und D'Olbriot zu wählen, und D'Olbriot wollte mich nicht so in die Ecke drängen.«

Livak schnaubte vor Verachtung. »Das klingt nach einer faulen Ausrede.«

»Mir reicht es«, versicherte ich ihr.

Sie sah mich lange an. »Du bist nicht wütend? Verletzt? Gekränkt?«

»Ich war das alles«, seufzte ich, »aber ich bin vor allem erleichtert. Und der Sieur hatte in gewisser Weise Recht. Den Status eines Erwählten anzunehmen, wo ich doch nichts weiter wollte als den Dienst am Hause als Mittel zu verwenden, um uns eine gemeinsame Zukunft zu sichern – das entsprach nicht meinem Eid. Ich habe an mich selbst gedacht, mich nicht dem Namen verpflichtet, und das ist nicht ganz ehrlich.«

»Gar nicht ehrlich, wenn der Preis für Loyalität nicht mehr als ein Bett und ein voller Bauch für neun von zehn Männern bedeutet«, spottete Livak. Dann wurde sie ernst. »Aber du hast nicht dein Nest beschmutzt? Du stehst immer noch auf gutem Fuße mit dem Sieur? Falls wir auf uns selbst gestellt sind, brauchen wir sicher das, was er mir schuldet, und ich möchte lieber, dass er uns das Geld selbst gibt.«

»Sonst kletterst du in dunkler Nacht durch eins der oberen Fenster und suchst dir eine angemessene Entschädigung?«

»So ungefähr.«

Ich erwiderte ihr schalkhaftes Grinsen, aber wir beide wussten, dass es kein Scherz war. »Ich denke, der Sieur wird die Logik einsehen, dich angemessen zu entlohnen«, sagte ich trocken.

Livak hakte sich bei mir unter, und wir gingen ein Stück weiter entlang des Kais, blieben stehen, um schwer beladene Hafenarbeiter vorbeizulassen und betrachteten die wartenden Schiffe mit müßiger Neugier. Der Hafen war so voller Schiffe, dass wir kaum das Wasser sehen konnten, die friedliche See aufgewühlt zu sandigem Grün und getupft mit Treibgut.

»Falls wir in den nächsten Jahren nicht vom Geld des Sieurs leben, was tun wir dann?« Livak nagte an ihrer Unterlippe, aber sie schien nicht übermäßig beunruhigt bei der Aussicht auf Freiheit. »Ist Charoleia noch in der Stadt? Sie weiß immer, wie man in kurzer Zeit sein Geld verdoppeln kann.«

»Diese Unterhaltung hatten wir schon einmal«, erinnerte ich Livak sanft. »Was immer wir tun, wo immer wir auch hingehen, ich bleibe auf der sonnigen Seite des Gesetzes, und Charoleia hat für meinen Geschmack etwas zu viel für den Schatten übrig.«

»Mochtest du sie nicht?«, fragte Livak mit schmalen Augen.

»Ich mochte sie schon«, sagte ich besänftigend. Das heißt, ich wusste genau, wie wichtig Livak ihre Freunde waren. »Und sie war uns eine enorme Hilfe, mir und Temar. Es ist nur so, dass ich nicht vorhabe, in ihrem Gewerbe tätig zu werden.«

Livak grinste breit. »Dafür bist du ja auch nicht hübsch genug.«

»Das hast du vergessen zu erwähnen, nicht wahr? Dass sie so eine Schönheit ist?« Ich stupste Livak anklagend mit dem Finger. »Du wolltest wohl sehen, ob ich in diese Bärengrube falle?«

»Du hast doch dieser Aldabreshi-Frau gegeben, was sie wollte, oder?«, sagte sie herausfordernd.

Ich brachte eine gekränkte Miene zustande. »Ich war nur ein pflichtbewusster Sklave, der tat, was man ihm befahl.«

»Du solltest auf deine Zunge aufpassen«, meinte Livak. »Wenn sie noch länger wird, wird dich jemand daran aufhängen.« Aber sie lächelte dabei.

Ich zog sie an mich und küsste sie leidenschaftlich, ohne auf die Pfiffe und Rufe zu achten, die beifällig von den Hafenarbeitern kamen. Ich hätte mich vielleicht zu einem Fehltritt mit Charoleia verlocken lassen, nur für einige Augenblicke, aber jeder kann eine Drossel für eine Nachtigall halten, wenn er andere Dinge im Kopf hat. Aber er wird nie eine Nachtigall für eine Drossel halten, und jetzt, wo ich sie in den Armen hielt, wusste ich, dass Livak meine Nachtigall war. Vielleicht würde ich es ihr sogar sagen, wenn ich Worte finden würde, über die sie nicht lachen und mich einen sentimentalen Trottel nennen würde.

»Ryshad! Gut gemacht!« Eine vertraute Stimme rief mich an und brach ab, als Temar sah, dass ich anderweitig beschäftigt war.

»Und dir einen guten Tag.« Livak drehte sich in meinem Arm und und winkte ihm unbekümmert zu.

Ich hielt sie fest, meine Arme unter ihren Brüsten, ihre Hände auf den meinen. Ich beugte mich dicht an ihr Ohr. »Temar allerdings ist schnurstracks in Charoleias Honigtopf gefallen.«

Sie sah zu mir auf und öffnete den Mund zu einer Frage, doch Temar war bei uns, ehe sie sie aussprechen konnte. Allin war bei ihm, ihr sonst so offenes Gesicht verschlossen und müde.

»Hallo.« Livaks Stimme war warm vor Mitgefühl. »Es macht es bestimmt nicht einfacher, aber es tut mir sehr Leid wegen Otrick.«

Allin wurde rot. »Er war immer so nett zu mir.« Sie schluckte und schien nicht weiterzukönnen.

Ich sah Temar an, doch er legte tröstend seinen Arm um ihre Schulter. »Wie nimmt Velindre es auf?« Die Magierin war mindestens jeden zweiten Tag aufgetaucht mit einer neuen Karte oder Änderungen an einer alten, und bot ihren Rat bezüglich der Winde, Strömungen und Meerestiefen an. Ich hatte noch immer nicht herausgefunden, welches Spiel sie spielte.

»Sie sagt, sie könne unter diesen Umständen nicht mit uns nach Kel Ar'Ayen kommen.« Temar lächelte freudlos. »Sie muss nach Hadrumal zurück, da Planir nun keine Ausrede mehr hat, keinen neuen Wolkenmeister oder eine -meisterin zu ernennen.«

Die Vorstellung, dass der Erzmagier zu beschäftigt sein würde, um sich in unsere Angelegenheiten zu mischen, war nicht unwillkommen, soweit es mich betraf.

»Gehst du zurück nach Hadrumal?« Livak sah Allin an.

Das Mädchen schniefte trotzig. »Nein. Ich gehe nach Kellarin. Ich sagte, ich gehe, und ich gehe auch. Es ist mir egal, was Casuel sagt, ich kann mich dort nützlich machen.«

»Du bist immer nützlich«, sagte Temar herzlich. »Und ich werde Casuels Einwände schon beilegen.«

»Wie?«, fragte ich neugierig.

Temar grinste. »Indem ich ihm sage, dass mir eingefallen ist, dass der letzte D'Evoir, mit dem er so verzweifelt gern verwandt wäre, sowohl Söhne als auch Brüder hatte. Der Mann heiratete nach Den Perinal ein, und seine Brüder nahmen Frauen von Den Vaedra und Den Coirrael.«

»Und wenn Cas dann aus den Archiven auftaucht, in denen er diesen Namen nachspürt, werden deine Schiffe nur noch eine blasse Erinnerung am Horizont sein«, schloss ich. »Cas hat den Ehrgeiz, zu noblem Stand aufzusteigen«, erklärte ich Livak, die verblüfft dreinsah.

»Viel Glück für ihn«, höhnte sie.

»Ganz recht.« Temar zögerte. »Aber wenn wir noch vor dem Vorherbst Segel setzen wollen, muss ich noch viel nach Zyoutessela senden, was dann über Land zum Ozeanhafen gebracht werden muss. Bitte entschuldigt uns.«

Livak und ich traten beiseite, um sie vorbeizulassen, während Temar geistesabwesend Allins Hand nahm.

»Ich frage mich, wie lange die beiden wohl brauchen um zu merken, dass sie mehr als Freunde sein sollten?«, überlegte sie

»Das hängt davon ab, ob er immer noch Augen für eine andere hat oder nicht, sobald er wieder bei Guinalle ist«, meinte ich. »Allin ist ein sehr kleiner Mond verglichen mit ihrem Glanz. Wenn auch Charoleias Spielchen ihm sicherlich etwas zum Nachdenken auf diesem Gebiet gegeben hat.«

»Halice wird schon dafür sorgen, dass Temar Allin bemerkt, wenn ich sie darum bitte«, sagte Livak listig. »Und es wird dieser Guinalle nicht schaden, wenn sie mal vor den Kopf gestoßen wird. Wenn du mit einem Kerl schläfst und ihn dann davonjagst, dann mach es auch richtig. Guinalle spielt nicht fair, wenn sie ihn ermutigt, weiter zu hoffen und sie keine Absicht hat, ihn zurückzunehmen. Außerdem wird Usara nur allzu froh sein, sie trösten zu können.«

Ich blickte auf Livak hinunter. »Magst du Guinalle nicht?«

»Ich kenne sie kaum.« Sie war unbekümmert. »Aber sie ist für meinen Geschmack gewissen Zauberern zu ähnlich. Warum lässt ein magisches Talent die Leute nur glauben, sie hätten das Recht anderen zu sagen, wie sie ihr Leben zu leben haben?«

»Temar wird sich das von Guinalle nicht mehr bieten lassen, nicht wenn die offene Aussprache, die er neulich mit ihr hatte, ein Anzeichen ist.« Ich lachte. »Avila Tor Arrial hat Zauberkunst benutzt, um ihm zu helfen, mit ihr in Kontakt zu treten, und der Zauber wäre ihr beinah entglitten, so empört war sie.«

Livak runzelte die Stirn. »Ist das die dürre alte Frau, die immer aussieht, als hätte sie gerade in einen sauren Apfel gebissen?«

»Jetzt ist sie nicht mehr so sauer«, lächelte ich. »Und sie wird auch nicht nach Kellarin zurückgehen, wie es scheint. Sie bleibt hier, um sich um die Interessen D'Alsennins zu kümmern, und wenn ich es beurteilen kann, um sich von einem gewissen Junker Den Harkeil umwerben zu lassen.«

Aber Livaks Gedanken waren schon woanders. »Halice fand das Urteilsvermögen dieser Tor-Arrial-Frau immer recht gesund.« Was von Halice einem hohen Lob gleichkam.

Wir gingen weiter und kamen schließlich zum Ende des langen steinernen Kais. Unter uns klatschte das Meer an den Ufersand, auf dem rotbeinige Möwen am Spülsaum entlang der Hochwassermarke pickten.

Da wir nichts Wichtigeres vorhatten, blieben wir eng umschlungen dort stehen, während das emsige Treiben im Hafen um uns weiterging. Livak sagte etwas, und ich lehnte mich zurück, um ihr Kinn anzuheben. »Wie soll ich denn deiner Ansicht nach etwas von dem hören, was du sagst, wenn du nur in mein Hemd nuschelst?«

Sie sah mich an, ein neues Ziel in den grünen Augen. »Wir könnten nach Kellarin gehen. Wir könnten uns dort nützlich machen, wie das Magiermädchen sagte.«

»Das könnten wir«, sagte ich langsam. Die Idee hatte ich auch schon gehabt, aber ich wollte sehen, wie die Dinge mit Livak standen, ehe ich es vorschlug.

»Halice ist dort, und ich vermisse sie«, fuhr Livak offen fort. »Ich liebe Sorgrad und 'Gren wie Brüder, aber das ist nicht dasselbe. Und du wirst dich fragen, was D'Alsennin so treibt, wo wir auch sind, nicht wahr?«

Ich wollte schon widersprechen, überlegte es mir aber besser. »Wohl wahr.« Aber ich würde mich trotzdem nicht in seinen Dienst verpflichten. Der Sieur hatte Recht, es war Zeit, mein eigener Herr zu sein, und wo konnte ich das besser als in einem neuen Land, in dem mich niemand kannte. Ich hatte auf jeden Fall genug von dem Gewisper, das mir in Toremal ständig folgte.

Ich schaute noch tiefer in Livaks großäugige Unschuld. »Und ist da noch etwas?«

Sie lächelte gewinnend. »Du weißt doch, dieses Bergmädchen, von dem ich gesprochen habe? Sie war eine von denen, die Sorgrad Sheltya nennt, Meister der Zauberkunst in den Bergen. Sie ist nicht gerade freiwillig mitgekommen, und es wäre vielleicht keine schlechte Idee, einen Ozean zwischen mich und den Rest von ihnen zu bringen.«

Ich versuchte es, konnte aber nicht anders als lachen. »Lass uns nach Hause gehen. Ich glaube, du erzählst mir besser alles von Anfang an.«

ENDE

> Robert Foster
> DAS GROSSE
> **MITTELERDE-**
> **LEXIKON**
> Ein alphabetischer Führer
> zur Fantasy-Welt von
> **J.R.R. TOLKIEN**

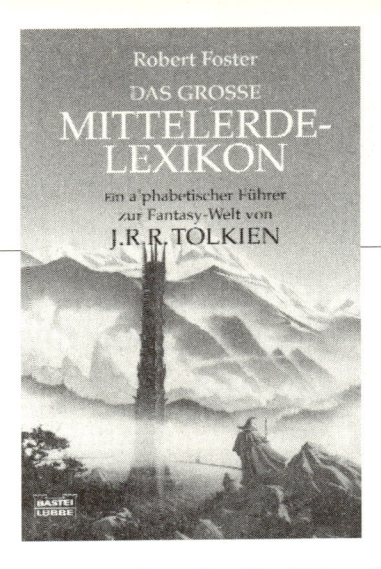

**Personen, Schauplätze, Begriffe, Hintergründe:
das fundierteste Lexikon zur Fantasy-Welt von J.R.R. Tolkien,
bearbeitet und ergänzt von Helmut W. Pesch**

Das Standardwerk zur Welt des »Herrn der Ringe«, des »Hobbit« und des »Silmarillion«. Mit genauen Worterklärungen aller Namen und Bezeichnungen. Sachkundig bearbeitet und auf den neuesten Stand gebracht von einem der führenden Tolkien-Experten Deutschlands, unter Verwendung von Tolkiens bislang nicht auf Deutsch erschienenen Manuskripten und Studien zu Mittelerde.
Mit ausführlichen Textverweisen auf die deutschen Ausgaben von Tolkiens Werken.

»Robert Fosters Das große Mittelerde-Lexikon *stellt, wie ich durch häufigen Gebrauch herausgefunden habe, ein bewundernswertes Nachschlagewerk dar.«*
                                                            Christopher Tolkien

ISBN 3-404-20453-0

BASTEI LÜBBE

›Nach dem HERRN DER RINGE war die Welt der Fantasy nicht mehr dieselbe‹, hieß es auf dem Klappentext zum Vorgängerband dieser Anthologie: DIE ERBEN DES RINGS herausgegeben von Martin H. Greenberg (Bastei Lübbe Band 13 803). In jenem Band verbeugten sich anglo-amerikanische Autoren vor dem großen Erzähler.

Doch nicht nur im englischsprachigen Raum hat Tolkien seine Spuren hinterlassen, auch eine junge Generation von deutschen Schriftstellern wird auf die ein oder andere Art von ihm beeinflusst. In dieser Anthologie sind neue Geschichten gesammelt, die Tolkien zu Ehren geschrieben wurden, oft mit einem Augenzwinkern, aber stets voller Respekt.

ISBN 3-404-20421-2

Der junge Fitz ist der Bastard eines edlen Prinzen und wird in den Ställen des königlichen Haushaltes groß gezogen. Er ist ein Ausgestoßener, dessen bloße Existenz seinen Vater um den Thron gebracht hat. Nur der alte König nimmt sich seiner an: Heimlich lehrt er ihn die Künste der Assassinen, um ihn zu einem willigen Werkzeug zu machen. Denn Fitz besitzt die magischen Fähigkeiten der Weitseher, und bald liegt das Schicksal des Landes in seiner Hand ...

Einer der beliebtesten Fantasy-Romane der letzten Jahre und in Amerika auf den ersten Plätzen der Bestsellerliste.

ISBN 3-404-20350-X